话说中华五千年

清史演义（下）

陆士谔 著

中国文史出版社

第七十二回　长风破浪儒将请缨　烟雨满江元戎投水

话说国藩听了玉麟的话，笑问众谋士道："非雪琴不能为此言，彭雪琴真是曾某良友。"众人见国藩毫无怒容，都很纳罕。当下国藩与众谋士计议战守方法，国藩道："逆贼陆走宁乡，水断靖港，我派储石友往救，白送了他性命。现在湘潭又被贼踞，塔军又未调到，事机危迫，间不容发。大家想想，有甚法子，可以解救此急？"谋士陈士杰道："这里上距湘潭，只有九十里，下距靖港，只有六十里。现值春水盛涨，北风时作，贼舟上下，瞬息可至，株守在此，殊属非计。"国藩道："我也知株守非计，现在朝旨敦迫，催我东下，你们看是如何？"陈士杰道："湖南未靖，我公似尚未能东下。为今之计，宜悉兵援救湘潭，即或不利，衡永一带，还可以保的住，保住衡永，不难图谋再举。如果不顾根本，只图进取，一败俱死矣。"国藩道："君言甚是，俟塔副将到了再商量。"士杰见国藩迟疑，知道一个儿争论无益，目视彭玉麟。玉麟会意，开言道："湘潭之宜救，一言可决，何必商量？就是要知照塔副将，也只速行一角公文去。"国藩召问水师各将，诸将都道："我们都愿即日西上，与逆贼决一死战。"忽军弁送进一角公文，是塔营送来的，折开瞧时，大旨称说："周凤山被贼人牵住在崇、通，一时恐不得抽身，塔齐布闻调即发，当从宁乡赶来，攻破湘潭，再回长沙，并请速派水师，到湘潭会剿。"于是国藩进剿之计始决，遂把十营水师，分为两队，叫彭玉麟、杨载福等督率六营，扬帆直上，攻打湘潭。国藩亲督四营，攻打靖港。

彭、杨二将，欢跃回船，传令舵工、水手，收锚解缆，立刻开往上游杀敌。此令一下，炮船上放起号炮，三板居前，长龙、快蟹居后，扯起风篷，冲破突浪，飞一般驶将去，旌旗戈戟，密布如林。各船虽然行驶如飞，却衔头按尾，队伍层次，并无丝毫错乱。行不十里，天色已夜，玉麟因急于剿伐，不令收帆，炮船上点起灯火，映着满江星斗，翻腾上下，宛如万千金蛇，在水中战斗一般，寒气森森，杀机隐隐，逼得人不堪注视。

忽闻岸上枪炮轰击之声，震天动地。玉麟喜道："塔齐布陆师到了。行师这么神速，塔公真是英雄。"随令舵工、水手加橹紧赶，赶了一程，遥望上游湘岸，旗幡隐隐，戈戟重重，数十里连樯并楫，似是敌舟，灯火掩映，照得天空江面，上下通红，旱寨连营，烟火不绝。湘军见了，都各心惊气夺。彭玉麟却面不改色，坐着三板小船，往来审度，大有志吞貔虎手杀蛟龙的气概。探了一回，忽地心有所得，随命回桨荡舵，拜会杨营官。这杨营官，名叫载福，是水师各将中出类拔群的人才，于风涛、沙线、驾驶、战斗各事，颇有阅历。当时称到湘军水师，彭、杨二将是齐名的。当下玉麟见了载福，就问："贼军虚实，君已知否？"载福道："贼船环列如城，势颇不弱，跟他开仗，总先要设法，冲开他的水阵。岸上炮火轰天，塔副将谅已动手，不知胜负如何。要是塔副将得了手，贼军气夺，咱们这里就容易了。"玉麟笑道："咱们开仗，要倚仗塔齐布时，水师将官，都变成酒囊饭袋了，丢脸不丢脸？咱们只讲咱们的，陆师胜负，且不必管他。"载福道："这话不错,别尽长他人志气,灭自己威风,咱们且想一个破贼的法子。”玉麟道:“贼势虚实,我已略知一二,破贼不难。但恐贼破后士卒自乱,仍旧被贼所乘呢。”载福道:“这为什么缘故?”玉麟道:“贼船虽多,都不是战舰,咱们船坚炮利,所以说破他不难。”载福道:“这话是了。贼破后士卒怎么倒又自乱呢?”玉麟道:“贼船里头,资货山积。我军士众,谁不眼红心羡?得胜之后,定然争相掳获,一贪掳怎么会不乱?贼人瞧见我军错乱,定然反旗袭击,到那时我军可就吃亏不浅。”载福佩服道:“老哥料敌如神,孙武、吴起,也不过如此。请问可有什么妙策,免掉这祸患呢?”玉麟道:“也没甚妙策,无非是用吾所长,藏吾所短。”载福道:“长呢,大家会用的,可以不必讲,这短倒不容易藏呢。大胜之后,众兵士要掳掠,禁之不可,听之不能,请问如何藏法?”玉麟道:“禁止兵士掳掠,自然是办不到的事,我看不如用火攻一策。咱们把六营水师,分为三队,炮船冲入贼阵,就掷火药包,纵火焚烧,火一烧东西是不能掳了。贼军心乱,自然也没暇与我们对仗。你瞧这个法子,可行不可行?”杨载福拍手道:“妙计妙计!老哥怎么想的来?咱们准这么行是了。”于是约会其余四营官,并力进攻。

玉麟回到自己船上,就差军弁遍告部下:快蟹、长龙、三板二号战舰舱长、兵勇、水手人等,都各装舱实炮,张帆驾桨,号令一出,立刻遵行,倘有违误,即按军法。众兵弁得着此令,一个个擦掌摩拳,准备开仗。又令三板小船,满载着火药包,并力前驶,驶抵敌寨,但看主将举刀,立刻掷药纵火。玉麟自己并不乘坐快蟹、长龙,只站在一只三板上,手执利刀,下令道:“今晚不打掉长毛,誓不收队!”随令开船。顺风扬帆,溯江直上,船如箭发,冲开锦浪,劈破绿波,激得船头浪花,实沫相似。将抵太平军寨,忽见寨门启处,十多只巡哨小船,飞桨顺流而下。船梢上都插着太平天国旗号,船头上都站着红巾头目,一见官兵,就高声喝问:“何处妖兵,到来送死!”玉麟并不理睬,破浪直前。对船上开放洋枪,左弦那只三板的舱长,中弹跌倒,全船慌乱。舵工、水手才待转舵奔逃,玉麟早已看见,立派军弁把那舵工斩掉,全军震悚。于是冒弹直进,霎时早抵太平军水寨。玉麟把刀一招,弁勇水手,争把火药乱掷上去,太平军寨一齐都着,火趁风威,风助火势,烟焰障天,烧得满江通红。左右两队恰也攻到,也都纵了火,左右中三路一齐都着。太平军冒烟突火的奔逃,却被彭玉麟、杨载福督率弁勇发炮开枪,不住手的轰击。官兵在暗地里,太平军在火光中,从暗击明,发无不中。周公瑾乌林纵火,杜慧度雉炬焚舟。

这一场恶战,直杀到天明,太平军战船七百多号,差不多烧了个尽。人逢喜事精神爽,打了胜仗,倒全不见疲倦。率师上岸,恰值塔齐布前来接应,问起情形,才知塔军昨夜抵此,跟太平军开过五仗,连战连捷。第一仗,踏破太平军营三座,烧毁木城一座,阵斩太平军六百多人。第二仗,烧毁太平军营两座,阵斩太平军七百人。第三仗广东太平军拼命出战,仍被塔营将士,冲杀尽绝。第四、第五两仗,又都是全胜。先后五仗,共计杀太平军四千多名。自从太平军起事以来,这么的大挫折,还是头回儿经着呢。

当下塔齐布道:“皇上洪福,水陆两军,都得着大胜。现在城中贼势,已经穷蹙,再不敢在城外筑垒了。咱们只要乘势打破城子,剿灭此股,靖江以下、朱亭以上的贼子,都易办了。”玉麟道:“说起靖江,我倒想着一事,湘乡是主帅家乡,怕贼子要分股去扰乱呢。”塔齐布道：“这倒不用忧虑，我早调一支兵到那里邀袭，贼人要是奔的去，恰恰投入网中。”玉麟喜道：“副戎布置得这么周密，此贼无能为矣。”塔齐布道：“我军连战连捷，贼人锐气已经大挫，这会子，水陆并进，不难一击而退。”彭玉麟深然此说。

正欲分队进兵，流星探马飞报军情，报称：“曾帅亲督水陆军队，攻剿靖江贼巢，两军接仗，才只半顿饭，陆勇纷纷奔溃，水勇也跟着奔窜，二千多人，差不多逃了个光，船炮器械，悉数丢掉。就是没有出队的钓钩子、水手、役夫，也都弃船逃遁。曾帅气得要不的，投江两次，都被左右救起。现在曾帅移驻在妙高峰寺，只留少些陆勇护卫。”彭玉麟向塔齐布道：“曾帅新败，我们当并力血战，打破此贼，贼焰一张，我们可不得了呢。”于是分队进攻，人人拼命，个个争先，一以当百，十可当千。太平军抵敌不住，弃城逃遁。彭、塔两将收复了湘潭，专弁飞骑，到长沙报捷。

却说曾国藩大败回省，驻营南门外妙高峰寺，舆论大哗，都说他是百败将军。国藩闻之，愁然不乐，叹向众幕友道：“古人用兵，先明功罪，有功必赏，有罪必罚，功罪既明，赏罚斯当，故能所向有功，每战必克。现在时事艰难，吾以义声倡导乡人诸君从吾于危亡之地，非有所利也，故于法亦有所难施，两次致败，都由于此。”众幕友听了，尽都慨然。说着，军弁递进湘潭水陆大捷的公文，国藩阅过，喜道：“赖有此耳。”于是连夜办折，奏保水陆立功人员，副将塔齐布、守备周凤山、同知褚汝航、知县夏銮、千总杨载福、文生彭玉麟、哨官张宏邦、训导江忠淑，都在里头。一面陈明靖江战败，水师半溃，实由臣调度乖方，请交部从重治罪。并请特派大臣，总统此军，臣未赴京之先，仍当力图补救。此折去后，不过半月开来，奉到两道谕旨。一道是：

> 屯聚靖江逆船，经曾国藩亲督舟师进剿，虽小有斩获，旋以风烈水急，战船被焚，以致兵勇多有溃败。据曾国藩自请从重治罪，实属咎有应得。姑念湘潭全胜，水勇甚为出力，着加恩免其治罪，即行革职，仍赶紧督勇剿贼，带罪自效。湖南提督鲍起豹，自贼窜湖南以来，并未带兵出省，累次奏报军务，仅只列衔会奏。提督有统辖全省官兵之责，似此株守无能，实属大负委任。鲍起豹着即革职，所有湖南提督政务，即着塔齐布暂行署理，该部知道。钦此。

第二道谕旨，不过是宽其既往勉以将来的话。国藩读过谕旨，泣向幕友道：“两番请罪，谴责革职，塔副将忠专敢战，竟蒙超擢。圣鉴之公明，天恩之高厚，真令人感激无地。”随命请塔齐布来，告知他恩意。塔齐布感激道：“这都是恩帅栽培之力，不然，标下这会子，还是营中一名走卒呢。”国藩勉了他几句尽忠报国的话，忽报广乐水师总兵陈大人到。国藩喜道：“陈辉龙到了，就好了。咱们这里水勇。太也不成样子，成军没有几时，就逃去了许多。三月廿四、廿五，这两日里，成章诏营里，逃去百余人，胡维峰营里，逃去数十人。廿七这一天，何南青营里，又逃去一个哨官，将战船炮位，都弃在东阳港，舟中钱米、帆布等物，都被他抢尽。廿八这一天，各营又逃去三四百名水勇，不待初二开仗，然后逃光呢。”塔齐布道：“湘潭一仗，水勇是全胜的。”国藩道：“纪律终不很整肃，打了胜仗，也只晓得抢分贼赃，没一个回省的，抢了赃，都逃回县城去。湘乡河里，飘流的战船，不知几多艘，不都从湘潭逃回么？彭雪琴发功牌与水手，众水手见忽有顶戴，出于意料之外，于是自言，册上姓名，都是假的，应募时光，乱捏姓名，无非为逃走之后，没处追究地步，丧心昧良，竟至如此！咱们的水勇，简直没得一个靠的住，不然，我也不到两广去调人了。”说毕，随命请见。陈辉龙进营见过礼，国藩问他：“共带多少人来？”陈辉龙回：“共带水师四百名、洋炮一百尊。”国藩道：“我这里正添造战船呢。公来正好，可以助我整理一切。”

原来国藩练就的水师，经岳州的风浪、潭港的战事，两回损失，已经去掉大半。现在委派干员，在衡州、湘潭，设立两所船厂，雇齐匠役，赶造战船六十号，船身樯帆，一应物料，较前更加坚缎。长沙地方，也设了一所船厂，专行修理旧船。所有水手、勇丁，奔溃过的，并不收集，特到衡、永一带，重行招募，规模重整，军容一新。所以向陈辉龙这么说，当下辉龙谦逊了几句，就在水师营中，帮办军务。那塔齐布自去提台衙门接印视事。过上四五天，广西巡抚委派的知府李孟群也到了。李孟群共带广西水勇一千名，国藩于是大治水军，日夜操练，刻期进剿。

忽接流星探马，报称长毛重又上犯，华容、塔州，尽都沦陷，洞庭西湖一带，龙阳、常德，岌岌可危。国藩大惊，忙调塔齐布，统带兵勇三千，驰赴岳州进剿。再命胡林翼、周凤山、李辅朝，督率勇队，由益阳进防常德。还没有出发，接报龙阳、常德，都已失陷。众将闻报，不敢怠慢，昼夜兼程，马步并进。谁料行抵龙阳，湖水忽地涨高四尺，帆船乘水攻营，周凤山等不及防备，小遭挫折。胡林翼见机，退回益阳，只得改道绕赴常德。这时光，湖北敌氛，很是厉害。汉阳的太平军，分股溯江，连陷德安、随州、江汉、安陆各城，荆门、荆州，尽都吃紧。经将军官文，狠命守住，太平军只得重又下窜，从宜都、枝江，一路南下，经太平口，入洞庭湖，与西湖股匪，合并为一队，声雄势壮。澧州、安乡各城，闻风奔溃。巡抚青麟，原职是学政，未娴军旅，临敌仓皇，见省城四面，都是敌踪，吓得突围出走，奔到长沙就饷，于是武昌也为太平军所得。国藩向众幕友道：“时事如此，吾军不能再待了。”立下文书，调集水陆将领，都到大营听令。不过一两日工夫，都已调到。国藩升坐中军营帐，传发军令，调拨人马。水师共是三帮，命褚汝航、夏銮、杨载福、彭玉麟，四人统率战船为头帮。国藩自己督率广西水勇为二帮。又叫陈辉龙率领广东战舰为三帮。陆师各将，也分三路：塔齐布为中路，驻营新墙；胡林翼为西路，趋攻常德；江忠淑、林源恩等为东路，由平江进剿崇、通。水陆大兵，共计六路，浩浩荡荡，傍湘东下。早有细作报知太平军营，众头领会议抵敌之策，都主张弃掉常、澧，专守岳州。于是把所掠船只，尽集在岳州河下南津地方，预备死命抵拒。

却说曾帅部下头帮水师舰队，连樯并帆，鼓棹浮江，行舟如箭。这日，离南津约十五六里，清风习习，吹动征帆，远眺君山，青翠欲滴。彭玉麟向杨载福道：“战舰如梭，出没靡定，咱们应分为两翼，包抄而入。”杨载福道：“好好。公从君山驰入，我从雷公湖驰入，两路夹攻，可获全胜。”说着时，见夏銮、褚汝航，已经鼓棹而前，势若鲸鲵，疾如鹰隼。杨、彭两舰队，张翼直前，不意太平军舰扼住南津，并不出战。彭玉麟手挥葵扇，令前锋小船，冲入港去。三板舱长得了令，立命水手，鼓棹飞驶，箭一般冲进去。港内太平军舰,见小船冲入,立即飞棹迎敌,三五只三板,只放了三炮,一齐回棹反走。太平军船争着追出,共有百数十号。玉麟大喜,督舟抄截,趁势放火,霎时火光烛天,江面上烧得火焰山一般。太平军众喧哗奔避,焦头烂额,投水落江者,不计其数,飞棹奔出的,都被官军获住。这一役,共烧掉太平军船百余号,夺获小船数十号,阵毙太平军众不计其数。太平军势不支,率众夜遁。官军遂克南津,彭玉麟手草露布军弁到大营报捷。

隔了五日,太平军又驾楼船巨舰,鸣炮扬帆,前来攻击,战舰蔽江,樯帆如林,那股声势,比了前番增起十倍。杨、彭二将尽力抵御,总算没有被他攻入。太平军退守雷鼓台,官军进攻,并不见十分胜利。众人拟退兵休息,杨载福向彭玉麟道:“咱们战船,不满百号,贼众十倍于我,不用冒死出奇,怕不能免呢。”彭玉麟道:“冒死前进,我也这么想。”于是下令长龙、三板,鱼贯冲阵。此令一下,众健儿一齐鼓棹,劈破绿波,冲开锦浪,激得船头水花喷沫相似。太平军阵中百炮齐鸣,千弹并发,那炮子雨点似的飞将来。杨载福冒弹直进,彭玉麟挥舟继进,高喝:“退后者斩!”喝声未了,一颗流弹蚩的飞来,正打中在玉麟手指上,鲜血直流,早弹去了半节。玉麟并不回顾,连喝:“快快驶向前去!”众水手尽都感愤,鼓棹愈急,舟行如飞。此时杨载福所坐的三板船,已经冲到太平军帅坐船,把火药包儿乱掷上去。太平军帅坐船,顿时着了火,黑烟直冒,红焰横飞。太平军船纷纷回救,霎时大乱起来。彭、杨二将,挥船冲杀,踏浪如飞。打仗这件事情,一仗气势,二仗阵法。太平军虽然众多,无如怯不敌勇,乱不敌整。彭、杨二将的战船,破浪冲波,活泼得生龙活虎一般。太平军舰断弦折舵,绝索毁樯,不知伤掉几多号数。战到结末,满江明月,只照着官军旗号,千百号太平军舰,影踪儿都没有一个了。角声呜呜,都是官军收队的令号。三湘健儿,鼓棹徐行,一个个挺着嗓子,唱着凯歌,脸上都现出非常得意的样子。欲知后事如何,且听下回分解。

第七十三回　陈辉龙殉命城陵矶　彭玉麟大破田家镇

话说官军收队进口，瞧见统领彭玉麟弹伤手指，血盈袖裙，兀自神采飞扬的跟杨载福两个说话。众兵弁见了他这一副神情意态，无不暗暗佩服。从此水师将弁，称到勇略胆识，就要推着彭、杨二将。等到曾国藩第二营水师到时，江面已经肃清多时了。捷报到京，文宗异常欣悦，叠下两道旨意，无非叫他乘此声威，迅速东下，力捣武汉贼巢，以冀荡平群丑的意思。国藩接到廷寄，向部下道："圣意焦灼，朝旨敦迫，我们可不能再缓了。"说着，忽报第三帮水师已到，国藩大喜。接着，军弁投进陈辉龙手本，立命请见。辉龙进舱，见过礼，问道："岳州克复，听说都是彭、杨之功，杨公已经会过，彭将军只是闻名，未曾见面。"国藩道："我们这位彭将军，原是个书生呢。君要会他，兄弟可以介绍。"随向亲兵道："请彭大人。"一时请到，会过面，谈起水战情形，陈辉龙面子上很是倾倒，心里却颇不为然。回到本营，众人问彭玉麟如何。辉龙笑道："长毛原没甚本领，竖子成名，也是他的运气。倘使本军当了头帮，这一场大功，也挨不到姓彭的了。"众人回道："我们幸没有当头帮，当了头帮，就打得长毛只船不反，也没有他那么威名。彭玉麟是书生，带的都是新军。你老人家是宿将，我们又都是老营务，在我们视为常事，在他们就要当作奇勋。"辉龙笑道："这话就对了。别的且别提，就以战船而论，他们都是三板小船，土造铁炮。我们是舵罟大舰，洋装铜炮，旌旗何等鲜明，军士何等活泼，精粗强弱，不用我们自己说，他们怕也知道呢。"说着，三板小船，飞报军情，称有大帮贼船，溯江上驶，已抵城陵矶下。辉龙向部下道："我去见曾帅，讨这个差使，替我们广军吐吐气。"众人听了，无不勇跃。

辉龙立刻过船见国藩，面讨此差。国藩见辉龙，意气飞扬，神情豪放，大有不可一世的气概，心下颇不为然。随道："吾军屡胜，败军屡败。屡胜易骄，屡败必奋。何况长毛狡诈，波涛不测，此番出仗，务宜小心。我已咨请塔军门，进攻擂鼓台，以分贼势，万勿轻敌，切记切记！"陈辉龙嘴里勉强答应着，回到本营，笑向部下道："曾帅胆子真小，几个长毛，也值得如此费事。"随传令起碇出发，三五艘舵罟大船，衔尾起行，旌旗蔽日，炮声震天，船高气壮，望去宛如岛屿一般。湘军各将领，都乘了三板，前往观战，瞧见粤军这么的军容，这么的声势，无不爽然自失。只见舵罟大船，乘风波浪，徐徐行驶，数百门洋装铜炮，连环轰放，声振山谷，响彻云霄，弹似流星，光同闪电。贼船不敢抵敌，左躲右避，一味的奔逃。粤军欢声雷动，志得意满，都以为太平军灭掉，就在这一会子了。陈辉龙尽喝力追逐，十帆并进，百炮齐轰，势撼岳阳，气吞云梦，并不管水程远近，江面浅深，突浪冲波，一路追将去。

不意太平军船逃遁，全是诱敌之计。舵罟大舰，驶到中流，早被江底胶住了。十篙齐举，百桨同飞，宛如蜻蜓撼石柱，小鬼跌金刚，丝毫没有移动。太平军见了，一声胡哨，众战船飞棹奔集，如虎扑食，如蚁附膻，争向舵罟驶来。陈辉龙急极，迎既不可，避又不能，连轰洋炮，无奈敌船如箭，发出去的弹子，百不中一。两广水师知道没有指望，纷纷投江自尽。陈辉龙手执朴刀，挺立船头，兀自指挥迎敌。不意流弹飞来，正中心口，截倒船头，呜呼哀哉，成仁去了。游击沙镇邦一见，忿火中烧，大呼跃出。此时太平军船已到，红巾士众蜂涌上船。一人难敌四手，恁沙游击再勇点子，一阵乱刀，剁成三段。湘军各统将，瞧见情势危急，疾忙飞舸往救。忽然南风大作，江涛汹涌，太平军船势处上风，远则飞炮流弹，近则掷药纵火，红光一片，烟焰蔽江。官军走投无路，死于火，死于水，死于炮子枪弹，累百盈千，不计其数。彭玉麟、杨载福，闯出重围，单舸得脱。那褚汝航、夏銮，也在这一役里，丧掉了性命。彭、杨二将，回禀曾帅。国藩叹息道："陈镇台轻敌丧身，挫动锐气。然而塞翁失马，安知非福？诸君慎毋自馁。"

说着，忽见一个晶顶军弁，送进一角文书来，国藩拆阅一过，不觉喜逐颜开。众人都问何事，国藩道："塔军门在擂鼓台大胜，阵斩著名贼目曾天养。水师小挫，陆军大捷，真是国家如天之福。"随叫幕友追折奏闻，阵亡的请恤，称功的保升。廷寄到来，国藩照例开读：

> 览奏曷胜愤懑！曾国藩系在水路督战，于陈辉龙出队时，不能详慎调度，可见水上一军，毫无节制，即治以贻误之罪，亦复何辞！惟曾国藩前经革职，此时亦不必交部严议，仍责令督饬水师将弁，奋力攻剿，断不可因一挫之后，遂看望不前。钦此。

国藩向部下道："城陵矶贼势尚盛，此贼不破，东道终不能通。水师新遭挫折，我想改用陆军抄攻岸贼，岸上得手，水师不难一鼓东下，诸位以为如何？"众将弁无不称妙。国藩遂派骁将诸殿元，带领湘勇四营，衔枚疾走，星夜往攻。诸殿元接了令，拔队齐起，驰往城陵矶去了。又调塔齐布、周凤山、罗泽南率军继进，为诸殿元接应。似此算无遗策，稳可马到成功。谁料胜败无常，险夷顷刻。第一个军报，官军失利，诸殿元阵亡。第二个军报，贼酋从湖北纠集悍贼两万多人，从临淮陆路杀来，声势汹涌，大有直扑塔、周、罗三将营盘之意。这一股太平军，都是贼中精锐，百战余生，厉害得要不的。国藩自语道："塔、周、罗三将，总还支持得住。"一面飞咨飞札，叫他们三人小心留意。

从此流星探马，不住飞递军情。到二十六这一日，军报更紧，穿梭似的往来飞报。第一报，大股太平军已到，黄旗、红巾，满坑满山。他们拼死攻扑，官军拼死抵御。炮声震地，烟尘蔽天，战斗得正兴头呢。第二报，罗营将士，骁勇异常，头起长毛已经杀退。第三报，续到太平军，经周凤山、杨名声二将奋勇杀退，前后阵毙太平军七八百名。国藩向众幕友道："此股贼来甚多，必有屡次血战。东南大局，定与不定，都在这几日里头。但愿如天之福，陆路得获大胜，水路也可渐渐起色了。"众幕友道："国家洪福，吾公荩筹，将士用命，总无有不胜的。"

次日，军报寻常，并无新奇战事。一到二十八日，就不好了。太平军队大至，摇旗喊呐，声势震天。亏得塔齐布忠愤填胸，匹马双刀，往来冲突，那一股英风锐气，直堪辟易千人，披靡万众。无论本军敌军，见了他那么神勇，无不骇然，从早晨直战到夜分，足足战了五个时辰，太平军方才退去。国藩接到军报，喜道："塔军门这么神勇，贼人气夺矣。"二十九日辰刻，太平军尽率精锐，漫山遍野而来。塔齐布向罗泽南、周凤山道："贼势浩大，我军须分头迎敌，才克制胜。"泽南道："此计其是。咱们三个人，应分作三路，公打中路，周君打东路，西路的贼子，由兄弟担当。"周凤山道："很好很好，就这么出队罢。"于是掌号出队，大旗队、长枪队、刀牌队、洋枪队、抬铳队、马队，一线齐的出发，尘埃滚滚，杀气腾腾。行不数里，就见黄旗太平军，如蜂如蚁般扑将来。罗泽南喝令军士猛杀上去，随令督队军弁，齐装枪子，军士有返顾退下的，立即开枪打死。此令一下，谁敢怠慢，人人拼命，个个争先。太平军杀不过，败了去。泽南督队追杀，追不到二里，太平军札住阵脚，回戈再战，龙争虎斗，杀得个天愁地惨，月暗星昏。重又逃遁，再追再战，先后共杀了三回，直至筋疲力尽，才真败了。跌岩坠涧，死者不计其数。塔、罗、周三将会师追袭，直追到三十里外，不见敌踪，方才收队回营。立草露布曾帅大营告捷。国藩大喜，笑向众幕友道："得此大胜，陆师就有六七分可靠了。"众幕友道："既有六七分可靠，何不籍此声威，顺流东下，水师再捷，军事就有把握了。"国藩道："此计甚是。"当下就点派李孟群、杨载福、彭玉麟等一众水将，督率水师，扬帆出发。风顺水利，宛如得着神助，只半日工夫，早到了城陵矶。望见太平军船桅樯如林，黄旗飘荡，军容很是整肃。李孟群因老子李卿谷在湖北臬台任上，被太平军害掉性命，报仇心切，不顾利害，率领水师，扬帆驾炮，直闯上去，冲波突浪，舟行如箭。杨、彭等一众水将，鼓棹继进，气腾貔虎，锋刬蛟鼋，草木皆兵，风云变色。太平军初时还开炮抵拒，后见官军各将弁，矗立三板，冒弹急进，没一个俯伏避炮的，大惊失色，军心顿时乱起来，水手人等，纷纷扑水自溺。官军愈益得势，往来截击，直至天黑，方才队收。

次日出队，从城陵矶到螺山，从螺山到金口，数十里江面已没有一号太平军船、一名太平军了。国藩得报，下令水陆两军，乘胜进剿，收复武汉。从此一帆风顺，所向无前。列炬而全焚铁锁，洗兵而倒泻银潢。越夏口以撤藩篱，克武昌如振枯槁。不过五七天工夫，从湘湖到汉水，帆影上下，已经都是曾营旗号了。武昌、汉阳，全都克复。

捷报到京，文宗喜形于色，笑向军机大臣道："不意曾国藩一书生，乃能建此奇功。"大学士祁隽藻奏道："曾国藩不过是个在籍侍郎，无权无势，差不多是个匹夫。匹夫在闾里，一呼蹶起，从之者万余人，恐非国家之福。"文宗默然变色。侍郎彭蕴章，原与祈隽藻一鼻孔出气的。当下见文宗默然变色，知道圣心已动，随奏道："湘军太多，将来怕有尾大不掉之患。"文宗沉吟半晌，决然道："曾国藩理学工夫很好，有这么的理学工夫，难道倒不识君臣大义，那真是从来没有的事！"大学士文庆道："皇上天纵明圣，所见很是。曾国藩精忠纯正，臣敢保其无他。"文宗点头，随亲题御笔，就在原折上，批了二行半朱字：

> 览奏感慰实深，获此大胜，殊非意料所及。朕惟竞业自持，叩天速赦民劫也。另有旨。钦此。

又命军机拟旨特沛殊恩，赏给曾国藩二品顶戴，加恩赏戴花翎，并名署理湖北巡

抚。塔齐布赏穿黄马褂,并赏给骑都尉世职。恩旨去后,曾国藩拜折力辞。文宗原是英明天子,曲体下情,特下旨意:

曾国藩着赏给兵部侍郎衔,办理军务,毋庸署理湖北巡抚。钦此。

国藩接到此旨,感激得无可言说,遂与水陆各将,商发进剿方略。罗泽南道:“我军屡胜,名城迭克,贼人业已气夺。下游群寇,不难传檄而定。”国藩道:“贼中大有能人,传檄而定,怕未见得办的到。”彭玉麟道:“不出死力,必不能成大功。探得下游群寇,会集在田家镇,依山傍水,共列成五大屯,连舟断江,缆以铁索大锁,平布竹木,结为大筏,筏上大炮,密如列笥,筏前更有炮船五六千艘,环为大城。这么的贼势,不用死力血战,怕不易成功吧。”国藩道:“雪琴的话很是,大家辛苦点子罢。”罗泽南道:“能够血战,原是很好。我虑的就为将士久战劳乏,不能一鼓作气耳。”当下议定:水陆并进,塔齐布、罗泽南,率领轻骑,攻袭陆路贼营。彭玉麟、杨载福,督率水师,专剿水路贼船。水陆两军,分头并进。

却说彭玉麟、杨载福,解缆扬帆,直向田家镇驶去。才近蕲州江岸,两岸太平军,拼命轰放大炮,炮子雨点似的打来,哨官、军士,伤死相继。彭玉麟执旗指挥,冒弹直进,军气并无沮丧。不一会,早已逼进田家镇。杨载福笑指岸上,向彭玉麟道:“岸上旌旗,隐隐移动,贼军也会集拢来了。”彭玉麟道:“贼人布置井井,倒不可轻敌呢。”杨载福道:“公言甚是。广军陈镇台,不就为轻敌致败的吗!”彭玉麟道,“我想先与陆军约定期日,然后进战,你看如何?”杨载福深然此说。彭玉麟道:“兹事重大,须我亲自一行。”于是彭玉麟乔装改扮,偷过太平军营,从避径行向罗军营盘,去商定战期。不过三五日,早已办理妥当。回到水寨,调集部下各将,立即颁发命令,把水军分为四队。头队三板,悉令移去炮具,专备炉箅椎斧炭剪等应用东西。临行,下令道:“头队兵船上,无论兵弁、水手,不准仰头观望,顺流疾进,冲到筏下,鼓炉炽炭,务须把横江锁缆,悉行销断,违者立斩。”头队兵船,领命去讫。玉麟自率第二队,杨载福领率第三队,相继并进,为前军声援。只命第四队,留守本寨。

风顺水利,数千帆影,掠波而过,轻疾无比。头队驶抵竹筏,已听得半壁山中,枪炮轰射之声,山鸣谷应,地撼天摇,知道陆军已经开战。哨官孙昌凯,原是铁匠出身,放出老手段,鼓炉销锁。还没有销断,后面小船,瞧见筏下有隙可乘,尽力鼓棹,先行试探,隙大船轻,竟被它一挤而过。后船跟随挤入,一霎间挤进两船,两船的兵弁,齐声欢呼道:“铁锁开了,铁锁开了!”缆外水军,齐声附和,顿时喊声如雷。守筏太平军卒,大惊失色,拼命奔逃,自相践踏,坠水溺毙,累百盈千。彭、杨二队,恰恰行到,乘势袭击,掷火焚舟,把太平军杀到个入地无门,上天没路。火借风势,风助火威,焚烧了一镇夜,烧到天明,五六千艘太平军战船,变成了半江焦炭,浮尸顺着潮流,氽去飘来,尽是红巾长发。从此湘军水师,名闻天下。彭、杨二将收了军,正欲飞草露布,到曾帅大营报捷,忽接军报,知道昨夜陆军连战连捷,踏平敌垒,烧毁敌墙,先后共破营盘二十三座。沿江两岸,扫荡尽净,二百里内,已没有一个敌影儿了。玉麟大喜,笑向杨载福道:“如天洪福,东南大局,看来是不要紧的了。”随即申文报捷。

国藩闻报,兼程赶来,彭、杨二人接着,谈论了一番争战情形,喜溢眉宇,彼此十分快乐。忽报蕲州太平军,弃城夜遁。塔营兵马,已在南岸,攻破富池口敌垒,现与罗营合了军,渡向北岸去了。曾国藩道:“这里江面,既经肃清,咱们就好连艅鼓棹,直捣九江了。”彭玉麟道:“连接哨探禀报,现下大小贼船,都聚在九江城外,连艅直捣,诚为要着。”于是国藩行文陆军,刻期并进。也是大清洪运,水陆各军,所向克捷,大破莲花桥,克复广济城、双城驿、大河埔、夏新桥、黄梅县诸寨。这许多太平军,也都是五湖四海的英雄,两粤三江的豪杰,不知怎样,一遇见官兵,宛如鼠子碰见了猫儿,回合都没有,一哄就走了个光。九江形势,那么险固,只开得三回仗,也就轻轻易易克复了。

文宗连接捷报,圣心欣慰,迭下温谕,嘉奖曾营将士。将士得彼殊奖,自然愈益踊跃。不意军务上才得顺利点子,宫闱中又掀起绝大风波来。欲知何事,且听下回分解。

第七十四回　**圆明园四春争殊宠　勤政殿一女进谠言**

话说北京圆明园，是天下园亭中之魁首。所有各省名园，各地胜境，依摹仿造，玲珑剔透，巧夺天工，差不多把各地的景致，都占全了。北京人民，谁不企慕？无奈宫禁森严，不得入内游览，只得在园墙外徘徊瞻眺，瞧着十八座园门，聊以自娱而已。距离圆明园三里，有一个小小村庄，名叫梨云村。村上有一家小小人家，姓蒋，主人名叫发祥，世代务农。这蒋发祥虽是村庄人，却新近攀了一门子高亲，倚仗他令亲的腰子，在梨云村中，很是有声有色。你道令亲是谁？说出来唬人一跳，就是圆明园中杏花村馆的总管太监郭瑞福。你道他是什么亲戚？说出来更要令人一大跳。蒋发祥的妻妹，就是郭太监的夫人。他们两个儿，是襟兄襟弟呢。发祥有一个女孩子，名叫燕儿，豆蔻梢头二月初，正在妙龄时候，模样儿也还不俗。郭太监对了眼，就把她认为义女。村庄姑娘，升为太监小姐，连她老子娘脸上，也增起了无数光彩呢。燕儿趁郭太监散值回家时，便央告着带进园里去逛，郭太监怕有事故，从没有答应过。

这日蒋燕儿到她干娘家里请安，恰恰郭太监在家，燕儿又申前请。郭太监道："真不巧，这几天事情多，过一天，等我闲了，再带你逛罢。"她干娘便帮着她道："什么大不了的事，带进去逛逛，不过叫她见一个世面，也总算你在里头当差，叨了你这点子光。我不信你在里头当差，连带一个人逛逛都办不到的。"郭太监道："你哪里知道，这几天园里闹得不得了呢。四春娘娘急权夺宠，差不多把个园子都要翻过来，什么日子不好逛，偏拣今儿逛去。"他夫人道："她们闹她们的，咱们逛咱们的，河水不犯井水，碍什么？"燕儿道："园子里人多，带了去未必就认的来，何况我又是个女孩儿家。好干爷，就带我逛一会子罢。"郭太监初意原不肯依从的，经不起艳女娇妻，一再央恳，不由不意转心回，点头道："带便带你去，只是不要乱道胡言。"燕儿见郭太监肯带进园逛去，快活得什么相似，连应："我知道，我总听干爷的话是了。"郭太监道："你要进园去，第一先要改装。园里头除了四春娘娘外，都是旗装的，像你这个样子，一见面人家就要起疑的。"燕儿道："旗装么，这可为难了。"郭太监道："这有何难？你干爷是旗装老手，从前在太后宫里一竟梳头的。"燕儿道："怎好劳动你老人家。"郭太监道："一家人讲什么外话。"当下郭太监就替燕儿梳了个头，叫老婆开箱，取出一套旗服，装扮起来，猛一瞧时，宛然是内廷宫眷。他干妈笑道："亏得大姑娘没有缠过脚，不然怎么好穿这旗服呢。"

郭太监带了燕儿，套了车，径向圆明园来。不多一回，早已行到，只见一带粉墙，圆圆围着，宛如城子一般，墙上用雕砖砌就的游龙，天矫宛蜒，渺无际极。骡车到明春门歇下，燕儿道："这么一所大花园，总不止一个门儿么？"郭太监笑道："告诉不得你，共有十八个门儿呢。这里是明春门，上首两座，是东楼门，铁门，下首两座，是蕊珠宫门、随墙门，那一边是大宫门，大宫门之左是左门，大宫门之右是右门，再过去就是东西夹门、东西如意门，再过去是福园门、西南门、水闸门、藻园门。这一边是北楼。"说着时已进了明春门，只见翠嶂挡路，花木萧疏，树角林梢，隐露出楼台亭阁。郭太监道："你今儿第一回到此，带你前面去走走。"燕儿跟随郭太监，傍花随柳，行到一个所在，龙楼凤阁，气象巍峨，不禁肃然起敬。郭太监道："外面这五间就是大宫门的朝房，靠东的一排房屋，是宗人府，内阁吏部、礼部、兵部、都察院、理藩院、翰林院、詹事府、国子监、銮仪院。东四旗各衙门，从直房东夹道进去，就是银库。东北角那一所是南书房，东南角那一所是档案房。靠西的一带房屋，是户部、刑部、工部、钦天监、内务府、光禄寺、通政司、大理寺、鸿胪寺、太常寺、御书处、上驷院、武备院。西四旗各衙门，从直房西夹道进去，西南角那一所是造办处，再南就是药房了。"随讲随行，又过了一座宫门，燕儿道："这又是什么门？"郭太监道："这叫出入贤良门。"燕儿笑道："咱们都做了贤良了。"郭太监道："那名儿还是乾隆爷御笔亲题的呢。"见左右两边，都植有青松翠柏，直房面前横有石桥一座。郭太监道："渡桥过去，靠东西这五楹是朝房，西南的是茶膳房，再西是翻书房，东南的是清茶房，是军机处。"燕儿道："咱们过桥去瞧瞧。"行过石桥，只见一所极巍峨极富丽的宫殿，金辉献面，彩焕螭头，庭植不老之松，陛绕长春之草。郭太监道："这就是正大光明殿。"燕儿见正殿共是七楹，东西配殿各五楹。郭太监道："正大光明殿后面，是寿山殿，东面是洞明堂，再里头就是勤政亲贤殿了。亲贤殿东面，是飞云轩、静鉴阁，北面是怀清芬，秀木佳荫。"举步进殿，逐一游览。郭太监向后指道："从秀木佳荫进去，就是生秋庭阁。东面那一所，是芳碧丛。"燕儿道："歇歇再走罢。"郭太监道："从这儿进去，还有保清殿、太和殿、富春楼，许多去处，都是很好玩所在。"

燕儿道："还有几多地方，干爷索性告知了我罢。"郭太监道："地方多的很，你游三天五天都游不了呢。富春楼之东，是竹林清乡，正大光明殿后面一个湖，名叫前湖，前湖之北一座殿就是圆明殿，圆明殿之后是奉三无私殿。再后是九州清晏殿，东边是天地一家春，旁边是乐安和。再西是清晖阁，清晖阁之前是露香斋，左面是茹古堂，是松雪楼，右面是涵德书屋。富春楼之北是御兰芬楼，后面是纪恩堂，再后面就是牡丹春娘姨的宫院，原名牡丹台，现在改名叫镂月开云。纪恩堂之后有一个池，池西北一座方楼，就是天然图画楼。北面是朗吟阁，再过去是竹蓬楼。东面是五福堂，五福堂之后，是竹深荷净。东南那一所，是静知春事佳。渡河而东，是苏堤春晓。从五福堂渡河而北，山阜旋绕，里面是碧桐书院，前面是正殿，后面是照殿。西面岩石上，是云岑亭书院，再西是慈云普护，慈云普护的前殿，恰恰临着后湖，名叫欢喜佛场。北面有楼三楹，上奉观音大士，下奉关帝菩萨。东面偏殿是龙王殿，祀奉圆明园照福龙王。慈云普护之西，临湖有楼三楹，就名上下天光，左右各有方亭六座。后面是平安院，从西折向南面，踱过桥，就是咱们娘娘的宫院可花村馆。西北角上是春雨轩，轩的西面是杏花村，村南是涧壑余清。春雨轩后面，东面是镜水斋，镜水斋之西北室，名叫抑斋，再西是翠微堂了。杏花村西，有碧兰桥，过桥是三楹坦坦荡荡，前为素心堂，后为光风斋月堂。东北是知鱼亭，再东北是萃景斋，西北是双佳斋。坦坦荡荡之南，五楹向南的房屋，名叫茹古涵今。茹古涵今后面，就是韶景轩，轩东是茂育斋，轩西是竹香斋，轩北是长春仙馆。再过去是绿荫轩，西廊后面是丽景轩。长春仙馆之西是含碧堂，堂后是林虚柱静，左面是古香斋，东面那个阁，叫抑斋。抑斋过去叫墨池云，后面是随安室。”

“从长春仙馆西南门迤逦行去，是园藻，园内五楹是旷然堂，堂后是贮清书屋。堂东池上一所，是夕佳书屋。北面是镜澜榭，东南是凝眺楼、怀新馆。西北是湛碧轩、万方安和。这万方安和，建在池里，形如卍字。向东驾有石桥，渡桥穿过石洞，是武林春色池，池上宫院，是武林春娘娘的寝宫。北轩名叫壶中日月长，东面是天然佳妙。南面那一所，题名叫做洞天日月多佳景。武林春色之西，是全璧堂，东南亭，小隐栖迟，堂从后面山口进去，东是清秀亭，西是清会亭，北是桃花坞。桃花坞之西，是清水濯缨室，再西稍北，是桃源深处。坞东是绾春轩，东北是品诗堂。万方安和之西南，是山高水长楼，此楼共有九楹，后拥连冈，前带河流，地势很是平衍，可惜是西向的。由此折北度桥，行进山口，便是一所梵刹，名叫月地云居殿。东是法源楼，再东是静室，西是刘猛学军庙。月地云居之后，从山径走入，是鸿慈永祐，再进去是安祐宫，前琉璃坊。坊的左右，各立石华表一座，东南西三处，复有石坊三座。渡过月河桥，是政孚殿，南向的是祐安门，门前石桥二座，左右井亭各一。走过五楹朝房，就是安祐宫。此宫正殿共是九楹，左右配殿各五楹，正殿中供有三龛，中间的敬奉康熙爷御容，左龛敬奉雍正爷御容，右龛敬奉乾隆爷御容。配殿之外，又有碑亭、燎亭各一座。鸿慈永祐殿后垣，西北角是紫碧山房。紫碧山房的前宇，名叫横云堂，东面岩洞中，是石帆室，东南是丰乐轩，北面是霁华楼，迤东是景晖楼，西池上是澄素楼，西北是引溪亭。”

“东垣外径，连冈三重，度桥而东，就是汇芳书院。院内几间房屋，也都有名儿。内宇叫杼藻轩，后面叫涵远斋，斋前西垣里，是翠照楼，东垣里是倬云楼，再东是眉月轩。楼南稍东是随安室，再东敞宇三楹，是问津处。逾西桥，有石坊一座，上题‘断桥残雪’四字。汇芳书院之南，是日天琳宇。这是西面前楼下的正宇，内分中前楼、中后楼上下各七楹，西前楼、西后楼上下各七楹，前后楼间的穿堂各三楹。中前楼之南，有天桥一座，与楼相属。天桥东南是灯亭，重檐八方，很是华丽。西前楼南是东转角楼，再西稍南是西转角楼。中前楼东垣内有八方亭，过去是楞严坛。楞严坛过去，另一所东别院，名叫瑞应宫。宫内前是仁应殿，中是和感殿，后是晏安殿。”

“日天琳宇迤东稍南，稻田弥望，河水周环。中有田字式的殿，凡四门，东北两面都有楼。北楼正宇是澹泊宁静，东是曙光楼。东殿门外，是翠扶楼，西殿门外，别垣内宇，是多稼轩，共是七楹。东临稻畦的，是观稼轩。后面是怡情悦目、稻香亭。再东稍北，是溪山不尽，兰溪隐玉。多稼轩西池的南面是水精域，西面是静香屋、招鹤磴池。后面东北是寸碧，西北是引胜。正北是互妙楼，从澹泊宁静踱河桥而西，是映水兰香，东南是钓鱼矶，北面是印月池，南面是知耕织、濯麟沼，西南是贵织山堂、祀蚕神、映水兰香。东北是水木明瑟，再北稍西，是文源阁，上下各六楹。阁西是柳浪闻莺，西北环池带河，为濂溪乐处。后面是云香清胜，东为芰荷深处，折而东北，是香雪廊，廊东是云霞舒卷楼、临泉亭。南面是花神庙，庙中正殿名叫蕃育群芳。东北是香远益清楼，楼西是乐天和，是味真书屋。再西面是池水共星月同明，庙东沿山渡过普济桥，经濂溪乐处迤北对河那一带，是多稼如云、艾荷香、湛绿室。东北的是鱼跃鸢飞，四面为门，各五楹。东为畅观轩，西南是铺翠环楼。楼南是传妙室，再南便是山口。”

“走出山口是多子亭，亭东一带都是禾畴。南北两岸，仿着农居村市，名叫北远山村。北岸石垣之西，是兰野，后面是绘雨精舍，西南是水村图。再西有楼，前后相属，前是皆春阁，后是稻凉楼。再西是涉趣楼，右面是湛虚书屋。由东北度桥折而西，是湛虚翠轩，再西是耕云堂，是石帆阁。西南临河是西峰秀色，河西是小匡庐，东是含韵斋。再东是一堂和气，再东南是自得轩。后垣之东，是岚镜舫，西面是花港观鱼。迤东两个船坞，一个叫江船坞，北岸是四宜书屋。这四宜书屋，就是安澜园正宇，东南是葄经馆，再东南是采芳洲，后面是飞睇亭，东北是缘帷舫，西南是无边风月之阁。再过去是涵秋堂，北面是烟月清真楼，楼西南是远秀山房，楼北度过曲桥，是染霞楼。四宜书屋之东，临池楼宇，是方壶胜境。南面建有两座石坊，北面是哕鸾殿、琼花楼。殿东是蕊珠宫，宫之南就是船坞。西北是三潭印月，踱过桥就是天宇空明，后面是澄景堂，东面是清旷楼，西面是华照楼。”

“从此西行，到澡身浴德，已抵福海西南隅了。澡身浴德之南，是含清晖，北是涵妙识，折而西向，是静香馆，再西是解愠书屋，西南是旷然阁，北踱河桥望瀛洲。望瀛洲之北，是深柳读书堂，过去是溪月松风、平湖秋月，再过去是流水音，此处已在福海西隅了。从东北出山口，临河是花屿兰皋，折而东南踱桥，两峰插云，风景很好。再东南是山水乐，山水乐之北，是君子轩，是藏密楼。福海中央殿前，是蓬岛瑶台，东是畅襟楼，西是神州三岛，东偏为随安室，西偏是日月平安报好音。东南踱桥是东岛，岛上有亭，题名瀛海仙山。西北踱桥是北岛，岛上有接秀山房。福海东隅正宇后，是琴趣轩，北面方楼，题名‘寻云’。东南是澄练楼，后楼是怡然书屋，稍东佛室是安隐幢，南面是揽翠亭。接秀山房之南，有一所依山临河的，名叫别有洞天，西是纳翠楼，西南是水木清华之阁，稍北是时赏斋，西是夹镜鸣琴，南是聚远楼，东是广育宫。宫前建有石坊，后面是凝祥殿，南面是南屏晚钟。再东踱桥，是西山入画，过去就是山容水态。西面是湖山在望佳山水、洞里长春、雷峰夕照的正宇，题名‘涵虚朗鉴’。”

“在福海东面，惠如春在其西北，寻云榭在其东北。正北是贻兰亭、会心不远。正南是临众芳，临众芳之南，一所宫院名叫云锦墅，墅中遍植牡丹。再过去是菊秀松蕤、万景大全，廓然大公。平湖秋月之西，是双鹤斋，再西是环秀山房，西北是规月楼，过去是临湖楼。东北上一所宫院，名叫绮吟堂，是四春里头海棠春娘娘寝宫。宫的北面，一条曲径，名叫采芝径，穿过岩洞，是峭蒨居，西是披云径，径西是启秀亭。远去是韵石淙、芰荷深处。北垣门外，是天真可佳楼，西垣外是影山楼。水木明瑟东南，是坐石临流，再过去是面院风荷、碧桐书院。院西佛楼，名叫洛咖胜境。境南有桥跨池，东西九空，坊楔二座，西为金鳌，东为玉蛛。金鳌西南何向外室，名叫四围佳丽；玉蛛亭，名叫饮练长虹。再东渡桥，折而北，设有城关一座，名叫宁和镇。镇东是东楼门，镇北是同乐园。前后楼各有五楹，前是清音阁，东是永日堂。中有南北长街，街西是抱朴草堂，街北踱过双桥，是卫城，竖有坊楔三座。城南面是多宝阁，内是山门正殿，题额‘寿国寿民’。后面是仁慈殿，再后面是普福宫，城北是最胜阁、洞天深处、如意馆，再南就是垂天贶。中天景物，斯文在兹，后天不老，都是众皇子肄业的所在。全圆胜景，差不多都在这里了。我问你进来一天半日,可游的遍没有?”燕儿道:“哎呀呀,这许多地方许多名儿,别说游,记也记不清呢。”郭太监道:“别说你,在园子里住了三年五载,不认得路径的多的很,谁能够处处都游遍?即如我,没有到过的地方,不知有得多少呢。”燕儿道:“干爷,你引我杏花村馆去逛逛罢,别的地方,过一日再游。”郭太监道:“也好。”

爷儿两个,就从秀木佳荫起身,穿过多少曲径,抄过多少回廊,从平安院西折而南,踱过石桥,只见绿荫遍地,芳草媚人,枝头杏子,随风低拂。遥想杏花开时,灿烂缤纷,金勒马嘶,玉楼人醉,此间景物,定必豁目醒心。正在冥思默索,不提防一个旗装宫女,急步飞来,一见郭太监,就道:“郭总管,娘娘传你问话,快快进去,快快进去!”郭太监见那宫女形色仓皇,倒唬一大跳,忙问什么事。那宫女道:“娘娘在窗帘里瞧见你……”说到这里,缩住嘴,向燕儿一笑,一扭身奔回去了。郭太监心下大疑,回向燕儿道:“你站在这儿,等我入内回了话再来。”说毕,傍花依柳,走入院中去了。燕儿独个儿站在那里,瞧见满地花影,因风乱舞,一寸芳心,愈益忐忑不定。正这当儿,忽见郭太监笑容满面的出来,站在回廊下,向自己招手道:“来来来。”燕儿走上两步,问道:“干爷,引我里面逛去吗?”郭太监道:“你说这人,真是运气来了。你道娘娘传我进去做什么?原来就为是你。你我到这儿,娘娘在窗帘里,早已瞧见,问我那面生女子是谁,瞧她气派态度,不像是旗人呀。我只得照实回奏,并求娘娘洪恩恕罪。娘娘道:‘这也不值什么,瞧她模样儿,也还伶俐,传她进来,要是合我的意思,就把她做了我的宫眷也好。’你想这不是天大的喜事吗?”燕儿道:“果然很好,只可惜我宫里的规矩不很明白可怎样?”郭太监道:“谁生出就会的,慢慢学着就是了。”燕儿道:“我这么蠢的人,怎样娘娘慧眼,偏生看上了。”郭太监道:“快随我进去罢,娘娘等的不耐烦了。”

于是燕儿跟随郭太监,径投杏花村馆来,跨上丹墀,小太监打起杏黄缎帘,才一进门,就闻一阵香扑了脸来,刺鼻透脑,荡魄消魂,身子便似在云端里一般。心想此香这么厉害,料就是龙涎宫香了。郭太监紧步急行,走得飞快,燕儿紧紧追随,也没暇赏玩宫中景物。展眼之间,早到寝宫,只见十来个宫女、太监,雁翅似的站立着,鸦雀无声,炕上坐着一个丽人,想来就是杏花春娘娘了。只见她淡扫蛾眉,薄施脂粉,卓文芙蓉之面,小蛮杨柳之腰。江采苹明秀难描,赵合德温柔自裕。倚在炕几上,手执金簪,正在拨弄金炉里香屑呢,那一副绮态柔情,真令人魂消魄醉。燕儿这时光,心里一爱,不由自主,扑翻娇躯就拜。杏花春笑问几岁了,你叫什么名字。燕儿照实奏复。杏花春道:“我留你在这儿做宫眷,你可愿意?”燕儿碰头道:“得蒙娘娘收为宫女,叠被摊床服侍娘娘一辈子,就是我的造化了。”杏花春道:“是真话么?”燕儿道:“怎么不真。娘娘这么神仙似的人物,能够守着一辈子,谁还不愿呢。”杏花春道:“你来了我就好了。从今以后,我也不怕她们了。”原来此时牡丹、武林二春,都有着极美丽极柔媚的宫眷,南朝粉黛,北部胭脂,荟萃一堂,引得文宗不时临幸,恩遇十分优渥。杏花春见她们得着殊宠,心下很是不自在,蕉心难展,蝶梦不成,时时泪泻红帛,夜夜魂销碧草。隔院笙歌,增人愁思。前檐鹦鹉,难诉衷肠。不能指桑说槐,未免打鸡骂犬。因此宫闱之间,海倒江翻,醋雾酸风,弥漫圆明全境。当下杏花春认识了蒋燕儿,提足精神,替她装饰,满望因花引蝶，一缕情丝，把痴峰的六足，牢牢缩住。命小太监到前面探听文宗举动，自晨至暮，盼断秋波。不意小太监回来，报称大事不好，万岁爷在勤政殿被一个听选旗女，出言顶撞。这旗女真也泼胆，把万岁爷说上一大串不好听的话，万岁爷怒得要不的，独个儿到天地一家春去了。杏花春一得此信，意懒心灰，顿时翠减红销，不胜憔悴。欲知后事如何，且听下回分解。

第七十五回　**杏花春奉诏宴群芳　叶相国高谈惊四座**

说话杏花春新收蒋燕儿为宫眷，满望感动君心，重承恩泽，不意妒花风雨，叠二连三，宫门寂寂，春梦迟迟，筝怨朱弦，烛啼红泪，不胜杨柳陌头之感。原来文宗因军报迭获胜仗，圣心大抒，下旨广选秀女。凡八旗女孩儿，年在十四岁以上，二十岁以下，都要报名听选。此时满洲八旗、蒙古八旗，报名入册的，累百盈千。文宗每朝，就在勤政清贤殿，亲自选验。这一夕，文宗宿在武林春院内，次日起身，日影移窗，时已不早。太监跪奏秀女齐集多时，静候万岁爷钦选。文宗点点头，用过早点，随命排驾到勤政殿，才到暖阁屏后，就听得殿上一股极清脆的声音，好似在那里排喧什么人似的。文宗奇诧道："宫禁重地，谁敢这么放诞无礼呢？"停住步，静心听时，只听那人道："谁没有家，谁没有老子娘，生捉活折，硬把人家弄到这个不见亲人的所在来。谁是铁石造成的？就铁石造成的，也要心伤泪落，何况是我？休说鞭笞，就是死我也不怕。现在天下乱得这个样子，长毛在江南称王作帝，兵微饷绌，京城里人衣食都不完全，每天喝着粥苟延性命。即以咱们而论，总算做到朝廷四品官，隔日之粮都没有，差不多要饿死。不听得选用将相，召见贤士，倒今儿选妃，明儿挑女的乐着。古书上说的无道昏君，现在的主子怕就是么。"文宗自出世到今，从没有受过这么的排喧，想到'无道昏君'的话，不禁毛发悚然，踱出屏风，坐上暖阁，举目向外面瞧时，见燕瘦环肥，站了一丹墀的女子，随问谁在这儿讲话？内监随即传旨。随见众女子里头，有一个穿蓝衣的，鹤立鸡群似的挺身而出，跪下奏道："是奴才讲的话。"文宗道："你讲点子什么？"那女子道："奴才等引见听选，久候不见圣驾，天寒身栗，欲出不得，总管老爷以朝廷禁令相责。奴才死罪，因言天下乱得这个样子，兵微饷绌，京城里人，差不多要饿死。不听得选用将相，召见贤士，倒今儿选妃明儿挑女的乐着。古书上说的无道昏君，奴才死罪，窃以拟论万岁爷，自知罪大已极，甘愿伏诛。"文宗半晌无语，既而道："你不愿意听选，送你回家就是了。"随令内监好好儿送她家去，不准难为她。后人有诗咏道：

女伴三旗结队偕，绣襦锦襆映宫槐。
纛牙未命南征将，选秀惟闻撂绿牌[①]。

文宗圣度汪洋，见这旗女的话，整直凯切，切中情事，十分嘉许，送了她回家后，随命罢掉选秀女之事。太监呈上黄匣，文宗拆封瞧阅，内有兵部侍郎曾国藩奏报军情一折，内称"十二月初十，水陆合攻湖口贼营，未获胜利。十二日，水师三板船驶入内湖，

① 满州语。引见不入选，名曰撂牌子。

焚去贼舟数十号，乘胜追逐，至大姑塘以上，奈贼人复于湖口殿下，筑垒增栅，以断吾后，致之三板船，不得驶出。吾军之在外江者，尽是快蟹、蟹龙等大船，掉运不灵，不能援救。贼率小艇，乘夜来袭，被焚战船三十九号，余船退回九江。不料贼人分船渡江，占据小池口，皖贼复上犯鄂境。二十五日，贼师来犯，吾军又遭大挫，被焚战船十余号。臣之座船，亦陷于贼，文卷册牍，尽都失散。臣部水师，屡获大捷，声威九震，自至湖口，苦战经月，忽有挫失，皆由臣国藩调度无方，请交部严加议处”等语。覆去翻来，瞧了二三遍，未免不很自在，也没心绪再去瞧阅别的章奏。

退朝下来，终很郁郁，因沿堤散步，随意走去。经过光风霁月堂，坦坦荡荡，踱过碧阑桥，便到了翠微堂，早有当值太监，报知杏花春。杏花春率领宫眷人等直迎出来，伏地迎驾。文宗步入杏花春馆，杏花春递上一杯茶，文宗就她手里，喝了两口，却不转眼的打量杏花春。见她汉装打扮，乌云似的芳发，梳成盘龙髻儿，鬓边插着支珠宝札成的蝴蝶。身穿妃色缎绣蝶灰鼠袄，青缎天马出风背心，西湖色绣蝶缎裙。金莲瘦削，玉腕玲珑，长眉入鬓，俊眼流波，真是没一件不好，没一样不俏。天颜怡然，笑道：“你也真可怜儿，这几夜寒衾冷落，未免辜负良宵，那都是朕的不是。”杏花春双颊微晕，似笑非笑的答道：“玉露甘霖，因是上苍恩泽，无如草木微躯，没福消受。难得上天体物施恩，五日一风，十日一雨，奴才正感激不尽呢。”文宗笑道：“你不怨朕吗？”杏花春道：“万岁爷，奴才有几句话，要奏怕爷恼，要不奏又不敢。今儿圣驾降临，得着这机会可就不敢不奏了。”文宗道：“什么话，你尽讲来是了。”杏花春道：“一日万机都要爷一个儿整理，爷就龙马精神，忙了一整天，也应将息将息。爷的身子，上承祖宗，下治万民，何等的重要！所以爷能够静静的将息着，奴才倒比了永夜承恩还快乐。就是别宫妃嫔，总也不会贪图一己欢娱，忍损万金玉体的。万岁爷，奴才这一番话，说得错了没有？”文宗笑道：“你倒自甘寂寞，不愿欢娱吗？”杏花春红着脸道：“奴才的话，句句从心胆里发出来的。万岁爷圣明，自己总也知道。”文宗细味其言，大为感动，随道：“不料你竟这么的爱朕，朕一竟糊糊涂涂，没有知道，怪不得外面人要骂朕做无道昏君呢。”杏花春道：“谁骂万岁爷，不怕天打雷劈吗！”文宗随把点秀女的事，说了一遍。杏花春道：“万岁爷把她惩治才是。小家子女孩儿，出口不知轻重，也还罢了。入选为秀女，他老子起码总是个四品官儿，四品官儿的女孩子，这么不知礼数，那真是笑话儿了。”文宗道：“四品官儿这句话，倒是你提醒了我。此女真是个好孩子，我爱还爱不过来，哪里忍惩治她，可惜她老子做了四品官儿，这一回撂了牌子，下回保不住不再把名字报入册来。要特旨免她，又从来没有这个例，想去想来，倒没有保全她的法子。你替我思想，有甚新奇的法子，可以永远保全她不再入选。”杏花春道：“爷果然要保全她，那是很容易办理的。”文宗道：“如何办理呢？”杏花春道：“只要查一查她老子，当的是什么官职，下旨降掉一级两级，下回自然不会再入选册了。”文宗笑道：“倒是你想的周到，就照你这么办罢。”杏花春道：“万岁爷，奴才新来一名宫眷，万岁爷还没有见过。”随命一太监带领她觐见。一时带入觐见过，文宗异常欢喜。这一晚，就宿在杏花春馆。

次日，文宗高兴，开一个群芳宴，点了菜，叫太监交给内膳房做去，传旨各宫妃嫔，都到杏花春馆领宴。又下特旨，各妃嫔团坐欢饮，不必拘牵礼节。此旨下后，六院三宫，妃嫔贵人，无不全到。只有那拉懿嫔，称病不至。文宗道：“她不来也就罢了，咱们尽乐咱们的。”这日，珠团翠绕，粉气脂香，乐了一整日。文宗左拥右抱，宛如在众香国里似的。真是：

纸醉金迷深院镇，云团月护万花攒。天子无愁，佳人倾国。芳情脉脉，软语呢呢。鸾凤常隐帐中，嫦娥频呼月里。

并且情天做美，南北军务，十分得手。不唱懊恼之曲，何来长恨之歌？

这一年，江苏巡抚吉尔杭阿，克复了上海，擒斩小刀会首领刘丽川。僧格林沁攻破了连镇，阵擒太平军次目林凤祥，乘胜进兵，连破高唐州、冯官屯，活擒太平军将领李开芳。京师解严，所有大将军、参赞大臣，尽都撤掉。僧格林沁特赏亲王，世袭罔替。西凌阿特赏三等男爵。只曾国藩一军，胜负不常，弱强顷刻。骁将塔齐布、江忠源、彭三元等先后出缺，派了察哈尔都统西凌为钦差大臣，荆州将军绵淘为帮办大臣，驰往湖北，也不见甚么动静。

到七月里，皇太后着了点子秋凉，得了个泄泻之症，文宗帝、恭亲王等，侍奉汤药，克尽子职。怎奈药石无灵，慈躬日渐沉重，心中繁闷，口内无味。黑夜作晓，白日常倦，神昏谵语，梦乱魂迷。如此诸症，不上一月，都添全了。这夜，灯火通明，文宗侍立在侧，太后昏迷之际，执住文宗手，只当是恭亲王，分咐道：“我的儿，阿玛当时，原要立你为君，后来忽尔变卦，也是天命。我死之后，你须格外小心谨慎。”说到这里，忽地清醒过来，见站立的是文宗，不禁满面羞惭。文宗碰头道：“太后放心，太后万岁千秋后，子臣待遇奕䜣，一如太后在日。”太后点点头，并没有说什么。过不多几日，驾返瑶池，皇太后大行去了。一切丧葬，悉如典礼，那也不应细表。

文宗于昆弟之间，克尽悌道，然而想到当年夺储情事，不免终有点子忿忿。太后宴了驾，不过十天，就下一道很严厉的上谕：

恭亲王奕䜣，于一切礼仪，多有疏略之处，着勿用在军机大臣上行走，并开去宗人府宗令正黄旗满洲都统缺。钦此。

在人檐下过，怎敢不低头。奕䜣此时，除了逆来顺受，也没有别的法子了。这都是咸丰五年的事。一到六年，各省军务，更是不顺手。三月里，瓜州、镇江的太平军，合攻扬州，扬州被他攻掉。曾营骁将罗泽南，又在武昌战没，安徽宁国府，又被太平军夺去。四月里，江苏巡抚吉尔杭阿，从上海率兵进攻镇江，在高资地方，血战而亡。五月里，江南大营，又被太平军打掉，向荣退保丹阳。挨到七月里，向荣竟至积劳殒命，清朝兵力，顿遭大挫。亏得南京太平军各王，自相残杀，讨饭的不容叫化子。杨秀清图谋篡立，要秀全封他做万岁。秀全没法，密召韦昌辉、石达开，叫他们想法子。韦昌辉愤火中烧，一到南京，就赶到秀清家里，不问长幼老小，一齐动手，诛尽杀绝。石达开赶到，已经不及。达开责问昌辉，昌辉恼羞变怒，竟要手刃达开。达开是聪明人，知道同类相残，必没有好结果,行了三十六着的上着,一走完结。昌辉大怒,围住翼王府,把达开家属全伙儿害掉。洪秀全见韦昌辉是个天煞星,留着定有祸患,密令秀清死党,把昌辉杀掉。旬日之间,南京城里,死掉两个大王,所以太平军的声势,倒也不见十分涨盛。清朝各将,都还能够勉力支撑。

谁料,一到九月里,广东地方,竟又掀起极大风波。原来两广总督叶名琛,为人倔强,素不把洋人放在眼里。洋官照会到来,碰他的高兴,有时略复三言五语,有时竟搁置不复,洋官很是不自在。然而惮他的威重,也不敢把他怎样。这一年平掉东莞匪乱,功高望重,朝廷迭沛殊恩,简为纶扉之任,先授协办大学士,继升体仁阁大学士,官愈做愈高,气愈老愈盛。

这日,饭后无事,名琛正在签押房焚香危坐,虔诵那《觉世真经》,忽见软帘一动,巡捕官探身而入,送进一角文书来。名琛正眼也不瞧,专诚诵他的经。那巡捕官直候他念毕了,才敢呈上。名琛接来一瞧,见是英领事巴夏里的照会,心里头没好气,拆开一瞧,原来是为一只张挂洋旗的划艇,被水师千总梁国定拿住了,捕了人去。照会援引条约,称说“舟人有罪,华官也应行文移取,不应擅行拘捕,何况并没罪过,请即开释”等语。名琛道:“怎么一回事?我没有知道呢。”巡捕官道:“中堂要明白这件事,只消传梁弁来辕一问。”名琛点点头,立命巡捕传去。一时传到,名琛叫入,梁国定行过礼,禀道:“划艇上十三名,都是逃犯。这一伙逃犯,仗着洋人腰子,高扯了洋旗,大剌剌地驶进省河来。中堂不知,近来省中划艇,都到香港去领洋票,领着了洋票,就算是外国船,偷私走税,无所不为,本国关卡,哪里敢问他一声半语。这一艇逃犯,标下原有几个认识的,这回上去查问,非但不服,洋人出场,倒说标下不应查问。标下气不过,就叫兵士们动手,拔掉了那面洋旗,拘获了那伙逃犯。”名琛摇头道:“本国官不应查问本国人,那不昏了天黑了地吗?就照和约,也不过知会他们一声是了。从没有明文,说本国官不应查问本国人的。”随问这十三名逃犯,获住之后,问过供没有。梁国定道:“问过几堂,已经有七个人,招供认罪。”名琛又问了几句别的话,随道:“你退下去。这一件事,本阁部堂自有办法。”梁国定去后,名琛就与幕友们商议,定出一个办法,叫把那没有认供的五名先行送交领事衙门,并告诉他七名实系匪党,已经认供,不能送还。不意派人去后,巴夏里执意不从。差弁回禀名琛,名琛道:“外国人真好精神,似这种小事,我也没那么大工夫,跟他们计较,就依了他,把那起水手,都移交了去,那总没有话讲了。”随叫幕友办照会,委派县丞一员,携了照会,把十三个水手,解到英领事衙门。见过翻译,言明来意,翻译接了照会,入内回话。那委员坐在会客室,候了个不耐烦,才见翻译出来,冷冷的道:“领事说,请你上复中堂。此事关系水师,本署未便接受,中堂的照会,费神依旧带了回去。”委员道:“这是什么意思?”翻译道:“领事这么吩咐,什么意思,我也没有知道。我还有事,可不能奉陪了。”说毕踱了进去。

委员此时宛如丈六金刚,摸不着头脑,只得回院,禀知名琛。名琛道:“听他是了。”随叫把十三名水手,依旧交给首县收禁。忽门上送进英领事照会,拆开瞧时,一派无理取闹的话,要求把梁国定送交英署,听候裁判。”名琛笑道:“这么不晓事的人,也出来充当领事,几曾见天朝官弁,倒听受外国衙门审判的,不必理他是了。”到二十三这一日，英领事忽遣通事来辕，声称领事说，限到明儿午刻，还不照办，定即攻城。名琛置之不睬，众幕友都替他捏一把汗。名琛却依旧谈笑自如，向众幕友道："柏抚院到了京里去，后儿武闱，又要去校阅马箭。这几天事情真是多不过，我可摆布不来呢。"众幕友敷衍了他几句话。

二十五日黑早，名琛起身，先到吕祖案前拈过香，分咐提轿，排齐执事、清道旗、金鼓旗、飞虎旗、中军官、旗牌官、巡捕官、洋枪队、长矛队、大旗队，并銮驾执事戈什哈人等，威威武武，浩浩荡荡，排有一二里道子。一到校场，两司府县，提镇参游，已都在那里恭候了。接入演武厅落坐，名琛下令，应试举子，分队校射。此令一下，校场中怒弦鸣镝，盘马弯弓，众举子放出男儿好身手，风驰雨骤，拼命的争竞。但见秋柳远拂金鞍，衰草斜承玉勒。弓弯月满，矢激星飘，射中的神气飞扬，被黜的垂头丧气。正在校阅，忽闻轰天似的一声炮响，众人齐吃一惊，连着又是五六响，察那声音，自从东面来的。忽见一个晶顶武弁骑着嘶风快马，从树林深处，直驰过来，照着晨曦，帽影鞭丝，其行如箭，一瞬间早到了演武厅。那武弁滚鞍下马，忽地奔入，一见名琛，就报说不好了，洋兵开炮轰打猎德中流沙炮台，众官齐都失色。名琛笑道："没有的事，不必理他，过一回自会没事的。吩咐省河兵弁，偃旗息鼓，不必跟他们开战。"广州府道："回中堂话，这件事怕不复易了呢？今年六月里，佛山镇上，天忽雨血，七月里，飓风大作，连发三日三夜。六榕寺里的塔，还自唐朝建造的，塔脚下有白石鑿成的番夷四名，听说是术士制来压胜的，这个飓风也圮掉了。天变如此，人事可知。中堂倒不可不防呢。"名琛道："我怕不知道，只是吕祖没有是兆呢。你们不知兄弟衙门里供的吕祖，最是灵验，兄弟天天扶一回乩，要真是有什么，吕祖早有朕兆示知了。兄弟经过的事，却番平乱，封爵入阁，乩召上都有预兆的。"众人见名琛说得这么活灵活现，没法子驳他，只得任其所为。名琛却没事人似的，校阅了一镇日。

日暮回署，军报传来，洋兵果然收队去了。名琛笑向幕友道："如何？我说不要紧的，天下本无事，庸人自扰之。他们慌的那样儿，我正暗地里好笑呢。"幕友道："洋船都泊在十三洋行码头上，怕不见得就这么罢手呢。"名琛道："我决定洋人没中用的，且看明日情形，再筹抵拒的法子。

一宵无话。次日，炮声大震，军报络绎，报称洋兵攻扑凤凰山，炮台守兵，尽都溃散。名琛全不在意，传命提轿，还要到校场去考试武闱。两司府县，仓皇奔至，齐声谏阻。欲知叶名琛首肯与否，且听下回分解。

第七十六回　广州城洋人耀武　长春馆相国扶鸾

话说叶名琛还要到校场考试武闱,两司府县,竭力谏阻。名琛道:“我在这里,也无济于事。”藩台道:“中堂应派员到英领事衙门,问他起衅的缘故。”叶名琛道:“外国人多是不讲情理的,我简直怕与他交涉。”说着,巡抚官送进手本,说雷州府知府蒋立昂求见。名琛道:“蒋守来的凑巧,就叫他领事衙门走一遭罢。”随命传见。一时引入蒋知府,名琛授了他一番话,蒋知府领命自去。不过两顿饭时光,蒋知府回辕复命,名琛问他事情怎么了?蒋知府道:“卑府到了那里,经通事引到里号,见有两个洋官,一个认得是领事巴夏里,还有一个,经巴夏里介绍,才知就是英国水师提督姓西的。卑府就把中堂的话向他们述了一遍,巴领事、西提督同声答道:‘这一件事,须要入城面谈。传言误听,屡乖二国之好,费神回禀中堂,请他老人家定一个日子,咱们当趋辕面议。’卑府跟他辩论,巴领事竟不容卑府开口,向卑府道:‘无论如何,非入城面谈不可,言尽于此,意尽于此,就烦上复中堂罢。’卑府只得赶回来,看来洋官意思,入城面议四个字,一口咬定不肯移的了。”名琛道:“洋人不得入城,载在条约,如何可以变动?巴夏里真是无理取闹了。”随叫幕友起了一个照会,声明入城禁约,系徐前督与英国公使文翰两人所手定,循行已久,未便变动。照复了去,杳无音息。

到二十九这日,炮火轰天,喊声震地,洋船桅杆上的炮、海珠炮台上的炮,一齐轰发,那炮弹齐向着总督衙门,宛似飞珠走雹。两司道府提镇参将,文武各属吏,着急异常,突火冒烟,来辕求见。巡捕官入报,名琛笑道:“他们赶来做什么?我很镇定呢。请他们这里坐罢。”一时引入,才待坐下,忽地一排炮子,破空而来,打在屋瓦上,滴粒粒,煞辣辣,奇声怪响,惊得众人目瞪口呆。瞧叶名琛时,依然面不改色,忽一颗流弹,蚩的飞来,打在几案上,烧成一洞。众文武走避不迭,叶名琛依旧兀坐不动。藩司江国霖、首道张百揆,力请名琛避居。名琛笑道:“承蒙厚意,兄弟侍奉家君,住在这里安坦的很。家君毫无迁意,兄弟也未便过于勉强。”司道见劝他不醒,只得罢了。

到三十日午后,洋船发炮,愈益厉害,炮弹小者如拳,大者如槌,络绎飞来。制台衙门里的月台和西花厅,尽都打掉,名琛还不在意。忽报城外火起,名琛道:“是民间失火?是洋人纵火?”差了三五个人去打听,约有顿饭时光,差去的人同来,禀称火在靖海门外,光景是洋人放射火箭,烧起来的。名琛步到廊下,仰首瞧时,但见黑烟迷漫天空,如云如雾,梁柱爆裂之声,噼噼啪啪,宛如年残爆竹,催花羯鼓。众家人瞧见这个声势,无不目骇心惊。名琛道:“怕什么,洋人技止此耳。”

一到天黑,火光愈明显,照耀如同白昼,两司道府又来恳请,抚院柏贵,也派弁来辕迎请。名琛道:“难得诸君厚意,但是兄弟还须请请家君的示。”众人齐道:“谅老大人总没有不答应的,我们跟中堂进去恳请如何?”名琛道:“这个可不敢。家君在长春仙馆里静养,长春仙馆是供奉吕、李二仙之所,诸君未会斋戒,进去怕有不便么。”众人道："既是如此，就请中堂转禀了罢。"名琛应允入内，一时扶了个须眉皓白的老者出来。众人认得就是名琛的老子叶志诜，上前见礼，道明来意。叶志诜道："诸位盛意，可感的很。然而还有一件事，要求诸位原谅。"众人忙问何事，叶志诜道："长春仙馆，设有乩台，敬奉的是吕洞宾、李太白两位仙师。"江藩台不等说完，忙接口道："老大人请放心，行辕中自然另备精舍，供奉仙师。"志诜喜道："这么诚好了。"江藩台随向名琛道："请中堂示，还是这会子就走，还是停会子再走。"名琛道："兄弟举止，关系全城耳目，眷属行李，可以先行，兄弟自己，复俟明儿再走。"众人齐问何故，名琛道："明儿恰是十月初一，原要到圣庙拈香的。拈过香，就到抚院那里，只说是会议要事，谁又知道了呢。"众人齐称妙计。江藩台吩咐南、番两县，速催夫役三百名，来辕伺侯。两县应诺先去，两司道府，又讲了几句话，方才辞去。

次日，绅商伍崇曜来辕求见，门上回说中堂在抚院那里，知道他已经迁避定当。伍崇曜没奈何，折回抚署，投刺请见，巡捕官引入，名琛询问来意。崇曜道："英国新派了一个姓包的公使来。这包公使有一封书信给中堂，瞧他们行止，似乎很有转圜的意思。"名琛道："书信在哪里？"崇曜道："治晚带在这里。"随即递上。名琛拆封瞧时，大致称说壬寅请款，凡领事官有相商事件，得于地方官衙署相见。自粤东禁止入城以来，传言误耳，壅阏不通，请仍循江宁旧约，以通中外之好。名琛瞧毕，摇头道："入城之心，终不肯死。说去说来，总是这一句话，谁耐烦理他呢。"崇曜见名琛固执，也不敢再说什么，告辞退出。

这日，柏抚院办了菜，特请名琛父子午饭。坐好席，才待举箸，炮声大震。军弁飞报，洋兵攻城，城墙崩掉二丈有余，洋将率兵冲杀进来了。名琛道："咱们尽吃咱们的饭。"抚院勉强陪着，心慌手乱，焦急得什么相似。忽报军中副将凌操，督众抵御，被洋人一枪击毙，官兵大溃。大批团勇，赶来援救，只杀掉洋兵数十名。因为没有火器，依旧败了回来，现在洋兵已到制台衙门去了。抚院向名琛道："中堂洪福，要是迟迁一天，可就坏了事了。"道言未了，警报又至，靖海、五仙二门，齐都起火，百姓出来救火，都被洋兵击毙。抚院此时，坐不安席，食不甘味。叶中堂依然没事人似的，笑向他老子道："君子居夷俟命，读圣贤书，所学何事，怕也没中用。"志诜道："吾家数世为民，我也深信总不会有什么。"忽报团练绅士求见，名琛道："驱除洋人，都在这几个绅士身上。"立即吐哺出见。众绅士义愤干云，词意之间，很有敌忾同仇神气。名琛大言道："洋人启衅，志在进城。现在借端滋事，闹到这么田地，本部堂援引前约，反复开导，无奈洋人冥顽不灵，始终开导不醒。但是本部堂定必坚执前盟，不能曲从其请。你们不必惊疑，宜一心堵守，同仇敌忾。洋人见我们官民一气，上下一心，自然也不敢再争了。"众绅士见名琛如此奖励，自然万分勇跃。绅士去后，名琛笑向抚院道："广东人真好。看来洋人依旧要被他们驱掉呢。"

话休絮繁。从这日起，洋兵天天开炮轰城，领事巴夏里，却天天约了本地绅士，办论款事。几位绅士，如崇曜、梁纶枢、易景兰、潘世荣、俞文照，黄乐之等，忙得什么似的。这日，巴夏里又兴起一个主意，向众绅士道："兵连祸结，终非地方之福。我们执定要进城，中堂执定不能进城，事又难于转圜，现在我有一个两全其美的法子，只要中堂俯鉴微忱，答应了，就免得再动干戈，两国依然交好。”众绅士大喜，忙问办法。巴夏里道：“办则容易的很，只消议一个相见礼节，再在城外斟酌一个会议的公所，就请中堂到公所来会议一切。如此办理，两面都有了面子，都不伤感情，众位瞧可行不可行？”众绅士道：“我们瞧是很好，但不知叶中堂意见若何。”黄乐之道：“叶中堂执拗的很，还是先与江方伯商量商量。就是中堂面前，江方伯说起来，比了我们，总要好一点。”众绅士听说有理，于是径抵藩署，投刺入见，道明来意。江国霖喜道：“似这么通融，中堂定能俯允。”众绅士道：“可否费方伯神，中堂跟前，吹嘘一二。”江国霖道：“帮助几句话，原是无有不可的，只是话总要你们自己去讲。”伍崇曜道：“这个自然。”

当下江藩台与众绅士，乘了轿，齐投抚院来见叶名琛。名琛一见面，就问众位又来做什么。伍崇曜道：“洋人震慑中堂威德，不敢再次入城了。”名琛闻言，得意的很，笑向众人道：“我早料洋人是没中用，你们总不信。现在如何？你们一竟说洋人厉害，我告诉你们，洋人在这里的，不过千人左右，凭他怎样，一百个服侍一个，也总可以了。咱们这里，几十万人还有呢。外国的洋人，没有翅膀子，不见得就会飞来。这会子他们知难而退，可见就应了我这句话了。”说道，狂笑不已。伍崇曜慢慢的道：“回中堂话，洋人还有要求呢。”名琛道：“要求什么呢？”崇曜道：“巴夏里请在城外设一个公所，斟酌一个相见礼节，就请中堂出城会议。”名琛道：“定要见我做什么？我可不上他们的当。”江国霖道：“照司里看来，这一举与盟约政体，两无妨碍。巴酋只不过要谒见中堂一面，中堂何妨曲体洋情，答应了，免掉多少是非口舌。”名琛道：“洋情诡谲，到今日还有什么可信的。如果许他相见，遭了耻辱，我一个儿原没什么要紧，后来的事情，怕更不容易收拾呢。”江国霖见他这么说了，不便接口，众绅士也各默默无言，坐了一回，各自散去。名琛笑向左右道：“洋人诡计最多，这样不来，就换那样来。我执定主意，不去睬他，看他怎样。”道言未了，忽听山冈地陷似的怪响，连续不已，震得房屋翕翕欲动，一霎间报了四五处火起。

这日，洋人大炮，分五路攻打，炮声飚发，弹焰星攒，炮弹有重到八十多斤的。炮线所经，市廛房屋，不摧毁，就延烧，火光烛天，哭声震地，直到天黑，方随停止轰击。到了十一月，炮火昼夜轰发，弹药所至，立就焚烧，府县官但令居民去掉篷敞等引火之物，多蓄水浆而已。到十八这一夜，西关外忽地大火，风猛火烈，熊熊焰焰，直烧了一夜一日。亚美利加、法兰西、英吉利各国的商民房屋，尽变成一堆焦土。洋人疑是附近居民放的火，遂把西濠沿河居民铺屋数千家，也放了一把火，烧光完结。说也奇怪，洋兵自从西关外洋房烧掉之后，退屯海珠炮台，不复开炮轰城了。到二十六日，洋兵忽又退向大黄滘车岺炮台去，在内河的洋船，也都退向大黄滘去。军探报入省城，名琛喜道：“我早知洋人没中用，果然退了去也。”传报武昌、汉阳，都被湘军克复，九江也已合围。胡林翼经营武汉，曾国藩整率南昌，官军声势，重又盛旺起来了。名琛道：“长毛一平，就把平长毛的兵，调来办理红毛人，就容易了。”随命府县修理督署，即日迁回办事。

时光迅速，转瞬又届新年。叶名琛高兴异常，办了几席酒，柬请将军、都统、巡抚、两司提镇、道府各文武官员，来辕公宴。将军穆兑德讷道：“阅邸报，懿妃那拉氏，晋封为懿贵妃了。”名琛道：“宫闱封拜，不与政务相关，提起她做什么？”穆将军道：“叶赫那拉氏，是本朝的世仇，所以历朝妃后，从没有姓那拉的。现在懿贵妃恰是那拉氏，奇怪不奇怪？”名琛道：“太祖高皇后，不是姓那拉的么？”穆将道：“彼时叶赫国还没有灭掉呢。”贵抚台道：“君上的事情，不是臣下所能谈论的。去年秋、冬两季，洋人那么汹涌，省城那么危急，再想不到雾解冰销，依旧过着太平岁月。”名琛笑道：“诸位自己着忙是了，兄弟早知道不要紧的，兄弟彼时叩问吕祖，吕祖飞乩示兆，说洋人不久自会退去，已而果然。”江国霖道：“司里看来，洋人未见得就此罢手呢。西关外洋行烧掉之后，英人不胜其愤，驰回本国，哭诉国主。该国君主，已下议上下两院，上院里大臣，大半主张称兵，下院里绅士，不肯答应，英相巴米顿，为了此事，求请解职，还不知如何结局呢。”名琛道：“老哥知道的恁地详细。”江国霖道：“司里定有一份澳门月报，外洋事情，记载的倒还翔实。”名琛道：“英人哭诉国主，意欲何为？”江国霖道：“无非欲称兵滋扰罢了。”名琛道：“该国君主，上下两院，想来还在依违两可之间。”江国霖道：“英国制度，原跟咱们不同。大小政治，总要两院合议了，然后好行。上院都是大臣，下院都是绅士。这也是循例的举动。”名琛道：“循例不循例，我也不管。总之，无论如何，总不过是黔驴之技。”酒闲人散，各自回家，一席清谈，都已置诸九霄云外。名琛跟着老子，依旧在长春仙馆，参拜吕、李二仙，虔诵《觉世真经》。

落花无语，芳草有情。杜宇催春，布谷迎夏。一瞬眼已是五月初旬，一片承平雅颂声，炮雨枪林，血飞肉薄，早已视如隔世。不意到初十这一天，警报传来，说琼州镇总兵黄开广率领师船、红丹船一百余号，在三山地方，与洋船开仗，打了个大败仗。洋船直追到佛山镇，又退去。又报大蓉滘的洋船也退了去，不知何意。名琛道：“来也不足为奇，去也不足称怪，不必理他，一任他如梁间春燕，自去自来是了。”自从这一回之后，连接几个风报，称说洋船大至，洋人势将大举。名琛笑道：“谣言罢了，定不会有的事。”众人将信将疑。这一年，各处事情波谲云诡，奇异如鬼，纷乱如麻。曾国藩丁了忧，湘军少了个大将。怡良因病开缺，何杜清署理两江总督，江南又多了个庸臣。云贵地方，回民肆扰，总督恒春，堵截计穷，在署自缢而亡。太平军将领陈玉成屡扰湖北。袁甲三攻破邓、王、姚三圩，生擒捻首李寅等。湘军克复湖口、彭泽两县，张国梁克复镇江，德兴阿克复瓜州，偏是广东，倒又平安无事。于是文武官吏，没一个不佩服名琛的先见。

不意到了十月初一，忽有一个自称通事的吴全，求见叶中堂，称有要事告禀。名琛传他进内，问有什么事。吴全道：“英国卑大人，叫小的拜上中堂。明日，卑大人亲驾火轮船，驶入省河投送照会，请中堂派官到那里接取。”名琛道：“又投照会做什么？说我知道了。”次日，名琛派南海县县丞许文深，前往接受照会。原来英国议院主张和平，内阁主张武力，相持不下。内阁大臣巴米顿，至请解职。调和派进计，请先派公使到中国，重定盟约，如不得请，再行用兵也不迟。英君主深然其计，特简二等伯爵额罗金到广东议款，一面调派火轮兵船，分泊澳门、香港，以俟进止。又遣人告法兰西，约以联兵合从，法人倒也听命，所以重有照会的事情。

却说名琛派了许文深去，就换上公服，到长春仙馆，在二仙像前，焚上一炉香，虔虔诚诚，叩了四个头，默祷一回。督也灵验，仙乩大动，霎时间判出四句仙语，明明白白，清清楚楚，只见写的是：

十五日，听消息，事已定，毋着急。

名琛喜道："我久知英人胆怯，不敢过甚。仙人有灵，过了十五日，定没有大事了。"忽报许文深求见。名琛道："叫他签押房等着罢。"送过乩仙，卸去公服，又坐下喝过一杯茶，才慢慢踱向签押房来。家人打起软帘，名琛走入，许文深抢步请安，呈上英人照会，回道："卑职乘船到省河鸡鸭滘地方，果见两只火轮船，高扯白旗，飞驶而来，一只是英吉利船，一只却是法兰西船。停轮相见，送过照会，果然就退去的。"名琛点点头，随拆开瞧时，见上面署衔大英国钦差全权公使二等伯爵额罗金，诧道："怎么英国巴巴的派全权公使来。"随又瞧下去，见要求的共有三桩事情：一是入城见面，一是索取省河南岸之地，一是责备焚毁之洋房货财及通商事情。语气异常狂悖。名琛始道："英人太瞧人不起，你去回复他，说我说，除了通商一事外，概不能从。那种不讲理的人，我也没那么大工夫，跟他们行文照会。他们要是听了最好，要是不听，随他是了。"许文深不敢说什么，诺诺连声而去。

次日黎明，英法两国兵船，连樯并楫，驶入省河来。汽笛呜呜，机声轧轧，那股声势，宛似山鸣谷应，虎啸龙吟。唬得近河百姓，纷然惊窜。兵船一到南岸，下碇停轮，洋兵整队登岸，驱逐居民，夺占屋宇，实行起照会中第二条款子来。阖城官绅，都有忧色，便齐到督署求见，恳请设法抵拒。欲知叶名琛有何神谋秘计，可以济变匡时，且俟下回书中再行详叙。

第七十七回　**长春馆仙人遭劫　镇海楼苏武狂吟**

话说阖城官绅，到督辕求见，巡捕官接了帖子去，半日不见出来。众人在官厅里，等到个不耐烦，藩台江国霖发话道："时势危急到这个样子，还装这么的架子。"话犹未了，就见巡捕官笑容可掬的出来，向众官绅道："中堂请众位大人西花厅相见。"随即执帖引导，众官绅鱼贯跟随。走入西花厅，还没有坐下，就听得一阵靴子响，当差的打起软帘，名琛进来，众官绅见过礼。有一绅士，猝然道："大祸到了，中堂知道么？"名琛瞧时，发话的是在籍布政司黄乐之，随笑答道："倒没有知道，什么事呢？"众人随把洋船闯入省河，登岸夺屋的事，说了一遍。名琛笑道："我当是什么，诸位巴巴的请过来，原来就不过为这点子小事，惊惶到这个样子，我看很是犯不着。"藩台江国霖、臬台周起滨齐声道："洋兵声势汹涌，战祸即在目前，恳请中堂速行设法抵御。"名琛冷笑道："诸位胆子未免太小，我没有那么大工夫跟他们玩。外国人有甚能为，无非虚张声势，唬人罢了，我可不上他的当。"众人面面相觑，意思之间，很是不信。名琛道："你们不信我的话么，那也不能怪你们，因为我从没有谈起过洋人那里，我派有一个细作在那里，此人姓张，名叫同云，伶俐精细，很是靠的住，洋人一举一动，他知道了，立刻就报信给我。现在洋人，外面虚张声势，内里穷蹙的很，所以我说不要紧。"江国霖道："中堂明见，原是万万不会有错误。但是小民无知，见洋人这么声势，未免惊惶错乱。司里下见，就是明知无事，防务上似乎不能过于大意。"名琛道："不必不必。"众人帮着江国霖，再三渎闻，名琛不禁发起火来，艴然道："你们不信我话，就你们去干。谁增兵，谁给饷，我可不管你们的事。"藩、臬两司齐声道："中堂何必这么着急，我们也无非为大局起见。究竟中堂是上司，我们是下属，恁是如何，我们总不敢与中堂闹意见。中堂说不必设防，自然总不会错的。"名琛道："你们不信，瞧着是了。一过十五日，包你没有事。"众人无奈，只得告辞而出。

到十一这夜，四更里，军探密报，洋人布置炮位，已定即日攻城。名琛毫不在意，依旧诵经谈道。次日，许文深入见，禀称："省绅意思，现在两军相持，似宜遣派绅商，赴船审探，特叫卑职进来，请中堂的示。"名琛听了，大大不自在，随问谁出的主意。许文深道："是伍崇曜说的。"名琛冷笑道："好绅士，竟要干私通外国的勾当。"随向当差的道："传粮道王大人，快快进见。"当差的答应一声，飞跑而去。霎时巡捕官送进粮道王增廉手本。名琛道："传他见我。"王增廉见过礼，见名琛气色不好，垂手侍立，不敢询问。只见名琛道："怪不得洋人要滋扰，咱们麻袋儿装铁钉打里戮出。本城官绅，先要到洋船上去送好消息，事情还好办吗？"王增廉不敢接嘴。名琛随向增廉道："烦你老哥，替我去传谕官绅、土庶，谁到洋船上就把谁按照军法办。"增廉应了一声，自去传令。此令一下，阖城官绅，谁不凛遵恐后。到午饭时光，英法两国送来一封照会，外面列有五位官衔，是总督、巡抚、将军，左右两都统，拆开瞧时，并无别语，只称："十三日，本军开炮攻城,官绅、军民人等,火速迁避九十里外。本军此番,定把广州城子,打为灰烬。尔官绅、军民,切勿自误。”言无数语,截铁斩钉,很是厉害。

柏抚台唬极,乘轿到督辕拜会,接谈之下,名琛依旧没事人似的。柏贵道:“洋人照会,中堂没有接到吧?”名琛道:“虚言恫唬,怕什么的。”柏贵道:“不似虚言吗?细作报来,说城外伪示贴遍了,称言一过十二个时辰,即行开炮,嘱咐百姓迁避。”名琛道:“不必理他。我知道洋人没有这么能耐。”柏贵道:“还有一个很确的消息,闻得英法两国,跟四国立了四十万金的决赌,言明二十四个时辰内,不打破广州城,无颜再至中国。倘然如限进城,各国应出犒军费四十万。”名琛听了,只是好笑。柏贵道:“中堂不记得去年么,兄弟陛见出都,在路得了洋人滋扰的信,昼夜兼程,赶到省,已是九月底边,瞧见事情闹得不堪收拾。那日早晨,中堂迁到敝衙,正午洋兵就入贵署搜索,这么险的事,如何还说他是虚言恫吓?”名琛道:“你我都是凡人,吕仙总不曾错的。乩台降谕,说过了十五就没事。今儿日是十二。”说到这里,便抡指算道:“十三,十四,十五,再过三天,就没有事了。”柏抚台没法,告辞退出。

广州官民,这一夜总还算是太平岁月,一到十三是不好了。黎明时光,炮声骤发,震天撼地,宛如百万雷霆,同时发作,烟霞四塞,火焰冲霄。炮子所经,摧墙壁,倒大厦,高房顿时灰烬。炮弹却也作怪,好似生有眼珠子似的,颗颗只向制台衙门打来。一瞬之间,早起了三五处火,长春仙馆也在劫数里头,烈焰腾腾,不可向迩。名琛到这时候,也曾发急,抢了吕、李二仙神像,仓皇奔出,烟雾迷漫,也辨不出东西南北,衙门四面,都着了火。正在走投无路,忽见一人冒烟突火进来,一见名琛,就道:“中堂别慌,西北角没有火,标下背你出去。”名琛道:“你是谁?”那人道:“标下是本署武巡捕官把总蓝瑸。”名琛道:“好好,你就背我出去罢。”蓝瑸低下身子,把名琛背上,放开脚步,向后飞奔,陡闻一声霹雳,上房里冒起火来,噼噼啪啪,梁柱爆裂之声,震心惊耳。原来又中了一个开花炮弹,亏得蓝瑸两脚飞快,离署早有三五十家门面,真是贫不择妻,慌不择路,急急如丧家之犬,茫茫如漏网之鱼。奔了半天,似觉炮声渐远,见面首一所高大房屋,名琛就问:“这是什么所在?”蓝瑸回是粤华书院。名琛道:“就这儿躲一躲罢。”走入书院,喘息未定,惊报又来,说洋兵登岸扑城,双门拱北楼已着了火也。名琛跌足道:“可惜可惜,拱北楼上,藏有书版片及铜漏一具。这铜漏还是元朝的东西呢。”忽见家丁许庆、胡顺,仓皇奔至。名琛问外面怎么了?许庆道:“千总邓安邦率领东勇千名,正跟洋兵血战呢。”说着时,南海县华廷杰、番禺县李福泰,相继都到。接着,府道两司,也来慰问。忽报邓安邦大败,东固炮台已被洋人夺去。名琛道:“怎么咱们的将官都是没中用的!”江藩台道:“邓安邦打仗,倒出力的很,洋兵被他杀掉的,很不少,很不少,实因孤军无援,才败下来的。”名琛无语。

此时军报络绎,十名多探子,飞马走报,往来不绝。一时报称洋兵在东固炮台上,移炮向城,连环轰放,百姓逃奔无路,闹得鼎沸一般。一会子,报称洋将卑大人,督率兵队攻扑北门炮台,被都统来存,用八千斤大炮,轰了三炮,洋兵死掉三百多名,卑大人也被击死。名琛大喜。忽见两名探子,仓皇奔入,报称大事不好,洋兵已经进了小北门,观音山顶,插有红旗三面。名琛怒道:“谁放他进来的,混账混账!”众人见了,都不禁好笑。名琛命一个戈什哈，拿了令箭，到新城外，调集潮勇，攻夺观音山，要是一鼓克复，立即赏银万两。戈什哈传令去后，不过顿饭时光，警报又至，报称潮勇遵调入城，洋兵已在莲墉左近，潮勇奋勇迎敌。洋兵并不接仗，退到上山，把土炮台上的炮，移了向内，复用大炮，阻住山径。潮勇仰攻，大吃其亏，大势瓦解。名琛到此，除了攒眉顿足，也没有别的法子了。

一宵易过，又到明朝。这日，洋人已在城上架起飞桥，往来瞭望，守御得十分完固。柏巡抚见事不妙，忙檄绅商伍崇曜、梁纶枢与洋人议和，往返辩论，茫无要领。到了十五，将军穆克德讷，传令在西北城上，插起白旗，大开西门，任令居民迁徙。将军、巡抚，又会衔出示晓谕军民，极言议和安民之事。告示上没有总督官衔，知道洋人十分恼恨总督呢。名琛闻知绅商往返议和，忙差人传话伍绅："议和也好，只是无论如何，洋人断不许他进城。"柏抚台摇头道："此老真倔强，到这会子还不肯心回意转，我真佩服他。"伍崇曜道："叶中堂真不晓事，一味的好道，扶乩请仙，忙得要不的。其实国家大事，仙人是不管的。我们苦得这个样子，他老人家倒还要讲那种话。即如今儿早晨，治晚上观音山，洋兵说公使在船上，赶到船上，公使又不肯见。见了威妥玛、巴夏里，往返辩论，跑到个筋疲力尽，讲到个舌敝唇焦，依旧不得要领。"柏抚台道："别的都不要紧，现在洋人索交总督，倒是件难事。堂堂制府，关系着国家体面，你看是不是？"伍崇曜道："瞧洋人意思，怕还要派兵搜捕呢？"柏抚台道："还是叫他到别处去避避风头。"伍崇曜道："叶中堂的脾气，怕未见得劝得转。"柏抚台道："也只好瞧他的运气罢了，我们总尽我们的心。"到了十八这日，府、县入见名琛，请他移居。名琛应允迁入左都统署。府、县都道："左都统衙门，同在一城，还是迁到僻远点子地方去的好。"名琛道："不要紧。"过了二十五日，总没有事情了。府县回禀柏抚台，柏抚台也只有摇头叹息而已。

到了二十一日，洋兵闯入藩台衙门，把藩库银子，搬了个光，共计二十余万两。又到南海县衙门，打开监狱，放出犯人，随叫他们分队引路，找寻叶名琛，先入将军衙门，劫了将军穆克德讷，同往见巡抚。相贵出见，也被洋兵劫了同上观音山。遇着巡捕张树蕃，一并劫了。又到左都统衙门，都统庆龄卧病在床，四个洋兵，强把他舁出。叶名琛躲在芭蕉树下，总算没有被他们搜着。两个家丁暗暗庆幸。许庆道："庆大人被洋人搜了去，咱们老爷幸喜他们没有知道，不然也糟了。"胡顺道："洋人都是坏东西，回来搜也说不定呢。"许庆道："我们还是劝老爷躲别地方去罢。"于是两家丁同到书房劝名琛。名琛笑道："我有吕、李二仙默佑，怕他们怎的。"话犹未了，忽闻门外一阵皮靴声响，胡顺道："不好了，洋人来了。"名琛忙着躲避。门帘掀处，十来个碧眼紫髯的洋兵，掮枪直入，威风凛凛，杀气腾腾，宛似佛殿金刚，道家天将。早有汉奸上前，把名琛搀住，笑道："叶中堂，洋大人特来迎接你，请你老人家观音山去盘桓几天。"说毕，押着就要走。名琛道："我是大清相国，体制可不能失的。"汉奸回过洋人，洋人应允。于是依旧用绿呢大轿，把名琛抬请上山，当夜就送到兵船上。武巡捕蓝琯、家丁许庆、胡顺倒都义重如山，跟随而去。洋人挟了名琛，展轮鼓浪，把兵船直汩向白鹅潭地方去。这里绅士连袂上山，央恳洋人放回将军、巡抚，经理善后一切。洋人答称此事总可以商量，不过这会子，还议不到此。

这日，将军、巡抚、都统会衔奏劾叶名琛，参折才一拜发，抚院巡捕官就下山传谕司道府县，叫多备轿马仪从，到山迎接。军宪、抚宪定于明日陪同洋官，下山回署，地方官只得照办。到了这日，洋将率队下山，鼓乐前导，洋将的肩舆在前，军抚、都统的在后。一到抚辕，洋将先行入内，抚院轿到，洋将反倒降阶迎接，延请上坐，弄成反客为主的样子。抚院住在署中，洋人派兵防守，属员入谒，都遭盘诘，消息阻绝，举动很不自由。这时候，城坊内外，遍贴告示，上面列衔，是大清国某官、大英国某官、大法国某官或是府县并衔。巡抚谕令盖印张挂，示中大旨，不外"中外一家，业经和好，百姓不得再滋事端，及嗣后不得再呼鬼子。如遇洋人下乡，官民皆当以礼款待"等语，百怪千奇，也难尽述。

候补道蔡振武，于洋务一道，很有真知灼见，抚院委他专办议和事务，洋人很是欢喜。一日，洋人要在城里头择要驻兵，振武忙道此事容易，当饬南、番两县，为贵军前导，城厢各处，巡视一周，哪一处是要隘，就在哪一处扎营是了。洋人喜道："贵道盛情，敝军异常感念。贵国人都似贵道这么圆通，中外永不会有失和的事了。"振武得了洋人这几句奖语，真似猢狲头上装了金，只觉着地软如绵，身轻似燕，百节四肢，说不出的快活。立传南海县华廷杰、番禺县李福泰到公馆，告诉他洋人意思，要他们做前导。二人默然不应，振武嬲之不已。李福泰道："大人原谅，巴结外国人，福泰可没有这个能耐，请委了别位罢。"振武道："叫我委谁？你们二位是地方官呀。"福泰道："大人原也知道福泰是地方官，几曾见过地方官引导洋人兵驻营的？地方官干了这种事，还有脸儿见百姓吗？"振武笑道："现在是什么时势，还这么头巾气，敢是怕姓名书入清史吗？"廷杰此时，再也不能忍耐，忿然道："名入情史，公且不能，何况吾辈？"振武顿时变色，端茶送客，引导巡城的事，究竟委了别一个州县才罢。

一日，廷寄到粤，洋人逼着柏抚台开读讲解。柏抚台没法，只得读给洋人听道：

> 叶名琛以钦差大臣办理洋务，如该洋人等非礼妄求，不能允准，自当设法开导。一面会同将军、巡抚等，妥筹抚驭之方。乃该洋人两次投递将军、巡抚、副都统等照会，并不会商办理，即照会中情节，亦秘不宣示，迁延日久。以致洋人忿激，突入省城，实属刚愎自用，办理乖谬，大负委任。叶名琛着即革职。钦此。

柏抚台读毕，向洋人道："你们瞧本国天子，圣明不圣明？"洋人答道："天子圣明，治当其罪。只可惜中国只有天子是圣明，佐治官吏，都未能够仰承圣意。即如本省的司道大员，住在城外，纵令百姓跟我们为难，贵抚院装聋作哑，从没有一言半语禁约他们。"柏抚台连忙谢罪。次日，广城内外，遍贴了抚部院会衔告示，禁止居民截路殴打洋人，中有"擅敢借词团练，应照叛逆治罪"等语，辞旨很是严厉。

这一年，洋兵就在广州过年。英人又特出计谋，约会法、美、俄三国，各遣属官一员，到江苏求见两江制台，恳他知照中朝宰相，开议疑事。一面下令把叶名琛押解外洋去。正月初四，武巡捕蓝瑸到广州城里，叩见抚院，呈上名琛手书，声称将行海外，令备衣服、食物，并求吕祖经一册、厨子一个、剃发匠一个、白米一十石、纹银一千两。柏抚院饬谕官绅照办去讫。初九这日，洋船开驶到香港，十五抵新加坡，十七抵孟加拉，二月初一登岸，住河边炮台。三月二十五，移到大里恩寺地方花园，住居在楼上。于是倔强不屈的叶相国，变成被流放荒岛的拿破仑了。亏得名琛是读过十年书，养过十年气的人，虽然做了楚囚，依旧作画吟诗，怡然自得。画上署名是海上苏武，诗作流传的，只有七律二首：

镇海楼头月色寒，将星翻怕客星单。
纵云一范军中有，争奈诸军壁上观。
向戌何必求免死，苏卿无恙劝加餐。
任他日把丹青绘，恨态愁容下笔难。
零丁飘泊叹无家，雁札犹传节度衙。
门外难寻高士米，斗边远泛使臣槎。
心惊跃虎笳声急，望断慈乌日景斜。
惟有春光依旧返，隔墙红遍木棉花。

名琛在孟喀威住了一年有余，得病身亡。英人敛以铁棺松椁，送回广东。广东人为之语道：“不战不和，不守不死，不降不走。相臣度量，疆臣抱负，古之所无，今之所有。”这都是后话。

却说英、法、美、俄四国属官，由海道抵沪，探闻两江制台何桂清驻节在常州地方，遂改乘小船到苏州，求见抚台赵德辙，说明来意。赵抚台咨送到常，何制台据以奏闻。文宗立召满相裕诚，商议对付之策。裕诚道：“俄罗斯一国，向来不准在粤通商，如有相商事件，可叫他照着旧例，原赴黑龙江，听候该处办事大臣妥议。英、法、美三国，现在广东既然派了新钦差，办理洋务，已有专员，宜叫他们回粤，静候查办。奴才下见，是否有当，伏乞圣裁。”欲知文宗准奏与否，且听下回分解。

第七十八回　**从容定难释俘囚　慷慨陈辞争和议**

话说文宗听了满相裕诚的话，沉吟半晌，有气没力的答道："也只好如此。但是这么办法，怕有事故生出来呢。国家这几年里忒也多事，曾国藩丁了忧，怡良患了病，东南这一方，已经不得了。云南的回子，又无法无天的肆扰。要是外国人再闹点子乱子出来，可就撑不住了呢。"说着，连连发叹，随命军机拟旨，颁发去讫。

这时光，英国专使额罗金，已从广东到上海，飞调宁波、上海驻泊的火轮兵船，联樯并楫，驶赴天津。法国兵船，击楫相从，只美利坚、俄罗斯，但派得领事、翻译二官，还可说是专心为好。次年三月，英、法、美、俄四国官员，在天津海口会议，先派各国领事，驾坐舢板小船，驶入大沽港，到直隶总督那里投文请款。碰着这位制台谭廷襄，原是得过且过的人，防守一切，毫不注意，只把洋人照会奏了上去。文宗下旨，命户部侍郎宗伦、内阁学士兼礼部侍郎乌尔焜泰驰赴天津，与直督谭廷襄商办洋务。宗、乌两钦差都是纨袴，叫他商办洋务，真是造屋请箍桶匠——全本外行。天津直沽河，离去海口二百里，名叫大沽港，设有炮台，是天津的门户。港外有沙洪一道，海舶进口，必须抄过沙洪，才得进口，偶一不慎，就要浅搁，形势十分险要。论理洋人船只，原不能径行驶入，无奈这位制台，要好不过，听到四国洋人投递照会，忙遣大沽武弁驾着小舟，前后引导，把洋船直引进口。从此洋船进出，游行无阻，每天总有好几起舢板船小火轮，探水游弋。谭廷襄因为议和当口，倒也不放在心上。过了二十多天，洋人路径是熟了，又拿千里镜远测炮台，防务虚实，也被他探了个详尽。

这一日，是四月初旬，红杏烟笼，绿杨风披，远树莺啼缓缓，隔溪鸠唤声声。对此美景良辰，不免赏心乐意。谭廷襄办了一席酒，邀请在城文武来署宴会。席间纵谈时事，很有兴会。户部侍郎宗伦道："株陵关倒克复了。"乌尔焜泰道："长毛纠合了河南捻匪，扑犯商城、固始，他们的计划，原要从光州六安，窥伺湖北的随枣。昨阅邸报，这一股贼匪，也被胜保、袁甲三破掉，固始的围也已解去。不过江西长毛闯入浙江，连陷江山、常山、开化等县。浙江官兵，比了别处，似乎要差一点。"谭廷襄道："长毛原没什么能耐，所有势焰，大半都是官兵助成功的，只要瞧上回的上谕，就明白了。上谕说的是，石逆所带贼党虽多，一经罗泽南痛剿，即连次挫败。可见兵力不在多寡，全在统领得人，这真是千确万确的议论。"

正说着，忽家人奔进，报称："英、法二国兵船，生足煤火，闯入大沽口来了。"谭廷襄惊道："美、俄的讲款船，原泊在口内呢，别是看错了么。"家人道："的确是兵船，现扯着英、法两邦旗号。"廷襄命家人再去探听，头班才去，二班探子又来。时势愈乱愈非，消息愈传愈紧。先报口内官兵开炮轰击，不分胜负。到后来报称前路炮台失陷，守台军弁游击沙春兀、陈毅、候补千总陈荣、经制外委石振冈、护军校班全布、增锦骁骑校蔡昌年、候补千总恩荣、把总李莹、正红旗鸟枪蓝翎长富广均、候补千总刘英魁等，一十二员裨将，尽都力战身亡。谭廷襄道："了不得，副都统富勒登太札营在北岸，守住后路炮台。现在前路有失，后路怕守不住了么。"道言未了，惊报又至，说富都统猝闻前军失利，兵勇全都惊溃，所有京营炮位，全行遗失。现在后路炮台也已失陷，富都统不知下落。谭廷襄大惊失色，连夜飞章入告。文宗震怒，下旨把直隶提督张殿先、天津镇总兵达年、大沽协副将德奎，革职拿问。特命亲王僧格林沁，带了钦差大臣关防，督兵驰赴天津防守。又命骁将托明为直隶提督，又命惠亲王绵愉为团防大臣，总管京师关防事宜。京师戒严，五城都设团防局。

僧亲王、托提督奉了恩命，不敢怠慢，星夜奔赴天津，一见谭廷襄，就询问洋人情形。谭廷襄道："洋人踞了炮台之后，仍旧说要修好，美利坚、俄罗斯二国，居间调停，一味的做好人。"僧亲王道："修好两个字，恐怕不见得靠得住。朝廷派了钦差，如果真心求抚，就好与宗、乌二使接谈呀，为什么又攻掉我们炮台呢？"谭廷襄道："宗、乌两钦差，行文照会了好多回，英人概置不见，只不过与美、俄两国往来而已。"僧王道："英人为什么不愿意见他？"谭廷襄道："为他不是宰相，不足以当全权重任。彼邦制度，简放公使，大都畀以全权，很有将在外不受君命的意思。做到全权公使，大半是五等爵爷，或是当朝宰相。又见白门议款，中国当局的也是相国，现在宗、乌二人，都不过是侍郎，人微言卑，他们所以不愿意会议呢。"僧王道："九重深远，外面的事情，原不很明白。制军既然知道，为什么不奏上去？"谭廷襄辩无可辩，只有连声"是是"而已。僧王立命幕友办折，把洋人情形奏知文宗。文宗下旨，立派大学士桂良、吏部尚书花沙纳，驰驿赴天津查验事件。

这时光，惠亲王绵愉、宗室尚书端华、大学士彭蕴章联衔保奏一个出类拔萃的人才，济变匡时的杰士。你知道此人是谁？原来就是已革大学士耆英，保他熟悉番情，恳请弃瑕录用。文宗帝原是毫无存见的，立即准奏，召令耆英入见，问他有无把握。耆英造膝密陈："奴才受恩深重，当此时势，惟有独任其难，有效与否，尚难自必。"文宗点点头，随道："一个人有一个人的主意，一个人有一个人的办法。你有法子，你不妨自展谟猷，不必附合桂良稍涉拘泥。"耆英应允。当下文宗赏给了耆英侍郎衔，饬赴天津办理洋务。耆英赶到天津，拜会桂、花二钦使，问起情形，桂良道："这里百姓，强悍的很。兄弟初到时光，此间军民，遍谒道左，力请督率团练，帮助官兵跟洋人开仗。经兄弟用好言抚遣，这里百姓狃于三年大挫粤匪，只道洋人与粤匪差不多厉害，纠合了盐枭、海盗，想要乘间抢掳，真是不知轻重。"耆英道："百姓懂点子什么，叶汉阳不是为了轻信百姓，被英人拿捕去的吗？现在，外国公使中堂可曾会面过？"桂良道："兄弟没有到时光，谭制军先已行文照会过。二十日，兄弟抵津，又行了一角公文去，邀请他们，一面饬府县备办行馆，供应一切。二十五日，洋官才到，把他们安顿在韩盐商宅子里，特派专员前往款待。二十六日，会晤一次，并没有谈论什么。次日，英国参赞哩国呔忽来见我，取出天津新议五十六条，叫我画押允行。兄弟回他慢慢商量，哩国呔咆哮异常，兄弟没法，只好置之不睬。耆公来的正好，就费神前去谈谈。耆公与洋人交好的很，比了兄弟，定然事半功倍。"耆英应允。

当下耆英看定风神庙做行辕，过了一宵，次日就是五月初一，耆英赍了国书，特到韩盐商住宅,拜会洋官。美俄两领事,倒也没有讲什么,英国参赞哩国呔,最是刁钻不过。当下冷笑道:“耆大人,你老人家此番光顾,是真心和我们好。假使和我们好,先请你讲一个明白。”耆英愕然道:“奉命议和,哪有不诚心之理?!”哩国呔道:“中国皇上原是诚心,只是你老人家惯会用手段谎骗人,我们倒有点子不放心。”耆英道:“我谎骗了谁来?”哩国呔道:“我们外洋人决不会冤诬人家的。你老人家在两广制台任内,曾经奏过皇上,说外国人只可以计诱,所以用好言哄骗,一味的奉承。这几个奏折,我们还藏着呢。”说到这里,随把耆英旧折取出。原来这几个奏折,还是广州失守时光,被洋人取去的。耆英瞧见旧折,一个不好意思,冰霜老脸,顿时烘起两朵红霞,恁有随、陆之才,仪、秦之辨,半句话也说不出口了,讪讪的坐了一下子,告辞而出。回拜桂良,称说英人跟我不很合意,万难效力,只好依旧仰仗中堂了。随把会晤情形,从头至尾,说了一遍。桂良皱眉道:“照此情形,吾公在此,英人反难就范,可怎样呢?”耆英道:“烦公上一个折子,奏请召回耆英以顺番情,我就能够走路了。”桂良道:“这个容易。”随命幕友拟稿,连夜拜发出去。耆英大为感激,回到行辕,随命收拾行李,催齐夫马,预备天明走路。家人道:“老爷此番出京,是奉过旨意的。皇上降旨,叫老爷出京,没有叫老爷回京,老爷好贸然回去吗?”耆英道:“不要紧,桂中堂已经出奏,朱批下来,总不过是‘照所请。钦此。’这几个字。”家人道:“见了朱批,走也未晚。”耆英道:“早走一天,舒服点子。”家人阻挡不住,只好听他。不意行到通州,奉到廷寄,饬令仍留天津,自行酌办。家人劝他折回,耆英不听,径行入都。一面致书僧亲王,声言初五日可抵军营。僧王大惊,立差军弁,把那封信送到巡防大臣惠亲王那里。惠亲王拆阅一过,怒道:“番情叵测,该员并未办有头绪,辄敢借词卸肩,实属罪有应得。”惠亲王道:“那是必不可少的。”随即拜折参劾,请旨饬下僧格林沁,将耆英拿捕到营讯明后,即在军前正法。不过一日工夫,奉到上谕:

> 耆英畏葸无能,大局未定,不候特旨,擅自回京,不惟辜负朕恩,亦何颜以对天下?是属自速其死。着僧格林沁派员即将耆英锁扭押解来京,交巡防王大臣,会同宗人府刑部,严讯具奏。钦此。

奉到这么严厉的上谕,耆相结果自然是凶多吉少。讯实奏闻,文宗法外施仁,传旨宗人府及刑部尚书宣示朱谕,赐其自尽。凶信传到天津,桂良、花沙纳,愈形焦灼。桂良叹道:“同是办理洋务的人,一朝失势,只落得如是结果。哩国呔偏又凶横,急切又不能成议,我们的前程,不知怎样呢。”忽闻外边江翻海倒似的哄闹,正在诧愕,两个家人仓皇奔入,报说:“不好了,本地百姓跟洋人口角斗殴,哩呔国在场帮助,却被众百姓擒住了,解到这里来,现在外面听候示下。”桂良惊道:“有这种事?反了反了!”站起身,三步并作两步,奔出瞧时,只见哩国呔背着两手,屈着两足,札成肉馄饨样子。两个百姓,用竹杠扛猪猡似的杠抬着,后面长长短短,老老少少,黑压压地都是百姓。万人一口,万众一声,都说:“请钦差大人快快扑杀!快快扑杀!”桂良知道不是事,忙遣员弁出来,先用好言,把百姓解散,然后再把哩国呔释放回船。

不意一波才平，一波又起，英公使额罗金行文照会，声言新款五十六条立时画了押，哩国呔受辱之事，一笔勾销，不然，还要提起重大的交涉呢。桂良忙与花沙纳商议。花沙纳道："五十六条里，最厉害不过就是三条。第一是增开牛庄、登州、台湾、潮州等处为通商口岸，再要在长江一带，选择三个码头；第二是洋人带眷属在京师暂行居住；第三是议偿商亏、军费各二百万两，等候款子交清，才把粤城交还。如果上奏，定遭廷臣攻击。"桂良道："事到临头也顾不得许多了。"花沙纳道："既是要出奏，索性连法国的四十二款，一并奏了罢。"桂良道："这个自然。"当下就叫幕友办折子，折稿拟好，经两钦差斟酌修改，才付誊清拜发。

说也奇怪，这一封折子，比什么都要厉害，才到北京，就朝议沸腾，谠言蜂起。通朝官员，自阁臣、六部、九卿起，至台谏、翰詹止，无不激昂慷慨，痛哭陈辞，奏请停止抚院，大张挞伐。内中要算殷兆镛一折，最为淋漓尽致，其辞是：

为和议贻祸至烈，伏求博采议论，力黜邪谋，早决其计，转危为安。事窃自洋人犯顺，无识庸臣俱求速和了事。国家苟安一日，彼即为一日之亲王、宰相，而社稷隐忧，不遑复顾。琦善、耆英、伊里布等，既误之于前，致贻今日天津之患。今之执政者，复误之于后，其贻更有甚焉者矣。近闻和议垂成，为赔偿兵资等款，以堂堂大一统之中国，为数千洋人所制，输地输银，惟命是听。而祸之尤烈者，莫若京城设馆，内江通商，各省传教三条。闻者锥心，虽妇孺咸知不可。臣意桂良、花沙纳，身为大臣子，稍有天良，必不忍尝试入奏，必不至坠其奸计也。古语云："毋滋他族，实逼处此。"宋太祖云："卧榻之旁，岂容他人鼾睡？"京师重地，外洋朝贡，犹且禁其出入，防其交接，礼毕遄返，毋许逗留，安有强敌世仇而听该酋置馆，杂居齐齿，吴越横行辇毂，羌夷布满街衢？自古及今，实未所闻。近惟琉球国都，英人盘踞滋扰，甚至闯入王宫，莫敢拦阻，此其患无俟臣缕述也。

长江自吴溯蜀，中贯天下之半，与海口情形不同。海口通商，已为失计，然辟之于人身，犹四肢瘫痪之疾也。内江华洋杂处，则疾中心腹矣。东南漕运，非海即河，大江为出入所必经，设一日江海并梗，何由而达？仕官、商贾之往来，章疏，文报之驰递，海非要道，江实通衢。洋人但以数船横截江路，则南北将成两界。维扬、汉口，盐纲疲敝，枭贩竞作，再得洋人为逋逃主，盐利必尽归番有，而官盐将废。不但此也，所占口岸愈多，声势愈大。与汉民交接事件愈烦，衅端亦易于起。地方官袒番则民拂。袒民则番拂，彼视虏一总督、宰相，如缚犬豕，其包藏祸心，已无所不至。辟犹养虎在牖，养盗在家，随时可以猝发。此议若成，大事便去，欲求为东晋、南宋之偏安，岂可得哉！至于传教一节，臣不知其所谓天主者何人。大率惑世诬民，隐蓄异志，不然，彼个尊天主，自行其教可耳，何必游历各省，仆仆不惮烦苦若是。近日之长发贼，亦奉天主教者也，煽惑勾结，已可概见矣。彼知舆地广轮之数，山川阨塞之形，兵卫之强弱，壤土之肥瘠，到处交结豪侠，赈恤贫穷，为收拾人心计。

该洋人蜂食海外小国，皆用此法，有明征也。

谋国者曰：通商传教，此时姑先许之，候各省军务完竣，然后举行。夫民困于锋镝久矣，贼焰虽炽，人心未涣，犹冀重享升平。若去一寇，复招一寇，天下将复何望？士民孰不解体？或曰届时，徐议所以拒之，臣恐积弱之余，万难发愤。现值兵临城下，大臣犹曰衅不自我开，相率觍颜忍耻，况许于前而拒于后，则直在彼而曲在我，谁肯为国家出力耶？或番有要约，不待贼平，递入内地，布置周密，与长发贼隐为犄角。否则击贼自效，别有要求；否则夺贼之城邑，而有之以为非取诸我也。种种棘手。

谋国者曰：不和则战。战果有把握耶？臣请诘之曰：然则和果有把握耶？夫和果有把握，从前反复，姑勿追论。第自今岁北窜以来，我之委曲顺从，不为不至，何以猖獗日甚？可见讳战求和，和愈难成，成则祸且不测。谓战必无把握，何以前年李开芳、林凤翔等北犯，凶焰数倍于洋人，卒至片甲不返？此无它，当时一意于战，故有进无退。今则一意于和，故反勇为怯也。现在僧格林沁兵威已壮，讲求战守，振作精神，洋人颇知畏惧。

近日天津人民争斗之事，该洋人亦避其锋。盐枭、海盗，有欲焚抢洋船者；有跪求钦差、总督，愿纠众打仗者。钦差总督不许，故未敢擅动耳。不得以偶经小挫，遂谓津民不足用也。试饬桂良、花沙纳等，忽专议和，会同谭廷襄，鼓励兵民，于文武属吏绅士之中，得如谢子澄其人者，统率之，悬购重赏，随宜设施，并令附近州邑，广募壮勇，听候调遣。一面明降谕旨，大张挞伐。顺天、直隶京官有愿回籍团练者，命设法办理。如此多方准备，一旦狡焉思逞，僧格林沁大兵扼之于前，各路乡勇蹑之于后，加以泄水塞土诸法，洋船欲进不能，欲退不得，而谓不足制其命者，吾不信也。闻英人谋主哩国呔，系广东嘉应州人，凶悍异常。每至桂良、花沙纳公馆，凌辱咆哮。臣不识桂良、花沙纳，坐拥兵卫，亦已不少，何至惧一哩国呔而不敢动？曾被津民擒住，钦差、总督，反为之解围，拟请饬令设法捕获，立即枭示，不必稽留讯解，以免疏虞。又闻广东九十六乡，民风骁勇，前年平红头贼，皆赖其力。洋人往搜军器，受伤而回。又纠南海、番禺两县，令乡民声言洋人入我界者，不论何人，登时杀死，遂不敢入。三月，罗惇衍、龙元僖、苏廷魁到彼团练，已有数万人，至今曾否打仗，有无捷报，意者朝廷未与主张耳。抑罗惇衍等恐如黄琮、窦纭之获咎耶？拟请优旨，出其锐气，克日大举。惟黄宗汉禀承执政主和之议，绕道迁延，请饬速往会剿，勿再徘徊观望，转掣绅民之肘，务使同心协力。天津洋船闻之，必有折回自救者，而我截其海口归路，虽未必聚而歼旃，要非孟浪以侥幸也。

谋国者曰：一战不胜，奈何？曰请添兵再战，战有胜有败，若和则有败无胜矣。曰胜之于此，而报复于他处，奈何？胜之于今，而报复于后日，奈何？曰始终不忘战而已矣。犬羊之性，但经惩创，往往不敢报复。观于道光年间台湾失利，惟有籍手耆英以报达洪阿等，而至今不敢垂涎台湾，其无能亦可见矣。

自古兵凶战危,原非得已,尽人事以待天,成败利钝,虽诸葛亮不能逆睹。谋国者动以事无把握,摇惑圣断,间执人口,沮丧士气,坐失事机,其意直以望风乞降为快。抑又何也?比年各省用兵,胜负无常,得失互见,诸臣何不以事无把握为虑,而亟欲櫜弓截矢耶?伏愿皇上通筹大局,深顾后患,知番欲之难期餍足,念事势之尚可挽回。左右亲贵之言,未必尽是,大小臣工之策,非尽无稽。执政诸臣,请放洋船内驶者,何人?请允西酋要胁者,何人?清夜思维,或亦自知狂谬,只缘畏罪怙非,阳作执迷不悟。皇上不忍遽诛,应请面加训示。俾各改心易虑,收效桑榆,否则难逃常宪。严谕桂良、花沙纳、谭廷襄等,非分要求,不得妄奏,事至则战,无所依违。他如奕山之以黑龙江外五千余里,借称闲旷,不候谕旨,拱手授人,此尤寸磔不容蔽辜。臣知皇上之必有以处之也。订谋既定,涣汗斯颁,薄海懔然,咸知上意所在。庶臣民之志固,而蛮夷之风慑。天讨聿新,操纵在我。或战或抚,再行临机应变。臣非不知今所言者,皇上已厌闻之,特以势属忧危,情深迫切,濡泪渎陈。伏乞圣明洞鉴。谨奏。

欲知廷臣愤激上书,能否挽回大局,且听下回分解。

第七十九回　四钦差奉令承教　七先生立异标奇

却说众廷臣上折之后，静候朱批，候了多日，不见动静。御史殷兆镛、侍郎匡源、内阁学士文祥、尚书柏俊、尚书翁心存，会议联衔力争。殷兆镛道："这一回的和战，关系着中国存亡，怎么上头倒把洋人瞧的很轻？"柏俊道："大家全副精神，注在长毛身上，自然不把洋人放在心上了。"翁心存道："我看长毛的祸小，洋人的患大。想到国初龙兴，其时北部之尼堪外兰及扈伦四部，方二于明，世为仇敌。太祖、太宗，迭次征讨，才得无患。到圣祖平定噶尔丹，于是从黑龙江以西，尽喀尔喀四部之地，东西五千里，南北三千里，凡蒙古游牧之区，皆归一统。又派大臣与俄罗斯勘定边界，归我昔年侵地，黑龙江南岸，尽属中国，定市于喀尔喀东部之库伦。江石勒会议七条，刑牲为誓，于是东北数千里化外不毛之地，悉隶版图。高宗荡平准部，戡定回疆，西北穷塞之域，极于天山、葱岭，都变成中国疆土。总计前后大小用兵数百战，饷需万万，拓地之广，超轶前代。这就是所谓刷数世之侵辱，遗后嗣之安强呢。现在主张抚局的，不道说是息兵安民，汉高祖白登一蹶，遽议和亲，抚之不为不速，怎么高后、惠、文、景四世，都受匈奴莫大之患呢？"相俊道："这就是了。和亲之议，倡自娄敬。彼时樊哙请得十万人，横行匈奴，大臣以为可斩。乃孝武抗其英特之气，选徒习骑，择将命师，先后而昌诛之。师行十年，斩刈殆尽，名王、贵人，俘获数百单于穷遁漠北，究竟用了樊哙之计，才得一劳永逸。"文祥道："诸位通今博古，议谕风生。据我的糊涂主见，咱们旗人，都是军籍，打仗原本职。洋人在中国地方上耀武扬威，咱们旗人的脸，已经是丢尽了。"当下众人斟酌尽善，联衔上了个公折，石沉大海，依旧杳无音信。你道为何？原来文宗初时，原要以抚为剿，拊髀择将，意在僧王。后见耆英抵津，洋人不礼，才怃然失望。又因炮台未经修好，海防猝难整顿，一切战守机宜，诸形棘手，不得不忍痛屈从。所以廷臣奏折，悉行留中。过不多几天，准和的旨意，已经降下，并饬令洋艘，起碇回上海，一面派遣钦使，驰驿至江苏，商定税则事宜。于是四国洋人欢忭歌舞，先后起碇南下。

不意一波未平，一波又起。山穷水尽疑无路，柳暗花明又一村。两广总督接到钦差咨会，知道抚局已定，赶忙晓谕军民，戢兵俟命。广东的百姓，不比别地方，勇悍善斗，没事犹且寻事，现在见和事已定，省城不返，那股愤怒之气，真是指发抉眥。在驻粤城的领事，偏又不知趣，把天津和议款子，大张晓谕，揭示人民，派了四五名洋人，各地各城，分头赶去张贴。贴到新安乡，却被众乡勇鸣锣聚众，团团围住，告示撕得稀碎。贴示的洋人，斫了三刀，也早送掉性命。从人奔回省城，报知领事，领事大怒，立即起兵，攻扑新安。一面是节制之师，一面是乌合之众；一面是火炮洋枪，一面是竹矛石块。何消半日，新安早已攻陷，佛山大震。在籍侍郎罗惇衍，见番祸未艾，遂借巡缉土匪为名，声请缓撤佛山团练局。

铜山西倾，洛钟东应。广东这么一闹，上海洋人也顿时掀起波浪来。原来大学士桂良、尚书花沙纳、侍郎基溥、武备院卿明善，奉旨到江苏会议税则。此时南京、苏州，太平军世界，只有上海租界，还算是一片干净土。四位钦差，便都赶到上海来。一换码头，就行文照会，与四国订期商议。不意照复前来，声称："两广总督黄宗汉暨绅士罗龙苏二人，办事欠妥，于天津定和之后，仍行招勇。且遍出赏帖，谓为能送到领事巴某之首者，赏银三万两，甚至开炮伤毙我国兵丁，以致不得已攻陷新安，请问是何意见"等语。桂良皱眉道："事情这么难办，偏还要生出这么的波浪，那不艰死了人吗？"花沙纳默然不答。基溥见两正使愁眉锁眼，自己名位卑下，更不敢多所议论。倒是明善谋多足智，献计道："这一个照会，论理倒不能不复。"桂良道："如何措辞呢？"明善道："只消推说粤中因江西、两赣等处，均有贼踪，道途梗阻，以致天津知会没有达利，也未可知。这么照复前去，自然没有话讲了。"桂良道："此计甚妙。"如法泡制行了去。

不过一日工夫，洋人又来照会，声言必欲刻期商定税则，须先奏请撤回黄制台，及罢掉粤中绅士团练之兵。桂良摇头道："洋人真难相与，他们办的事，都是根牢果实，截铁斩钉，一点子不肯通融的。"花沙纳道："中堂高见，如何办理？"桂良道："有甚如何？洋人的事不依他总不得成功。"随即行文照复，内中措辞，无非是"谨遵台命"一句话。于是两面定期会议，英国所开条款，大半是哩国呔的意思，共是十条，名叫《通商税则》。其余三国，大略相同。议了一个多月，诸事妥当，英使臣额罗金才来上海。钦差大臣与四国使臣画过押，四国使臣各把英约赍回，守候国书，但等国书颁到，就至天津，呈请换约。桂良、花沙纳等，随把办管情形，据实奏闻。上谕下来，无非是"照所请钦此"五个字。

这时光，英人为约内有增设长江海口一条，要先到沿江一带察看形势，以定贸易口岸，立遣水师统领，驶驾火轮、兵船，由海入江，溯流直上，随处游弋，随处测量，直到湖北汉口镇，往返一个多月。法国的传教人员，也纷纷驶赴各省，测地建堂，谈经传道，悉赁内地民船，悉由内河行走，地方官哪里还敢诘问一字半语。几个识时俊杰，像浙江抚院胡兴仁等，闻报洋教士来谒，赶忙鼓吹升炮，迎入署中，设了盛筵款待呢。比了乾隆时光，洋官谒见关吏，例须伏地叩头，真有不胜今昔盛衰之慨。桂良见诸事都已妥洽，随叫花尚书等，北行回京复命，自己留居上海，督办善后事宜。

此时江路阻梗，遍地伏莽，花沙纳等虽是赫奕钦宪，颇难驰驱如意。没奈何，埋名隐姓，易服改装，杂在商民队里赶路。行入山东地界，就见许多异言异服的人，往来行走，心里不免奇诧。一落客店，店主人询问客官可是往黄崖山张圣人那里去的？花沙纳含糊答应，店主人顿时大献殷勤，问茶问水，送菜送酒，忙一个不了。并道："本店资本，也是山上的。凡是投奔张圣人张七先生的，食宿一切，概不取资。"明善智机灵动，随笑道："我们也不过是闻风乡慕，七先生究竟如何，倒也不很仔细。"店主人道："原来客官没有知道，这张圣人张七先生，真是我们这里的活神仙！"当下就把张圣人的始末缘由，备细讲述了一遍。花沙纳等听得目瞪口呆。原来这张圣人，名积中，字石琴，江南仪征人氏。他的哥哥积功，官至临清州知州。咸丰三年，奥匪之乱，合门殉难，积中就把儿子绍陵字道生的，嗣与乃兄为后。积中少时，也曾读过诗书，应过科举，怎奈命途多舛，时运不济，考去考来，终是不售。道光时候，扬州风物繁盛，买贸带粥。有一个术士周星垣，号称太谷先生，善能练气辟谷，明于阴阳奇赅之数，符图罡咒，役鬼隐形。又教人取精元牝，容成秘戏，遨游士商大夫间。士商大夫多心乐而口讳之。积中于是折节受业，悉心听讲，五六年工夫，尽得其术。太谷门徒寖盛，大江南北，无不有其徒足迹。两江督院百龄，最是嫉恶如仇，听到太谷左道惑人，怒得要不的，立饬府县，拿捕到衙，问成死罪，正法示众。此时太谷门徒，尽都避匿，只有积中益修师术，力行不倦，寝馈于《参同契》《道藏大全》《仙灵宝录》《云霄指掌》诸书，向众倡言："太谷先生因濁俗相嬲求仙，所以自触法网，受了兵解。惟有坚持愿力，可以证道。"人家问他坚持愿力，究竟如何？积中道："不必绝人逃世，不废饮食男女，现身住世，自能与天地同寿。"众人听了，无不欢喜。积中也很有点子小本领，风角占候，赐雨颇验，被惑的人，很是不少。他却偏会拿腔作势，住在城市中，不很跟人家交际。慕道的人，踵门伏地，叩颡流血，依旧坚拒不纳，只说来人没有善根，非造福济世不可。先叫那人放生施食，造作种种善事，却领门徒暗中侦察。待那人再来时，就说他某事吝财，某事惜力，道心不坚，太谷不愿收录，所讲的话，纤细必符，毫厘不爽。那人大惧求录，忌请益诚，积中坚执不许。又恐那人果然回去，阴令徒党恫吓怂恿，总令那人死心塌地才已。有时暗令党徒，扮作求道的人，辇金累千，献送到门。积中偏说他没有道根，不肯接受。再把绝色女奴，装扮得天人一般，珠翠辉煌，麝兰馥郁，送入膜拜。又说他尘障未除，偏令引出，却偏把市上的丐夫陋妇，积恶不过的人，招到里头，与之美食，一室趺坐。有时招入虬髯伧父，键户促膝，倾谈竟日。因此高门甲族的秀男美女，师事积中，错处房闼，没一个引为嫌疑的。

道光末年，淮南盐务变法，天下奇诡之士，都聚在扬州一地，如阳州周韬甫、长洲马远林、武进阙恭季之属。韬甫口如悬河，词倒三峡，公卿屣履到门，声势颇盛。积中虑为所毁，与游客栈。东平杨蕉隐、吴雪江等，怀刺往拜，曲意结纳。不意韬甫、恭季，依旧直言诋诃，斥积中为旁门左道。积中并不争论，发箧陈论《孟子》《大学衍义》《近思录》诸书，及门徒诵习讲贯。以媚韬甫。韬甫果然上他的当，逢人说项，到处游扬积中了。积中乃取《参同契》，附入圣贤绪论，从者益众。

咸丰六年，江表大乱，积中徙家北行，卜居于山东之博山县。知县吴某，恰是他的中表弟兄，相得益彰。于是积中势力，渐入山东地界。肥城县西北六十里，有一座山，名叫黄崖山。山麓有庄，名叫南黄崖，迤北里许名叫北黄崖，恰与长清接界。山形三面环拱，南北两峰对峙，凌霄插汉，怪险不可名状。中间平阳一片，约有百亩广阔，积中往测形势，随向众人道："北方将乱，惟此间可以避兵。"遂在山上筑室建屋，率领徒众居之。事有凑巧，东省南境，捻冠屡警，避难的人，稍稍迁往，黄崖日就兴盛。他的表兄吴某，恰又调了历城县知县，上台企重，骤升首府，吹枯嘘生，咳睡可怖。偏生的推崇积中，誉不容口，从此官僚中也渐有信从积中的了。

积中托言防备捻匪，垒石为寨，引水环山，创设武备房，购办兵火弓弩甲仗，发号施令，俨然敌国。积中以神自诩，轻易不肯见人。凡自远方初来的人，安顿在文学房里，叫高弟吴某、赵伟堂、刘耀东等，转相授受。授读所判指南箴，五日一听讲，乡农不能诵习，任其去留。从归的人，悉袒右臂，比屋不准相过。每逢朝晡，餐馈丰腆，知宾执礼，端恭异常。而终日语默，不发一言。积中有两个女弟子，一名素馨，一名蓉裳，专屋列居，庄严得要不的，进谒的人，顿首九拜。如见积中，二女高坐不答。吴某等虽一般是弟子，也不敢跟二女分庭抗礼。据说素馨原是太谷孙妇，蓉裳嫁过姓吴的，都是少年寡妇。积中在山中建一所祭祀堂，以礼神明，每祭总在深夜，参拜升降，礼节繁缛。素馨、蓉裳，盛装挟剑而侍。旃檀燎烛，薰赫霄汉，数十里外，光亮照耀如火。乡人都称为张圣人夜祭，不是教中人，不能入窥也。黄崖地方，原很荒僻，近因从教的人，日增月盛，竟然变成大市，置田筑室，栋宇鳞次。积中资计日温，自肥城之孝里铺起，济南会城内外，东阿之滑口，利津之铁门关，海丰之埕子口，直到安邸、潍县诸处，都开有市肆，字号的名儿，都冠有“泰”字，如泰运、通泰来、祥泰亨之类。千里间指麾使令，奉若神明，远近都称张七先生。如吴某耀东等，并不举其姓，相说以七先生而已。

这张积中有一样惊人本领，恁你怎么水火的人一见面，一接谈，自会使你心悦诚服，从他的教。从了教后，如吃了蛊药似的，恁有如何祸患，竟会至死不悟。后来张积中约会捻党，竖旗起事，被官兵杀入岩中，合寨死斗，无一生降。官兵虽扯着协从罔治、投降免死旗号，教中人竟如没有瞧见一般。抚院奏牍中，称他素乏才名，只以伪托诗书，高谈性命，乃至缙绅为之延誉，愚氓受其欺蒙。其家本无厚资，来东不过十载，遂能跨郡连乡，遍列市肆，挟术诓骗。为收集亡命之资，从其教者，倾产荡家，挟资往赴。入山依处，不下百数十家，生为倾资，死为尽命，实未解所操何术，所习何教。而能惑人如是之深，他的本领，也就可想而知。当官兵入山搜捕之前，先行遣使招抚。积中复函与他的表弟吴太守，文辞也颇斐然可观，其辞道：

来函责我不肯出山辩白，甚合我心。但近日苦衷，有急欲为吾弟告者。兄平日淡于荣利，肆志读书，以世乱未平，隐居求志。无如韬光未久，而处士虚声动人闻听，相从执贽者不绝于门。其间虽多善良，亦有悍骜。兄既未能慎之于始，遂欲以德化之，使胥归于正，此兄实有交不择人之过也。然来东十载，何敢一事妄为，乃去岁以潍县之王小花，横加牵累，今年之冀宗华，妄被诬攀。然此事之来，若椒园伯平以一函相告，兄必挺身投案，绝无留难。两君猝以兵来，幸适出游，未遭毒手，不然，已陷于缧绁久矣。伯平雨亭，夤夜进兵，示人莫测，以致庄众格斗，伤损弁兵。兄自知大祸临门，一身不免，亟欲束身同败，不望雪我沉冤。奈及门桀骜之士，遂邀不逞之后，劫我主盟，苟全性命。兄禁之不得，逆之不能。数日以来，踯躅山隅，闷损无似。及大兵临境，兄欲出而剖白，无如伊等汹汹，不肯束手待毙。祸已至此，无可言说。本欲引剑自决，无如如门在外者甚多，闻予冤死，定不甘心，一旦逞彼凶顽，则各处生灵，俱遭涂炭。兄亟思乘机解散，但人数众多，虎豹豺狼之性者不少，须宽我日期。请暂将大兵撤出山外，俾得反复陈词，婆言解散。若一面进攻，一面招纳，则上宪不能示人以信，困兽犹斗，兄又何辞能劝谕诸同人耶？特约略陈其大概。

这都是后话。

当下花沙纳等，听了店主人的话，吓得目瞪口呆。花沙纳向明善道："这老头儿如此作怪，定然闹出乱子来。"明善道："幸撞在我们手里，可惜要紧复命，不得耽搁。不然办完了这件事，再走也不迟。"花沙纳道："那是抚院的职任，咱们犯不着替人家干事，给他一封书信，知照他一声就完了。"明善见花沙纳这么说了，事不干己，谁愿插身干预？不过临走时光，发了一封信给东抚。东抚接到钦差手函，不敢怠慢，立派干员入山密查。那委员到了山中，瞧见张七先生，须眉髯髯，言论娓娓，比户耕读相安，宛然世外桃源。据实禀复，抚院只当钦差是无中生有，毫不放在心上。

却说花沙纳、基溥、明善，行抵京师，已是冬月初旬。入朝面圣，一进朝房，众同寅都来问询。大学士柏俊、宗室尚书端华、肃顺、汉大学士翁心存，最为殷勤，执手问好，异常亲热。花沙纳道："我在路上，听到三河口湘军失力，李迪也殉了难，不知是虚是实？"翁心存道："怎么不确，曾涤生奏报也到了。他那介弟温甫名叫国华的，也死在这一役呢。这李续宾是罗山高弟，湘军名将，为人含容渊默，作事审慎精详。他所选的将士，都是知耻近勇，朴诚敢战的。每逢遇敌，人当其脆，己当其坚。每领粮仗，人取其良，己取其窳。屯军所在，百姓耕种不辍，万慕无哗。血战六年，克城四十，而口不言功。所以一听到他失事的消息，无远无近，无知无愚，无不失声痛哭。上头也十分震悼，特命总督照例赐恤，予谥忠武。他原官不过是布政使呢，这就瞧见恩眷之隆了。"花沙纳道："这么的好将，怎么又会吃败仗呢？"翁心存道："官文胡林翼会筹东征之策，陆师渡江，先皖而后及江南，水师先安庆而后及江宁，却把图皖的事情，交给了李续宾，请旨加他巡抚衔，专折奏事。不意安徽的贼酋陈玉成，爵封英王，绰号四眼狗，也是贼中骁将。两雄对垒，旗鼓相当，倒也辨不出雌雄，分不出胜负。不意陈酋又纠合了两员健将，一个是侍王李世贤，一个是捻酋张洛行，三条猛虎，扑一个英雄，如何能够幸免？这一役，陈、李、张三酋，从庐州杀出，抄袭官军后路，四面围剿，愈集愈厚。七营先陷，续宾知道不免，乘夜跃马入敌阵战死，湘军精锐，全都丧掉。"说着，忽听景阳钟鸣，轰传皇上升殿了，众人忙着入朝。欲知后事如何，且听下回分解。

第八十回　科场有弊柏相遭刑　劫数难违园神辞职

话说众人在朝房谈话,陡闻景阳钟鸣,都不觉肃然起敬。忽见太监出传旨意,召了户部尚书郑亲王端华、刑部尚书肃顺、大学士翁心存进去,一时又叫起御史孟传金。候了顿饭时光,才召见花沙纳等。三人遵旨入朝,俯伏叩拜,仰瞻圣容,颇含慢意,敬谨奏对。真是天威咫尺,半句话也不敢多说。好在议约一切,事前都曾请旨,这会子,不过把会议情形,约略陈述一遍罢了。这日,大学士柏俊并没有召见,众人都很纳罕。

退值回家,未免纷纷猜测。次日,万众喧传,柏中堂坏了事了。花沙纳奇诧道:“昨儿朝房碰见,还好好的,怎么就坏了事了? 到底为点子什么呢?”来人入报明大人拜,花沙纳忙叫快请。一时明善走入,开口就谈柏俊的事。明善道:“此事真是迅雷不及掩耳,事前一点子消息都没有,奇怪不奇怪?”花沙纳道:“柏中堂究竟坏了什么事? 他的恩眷,原极隆崇的。”明善道:“这一件事,谈起来恁你怎么聪明的人,再也猜不透。起源是很小很小,小的跟芥子一般。”花沙纳道:“芥子一般小,堂堂相国,如何就会坏事了呢?”明善道:“今年科场,柏中堂不是派了正考官吗?”花沙纳道:“不错。柏中堂是正考官,朱凤标、程庭桂是副考官。”明善道:“今科中式举子里,有一个平龄,听说是唱小旦的,柏中堂没有检点,竟然中了出来。不意这会子,竟被御史参了。”花沙纳道:“原来是为科场案。论理柏中堂也过于大意。但是唱小旦的事,考生履历上,总也不肯开写,考官又如何会知道呢?”明善道:“现在御史参他,是该举人‘朱墨不符,物议沸腾’八个字,上头特地派员磨勘。”花沙纳道:“磨勘之后如何?”明善道:“瞧今儿的旨意,柏中堂革了职还交部严议,想来未必是查无实据吧!”花沙纳道:“柏中堂这么刚正的人,竟也被人参劾,真是想不到的事。参他的究竟谁呀?”明善道:“还有谁? 就是孟传金呢。”花沙纳道:“怪道呢,昨儿上头巴巴的叫起他。这孟传金也真无理取闹!”明善道:“姓孟的仗了好腰子,才敢干这惊天动地事情。”花沙纳诧问仗谁的腰子。明善走近两步,附耳道:“这一件事,都是顺亲王、肃尚书授的意,不然,孟传金也不敢干呢。”花沙纳愕然道:“端、肃两人,心术怎么这么的坏?”明善道:“现在朝廷大权,都在他们两个儿手里,上头偏也相信,说一是一,说二是二。在朝的人,哪一个敢跟他们争执? 偏这柏中堂,偏是鲠真,自仗资深望重,倚老卖老,从不肯让他一点半点。他们两个儿,久把柏中堂视作眼中之钉。无奈刚方正直,找不到错处,也难设法。现在好容易出了这个岔子,他们两个儿狮子搏兔,早已用尽全力了。”花沙纳道:“照你说来,老中堂此回的事,定然凶多吉少,怕还不止革职的处分呢。”明善道:“新疆去逛一趟,也未可知。”花沙纳道:“重到如此,究竟是相国了。明珠、和珅,那么罪案,也只查抄遣戍。”明善点点头,随道:“这两个儿如是得君,究竟所操何术?”花沙纳道:“什么术不术,不过运气好罢了。当今圣质,过于英特,励精图治,巴不得把个国一朝儿就整理好才好。无奈部院诸臣,都是循序渐进的,当今瞧着,很是不洽意。他们两个,恰都是敢言自任的，对了当今的意思，自然就红起来了。”明善道：“此回的案子，听说都是顺亲王查出的呢。顺邸为了大福晋寿诞，传班子唱戏，偏这班子里的要紧角儿不在，传了三回还不到。顺邸怒极，末后传到，酒气薰蒸，已是不能唱戏了。顺邸问他，一个小小戏子，胆敢屡次抗传，你眼睛里究竟有本邸没有本邸？那人碰头道：‘小的不敢抗传，实因小的朋友中了一名举子。今儿待魁星开贺，小的也在那里贺喜，没有在家，不曾知道。’顺邸道：‘奇了，你的朋友，也会中举子。你那朋友姓甚名谁，干什么营生的？’那人道：“小的这朋友姓平，单名一个龄字。起初是清客串，现在也在赚包银了。’顺邸道：‘是不是唱戏的？’那人道：‘是唱戏的。’顺邸还不在意，当时告诉了众宾客，不过当一桩笑话，随便谈谈罢了。肃尚书足智多谋，这日恰也在座，节外生枝，就掀起这个浪波来。”花沙纳听了，不胜叹息。明善去后，花沙纳就派两名家人，到柏中堂府去慰问。一时回来复命，花沙纳问他见过中堂没有？那家人道：“见着的。小的就按着老爷意思说道：‘我们老爷叫拜上中堂。’我们老爷原要自己来的，因为路上感了点子风霜，不能走动，叫请中堂不要烦恼，吉人天相，想来总没什么的’。柏中堂神气很好，笑向小的道：‘多谢你们老爷惦着我，差人慰问，感激的很，等风波平静了，我还要亲来道谢呢。’又道：‘烦你拜谢你们老爷，嗣后请他不必差人来。我现在是待罪人员，在家静候查办，这个嫌疑是要避的。’”花沙纳听了，只得罢了。

这一桩案子，弄到结末，刑部尚书肃顺，按据刑律，坐柏俊以因家人求请撤换试卷，与同考官编修浦安、程庭桂之子程炳采等，均行处斩。程庭桂等遣戍奏上之后，廷臣都代柏俊乞恩，只说本朝二百年，从无处斩宰相之例。文宗偏信肃顺一面之辞，向群臣道：“朕只知道诛考官，不晓得杀宰相，尔诸臣切勿误会。”于是柏俊遂不能免了。窃议端华、肃顺，如此专横，将来收成，定无好果。按下不题。

却说这时光，南中军务，胜负无常，庐州官军失利，前署安徽巡抚李际群力战身亡。太平军翼王石达开，率领悍党，从江西南安取道崇义，扑犯湖南，破掉桂阳州。一到五月里，英法等国，来津换约，而意外风云，又纷然以起。原来此时，天津大沽港口，因军务紧急，设访戒严。桂良在沪，照会英、法、俄、美四国，换约之舟，须改由北塘海口行走，四国公使倒也并无异议。不意英俄两国的火轮船，一抵天津，突背前约，鼓轮突浪，直闯入大沽口来。海口守将，飞报直隶总督恒福。恒福赶忙遣使持约，趋令改道。英俄两使置之不睬。五月二十四日，英游驶入滩心，把截港的铁锁，用火药炸掉，蛮横得要不的。恒福手足无措，却不道竟恼起一位英雄来，此人就是赫赫威名、堂堂大将科尔沁亲王湍多巴图鲁僧格林泌僧王爷。当下僧王怒道：“洋人太瞧中国不起，不给他个厉害，如何会知道？”立饬海口官兵，严行防备，但俟洋船进口，立即开炮轰击。恒福意欲拦阻，僧王道：“不干你事，开了衅端，有我担当呢。”次日黎明时光，就有军探飞报，洋面上舢板火轮大小共有十三艘，高竖红旗，飞行挑战，已抵港口。咱们排列的铁枪，被他拉倒了十多架，将次逼近炮台了。僧王大怒，立传将令：洋船闯入了口子，海防各将全都处斩。此令一下，火焰轰天，炮声震地，早已开炮轰击了。僧王在天津，置处独酌，静待捷报。两名侍卫，左右轮流不住手的斟酒。僧王引着巨觥，只吃肥牛大肉，山珍海味，一应精细蔬菜，概摒不用。

这日，军探络绎报来，都是好消息。未及夕阳西下，已经雾解烟消，十三艘洋船，只逃脱得一艘，其余不是轰沉，就被击损，差不多是全军覆没。次日，英人又率步队，从陆路抄杀前来。僧王闻报，亲自出马迎战，手下三千骑，都是关外健儿，蒙古骁将，策马飞驰，真是气吞雷电，色变风云。洋兵见了，尽都骇然。霎时枪声如爆竹，弹子似飞蝇，两军拼命扑战。僧王冒弹直进，手下骑士，谁敢落后？千骑骤进，万刀齐斫，数百名英人，早都蹂做了肉泥，生擒兵目两名，奏凯而回。这一役僧王手下，只伤掉六七十名骑士，从战的两员大将，倒都因伤毙命，一员是直隶提督，一员是大沽协副将。捷报到京，文宗异常欣悦，随上谕道：

> 此次洋人受大创，全军覆没。我军士奋勇异常，遂操全胜之算，着僧格林沁先在捐输项下，提银五千两分别奖赏。所有在事文武员弁，另行查明保奏，阵亡之提督、副将等，均着交部从优议恤。钦此。

僧王奉到上谕，逐一遵办妥协，笑向恒礼道："洋人震慑天威，自当稍稍敛戢了。"恒福道："英人坚毅的很，此番败去，怕未必甘心呢。"说着，忽报美国公使船到了，属遵沪约，改道行走。僧王笑道："这都是一战的余威呢。"僧王久历戎行，于战术军略，很有经验，深惧英人兴师报复，所以战胜之后，海口防务，不取稍自暇逸。大沽口南北两岸石炮台，赶行修筑，都驻下了重兵。大沽后路名叫北塘的，地处海滨，也很险要。雇令匠役，开爬地道，埋伏火炮、地雷，振军经武，昕夕惶惶。似此谋无遗策，定能手到敌除。暂时按下。

却说文宗帝为东南俶扰，寇氛日恶，命将遣师，屡胜屡败，圣心已甚焦灼。漏屋偏逢连夜雨，破船频遇打头风。偏生的外患凭陵，洋人滋扰，慨左右无人，闵苍生之颠沛。住在圆明园里，对着那离宫别馆，月榭风亭，想到此园修建之日，正值乾隆极盛之年，海宇殷阗，八方无事。纯宗大驾南巡，湖山胜景，无不图画以归，饬匠仿建。吴县狮子林、钱塘小有天、海宁安澜园、江宁瞻园，殚精仿构，毕肖毕真。现在花鸟依然，亭台无恙。天下同此天下，园林同此园林。祖宗何其盛，子孙何其衰！抚今怀昔，能不黯然？

这日，军报传来，定远、天长、盱眙，被太平军陈玉成攻破，衡州、宝庆被围，庆远府失守。文宗叹道："东南军事，胜保、曾国藩、袁甲三，总算出点子力，然而贼势飘忽，胜负不常，天下事正不知何时才定！"这夜，独居寝殿，转辗反侧，直至更残漏水，才得朦胧睡去。不意才合上眼，就见一个白髯老者，扶杖而来。文宗叱问："何来野老，擅入宫禁！"老者从容跪下，不慌不忙的奏道："皇上别惊，老臣非他，乃是本园园神，护守此已过百年。今当离阙，特来陛辞。"文宗恍惚问道："你到哪里去呢？"老者道："老臣年迈多病，恳请天恩，乞归骸骨。"文宗道："别去了，朕加你个二品衔。"老者道："大数已定，臣不敢违天。"说罢，起身自去。文宗亲自追赶，拌了门阈，一觉醒来，却是南柯一梦。回思梦境，历历如昨，心中很是不适。

这日，大考翰、詹，就以宣室前席命题，殷忧之意，溢于言表。这年冬季，举行郊天大典，夜宿斋宫，念及国家多故，不禁悲从中来，放声大哭。侍臣凄恻，尽都陨涕。凡此种种，识者早知其不祥。一到次年，东南官军，果然连遭败仗，捻党张洛行、龚瞎子等，窜扰清淮，攻陷清江浦，太平军攻泾县、广德州、安吉、武康。杭州巡抚罗遵殿，城亡殉难。江南大营，又被太平军打掉，骁将张国梁，血战阵亡，统帅和春、湖北提督王浚、寿春镇总兵熊天喜，也都力竭捐躯。常州、苏州、松江，相继沦陷。苏抚徐有壬殉了难，江督何桂清逃了上海去，种种失意事，都到眼前来。文宗至此，亦惟有咨嗟叹息而已。

不意厄运未终，警报又到，英法两国，忽又连兵入寇。原来英人自上年覆败之后，回到广东，招潮勇数千，纠合法国连兵北上。一到天津，就派汉奸入内侦探，知道北塘埋有地雷，遂用小火轮、舢板等船，探水而行。六月二十日，舟经大沽口外，却被沙洪胶住了，不能动掸。洋人也真坏不过，深恐华军乘危攻击，张起白旗假称请款。这里僧亲王也传下军令，水陆将弁，不准挑战，但等洋船驶近，开炮轰击。这时光，副都统德兴阿，驻守北塘里面的新河。直隶提督乐善，驻守大沽北炮台；大沽南炮台，由僧王自己驻守，防守得异常严密。不意洋人诡计多端，胶住的船，一得着水，就改扯红旗，直闯入大沽口，分兵从北塘后路，进袭新河。德兴阿督兵拒战，连遭败仗，营帐器械，粮饷马匹，尽都掉。英人得着了新河，乘胜进兵，得机得势，只一鼓便占据了唐儿沽。

警报到京，文宗聚集众大臣，商议剿抚大计。廷臣大半主张痛剿，只顾亲王端华、宗室尚书肃顺，奏请罢兵议抚。文宗难违众意，随命大学士瑞麟，调带京兵一万，驰赴通州，相为犄角。瑞麟遵旨，点兵整队，即日离京而去。不意瑞相才抵通州，大沽已经失事。原来洋兵从后路袭击北岸炮台，乐提台奋勇迎敌，炮弹飞来，身子上打成个大窟穴，忠魂渺渺，列魄悠悠，成仁去了。兵弁丧掉主将，顿时大乱。倏忽之间，北岸炮台，竟为洋兵得去。僧亲王守在南岸炮台，严装列阵，宛如万里长城，兀然不动。洋人用千里镜登高瞭望，见炮台左右，密密层层，尽是帆布营帐，旌旗招展，戈戟森然。关东铁骑，在营盘四周，往来驰逐，行走如风。洋人虽然厉害，瞧见这个样子，未免也有一二分害怕，各守疆界，不相侵害。

不意郑亲王端华、宗室尚书肃顺，都是唬不起的，一闻北炮台失守，乐提台殉难，唬得屁滚尿流，怂恿文宗，罢兵议抚，并请召回僧邸。危辞巧语，说得文宗心动，下旨饬令僧王退守通州。一日之间，诏书数至。姜伯三奉御敕，岳武穆十二金牌。臣心如水，君命难违。僧王到此，不得不遵旨退兵，部下将弁，无不扼腕叹息。洋兵见僧军移动，额手道："从此可以长驱直入了。"僧军防洋人追袭，结阵徐退，才抵距离通州二十里之张家湾，军报传来，天津已经失陷了。僧王跌足道："政府误我，政府误我！"随即飞折奏闻。文宗召问端华："僧格林沁退了兵，洋兵非但不戢，倒把天津占据了，是何意思？"端华回奏："光景是咱们没有派遣全权大臣，洋人没有得着恩命，所以还不很安静么。"文宗道："此事桂良是原议大臣，原等他来办，瞧他奏报，好在这几天里就要到了。"端华道："既然如此，皇上索性降一道旨意，叫他径赴天津，办理抚事，不必来京请训了。"文宗道："倒是你提醒了我。"随即降下密旨，饬令桂良相机办理。桂良遵旨到津，与洋人开议抚事。英使额罗金、英参赞巴夏里，开出条款，异常厉害。第一请增军费，第二准在天津通商，第三要约各国公使，酌带洋人数十名，入京换约。这些条款，听说都是巴夏里的主张。桂相据以奏闻，文宗大怒，严旨拒绝。一面仍饬僧邸、瑞相坚守通州，以防内犯。于是京师戒严，五城都派有禁兵更番守卫，风声鹤唳，一日数惊。忽报英法联军听说和议不成，已从津门派兵北上，前锋已及何西务地方，京师大震。廷臣会议圆明园僻处京西,事势危迫,拟请乘舆移幸大内。群推恭亲王首先入告。恭王道:"皇上偏信端、肃,咱们此举,未见得蒙恩准呢。"

当下众人联衔入告,措辞异常诚恳。无如此折上后,宛如石沉大海,眼见是留中不报了。廷臣谋再恳请,不意一到二十三日,讹言四起,都说圣驾将狩木兰,一时步军统领衙门果然派差四出,搜捕车马。次日奉到朱笔谕旨,内廷王大臣及奏事值日各堂官,入朝待命。巡幸的样子,愈逼愈真。于是六部、九卿科道,联衔谏阻,其辞道:

奏为迫切沥陈,仰祈圣鉴事:

本月二十四日,命内廷王大臣及奏事各堂官,阅看朱笔,有暂幸木兰之说。臣等传闻之下,实深惶骇。窃惟京师为根本重地,宗庙社稷百官万民之所在,皇上一旦为巡幸之举,则人心摇动,京师必不能守。且八旗绿营官兵,其父母妻子室庐坟墓,皆在京城,能保其无离散之心乎?万一六龙云驾,而兵心瓦解,此时欲进不能,欲归不得,皇上将何以处此?现在洋人犯顺,要求百端,其实西兵不过二万余人耳,其断不能扰吾疆土也明甚。若使乘舆一动,则大势一散,洋人借口安民,必至立一人以主中国。若契丹之立石敬塘,金人之立张邦昌,则二百余年祖宗经营缔造之天下,一旦拱手授之他人,先帝付托之谓何?皇上何以对列圣在天之灵乎!且一府一县之守令,闻警出城,地方立见溃散,况万乘之尊,都城之重,而可轻于舍去乎?臣闻嘉庆十八年林清之役,仁宗睿皇帝方幸木兰,闻警即日反跸。当日且闻警而还宫,此时已闻警而出幸乎?况现在洋人不及当日各路教匪之猖獗,奈何轻弃根本,自贻陨越耶?臣等谨按北宋牟驼冈之役,白时忠、李邦彦等请幸襄、邓,以避敌锋;李纲力主守城之说,遂以却敌。前明土木之变,徐埕主南迁,于谦曰:"京师天下根本,一动则大事去矣。"遂立十八团营而京师安定,此不迁而存者也。金哀宗奔河北而亡,元顺帝奔和林而元亡,迁而亡者也,前史具在,迁与不迁,其效可睹。今日之事,万不至如前史之甚,独奈何出此下策,自十二金危哉!为此策者,必曰:"圣驾时巡,仍派重臣监国,俟扫荡廓清,奉迎反跸。"殊不知皇上一出,都城无额手道,草莽生心,萧墙变起,种种危亡,翘足可待,又安往有扫荡廓清之日?况木兰一隅,又何足恃?我能往,敌已经能往。设洋人以劲旅相追,则以有所凭藉之京城,转以为未能抵御,岂不人心溃散?而能资其得力,此不待计而决者也。昨奉宣示诸臣,京城内外,传说纷纷,闾井惊惶,人无固志,恐滋内变,不可不防。仰恳皇上暂行还宫,激励将士,严筹守备,以固众志而释群疑。并求宸衷内断,不为浮言所惑,宗社幸甚。臣等受恩深重,未敢缄默。激切冒陈,自忘狂戆,敢乞皇上圣鉴,不胜悚皇屏营之至。谨奏。

此折上后,能否挽回天心,说话的演讲已及二十回,舌敝唇焦,例须休息。且俟五集开场,敲动鼓板,拍起醒木,再行叙述。

第八十一回　烽火连天乘舆北狩　旌旗蔽野敌骑西来

话说文宗接到六部九卿科道谏折，迟疑未决，忽内监呈上一折，是副都统胜保军衔拜发的。拆开一瞧，也是谏阻出狩木兰的，内有两句惊心动魄的话是："不可为一二奸佞所误，致失天下臣民之望。"不禁衷心感动，渐渐意得心回。原来这胜保，虽只是个副都统，勇敢有为，素为文宗倚重，曾经颁给过康熙间安亲王所进的神雀刀，副将以下，如有迁延退缩，贻误军情，许其先斩后奏，得君之厚，信任之专，僧、惠两王，犹且望尘弗及，阃外汉臣，更自不足论了。此番自河南被召回京，饬令会同贝子绵勋，调带一万八旗禁兵，驰赴通州助剿。在路得信，一时忠义奋发，拜了此折。当下文宗随令军机拟了一道旨意，其辞道：

> 近因军务紧要，需用车马，纷纷征调，不免啧有烦言。朕闻外间浮议，竟有于朕将巡幸木兰举行秋狝者，以致人心惶惑，互相播扬。朕为天下主，当此时势艰难，岂暇乘时观省？果有此举，亦必明降谕旨，预行宣示，断未有乘舆所莅，不令天下闻知者。尔中外臣民，当可共谅。所有军装备用车马，着钦派王大臣等传谕各处，即行分别发还，毋得尽行扣留守候，以息浮议，而定人心。钦此。

又命颁发内币银子二十万，赏给巡防弁兵人等，人心为之稍定。

到了八月初一日，警报传来，说洋兵自河西务径薄张家湾，离通州只有数十里了。文宗惊道："载垣才赴了通州去，桂良、穆荫也都在那里，洋人不等开议就进兵，是什么意思？"原来怡亲王载垣、军机大臣穆荫奉命赴通州，与桂良同议抚事。怡王爷、穆大臣到了通州，行文照会与英钦差额罗金，约期会议。额罗金偏会拿腔作势，自己不来，遣派参赞巴夏里，带了数十名洋人，入城议和。初二这日，怡王等与巴夏里相见，反复譬喻，曲意开导，巴夏里顽固异常，坚请仍循天津原议，并须邀同法国使臣，共事会商。怡王无奈，答应于次日在通州东岳庙大开会议。一到明日，地方官承办供帐，东岳庙里头陈设一新，外面兵卫森然，气象很是整肃。穆大臣荫、随员恒祺先到，辰牌时候，怡王爷、桂中堂也到。怡王一到，就问："英法使臣到了没有？"穆荫、恒祺齐回："尚未。"怡王道："瞧英人意思，未见就肯就抚。"才讲得一句话，门官飞步入报："英法使臣到了。"怡王等慌忙出迎。只见前导洋兵，整齐划一，宛似雁阵一般，落后两乘绿呢大轿，才是英法使臣。轿子抬进大殿方才歇下，出轿瞧时，法国的果然是正使噶啰，英国依旧是参赞巴夏里。见过礼，怡王就命开宴。英法两使坐了客位，怡王桂相坐了主位，穆荫、恒祺充当翻译。樽俎间谈到国事，法使噶啰倒都唯唯应命。酒过数巡，食供两套，巴夏里攘袂而起，向怡王道："今儿的事情，须面见大皇帝，以昭诚信。但是咱们国里，除了叩见天主之外,从无跪拜之礼。贵王大臣可以答应我们吗?”怡王默然不答。巴夏里又道:“远方慕义,要观光上国已经多时,然宾主之礼,不可不肃,咱们这回觐见,请用军容吧。”穆荫就问:“人数几何?”巴夏里道:“少了观瞻有碍,每国领带二千人,其余大队,悉留通州。”穆荫转告怡王,怡王听罢默然,脸上却露出很不然的意思。穆荫悄语怡王道:“外洋规矩,不回他就要作为默许的,王爷倒不能不回他一二语。”怡王道:“这件事情,须要请旨定夺,本邸未便专许。”穆荫转告巴夏里,巴夏里艴然不悦,停了半晌,转身向恒祺道:“疲乏要睡了,快拿卧具来。”恒祺没奈何,起身指派从人,排设炕榻,铺垫被褥。巴夏里见铺设定当,站起身,向怡王等道:“恕我放肆,只好睡着领教了。”说毕,随即歪下。恒祺、穆荫轮流着跟他辩论,巴夏里只装睡去了,并没一辞半语的回答,怡王、桂相面面相觑。还是穆荫谋多智足,想出个法子,请怡王等暂都退去,只留下恒祺一个儿陪着他。不意这一夜里,通州城中,就有无数奸细,到处窥伺。怡王闻报,立遣恒祺到洋营侦视。一时回报:“英使额罗金裹甲无待,瞧大势不很好呢。”一时军探飞报洋营掌号齐队,大有扑城之势。怡王道:“了不得!咱们这儿没有防备,洋兵杀来,可就糟了。”随写了一封密函,知会僧邸,叫他卷甲星驰,速速来城计议。

僧王大营,离城只三五里,一瞬间就到了。怡王接着,告知一切。僧王道:“别管他,先下手为强,咱们且把那什么巴夏里的,什么噶啰的拿捕了,一股脑儿解了京里去,再等他们来是了。”怡王道:“噶啰是法国使臣,一切举动,尚为恭顺,可以免其拿捕,只把巴夏里拿下就是了。”僧王应允,立刻传下军令:“所有英参赞巴夏里,并他的随从人役悉数拿捕,休叫走了一个。”此令一下,僧营军弁,无不勇跃,两个服侍一个,霎时间巴夏里并他的随从主人数十名尽都捆缚定当。一个蓝顶花翎的军弁抢步请安,喝报:“洋人尽都拿下。”僧王逐一验看,随命打入囚笼,立时起解。

这时光,副都统胜保奉旨督师,正与贝子绵勋在京师外城调集京兵,昼夜操练,但等洋人决裂,立即出兵征剿。这日,奉到廷寄密旨,大旨称:

> 据怡亲王载垣奏称,洋人猖獗,坚欲携带大队赴通,朕意与之决战。该副都统即日简练精兵,带赴通州以西驻扎。钦此。

胜保读过密谕,随即升帐,传齐马步各弁,发下军令,立时出发。马队在前,步队在后,抬枪铜炮,马刀钢叉,藤牌弓箭,金鼓大旗,依次而行,密密层层,宛似钢墙铁壁。从朝阳门而出,行到燕云寺,恰好天夜,胜都统传令扎营。次日起行,才到定福庄,探马飞报:“英法联军,已入通州,僧、瑞二军拒战失利,洋人长驱而北,我军马步队沿途溃散。”胜保大怒道:“什么洋人,胆敢如此猖獗!”催令速进。各将弁不敢谏阻,只得奉令前行。行到八里许,探马又报:“洋兵从郭家畈一带,分军为三路,东南西并进。现在西一路有僧王爷挡住,东一路有瑞中堂挡住,南一路恰向咱们这里来的。”胜保道:“僧、瑞两军挡了两路去,咱们更不要紧了。”这言未了,见前步队齐声发喊,胜保才待查问,炮声震地,烟雾腾天,枪弹炮子,横空飞坠,全军哗噪,都说:“洋兵来了!洋兵来了!”队伍顿是大乱。胜保怒极,喝令:“哗喧者斩!”一面挥令抬枪排队迎击。弁众仓促奉令,不及装子发药，敌弹破空飞坠，密如冰雹，猛若雷霆。中者死，着者伤，洞肋折肢，垒垒相望。胜保怒得要不的，正拟挥军猛进，跟洋人拼个你死我活，不意两颗流弹，连续飞来，不偏不倚，一颗中在左颊上，一颗中在右胫上，顿时痛彻心窠，眼前墨黑，天旋地转，晕倒在地。左右拼命抢救，搭在马背上，护着奔逃。蛇无头不行，军无帅自乱。马步各军，哪里还敢迎战，跟随病帅齐伙儿奔逃。洋兵真也不知礼让，咱们全他脸儿，避了他，他偏紧紧追来，并且卖弄他家伙好，枪炮之声，一路上轰放不绝。咱们逃到哪里，他们也追到哪里。胜营将弁逃入定福庄，喘息还没有定，枪炮横飞，轰说洋兵又到了。胜营将士，慌忙奔走，人不及甲，马不及鞍，狼狈得不可言喻。逃到朝阳门，见城外列有二十多座营帐，旌旗飘荡，戈戟森然，正是僧、瑞二军。原来僧王、瑞相，也在郭家畈那里遭了败仗。逃下来的三军聚会，同病相怜，谈到洋兵，无不变色。

这时光，京师大震，恭亲王奕䜣率领阖朝文武，到圆明园泣请文宗移幸大内，坚守京师。文宗道："尔等且自退去，这一件事，朕还要从长计较。"恭亲王道："国兵屡损，洋势嚣张，皇上一日不回，人心一日不定，最长计划，无过回京。"文宗沉吟未答。忽一人跪下碰头道："时势危造，奴才可不能不奏了，现在寇薄都城，各营皆溃，眼见京兵是靠不住的了，皇上回居大内，万一洋人犯顺，试问奕䜣等有无把握，可以必胜洋人？君忧臣辱，君辱臣死，苛非丧心病狂，必不忍陷君亲于危地！"众人瞧时，这发话的不是别人，正是宗人府宗令怡亲王载垣。文宗向众人道："你们瞧是如何？"领侍卫内大臣郑亲王端华、宗室尚书肃顺、军机大臣穆荫、景寿、匡源、焦佑瀛、杜翰、尚书陈孚思、侍郎黄宗汉等八九个人齐声道："奕䜣泣留皇上，是何用意？臣等愚昧，诚难猜测。载垣的话，未必尽是，而爱国忠君，溢于言表。皇上圣明，定能鉴别。"文宗点头道："原来他们要把朕来充做孤注，还是载垣提醒了朕。"随向恭亲王道："你们退去，朕自有旨意。"恭亲王再要争论时，文宗已竟退朝入内去了。恭亲王无奈，退到外面，向众人道："载垣与端华兄弟，把持朝政，狼狈为奸，三奸不除，国事终不可为呢！"众人都道："奸党措辞，十分巧妙，使皇上自易听从，诚不知他具何蛊术。"说罢，不胜扼腕。

恭亲王等回到京城，随与团防大臣大学士周祖培，商议团防事宜，忙乱了一镇日。次日午饭时光，警报传来，说洋兵攻扑京城了。恭亲王大惊，登城瞭望，果见洋兵扬旗整队而来。器械精利，步武整肃，前是马队，后是步军，层次井井。恭亲王叹道："怪道他们屡战屡胜，瞧他的军容，真是节制之师。"洋兵驰抵城下，扬旗鼓噪，把禁城围绕了三匝。阖城大惊，文武官员，都到恭亲王邸第，商议抵御之策。恭亲王道："贼寇临城，皇上驻跸海淀，不知曾否受惊？禁城被围，消息隔绝，哪一位前去探听一遭？"众人面面相觑。恭亲王道："看来这件事要指派的了。"忽报有朱谕到，恭亲王率同文武官员，照例开读，朱谕大旨：

> 乘舆于本日寅卯间，启跸出狩，六宫及诸王尽都扈从，在京王公文武万勿惊恐，钦此。

接过旨，就询问钦使："圣上北狩，事前竟毫无消息？"那钦使道："别说王爷在这里，就我们在那边，也没有什么消息。昨夜三鼓时候，郑亲王端华、宗室尚书肃顾称有急事，求请召对。召对之后，皇上就传宣启跸，好在车辆马匹，早已先自预备，仓促出狩，倒也并不慌乱。”恭亲王道：“端华、肃顺，自然随扈的了？”那钦差道：“军机大臣穆荫、匡源、杜翰也都随扈的。”此时文武众官，知道文宗北狩滦阳，心才稍定。忽报城里搬家的人，因各门繁闭，都用重贿买通司门的，私自启闭，怕有奸细混入。恭亲王询问众人有何妙策，周祖培道：“自各门昼闭之后，蔬菜米面，概不能入，百物顿时翔踊，照这个样子，怕要激成内变。”恭亲王道：“暂把西直门开放，以便运送食物，好吗？”众人齐声称善。恭亲王随即传命，开放西直门，任人出入。这日未刻，又有朱谕颁到：

着恭亲王奕䜣留守，仍督僧、瑞二军驻师海淀，钦此。

恭王不敢怠慢，立刻驰赴海淀，谨敬防守。次日，奉到行在廷寄：

恭亲王着为全权大臣。钦此。

英人探知恭王、桂相都驻在城外，知道城中无主，行文索取巴夏里，声言如不释放，立即攻城。京中文武大员，主见纷纷，恒祺主张释放，以平洋人之怒；胜保主张不释；黄宗汉主张索性杀掉，以舒公忿。王大臣等皆不能决。到了十一这日，由行在军机寄奉上谕，众人读罢，尽都纳罕。只见上面写着：

据胜保奏称，用兵之道，全贵以长击短。洋人专以火器见长，若我军能奋身扑进，兵刃相接，敌之枪炮，近无可施，必能十捷。蒙古京旗兵丁，不能奋身击刺，惟川楚健勇，能俯身蹇进，与贼相搏，洋人定可大受惩创。请饬下袁甲三等于川楚勇中，挑选得力若干名，派员管带，即日起程赴京，以解危急等语。洋人犯顺，奋我大沽炮台，占踞天津，抚议未成，现已带兵至通州以西，距京咫尺。僧格林沁等兵屡失利，都城情形万分危急。现在外军营川楚各勇均甚得力。着曾国藩、袁甲三各挑川楚精勇二三千名，即令鲍超、张得胜管带；并着庆廉于新募彝勇，及各起川楚勇中挑选得力数千名，即派副将黄得魁、游击赵喜义管带；安徽苗练向称勇敢，着翁同书、傅振邦饬令苗沛霖遴选练丁数千名，派委妥员管带，均着兼程前进，克日赴京，交胜保调遣。勿得借词延宕，坐视君国之急。惟有殷盼大兵云集，迅扫逆氛，同膺懋赏，是为至要。将此由六百里加紧，各谕令知之。钦此。

众人都道：“上头既派恭邸为全权大臣，又飞召南军跟洋人打仗，主抚主剿，上头似也未有定见。”户部尚书周祖培道：“英人来一个照会，限我们三日里交还巴夏里，如果到了十五，还不交还，就要开炮攻城了。”吏部尚书全庆道：“这个如何处置呢？”周祖培道：“恭邸已经照复了去，叫他退到天津，再行议和。”全庆道：“洋人答应了没有？”周祖培道："答应了倒好了，非但不肯答应，倒加了几句铁板注脚。洋人道：'议和两个字，等释放了巴夏里再谈。'恭邸又叫他退到通州，等换约后，就把巴夏里送还，洋人也不肯答应。这件事，看来很不易办呢。"众人正在谈论，警报飞来，洋人移营了。周祖培忙差家丁登城探望，一时回报，洋兵已经绕过德胜门，瞧他们样子，怕要窥伺海淀呢。周祖培很为着急，急按行在上谕，廷臣公同开读，才知文宗圣驾已经安抵密云之罗山。上谕所谕是：

> 留京王大臣，着豫亲王义道、大学士桂良、协办大学士户部尚书周祖培、吏部尚书全庆：义道、全庆，着在紫禁城，周祖培着仍在外城，桂良着城仍在外。钦此。

另有一道旨意，着军机章京曾协均等六人同赴行在。于是留京王大臣，遵旨分头干办去讫。

九月二十这日，洋人声言攻打海淀。恭王、桂相都在园中，吓得手足无措。亏得僧王自朝阳门移师北守，略壮了点胆子。恭亲王询问桂相，桂相也一筹莫展，口口声声，说是伺候王爷，静候王爷钧谕。忽报恒祺求见，立命传入。恒棋请过安，回道："遣城里头商人，备了牛羊千头到英军营里犒师，且请和议，英将答称：'和与战都是国家大事，不是你们商人办得到的。必竟要和议，须恭亲王爷亲自降驾，还可以商量一二。'瞧他们声势，很是不善，不如释放了巴夏里，平平他们的气。"恭亲王眼视桂相，桂相默然。恭王道："过两天再谈吧。"

这时光，风声鹤唳，一日数警。独是留京王大臣，从容坐镇，不激不随。原来他们都有一个消愁妙法，散闷良方，就是："挨日子"三个字，挨得一天，就是两个半日。不意挨到二十二这日，凶神照命，恶煞临头，再也挨不过去了。这日清晨，就听得联珠似的三排枪声，恭亲王忙遣侍卫到僧营询问。一时回报："洋兵自朝阳门移军，抄过德胜门，大有攻扑海淀之势，现在僧王爷、瑞中堂忙着调拨军马，预备迎敌呢。"说着时，忽闻西庙角上发起一股大声，动地摇天，撼山震岳，园中人役，无不骇然。接着枪炮之声，连续不已，那景象儿大有似乎迎年爆竹。忽一个内监仓皇奔入，报说："不好了，僧、瑞两军，一闻炮风，就溜了个光，僧王、瑞相，也禁压不住，现在洋兵，将次到了。"恭亲王大惊失色。欲知后事如何，且听下文分解。

第八十二回　应妖梦圆明园遭劫　颁哀诏文宗帝大行

话说恭亲王闻报洋兵杀来，僧、瑞两军，不战自溃，吓得半晌说不出话。忽报内务府大臣文丰求见。恭亲王跺脚道："什么？还要见我做怎么？回掉他，我不得闲呢！"太监入报："洋兵要进园来了，桂中堂已经避到广宁门去了。"恭亲王道："老桂真是坏东西，他腿也不知互我一声儿。"随命备马，带了三五个从人，奔出园门，加上两鞭，向长辛店一带奔去。随后大学士瑞麟、步军统领文祥恰也奔到。一位亲王，两位大臣，只好暂时屈尊，就在长辛店居住。暂时按下。

却说内务府大臣文丰求见恭亲王，太监回出话来，说是不得闲。文丰正在没好气，忽见脚步声历乱，侍卫人等轰传恭亲王爷、瑞中堂、桂中堂、文大臣都走了，咱们也各自儿散吧。文丰耳闻目见，都是全躯避难之徒，长叹一声，顺着花荫走去。正是镂月开云地方，楼阁重重，宫庭寂寂，那四春娘娘，早已随扈热河去了。文丰到此，惆怅沉香亭畔，艳想杨妃；徘徊濯锦江边，悲怀蜀帝。春宜一院，痛此际愁绝宫中；月落三更，慨往日痕留枝上。血点芳枝，魂销宝帐，不胜今昔盛衰之慨。正在凭今吊古，忽听得排枪声响，排枪过后，随一派西洋军乐之声，由远而近，渐渐进园来了。园丁飞报洋兵抢进则春门，直向正大光明殿来了。文丰闻报，不慌不忙，跪下地去，向北叩了九个头道："微臣无能，只有一死报国了。"叩罢头，向堂后池里只一跳，两个水旋花，沉下池底去了。洋兵进了圆明园，殉难官员除了总管内务大臣文丰外，还有清漪园外郎泰清，全家十六口，合室自焚；中营千总燕桂，全家十六口，同时遇害。

洋人僭居御园的消息，传到长辛店，恭亲王急极，忙与瑞、桂二中堂商议。桂良道："洋人不肯和议，大约为巴夏里未释的缘故。论到两国相争，不斩来使，怡亲王当时原也欠于斟酌。"恭亲王道："释放之后，不知他肯就咱们的范围不肯？"桂良道："推情度理，总比不释放好一点子。"恭亲王道："事到如今，除了这个，竟也没有别的法子。"于是一面照会英人，一面行文顺天府尹叫把巴夏里开释，就派恒祺陪送他回营，约定次日开议款事。谁料巴夏里拘着，洋人还有个顾忌，一朝放出，宛似苍龙入海，猛虎归山，咆哮搏噬，猛烈得无可言喻。这一夜，海淀地方，火光烛天，焚烧竟夕。恭亲王派人往探，说是御园左边的民房，被洋人纵了火。次日，军探报称，洋兵移营在安定门外，御园宫殿已被他们抄掠了个遍，狼藉到不忍言说。恭亲王此时，除了顿足浩叹，也没有别的法子。忽门上送进一角文书，却是洋官照会。拆开瞧时，要求全权大臣入城会议和约的事。恭亲王皱眉道："这又是很难的难题目。"桂良道："听说留京王大臣合词奏行在，请旨趋王爷入城速定抚议呢。"恭亲王道："上节旨意，究竟没有下，我总遵旨办事是了。"从此豫亲王等屡来催请，恭亲王切时不睬。后来催请的人愈变愈多，碍于情面，没奈何，移驻广宁门外之天宁寺，总算跟都城又近了一闸子。行止犹豫，进退维谷。正这当儿，忽地接到行在密谕，密谕大意：略称此时断难入城办抚，且令择地驻扎等语。

恭亲王喜道："明见万里，真是尧舜之君。"从此恭亲王安居城外，每日只领恒祺等跟英人往来辩论。此时英法两国，开出条款，英国除八年所定五十六款照行外，续增九条；法国除八年所定四十二条照行外，续增十条：大意在加索赔款，多占码头，以及天津通商，京师寄住等事。恭亲王答应奏请圣裁，一俟奉到批回，即行订期换约。

似此有求必应，总无枝节可生。不意一波乍平，一波又起，怡王擒获巴夏里时光，所有巴夏里的从人数十名，悉数囚送刑部讯供，监禁大兴、宛平两县牢狱。这一班洋人，平日卫生一道，都是很讲究的。中国黑暗地狱滋味，哪里尝的惯，二十多天工夫，早监毙了十多名。此番和约成功，例须释放回营，洋将大怒，行文责问，就要渝盟兴师。恭亲王皱眉道："洋人真不好弄，事到如今，说不得吞声饮恨。"立遣恒祺前往谢罪。洋人不肯答应，声言要攻打紫禁城，恭亲王大惊。这夜圆明园忽然火起，烟焰冲霄，火光爝天，熊熊炎炎，直红了半片天，愈烧愈厉害。烧到天明，火得了风势，更得飞扬拔扈，倒壁摧墙，厉害到个不堪收拾。恭亲王派人探视，回报是洋兵纵的火，守园丁役，排龙灌救，都被洋兵开枪打退。这圆明园真也广阔不过，从景山焚起，昆明湖一带，直烧了三日三夜。雍正、乾隆、嘉庆、道光、咸丰五朝百余年积蓄，数万里的收藏，刚被洋人小小一点火，就烧了个精光完结。前儿还是兰宫桂殿，凤阁龙楼，曾几何时，就变了数堆瓦砾，一片荒凉。只剩得颓垣破井，留在天壤间，徒供后人凭吊而已。最可惜是偌大一座园林，凿水堆山，植卉种木，一应布景，经营意匠，都是四海文人，两江才子。往后就有这个物力，要恢复旧观，人才消乏，可也万万不能够了。赫赫宗周，莽莽禾黍，光景也是天数呢。

当下恭亲王惊恐异常，忙遣恒祺到法国公使噶啰那里，请他居间排解。恒祺回来，说法使已经应允了，大致不过多花掉几两银子，没什么大不了的事。恭亲王听了，心始稍宽，法使英营去了三次，反复辩论，总算说了成功。回告恭亲王，要中国抚恤死者银子五十万两，恭亲王一口答应。照会英人，请定换约日子。英使照复前来，须俟恤款交清，然后立盟修好。于是搜括京师内外库，勉强凑足了五十万，特派恒祺解赴英营。英人答应准十一日，在京城礼部大堂换约。恭亲王立刻传谕该部备办供帐。

九月十一黑夜，恭亲王奕䜣率同大学士贾桢、周祖培、尚书赵光、陈孚恩、侍郎潘曾莹、宋晋等各带护卫入城，到礼部衙门等候。禁兵人等都在正阳门外排队站立。候到辰牌时光，才见洋兵整队而来。间以洋乐，声情激越，闻之令人气壮，公使参赞坐的是八人大轿，其余翻译人号都是四人轿。轿子到大门，恭亲王率同众官拱手相迎，公使额罗金、参赞巴夏里，就在轿中行了个免冠礼。出了轿，恭亲王陪着，分东西阶入内，陪到大堂，筵席早已设好，恭亲王与额罗金分左右入座。作乐上菜，樽俎之间，彬彬有礼。那张和约，就在席间调换了，礼成而散。次日，就与法国换约，一应仪注，悉与英国相同。不过法国公使噶啰，只坐得四人肩舆，却比额罗金稍逊了。条约中最要紧几款，是特许英法两国派遣公使领事常驻中国，赔偿英国银一千二百万两；法国银六百万两；除五口通商外，增设牛庄、登州、台湾、潮州、琼州、天津等为码头。恭亲王办妥之后，专折奏闻行在，不多几天，奉到上谕：

恭亲王奕䜣等奏互换和约一折，本月十一、二等日，业经恭亲王将八年所定和约及本年续约，与英法两国互换，所有和约内所定条款，均着逐款允准，行诸久远。从此永息干戈，共敦和好。彼此相安以信，各无猜疑。其约内应行各事宜，即着通行各省督抚大吏，一体按照办理。钦此。

英法换约之后，接着就办俄罗斯国换约事宜。约中最要的是一此后通商，不论恰克图及现准英法二国通商之各海口，悉听该国水陆自便；其通商条款税则事宜，概照英法办理；中俄两国边界，东自黑龙江及西疆交界之处，应各派大臣秉公查勘，以防异日争端。只有美国，已于上年钤印换约，约中词意，很为恭顺，通商居住都有限止，只不过转笔灵活，中国依旧没有得着便宜。如第五款限止京师居住；第六款说道：嗣后无论何时，但中国大皇帝愿与别国立约允准之处，以及在京师居住，或久或暂，应许美国来使一律照办，同沾此典；第十五款，限止贸易下，就接笔道：倘别国有按有条约更改者，即应一体均同；第三十款内载明现经两国议定之后，倘大清还有何惠政恩典，施及他国，或关涉船只海面通商往来等件，为此条约所无者，亦当准美国官民一体均沾。凡此重言絮语，不厌反复叮咛，无非预为道地，包扫一切，你道他乖不乖，巧不巧呢？和议既成，特下上谕，罢掉南中勋王之举。此时在京王大臣等联衔恳请文宗回跸。不意上谕下来：

本年天气渐趋严寒，朕拟暂缓回京。俟明春再降谕旨。钦此。

京外大臣，有奏请西行的，有请于陕代之间暂设行在，俟洋兵全行退出大沽口外，然后奉迎返跸的，文宗悉数留中。这其中原来有一个大大的原因，此时朝中执掌政权的，共是三位大臣，第一位是怡亲王载垣；第二位是郑亲王端华；第三位是协办大学士户都尚书肃顺。载垣、端华，都系咸丰初年袭爵为王，历任宗人府宗令及领侍卫内大臣等职；肃顺是端华的同母昆弟，由郎中供奉内廷，荐升至协办大学士。这三个人聪明相等，志趣相同，互相吸引，互相保卫，真是同保富贵，共用荣华，休戚相关，患难与共。肃顺更有一桩好处，礼宾下士，爱才如命，知名之士被他吸引的倒也不少。肃顺常向人道："咱们旗人都是混蛋，不很足忌，汉人明白事理的多。"他那管笔尖儿也很厉害，因此旗人跟他，更是不很相合。肃顺才高气盛，哪里放在心上，上年二月里，借着科场搜弊名目，杀掉大学士柏骏之后，胆职愈壮。又借铸钱局事情，兴起大狱，户部司员，尽都褫职逮问，京师自缙绅以至商店，株连破家的，不可胜数。威尊势盛，权重令行，所作所为，诸如此类，也难尽述。敌骑西来，乘舆北狩，一大半也是肃顺的尽筹硕画呢。

当下，文宗接到京内外大臣恳请回銮的章奏，召集随扈各大臣，共同会议。各大臣遵旨，都到避暑山庄行过殿见礼。怡王取出奉旨交议折件，递给众人阅看，随道："此事应准应驳，咱们从长计较，众位不妨各抒所见。"众人都道："我们伺候王爷，听候王爷钧谕。"怡王道："不是这么说，这是奉旨交议事情，自应大家发抒意见，从长计较。"众人还没有答话，就见肃顺开言道："此事从我看来，上头意思，是不愿意回跸呢。"顺王道:“这话就对了,如果愿意回跸,批准了就是了,何必交议呢?”怡王笑向众人道:“诸君听此论如何?”众人都道:“王爷高见,某等万不能及。只有一桩奇异处,每逢王爷发出的议论,某等初听,总不很为然,等到细想了去,才觉头头是道,句句不错,可见一个人的聪明才智,原是勉强不来的。”顺王笑道:“诸君自不思耳,圣上平素最不喜是大内里头祖制严重,规矩烦琐,起居一切,很是不方便,所以一年四季,都住在园子里。现在圆明园被洋人烧掉了,回銮之后,一来是居住不方便,二来是瞧见了颓垣败井,烬柱破砖,也要伤心呢。”众人尽都唯唯,只有太常寺少卿焦佑瀛是新由肃顺吸引,在军机大臣上学习行走,当下就迎合道:“为了圆明园的事,圣虑十分焦劳,恳请回跸,是做臣子的不但不能分忧,反倒添忧。”怡王道:“就在这里,圣心也很郁郁,因为东南军报不很利,宁国、严州相继沦陷,周天受又死了,经不起再添上这无谓的忧闷。”议了好一会,公决恳求御驾暂缓还京,文宗自然欢喜。从此文宗就在热河避暑山庄行宫总理万机一切。

此时英、法、俄、美等国,都派遣公使,驻扎北京,办理交涉。政府大臣事务纷繁,不暇兼顾,于是设立总理各国通商事务衙门,专管洋务。特命恭亲王奕䜣、大学士桂良、文祥入内办理。并于内阁部院军机处各司员章京内,满汉各挑取八员,作为司员定额。再命崇厚为办理三口通商大臣,驻扎天津,管理牛庄、天津、登州三口通商事务。从此北京、天津又多了两所洋务衙门了。

却说文宗帝聪明天慧,即位之初,励精图治,很欲大大干一番,无如民乱如毛,国家多故,用尽精力,使尽心思,依旧不得太平。奋发有为的小尧舜,当着这个时势,怎么不要心灰意懒!于是纵情声色,聊以解闷驱愁。女色这东西,究竟是断丧身子的,何况仓促出狩,月露风霜,未免失于调养。又闻海淀被焚,少了个悦性怡情所在,虽说是圣度汪洋,究竟有点子可惜。如此堆三聚五,凑四合六,竟然成功一病,睡梦不宁,茶饭懒进。初时还挣扎着坐朝听政,后来一天重似一天,卧在寝宫,竟不能动弹了。热河地方又没有好医生,开上方儿,无非是麦冬人参等腻补东西,投下去哪里有点子效验?怡亲王等几位王大臣趁着文宗有病,正好专断发行。因此休戚相关的,一个也没有。今儿挨明儿,明儿挨后儿,挨到咸丰十一年七月里,看看要挨不过了,壬寅这日,文宗自知不起,命召宗人府宗令载垣、右宗正端华、御前大臣肃顺、景寿、军机大臣穆荫、匡源、杜翰、焦佑瀛十八人到寝宫,托孤道:

> 朕躬不德,不堪奉祀社稷,得罪天地祖宗,以致外患恁陵,内乱蜂起,颠越播迁,以至于此。尔等千里追随,相同患难。朕与尔等,名是君臣,情过骨肉。现值乾坤震荡,天下鼎沸之秩,朕没于此,人心不无浮动。皇子载淳,年岁过幼,万机一切,均赖尔等竭力赞襄。苟能削平群寇,重致升平,朕死九泉,亦瞑目也。

众人听了,尽都感泣,当下承遵朱谕,册立皇长子载淳为皇太子。此时皇太子年方六岁。六岁的孩子,懂得什么,瞧见大众哭泣,也跟着哭泣,才罢,却又嘻笑如常。这日无事,到癸卯寅刻,文宗两眼一翻,双脚一挺,大行去了。怡亲王载垣、郑亲王端华等钦承遗诏，扶皇太子就柩前即了皇帝位，是为穆宗。尊皇后及生母皇贵妃那拉氏均为皇太后。旋上皇太后徽号，名叫慈安皇太后；生母皇太后徽号，名叫慈禧皇太后。新皇帝年号，拟定是“祺祥”两个字。新皇帝通只六岁，大小政务，悉由怡亲王等专断专行。因文宗托孤，曾有“赞襄”两个字，怡亲王等八个人，遂自号为“赞襄政务王大臣”。

哀诏颁发到京，留京王大臣等恸哭失声，恭亲王拜折恭慰新主大孝，并请来热河奔丧。怡亲王等私议道：“奕䜣系大行皇帝胞弟，于宗支最近，我等赞襄政务，两宫太后颇不为然。他一来此，怕与两宫协同谋我，我们可就危了。”郑亲王道：“所见极是，趁他没有动身，快降一道旨止住他。”于是立刻拟旨，只说京师地方重要，该王大臣留守责重，毋庸来热奔丧等语，才待颁发，忽见一人，匆匆奔入道：“我等祸事到了。”众人瞧时，正是赞襄政务大臣焦佑瀛。怡亲王就问：“什么祸事？”焦佑瀛道：“才得着一个很紧要消息，听说两宫皇太后有垂帘听政的举动。”怡王道：“你这句话从哪里听来的？”焦佑瀛道：“是家人告诉我的。”肃顺道：“谁的家人？”焦佑瀛道：“是我家里的家人。”郑亲王笑道：“焦佑瀛，你做了赞襄政务大臣，连一个家丁的话也会相信，我真替你惭愧呢！”焦佑瀛道：“王爷休要笑话，我那家丁他这消息，是从他哥哥那里得来的。”郑亲王道：“他哥哥又是谁？”焦佑瀛道：“他哥哥也是一个家丁，却在安太监家里当差的。”怡亲王问：“谁是安太监？”焦佑瀛道：“就是西太后身旁的安得海安太监。”众人听了，宛如顶门上轰了个霹雳，不觉都默了。欲知后事如何，且听下回分解。

第八十三回　太后垂帘新翻政局　亲王议政重振朝纲

话说载垣忽听焦佑瀛说垂帘消息，是从安得海那里得来的，吓得都呆了。端华心细，问道："这句话是不是安得海亲口说出的？"焦佑瀛道："安家的家丁，向我们那家丁说：'咱们老爷要得时了，太后垂帘之后，咱们老爷讲的话比什么都要灵验，差不多军机大臣、王大臣都没有咱们老爷亲近呢。你不信，瞧下去就是了。'"肃顺笑道："我当是什么，原来是这么一句没要紧的话，那不过下人们招摇的积习，亏你也去信他。"载垣道："太后临朝，本朝从不曾有过，就国初时候，世祖冲年践祚，也只有亲王摄政。"谈论一会，各自散去。

不意次日早朝，就有御史董元醇拜上一折，大意说皇上冲龄，未能亲政，暂请皇太后垂帘听政，并恳请近支亲王一、二人辅政等语。两宫皇太后阅过之后，立刻召见赞襄王大臣。载垣、端华闻说皇太后召见，都吃一惊。载垣道："两宫皇太后素不预闻政事，召见我们做什么呢？"端华道："也许为梓宫奉移的事呢。"跨进朝房，肃顺、景寿等六人都已到了。肃顺道："今儿的事情很奇怪，不知闷葫芦里到底卖点子什么药？"载垣道："我才与你哥哥谈论呢。"焦佑瀛道："怕就是垂帘的事情发动了吧？"正说着，忽见一个太监匆匆走出道："两宫太后升殿了。"八位赞襄王大臣慌忙趋入，行过礼，慈禧太后谕道："御史董元醇上一个折子，讲的话倒很切现在时势。叫你们来，大家商议商议，究竟可行不可行？"说到这里，回顾太监安得海，安得海会意，忙取折子递给怡亲王载垣。载垣接到手，就与端华等共同阅看。参阅两三行，就见他皱眉摇头，很露出不然的样子，霎时阅毕。慈禧后又问："按照目下时势，还可以行吗？"载垣道："奴才看来，不很妥当。"慈禧后道："怎么不妥当呢？"载垣道："太后临朝原非盛治，祖宗制度也不曾有过。"慈禧后道："垂帘听政，汉、唐、宋、明，一竟有的。本朝虽然未曾有过，因时制宜，也属不妨，何况祖制上也不曾有过明训，禁止垂帘。依我说是很好，很可以举行。"载垣碰头道："祖宗制度是万世遵守的，奴才愚昧，断乎不敢有所增损。"慈禧后道："这个不干你事，有我们主张呢。"八人齐声道："违犯祖制的事，太后就有懿旨，奴才等断不敢奉诏。"慈禧后不乐道："听你语意，明是料我们没有才，不够管理国政了？"载垣碰头道："皇太后圣德天才，奴才何敢轻谅！只有奴才愚昧，只知道谨守祖制，祖制所有，丝毫不敢减，祖制所无，丝毫不敢增。"慈禧后听了，秋波莹莹，瞧着慈安后，不作一语。慈安后道："这件事他们既然不答应，咱们慢慢再商量吧。"随谕退朝。

载垣见两宫退了朝，向众人伸了伸舌头道："险的很，险的很。"端华道："亏你争的厉害，不然，坏了事了。"载垣道："这都是要我们性命的事，如何不力争呢？"肃顺道："应该叫军机处拟一道旨，把董元醇那张奏狠狠驳一下，免得不知趣的人再来饶舌！"载垣道："这是一劳永逸的勾当，亏你提醒了我。"随传军机章京，命他照意拟旨驳还去讫。从此心安意泰，以为总没什事故发生了。暂时按下。

却说慈禧后退入寝宫，心里没好气，宫娥人等瞧见慈容不喜，都不免栗栗危惧。太监安得海装好一袋旱烟跪着奉上，慈禧后接来吸着，吸了两口，衔着嘴出神，待要吸时，火早熄了。安得海忙用纸煤向宫香上取火，跪下再点。慈禧后举眼，见是安得海，才不发话。吸完烟，起身道："随我东宫去。"安得海知道慈禧后要去见慈安后了，随携了旱烟袋，紧步跟随。一时行到。见慈安后正在那里瞧书呢，瞧见慈禧后进来，早站了起来，两宫见过礼，归了坐。慈禧说起垂帘一节事，慈安后道："赞襄王大臣不答应，怕不容易行吧。"慈禧后道："我也并不是揽权喜事，皇帝年纪轻，不过，他们这一班人哪一个是忠心赤胆？照这样子扰下去，锦绣山河怕有点儿靠不住呢。"慈安后惊道："天下竟要扰坏吗？"慈禧后道："那是一定的事，别的不要论，只要瞧方才的举动，他们这一班人眼珠子里，哪里还有咱们两个儿？依仗先帝临终吩咐过三五句话，专权罔上，擅断擅行，日积月久，势必成尾大不掉，到那时要收他的权，可就不容易了。"慈安后道："难道明珠、鳌拜之祸，咱们还要亲身遭着吗？"慈禧后道："依我看去，载垣等八人，比了明、鳌，有过之无不及。"慈安后道："可惜都是顾命大臣，不然，也好裁抑裁抑了。"慈禧后道："顾命不顾命是不能论的。本朝王大臣，功勋最高，威权最重的，莫如国初的睿亲王。生为皇父摄政王，没了之后，追尊为懋德修道广业定功安民立政诚敬义皇帝，谥号叫成宗，祔祀太庙，恩荣算得优渥了。才得近侍苏克萨等密告，说他私制帝服，藏匿御用珠宝，竟就撤去庙享，追去封典，抄去庭产，削去企爵。载垣等虽然是宗亲，跟睿王相比，怕终不及吧？"慈安后道："此事非常，应与近侍大臣商议了再行。"慈禧后道："除是密召奕䜣来，这里的人都是他们爪牙呢。"慈安后点点头，慈禧后见慈安后已经应允，随要过笔砚，亲拟了一道密旨，递与慈安过目，随邀一同钤玺。慈安道："先皇帝大渐之前一日，赐我们两人的那颗玉玺现在正好开用了。"慈禧道："那就是同道堂玉玺。"

当下两宫太后随把密旨用过玺，悄悄发出。不过一月间来，恭亲王奕䜣兼程赶到。疾雷不及掩耳，载垣等都吃一惊。不意奕䜣城府深沉，见面之后，一味谦恭和气，向载垣等道："某此来不过是奔丧哭临，政务一切，自问年轻望浅，断不能够胜任，所以并不愿预闻。"众人信以为真，便不把他放在心上。奕䜣恳请入觐两宫皇太后，肃顺只是冷笑，并无话答。忽见一人当众冒言道："恭亲王爷与两宫太后是叔嫂，在理应避嫌疑，并且太后居丧，更不能召见亲王。"奕䜣忙问："发话的是谁？"肃顺道："王爷不认识此人吗？他也是赞襄大臣，姓杜名翰的便是。"奕䜣听说，抬起眼皮，盯了他两眼。此时载垣等早都齐声附和，奕䜣知道不是口舌争得回的，索性闭口无言，片辞不发。遂回寓所，转展愁思，一筹莫展。忽报太监安得海求见，奕䜣唤入安得海造膝密陈，低言悄语的禀道："太后叫王爷乔装进见。"奕䜣道："乔装装什么呢？"安得海道："宫门左右侍卫人等都是载垣、端华的腹心，宫里头举动，一转瞬，他们全都知道。王爷要混进宫，除是乔装做女子。女子出入，他们还不很留意。"奕䜣听了一呆，半晌才道："女子吗？如何装扮呢？"安得海道："这个不用为难，奴婢会侍候呢。"奕䜣道："万一被他们看破，惭愧死了。"安得海道："这是太后旨意。衣服鞋袜一应东西，奴婢都带在这里了。"奕䜣道："既是上头旨意，没奈何，只好乔扮一回儿了。"

却说这一日，夕照衔山，轻风摅树。避暑山庄宫门外，忽来一乘油碧香车。四名美婢，忙着打车帘，扶下一位丽人来。虽是丰容盛发，并无翠羽珠珰。淡淡罗裳，浑讶凌波神女；珊珊玉骨，恍疑姑射仙家。众侍卫正在奇诧，忽见小太监传语："太后有旨，请福晋立刻入见。"丽人微应一声，扶着美婢，风摆荷花似的走了进去。看官自然明白，这便是最眷宗亲，当今皇叔恭亲王奕䜣。奕䜣跟随小太监直到寝宫，东西两太后倒都在一块儿。奕䜣趋步上前，先向东太后，后向西太后，各请了两个双安。慈禧后斜溜凤目，向众宫娥太监道："现在不用你们伺候，退出去吧。"众人领旨，全都退出，连安太监都退了出来。奕䜣在内，奏对点子什么话，因为关防严密，竟然无从探听。不过，这日奕䜣从避暑山庄出来，立把军机章京曹毓瑛传到寓里，密密切切，谈了一夜的话。次日，就到载垣、端华那里辞行，说即日就要回京，倏然而来，倏然而去。在稍有阅历的人，未免总要疑惑，无奈这班赞襄王大臣心高气傲，太不把人放在眼里，所以坦然不疑。

奕䜣走后，两宫太后随降懿旨，着行宫人员预备车马，即日回京。载垣等瞧见这道懿旨，顿时大跳起来，立刻入宫，恳请收回成命。慈安后道："你们阻止回銮，敢是要我们在这里住一辈子不成？我们呢，倒也罢了，先皇帝梓宫，敢是较远不要奉安山陵了。你们都是先皇帝旧臣，受过先皇帝多少恩典？自问自心，对得过先皇帝，对不过先皇帝？再者，皇帝是天下共主，皇帝一日不回京，天下人民的心就一日不定，你们也对不过天下人民呢！"众人俯聆慈安后那一番慈谕，简直有不恶而严；仰瞻慈安后那一副慈容，简直是不怒而威。要奏驳几句，三人抬不过一个理，竟然半个字也没有了。没奈何，只得唯唯遵旨，退出宫门。大家商议回京之计，端华道："咱们分做两起走吧，我和怡亲王爷等扈从两宫銮驾，先由间道回京，留肃顺、穆荫护送梓宫，远近联为一气，就有算计，也不怕他们了。"众人齐称妙计。计议已定，于是下令部署车马。

到了这日，两宫太后、皇帝以及扈从文武各大员，千乘万骑，浩浩荡荡，直向北京进发，一路平安无事。留京王大臣得着消息，早都迎出京来。两宫太后慈颜倒都欣悦。这日，不及进城，慈帷就在城外暂驻，不意驿马飞递到两封奏折，一封是大学士贾桢等联衔会奏，恳请两宫太后垂帘听政；一封是钦差大臣胜保奏恳简派近支亲王辅政。两宫太后阅过奏，留中不发。次日，启跸入都。才回大内，就发出两道上谕来，一道是布暴载垣、端华等罪状，一道是拿问的旨意，这两道谕旨，就是奕䜣在热河时先叫军机章京曹毓瑛草就的。

谕旨既下，恭亲王奕䜣手捧上谕，带领侍卫，径投怡亲王府来，恰好端华也在那里。门官入报："恭亲王来此降旨。"载垣不胜诧愕，忙问端华："什么事？你可知道？"端华道："没有知道呢。"话犹未了，二门上小厮飞步进报："恭亲王爷已进了二门来也！"载垣起身迎出，见奕䜣带领侍卫番役六七十，虎步龙行，瞧那神气儿很是起劲。抢步上前，请安相见。奕䜣大剌剌地不很理人，走进中堂，端华也只好起身相见。奕䜣笑道："郑王爷也在这里，巧极了，省得本邸奔一程路了。"随道："本邸无事不敢轻造，有旨请怡、郑二王跪听宣读。"端华道："上谕大意，请你先行宣布，我等未便贸然跪接。"奕䜣道："旨意无非说二位营私舞弊，罔上专权，结党横行，阻挠大计，朝臣侧目，民怨沸腾，着本邸拿捕等语。"载垣、端华拂然道："吾辈未入，旨从何来？这道上谕，明明是你假传的。"奕䜣道："二位不肯接旨吗？"载垣道："上谕出于吾手，这是什么上谕？也要我们接！”奕䜣道：“本邸奉上差遣，二位既然不肯按旨，说不得只好放肆了。”说毕，沉下脸，向侍卫道：“奉上谕，锁拿怡亲王载垣、郑亲王端华。”众侍卫一齐动手，捉猪缚狗般把载垣、端华全都拿下。擒出府邸，拥到宗人府，交给宗令看管了，入宫复奏。

两宫太后又特派钦差驰赴热河，拿捕肃顺、穆荫。钦差领了密旨，昼夜兼程，行抵密云，恰与肃顺碰着。肃顺还在行辕里卧地，钦差带领侍卫毁门而入，就床上拖下来，上了锁，押解到京。两宫降旨，令廷臣议罪。一时议上，载垣、端华，拟赐自尽；肃顺拟斩立决；穆荫拟革职发往军台；景寿、匡源、杜翰、焦佑瀛，俱拟革职，永不叙用；尚书陈孚恩、侍郎黄宗汉都因依附奸党，拟请革职遣戍。朱批下来，自然是：“照所请，钦此”五个字。势焰薰天的赞襄王大臣，被这五个朱字，竟然会烟消火灭，你道厉害不厉害？

从此政局翻新，另换一朝人物。恭亲王奕䜣做了议政王，并军机处行走；大学士桂良、尚书沈兆霖、侍郎文祥、宝鋆，均在军机大臣上行走；鸿胪寺少卿曹毓瑛，在军机大臣上学习行走。两宫太后特降懿旨，命议皇太后垂帘的仪制。又命钦天监选择吉日，皇帝重行即位礼。于是择定十月甲子日，在太和殿重行即位礼。到了这日，穆宗公服临殿，文武百官，都来朝贺。特颁红诏，改祺祥年号为同治，即以明年为同治元年。这一个年号，暗寓两宫同治国政的意思。次日，穆宗降旨：“现在一切政务，均蒙两宫皇太后躬亲裁决，惟缮拟谕旨，仍应作为朕意，嗣后议政王军机大臣缮拟谕旨，着仍书朕字。”到了十一月初一，穆宗奉了两宫皇太后，在养心殿垂帘听政，批发谕旨，都钤用同道堂玉玺，后人诗道：

> 北狩经年跸路长，鼎湖弓箭望滦阳。
> 两宫夜半披封事，玉玺亲钤同道堂。

两宫太后同殿临朝，名为公决朝政。其实慈安后赋性忠厚，用人行政，万机一切，都由慈禧后一个儿专断。慈禧后真也精明强干，干办点子政事，真也没批评。即以东南军务而论，命冯子材督办镇江军务；命曾国藩统辖江苏、安徽、江西三省，并浙江全省军务，所有四省巡抚提督以下各官悉归节制；又拔沈葆桢为江西巡抚，左宗棠为浙江巡抚。知人善任，就是文宗当国，所举所措，也不过如此。慈禧后不仅才智过人，她那福泽，比了别人，也要胜起三五倍。东南军务，自两宫垂帘而后，日有起色，苏、皖、晋、鄂渐为削平，太平军中悍酋如英王陈玉成，被苗沛霖擒解胜保军营；翼王石达开，被土司擒解骆秉章军营；土匪教众也渐次剿灭。到同治三年六月，曾国荃打破南京，闭城搜杀，瓮中捉鳖，网里捕鱼，李秀成、洪仁达等尽被捕拿。积年巨患，一旦铲除，扰攘中原，复变成太平世界。捷报到京，两宫太后喜溢眉宇，特下上谕道：

> 本日官文曾国藩由六百里加紧红旗奏捷，克复江宁省城一折，览奏之余，实与天下臣民同深喜悦。此次洪逆倡乱粤陕，于今十有五年，窃据江宁亦十二年，蹂躏十数省，沦陷数当城。卒能次第荡平，暂除元恶，该领兵大臣等栉风沐雨，艰苦备尝，允宜特沛殊恩，用酬劳绩。钦差大臣、协办大学士两

江总督曾国藩，自咸丰三年，在湖南首倡团练，创立舟师，与塔齐布、罗泽南等屡建殊功。保全湖南郡县，克复武汉府城，肃清江西全境。东征以来，由宿松克潜山、太湖，进驻祁门，叠复徽州郡县，遂拔安庆省城，以为根本。分缴水陆将士，复下游州郡，兹幸大功告成。逆首诛锄，实由该大臣筹策无遗，谋勇兼备，知人善任，调度得宜。曾国藩着加恩赏、加太子太保衔，锡封一等侯爵，世袭罔替，并赏戴双眼花翎。浙江巡抚曾国荃，以诸生从戎，随同曾国藩剿贼数省，功绩颇著。咸丰十年，由湘募勇，克复安庆省城。同治二年，连克巢县、含山、和州等处。率水陆各营进逼金陵，驻扎雨花台，攻拔伪城。贼众围营，苦守数月，奋力击退。本年正月克钟山石垒，遂合江宁之围，督率将士鏖战，开空地道，躬冒矢石，半月之久，未经撤队，克复全城。殄除首恶，贵属坚忍耐劳，公忠体国。曾国荃着赏加太子少保衔，锡封一等伯爵，赏戴双眼花翎。钦此。

又下旨锡封曾国荃部将李臣典一等子，赏他首先登城之功；萧孚泗一等男，赏他擒获李秀成之功；又颁发银牌四百面，赏给曾营将士，下旨道：

粤逆久踞江宁，负隅抗拒，实为从来未有之悍寇。此次水陆各军，于溽暑炎蒸之际，猛力环攻，迅克坚城，悍党悉除，渠魁就缚，非曾国藩运筹决策，督率有方，曾国荃等躬冒矢石，鼓勇先登，未由建此奇功，成乃丕绩。朝廷嘉悦之怀，实难尽述。除曾国藩等已加恩锡封外，其出力员弁兵勇，并着查明保奏，候旨施恩，发去银牌四百面，着曾国藩、曾国荃等择其功绩最著者，先行颁给，以励戎行给。钦此。

曾营将士接着此旨，很是欢忭，各路官军得着此信，勇气也增十倍。东搜西剿，把太平军余党杀得没处躲避。扶王陈得才，在楚豫边界服毒自杀；端蓝、成春等释甲归降，洪秀全儿子洪福瑱跟着堵王黄文金逃到湖州。李鸿章紧紧相逼，改走宁国。鲍超又死命相攻，充没何，只好走到浙江淳安地方。谁料浙将黄少春候在那里，大杀一阵，黄文金力战身亡。洪福瑱一个儿东奔西走，逃到广信地界，却被江西将弁席宝田轻兵追袭，在石城地方，又吃了个大败仗，逃向荒谷里。席宝田守住谷口，派兵搜出，把洪福瑱生擒活捉，解到南昌。巡抚沈葆桢飞章入告，上谕下来，叫把洪福瑱与先前捉住的天王之兄恤王洪仁政、天王之弟干王洪仁玕、黄文金之弟昭王黄文英，同在南昌正法。又下恩旨，赏沈葆桢一等轻军都尉、席宝田云骑尉、鲍超一等子爵。另有懿旨一道：

颁赏沈葆桢之妻林氏，珍饰四件。

殊恩异数，阖署的人无不纳罕称奇。欲知端的，且听下回分解。

第八十四回　林夫人巧计保南昌　恭亲王忠心筹西域

话说江西巡抚沈葆桢之妻林氏夫人，独蒙两宫太后特恩，颁赏珍饰，阖署人员，无不纳罕，这里头原来有一个大大原因。这位夫人，是林文忠公少穆的小姐，智谋出众，才略胜人。上年省城被围，抚台恰好出巡在外，阖城官民，都慌得手足无措。林夫人聚集抚标各将弁叮咛告诫，饬令登陴守御，辞意很是慷慨。诸将感愤，无不尽力。守了两日，忽报长毛开掘地道，要用滚地龙法攻城了。守城将弁，得着此信，无不骇然。林夫人知道军心惑乱，城池必然无幸，亲执兔毫，写成抚慰守陴将士文一道，命巡捕官发贴出去。其辞道：

> 闻贼用滚地龙法，欲陷城垣。古人有埋瓮听声之一策，今围城中缺少缸瓮，岂能束手听之！尔诸将士速各率所部，抢挖内濠一道，须深八尺，宽丈五，上盖松板，形同浮桥，可杜贼谋，可固城守。尔诸将士皆中丞旧部，为国宣力，其各奋义勇，共保封疆。张军长援师已过九江，城围之解，即在旦暮。杀贼之功，正此时也。勉之奋之，毋忽。

又咬破指尖，写了一封血书，派遣心腹，驰往张玉良军门那里乞援，其辞道：

> 南昌危在旦夕，贼酋纠众七万，百道进攻。氏夫幼丹住商薜，中丞离省，全城男妇数十万生命，存亡旦夕。将军昔以三千众而解嘉兴之围，奇勇奇功，朝野倾服。今闻驻节汉沔，跟南昌一衣带水耳。氏啮血求援，长跽待命。生死人而肉白骨，是所望于将军。江西抚署沈林氏咬指泣书。

张玉良，原是林文忠公部曲，接着血书，不禁大大感动。都率本部人马，星夜赶来。这里林夫人督同阖城官员，负士登城，帮助守御。军民感奋，守得愈益严密。过了两日，见城外尘头高起，喊声大震，攻城太平军纷纷调动，知道张军到了。林夫人传谕城上军士大呼助威。大小三军，得着此令，齐声大喊，如同山崩雷响，十里皆闻。太平军见了这个声势，尽都失色。又见张玉良军士人人拼命，个个争先，知道很难取胜，令旗一挥，六七万太平军拔寨齐起，退向别处去了。这一货事情，虽然没有题本上折，两宫太后早已传闻知悉，所以特颁珍饰。

当下沈葆桢夫妇感激涕零，循例上折谢恩。阖城文武僚属一得此信，忙都上辕叩贺，脚靴手板，忙乱到个发昏章第一。这夜沈葆桢办了一席酒，就在上房跟夫人庆贺。沈葆桢笑道："夫人两篇文字，博得四件珍饰，虽未便宜，也颇值得。"林夫人道："我这两篇，都是至性至情的说话，哪里算作文字？你要瞧文字，我有一卷摘录的《咏絮集》，闲了给你瞧着。”沈葆桢道：“现在天开文运，别说女子多才，就逆贼中也多会韵语的。此番忠、侍两酋被擒，在槛车里头，听说还慷慨赋诗，侍酋有半律道：

一片雄心终不死，百年杀运未全消。
仰天喷出腔中血，化作长虹亘碧霄。

忠酋有句道：

自分豹皮同死节，敢将瓶乳望生还。

林夫人道：“瞧忠酋的口供，是一个打柴的樵夫，如何也会歌咏？”沈葆桢道：“忠酋在苏州时光，每逢月夜，泛舟虎丘，觅句引杯，兴很不浅。有《感事诗》两律，传诵至今。其辞道：

举觞对客且挥毫，逐鹿中原亦自豪。
湖上月明青箬笠，帐中霜冷赫连刀。
英雄自古披肝胆，志士何尝惜羽毛。
我欲乘风归去也，卿云横亘斗牛高。
鼙鼓轩轩动未休，关心楚尾与吴头。
岂知剑气升腾后，犹是胡尘扰攘秋。
万里江山多筑垒，百年身世独登楼。
匹夫自有兴亡责，肯把功名付水流。

所以这一回，他与侍、酋两个唱和不绝。忠酋有句道：

报道哥哥行不得，前山现有鹧鸪啼。

侍酋和道：

杜宇不知天意思，不如归去唤声声。

林夫人道：“‘哥哥行不得’，好似长毛里一个什么王题过一阕词，也有这么一句的。”沈葆桢道：“那是伪天德王洪大全，在长沙时光题的，其辞道：

寄身虎口运筹工，恨贼徒不识英雄。漫将金锁绾飞鸿，几时生羽翼，万里御长风。一事无成人渐老。壮怀要问天公，《六韬》《三略》总成空。哥哥行不得，泪洒杜鹃红。”

林夫人道："贼中诸酋的诗气象雄伟，要算钱江第一，我最爱他《辛亥闰八月中秋杂感》两律：

一年两度过中秋，月照天街色更幽。
天象有星皆北拱，人情如水竟东流。
贾生痛哭非无策，屈子行吟尽是忧。
匏繁长安增马齿，等闲又白少年头。

荆棘茫茫寄此生，生还万里转伤神。
乡关路隔家何在？兄弟音疏梦自亲。
扪虱漫谈天下事，卧龙谁是草庐身？
西山爽气秋高处，纵目苍凉感路尘。"

沈葆桢道："钱江口气，还不及翼酋呢。翼酋石达开，有五首七律，听说是答复涤帅的，我记得是：

曾摘芹香入泮宫，更探桂蕊趁秋风。
少年拓落云中鹤，尘迹飘零雪里鸿。
声价敢云超冀北，文章昔已遍江东。
儒林人内应知我，只合名山一卷中。
不策天人在庙堂，生惭名位掩文章。
清时将相无传例，末造乾坤有主张。
况复仕途皆幻境，几多苦海少欢场。
何如著作千秋业，宇宙常留一瓣香。
投鞭慷慨莅中原，不为仇仇不为恩。
只觉苍天方瞶瞶，莫凭赤手拯元元。
三年揽辔归羸马，万众捍山似病猿。
我志未酬人亦苦，东南到处有啼痕。
若个将才同卫霍，几人佐命等萧曹。
男儿欲画麒麟阁，夙夜常娴虎豹韬。
满眼河山罗异劫，到头功业属英豪。
遥知一代风云会，济济从龙毕竟高。
虞帝勋华多颂美，惠王家世尽鸿濛。
贾人居货移神鼎，亭长还乡唱大风。
起自布衣方现异，遇非天子不为隆。
醴泉芝草无根脉，刘裕当年田舍翁。

林夫人道："长毛里竟有能诗解赋的人，真也难得！"沈葆桢道："李次青来信，说金陵洪逆宫门有联云：

虎竟三千，直扫幽燕之地；
龙飞九五，重开尧舜之天。

又有一联是：

独手擎天，重整大明新气象；
丹心报国，扫除外族陋衣冠。

那伪殿上一联，听说是洪逆手笔，其辞是：

先主本仁慈，恨兹污吏贪官，断送六七王统绪；
藐躬实惭德，望尔谋臣战将，重新十八省江山。

还有一联是：

维皇大德曰生，用夏蛮夷，待驱欧美非澳四洲人，归我版图一乃统；
于文止戈为武，拨乱反正，尽没蓝白红黄八旗籍，列诸藩服万斯年。

寝殿上一联，听说是忠酋手笔，其文是：

马上得之，马上治之，造亿万年太平天国于弓刀锋镝之间，斯诚健者；
东面而征，西面而征，救廿一省无罪良民于水火倒悬之会，是曰仁人。

夫妇两个正在谈文说艺，忽外面送进一角公文。沈葆桢拆开一瞧，不觉变色，叫起"哎呀"来。林夫人问："是什么？"沈葆桢道："乌鲁木齐失陷了。都统平治阖门殉了难，哈密、吐鲁番、呼壁图、库尔喀喇、乌苏等地方相继沦陷。你想这件事如何处呢？"林夫人道："这几处都是回子地方，敢是回子又反了？"沈葆桢道："回子阿浑妥得璘、索焕章先后都叛。阿浑妥得璘竟僭称为清真王。"林夫人道："光办几个回子呢，还不难，所怕的新疆逼近强俄，俄人倘然乘隙而入，可就费事了。"沈葆桢道："俄人素来恭顺，幸灾乐祸的事，怕不见得干吧？"林夫人道："这都是说不定的事，再瞧罢了。"

不言沈葆桢夫妇私下窃议，却说北京朝廷接着西陲警报，慈禧很是郁闷。慈禧后就到慈安宫里商派将帅。慈安后道："内地事情还没有办妥，塞外偏又出了这件事。光是几个捻匪，直齐豫苏皖五督已经扰得不得了。现在靠得住点子的人，通只三个：宗室里呢，奕䜣最为亲近，人也最谨慎；蒙古王大臣，就只僧格林沁；汉臣里老成练达，倒要算着曾国藩。奕䜣提过别算，僧格林沁人马虽多，正在剿办捻匪，总也抽调不出，只有曾国藩闲着，这件事还是交给他办了吧。”慈禧后道：“我也这么想，曾营各将，鲍超最为忠勇，除是调他去，别个怕未见办的下。”慈安后道：“你看谁妥当，就调谁是了。”慈禧后道：“鲍超请假葬亲，才准得他呢！”慈安后道：“这又何妨？降一道旨给他是了。”慈禧后点头称是。次日，军机处发下上谕道：

> 曾国藩奏提督鲍超遵奉前旨，请假葬亲一折，已明降谕旨，赏假两月，回籍经理葬事。现在甘肃军务未蒇，新疆回匪日益蔓延，非得勇略出群如鲍超者，前往剿办，恐难壁垒一新。着曾国藩传旨鲍超，令其俟假期一满，即行由川起程，出关剿办回匪。其旧部兵勇，及得力将弁，准其酌量奏调，随带同行。从前回疆用兵，杨遇春即系川省土著，立功边域，彪炳旗常。鲍超务当督率诸军，肃清西陲，威扬万里，以与前贤后先辉映。该提督忠勇性成，接奉此旨，必即遵行，以副朝廷委任。钦此。

此旨去后，曾国藩复奏到京，称说：“西路军务，宜先清甘肃，次及关外。湘勇离甘太远，不如川勇较近，宜用川北保宁、龙安两府之人，与甘肃风气不甚相远。又奏新疆之地，大漠苦寒，艰险异常，鲍超威严有余，恩信不足，倘出关以后，部曲离怨，必为回众所轻，一有挫失，全局震动，后人更视关外为畏途矣。且甘肃未平，遽谋新疆，则后路之操本不稳。鲍超历年苦战，臣岂忍忘其大功，而摘其小过！惟有仰恳圣慈，谕令鲍超，随同都兴阿、杨岳斌先清内匪，再行出关，不宜轻于一发，不独鲍超一军为然。自古有事塞外者，未有不慎于始谋者也”等语。这种迂谋缓计，两宫太后如何肯听？连颁三旨，催促霆字营赶速出关。所说君命难违，王事为急，鲍超虽然回了川，所都霆字营由总兵官娄云庆、宋国永分头统带，次第出发。不意行到半途，齐声哗变，都称不愿出关，分途乱窜。四川、江西、湖南都被扰累，果然不出曾国藩所虑。

三省督抚得着惊噩，立即飞章入告。不意宫廷里头，为了此事，竟生起一个小小风波来。原来慈安后赋性恬淡，素不喜欢管理闲事，名为听政，垂拱而已，慈禧后偏是能干，杀伐决断，敢作敢为。近侍诸臣见慈安后自甘退让，不免也存了个舍轻倚重的心思。遇有政事垂询，倘是慈禧后，便都献殷勤，说出许多主意，任慈禧后拣择施行；要是慈安后，便都沉默不语，回奏上来，总不过是句恭候懿旨的话。议政王、恭亲王，很是瞧不过，人前背后，常常发几句不平的话。众人如何肯改？这日，惊报到京，慈禧后刚刚病着，慈安后一个儿临朝，立召军机大臣计议，盈廷唯诺，竟没个人分忧解患。慈安后道：“汉人既是没中用，还是叫僧格林沁去了吧。”军机大臣齐声唯唯。恭亲王道：“僧格林沁办理捻匪很得手，调了出去，叫谁接他的手？捻匪四处窜扰，行踪飘忽，迁流无定，差不多就是明季流寇，似不宜过于轻视。因奏陈太后温厚仁慈，不肯发威动怒，廷臣不知感戴，倒都存藐视之心。即如今儿的事，西太后跟前要是这么着，早都受了申饬了！他们明欺太后仁厚，故意装聋做哑，难上头一难。”慈安后道：“那种事情，眼前也没暇计较，你看关外派谁去好呢？”恭亲王道：“明绪、保恒，都有扶危济变之才。穆图善人很忠勇，依奴才愚见，这三个人都可以用得。”太后道：“你保的人，总不会差什么，现在这么着吧。伊犁将军派了明绪去，乌鲁木齐都统派了保恒去，叫穆图善带兵出关，专办讨贼事宜。”军机大臣立即承旨拟谕，颁发出去。

早有人把恭亲王当廷发话的事报知慈禧，慈禧后心里很是不舒服。病愈临朝，恰好部臣复上一桩交议案子，议的是两广总督毛鸿宾，照例应得降二级调用的处分。慈禧后道：“那么两广总督就叫吴棠署理了吧。”慈安后不置可否，慈禧后就命拟旨。偏是恭亲王不识势，上殿争执，说：“吴棠现职不过是漕督，升了总督，似乎太骤！”慈禧后立刻沉下脸道：“李鸿章、左宗棠不都是不次超迁的吗？偏是吴棠就不行了？不用一个人，讲一句话，都要你干预，你也太操心了。谁不知你是议政王，必要三天五日找一个由头，跟我拗一回，是不是就算显扬你议政王声势？”恭亲王是懿亲重臣，这么大钉子，出世以来还是第一遭儿碰着，心里未免不舒服，罪也不谢，赌气出朝，回邸去了。慈禧后回向慈安后道：“奕䜣骄蹇已甚，不惩戒他一下子，日子久了，难保不闹出乱子来！”慈安后原是无可无不可的，随道：“惩戒惩戒他也好。”于是立下上谕：

恭亲王奕䜣，毋庸在军机处议政，并撤去一切差使。

此旨一下，京师顿时大震。淳亲王等先后陈奏，都说奕䜣虽经获咎，尚可录用，恳请开恩起复等语。慈安后善良不忍，就与慈禧后商量，把折交王公大臣详议具奏。不多几天，礼亲王世铎等复奉上来，都说：“奕䜣咎由自取，惟系懿亲重臣，应否往用，予以自新，候旨定夺。”只有给事中广诚一个折子，说得很是贴切，称说：“庙堂之上，先启猜嫌，根本之间未能和谐，骇中外之观听，增宵旰之忧劳”等语。两宫太后恻然心动，于是特降懿旨，宣示中外，大旨称：

奕䜣信任亲戚，不能破除情面。平时于内廷召对，多有不检之处。朝廷杜微防渐，正小惩大戒，曲为保全之意。奕䜣着加恩仍在内廷行走，并仍管理总理各国事务衙门。钦此。

又下旨：

着恭亲王奕䜣仍在军机大臣上行走，毋庸复议政名目，以示裁抑。

薄雾轻雷，依旧化成祥风甘露。这就叫帝德乾坤大，皇恩雨露沾。恭亲王自经此番磨折之后，寅畏小心，办理一行政事，自不敢倚老卖老。两宫太后见他勇于改过，心里也很欢喜。

这一年，又有一桩非常喜庆事，天开文运，二百六十五名进士里，一甲第一名竟是旗下人氏，这是开国以来从未有过的盛事。国初时光，汉满分榜取士，出过一个状元麻勒吉。满汉同榜之后，今科还是头回儿显辉呢！这一位状元爷，名叫崇绮。他那小姐，后来就是当今的皇后，当今殁后，皇后竟至殉节身亡。咏史的人有七绝一首道：

开国科名几状头，璇闺女诫近无俦。
昭阳从古谁身殉，彤史应居第一流。

这都是后话。

当下两宫太后见胪唱第一人是旗下人，慈怀都很欣悦。慈禧后高兴，传了个班子，邀请慈安后听戏庆贺。歌舞升平，一派盛朝气象。正在欢乐，败兴的警报雪片也似的来。报说：“僧王追贼遇伏，在曹州地方力战阵亡。”两宫太后闻报大惊。欲知后事如何，且听下回分解。

第八十五回　剿捻军僧王殉难　游都市天子微行

话说僧格林沁骁悍善战，当时满蒙汉各将没一个比赛得上。他那雄心壮志，锐气英风，直堪涵盖千秋，推倒一世。力攻智取，虎步龙骧。铁骑所经，风云色变，金戈所指，山岳形潜。捻军首领张洛行、团民首领苗沛霖都是混世魔王，吞人恶煞。跳荡了不知几多年数，扰乱了不知几多地方。说也奇怪，经他老人家旌旗一指，竟似风卷残云，收拾了个净尽。杀人如草，用兵如神，楚豫捻党听到僧格林沁名字，无不魂飞魄散，心骇神惊。僧王逾益自负，不把捻军放在心上。得机得势，作福作威，获到捻党，不问首从，一概凌迟处死。忍心害理，峻法严刑，残酷到个要不得。苗沛霖被擒时光，沛霖有一班义儿，都是十四五岁的俊童。目秀眉清，粉装玉容，无愧人其如玉，直堪我见犹怜。碰着这位僧王爷，偏是心狠手辣，专喜煮鹤焚琴。审问明白，批下来总是“依例处死”四个字。僧王更有一个特异性，每逢犯人绑赴法场，便令当差的烫上很好的酒，坐看行刑，酌酒玩赏。那凌迟刑是寸割分碎的，受刑的人惨痛呼号，他老人家愈是快活，酒下的愈快。彼时苗氏义儿捆缚定当，押到法场，刽子手开刀，跪呈样肉，僧王见那样肉，竟有一寸左右阔狭，顿时大怒，喝把刽子手棍责五十。下令每剐犯肉，不得阔逾五分。受刑的人宛转哀啼，求恩速死。僧王赏心乐意，置若罔闻。自辰至午，才割得半条腿子。午牌过后，僧王爷酒兴阑珊，不无少有厌倦，特下恩命：“受刑各逆犯，能够破口大骂苗逆，本王开恩，赏他拳大的一刀。”武健严酷，惨无人理，诸如此类，不一而足。捻党恨极，聚集同党，商议报仇之计。

此时捻党首领姓张，名宗禹，就是悍酋张洛行的儿子。众多头目，齐听号令。当下张宗禹道：“遵王赖汶光，是太平天国遗臣，天国虽亡，雄心未已，兀在直鲁一带纵横驰突，此人真是个英雄。先生当时，原也受过太平朝恩典，现在要报仇，莫如与遵王联兵一处。遵王久战沙场，深通将略，跟他联了兵，咱们总不会吃亏呢！”众头目连声称妙。张宗禹随即修书一封，备了一盘珠宝，四色食品，特派心腹干员，驰往遵王那里通聘。赖汶光接信大喜，亲统大军，风驰而来。猩猩惜猩猩，好汉识好汉，两雄握手，相见恨晚。张宗禹请教用兵方略，赖汶光道：“僧格林沁蛮横粗暴，竟是一头野牛，是宜智取，不宜力敌。他手下东三盟铁骑去来骠疾，驰突如风。咱们弟兄大半都是步队，在平阳旷野里跟他交战，自然要受亏了。现在莫如用我之长，攻敌之短。引他到山谷沮洳地方，山路屈曲，水道萦回，骑不得逞，马不得驰。那时节，一声炮响，伏兵齐起，不怕他飞了天上去。”张宗禹大喜，依计行事。从此设伏埋兵，用谋暗算，神出鬼没，声东击西。只拣崇山峻岭，浅泽深溪所在，跟官兵厮杀。

果然谋无遗策，计不虚行，僧营良将恒龄、舒通额、苏克金等都是勇冠三军、力敌万夫的，却都蹶掉在这里头。怒得僧王切齿咬牙，统率精骑，亲自赶来，誓与群敌拼一个死活。那霸王瞋目大呼，人马辟易，“魏武帝轻兵蹑敌，骑步仓皇”，那一股猛厉无前的气概，直令人望而却步。当下张宗禹、赖汶光计议道："僧贼积忿已深，势将拼命，万万不能邀击。咱们不如分军两路，各统一支，僧贼如果击我，你快快起兵，攻打他后面，僧贼回兵，你马上逃避，我就播旗喊呐的救你。总之咱们两支兵牵制僧贼，使他疲于奔命，接应不遑。等他气竭力弱，再用诱敌法子，诱他到崇山峻岭、曲径羊肠地方，四面围住，合力奋击，瓮中捉鳖，池内搜鱼，恁他掀波鼓浪，咱们也不怕了。"此计行后，可怜盖世无双的僧亲王东奔西逐，不得一战。总兵何建鳌、陈国瑞、内阁学士全顺叩马谏阻，都说："王爷万金贵体，捻匪山野蛮牛，驰突奔逐，很是犯不着！"僧王哪里肯听。

这日，接到军报："张、赖两贼，联兵一路，逃向山东去了。"僧王怒极，统率亲兵，飞马就追。传令大军跟随继进，昼夜兼程，赶了二百多里路。每到城乡，询问当地百姓，都说贼军过得没有几时。尽力追赶，却又不见踪迹。这日，行到曹州以西，天色傍晚，山路崎岖，冈峦起伏，地势很是幽峻。落日奄奄，微风习习，僧王心疑，传令前军探路。霎时，前军统领擒了两个樵夫，速送到马前，听候王爷发落。僧王喝问贼踪，那樵夫道："才见五七千人马，在前面山中，扎营散队，埋锅灶饭，我们不识字，不知是官是贼？"僧王道："那一定是贼队了。"随令加鞭催马，赶紧前进。所说："天子三宜，将军一令，三军之众，谁敢不遵。"斯时，暮霾横空，余霞散彩，饥疲的军士，被霾影霞光一映射，饥容菜色，愈显得真切。僧王志在克敌，军容饥饱，倒也毫不在意。行了一阵，忽见前军发起喊来，立遣裨将飞马探问。霎时回报，前面山路被树枝叠断了。僧王知道中计，立传将令："前锋作后队，后队作前锋，班马千军，立时回马！"此令方才传下，就听得山腰里雷轰似的一声怪响。前山后岭，左冈右坡，顿时拥出无数敌兵，摇旗呐喊，齐呼："僧格林沁，快快投降！快快投降！"万口齐声，山鸣谷应，宛似天摇地动，声倒江翻，正是：

一千里色中秋月，十万军声半夜潮。

僧王怒得口中出火，鼻内生烟，喝令冲杀出去。英雄末路，壮士穷途，恁你力可拔山，气能盖世，也难履险如夷，逢凶化吉！"蜀主奔回白帝，项王逼到乌江"，还有甚指望呢？当下僧格林沁被张宗禹、赖汶光围困数重，冲突不出。不意一到黎明，降兵尽变，"漏屋偏遭连夜雨，破船又遇打头风"。敌人乘机杀入，僧格林沁与总兵何建鳌、内阁学士全顺尽都战死。陈国瑞仅以身免，僧营全军败没。

噩耗到京，两宫太后异常震撼，降旨以亲王饰终典礼，从优议恤。予谥忠字，又加恩命配飨太庙，绘像紫光阁，命他的儿子伯彦讷谟祜承袭亲王世爵，并赏博多勒噶台王号。随询问："谁堪继任剿办捻匪？"廷臣众口同辞："此事非曾侯不能办理！"于是降旨：

钦差大臣、协办大学士、两江总督、一等毅勇侯曾国藩，着即前赴山东一带郡兵剿贼，两江总督着李鸿章暂行署理，江苏巡抚着刘郇膏暂行护理。钦此。

旬日之间，连下三旨，无非催促曾侯迅速启程的话。偏是性急，偏是迟慢，碰着这位曾侯，按部就班惯了的。复奏到京，声言："遵旨前赴山东剿贼，历陈万难迅速情形，金陵楚勇，裁撤殆尽，仅存三千人，作为护卫亲兵，此外惟调剩松山宁国一军，如楚勇不愿远征，臣亦不复相强。淮勇如刘铭传等军，人数尚少，不敷分拨。当酌带将弁，另募徐州勇丁，以楚军之规制，开齐兖之风气，期以数月训练成军，此其不能迅速者一。捻匪续年掳掠，战马极多，驰骤平原，其锋甚锐。臣不能强驱步兵，以当骑贼，亦拟在徐州添练马队，派员前赴古北口，采买战马，加以训练。此其不能迅速者二。扼贼窜北，惟恃黄河天险，若兴办黄河水师，亦须数月乃能就绪，此不能迅速者三。直隶一省，宜另筹防兵，分守河岸，不宜令河南之兵兼顾河北。僧格林沁剿办此贼，一年以来，周历安徽、河南、江苏、山东五省。臣接办此贼，断不能兼顾五省，不特不能至湖北也。即齐、豫、苏、皖四省，亦不能处处兼顾。如以徐州为老营，则山东只能办兖、沂、曹、济四郡；河南只能办归、陈两郡；江苏只能办能、徐、海三郡；安徽只能办庐、凤、颍、泗四郡。此十一府州者，纵横千里，捻匪出没最熟之区，以此责臣督办，而以其余责成本省督抚，则泛地各有专属，军务渐有归宿。此贼已成深寇，飘忽靡常，宜各练有定之兵，乃可制无定之贼。方今贤帅新陨，剧寇方张，臣不能速援山东，不能兼顾畿辅。为谋迂缓，骇人听闻，殆不免物议纷腾，交章责备。然筹思累日，计必出此，谨直陈蹐荛，以备采择。"等语。又附片奏称：

> 精方日衰，不任艰巨，更事愈久，心胆愈小。折中所陈专力十三府州者，自问能言而不能行。恳恩另简知兵大员，督办北路军务，稍宽臣之责任。臣仍当以闲散人员，效力行间。

两宫太后瞧见了这种奏章，简直奈何他不得。只有叠下恩旨，命他节制直隶、山东、河南三省，旗绿各营，文武官吏，悉归调遣。稠叠施恩，无非要博他一个感恩图报。又命醇郡王奕让筹办京城防范事宜。

此时捻军酋长共有四人，小阎王张宗禹、平王牛洪统辖的是西捻；鲁王任柱、遵王赖汶光统辖的是东捻。东西两捻，此扰彼窜，弄得清朝将帅脚乱手忙，仓皇奔命。直到曾国藩任事之后，老谋深算，定出一个办捻的纲纪来，就四省十三府州地，设起四镇重兵：安徽以临淮为老营。山东以济宁为老营；河南以周家口为老营；江苏以徐州为老营；各驻大营，为四省之重镇；一省有急，三省往援。以刘铭传驻防周家口；张树声驻防徐州；潘鼎新驻防济宁；刘松山驻防临淮。以李昭庆马队一支为游击之师，从此各人各有了泛地。敌兵到来，各泛各负责任，不至像头前互相观望，互相推诿。游击的人，逐北追奔，到处有人接应，也不至官随敌走，飘忽无定，累月穷年，靡所底止了。李鸿章接着办捻，萧规曹随，并没曾有所增损。所以数年之间，东西两捻，渐次荡平。鲁王任柱，于同治五年十月，被刘铭传诛掉。遵王赖汶光，于六年十二月，被官兵在扬州地方生生获住。张宗禹、牛洪，直至七年六月，方始灭掉。赖汶光被擒受审，书有供状一篇，语气很是倔强，其辞道：

盖闻英雄易称，忠良难得，是亘古一理，岂今不然？忆余生长粤西，得伴我主天王圣驾，于清道光庚戌年秋，倡义金田，定鼎金陵，今已十有八载矣。但其中军国成败，事机得失，形势转移，予之学浅才疏，万难尽述。惟有略书数语，以表余之衷肠耳。忆余于太平天国壬子二年，始沐国恩，职司文务，任居朝班。于丙辰六年，值国家多故之际，正君臣尝胆之时，是以弃文而就武，奉命出师江右，招军以期后用。荷蒙主恩广大，赏罚由余所出，遇事先行后奏，其任不为不重矣。丁巳七年秋，诏命回朝，以顾畿辅。戊午八年春，我主圣明，用臣不疑，且知余志向，故命往攻江北，协同成天安、陈玉成佐理战守事宜，永固京都门户。受命之下，兢业自矢，诚恐有负委命之重，安敢妄怨有司之不从！且忠言逆耳，良药苦口，诚哉是言也。于辛酉十一年秋，安省失守。斯时余有谏议云："当兹安省既失，务宜北连张苗，以顾京左。须出奇兵，取进荆襄之地，不出半年，兵多将广之时，可图恢复皖省，俾京门巩固，此为上策。"奈英王等畏曾国藩如神明，视楚军为霸虎。是以英王不从余议，遂乱师渡庐，请命自守，复行奏加封余为遵王。遵命与扶王、启王等远征，广招兵马，早复皖省等情。此乃英王自取祸亡，累国之根也。又有忠王李秀成者，绝不知机，违君命而妄攻上海。不惟攻之不克，且失外国和约之大义，败国亡家，生死皆由此举。至辛酉岁底，余偕扶王、启王，勉强遵照，由庐渡淮。那时予知有渡淮之日，终无转淮之期，是以过五关，越秦岭，出潼关，于壬戌十二年冬，由郧阳而进抵汉中，一路滔滔，攻无不克，战无不胜，于甲子十四年春，由汉中而还师东征，图解京都重困。未果，以致京都失守，人心散离。其时江北所剩无所依归者数万，皆是蒙亳之众。其头目任化邦、牛宏升、张宗禹、李蕴泰等誓同生死，万苦不辞，请予领带，以致报效等情，此乃僧帅好戮无仁之所致也。诚可谓行一不义，死一不辜。如此思之，真千古不易之良言也。予视此情状，君辱、国亡、家败之后，不得已勉强从事，竭尽人臣之忱，而听天命。不料独立此间数载，战无不捷，踏雪披霜，以期复都于指日。孰意李鸿章者，智足谋多，兵精将广，且能仰体圣化，是以人人沾感仁风不已。余维才微识浅，久知独立难持，孤擎难久，是以于丙寅十六年秋，特命梁王张宗禹、幼沃王张禹爵、怀王邱远才前过甘陕，往连回众，以为掎角之势。当兹大势至此，无奈天数有定，夫复何言？古之君子，国败家亡，君辱臣死，大义昭然。今余军心自乱，实天败于予，予何惜哉！惟一死以报邦家，以全臣节。惟祈鉴核，早为裁夺是荷。

捻军既平，论功行赏。李鸿章以下，尽得加赏谋职。不意这么一来，竟会激起一个好大喜功的英雄来。你道是谁？原来就是陕甘总督左宗棠。左宗棠见猎心喜，慷慨上书，自请五年工夫，平掉甘陕之乱。两宫太后再无不许之理，立即批准，派他为钦差大臣。左宗棠欣然受命，调齐兵马，戈矛耀日，旗帜迎风，星驰电掣似的去了。

花开两朵，各表一枝。且说北京朝廷，大小政事都由两宫太后裁决后，当今天子，倒做了天下第一个清闲自在人了。这位皇帝,虽在冲龄,英明得要不得。此时慈禧宫里,最宠幸不过,就是太监安得海,阖宫人都称他做“小安子”,说一是一,说二是二,差不多就是慈禧后。宫廷里除了两太后,谁也不敢得罪他。穆宗却已知道他奸恶,戏嬉时光,常把小刀子斫断泥人首级。小太监问他缘故,穆宗道:“我杀小安子呢!”穆宗很喜欢便衣出游,安得海当了面并不谏阻,总秘密的奏知太后,使他受一顿教训。穆宗探知原委,恨得牙痒痒地,却又奈何他不得。

一日,穆宗在宫里,忽又不自在起来,这也不好,那也不好,走去走来,总是闷闷的。心里一昏闷,便懒在宫里,只想外头去鬼混,又怕太后知道,要受教训。近侍四名小太监偏又影儿似的寸步不离,到东随到东,到西随到西。私心默计,要溜出宫门,总先要这四个儿不阻挡。但是跟他们商量,定然不会应允,最好避掉他们眼珠子,不被他们瞧见。心生一计,随取案头瓶中供的两枝新贡进来绢扎花,向小太监道:“你们替我走一趟去,这一枝送到东宫里,这一枝送到西宫里,说是我献给太后的。”小太监道:“爷不用献得,太后一般也有着呢!”穆宗道:“我怕不知道,我献上去,尽我自己一点子诚心,快去快去!”小太监道:“我们都去了,谁伺候爷?还是到了东宫,再到西宫吧,留两人在这里。”穆宗道:“不用,我横竖不要什么,你们去了就回来是了。”小太监道:“爷可别走呢!记得上月,爷把我们支使开了,私自出宫,玩了一镇日,小安子知道,回过太后,害我们都挨了一顿好打!”穆宗道:“谁又走呢?你们放心去就是了。”小太监还不肯去,穆宗道:“蠢奴!载澄约着今儿打球,朕走了,岂不失掉他兴致?”小太监一想不错,恭亲王的儿子澄贝勒,原约今儿来宫打球呢。两个一班,接了绢花,分头去了。穆宗支使开了小太监,觑人不备,溜出宫门,径向闹市走来。候馆鸡鸣,旗亭酒熟,此间景象,自觉别饶风趣,圣心很为欣悦。信步行去,不知不觉,早到了一所僧寺,步入山门,逐殿随喜。随喜到罗汉殿,忽见一个汉子,全副苦相,满面穷腔,站在那里哭泣。心里很为诧异。欲知后事如何,且听下回分解。

第八十六回　丁抚台智斩安太监　慈安后妙选窈窕娘

话说穆宗微行都市，在僧寺里碰见一个汉子，全副苦相，满面穷腔，站在罗汉殿中哭泣。心里很为诧异，不禁上前问道："你干什么的？哭什么？"那人抬头，见是一位公子哥儿，随道："少爷，小人素来跟官的，因被主人撵了出来，没家可归。住在这儿，又遭和尚白眼，想后思前，不禁自嗟自叹。既碰见了少爷，那是我好运到了。万望少爷垂怜，赏小人一碗饭吃，一辈子忘不了大恩呢！"穆宗道："如尔辈以何处出息为最优？"那汉子道："最好是粤海关当一名捍子手，只是小人哪里有这般福气，随便哪里混一口饭吃，已经是恩典了。"穆宗道："那容易。"随向寺僧假了一副纸笔，问那汉子："你姓什么？叫什么名字？"那汉子回道："小人叫余登发。"穆宗攀笔一挥，写成一信。吩咐道："交到步军统领衙门去，自会有好消息。"余登发接了信，欢天喜地而去。步军统领奉到上谕，见这位捍子手是钦派的，不敢怠慢，为即予金治装，咨遣粤关承役。这是后话。

当下穆宗发放了那人，走出寺院，信步向琉璃厂来。瞧瞧这样，瞧瞧那样，字画古玩，骨董瓷玉，笔墨笺扇，一件件都瞧过。瞧到一种纸头，名叫玉版宣的，倒很合意。随询问价值，购办了五十张，一钱二分银子一张，共计银子六两。穆宗取出三粒瓜子金抵用，掌柜的见不是适用物，摇头不要。穆宗道："我没带钱，可怎样？"掌柜道："没带不要紧，我叫伙计跟随尊驾去取了吧。"穆宗点点头，起身就走。那伙计挟了纸，跟随着，抹角转弯，走了好一会，问道："尊客，到了没有？"穆宗道："快到了。"说着时，早到了皇宫内苑。穆宗直向午门大踏步走了进去。这一来把那伙计直吓得三魂出窍，六魄离身，丢掉纸头，转身就奔。穆宗拍手大笑，喊一个小内监，取了纸，笑着进宫来。才到乾清门，顶头撞见了安得海，安得海笑道："万岁爷好乐，市间有什么笑话儿？讲给奴才听听，赏奴才也乐一会子。"穆宗道："好奴才，别哄我了，太后等着你呢，快饶舌去。"安得海讨了个老大没趣，很是愤愤，少不得想一个法儿，报此微仇小恨。

有话即长，无事即短。光阴如箭，日月如梭。一瞬间早已是同治八年，这叫做闲中岁月，闹里乾坤，过得格外容易。这时光，大乱初平，天下无事。慈禧太后静极思动，因苏杭两织造进呈的衣服，不是尺寸不合，就是色样太古，慈心不无郁郁。叹向安得海道："国家费了许多钱粮，豢养这一班蠢奴，贡进来衣服，竟没一件合用的！"安得海道："现在绣工，倒是广东的好。苏杭两省，倒也不过如此。"慈禧后心动，随道："广东绣工果然好的，办他几件试穿穿也好。可惜这班人，心粗气浮，没一个靠得住的，叫我派谁去呢？"安得海道："倘不嫌奴才蠢笨，就奴才去一趟如何？"慈禧后道："你肯去，果然很妥当！"一语未了，小太监入报："万岁爷进来了！"随见穆宗笑吟吟进来，哄言道："臣儿教练成功一班小内监，掼的交真是灵活，太后高兴瞧瞧吗？"慈禧后道："长得这么大了，还那么淘气，你那师傅怎么不教导教导你？这儿日宏德殿到吗？"穆宗道："宏德殿天天去的，倭师傅讲《大学衍义》；李师傅讲《毛诗》；翁师傅讲《礼记》；徐师傅讲《资治通鉴》。"慈禧后道："什么《大学》《通鉴》，我看只消认得几个字，略解点子文义，臣工们章奏瞧得下也就够了。"回向安得海道："你去关照各师傅，说我说：'万岁爷功课，除《四书》外，每日把世宗朱批上谕讲几条就是。'"安得海应着自去。慈禧后随向穆宗道："小安子我差他广东去，订织龙衣，你瞧好不好？"穆宗听了，很是欢喜。

过不多几天，安太监束装就道，得意扬扬，出都而去。满望春风无恙，明月常辉，织罢锦袍，归帆早挂。不料人情叵测，世路崎岖，一到山东，就生出滔天波浪来。一日，两宫太后坐朝听政，当值太监呈上一封山东巡抚丁宝桢四百里加紧奏折，拆开一瞧，慈禧后不觉花容失色，香泪如珠。忙问慈安后："此事还好弥补吗？"慈安后道："祖宗制度，内监原不得出京的。现在且交给王大臣公议，如果王大臣等不说什么，我总可以通融。"慈禧后没法，只得把原折发交下去。一时恭亲王、醇郡王先后复奏，都说祖宗制度，内监私出都门，即死毋赦。宜着丁宝桢严密拿捕，捕得即就地正法。慈禧后道："安某此行，实奉我命。我欲特旨恩赦，如何？"醇郡王道："祖制既有明文，安某自无生理，恩赦安某，即是蔑弃祖宗成法，奴才不敢领旨。"恭亲王道："有安某，即无祖制，以安某与祖制比较，哪一样重，那一样轻，太后圣明，岂有不知？"慈安后道："那也没有燕子的事，终不然为了一个太监，连祖宗制度都不顾了。"随命军机拟旨：

> 安得海矫旨出都，僭拟无度，招摇扇惑，属实罪有应得。着丁宝桢严密擒捕，捕得即行正法。钦此。

迅雷不及掩耳，弄得足智多谋能言善辩的慈禧后，除了回宫暗泣，竟没有别的法子。

原来丁宝桢上年入都陛见，穆宗微行过访，密诉安得海蛊惑圣慈各种罪案，不胜郁郁。宝桢大为感动，一时忠愤填胸，慷慨自任，愿竭愚忠，攘除奸佞。穆宗喜道："卿真是社稷功臣，天地祖宗，定然佑卿早成此举。"丁宝桢回到东抚原任，辗转筹思，苦无善策，拊髀扼腕，不胜慨然。一日，接见属员，问起近事，才知安太监奉命出都，将次抵境，在直隶地方，骚扰异常。宝桢怦然心动，暗忖："天赐机缘，千年难遇，我可再不能错过了。"密札沿边州县："安太监抵境，立即报我知道，如违参办不贷。"密札去后，不过三日，德州文县到来，报说安太监已经抵境，责令地方供张。宝桢得报，立即飞章，奏请拿捕正法。一面札饬东昌府程绳武追袭安得海。程绳武不敢怠慢，顶笠履屐，率领弁众，在炎天烈日里格马追逐，驱驰了三天，帽影鞭丝，车尘马足，前后相映，绳武终是胆怯，不敢下手。宝桢闻知，叹道："程守竖儒，几败我事！"檄调总兵王正起旧骑追袭，传语道："无论如何，务须把安太监擒住解省，是祸是福，我自担当。"王总兵听到此话，顿时雄心纠纠，杀气腾腾，统率本部人马，飞也似赶将来。

昼夜兼程，步马并进，赶到泰安。望见花簇簇一队人马，天马似的行走，立派军探飞马探视。霎时回报，前面确是安太监。王总兵立传将令，大小三军，赶速追上，众兵齐发一声喊，电掣雷轰，风驰雨骤，一瞬间早已追到。王总兵下令合围。这一个令不打紧，左旋右转，两面包抄，早把安太监困在核心，围得铁桶相似。安太监愕然问故，王总兵道："某奉载部法大令，特来拿你，知趣的快快跟我走！"手下将校，连声接喝，千人一致，万众一声，宛似岳撼山摇，江翻海倒。这一股听威，满望把安得海吓下马来，谁料安得海没事人似的，冷笑道："穷凶极恶做什么！别说你这无名小卒，丁宝桢来，也不在咱老子心上！咱老子奉的是皇太后懿旨，问你们要死要活？咱老子在都中，眼里有谁？当今皇帝，在咱老子跟前，也不敢大气儿呵一呵！丁宝桢这小厮，多大的前程！"一边说，一边挥着鹰毛扇，意态很是闲适。众兵弁面面相觑，都道："鸡子跟石子碰，总没有便宜的，咱们何苦没眼色！"王总兵道："咱们奉令而来，就有什么，自会有人顶受，你们放胆办事是了！"众人还不敢动手。王总兵发怒道："国有国法，军有军令，谁要违拘，我就治谁！"随喝："把这一干人拿下了！"此时王总兵眉现杀气，眼露凶光，众人无不凛然。只得乍着胆把安得海拖下马，并他从人一起扣住，连同马匹行李，都押赴省里来。安得海一路上大言不惭，声称："这会子尽你们作威作福，皇太后旨意一到，包管一个个死与我看！"众人听了，不觉都有点子发毛。

安得海没有解到，太原城中早已无人不知，没个不晓，两司道府，写了这一件事，先后上院谏阻，都说奏折虽上，旨意未下，不知上头主何意见，还是谨慎点子的好。丁宝桢微笑不答。过上两天，巡捕官送进王总兵手本，丁宝桢传出谕去，升坐大堂验看。抚部院的大堂，验时原不很坐的，威严无比，中军官、旗牌官、巡捕官、王命司、护印司、护敕司、刀斧手、捆绑手、刽子手、洋枪队、马刀队、钢叉队，齐齐整整，密密层层，雁翅般排开。正是叱吒风云变，呼喝鬼神惊。当下丁宝桢升坐大堂，王总兵櫜键入谒，回明原委。宝桢喝令："带上安得海！"一时带上。宝桢喝问："你是不是安得海？"安得海道："丁宝桢，你问我做什么？我便是安总管、安老爷，你这小子，原也不配认识你老爷。你老爷住的所在，你这小子站立的地方都没有呢！"丁宝桢也不去理他。随道："验明正身不误，中军官呢？"中军官应着上来，丁宝桢道："这是安得海正身，交给你带去严行看管，有了意外，本部院可只问你！"中军官连声："是，是。"安得海兀自在那里骂人，中军官道："安老爷，别骂了，且到小衙门盘桓几天再讲。"一把拖住，风一般去了。丁宝桢又提上他从人，逐一问过，计点共二十多人，发交首县暂禁。王总兵回道："安太监的辎重行李如何发放？请大帅示下。"丁宝桢道："都是些什么东西？"王总兵回道："好马三十多匹，内有几匹神骏的，一日可行六百里。"宝桢听了，向左右道："竟有这许多好马！"王总兵又道："黄金一千一百五十两，元宝十七个，雀卵珠五颗，珍珠鼻烟壶一个，翡翠朝珠一挂，碧霞朝珠一挂，碧霞犀数十枚，最重的有到七两，其余珍宝，不计其数。"宝桢传命："马匹留厩暂养，金银珠宝暂存库内。"太原文武，见宝桢做事明勇刚决，都替他惴惴危惧。宝桢却谈笑自如，宛如没有这件事一般。次日朝晨，上谕行到，果然是准如所请，从此闻势赫奕的安总管，捆赴法场，号炮一声，完结了终身大事。

复奏到京，穆宗异常欣悦。在乾清宫里，引吭高歌，不禁唱起戏曲来。一会子，传齐小太监，排下板登，教练掼交。掼交这技艺，年纪愈小，身体愈灵的掼也愈精，精于此道的，旋转如风，铮然有声，一口气可以掼交数十度。学习时光，却苦得很，叫小孩子横脸在板凳上，教练的人，用手擦摩他的肚腹，要圜转如环，才算合格。穆宗教练掼交，严厉无比，蠢笨的小太监被他强按死的，不知凡几。当下小太监们听到教练掼交，都吓得三魂出窍，六魄离身，又没法儿躲避，只得乍着胆应卯。亏得穆宗欢喜，皇恩浩荡，帝德汪洋，蠢笨的倒也仰邀殊眷，未蒙按毙。穆宗这么快活，他那生身母后慈禧后深宫寂寂，良夜迢迢，未免有情，谁能遣此？幸亏赋性素来豁达，现在这件事，虽属出于意外，木已成舟，挽回莫及，情过境迁，便也渐渐的好了。

近日国中各事办理也都就绪，陕甘回子叛服无常。自左宗棠入甘后，得寸进尺，气象很好。天津百姓殴毙法国领事，烧掉法国教堂，法国兵船鼓轮抵津，声势汹汹。这么天塌似的大祸，李鸿章运三寸不烂之舌，只三言五语，说得法人雾解冰消，唯唯而退。

穆宗此时已经十六岁了，丰裁俊美，气宇英爽，内外臣工得瞻天日，无不额手称庆。两宫太后便议替他提议婚事。这个消息才一传出，各满蒙世家，有女孩子的，便纷纷报名入籍，听候选择。两宫太后精心选阅，不到半个月，心里都各有了人。东太后选中了状元崇绮的女孩子，西太后选中了都统凤秀的女孩子。凤女年才十四，崇女年已十九，相持不决。于是两太后各派心腹宫眷前往女宅相看，这还是沿袭前明旧制。东后派的是礼亲王之女二格格，去了大半天，才回宫复奏道："相得崇女，面部长而略圆，洁白无瑕；两颊丰腴，形如满月；峨眉凤眼，龙准蝉鬓；耳大垂肩，其白如面；额形广圆，光可鉴人；胸部平满肩部圆；正背部微厚，腰部纤柔，双股如藕，双跌如雪；肌理腻洁，肥脊合度；无痔，无疡，无疮疤、黑痣、雀斑及口鼻腋足诸私病。秉姿懿粹，夙娴礼训，有母仪之德，窈窕之容。"东太后喜道："果然不错吗？"二格格奏道："奴婢按照成例，引她到密室里，迫令她洗澡，逐体相看了去，一趾之细，一毛之微，也不敢粗心大意，轻易放过。"东太后道："声音儿呢？"二格格道："声音儿的清脆，奴婢真也形容她不出。"东太后道："我知道你细心，能够办事，果然不错的。"太监入报："西宫慈禧太后来了。"慈安后忙起身要迎，只见慈禧后已进来了，笑吟吟的道："凤秀的女孩子，已经相看过了，相单在这里，请太后过目。"慈安后接来瞧时，都不过是月貌花容、柳腰杏脸的套话。慈安后道："皇后统率六宫，母仪天下，据我意思，年长的好。"慈禧后道："凤女年纪虽轻，倒很贤明婉淑。"慈安后道："既是这么，就册封了她做贵妃吧！"慈禧后道："贵妃只并皇后一等，原无不可，但不知皇帝心里如何？"慈安后道："传皇帝进来，叫他自己定夺也好。"慈禧后暗忖："皇帝是我生的，谅来心志总与我相同。"一时穆宗入内，见过两太后。慈安后把崇、凤二女二纸相单，交给他瞧，随道："这两张单子，一后一妃，你瞧哪一个配做皇后？"穆宗笑道："何用问得，总是十九岁的合格呢！"慈安后笑问慈禧道："他也这么说，如何？"慈禧后道："那定是崇女的福气了！"于是定议立崇绮女为皇后。特下恩旨，封崇绮为一等承恩公，定了日子，命大学士瑞常、礼部尚书李鸿藻充纳采使，用束帛雁璧，骏马四匹，至承恩公第，为皇帝纳采。纳采之后，随即问名、纳吉、纳征、请期，典制崇隆，仪注繁重，不用细表。

到了大婚吉期，钦派满汉大学士、尚书各二员，迎皇后于承恩公第。是日，皇后穿着大礼服，头上黄缎头披，身上黄缎长袍，都绣着红牡丹金凤，长袍之外，再有一个披肩，却是红宝石穿就的，宝光四射，令人目眩心摇。顶上戴一枝金凤凰，左右两边翠绕珠团，尽是希世奇珍，旷代异宝，绣彩辉煌，翠珠耀眩，差不多是天仙下降，玉女临凡。

侍婢扶着，在阿鲁特氏祖庙拜辞。辞过庙，承恩公抱女登舆，传呼警跸，宫娥、内监、侍卫、执事人等分队排行，平荡荡，静悄悄，徐徐行走。霎时已到，凤辇径入宫门，至丹墀降舆。这时光，天子临轩，百官陪位，王公侯伯，六部九卿，文武各官，满汉各将，没一人不到，没一个不来，真是旷世大观，隆朝盛举。宫女扶皇后上殿，北面而立，礼部尚书手捧金册，朗声诵读，皇后俯伏跪听，两宫眷引皇后至帝前谢恩。皇后拜伏于地，久无闻响，宫眷附耳教导，皇后无奈，口称："臣妾阿鲁特氏，谨贺皇帝万岁！万岁！万万岁！"幽韵如微风振箫，清脆如娇莺初啭，满廷之人，无不动容。皇后兴起退立，文华殿大学士才捧皇后之宝，武英殿大学士手捧玺绶，坤宁宫掌院内监跪受玺绶，转授宫眷。宫眷以带皇后。皇后跪地，口称"臣妾谢恩"讫，天子退朝，皇后即位。群臣朝见皇后，都就位行礼，嵩呼毕，退朝。

皇后乘坐软舆，十二名宫女提着六对红纱宫灯前导，四名太监抬起软舆，缓步紧行，抬到中宫。四壁新论的黄金椒粉，夹着檀楠兰麝，扑鼻芬芳，香的人脑袋都晕起来。宫中陈设，耀眼争光，更使人神昏目眩。帘是明珠缀成的，几是青玉琢就的，沉香为床，镶以珊瑚，红罗为帐，饰以翡翠，上铺锦衾绣枕，下列玉架金盂，其他珍玩，十色五光，诸如此类，不可胜数。皇后下舆，由宫眷引导，入内鹄候。早有四员三品以上的宫仆宫你站一边，守护着金台绛蜡龙凤花烛。这四位护烛官，都是千挑百拣来的，一个个都是夫妇齐眉，子孙绕膝，很吉利很吉利的。忽见一个太监奔入道："万岁爷来了！"随见十二名太监，六对红纱灯，引进一个少年天子来。头戴红缨缎帽，冠着红宝石顶子，顶上无梁，帽后无翎，身穿四开襟龙袍，扣着金镶玉带，外罩青缎外套，脚登粉底缎靴，气宇轩昂，神彩焕发，端的是当代圣人，承平令主！顿时鼓乐喧天，笙箫叠奏，帝后行起合卺礼来。皇后从宫眷之教，奉觞帝前，口称："臣妾贺皇帝陛下万岁！"穆宗喜甚，亲酌金樽，还赐皇后。皇后赧然，勉尽一樽。双颊微酡，宛似朝霞映雪，又如雨后海棠。说不尽的娇艳。穆宗越瞧越爱，越爱越瞧，不禁乐极忘怀起来。欲知后事如何，且听下回分解。

第八十七回　**浴日补天片言格主　移花接木一语立君**

话说穆宗见皇后娇艳婉淑，愉快得不可言喻，一宿无话。次日黎明，率同皇后到东西两宫请安。西太后面谕："今儿是好日子，凤秀家的孩子我已交代过，叫他家今儿送进来呢！"穆宗应了两个是，退了下来。这日册封凤秀女为妃，两宫太后隆恩懿旨，赏号慧妃。在慈禧后原是把移花接木手段，间断他新婚恩爱，不意穆宗竟是个多情帝主，跟皇后缱绻缠绵，依然难分难解。慈禧后很是不悦，面谕穆宗道："慧妃贤明，宜加眷遇，皇后年轻，未娴礼节，中宫可以少去去！"穆宗嘴里应着，心中颇不为然，花前缱绻，月下温存，在所不免。慈禧后闻知，没好气。不意雪上加霜，慈安太后忽又发起归政的念头来，笑向慈禧后道："寻常人家，儿子娶了媳妇，成了家，做婆婆的也要脱家呢！咱们连头合尾，管了十二年了，每日里提心吊胆，亏得祖宗默佑，不曾有乱子闹出来。这副重担子，现在我可不愿意再挑了，跟你商量，择一个日子，归给皇帝管理了。你看如何？"慈禧后道："论理原是不错的，可惜皇帝年纪太轻，阅历太浅，咱们放了手，万一轻举妄动的干坏了，倒又对不起天地祖宗了。"慈安后道："皇帝已经大婚，究竟不是小孩子了。奕䜣、李鸿藻都在军机上办事，一个是亲叔子，一个是师傅，果然举动轻妄，他们总也谏阻。再者，咱们虽是不问事，监察教训，原是不能少的。"慈禧后听了这正大堂皇的议论，没有回驳，只得勉强答应。

次日，降下懿旨，定于明年正月，举行皇帝亲政典礼。圣天子洪福如天，此旨才一颁布，恰又生起一件天大喜事来。云南回酋杜文秀，霸有五十三城，造禁城，拟王制，雄踞大理，虎视南中，已经十有八载。他的国界，西及四川，东至贵州，兵多将广，声势很是不小。朝廷遣将调兵，征讨了好多回，何曾得着便宜！自从那年专任了岑毓英后，得寸进尺，日异月新，虽未必马到成功，倒也能旗开得胜。曲靖、澄江、临安、赵州、蒙北逐渐收复。进军大理，不分昼夜，百道围攻。到这年十二月，用滚地龙老法，轰破外城，官兵一拥而入。文秀自知必亡，把子女托给了大司衡杨荣、大经略蔡廷栋，自己与爱妾数人，团坐一室，慷慨悲歌，服毒自尽。他的臣下，趁他没有气绝，弃之出城投降。岑毓英乘势进兵，一舜间，三重坚城尽破，纵兵大掠。降人数万，都被大军掘了大坑活活埋死。杨荣、蔡廷栋等尽被斩掉。只文秀之妻何氏女秋娘逃出覆巢，含辛茹痛，立志报仇。不意事机不顺，零落天涯，竟至抱恨以没。秋娘曾有一函书信，致给她情人，辞旨异常哀艳。其辞道：

妾家亡国破之人也。先君子早年，恫于满人之虐，因众志，倡义旗，保固一方，以待清宴。外抗边夷，内静狂寇，比于窦融、张轨，岂遑多让！妾生长深宫，略谙诗礼，亦俨然金枝玉叶也。昊天不吊，苗贼助凶，四十万人，一齐解甲。先君既抱恨泉路，弱女遂零落天涯。嗟乎！覆巢之下，岂有完卵，所含辛茹痛，苟且偷生者，希冀手屠苗贼之脰，以复不共之仇也。不意薄命人命薄于纸，辗转风尘，所遭辄不如意。岂以平生志节犹存，未甘屈之下故耶？秣陵仓猝，沪渎流离，蹉跎之痛，遂及老母间关来粤，乃复逢君，欲述苦情，难于倾吐。畴昔一夕话、君忆之否？盖改弦易辙之志，于此决矣。果也雏儿浅躁，入我彀中，不幸诟起禧闺，事机不遂，老贼狡猾，遂动猜疑。记先君子方盛之时，苗贼亲来纳款，当时妾侍于侧，贼遽以秦箫为请。先君爱妾，不欲委之虎口，以少长相远为词，彼乃愤怒，中夜斩关而去。衅起于妾，遂致覆祀灭宗。嗟乎！此耻则西江不濯；此恨则万世不复。哀哉！天下丈夫，惟君尚能垂怜薄命，用敢略述腹心，使君知区区清白身，非甘心作河间妇者也。计书达时，妾魂当散为轻尘，魄当淹为虫沙久矣。天长地久，蒙耻饮恨，痛如之何！魂与笔销，无多赘述。

这都是后话。

当下全滇底定，捷报到京，两宫太后异常欣悦。此时已经腊尽春初，转眼新年。两太后撤帘，穆宗举行亲政典礼，加上皇太后徽号。从此慈安后静坐深宫，诵经礼佛，消磨那太平岁月；慈禧后则纵情诗酒，极意声歌，消遣之法，自各不同。这年考差，诗题是《江南江北青山多》。慈禧后偶而兴发，拟作一首，中有佳句道：

雨后螺深浅，风前雁往还。
舍连春树外，峰杂夏云间。

四海升平，八方无事。那些熙朝周召，盛世皋夔，静极思动，不免无中生有，想出点子事情来，点缀升平景象。便怂恿穆宗，修建圆明园。穆宗正苦大内里祖制严密，起居服食，都有制度，举动一切，不很方便。立刻准奏，批饬内务府估值兴工。几位公忠体国的大臣一得此信，疾忙飞章谏阻，哪里谏阻得住？众人都向奕䜣道：“这件事，王爷不出场，怕不易挽回呢！”奕䜣道：“论到现在的时势，国家的财力，这种不急之务，如何兴办得。同治八年，御史德泰奏请安户亩鳞次捐输复修，那时经我请旨，把他切责谪戍，上头也总纪得。怎么这会子又要动工呢？”众人都道：“哪里都是上头意思，左右近侍，哪一个是好人？又不知哪一位闲极了，想出法儿来讨上头的好，上头年轻，听见玩的事情，自然总嘉许的。”奕䜣道：“做我不着，入宫碰一回看。”随叩宫门请见。

太监飞奏穆宗：“恭亲王爷有要事求见，现在宫门候旨。”穆宗道：“什么要事？你大概总问过了。”太监道：“奴才问过，恭亲王爷说须见了万岁爷面奏。”穆宗道：“哪里是真要事！又不知在哪里听了些什么，又来折磨我了。”随命传他进见。一时引入，穆宗劈头就问：“太监说你有要事，是什么紧要事情，这会子还要见我，明儿都不能等？就农工百职，忙了大半天，也总要歇歇了，王爷怎么倒又不乏呢？”奕䜣道：“听说皇上降旨，要修建圆明园，真有此事吗？”穆宗道：“你来就为这件事吗？我当是什么。若说这件事，你可白费心思了，连我也不能作主，这是太后意思，有本领你自去见太后。”奕䜣碰头道:“以太后之圣明,皇上之仁孝,稍饰园居,果也无伤盛德。奈眼前时势,内患虽平,外难日亟,库空如洗,民不聊生,这么大的工程,如何能够兴办?圆明园是宪纯两庙所修,当时财力远过今日。且纯庙尔时明降谕旨,后世子孙,勿得踵事华饰,这会子兴工修建,工程简陋,无以备翠华之临幸。要全复旧观,国力又有所不足。奴才下见,还是少缓为妙!”穆宗听了这种不入耳之谈,心中异常不自在,倒下身躯,歪在榻上,一声儿不言语。奕䜣见他不答,更提足精神,长篇大套的讲说祖制。如何训俭、如何训勤,劳叨的不堪。穆宗再也不能忍耐,开言道:“你熟祖训,于朕事还有说吗?”奕䜣见穆宗穿着黑色长衫,随道:“皇上穿些黑衣,也非祥制所许。”穆宗道:“朕此衣跟载澄穿的一个颜色,你不禁载澄,倒来谏朕,是什么道理?你且退去,朕还有旨意。”奕䜣没法,诺诺连声而出。穆宗随命取上朱笔,草了一道诏旨,封固定当,传旨大学士文祥速到养心殿陛见。

穆宗朝冠公服,坐出殿去,文祥叩头朝见。穆宗道:“朕有一道旨意,着你发与军机大臣,共同拆阅,速速照旨行事,毋得有误。”文祥见御容不似往常,知道必有缘故,拆开一看,见写着:

奕䜣着革去亲王,赐令自尽。着文祥前往传旨监视。钦此。

廿二个朱字,吓得魂飞魄散,碰头道:“此事非同小可,恳求天恩,收回成命。”穆宗拂袖起身,踱回宫里去了。

文祥没法,赶到军机处跟众大臣商议。众大臣道:“这件事情,只有叩宫奏知太后,或者还有挽回的法子。”一句话提醒了文祥,立刻诣太后宫,恳请召见。慈禧后很是诧异,召入问道:“我已经退了政,什么事,还混我?”文祥碰头,回明缘故。慈禧后道:“皇帝真也淘气,这道朱谕,你交给了我就完了。”文祥呈上,慈禧后阅过,藏在袖中,随道:“你去吧。”文祥叩头退出。一桩祸事,雾解烟消,而圆明园却已降旨饬匠估工矣。

满朝臣工,鉴于奕䜣之事,谁敢犯颜极谏。不意都察院里竟有几个吃了豹子肉、熊儿胆的御史,出来干那旋转乾坤大事业。一个姓沈名淮,一个姓姚名百川,先后抗疏力争。姚百川奏折里,有“三海系金元名胜,近在禁闼,便于宸游,不如酌量修理”等语。穆宗心动,特旨召见,问道:“你家里总也有老母,老母偶尔高兴,要择一所地方,散散闷,儿子顺着,也是分内之事。现在太后要略修圆明园避暑,你们都不肯答应,设身处地,心里头安不安呢?”姚百川碰头道:“三海风景很佳,路程又近,依臣愚见,圆明园不如三海。”穆宗随把朱笔递给姚百川道:“你说三海好,就着你将三海风物细写将来,果然胜过圆明园,朕也可以宛奏太后。”百川遵旨,接了朱笔,就御案上草稿对答。穆宗见他马蹄袖置在笔杆上,挥洒很不自如,亲劳御手,替他上了袖口。百川风行海涌,运笔如飞,霎时写就。穆宗接来瞧时,见开着:殿有仪鸾殿、涵元等殿;阁有紫光等阁;亭有五龙等亭;台有瀛台等;廊有回云廊等;楼有翔凤楼等;桥有金鳌玉蛛桥等;山有艮岳峰等;洞有紫云洞等;岛有琼笔岛等。其他树木花草,梵宇砖塔,无一不备,无一不有。随道:“朕就把你所写的作为凭据,转奏太后,且候太后旨意。”百川碰头答:“皇上如此，天下苍生之福也。”穆宗谕令退出。

次日，就降谕旨，命停止圆明园工程，酌量修理三海。都察院众御史瞧见此旨，没一个不钦佩沈、姚二人的胆识。姚百川道：“这都是皇上圣明，从善纳谏，我们有什么胆识呢？”众人都道：“吴可读不就为言事降调的吗？他奏的不过是请把成禄立正典刑，王大臣等就说他是刺听朝政，请旨究诘。不是皇后宽恩，怕就不得了呢！”

正在议论纷纷，忽见一人踉跄奔入，向众人道：“恭邸坏了事了，诸位没有知道吗？”众人听了，宛似顶门上轰了一个焦雷，吓一大跳。姚百川就问：“哪里来的消息？”那人道：“谕旨都下了，还问消息呢！”众人争问：“谕旨上讲的什么话？”那人道：“也没什别的话，不过说奕䜣着革去亲王世袭罔替，降为郡王，其子载澄着革去郡王衔贝勒。”众人道：“写了什么事？可知道？”那人摇头道：“这个连领袖章京都不仔细。才遇见孙莱山，也说不知道。大约是上头自己草的谕。”众人猜测了一回，也就散去。

姚百川回到寓里，一夜不曾合眼，苦思力索，想草一道谏议，挽回此事，奈原委未知，无从下笔。次日，在朝房里询问众人，依旧没得要领。遇见南书房行走的学士徐郙，言明己意，徐郙徐道：“恭邸处分，已经懿旨开复，亲王世袭罔替、郡王衔贝勒都已赏还。”姚百川不禁失笑。问起缘由，才知穆宗与载澄嬉戏，为了微言细故，拌起嘴来。穆宗发怒，摆出主子架子，把他爷儿两个革得干干净净。事后虽蒙太后赏还，奕䜣却从此禁管载澄不准他与穆宗共玩。

不知穆宗与载澄是欢喜冤家，一日不会面，就要俯念。这日，穆宗在宫，这也不是，那也不是，走去走来，终是不如意，又不好意思发使去宣召。无聊之极，独个儿踱向宏德殿来。不意李、徐、翁、广四位师傅一个都不在，只有侍讲王庆祺在沿窗那个桌子上倚着写什么呢。穆宗放重脚步，咳了几声嗽，王庆祺回头，见是穆宗，慌忙起身迎接。穆宗道：“众师傅呢？”庆祺回奏：“才家去。”穆宗道：“那也罢了。朕问你，外面可有散心的地方，在家里也闷的慌。”王庆祺是何等聪明的人，聆音察理，鉴毛辨色，早猜透了五六分。却故意道：“皇上想临幸那一方，当康乾极盛之年，四海平靖，八方无事。仁纯两庙，屡次南巡，皇上继绳先圣，也到南边逛一会子如何？”穆宗把折扇向庆祺头上一拍，笑道：“老王，你安心打趣朕躬吗？”庆祺垂手道：“微臣怎敢？”穆宗道：“要修一个园子，闹的天都翻转来，何况巡狩？朕不过想北京市上逛逛，你可能够参我不能？”庆祺道：“皇上天恩，微臣自应伺候。”穆宗道：“总要到怡情悦性所在，才有趣味。”庆祺附耳说了三五语，穆宗喜道：“你这个人真聪明、真知趣，咱们就此走吧。”庆祺道：“微臣还穿着公服呢，皇上也应更衣。”穆宗道：“亏你提醒了我，朕还有几句话交代你，咱们到了外面，只算是朋友，君臣的礼节，君臣的称呼，一概捐了。什么皇上微臣，叫了出口，朕可不依的。”王庆祺笑道：“天子友匹夫，乃是隆古盛举。微臣何幸，得以亲身遭遇。”当下穆宗入内更衣，王庆祺也派家人回家取衣。一时取到，穿扮定当，穆宗也已走出。庆祺见穆宗头戴瓜皮缎帽，正面钉着雀卵也大一颗东珠，玄色春纱夹衫，玄缎背心，白袜乌鞋，上下一身都是黑，愈显得精神奕奕，风度翩翩。不禁脱口道：“好漂亮的打扮！”穆宗道：“朕于颜色里就喜欢青色，又素净，又耐穿，偏偏奕䜣这东西见一回面，唠叨一回，现在你也叫好，可见不是朕的僻性了。”原来清朝人为避仁庙御讳，玄色改呼青色，所以穆宗这么说。当下王庆祺引导穆宗到娼寮妓馆里，尝那温柔乡滋味。灯红酒绿，纸醉金迷，沉溺到要不得。墙花路柳，究不比瑶草琼芝。不过一日开来，穆宗感着淫毒，就患起杨梅疮。初来起还不觉着怎么，愈发愈厉害，竟至不能动弹。没奈何，一切章奏，只得由军机大臣李鸿藻代行批答。延到十一月里，病势愈益凶险，特下诏旨道：

> 朕于本月，遇有天花之喜，心有内外着衙门陈奏新件，呈请皇太后披览裁定。钦此。

满朝臣工瞧见这一道谕旨，不免都有些疑心。忽一日，内廷传出懿旨，立召懿亲各王公、执政各大臣入内议政。一时，惇亲王奕誴、恭亲王奕䜣、醇亲王奕譞、孚君王奕譓、惠郡王奕详、贝勒载治、载澄、一等公奕谟、御前大臣伯颜讷谟奕、匡佑、景寿、军机大臣宝鋆、沈桂芬、李鸿藻、内务府大臣英桂、崇纶、魁龄、荣禄、明善、贵宝、文锡、引德殿行走徐桐、翁同龢、王庆祺、南书房走行黄钰、潘祖荫、孙贻经、徐郙、张家骧等闻召都到。候了一刻，只见一个太监出来道："太后已在养心殿西暖阁立等，众位王爷，众位大人，快进来吧。"众人鱼贯入内。到养心殿西暖阁，见只有几个太监在那里收拾什么，众人垂手鹄立。候了许久，才见慈禧后口衔烟管，身穿便服，徐步而来。行到御座，不坐下，就倚在椅背上受众人朝。见朝讫，慈禧后开言道："皇上大婚到今，女花男果，都没有见过，偏偏的有病了。万一不幸，皇族里头，该入承大统的为谁？"这一句话，便把众人问了个呆。因为进来时光，只道是商议他政。迅雷不及掩耳，劈头就是这一句，一时如何对得出？你望我，我望你，望了半天，声息全无。慈禧后道："这是要政，不妨各举所知回我。"众人都道："皇上春秋方富，疾病当瘳，奴才等愚见，皇嗣一层，眼前似可不必虑得。"慈禧后道："随便谈谈，也无妨碍。"都碰头道："这是万万不敢知的。"慈禧后道："皇上病势很不轻，我也无非为大家打算呢。"随顾奕䜣道："你看谁该继承？"奕䜣道："溥伦强明干练，以贤以长，溥伦似也该立。"奕誴道："亲疏总也要论的，溥伦族系太疏远了。"慈禧后道："不必提溥字辈，溥字辈没有该立的。"奕䜣道："这个奴才可不敢知了。"慈禧后道："奕譞长子载湉，今已四岁，我想叫他入继大统，你们看使得使不得？"众人都碰头道："惟太后圣裁。"慈禧后道："既是大家没什异说，载湉就应抱进宫来。"奕譞跪上一步道："奴才还有下情。"慈禧后道："你也不必说了，实告诉你们吧，皇上已经大行了。"霹雳一声，万雷齐发，众人一得此信，顿时伏地号哭起来。内有一位亲王，竟哭得晕厥过去。欲知是谁，且听下回分解。

第八十八回　辞爵禄亲王乞骸骨　争统绪主事效史鱼

话说众人骤闻穆宗驾崩，都不觉伏地号哭。一位亲王，竟至晕厥过去。众人瞧时，晕厥的不是别个，就是醇亲王奕譞。众内监慌了手脚，没做道理处。奕䜣作主，叫人把他扶回邸第去。此时众人的哭被奕譞一吓，竟就此吓住。慈禧后命众王大臣到东暖阁瞧视穆宗尸体。众人遵旨入视，不免又哭泣一回。忽一个内监跪向慈禧后道："东太后请太后讲话。"慈禧后点点头，起步踱了出去，众人也都散去。

只奕䜣还留在里头，向着总管太监张得喜查问穆宗病情。张得喜见没有人，才悄悄道："奴才告诉了王爷，王爷可别与人家说呢。提起咱们万岁爷，真是天下第一个可怜儿。这条性命，还是西宫太后害掉的呢！"奕䜣吓一大跳，忙问怎么一回事故。张得喜道："万岁爷原已经好点子，虽没有大愈，大夫叫过恭喜的了。前晚皇后来请安，诉说自万岁爷病了之后，受了多少的磨折，多少的气，说到悲苦处，不免伤心泪落。奇不奇，巧不巧，偏偏西宫太后撞了来，我要通报，太后摇手不许，退掉鞋子，放轻脚步，就在帐帏之外窃听。偏偏万岁爷说了一句得罪太后的话。"奕䜣道："万岁爷怎得罪太后？"张得喜道："万岁爷说眼前委屈点子不要紧，咱们年轻，不怕没有出头日子，全是忍耐她一两遭是了。"奕䜣道："这也不算是得罪呀！"张得喜道："太后一听此话，掀帘而入，大喝道：'我把你这烂了舌坏了心的枭獍儿狐媚子，剖开肚子瞧瞧你那肠胃到底是什么做的！治死了你，也给那起不孝孩子们做一个榜样！'一边说，一边就动手，抓住皇后头发，拖着就走。万岁爷顾不得病，爬下床。跪在冷地里，碰头儿求恩。太后不睬，把皇后直拖出外，万岁爷受了惊，经了冷，就这夜加重起来。回报太后，太后道：'忤逆透顶的孩子，就死尚嫌迟呢！'万岁爷闻知，又添了一层气，延到今儿，就大渐了。"奕䜣偶尔回头，忽见一个人影儿一闪，仿佛是个小孩子，问道："谁？"张得喜连忙赶出瞧看，不瞧则已，一瞧时，顷刻面如土色。奕䜣问故，张得喜道："王爷，奴才性命可没有了，西后宫中，最刁钻不过就是小太监李莲英。偏偏太后喜欢他，搬嘴弄舌，不知被他害掉多少人。方才那人背影仿佛是李莲英，定然听了去调唆太后。王爷，奴才还有性命吗？"奕䜣听说，脸上也变了颜色。这夜回邸，震悚恐惧，一夜不曾合眼。幸喜两太后忙着干新皇帝即位事情，没暇查究。

次日，奕䜣跟随众懿亲王公入朝，叩贺新皇帝登极，两宫太后明降旨意，称说皇帝龙驭上宾，未有储议，不得已以醇亲王奕譞之子载湉承继穆宗显皇帝为子，入承大统，为嗣皇帝，俟嗣皇帝生有皇嗣，即继承大行皇帝为嗣，改元光绪，即以明年为光绪元年。又降旨封皇后为嘉顺皇后。此书一颁，自有一班希恩图宠之臣望风承旨，奏请两太后重行垂帘。只有醇亲王奕譞，孤僻顽陋，满肚子不合时宜，非但不肯附和，倒上了一道乞休的本章，措辞异常愤懑，大旨说"是奴才侍从大行皇帝十有三年，时值天下多故，尝以整军经武，期观中兴盛事，虽肝脑涂地，亦所甘心。何图昊天不吊，龙驭上宾，奴才前日瞻仰遗容，五内崩裂。已觉气体难支，犹思力济艰难，尽事听命。忽蒙懿旨下降，择定嗣皇帝，仓猝间昏迷，罔知所措。迨舁回家，身战心摇，如痴如梦，到触犯旧有肝疾等病，委顿成废。惟有哀恳皇太后恩施格外，洞照无遗，曲赐矜全，要乞骸骨，为天地容一虚糜爵位之人，为宣宗成皇帝留一庸钝无才之子。使奴才受帡幪于此日，正邱首于他年。则生生世世，感戴高厚鸿施于无既矣"等语。懿旨令王公、大学士、六部、九卿会议。一时议上，诏准关去各项差使，以亲王世袭罔替，奕谖，还具疏恳辞，诏旨不准，慰再慰三，方才罢了。

话说醇亲王长子载湉，上继文宗，入承大统，正位北京，建元光绪，是为德宗，把御宇十三年的穆宗帝，一笔勾销。皇后见慈禧后如此作为，愈益心痛如割，泪下如珠。偏偏慈禧后训责备至，詈骂皇后道："你这狐媚子！你媚死我儿子，你是安心做皇太后呀。"皇太不敢分辩，心里愈益凄苦，日夜悲啼，两目尽肿。一等承恩公崇绮入视，皇后涕不可抑。承恩公也泪下如雨，父女两人相拥大哭。崇绮泣奏道："皇后如此悲痛，何不随了大行皇帝去？"皇后哭道："我就要活也不能呢。"崇公才出宫门，宫内轰传嘉顺皇后崩了。此时两太后已经重行垂帘，嘉顺皇后崩了之后，丧事礼节，很为草草。不过赐了一个孝哲毅皇后的谥号。众臣工虽然不平，谁敢为这不干己的事情多言贾祸。就都察院各御史，也不过弹劾宏德殿行走侍讲王庆祺素行不孚等皮毛细故，事关国计民生，就都噤若寒蝉。

这日，奕䜣在邸，正与儿子载澄私谈朝政，忽报惠王爷来拜。奕䜣忙欲起迎，惠郡王奕详已经走了进来。一见奕䜣，就道："哥知道吗？总管太监张得喜不知犯了什么罪，已经奉旨充发黑龙江去了。"奕䜣惊问："真有这事吗？"奕详道："谕旨都降了，如何不真？"奕䜣道："也算他倒运。"奕详道："比他倒运的多着呢，哪里就算倒运了？即如王庆祺，宏德殿行走，拥讲里头也算红的了，就被陈彝一个参折，竟地把功名丢掉。现在的时势真也难！"奕䜣听了，默然不语。奕详道："今儿又有两个不识趣的受着处分。一个是御史潘敦俨，奏请表扬穆宗，以光潜德，上谕'孝哲毅皇后已加谥号，岂可轻议更张。该御史逞其意见，率行奏请，已属糊涂，并敢以无据之辞，登诸奏牍，尤为谬妄。潘敦俨着交部严议。钦此。'"奕䜣道："那是他自寻苦恼，还有一个谁呢？"奕详道："还有一个，就是内阁侍读学士广安。"奕䜣道："奇了，广安素来很本分的。"奕详道："他的奏折，我还记得起，哥要听，我就念给你听。"奕䜣道："你就念吧。"奕详遂朗声念诵起来：

> 窃维立继之大权，操之君上，非臣下所得窃预。若事已完善，而理当稍为变通者，又非臣下所可缄默也。大行皇帝冲龄御极，蒙两宫皇太后垂帘励治，十有三载，天下底定，海内臣民，方将享太平之福。讵意大行皇帝皇嗣未举，一旦龙驭上宾，凡食毛践土者，莫不吁天呼地。幸赖两宫太后坤维正位，择继咸宜，以我皇上承继文宗显皇帝为子，并钦奉懿旨，俟嗣皇帝生有皇子，即承继大行皇帝为嗣。仰见两宫皇太后宸衷经营，承家原为承国，圣算悠远。立子即是立孙，不惟大行皇帝得有皇子，即大行皇帝统绪，亦得相承

> 勿替，计之万全，无过于此。惟是奴才尝读宋史，不能无感焉。宋太祖遵杜太祖之命，传弟而不传子，厥后太宗偶因赵普一言，传子竟未传侄，是废母后成命，遂起无穷斥驳。使当日后有诏命，铸成铁券，如九鼎泰山，万无转移之理。赵普安得一言间之，然则立继大计，成于一时，尤贵定于百代。况我朝仁让开基，家风未远，圣圣相承，夫复何虑？我皇上将来生有皇子，自必承继大行皇帝为嗣，接承统绪。第恐事久年湮，或有以善言引用，岂不负两宫皇太后诒厥孙谋之至意？奴才受恩深重，不敢不言，请饬下王公、大学士、六部九卿会议，颁立铁券。用作奕世良谟。谨奏。

奕䜣道："言人所不及言，倒也亏他。上头怎样呢？"奕详道："两宫懿旨是：

> 前降旨俟嗣皇帝生有皇子，即承继大行皇帝为嗣。业经明白宣示，中外咸知。兹据内阁侍读学士广安奏请饬廷臣会议，颁立铁券等语。冒昧渎陈、殊堪诧异，广安着传旨申饬。钦此。"

奕䜣道："只得着申饬的处分，也总算皇恩浩荡了。"哥弟两人讲了一会，也就散去不提。

却说德宗登位而后，母后垂帘，群臣用命，治理得国里头万民乐业，四海升平，居然十分隆盛。就不过这几年里，开了几个前人未发之端，遂致启出后世无穷之利。第一是借洋款。光绪二年，为了出关饷需繁迫，准左宗棠借洋款一千万两，这便是外债的开始。第二是赎路。英商筑造上海至吴淞铁路，总督沈葆桢照会阻止，不允。诏李鸿章与威妥玛妥商，以银二十八万五千两赎回，行止听中国自便。后来竟不曾筑造，这便是赎路的开始。第三是派遣学生。李鸿章、沈葆桢奏请于闽厂前后学堂选派学生三十名，分赴英法两国，学习制造驾驶。派道员李凤苞、洋员日意格为监督，这便是派遣学生的开始。这年，云南地方酿起了一桩交涉事情，是戕掉英国一员翻译官。朝廷先派李鸿章入滇查办，又命李鸿章为全权大臣，赴烟台与英国使臣威妥玛会商。亏得李鸿章有能耐，一阵舌剑唇枪，说得英人唯唯应允。不过订了三条约款：第一端，昭雪滇案；第二端，驻京大臣及各口领事与中国官员往来之礼，及审办案件交涉事宜；第三端，通商事务又有专款一条，是拟明年派员前赴西藏探路，请给护照的话。似这种得寸进尺远虑深思的计划，中国人眼光里，只当是过眼烟云，哪里肯存在心上？

不意外患乍平，内争又起。光绪五年三月，大葬穆宗毅皇帝、孝哲毅皇后于惠陵。辒辌首辙，惨看白虎抗旌，裘衮委衿。悲起火龙耀彩，繁华富丽，备极哀荣。两宫皇太后、皇帝、太妃、贵皇妃、各亲王、贝子、贝勒、各部大臣、文武各官、公侯各爵，没一个不送，没一个不随。人山人海，如火如荼。不意这随扈众人里，有一个小小京官，精忠贯目，至诚格天，竟干出一番泣鬼惊神的大事来。此人姓吴，名可读，甘肃皋兰人氏。起先原是个御史，为了请诛乌鲁木齐提督成禄，言过赣直，落了职。德宗登极，起用废员，吏部主事补了。可看见朝局纷更，深虑大统授受之间，横生变故，遂发起一个尸谏的念头，在蓟山马伸桥三义庙里饮毒毕命，一纸遗疏，恳请吏部长官代奏。其辞道：

窃罪臣闻治国不讳乱，安国不忘危。危乱而可讳可忘，则进苦口于尧舜，为无疾之呻吟；陈隐患于圣明，为不详之举动。罪臣前因言事忿激，自甘或斩或囚。经王大臣会议，奏请传臣质讯。及蒙我先皇帝典赐矜全，既免臣于以斩而死，复免臣于以囚而死，又复免臣于以传讯而触忌触怒而死。犯三死而未死，不求生而再生，则今日罪臣未尽之余年，皆我先皇帝数年前所赐也。及天崩地拆，忽遭十三年十二月初五之变，即日钦奉两宫皇太后懿旨：大行皇帝龙驭上宾，未有储贰。不得已，以醇亲王之子承继文宗显皇帝为子，入承大统，为嗣皇帝。俟嗣皇帝生有皇子，即承继大行皇帝为嗣，特谕。罪臣涕泣跪诵，反复思维，以为两宫皇太后一误再误，为文宗显皇帝立子，不为我大行皇帝立嗣。既不为我大行皇帝立嗣，则今日嗣皇帝所承大统，乃奉我两宫皇太后之命，受之于文宗显皇帝，非受之于我大行皇帝也。而将来大统之承，亦未奉有明文，必归之承继之子，即谓懿旨内既有承继为嗣一语，则大统之仍归继子，自不待言。罪臣窃以为未然。自古拥立推戴之际，为臣子所难言。我朝二百余年，祖宗家法，子以传子，骨肉之间，万世应无间然。况醇亲王公忠体国，中外翕然称为贤王。观王当时一奏，令人忠义奋发之气勃然而生。言为心声，岂容伪为！罪臣读之，至于歌哭不能已已。倘王闻臣有此奏，未必不怒臣之妄，而怜臣之愚；必不以臣言为开离间之端。而我皇上仁孝性成，承我两宫皇太后授以宝位，将来千秋万岁时，均能以我两宫皇太后今日之心为心。而在廷之忠佞不齐，即众论之异同不一。以宋初宰相赵普之贤，犹有首背杜太后之事；以前明大学士王直之为国家旧人，犹以黄竑请立景帝太子一疏出于蛮夷而不出于我辈为愧。贤者如此，遑问不肖；旧人如此，奚责新进？名位已定者如此，况在未定？不得已于一误再误中，而求归于不误之策。惟仰祈我两宫皇太后再行明日降一谕旨，将来大统仍旧承继大行皇帝嗣子。嗣皇帝虽百斯男，中外及左右臣工均不得以异言进，正名定分，豫绝纷纭，如此则犹是本朝祖宗来子以传子之家法。而我大行皇帝未有子而有子，即我两宫皇太后未有孙而有孙，异日绳绳揖揖，相引于万代者，皆我两宫皇太后所自出，而不可移易者也。罪臣所谓一误再误而终归于不误者，如此也。彼时罪臣即以此意拟成一折，呈由都察院转递。继思罪臣业经降调，不得越职言事，且此何等事，此何等言，出之大臣、重臣、亲臣，则为深谋远虑；出之小臣、疏臣、远臣，则为轻议妄言。又思在廷诸臣忠直最著者，未必即以此事为可缓言亦无益而置之。故罪臣且留以有待，洎罪臣以查办废员内蒙恩圈出引见，奉旨以主事特用，仍复选授吏部，迩来又已五六年矣。此五六年中，环顾在廷诸臣，仍未念及于此者。今逢我大行皇帝永送奉安山陵，恐遂渐久渐忘，忘则罪臣昔日所留有待者，今则迫不及等矣。仰鼎湖之仙驾，瞻恋九重；望弓剑于桥山，魂依尺帛。谨以我先皇帝所赐余年，为我先皇帝上乞懿旨数行于我两宫皇太后之前。惟是临命之身，神志瞀乱。折中词意，未克详明。引用率多遗忘，不及前此未上一折，缮写又不能正庄。罪臣本无古人学问，岂能似古人从容？昔有赴行死而不复成步者，人曰：“子惧乎？”曰：“惧。”曰：“既惧，何不归？”曰：“惧，吾私也；死，吾公也。”罪臣今日亦犹是。鸟之将死，其鸣也哀；人之将死，其言也善。罪臣岂敢比曾参之贤，即死，其言亦未必善。惟望我两宫皇太后、我皇上怜其哀鸣，勿以为无疾之呻吟，不祥之举动，则罪臣虽死无憾。宋臣有言：“凡事言于未然，诚为太过，及其已然，则又无所及，言之何益？可使朝廷受未然之言，不可使臣等有无及之悔。”今罪臣诚愿异日臣言之不验，使天下后世笑臣愚；不愿异日臣言之或验，使天下后世谓臣明。等杜牧之罪言，虽逾职分；效史鳅之尸谏，只尽愚忠。罪臣尤愿我两宫皇太后、我皇上，体圣祖、世宗之心，调剂宽猛，养忠厚和平之福，任用老成。毋争外国之所独争，为中华留不尽；毋创祖宗之所未创，为子孙留有余。罪臣言毕于斯，愿毕于斯，命毕于斯。再罪臣曾任御史，故敢昧死具折。又以今职不能专达，恳由臣部堂官代为上进。罪臣前以臣衙门所派随同行礼司员内，未经派及罪臣，是以罪臣再四面求臣部堂官大学士宝鋆，始添派而来。罪死之臣，为宝鋆所不及料，想宝鋆并无不应派而误派之咎。时当盛世，岂容有疑于古来殉葬不情之事！特以我先皇帝龙驭永归天上，普天同泣，故不禁哀痛追切，谨以大统所系，贪陈缕缕，自称罪臣以闻。

吏部堂官见了可读遗折，不觉都惊惶失色。事关承继大统，又未便壅于上闻，没奈何，只得替他代奏。两宫太后相顾嗟叹。慈安后道：“小臣中竟有此人，可见大行皇帝恩德感人之深。”慈禧后道：“此人虽然忠正，心地究竟是糊涂。”随命军机拟旨，把吴可读原折交王大臣、大学士、六部九卿、翰詹科道会议。军机遵旨拟上，慈禧后瞧时，只见上写着：

同治十三年十二月初五降旨，嗣后皇帝生有皇子，即承继大行皇帝为嗣。此次吴可读所奏，前降旨时，即是此意。着王大臣、大学士、六部九卿、翰詹科道将吴可读原折会同妥议具奏，钦此。

慈禧后笑向慈安后道：“照此缮发下去行吗？”慈安后点点头。于是立刻颁发了去。欲知众王大臣如何议复，且听下回分解。

第八十九回　**张之洞上书论继统　崇皇帝奉旨镇热河**

话说众王大臣等奉到此旨，都到内阁会议。礼亲王世铎道："此乃奉旨交议事情，众位有意见，不妨说出来，大家斟酌斟酌。"众人都道："我等伺候王爷，正要请王爷的示下。"世铎道："继统的事情，与建储有什么分别？本朝家法，从不曾建过储，雍正七年，世宗宪皇帝明降谕旨，内有'建储关系宗社民生'的可易言。我朝圣圣相承，皆未有先正青宫，而后践天位。乃开万寿无疆之基业，是我朝之国本。有至深厚者，愚人固不能知也，等语。继统与建储，如果不甚分别，兹事体大，似非作臣子的所应参议。"众人听了，唯唯称是。于是众人公拟了一张奏稿，复奏上去，无非都是"我皇上缵承大位，天眷诞膺，以文宗之统为重，自必以穆宗之统为心。将来神器所归，必能斟酌尽善。守列圣之成宪，奉天下以无私。此固海内所共钦，而非此时所得预拟者也"等模棱语。散会回家，抚心自问，觉着今儿这一议，真有点子对吴可读不起，于是各抒意见，各用心思，你也上一折，我也上一折，反倒热闹起来。徐桐、翁同龢、潘祖荫、张之洞、黄体芳、李瑞棻都有奏折。却是张之洞的，最说得透辟，其辞道：

窃谓穆宗毅皇帝立嗣，继嗣即是继统。此出于两宫皇太后之意，合乎天下臣民之心，而即为我皇上所深愿也，乃万古不磨之义，将来必践之言。臣敬吴可读至忠至烈，然谓其于不必虑者而过虑，于所当虑者而未及至虑也。恭查为穆宗继嗣之语，于同治十三年十二月初五日、光绪元年正月十七日及本年闰三月十七日，三奉懿旨，炳如日星。从来人君子孙，凡言继嗣者，即指缵承大统而言，天子诸侯，并同一理。盖人君以国为体，诸侯不得祖天子，公庙不设于私家。苟不承统，何以嗣为？下至三代之世卿大夫，汉魏以至本朝之世爵世职，但云以某为嗣，即是绍封袭荫，故继嗣、继统毫无分别。遍稽群经诸史，从无异说。其分继统、继嗣为两事者，乃明代张璁桂萼之怪妄谬之说。高宗纯皇帝钦定《仪礼义疏》，早已辞而辟之矣。

今懿旨申命，至于再三，金匮宝录，何待他求。设有迷妄小人，舞文翻案，则廷臣中凡读书识字者，皆得执简而争，所谓不必虑者一也。前代人君授受之际，事变诚多，然就该主事所举二事论之：宋太宗背太祖而害其侄沂德王昭，非太宗子也；明景帝背英宗而废其侄太子见深，非景帝子也。若皇上以皇子嗣穆宗，名曰先朝之继体，实即今日之麟振，有何嫌疑？有何吝惜？以皇上仁孝之圣质，受两宫皇太后高厚之殊恩，起自宗支，付之神器，必不忍负皇太后，必不忍负穆宗！且夫遵慈命，孝也；笃天显，友也；使皇子广孝思于不匮，慈也；躬膺宝祚，而使大统名分归之于先帝，让也。无损于实，而四美具焉。中主亦能勉为之，况圣主乎？所谓不必虑者二也。该主事所虑赵普、黄玹之辈，诚难保其必无。然忠佞不齐，数年前曾有请颁铁券之广安矣。大小臣王，岂遂绝无激发？明世宗紊大统而昵私亲者，以兴献王已没，故得藉亲恩，恣为赵礼，群臣不能抗也。假使兴献王在，必尚能以礼自处，少加裁制。今醇亲王天性最厚，忠直恪恭，该主事既知其贤，万一果如所虑，他日有人妄进异言，醇亲王受累朝之厚恩，必能出一言以救正，所谓不必虑者三也。然竟如该主事所谓明降懿旨，将来大统仍归穆宗之嗣子，意则无可易矣，词则未尽善也。

缘前奉懿旨，谓生有皇子，即承继穆宗为嗣。若参以该主事之说，是一生而已定为后之义，即一生而已定大宝之传，合并为一，将类建储。我朝家法，以立储为大戒，高宗九降纶音，万分剀切。今若建之，有违家法，所谓未及虑者一也。前代储贰，谗构夺嫡，流弊已多，今被以绍统之高名，重以承继之形迹，较之寻常主器，尤易生嫌，所谓未及虑者二也。然此尚非其弊之最甚者也，天位授受，简在帝心，所以慎重付托，为宗社计也。帝尧多男，非止一索。圣意所属，知在何人。此时早定，岂不太骤？所谓未及虑者三也。今者奉命集议，伏读此次懿旨，'即是此意'四字，言简意赅，至坚至确，天下万世，谁敢不遵？无可移易者也。独圣意宜尊，家法亦宜守。

今日之事，约有二说：浅之为穆宗计者，则但如诸臣之议，并请一浑涵懿旨，略谓屡次懿旨，俱已概括。皇上孝友性成，必能处置尽善，似乎无所妨矣。然而生即承继，'即是此意'一语，字字当遵，托诸文辞，则可避建储之名。见诸实事，则俨成一建储之局。他日诞皇子，命承继，廷臣中为公为私不可知，皆必将援祖训以争之。则承继之事中止。此日以恐类建储，而承统之旨不能宣，是令皇上转多难处矣。

然则深之为穆宗计，而即为宗社计，惟有因承统者以为承嗣一法。皇子众多，不必遽指定何人承继。将来继承大统者，即承继穆宗为嗣，此则本乎圣意，合乎家法，而皇上处此，亦不至于碍难。伏请两宫圣裁，即以此意明降懿旨。

皇上亲政之初，循览慈训，感恻天壤，自必仰体圣意。再颁谕旨，只告郊庙，宣示万方，则固已昭于天壤，坚于金石矣。如此约有五利：守彝训，一也；待宸断，二也；无嫌疑，三也；无更变，四也；精择贤，五也。至于精择贤而利宏焉在两宫慈爱之念，惟期于继嗣继统，久远遵行，岂必急急焉指定一承继之人而后慰？即穆宗在天之灵，当亦愿后嗣圣德，永绥洪祚，又岂必斤斤焉早标一嗣子之目而后安？此固为我国家亿万年之至计。即使专为穆宗嗣子策之，似亦无善于此者矣。或谓礼制精深，动关名义，由此以承统为承嗣之说，安保日后无泥古聚讼者。

臣请得条举其说而预辨之：一曰礼为人后者，为之子，三代人君，凡继先君之统者，即为先君之后。虽无父子之名，而用父子之礼。皇上承继文宗之统矣，何以又别立后，不知父子之说，汉唐来久已不行，且皇上承继文宗显皇帝为子，已有明文，文宗有子，则穆宗无子矣。岂有御宇十三年、功德溥四海之先帝，而不为立后者？其不足辨一也。一曰礼嫡子则不得后大宗，不知此为臣庶言之，非为天家言之也。古来择取亲属入承大统，则本宗不敢私其嫡子，尊尊也。若后君为先君立嗣，则嗣君亦不得私其嫡子。

盖嗣君与先君，当日固有君臣之分者，亦尊尊也。然入承大统者，既承累朝之大宗，则本支应自为继别之宗，并不得以小宗论，于理于法，当别立嗣者也。嗣君既为大宗，则虽以子为先君后，于礼于法，不能别立嗣者也。然则就今日事势论之，将来皇子虽为穆宗之嗣子，仍无妨为皇上之嫡子，尊尊亦亲亲也。皇朝律令，对承继之文，则曰本生父母，他日称谓区别，圣心自有权衡。两宫以圣而行权，皇上以圣而制礼。一举而忠孝慈友之人伦备焉，尊尊亲亲之礼意赅焉。义协而礼起，何为不可？其不足辨二也。一曰《春秋传》云："君子大居正，故兄弟叔侄，辗转授受，每难帖然，不知从父从子，乃生衅隙。"若皇子承继先明，但存名义，岂判亲疏？其不足辨三也。凡此皆群经之精言，而实不切于今日之情事，设有迂儒引之以挠夫国是，佞夫藉以文其莠言，大智聪明，岂能惑哉？

今者往事已矣，惠陵永闷，帝后同归，既无委裘遗腹之男，复无慰情胜无之女，伤心千古，夫复何言？承继承统之说，不过于礼制典册之中存此数字空文，俾穆宗在天之灵爽，虽远而不远，几忘而不忘，庶可稍慰两宫鬻闵之思，且伸皇上友于之爱。

夫吴可读区区一贬谪小臣耳，尚且昌言以发其端，致命以期其许，何况子道、弟道兼尽之圣主哉？昔汉景帝欲悦窦太后之意，至有千秋万岁后传梁王之语。梁王非有应嗣之分者也。宋高宗以太宗之后，乃闵太祖子孙零落，而以太祖七世孙为嗣，孝宗非有承统之约者也。皇上圣明，远在二君之上。窃谓今日者，惟在责成毓庆宫侍学诸臣，尽心辅导，培养天心，开陈至道。皇上孝悌之心，油然而自生，尊尊亲亲之等秩然而不紊。任贤去佞，内修外攘，则所以仰体两宫，上慰穆宗者，固不仅在继嗣承统一端而已也。即此一端而论，其沃心正本之方，亦在彼而不在此。伏惟皇太后与皇上，名分已定，恩谊日笃。皇太后观皇上所生皇子，无论承继穆宗与否，同为己子。君臣一德，共济艰难，此宗社之福，而臣民之愿也。臣恭绎懿旨中即是此意，妥议具奏，二语文义，是者，是其将大统宜归嗣子之意；议者，议夫继嗣继统并行不悖之方。臣工应命陈言，岂敢依违两可之游词。贻庙堂他日之筹虑，乃诸臣心知其意，而苦于恐涉建储，不敢发挥。故不便述此四字之文，而专驳吴可读之请，以为如此，便可不类建储矣。岂知圣意已经宣播，若不善为会通，乘此时画一长策，究其时势，转恐终必类于建储而后已。且懿旨上言预定下言，即是语意相连，今不为之疏解分明，以妥议具奏，始以无庸议置议，终传之四方。四海闻听，虽其所谓无庸者，系指原折而言，诚恐迂儒以文害辞，误疑两宫有游移之意，更恐他日谗佞附会，正藉此议为翻案之端。一言之微，语病甚大。窃谓此事关系至重，伏望两宫圣裁熟思，权衡至当，再降懿旨。臣愚，不胜大愿。谨奏。

西宫太后瞧见此奏，不胜叹赏。慈禧后道："究竟念书的人，讲出话来，句句都有理。"慈安后道："被他这么一说，到不能不另降一道旨了。"慈禧后道："那是不能少的。"随传军机拟旨。一时拟就，两宫太后瞧时，上面写着：

前于同治十三年十二月初五日降旨，俟嗣皇帝生有皇子，即承嗣大行皇帝为嗣。原以将来继绪有人，可慰天下臣民之望，第我朝圣圣相承，皆未明定储位。彝训昭垂，允宜岁世遵守。是以前降谕旨，未将继统一节宣示，具有深意。吴可读所请颁定大统之归，实与本朝家法不合。皇帝受穆宗毅皇帝付托之重，将来诞生皇子，自能慎选元良，缵承统绪，其继大统者，为穆宗毅皇帝嗣子，守祖宗之成宪，示天下以无私，皇帝亦必能善体此意也。所有吴可读原奏及王大臣等会议折，林桐、翁同龢、潘祖荫联衔折，宝廷、张之洞各一折，并闰三月十七日及本日谕旨，均着另录一份，存毓庆宫。至吴可读此死建言，孤忠可悯，着交部照五品官例议恤。钦此。

满汉文武见了这道谕旨，纷纷议论，都说吴可读一条性命，换得这么一道旨意，总算不曾吃亏。一人道："可读遗命葬在蓟州，他说出蓟州一步，即非死所，眷眷毅庙，耿耿惠陵，烈魄忠魂，自能千古。"一人道："可读还有一封给他儿子的信。内称：'先皇殡天时，即拟就一疏，欲由都察院呈进。彼时已以此身置之度外，嗣因一契友见之，劝余不必以被罪之臣，又复冒昧上言。且疏中援引近是情事，未尽确实，姑留以有待。今不及待矣，甘心以死，自践前日心中所言，以全毕生忠爱之忱。我所以迟至今日者，以国家正有大事，岂可以小臣扰乱宸听，故不遽引决，正为俟朝廷大事竣耳。'可见他慷慨捐躯，不是朝夕之间猝定的，安排了好久好久了。"正说着话，忽见一人匆匆奔入道："不好了！日本国起兵攻打琉球，琉球人无力抵拒，一瞬间就灭亡了。现在日本把琉球夷为冲绳县了。总理衙门王大臣得着消息，就向日本使臣争论：咱们的属国，贵国何得恃强硬占？日本使臣并不回答。这件事可弄大了，现在王大臣都入朝请旨去了。估量去，怕要跟日本开仗呢。"众人瞧时，发话的不是别个，就是总理衙门七品章京谢同寿。众人道："此话确吗？"谢同寿道："瞧今儿的旨意，十分中就能料到八九。前任福建巡抚丁日昌，奉旨以总督衔专驻南洋，会同沈葆桢筹办海防，节制沿海水师。倘然不开仗，要办这海防做什么？"众人都道："这一用兵，又不知要造化多少人呢。新疆事情，左宗棠俘获帛夏妻女并金相印父子，就得着二等侯的封爵，连他的部将刘锦棠，都得了个二等勇。"谢同寿道："日本国力，可不比从前了，吞得琉球，他总有恃无恐，不然决不会这么轻举妄动。"众人听了，都不很信，当下无话。

流光如水，已届端阳。清朝制度，每逢佳节，懿亲国戚，都要入宫叩贺的。一等公崇绮，列在国戚里。孝哲毅皇后虽已崩掉，贺节的仪注，是不能免掉的，崇绮夫妇少不得备了几色贡品，入宫应一个景儿。宫中规矩，凡有品物入贡，无论国戚懿亲，投递职名贡单时，须先缴纳小费于守宫门内监名叫宫门费。崇绮当日照例送了二十两银子的宫门费。宫门上内监，不很如意。开言道："公爷，你老人家是两宫太后的亲家呀，就多赏几两，太后脸上，也得光辉光辉。"崇绮道："那是老例，咱们娘娘在日，也是如此。现在娘娘没了，我不减掉已经好了。"内监见他不肯增添，心上很不舒服，因见崇绮贡单上不过是几色绣物，几色香料，并没有奇珍异宝，想出一个法子，把他的职名贡单，排在第一呈上去，太后就要注目的。慈禧后生性很喜欢人家奉承，不论节贡年贡，贡物珍贵的就喜欢，贡物简陋，心上就不大高兴。那班内监就在这里做手脚。宫门费重的，贡品珍贵就替你列在前面，贡品简陋，就替你排在后面，宫门费轻的，贡品珍贵，反替你列在后面；贡品简陋，反替你排在前面。所以宫门内监把崇绮职名贡单排在第一。当下慈禧后瞧见崇绮贡单，都是不值钱的东西，心下大不为然。冷笑道："难为他想着，巴巴的贡这几色东西来。那几色东西，我知道定是人家送他，他嫌坏，用不着，转与我的。本来那蹄子的老子娘就不是好东西，他哪里会有好了？"这事，慈禧后生了半日的气。次晨上朝，恰好热河都统出了缺，军机开单请简，慈禧后瞧了一瞧，只把头摇摇，一个也没有圈出。提起朱笔，写了一行朱字道：

热河都统，着崇绮去。钦此。

军机自然遵旨。宣布了恩命，朝臣无不愕然。御史孔宪勋奏称："硕辅不宜远离，恳请收回成命。"慈禧后批斥"不准"。于是堂堂国戚，遂远谪西疆而去。欲知后事如何，且听下回分解。

第九十回　崇星使踌躇误国　张洗马慷慨谈兵

却说这一年，是光绪五年，上有女中尧舜，下尽虞阙皋夔。言路大开，直臣遍地。张佩纶、张之洞、李端棻、宝廷几位，不是都察院御史，就是开坊翰林，都是好笔仗，掀波起浪，撼天摇地。不知被他们为了多少的利，除了多少的弊。参掉多少贪官污吏，铲掉多少恶棍土豪。闹得鸡犬不宁，烟云缭绕。北京城里，替这起造言生事之徒，起了一个美号，叫做“清流党”。满朝文武，听得“清流党”三字，头也胀起来。朝廷初时虽很嘉纳，日子久了，也渐渐嫌腻生烦。恰好这日，翰林院侍讲王先谦上了一奏，称说宜防流弊，两宫很为嘉纳。特下旨意道：

> 近来颇有搀越陈奏，逞其私见，率意上陈，必至是非淆乱，渐开攻讦之端。甚至此唱彼和，议论纷腾，亦恐启党援之渐。于风俗人心，大有关系。嗣后不得以雷同附和之词，相率渎陈。钦此。

御史台一见此旨，顿时大闹起来。内中要算李端棻最为激昂慷慨，飞笔草奏，立刻做成一折，弹参王先谦莠言乱政。谁知拜发了上去，朝旨下来，竟斥他为措辞过当。李端棻撞了一鼻子灰，没处诉冤去。在两宫太后，以为言路诸臣，经这么一斥之后，总会谨慎点子。哪知水尽山穷，偏遇花明柳暗。朝中于此时适有一桩外交事情，竟致激起滔天大浪。

原来同治十年，西域叛乱，强邻俄罗斯乘乱而入，一举手就把伊犁占据了去，只说代替中国暂行保守。这时光，政府精神全注在回子身上，谁还有暇询问俄人？光绪四年，削平回乱。五年四月，特命吏部侍郎崇厚为出使俄国大臣，索取伊犁。赐与全权，许以便宜行事。可惜这位崇大臣，只有给人家便宜的本领，没有得人家便宜的能耐。新订条约十八款，第六款，俄既归还伊犁，中国愿给俄国银五百万卢布；第七款，伊犁既归中国，当以西河之西及麓山之南之地，以至于底克斯河，尽让与俄；第十款，除喀什噶尔及库伦两地已照先立和约，俄国立有领事外，今议定在嘉峪关、科布多、哈密、吐鲁番、乌鲁木齐，无庸付税；第十四款，凡俄商贩通货物，至张家口、嘉峪关、天津、汉口等处者，可过同州府、西安府、汉中府各路。其将中国货物运入俄国，亦由此路约文咨送到京。朝野骇然。修撰王仁堪、庶吉士盛昱，交章论劾，意气很是激昂。洗马张之洞大出风头，特上一疏，词倒三峡，笔挟风霜，说得十分厉害。其辞道：

> 新约十八条，他姑勿论，其最谬妄者，如陆路通商。由嘉峪关、西安、汉中、直达汉口，秦陇要害，荆楚上游，尽为所据。码头所在，支蔓日盛，消息皆通。边围难防，堂奥已失，不可许者一东三省，国家根本，伯都纳，吉林精华。

若许其乘船至此,即与东三省全地任其游行无异。陪京密迩,肩背单寒,是于绥芬河之西,无故自蹙地二千里。且内河行舟,乃各国历年所求而不得者,一许俄人,效尤踵至。不可许者二。朝廷不争税课,当恤商民,若准、回两部,蒙古各盟,一任俄人贸易,概免纳税,华商日困犹未也。以积弱苦贫之蒙古,徒供俄人盘剥;以新疆巨万之军饷,徒为俄人缓输;且张家口等处内地,开设行栈,以逐渐推广,设启戎心,万里之内,首尾衔接。不可许者三。中国藩屏,全在内外蒙古,沙漠万里天,所以限夷狄。俄人即欲犯边,迤北一面,总费周折。如蒙古全占,供其役使,彼更将重利以歆蒙古,一旦有事,音信易通,必撤藩屏,为彼先导。不可许者四。条约所载,俄人准建卡三十六,延袤广大。无事而商往,则议不胜议;有事而兵来,则御不胜御。不可许者五。各国商贾,从无许带军器之例。今无故声明,人带一枪,其意何居?若有千百为群,闯然径入,是兵是商,谁能辨之?不可许者六。俄人商税,种种取巧,若各国希冀均沾,洋关税课,必然岁绌数百万。不可许者七。新疆已经议定之界,又欲内侵,断我入城之路。新疆形势,北路荒凉,南城富庶,争硗瘠,弃膏腴,务虚名,受实祸。不可许者八。伊犁、达尔布、巴哈台、科布多、乌里雅苏台、喀什噶尔、乌鲁木齐、古城、哈密、嘉峪关等处,准设领事官,是西域全疆尽归控制。有洋兵斯有洋商,有洋商斯有洋兵,初则夺我权势,继则反客为主,至彼有官而我无官,彼有兵而我无兵。且各国通例,惟沿海口岸,准设外邦领事,若乌里雅苏台、科布多、乌鲁木齐、古城、哈密、嘉峪关,乃我境内,今日俄人作俑,设各国援例,将十八省腹地均布洋官,又将何以处之?不可许者九。名还伊犁,而三省山岭内,卡伦以外,盘踞如故,居高临下,险要失矣。割霍尔果斯以西,格尔海岛以北,屯垦无区,游牧无所,地利尽矣。金顶寺又为俄人市尘,现与约定俄人产业,不更交还,是伊犁一线东来之道必穿俄巢,出路绝矣。寥寥遗黎,彼必尽迁以往,人民空矣。掷二百八十万有用之财,索一无险阻、无地利、无出路、无人民之伊犁,将焉用之?不可许者十。俄人索之,可谓至贪至横;崇厚许之,可谓至愚至谬。皇太后、皇上赫然震怒,遣使臣,下廷议,可谓至明至断。上自枢臣总署王大臣,以至百司庶官,人人皆知其不可。所以不敢公言改议者,诚惧经变约,或召衅端。然臣以为不足惧也,必改此议,不能无事;不改此意,不可为国。

请言改议之道其要有四:一曰计决,二曰气盛,三曰理长,四曰谋定。何谓计决?无理之约,使臣许之,朝廷未尝许之。崇厚误国媚敌,擅许擅归,国人皆曰可杀者也。伏望拿交刑部,明正典刑,治使臣之罪,则可杜俄人之口。按之万国公法,既有不准违训越权之例,复有臣执全权可否,仍在朝廷之条,正与崇厚不遵密函、不请谕旨之罪相合。耆英之案,成宪昭然,故力诛崇厚,则计决。何谓气盛?俄人欺我使臣软懦,逼胁画押,施一偿百,意犹未厌。不料俄国斯觍然大国,乃至出此,不特中国忿怒,即环海各国,亦必不直其所为。为俄使不待定约,声明归国,外洋亦无此例。况凯汤德系署理公使，岂能径归？其为恫吓无疑，情形显然。尽可听其去留，不必过问，莫如明降谕旨，将俄人不公平，臣民公议不愿之故，布告中外，行文各国，评其曲直，兼属各国。将我国家情理兼尽之处，刊诸新闻纸。明谕边臣，整备以待。据众怒难犯之情，执万不可从之志。俄国虽大，自与土耳其苦战以来，师劳财竭，臣离民怨，近闻其国君有防人行刺之举。若更渝盟犯顺，图远劳民，必且有萧墙之祸，行将自毙，焉能及人？故明告中外则气盛。何谓理长？种种要挟，皆由伊犁而起。若尽如新约，所得者伊犁二字之虚名，所失者新疆二万里之实际。而每年尚须耗五百万饷需，以供边师防军建城开屯之用，是有新疆尚不如无新疆也。索伊犁而尽拂其请，则曲在我；置伊犁而仍肆责言，则曲在彼。况使臣画押，未奉御批示复，一如载书未歃血，岂足为凭？俄人理屈词穷，焉能生衅？故缓收伊犁则理长。何谓谋定？俄人而讲信义，兵端可以不开。若俄人必欲背公法，弃和好，设防之处，大约三路，一新疆、一吉林、一天津。左宗棠席屡胜之威，兵素强。金顺、刘锦棠、锡纶、张曜亦皆战将，以静待动，俄人必败。遏其归路，则彼将双轮不返。若出吉林边地，辽东山谷丛集，其地去俄二万余里，悬军深入，馈饷维艰，不能用众，特简兼资文武之将帅，畀以重权，资以巨饷。分南、北洋海防之费，为经略东三省之资。命左宗棠、金顺选籍隶东三省知兵之将官数人，速来听用，招集索伦、嚇津、打牲之众，教练成军。其人素性雄勇，习与俄斗，定能制胜。即小有挫衄，坚守数月，必委而去。天津一路，逼近神京。然俄国兵船，扼于英法公例，向不能出地中海，即强以商船载兵而来，亦非若西洋有铁甲等船者比。李鸿章高勋重寄，岁糜数百万金钱，以制机器，而养淮军，正为今日。若并不能一战，安用重臣。伏请严饬李鸿章，谕以计无中变，责无旁贷，及早选将练兵，仿照法国新式，增建炮台。战胜，酬以公侯之赏；不胜，则加以不测之罪。设使以赎回伊犁之二百八十万金雇募西洋劲卒，亦必能为我用。俄人蚕食新疆，并吞浩罕，意在拊印度之背，不特我之患，亦英之患也。李鸿章若能悟英使，辅车唇齿，理当同仇。近来之立功宿将如彭玉麟、杨岳斌、鲍超、刘铭传、善庆、岑毓英、郭松林、喜昌、彭楚汉、郭宝昌、曹克忠、李云麟、陈国瑞等或回籍、或在任，酌量宣召来京，悉令其详议筹策，分驻京、通、津站及东三省，以备不虞。山有猛虎，建威销萌，故修武备则谋定。

臣非敢迂论高谈，以大局为孤注，惟深观事变，日益艰难。西洋挠我政权，东洋思启封疆，今俄人又故挑衅端，若更忍之让之，从此各国相逼而来。至于忍无可忍，让无可让，又将奈何？无论我之御俄，本有胜理，即或疆场之役，利钝无常。臣料俄人，虽战，不能越嘉峪关，虽胜，不能薄宁古塔，终不至掣动全局。旷日持久，顿兵乏食，其势自穷，何畏之有？然则及今一决，乃中国强弱之机，尤人才消长之会，此时猛将谋臣，足可一战。若再越数年，左宗棠虽在而已衰，李鸿章未衰而将老，精锐尽澌，欲战不能，而俄人行将城于东，屯于西，行栈于北，纵横窟穴于口内外通衢，逼胁朝鲜。不以今日捍之于

> 藩篱，而他斗之于庭户，悔何及乎？要之武备者，改议宜备；不改议亦宜备。伊犁者改议宜缓，不改议亦宜缓。崇厚者改议宜诛，不改议亦宜诛。此中外群臣之公议，非臣一人之私见。独谋在疆臣；作气在百僚；据理力辩，在总理衙门；决计独断，始终坚持，则在我皇太后、皇上。

张之洞折子上去后，不过一天光景，上谕下来，着交大学士、六部九卿、翰詹科道议奏。众人见他得了个彩，愈加起劲，风发潮涌。你也一折，我也一折，主张的都是调兵开战，说的话都是锋利无比，十分动听。三五天工夫，朝廷收到请战奏折，计尚书万青藜，侍郎长叙、钱宝廉，司业周德润，少詹事宝廷，中允张楷，给事中郭从矩、余上华、吴聘之，御史孔宪瑴、黄元善、田翰墀、邓承修，员外郎张华奎，赞善高万鹏，御吏邓庆麟，侍读乌拉布、王先谦，编修于荫霖，御史叶荫昉，肃亲王隆懃、检讨周冠、员外陈福绶等二十三封。下旨一并付议，并命醇亲王奕谖一同会议具奏。这时候，满朝里发扬蹈厉，勇不可当，好似一个下马威，就能把俄国君臣吓走爪洼国去。偏偏俄国斯人吓不倒，调派兵舰，竟在辽海一带，出没巡哨。朝廷大怒，叠下了好些严旨，命沿边江海备兵。又命北洋大臣李鸿章在烟台大连湾整顿海军战舰；彭玉麟、李成谋整顿长江水师；派通政司刘锦棠帮办新疆军务；加吴大澄三品卿衔，饬赴吉林带办防务。起复刘铭传、鲍超、曹克忠等一班百战过来的老将。又下特旨，征求将才。一面因崇厚不候朝命，擅自回京，革职下狱，定了个监候斩罪名。千雷百霆，一时俱发。

在朝廷不过想大振国威，保全疆土。却不道这个消息，传到湖南地方，竟被它吓倒了一双人物，你道是谁？一个是前任出使英法大臣、侍郎郭嵩焘；一个是新任出使英法大臣、一等毅勇侯、大理寺少卿曾纪泽。当下纪泽请假修墓，还在原籍耽搁。这日，门上送进京里才寄到的邸报，拆开瞧阅，见了张之洞等几张奏折，又见了那几道很严厉的旨意，吓一大跳。暗忖：中国兵力，哪里够得上跟俄国开仗？书生误国，朝廷要是偏信这一班人，中原从此多事矣。想要抗疏争论，自揣望浅言微，未见定生效果。忽然想起郭嵩焘是个老前辈，跟他商量，或者有旋乾转坤的妙法也说不定。主意已定，袖了邸报，径投嵩焘家拜谒。嵩焘接进坐定，问道："老年侄来此何为？"纪泽道："近来邸报，年伯瞧见过没有？"嵩焘道："莫非为了伊犁事情吗？"纪泽道："原来年伯也瞧见过了。"随把袖中邸报，取置几上。嵩焘见了，暗暗称赞："公侯食肉家的纨绔哥儿，竟这么留心时事，一点子习气都没有，涤老可为不死了。"只听纪泽道："年伯看来，朝士的议论，是否可采？"嵩焘因要观纪泽器识，反问道："老年侄意思里怎样呢？"纪泽道："据小侄看去，这种书生之见，如何行得？即如香老折中，以二百八十岁金，雇募西洋劲卒一节，这是战国时光纵横家故智。目下东西列邦，君非战国之君，政非战国之政。各邦虽不尽民主，而政都由议院主持。军旅大事，尤必事心齐一，始克有成。咱们的使臣，就使辩如苏张，智如隋陆，也不能遍赴各国议院，说得他人人心肯，个个依从。就使心满意足，一说成功，也无非前门拒虎，后门进狼的法子。何况万国公法，两国开战，各邦中立，他们必不肯显违公法呢！"嵩焘听了，大大佩服道："究竟你们留学过的人，见解高人一等。京里这一班人儿都是混蛋，拿了几句《战国策》里的陈言谏语，当作救世金针，匡时利器，笑也笑死了人。咱们跟西洋构患以来，一总用了三回兵，头回广东，为的是禁烟，后来两回，一回在宁波，一回在天津，都为的是换约。措置虽均失宜，但彼时中外隔绝，一切底蕴，两不相知。激于廷臣谬论，愤然求战，也还罢了；现在信使交通，衡情处理，自有余裕，俄人狡焉思逞，又万非英法各国专以通商为事可比。衅端一开，构患将至无穷。国家平发匪、平捻匪、平教匪、平回匪，用兵三十年，财殚民穷，情见势绌，比了道光、咸丰时，气象又差多了，如何战得？纸上谈兵，说得锋芒是没中用的。"纪泽道："他们知道什么邦交国势？张香涛辈，还把俄罗斯国当作西域回子呢。"嵩焘道："俄人蚕食诸回部，拓土开疆，环中国一万余里，水陆均须设防，国力实所不及。即使俄人侵扰边界，犹当据理折之，不与交兵角胜。何况这一件事，原可从容辩论，耀兵构衅，很没道理。"纪泽道："照万国公法，再没有全权大臣为了定约受诛的。朝廷把崇厚问成大辟，好似有意跟俄人过不去。这一层也宜斟酌。"嵩焘道："崇厚也真荒唐，记得那年，在法京巴黎跟崇厚会面，我问他使俄机宜，只回我'伊犁重地，此去定然争它回来'，当时颇怪其视事不易。不料这位先生，但博收回的虚名，竟把国事之利病，洋情之变幻，都不计较，你想他荒唐不荒唐？"纪泽道："崇厚致误之由，实坐于不明西北地势，至被俄人玩弄到如此地步！小侄详查天山南北两路，所以号称肥饶者，正以河道纵横灌输之故。俄人所踞之西伯利部，一万多里都是荒寒之地。近来侵夺塔什干浩罕诸部，蓄意经营，不遗余力。前年瞧见俄国《新报》上，言其提督斯哲威尔探寻巴米尔郎格拉湖一带，报称喀拉库拉湖到阿克苏有通长不绝河源，深入俄国荒漠之地，为历来人迹所未到，举国相为庆幸。其睨视西域，蓄谋已深。伊犁一城，尤为饶沃。从伊黎河以南，哈尔海图产铜甚富，沙拉协和齐产铅甚富。北面有山，名叫空鄂尔峨博的，专产煤；名叫辟箐里的，专产金；名叫索果的，专产铁。从前，河南设有铜厂、铅厂，山北煤铁各矿，都没有开采，西洋人都视为上腴之地。伊犁所设九域，专驻兵弁，其膏腴并在河南山北。西至霍果斯，亦设有一城，跟伊犁不逾百里。所设额尔齐齐罕诸卡，都在五百里以外，这会子划分霍尔果斯河属之俄人，则伊犁一河，亦截去四分之三，而五百余里之屯卡，皆弃置之矣。划分特克斯河属之俄人，则旧设铜、铅各厂，亦与俄人共之。而特克斯河横亘天山之北，其南直接库车、拜城，风气皆致阻隔，所设屯卡，直达特克斯河源，皆弃置之矣。名为收回，其实不异割地。"嵩焘听到这里，不禁道："老年侄西北地理这么熟悉，朝廷倘然派了老年侄去，倒还可以挽回一二。"道言未了，两个家人匆匆奔入道："抚院派人立请曾侯爷，说京中来有电谕呢。"纪泽听说，吓了一跳。欲知何事，且听下回分解。

第九十一回　**废俄约曾使才长　谈球案左侯气愤**

话说曾纪泽正在郭嵩焘家里，概论时局，忽报抚院专差来请，知有要事，立刻坐轿到院。抚院迎入，笑向纪泽道："恭喜侯爷，放了俄国钦差了。"随取出电报，给纪泽看过。抚院道："朝廷为伊犁事情，万分棘手，不是侯爷，不能了当此局。侯爷此去，正好大抒伟抱，为天下苍生造出无穷福泽。"纪泽谦逊了一回，辞回府第。

郭嵩焘已经得着消息，早来道喜了。纪泽一见，就道："小侄不才，谬膺重寄。此去方略，还要恳求老年伯不吝教诲。"嵩焘道："老年侄，像你这点子学问，还有点子见解，还愁什么；朝廷想到你，真才是知人善任。"纪泽道："老年伯且慢褒奖，现在的事情，做到一分是一分，此时殊无把握。目下小侄最患的是两层，朝论纷拏，轻言启衅，这一重浓雾不打破，小侄就殚竭愚忱，勉效驰驱，也难有济；第二，崇厚是全权大臣，小侄是寻常驻使，全权定的约，然要翻悔，寻常驻使，怕俄人更不愿意开议呢。"高焘道："老年侄这么想的周到，真是不错的。要打破朝中浓雾，我还可以相助一臂，我现在虽然告病，事关洋务，上一个折子，也不好算为越俎。"纪泽大喜。

郭嵩焘回家，当夜就起了个奏章，把世界大势，中外情形，衅端万不宜轻启，崇厚万不宜立诛，以及补救之方，处置之法，详详细细，宛宛转转，说得万分动听。誊写清楚，立刻拜发了上去。不多几时，谕旨下来：

> 郭嵩焘所奏，不为无见。前经总理各国事务衙门奏明，将俄国约章，分别可行不可行，咨行曾纪泽遵办。原就已定之约，权衡利害，以为辩论改议之地。第思俄人贪得无厌，能否就我范围，殊不可定。此时若遽责其交还伊犁全境，而于分界通商各节，未能悉如所愿。操之太蹙，易启衅端。若徒往返辩论，亦恐久无成议。曾纪泽前往俄国，当先将原议交收伊犁各节，关系中国利害，碍难檄准之故，据理告知，着其必须答复。如彼以条约不允，不能交还伊犁，亦只可暂时缓议，两作罢论。但须相机引导，归宿到此，即可暂作了局。惟不可先露此意，转知得步进步，别有要求。至旧约分界通商事宜，应修约章，本与交收伊犁之事不相干涉。俟事定之后，当再令左宗棠及总理各国事务衙门分别办理。此意亦可向俄人告知也。钦此。

嵩焘见朝廷纳谏如流，心上万分欢喜。

此时新钦差曾纪泽已经渡洞庭，抵汉口，换坐江轮到上海放洋去了。临走时光，特上两疏，第一疏，论伊犁列案子，共分划界、通商、偿款三大端。筹办之法，亦分为三，曰战、曰守、曰和。洋洋数千言，归结到力争划界，酌允通商二语。第二疏，就是申明前疏未尽意旨。内有"臣到俄之后，即当恪遵奏定准驳之条。硁硁固执，不敢轻有所陈，不敢擅有所许,齿雪咽旃,期于不屈而后已”等语。亏得朝廷圣明,瞧见纪泽奏折,句句实情实理,与张之洞等的一派空言,满纸骄气,不可同年而语,自然说一句听一句起来。

这位侯爷,真也有胆量有毅力,口里应得下,肩上挑得起。行抵俄都,知道俄国已经派遣前任驻华公使布策,航海来华催促定约,曾侯爷就要求俄外部调回布策,将此案在俄京议结。俄人应允。于是遂在圣彼得堡开议起来。曾侯爷秉着至诚,凭着公理,辩到个唇焦舌敝,谈到个水尽山穷。时逾一年,议经百次,总算工程圆满。议定条约二十款、专条一款、陆路通商章程七款。这真是国家洪福,社稷有灵。中国自从与外洋各邦交涉以来,这么满意快心的事情,还是破题儿第一遭呢!

曾侯爷大功告成之后,就把所历艰难,困苦情状,做成一折,奏明朝廷,其辞道:

臣于七月二十三日,因俄事遣使进京议事,当经专折奏明在案。八月十三日,接奉电旨,着遵叠电与商,以维大局。次日又接电旨:“俄事日迫,能照前旨争重让轻固妙,否则就彼不强中国概允一语,力争几条,即为转圜地步,总以在俄定议为要各等因。钦此。”臣即于是日往俄署外部尚书热梅尼,请其追回布策,在俄商议。其时俄君正在黑海,热梅尼允为电奏,布策遂召回俄。嗣此往返晤商,反复辩论,叠经电报总理衙门,随时恭呈御览。钦奉迭次谕旨,令臣据理相持,刚柔互用,多争一分,即少受一分之害。圣训周详,莫名感悚。臣目击时艰,统筹中外之安危,细察事机之得失,敢不勉竭驽庸,以期妥善。无如上年条约章程、专条等件,业经前出使大臣崇厚盖印画押,虽未奉御笔批准,而俄人则视为已得之权利。臣奉旨来俄商量更改,较之崇厚初来议约情形,难易迥殊,已在圣明洞鉴之中。俄廷诸臣,多方坚执,不肯就我范围。

自布策回俄后,向臣询及改约诸意,臣即按七月十九日致外部照会大意,分条缮具节略付之。布策不置可否,但允奏明俄君,意若甚难相商者。臣屡向热梅尼处催询各条,彼见臣相逼太甚,遂有命海部大臣呈递战书之说。臣不得已,乃遵迭次电报,言可缓索伊犁,全废旧约。热梅尼又欲臣具牍言明,永远不索伊犁,经臣严词拒绝,而微示以伊犁虽云缓索,通商之务,尚可以商旋。接俄外部照会,除归还帖克斯川外,余事悉无实际。爰据总理衙门电示,分列四条,照复俄外部,又与之逐节面争。热梅尼等嫌臣操之太蹙,不为俄少留余地,愤懑不平。布策又以通州准俄商租房存货,暨天津运货准用小火轮船拖带两事,向臣商论。臣直答以原约之外,不得增添一事。虽其计无可施,而蓄怒愈深矣。

臣日夜焦思,深恐事难就绪,无可转圜。适俄君自黑海还都,谕令外部,无使中国为难,于无可让中再行设法退让。但经此次相让后,即当定议,外部始不敢固执前议,于十一月二十六日,送来照会两件,节略一件。第一照会,言此次允改各条,中国若仍不允,则不得在俄再议,且将外部许臣商议之事,全行收回;第二照会,言交涉伊犁办法三条。节略中则历叙允改之事,约有七端。臣请逐款详其始末。

第一端曰交还伊犁之事。查原约中,伊犁西南两塞分归俄属,南境之帖克斯川地,当南北通衢,尤为险要,若任其割据,俄有归地之名,我无得地之实。缓索之说,诚属万不得已之举。否则祖宗创业艰难,百战而得之土地,岂忍置为缓图。臣奉命使俄后,通盘筹划,必以界务当重者,一则以伊犁喀什噶尔两境相为联络,伊犁失,则喀什噶尔之势孤。此时不索,再索更待何时!一则以伊犁东南北三界,均与俄兵相接,缓索后不与议界,恐致滋生事端。若竟议界,又嫌迹近弃地,而各虑其得步进步,伊犁虽系缓索,而他事之争执如故也。嗣因挽留布策,非将各事略为放松不可。遂舍西境不提,专论南境,相持不下,始允归还。然犹欲于西南隅割分三处村落,其地长约百里,宽约四十余里。臣检阅舆图,该处拒莫萨山口最近,势难相让。叠次厉色争辩,方将南境一带地方,全数来归。其西南隅,允照前将军明谊所定之界。

第二端曰喀什噶尔界务。从前该处与俄接壤者,仅正北一面,故明谊定界,只言行至葱岭靠浩罕界为界,亦未将葱岭在俄国语系何山名,照音译出,写入界约。今则迤西安集延故地,尽为俄踞,分界诚未可缓。崇厚原约所载地名,按图悬拟,未足为凭。臣愚以为非简派大员,亲往履勘不可。吉尔斯必欲照崇厚原议者,盖所争在苏约克山口也。臣答以已定界宜仍旧,未定之界可以勘。吉尔斯踌躇良久,谓此事于中国无益,非俄所求,既以原议为不然,不妨罢论。臣虑界址不清,则衅端易起,特假他事之欲作罢论者,相为抵制。布策又称原议所分之地,即两国现管之地,臣应之曰:“如此,何妨于约中改为照两国现管之地勘定乎?”最后吉尔斯乃允写“各派大臣秉公勘定”,不言根据崇厚所定之界矣。

第三端曰埃尔巴哈台界务。查该界经明谊、奎昌等,分定有年,迨崇厚来,俄外部以分清哈萨克为言,于是议改。考之舆图,已占去三百余里矣。臣每提及此事,必抱旧界定论。吉尔斯知臣必不肯照崇厚之议,始允于崇厚、明谊所定两界之间,酌中勘定,专以分清哈萨克为主,所称直线自奎峒山至萨乌尔岭者,即指崇厚所定之界而言也。日后勘界大臣,办理得法,或不至多所侵占。

以上界务三端,臣与外部商改之实在情形也。

第四端曰嘉峪关通商。允许俄商于西安、汉中行走,直达汉口之事。总理衙门驳议,以此条为最重。迭议商务者,亦持此条为最坚。盖以我之内地,向无指定何处,准西商减税行走明文。此端一开,效尤踵至,后患不可胜言。外部窥臣着重在此,许为商改。及询以如何商改之处,则云须各大端商定,再行议及。臣亲诣布策寓所,告以事关大局,倘不见允,则余事尽属空谈。词意激切。布策言于吉尔斯,于是允将嘉峪关通商,仿照天津办理,西安、汉中两路及汉口字样均允删去不提。

第五端曰松花江航船至伯都讷之事。查松花江面,直抵吉林,瑷珲城订立条约时，误指混同江为松花江，又无画押之汉文可据，致俄人历年藉为口实。崇厚许以行船至伯都讷，在俄廷尤以为未满志也。现将专条径废，非特于崇厚新约夺其利，直欲为瑷珲旧约辩其诬。臣初虑布策据情理以相争，无词可对，故择语气之和平者，立为三策：一、径废专条；二、稍展行船之路，于三姓以下，酌定一处，为之限制；三、仍允至伯都讷，但入境百里，即须纳税，且不许轮船前往。布策均不以为然。适奉电旨，责臣松劲，于是抱定第一策立言，务期废此条约。布策犹纠缠不已，吉尔斯恐以细故伤大局，不从其言，遂允将专条废去，声明瑷珲条约如何办法，再行商定。

第六端曰添设领事之事。查领事之在西洋各国者，专管商业，其权还在驻扎中国领事官之下，故他国愿设者，主国概不禁阻。臣此次欲将各城领事删去，外部各官，均以为怪。随将中国不便之处，与之说明。吉尔斯谓领事之设，专为便商起见，系属宾主两益之事，中国既有不便，即仅于乌鲁木齐添设一员如何。臣因其多方相让，碍难再争。而总理衙门电钞编修许景澄折内，称科布多、乌里雅苏台、乌鲁木齐三处，毋设领事，其次争乌鲁木齐、乌里雅苏台两处等语。臣乃复见布策，恳其商改节略内始将乌鲁木齐改为吐鲁蕃，余俟商务兴旺时，再议添设。

第七端曰天山南北路贸易纳税之事。新疆地方辽阔，兵燹之后，凋敝益深，道远则转运维艰，费重则行销益滞。招商伊始，必限以行走之路，纳税之章，商贩实多未便。阅总理衙门来电，曾言收税为轻，臣因将原约内均不纳税字样，改为暂不纳税，俟商务兴旺，再订税章。查西例纳税之事，本国可以自主，日后商情果有起色后，伊犁等处，亦不妨逐渐开征，以充国库。

以上商务四端，臣与俄外部先后商改之实在情形也。此外又有偿款一端，凡商减之事，益于我则损于彼。热梅尼、布策等本有以地易地之请，臣称约章事只可议减，不可议增。彼遂谓中国各路征兵，显欲勾衅，俄遣船备边以相应，耗费卢布一千二百万元，向臣索偿。且言如谓未尝交绥，无索兵费之理，则俄正欲一战，以补糜费等语。臣答以胜负难知，中国获胜，则俄国亦须偿我兵费。彼之言虽极恃强，臣之意未为稍屈。旋据总理衙门复电，嘱臣斟酌许之，至多不得逾二百万两偿款，即可商定云云。臣见吉尔斯、热梅尼等始则争易兵费之名，继则争减代守伊犁偿款之数，久之热梅尼谓迟一年收回伊犁，又加还帖克斯川以代守费论，至少亦须加卢布四百万元，臣照会中，但允加代守费卢布二百五十万元，若并归伊犁西境，犹可略议增加。吉尔斯不谈西境，仅称连上年偿款，统算非卢布一千万元不可。臣嫌为数过多，吉尔斯笑曰："俄国岂以地出售哉？果尔，则以帖克斯川论之，岂仅仅值百万元乎？不过改约多端，俄国一无所得，面子太不光彩。假此以自慰耳。"臣察其意甚决，乃言热梅尼所说，仅四百万，何得又增百万？吉尔斯无词折辩。故节略内，仍以添偿卢布四百万元定数。查上年崇厚所议兵费偿款，卢布五百万元，合银二百八十余万两，此次俄国认出自华至英汇费，则金磅之价较贱，今前后卢布九百万元而统算之，约计银五百万两以内。

臣综观界务、商务、偿款三大端，悉心计较，与总理衙门来电嘱办之意，大略相同，即摘录照会节略大意，电请总理衙门代奏，并与外部说明，俟接奉电旨后，再行画押。一面与布策先行商议法文条约章程底稿，逐日争辩，细意推敲，稍有龃龉，则随时径赴外务部详晰申说。于和平商权之中，仍示以不肯苟且迁就之意。且以有益于中国，无损于俄人等语，开诚布公而告之。于崇厚原订约章字句，陆续有所增减。如条约第三条，删去伊犁已入俄籍之民入华贸易游历，许照俄民利益一段；第四条，俄民在伊犁置有田地，照旧管业，声明伊犁迁出之民，不得援例。且声明俄民管业，既在贸易圈外，应照中国人民一体完纳税饷。兹于第七条伊犁西境安置迁民之处，声明系安置因入俄籍而弃田地之民，以防迁民虽入俄籍，而成有占据伊犁田土之弊；第六条，写明所有前此各案，以防别项需索；第十条，吐鲁蕃非通商口岸而设领事，暨第十三条，张家口无领事而设行栈，均声明他处不得援以为例，以杜效尤；第十五条，修约期限，改五年为十年，章程第二条货色包件下添注牲畜字样，其无执照商民照例惩办，改为从严罚办；第八条，车脚运夫绕越捷径，以避关卡查验，货主不知情分别罚办之下，声明海口通商，及内地不得援以为例。凡此增减之文，皆系微臣与布策商草法文约稿之时，反复力争而得之者。较之总理衙门三月十二日所寄廷臣奏定准驳之议，虽不能悉数相符，然合条约章程计之，则挽回之端似已十得七八。此臣与吉尔斯、布策等商量条约章程底稿。于节略七端之外，又争得防弊数端之实在情形也。十二年十七日，接奉电旨：该大臣握要力争，顾全大体，深为不负委任，即着照此定约画押。约章字句，务须悉心斟酌，勿稍疏忽。臣告知俄外部，转奏俄王，此邦君臣，同深钦感。俄皇谕令外部允废崇厚原定约章，另立新约。又饬催布策速行缮约画押。臣因节略七端之外，所争数端，字句尚未周妥，日夜与布策语谈而笔削之。直至光绪七年正月初九日，始得将法文约章底稿议定。又彼此商定汉文俄文条约章程，各缮二份。而将先订之法文，缮正二份以资考证。逐条参酌，校对无误，于正月二十六日，与外部尚书吉尔斯、前驻京使节布策，共同画押盖印讫。电请总理衙门代奏，仰慰宸廑。

再微臣此番奉使，办事之难，较寻常出使情形，迥不相同。西人待二等公使之礼，远逊于头等；而视定议复改之任，实重于初议。原约系特派头等全权便宜行事之大臣所订，臣晤吉尔斯、布策诸人，咸以是否头等、有无全权相诘。臣答以职居二等，不称全权大臣。乃彼一则曰："头等所定，岂二等所能改乎？"再则曰："全权者所定，尚不可行，岂无全权者所改，转可行乎？"臣渥承眷遇，岂复希非分之宠荣，且西洋公法，凡奉派之公使，无论头等二等，虽皆称全权字样，至于遇事请旨，不敢擅行。则无论何等，莫不皆然。前大臣崇厚，误以私心自用，违旨擅行，为便宜行事之权，盖考之中国之宪章，各国之成例，无一而可者也。俄人亦未尝不腹诽之。及至与臣议事，稍有龃龉，则故以无全权非头等之说折臣，每言“使者遇事不敢自主，不如遣使前赴北京议约较为简捷”等语。臣亦知其藉此词以相难，非由衷之言也。但彼国既以无全权而相轻，微臣既不免较崇厚而见绌。此其难一也。

例之万国公法，使臣议约，无不候君主谕旨，不与外部意见相合，而敢擅行画押者。间有定而复改之事，亦不过稍有出入，从无与原约大相径庭者。往岁崇厚急于索地，又急于回京，遽定遽归，诸多未协。外部见臣照会，将约中要领痛行驳斥，莫不诧为奇谈。屡以崇厚违旨擅定之故晓之，奈彼闻所未闻，始终不信。此其难二也。

原约所许通商各节，皆布策驻京时向总理衙门求之多年而不可得之。崇厚甘受其绐，求无不应，一经画押，彼遂据为已得之权，再允熟商，彼即市其莫大之惠。吉尔斯贤于布策，而不明中俄商情，经臣布切敷陈，彼仍茫然不解。此其难三也。

泰西臣下，条陈外务，但持正论，不出恶声。不闻有此国臣民，只及彼邦君上者，虽当辩难分争之际，不失雍容揖让之文。此次廷臣奏疏，势难缄秘，传布失真之语，由于译汉为洋，锋棱过峻之词，不免激羞成怒，每谓中国非真心和好，即此可见其端。若于兹时，忍辱改约，则柔懦太甚，将贻笑于国人，见轻于各国等语。臣虽设词慰藉，而俄之君臣，怀憾难消，此其难四也。

自筹兵筹饷，迭见邸钞，而俄之上下，亦惴惴焉。时有戒心，遣兵船以备战，增戍卒以防边。臣抵俄时，彼已势成骑虎，若仍在俄议事，则前次之举动为无名，故欲遣使晋京议约，以归功于海部，无怪一言不合，俄使即以去留相要。维时留之，则挟要必多；不留，则猜嫌滋甚，更恐留而仍去。适示怯而见轻，此其难五也。

俄皇始命布策向臣询明中国意向，予限一月。满限之时，经臣援引总理衙门照会驻京署使凯阳德展限三月之意，复请外部婉奏俄皇，乃许添展两月，与臣议事。我皇上因俄事日逼，意在转圜，一切情形，许臣由电径达总理衙门代奏请旨，已属破格施恩。而事势无常，日期甚促，有时于立谈之顷，须定从违，臣于未经请旨之条，即不敢许之过骤。然既奉转圜之旨，又不得执之过艰，良皆自沪至京，无电线以资迅速，故虽由电请旨，非旬日所能往还。敌廷之询问益多，专对之机权愈滞。此其难六也。

犹幸我朝与俄罗斯通好二百余年，素无纤芥之嫌，未肇边疆之患。俄国自攻克土耳其后，财殚力竭，雅不欲再启衅端，加以圣明俯纳臣言，解放崇厚，以解其疑，办各案以杜其口，故其君臣悦服，修好输诚。布策诸人，虽坚执各条，不肯放松，而俄国皇帝与其外相吉尔斯，实有和平了结之意，故得从容商改，大致就我范围。此则列圣以来，怀柔之效，而我皇太后、皇上公溥慈祥之德，有以感动之也。

臣之私心过虑，诚恐议者以为俄罗斯国如此强大，尚不难遣一介之使，驰一纸之书。取已成之约而更改之，执此以例其余，则中西交涉，更无难了

> 之事。斯言一出，将来必有承其弊者。窃以为兵端将开而复息，关乎生民之气数，而气数不可以预知。条约已定而可更，视乎敌国之邦交，而邦交不可以常恃。臣是以将到俄以来，办事艰难情状，据实直言，不敢稍存隐饰，请旨密饬海疆暨边界诸臣。仰体圣朝讲信修睦之心，至诚以待邻封，息事以全友谊。庶几遐荒悦服，永叶止戈为武之休，海宇清平，益臻舞羽敷文之盛。

两宫太后异常嘉悦。慈安后道："曾纪泽办事精细，待人温厚，比了他老子还要胜。"慈禧后道："这回的事，除了他谁也吃不下。"随降谕曾纪泽奏进改订条约章程，着惇亲王奕誴、醇亲王奕譞、潘祖荫、翁同和会同总理各国事务王大臣妥核具奏。王大臣复核上来，自然总是请予批准。再后有别的商议，漫天大雾，化作轻烟，朝野臣民，无不额手称庆。

这日军机大臣左宗棠，正在恭亲王府谈论琉球案子。恭亲王道："日本竟也要学着西洋人，订立一体均沾的条约。上头意思，划分两岛，延存琉祀，还不很妥善。这件事倒难议呢！"左宗堂气愤道："多大的日本，乘我们有事时候，胆敢首先发难，灭我属邦！若不借此稍示国威，以后如何能驾驭群夷呢？"恭亲王道："照现在时候，兵衅怕不易开呢。"左宗棠才待答话，忽见恭府太监急吁吁奔入，报说："不好了，东太后崩了！"二人齐吓一跳。欲知后事如何，且听下回分解。

第九十二回　**清韩难生俘大院君　丧越疆罢斥恭内阁**

话说左宗棠在恭亲王府,正在谈论琉球案子,忽见两个太监,喘吁吁进来,报说:“不好了,东太后崩了!”两人齐吓一跳。左宗棠道:“这才好好的,朝晨召见军机,御容和怡,毫无疾色,不过两颊微赤罢了。王爷,你也被召的,怎么半日工夫,就崩了呢?”奕䜣道:“这就叫天有不测风云,人有旦夕祸福。”左宗棠道:“什么症候呢?照着向例,帝后有了疾,要传御医,须先传知军机,医方药剂,悉由军机检视,以昭郑重。这会子,太后患病,你我当军机的,一点子没有知道。”议论未了,忽报内廷有旨,立召枢府大臣入见。

奕䜣、左宗棠急忙遵旨赶入。见东太后已经小殓,西太后坐在矮凳上,态度很是从容,群臣依礼叩见。西太后道:“东太后素来强健,这就几天里,也不曾见有动静,忽遭暴变,真是想不到的事。”群臣至此,除了顿首仰慰,也没有别的话。忽见一人碰头道:“东太后急病,曾否传太医诊治。”西太后听了,顿时变色。众人瞧发话的不是别人,正是军机大臣、东阁大学士左宗棠。众人见西太后变色,都替他捏一把汗。停了半晌,只见太后向奕䜣道:“召你们不为别事,就为办理丧事的事情。你们出去,大家商议商议。”左宗棠跪在地上,还想奏问别的话,西太后已经站起身,踱了进去。于是一同出外,商议丧事。左宗棠道:“奇怪的很,怎么已经小殓了?照例后妃出了事,总要传戚属入内瞻视了才小殓,历朝都是这个办法。这会子,东太后家属没有奉召就小殓了,你道奇怪不奇怪?”众人见他言辞过于刚直,恐怕惹祸,都不敢接嘴。

左宗棠发了几句旁若无人的议论,回到家中,心中兀自沉闷。忽见家丁高升跟连发两个在那里窃窃私语。宗堂唤入,问他们讲点子什么,高升笑回:“小的听得外面传说,东太后的命,是被人谋掉的。西太后前几天病,是托病,并不是真病,东太后不知,特地进宫探问。不意掀帘入内,眼见唱戏的小金儿睡在西太后龙床上,东太后大怒,立把小金儿逐出赐死。西太后跪了好半天,东太后心慈脸软,搁不住人情,应允她不追究。不意这日回宫,就大渐了。”偏连发说不是为小金儿的事,是为另一桩事情。他说:“咸丰皇帝临没时光,曾给一道密旨东太后,交代道:‘西太后如果不肯听话,可即宣旨赐死。’这道密旨,东太后一盈宝贝似的藏着。前儿西太后病了,东太后因为不忍,就把密旨给她瞧了,当场毁掉。不意西太后反倒疑忌起来,把东太后就此谋掉。小的跟他争论呢。”左宗棠道:“这都是无稽之谈,你们不必信他,也不必讲他,都被老爷闻知了,你们都没了命呢。”两家丁喏喏连声而退。

左宗棠在枢府,言谈举止,每多不合时宜,枢府各大臣颇为嫌恶。混了半年多,究竟想一个法子,把他放了出去。风和日丽时光,似这种寒岁柏松,疾风劲草,原是不很贵重的。

此时年丰人寿,国阜民康,中国地方,了无新奇事实可纪,不意朝鲜属国,竟就酿出很大的乱子来。朝鲜国王李熙，本系宗藩支子，因为前王无嗣，入承正统的。国王的本生父李应正，封为大院君，总揽国事，威权无上。等到国王年长亲政，总揽朝纲。一朝天子一朝臣，大院君的党渐渐扫除净尽，另换一般新人物。这时光，王妃闵氏，用事执政的人大半都是闵族，应正心很怏怏。自有一班失意小人，推他出头，怂恿他跟闵族作对，都说："你老人家不论如何不济，总是当今的本生老子，除当今外，谁还尊过似你？发一个令出来，谁还敢不遵？那班奸党，不过仗着王妃腰子，你老人家要出了场，他们哪里还站得住？"恰好这一年，兵士因缺饷哗变。叛官乱兵并了堆，举奉大院君为主，声言入清君侧。卷甲星驶，一霎时，就把京城攻下，逢官便杀，遇吏即擒。王朝用事各官，无论是闵非闵，悉数杀死。乱党计议道："诸闵被诛，闵妃留着，终是祸根。索性一不做，二不休，斩草除根，省得来春复发。"此时大院君也难禁止，眼看众人杀入王宫，把王妃活活斫死，并矫命把国王幽闭在密室里头。乱兵四出焚掠，连日本使馆都遭在劫数里，伤掉好多个日本人。

这个警信报入中国，着急倒了一个疆吏，就是直隶总督张树声。张树声得着警报，连称不好，一边飞章入告，一边急调提督丁汝昌、道员马建忠火速往救，又调提督吴长庆率陆军到汉城，相继办理。吴长庆真也有能耐，软诱硬恫，一连哄吓诈骗，竟被他把应正诱骗到营。立派干员，解送到天津，听候张树声发落。所有乱党一百多人，悉数被捕，尽置于法，迅雷不及掩耳。张树声这桩事情，办理得非常得势。等到日本国派兵到来，乱事早已平静了。凭他如何厉害，也不过定了偿金开埠几款条约而已。李应正被俘到天津，树声据实奏闻，请旨惩治。皇太后深仁厚泽，特下恩旨，免其治罪，并降旨李应正着在保定安置。后因国王哀恳，释放回国，此系后话。当下吴长庆立了大功，张树声就奏保他率领所部留驻朝鲜。

一波才平，一波又起，朝鲜事情，刚才舒齐，越南交涉，又接踵而起。原来越南旧阮王，嘉庆年间，因与新阮争国，曾向法兰西借兵。当时原许灭掉新阮，即以巨金酬报。及至新阮灭掉，酬金只付半数。咸丰时光，又为杀害教民案子，与法国构兵，连遭败仗。到同治元年，谈和立约，割南圻之嘉定、边和、定样三省与法国。同治十一年，又开兵衅，再订和约，又割掉永隆、安江、河仙三省。于是南圻全为法踞，改嘉定为西贡，成为大阪。上年九月，法人欲实行红河通商。逼越南驱除刘永福，并因和约内有代出资剿匪之条，驶兵船入东京。云贵总督刘长佑得着消息，飞章入告，大略称说：越南为滇粤之唇齿，国外之藩篱，法国垂涎越南已久，开市西贡，据其要害。同治十一年，复通贼将黄崇英，规取越东京、思渡、洪江以侵凉山，又欲割越南、广西边界地六百里，为驻兵之所。臣前任广西巡抚，即命师往援，法人不悦。吁告总理衙门，谓臣包藏祸心，有意败盟。赖毅皇帝察臣愚忠，乃得出助剿之师，内外夹击。越南招用刘永福以折法将沙酋之锋，广西两军，分击贼党，覆其巢穴，歼其渠魁。故法人寝谋，不敢遽吞越南，若将逾一纪。然法人终在必得越，得以窥滇粤之险，而舒楚蜀之路。入秋以来，增加越南水师。越南四境，皆有法人之迹。东埔人感法恩德，顺以六百万口，献地归附。越南危如累卵，势必不支。同治十三年，法军仅鸣炮示威，西三省已入于法。今复夺其东京，即不图灭富春，已无能自立。法人志吞全越，既得之后，必请立领事于蒙自等处，以攘矿山金锡之利，现已时有法人入滇境，以觇形势。倘法覆越南，逆回必导之内寇，逞其反噬之志。臣受任边防，密迩外寇，不敢闻而不告。慈禧后就命驻英法使臣曾纪泽与法廷辩诘。一面谕令北洋大臣李鸿章筹商办法，并谕沿边、沿江、沿海督抚密为筹办，这都是上年的事情。今年二月，忽得警报，法国兵舰已由西贡驶至海阳，势将扑取东京，立谕滇督相机因应。三月，又调曾国荃为两广总督。此时越南东京已被法人攻破。朝廷用张树声奇计，密令滇粤防军守于城外，以剿办土匪为名，借图进步。并令广东兵舰出洋，遥为声援。不意法军在越南依旧肆无忌惮。没奈何，只得命滇督刘长佑遣道员沈寿榕带兵出境，与广西官军连络声势，保护越南。

这时光，燕道滇粤，军报往返，络绎如电。一日，刘长佑飞奏：法人自破东京后，每日增兵，并忧重赏，以万金购刘永福，十万金取保胜州。刻下我防军统领提督黄桂兰驻师谅山。永福来谒言，方发兵赴北宁助守，保胜州有新部扼防，法人当不得逞。惟兵力单薄，恳求天朝援助等语。慈禧后询问各军机："刘永福是怎样一等人物？"李鸿藻回奏道："刘永福是广西上思州人。咸丰时光，广西乱得要不得，永福率着三百个男儿好身手，闯出镇南关，占据了保胜州。该地原是广东人何均昌据着的，永福恃强，逐掉均昌，占有其地。彼时永福所部，都以黑旗为号，名叫'黑旗军'。黑旗军勇悍善斗，听说法国人很忌惮他呢！"慈禧后道："越南王见他好，不见他好？"李鸿藻道："同治十二年这一年，法人攻破河内，法将安邺勾结了贼首黄崇英，谋占全越。黄崇英拥众数万，号称'黄旗'，声势很是厉害。越南王遣使招降永福，永福率领所部，越过宣光大岭，绕驰河内，一战而斩安邺。法人胆落，越南王要紧求和，命督师黄佐炎亟檄永福罢兵，封他为三宣副提督，管辖宣光、兴化、山西三省。遂在保胜州设卡抽税，越南王不能制，听其自行收税养兵。法人忌他，逼迫越南驱除，才酿出这回祸乱来。"慈禧后道："如此说来，这刘永福倒也是个好汉了。"随命廷臣，会议救越之策。

会议未竟，刘长佑奏报又到，略言山西有失，则法军西入三江口，不独保胜无障蔽，滇省自河底江以下，皆须步步设防。非滇粤并力以图，不足以救越国之残局，非水陆并进，不足以阻法人之贪谋。廷谕长佑密为布置。此时长佑已命藩司唐炯督率旧部，出屯保胜。粤监曾国荃，也命提督黄得胜统兵防钦州，提督吴全美统兵轮八艘防北海。广西防军提督黄桂兰、道员赵沃相继出关。

举朝才智之士，谈兵说剑，慷慨激昂，都想趁这当儿，显出惊人的本领，博着破格的殊荣。吏部主事唐景崧，自请赴越南游说刘永福来归。中旨发往云南，交督臣差遣。景崧奉旨之后，且不入滇，先到粤省，叩谒曾国荃，条陈方略。国荃甚韪其议，赠了他大大一分程仪。于是景崧径入越南，见了刘永福，摆出策士架子，那三寸不烂之舌，就滔滔滚滚，唱起苏张的旧曲子来。一总有三条妙策，上策言越为法逼，亡在旦夕，诚因保胜。传檄而定诸省，请命中国，假以名号，事成则王，这是上策；其次提全师击河内，驱法人，中国必能助饷，这是中策；如果坐守保胜，事败而投中国，怕中国不受，这便是下策。反复陈论，说得椎埋葬夫，抗手听约。刘永福笑道："微力不足当上策，勉为中策或者能够做的到。"景崧回报，曾国荃就奏派广西藩司徐延旭出关与黄桂兰、赵沃会筹防务。忽军探报称:"刘永福卷甲星驰,在河内纸桥地方,跟法人大开一仗,阵斩法将李威利,法军大败,越南王已封永福一等男爵。"徐延旭喜道:"这都是唐主政一说之功也。"随把永福战绩,奏陈朝廷,并留唐景崧防营效用。

此时法国已派专使来华,质问中国是否助越。中国当外交的,是赫赫有名的肃毅伯李鸿章。这位伯爷,就拿出油滑手段对付法使,告诉他中国调兵,无非是边界剿匪。法人不得要领,就扬言要发兵犯粤。朝廷得信,一面饬令广东戒严,一面令总理衙门致书法使,声言越南久列藩封,历经中国用兵剿匪,力为保护。今法人侵陵无已,岂能受此蔑视,倘竟侵我军驻扎之地,惟有开仗,不能坐视。一面下旨,命徐延旭饬刘永福相机领复河内。法军如犯北宁,接令接战。命滇督增兵防边,唐炯迅赴前敌备战,并接济刘永福军饷。调兵筹饷,办理得异常认真。

时势日危,军情日紧。警报传来,越南的山西省,已被法兵攻破,摇旗喊呐,势将攻扑琼州。朝廷大惊,忙命岑毓英出关督师,又派兵部尚书彭玉麟为钦差大臣,到广东督师。这彭玉麟是个中兴老将:名重幽燕,勋绩由来伟甚;貌同褒鄂,容颜半值衰余。沙场见惯长征,横秋意气;云阵犹能酣战,誓日精忠。朝廷请了他出来,总能够大抒伟抱,特建奇勋,替天朝吐一口儿气。不意才一到差,就上了一个封折,朝廷见了,大大失望。原来他这奏折,说的是据候补道王之春言,有郑官应者,幼从海船,遍历越南、暹罗。暹王粤郑姓,其掌兵政者皆粤人。与官应谈法越战事,皆引为切肤之痛。伊国与越之西贡毗连,尝欲出其不意,攻其不备,由暹罗潜师以袭西贡,先覆法酋之老巢。又英国属地曰新加坡,极富庶,粤人居此者十余万。拟悬重赏,密约两处壮士,俟暹国兵到时,举兵内应。先夺其兵船,焚其军火。此二端较有把握。拟密饬郑官应潜往结约,该国素称忠顺,乡谊素敦。倘另出奇军,西贡必可潜师而得。拟再派王之春改装易服,同往密筹,届时密催在越各军,同时并举。西贡得,则河内海防无根,法人皆可驱除,越南可保等语,一派都是书生纸上谈兵故套。

慈禧后立命军机降旨道:

据奏已悉,暹罗国势本弱,自新加坡、孟加拉等为英所据,受其挟制,朝贡不通,岂能更出偏师,自挑强敌?郑官应虽与其国君臣有乡人之谊,恐难以口舌游说,趋令兴师。且西贡、新加坡,皆贸易之场,商贾者流,必无固志。悬赏募勇,需款尤巨,亦虑接济难筹。法人于西贡经营二十余年,根底甚固,中国无坚轮巨炮,未能渡海出师,捣其巢穴。即使暹罗出力,而无援兵以继其后。法人回救,势必不支。况英法迹虽相忌,实则相资。彼见暹罗助我用兵,则猜疑之心益萌,并吞之计益急,恐西贡未能集事,而越南先已危亡。该尚书所奏,多采近人魏源成说,移其所以制英者,转而图法。兵事百变,未可徇臆度之空谈,启无穷之边衅。倘机不密,先传播新闻纸中,为害尤巨,该尚书所称言易行难者,谅亦见于此。钦此。

这道谕旨,颁发去后,不到一个月,警报又来,报称越南王阮福时薨了。法人乘丧进兵，攻克顺化海口，入据都城。越臣因嗣君不贤，公启太妃，改立故王堂弟阮福升为君，乞降于法，立了二十七条和约。那第一条就说中国不得干预越南的事，此外政权利权，都归法人。现在越王已谕诸将退兵，意思是要驱逐刘团。黑旗军士，异常扼腕。慈禧后闻报，立节召集枢臣，筹商战守方略。奕䜣道："军报虽是这么说，边臣章奏未来，此事怕不确吧。"道言未了，内监呈上才到的两封奏折，一封是粤督张树声自请出关视师；一封是抚桂徐延旭，奏言"越人仓卒议和，有谓因故君未葬，权顾目前者，有谓因废立之嫌，廷臣植党构祸者，迭接越臣黄佐谈等抄寄和约，越诚无以保社稷，中国又何以固藩篱？请旨速定大计"等语。慈禧后道："张树声既然自请出关，可就着他带了兵轮到富春去。"军机遵旨缮谕去讫。

从此战报络绎，传来消息，却总是歹多好少。一时报称越南嗣王阮福升暴卒，国人立前王阮福时第三继子为王，就是辅政阮说的儿子。又报法人攻破兴安省，越南大吏巡抚布政按察各官都被法人拘到河内枪击毙命。山西失守，刘团溃散。慈禧后焦闷异常，枢府各大臣都是太平宰相，拨乱反正，不很在行的。

一日，恭亲王接着唐景崧从保胜递来一书，声言"滇桂两军偶通文报，为日甚迟，声势实不易联络。越南半载之内，三易嗣君，臣庶皇皇，类于无主，欲培其根本以靖乱源，莫如遣师直入顺化，扶翼其君。俾政令得所，以定人心，而清匪党，则敌焰自必稍戢。军事庶易措手，若不为藩服计，则北圻沿边各省，我不妨直取，以免坐失外人。否则首鼠两端，未有不归于败者也"等语。说得颇中时弊。次日上朝，就把此意奏知太后。慈禧后道："据李鸿章奏，越南山西这一仗，滇军与刘团鏖战异常勇悍，终因器械未精，受了亏。现在北洋所购的新式枪，都很精坚适用，可叫他们照着原价领拨了去再筹战守吧。"

慈禧后为了战务，宵旰忧勤，批览章奏，指示机宜，都是一个儿的心思才力，调排这样，调排那样。奕䜣等一班枢府大臣，只会办几桩照例公事。关着军国要政，别说分劳分任，就当面咨询他，也是十问九不答的。回过来，总是"奴才愚昧，正欲恳请皇太后圣训"。因此慈禧后心里很是不惬意。恰好这日，又来了个大败的军报，却是北宁失守，黄桂兰、赵沃败奔太原。慈禧后叹道："要是大家肯尽点子力，何至闹成这个样子？一个个都是伴食宰相，叫商量也没处商量去。"慈禧后才发得三五句话。明日早上，参折就是一大叠，都是众御史拜发的，你也参劾枢臣，我也参劾枢臣。慈禧后瞧了，立刻降了一道很严厉的旨：

恭亲王奕䜣等，始尚小心匡弼，继则委蛇保荣，近年爵禄日崇，因循日甚，每于朝廷振作求治之意，谬执成见，不肯实力奉行。屡经言者论列，或目为壅蔽，或劾其委靡，或谓其簠簋不饬，或谓其昧于知人。本朝家法綦严，若谓其何前代之窃权乱政，不惟居心所不敢，亦法律所不容。只以上数端，贻误已非浅鲜。若仍不改图，专务姑息，何以副列圣之贻谋？将来皇帝亲政，又安能臻诸上理？若竟照弹章，一一宣示，不能复议亲贵，亦不能曲全耆旧，是岂朝廷宽大之政所忍为？恭亲王奕䜣、大学士宝鋆入直最久，责备宜严。

> 姑念一系多病，一系年老，兹特录其前劳，全其末路，着奕䜣加恩仍留世袭罔替亲王，赏食全俸，开去一切差使，并撤去加恩支俸，家居养疾；宝鋆着原品休致；协办大学士吏部尚书李鸿藻，内廷当差有年，只为囿于才识，遂致办事竭蹶；兵部尚书景廉，只能循分供职，经济非其所长，均开去一切差使，降二级调用；工部尚书翁同龢，甫值枢廷，适当多事，惟既别无建白，亦有应得之咎。着加恩革职留任，退出军机处，仍在毓庆宫行走，以示区别。钦此。

照例召见枢臣，都是全班进的，也有独召首辅一个儿的。这日，独召领班章京一人入见，就命在御前草拟谕旨，拟毕，就命朱书发出，却是从来未有的创举。旋命礼亲王世铎、户部尚书额勒和布、阎敬铭，刑部尚书张之万，均在军机大臣上行走。工部左侍郎孙毓汶，在军机大臣上学习行走。又下严旨：徐延旭株守谅山，仅令提督黄桂兰、道员赵沃驻守北宁，该提督等遇敌先溃，殊堪痛恨。徐延旭着革职拿问，黄桂兰、赵沃溃败情形，着交潘鼎新查办。一面命湖南巡抚潘鼎新办理广西关外事务，接统徐延旭之众。雷厉风行，霎时间换了一番景象。欲知后事如何，且听下回分解。

第九十三回　**谅山踊跃鏖兵　学士仓皇夜遁**

话说慈禧后锐意振作，把军机大臣全数斥退，另换了一班新人物。又下特旨：“军机处遇有紧要事件，着会同醇亲王奕譞商办，钦此。”不意国子监祭酒宗室盛昱、左庶子锡钧、御史赵尔巽，见了此旨，以为又得着了好题目，摇笔弄墨，做成极锋芒的文字，先后上书，奏请收回成命。慈禧后皱眉道：“这一班人的心地，怎么这么的不明白？若不明谕宣示，怕他们要把醇邸误认做朝鲜的大院君了。”

随命军机拟道：

> 垂帘以来，揆度时势，不能不用亲藩，进管机务，此不得已之深衷，当为在廷诸臣所共谅。此次谕令醇亲王奕譞与诸军机大臣会商，本为军机处办理要政而言，并非寻常诸事。慨令与闻，奕譞已一再坚辞，当经曲加奖励，并谕俟皇帝亲政，再降谕旨。始暂时奉命，军机政事，枢臣亦不能诿御也。钦此。

明谕宣布后，众廷臣自然再没有话讲了。此时海氛日恶，警报频传。这日，又接着福建军报，法国兵舰八艘，窥伺厦门，随饬沿海边防，力筹守御。又命川督丁宝桢，去问前湖南提督鲍超，并察其能否出膺重任。命李鸿章促召在籍提督刘铭传，火速来京。又下特旨，命通政司通政使吴大澄会办北洋事宜；内阁学士陈宝琛会办南洋事宜；翰林院侍讲学士张佩纶会办海疆事宜。均准专折奏事，调兵派将。电掣雷轰，不意举朝敌忾之中，却出了一个力主和议顾全大局的大“忠臣”。你道是谁？原来就是中兴名臣合肥相国李伯爷。李伯爷老成持重，深虑衅端一开，一时难于收拾，恰好孽关税司美国人德璀琳毛遂自荐，自顾居间议和。李伯爷就把德璀琳好意，奏闻朝廷。慈禧后原不是好大喜功的霸主，准如所请，命李伯爷妥筹办理。随又降旨道：

> 李鸿章屡被参劾，畏葸因循，不能振作，朝廷格外优容，未加谴责。两年来法，越构衅任事，诸臣一再延误，挽救已迟。若李鸿章再如前在上海之迂延观望，坐失事机，自问当得何罪？此次务当竭诚筹办。如办理不善，不特该大臣罪无可宽，即前此总理衙门王大臣，亦一并治罪。钦此。

李伯爷接到这种恩威并济的旨意，怎不恐惶悚惧？于是与法国总兵福禄诺开议和款，纵横捭阖，用尽了心机，使尽了权术，才议成五条草约。一是中国南界毗连北圻，法国约明，无论遇何机会，并有他人侵犯，均应保护；二是中国南界，既经法国与以实据，不虞侵占，中国约明将北圻防营撤回边界，并于法越所有已定与未定各条约均置不理；

三是法国不向中国索偿兵费，中国亦应许以毗连北圻之边界，法越货物，听其运销；四法国将来与越改约，决不插入伤中国体面语，并将以前与越所立约关碍东京者，全行销废；五是两全权签押，三个月后，另订细款。看官们目光如电，总也不庸说话的逐条诠解。越南是中国属邦，现在变了法国保护国，还说不伤中国体面，这句话骗谁也不信。

不意草约到京，竟会奉旨允准，批令鸿章画押的。当时言路各官，风起云涌，参劾鸿章，竟把他比做秦桧、贾似道。亏得鸿章识量宽宏，毫不介意，这种无稽之谈，不过置之一笑罢了。山穷水尽疑无路，柳暗花明又一村。草约虽然议定，福禄诺临去时光，却又生发一桩事情来，声言派队巡察越境，驱逐刘团。李鸿章含糊答应了，并没有奏明。偏偏法使认真，行文总理衙门，诘问简明条约，法文与汉文为甚不符？于是朝旨责鸿章办理含混，着令竭力筹备自赎。一面饬外境各军，严行防备，如果法军前来扑犯，即当与之接仗。李伯爷力主和议，苦心维持，杀连既开，一个儿哪里维持得住？

这日，接着谅山军报，知道法将托名查边，率兵直闯谅山，行抵观音桥，桂军止住他，法将不理，两军开枪轰击，战了半日，把法军杀了个大败。主战诸臣得着此信，勇气顿增十倍。恰好川督丁宝桢奏称鲍超病愈，于是下旨谅山防营进规北宁。一面命鲍超带劲旅五营，赴滇助防。并令提督黄少春，率五营赴南关外助战。一面照会法使，责其先行开炮，应认偿款，并令告知法外部，赴速调回法兵。

彼时法国专使巴德，逗留在上海，复文到京，仍请开仪。于是改派曾国荃为全权大臣，陈宝琛为会办，邵友濂、刘麟祥随同办理，赴沪续开和议。曾国荃到了上海，开了十多次议会，议去议来，不得要领。法将孤拔统率兵轮，趁这当儿，竟攻扑起基隆来。

警报到京，朝廷始一意主张，即着曾国荃、陈宝琛回江宁办防。一面命岑毓英饬刘永福先行进兵，迅图规复北圻，岑毓英、潘鼎新统率关内各军，陆续进发，特赏刘永福记名提督，唐景崧五品卿衔。一面降旨宣告法人罪状，其辞道：

> 越南为我封贡之国，二百余年，载在典册，中外咸知。法人狡焉，思逞先据南圻各省，旋又进据河内，戮其人民，利其土地，夺其赋税。越南暗懦苟安，私与立约，并未奏闻，挽回无及，越亦有罪也。是以姑与包函，不加诘问。光绪八年冬间，法使宝海在天津与李鸿章议约三条，至饬总理各国事务衙门会商妥筹，法人又撤使翻覆。我存宽大，彼益骄贪。越之山西、北宁等省，为我军驻扎之地，清查越匪，保护属藩，与法国绝不相涉。本年二月间，法兵竟来扑犯。当经降旨宣示，正拟派员进取，力为镇抚，忽据该国总兵福禄诺先向中国议和。其时该国因埃及之事，汲汲可危，中国明知其势处迫逼，本可峻词拒绝，而仍示以大度，许其行成，特命李鸿章与议简明条约五款，互相画押。谅山保胜等军，应照议于定约三月后调回，迭经饬各防军，扼札原处，不准轻动开衅。带兵各官，奉令维谨。
>
> 乃该国不遵定约，忽于闰五月初一、初二等日，以巡边为名，在谅山地方直扑防营，先行开炮轰击。我军始与接仗，互有杀伤。法人违背条约，无端开衅，伤我官兵，本应以干戈从事，因念订约通好二十余年，亦不必因此尽弃

前盟，仍准总理各国事务衙门与在京法使，往返照会，情喻理晓，至再至三。闰五月二十四日，复明降谕旨，照约撤兵，昭示大信，所以保全和局者，实属仁至义尽。如果法人稍知礼义，自当翻然改图。乃竟始终怙过，饰词抵赖，横索无名兵费，恣意要挟。辄于六月十五日，占据台北基隆山炮台，经刘铭传迎剿获胜。本月初三日，何璟等甫接法领事照会开战，而法兵已自马尾先期攻击，伤坏兵商各船，轰坏船厂。虽经官军焚毁法船二只，击坏雷艇一只，并阵毙法国兵官，尚未大加惩创。该国专行诡计，反复无常，先启兵端，若再曲予含容，何以伸公论而顺人心？因特揭其无理情节，布告天下。钦此。

战书宣布之后，法国公使就下旗回国。朝廷拊髀择将，选了个百战过来的大将，就是荡平太平军、戡定新疆的左宗棠左侯爷。当下特派左宗棠为钦差大臣，将军穆图善、漕督杨昌濬为帮办大臣。左侯爷调集旧部，按站起行。才抵浙江地界，流星探马，飞报祸事。报说："马江大败，张佩纶、何如璋闻警逃窜，港内兵轮，尽被法炮扫掉。"左侯大吃一惊。原来这张佩纶，是都中清流党党魁，一手好笔仗，说的话锋利无比，他那个笔头上，不知拨掉过多少红顶儿。因此无论内任外任官员，望见了他影子就要害怕。张佩纶还有一样惊人本领，谈兵说剑，激昂慷慨，凭你孙武、吴起，聆了他的议论，也要低头拜服。

朝廷放他为船政大臣，会办海疆事宜，原要试试他才具。佩纶一到福州，使出狂奴故态，搭起大将架子，狂到个要不得。好在这时光左侯没来，山中无虎狗称王，福建地方，谁还在他眼里？闽浙总督何璟，福建巡抚张兆栋，见佩纶意骄气盛，狂得厉害，乐得把军务推在他身上，自己好脱卸干净。豆芥之事，只要略关上一点子军务，就叫请张会办的示。督抚两院，排日上谒，竟同衙参一般。佩纶直受不辞，一应防务，毫不经意。看官，佩纶也是个知兵豪杰，为什这么大意？原来他暗里恃着一座泰山，就是全权大臣李伯爷。佩纶屡接伯爷手札，都说和约旦夕成功，万勿轻启衅端。李伯爷是洋务老手，佩纶如何不信？

这日，海弁入厂，飞报外海有七八只兵轮，高扯法国旗号，机声轧轧、黑烟冲霄的驶进口来。此时督院何璟，抚院张兆栋，前任船政大臣何如璋，都在座中。得着此信，全都失色。瞧张佩纶时，依旧没事人似的在那里谈笑。众人不禁佩服道："张公真是神人，大敌在前，视如无睹，要是差一点子的人，不知要慌到怎么样儿了。"何璟道："可不是呢，刘铭传与张公不是同膺特简的吗？刘公一抵台湾，封煤厂，逐法人，张皇得什么相似，谁都不如张公那么镇定。"张兆栋道："羊叔子轻裘缓带，诸葛公羽扇葛巾，名将风度，自异凡庸。"佩纶听了，很是得意，随命置酒开宴，传杯弄盏。正吃得香酣，忽报张管带得胜，缉得引港奸民，解在辕门请示。佩纶怒道："没眼珠子的王八，什么事，也来混报！人家正喝酒呢，扰乱酒令，看军法。"吓得那军弁诺诺连声，退了出去。众人知道佩纶是个兵学专家，定有神谋秘计，事关机密，谁敢多问？

喝了一会酒，忽闻辕门外哗噪起来，佩纶忙令军弁出观。一时回禀："水陆各管带求见大人，禀陈机宜。门上不肯通报，才闹呢。"佩纶唤入众管带，问他们有何意见，海军各管带道："法兵轮驶入马江，怕有奸计。咱们兵船，也应上煤生火，预备抵敌。"佩纶不语。又问陆军各弁："见我有何事？"众弁道："恳求大人发令，开炮打洋人。"佩纶冷笑道："你们知道什么？本大臣奉有密旨，不准先行发炮。你们倒要惹事吗？"众将弁道："打仗的事情，顾不得谁先谁后。敌情变幻，先下手为强。务恳大人发令。"佩纶怒道："国有王章，营有军法，谁要违令，我就斩谁！"海军各管带道："咱们十一艘兵轮都在一块儿，万一法人开炮，受亏可就不小。不如驶到口外去巡哨，既使有什么意外，也不至于全军覆没。"佩纶道："这里是船厂重地，兵轮驶了口外去，船厂叫谁保护？"众管带又请拨发军火，以备不虞，佩纶也不许。众将并愤愤退出，相语道："闽洋水师，早晚送掉在张佩纶手里。"

这一晚，幸喜没事。次日，就是七月初一，大雨滂沱，风势异常猛烈。张佩纶高兴，备了一席精菜，派家丁邀请何如璋等来辕赏雨。何如璋接到知单，回说就来。才待赴宴，忽报扬武兵船管带张成求见。如璋道："见我做什么？着他进来。"一时引入，张成一见面，就道："何大人，不好了！法将下了战书了。"如璋道："哪里来的谣言？没有的事，别信他。"张成道："战书现在标下身边，是法兵船专弁送来的。"说毕，呈上。如璋一瞧，见信面上写着蟹行西字，随道："知道了，你去吧。"张成去后，何如璋也就赴席。群贤毕至，高朋满座。这日兴致非常之好，彼此都喝得大醉，战书一桩事情，早忘记到爪洼国去了。

一宵容易，又是明朝。这日，阖埠商民，喧传已遍，都说法人立刻就要开战，各国领事商人，纷纷下船避难。海陆军弁，走报佩纶，请领军火。佩纶依旧不准。船厂里洋教习法人迈达告诉学生魏瀚道："咱们今儿是师生，明儿一开仗，就是敌国了。"魏瀚怕张大人军法厉害，不敢入告。

初三日清早，张佩纶一个儿在签押房独酌，忽报法国兵船升了火，都启碇了。接着法国照会送到，忙命翻译翻出，说是准于本日未刻开炮轰击。张佩纶至此，才着了忙，忙差人邀何如璋商议退敌之策。何如璋道："别慌，吾兄笔仗，素来可以，不如做一篇檄文，传布开去，法人就此吓走，也说不定呢！"佩纶道："不行，法人认识汉文的很少。"如璋道："这可没有法子了。"两个才子，商议了大半天，依旧一筹莫展。究竟张佩纶是个兵家，深通战策，广有权谋，竟被他思出一条无上妙计。只见他喜悦道："有了，有了。"何如璋倒被他吓一大跳，忙问："怎么了？"佩纶道："我想出一条计策来了，外国人最喜欢是诚实，索性开诚布公写一封信去，告诉他今儿万万来不及，请他宽限一日，明儿再见高下，你看行吗？"何如璋拍手称妙。随道："事不宜迟，要写就写。"当下张佩纶写了一封哀恳的信，叫翻译的译成法文，派人送向法军而去。法将孤拔真也不讲理，张佩纶派去的人，才上得船，已经下令开炮了。炮火轰天，硝烟匝地。这里，战船要启碇装药，哪里来得及。法舰上大炮震天似的轰来，不过一个时辰，福星、振威、福胜、建胜四艘兵船，都被击碎沉没。飞云、济安、扬武、则高、腾云五艘，见大势已去，忙都放火自焚，霎时阖江中火光冲天。伏波、艺新两舰，急得逃的飞快，总算没有受着大伤。马江十一艘兵船，差不多全军覆没。张佩纶听得法人炮声，早慌了手脚。旋见烟焰涨天，飞报福星沉没，接着又传振威被法舰挤断，福胜、飞云等都沉了。佩纶左思右想，原要尽忠的，无奈当不起炮火无情，只得头上顶着个三寸厚的铜盘，赤着脚，从船局后山而逃。急急如丧家之犬，茫茫如漏网之鱼。偏偏天公作对，大雷大雨，淋得张佩纶落汤鸡似的狼狈不堪言喻。天又昏黑路又滑，风猛雨烈，要歇息，没地方，这一个苦楚，真是有生以来头回儿遭着。天无绝人之路，正这当儿，恰碰着一个亲兵，佩纶道："来不得了，到哪里歇歇去？"亲兵道："鼓山脚下就有村庄，到了村庄就好了。"佩纶道："离这儿有多少路？"亲兵道："奔一程就到了。"那亲兵搀住佩纶，冒风冲雨，不管高低纡直，拼命向前奔走。偏那雷霆，不住的在佩纶头顶上轰动，好似上天也怒他闻警逃窜似的。只听亲兵喊道："好了！"佩纶倒吓一跳，忙问："怎的？"亲兵道："趁着电闪望去，前面已有村庄了。"佩纶暗道："天可怜见，这才得了命了。"想着时，已经入了村庄。那亲兵便挨着一家茅屋人家，举手碰门，碰了半天，才听得门内有人询问："碰门的谁？"亲兵道："咱们大人到此躲雨呢，快开开门。"内人听说是大人，索性不理睬了。亲兵大怒，就要打门进去。佩纶止住不许，随道："这里可有寺院？还是寺院中去歇歇吧。"亲兵无奈，只得再走。好容易找着一所禅寺下院，两人入内歇下。佩纶自瞧两脚，已满满的都是泡。询问和尚，知道这里离船厂已有二十多里路程。那亲兵说起彭田乡里有一家亲戚，大人何不就到那里躲一时，佩纶应允。此时天已大明，雨也止了。佩纶叫和尚代雇了一头牲口，随了那亲兵，投向彭田乡去了。

哪里知道，省城里这一日恰有廷寄到来，督抚两院，叫送交张大人。一时回张大人不知去向，上谕无从交送。督抚两院，都着起忙来，忙差干弁四出探访。谁要找到张大人，就赏谁钱一千。重赏之下，必有勇夫。不到一天，就有人报称张大人安居在彭田乡里。于是专派干弁，把廷寄送交了去。张佩纶住在彭田，左思右想，终难脱去干系。亏得自己笔底下来得，不难颠倒功罪，虚捏敌情，做一张离奇奏报，搪塞朝廷。他那奏报内有警句是："臣甫到闽，孤拔踵至，明不足以料敌，材不足以治军。妄思以少胜多，露厂小船，图当大敌，卒至寇增援断，久顿兵疲。军情瞬息万变，臣既制于洋例，不能先发以践言，复狃于陆居，不能登舟以共命，实属咎无可辞。"说得何等冠冕！何等堂皇！这便是马江大败的情形。欲知左宗棠得报之后，如何举动，且听下回分解。

第九十四回　**苏元春力摧劲敌　冯子材夜闯法营**

话说左宗棠接着马江败信，不胜惊诧。暗忖："张佩纶是当世杰士，怎么一碰着风浪，就会这么一败涂地？"不多几天，廷寄到来，却是编修潘炳年等由都察院代奏张佩纶、何如璋偾事情形，奉旨着令查办的事。左宗棠见了廷寄，猩猩惜猩猩，不免替张佩纶感叹了一会。公事公办，没法儿，只得委了两个属员，前往福建查办。忽军探入报："广东彭玉麟、张之洞都被传旨申饬，为的是出示晓谕沿海居民忠义报效，叫他们在海面上设法，将法国兵轮带水浅搁，并置毒食物中，新加坡槟榔屿华人一并遵行。上头嫌他措词既失正大，讹传反生事端，才申饬的。"接着又报："提台苏元春在关外大破法军，轰沉法舰一艘，阵斩法将一员，连战连捷，朝廷已伏旨赏赉了。"又报："提督方友升，总兵周寿昌，在郎甲地方跟法人开了一仗，因有教民充作法军向导，吾军打了个大败仗。"又报："刘永福派骁将黄守思、吴凤典，进规宣光了。"此时军书战报，络绎不绝。左宗棠振起精神，眼观四处，耳听八方，似这么的军报，每天总要接到十多起呢。一日，忽接台湾警报："法舰闯扰台南，澎湖危甚，刘铭传乞援北洋。李鸿章奏北洋舰小，不能抵挡巨舰，无从赴援。朝廷但勉铭传固守，放了他台湾巡抚。"惊道："少荃如何这么不晓事？澎湖一失，台湾就要难保了。"随做了个折子，拜发上去，力请援台。不多几天，上谕下来，饬南北两洋，各派兵轮五艘，在上海会集，命杨岳斌统率了援台。不意江督曾国荃竟然不肯遵旨。朝廷大怒，特降严旨：

> 台湾信息不通，情形万紧。曾国荃意存漠视，不遵谕旨，可恨已极，着交部严加议处。即着妥派兵轮与李鸿章派出之兵轮，迅赴福建，交杨昌炘调遣。该大臣等倘再迁延，致误战机，自问当得何罪？左宗棠、杨岳斌迅速赴闽，无稍迟延。钦此。

左宗棠不敢怠慢，立传大令，本部马步各军，拔营齐起，星夜兼程而进。才抵省城，警报传来，基隆失守，刘铭传退守沪尾。宗棠道："刘铭传是老营务，如何会有此失？"当时藩台恰好在座，听得宗棠这么说，随接口道："刘帅自己，原自守着基隆、沪尾是提台孙开华守着的。八月十三那天，法人攻扑基隆，帅头回原打的胜仗，不料营务处知府李彤恩三次飞书求救，刘帅退到了沪尾，基隆才失事的。"宗棠道："基隆、沪尾共有多少军队？"那藩台道："也不很仔细，怕有上万人马呢。"宗棠听在肚里，当夜就动笔起了一张奏稿，大致说是："法军不过四五千，我兵之驻基隆沪尾者，数且盈万，刘铭传系老于军旅之人，何至一失基隆，遂困守台北，日久无所设施？后详加访询，始知基隆之战，刘铭传已获胜，因知府李彤恩，以孙开华诸军为不可战，三次告急，铭传乃拔队往援，基隆遂不可复问。其实沪尾之战，仍孙开华诸营之功。知府陈星聚，请攻基隆，刘铭传谢之。狮球岭法兵不过三百，曹克忠所部八九营，因刘铭传有不许孟浪进兵之语，不敢仰攻台湾。诸将领多愿往攻基隆，刘铭传坐守台北，不图进取。恭译电旨，刘铭传仍应激励兵勇，收复基隆，不得怯懦株守，致敌滋扰。臣思刘铭传之怯懦株守，或一时任用非人，运筹未协所致。李彤恩虚词惑众，致基隆久陷，厥惟罪魁。请旨即行革职，递解回籍，不准逗留台湾，以肃军机。”这一个奏折拜发之后，不到十天，谕旨下来：

饬杨岳斌迅速赴闽援台。李彤恩先行革职，交杨岳斌查办。钦此。

此时派往查办张佩纶的委员已经回来，左宗棠素性爱才若渴，张佩纶是个名士，那复奏的笔头，自然格外轻松。不意朝廷疾恶如仇，批左宗棠夙负人望，乃意存袒护，蹈此恶习，着传旨申斥。张佩纶究竟得了个充发黑龙江处分。一日，左宗棠正在治理军书，外面送进一叠才到的邸报来。随手翻开，见刘铭传奏有一折，却是抗辩自己参劾李彤恩的事。留心瞧下，见上面写的是：“基隆、沪尾，驻军四千余人，左宗棠疏称数且盈万，不知何所见闻！基隆疫作，将士病其六七，不能成军。八月十三日之战，九营仅选一千二百人，尚有扶病应敌者。当孤拔未来之先，屡接警电，沪尾兵单，炮台尚未完工。无险可扼，危险不待言。臣先函致孙开华、李彤恩，如敌犯沪尾，臣即拨基隆之守来援。及法船犯沪尾，迭接孙开华、李彤恩、刘朝佑先后来信，俱称法船直犯口门，升旗开炮。臣与孙开华等早有成约，无用李彤恩虚词摇惑。左宗棠前据刘璈禀报，称孙开华所部并淮军士勇三路迎战获胜；此次又奏孙开华数营战胜，不独于台事未加访察，即奏报中亦自相矛盾。台北知府陈星聚，每见必请攻基隆。其人年近七旬，不谙军务。经详细告以不能进兵之故，该府随言随忘，复禀请进攻。臣手批百余言，告以不能遽进之道，该府复怂恿曹志忠进攻，并有危言激之。曹志忠一时愤急，遂有九月十四日之挫。陈星聚妄听谣言，谓基隆法兵病死将尽，即不复可守。我之所恃者山险，敌之所恃者器利，彼攻我，我得其长；我攻彼，彼得其长。且敌蛮据山傍海，兵船往泊其下，若不能逐其兵轮出口，纵穷陆军之力，攻亦徒攻，克犹不克。臣治身十余年，于战守机宜，稍有阅历。惟事之求实，不务铺张粉饰。若空言大话，纵可罔于一时，能不贻笑于中外？臣实耻之”等语。左宗棠见了，心里很是不舒服。

忽流星探马飞报军情，苏元春与法人在陆岸县地方开一仗，苏军又得大胜。援台之师，也已出发，不日就要到了。宗棠得报，自是欢喜。过了几天，忽报朝鲜有乱。提督吴兆有，听了同知袁世凯奇计，统兵直入王宫，代平其乱。援台之师，奉旨折回，随着丁汝昌改赴鲜朝去了。现在这里，另派了个吴安康来了。宗棠跺脚道：“偏这么的多事，怎么办的了呢？”说犹未了，警报又至，谅山失守，潘鼎新退驻南关。原来潘鼎新督师关外，意气自用，与诸将不很相合，独与苏元春异常投机。那苏元春真也争气，只作社一仗，阵斩法将四员，获了个全胜。鼎新便向诸将不住口的夸赞元春，诸将听了未免不服气。诸将里头有一位姓王名德榜的，原是湘中宿将，见鼎新夸赞元春，便向帮办冯子材不住冷笑，意思之间，很是渺视。一时退出中军帐，子材笑问德榜：“你听督办的话如何？”德榜道：“督办眼里，只有一个苏元春。既是这么，法兵杀来，咱们都不要动手，让苏元春一个儿去抵敌是了。”冯子材道：“那是国家事情，督办糊涂，咱们犯不着跟他一般见识。越是瞧咱们不起，越要建一番事业给他瞧。等立了大功之后，问他再敢小觑人不敢？”德榜听了，自是佩服。于是各赴泛地，防守去讫。

这日，法兵刚刚来攻丰谷，丰谷是王德榜泛地。德榜挥兵迎敌，战到夕照衔山，人困马乏。枪弹炮子，势将告竭。瞧法兵时，却还海潮似的涌来。德榜没法，只得列阵而退。经过谷松，见旗帜鲜明，营垒整肃，势堪却月横云，坚胜浇沙聚石。军士指道：“这是苏军门营盘。”德榜叹道：“咱们这么厮杀，他竟不来救应，不然怎么会败呢？”王德榜这一支兵，直退到景江地方，才得休息。忽闻大炮轰天，军探飞报：“法将乘胜进兵，现在攻打谷松苏营呢。”德榜道：“方才冷眼旁观，这会子也轮到自己身上来了，咱们也别去理他！”这一夕枪炮之声，响了一镇夜。到天明时光，军探报：“谷松营盘，被法人攻掉，苏营已退到威埔去了。”德榜叹道：“丰谷、谷松，被他连胜两仗，法人的气焰，又要增涨起来。”接着又报：“法军进逼谅山，潘督办退驻南关，龙州大震。”德榜道：“潘鼎新早晚总要坏事，谅山总难保守，镇南关有冯帮办在文渊，那是一条大虫，有他老人家镇着，总还可以不要紧。”过不多两日，警报传来，谅山失守，法人进逼镇南关，冯子材与法人在文渊地方镇杀一阵，战了个不分胜负。接营门上递进公文，是潘督办催促援救的札子，王德榜气愤道：“既是夸称苏元春，为甚不调苏元春去？”搁过札子，依旧按兵不动。这日共接到三道札子，征调援救，急如星火。德榜负气，索性不睬。次日，军探飞报法兵轰毁镇南关，提督杨玉斌力战身亡，潘鼎新退到海村去了。苏元春退驻在幕府地方，唐景崧、刘永福一军，屡战屡捷，屡得着优诏奖褒，现在也被法军冲动，退到牧马去了。德榜惊道：“一人的意见，竟至误及大局，我的罪可真不小！”立下军令，拔寨齐起，赶向海材来见督办请罪。行至中途，忽碰着一员蓝顶军弁，呈上督办公文，德榜拆封瞧阅，见写着：

奉上谕，王德榜着即革职，所遗营勇，着归苏元春统辖。钦此。

德榜笑道：“深感督办大恩，已把我的功名参掉。”当下随把本部花名册籍，并军器马匹等都交了那军弁。自己一肩行李叫一名老卒挑了，跨着一头疲驴笑傲湖山，自去访寻清风明月了。

却说帮办大臣冯子材，见谅山失守而后，法人步步进逼，时事日非，心上异常感愤，尝向部下道：“我自二十岁投军，身逢强敌，在枪林炮雨里，出生入死，大小一百多回。到这会子，眼看法人这么猖獗，这口气如何消的下？我如今已是七十多岁人了，靠着老天保佑，无灾无晦，耳目聪明，手足强健。倘然法人再要逞强，我这条命，可就跟他们拼掉是了。”一日，督办差官来请，说有要务面商。子材不知何事，立刻乘马到营。督办接见之下，满脸堆下笑来，开言道：“恭喜帮办，彭大人奏调你呢。”随把彭玉麟的公文给子材瞧看。原来彭玉麟因为钦廉防务紧急，专折奏调冯子材，朝旨命鼎新酌议。鼎新与子材素来不很相协，应允他调去，所以邀他到来，特行劝驾。当下子材看了公文，笑问鼎新道：“大帅钧指如何？”鼎新道：“兄弟看来，一般都是办皇上家的事，那边这里，都是一样，彭帅既然专折奏调，你老哥便不能不去。”子材道：“这里也很要紧，我可不能轻易离掉。”鼎新道：“你老哥不去，彭帅脸上，如何过的去？再者，彭帅也要见怪兄弟呢。”冯子材道：“论大局，这里比了那这似乎吃重点子。彭帅是很明白的人，决不会为此区区，会见怪大帅。”鼎新道：“老哥如此固执，我也不敢十分相强。但是彭帅那里，须老哥自己行文去回复。”子材应允。回到营中，立即行了一角文书去。一面督率兵弁，在镇南关里头，赶筑起一座长墙来。

这时光，关门既被法兵毁掉，逃亡难民，蔽江而下，广西全省大震。经子材筑了长墙，力为安辑，人心始定。一面命部将王孝祺率兵一支，在后面屯扎，成为掎角之势。一日，军中传说，法人将于某日抢关。子材闻言根究，才知这句话，自法营里传布出来的。暗忖：法人这么声言，定必先期兵至，兵法先发制人，后发制于人，倒不如率了精锐，出关去偷营劫寨。主意已定，一面通知督办，一面检点人马。潘鼎新听得，吓得三魂失两，六魄丢五，亲自赶来阻止。子材哪里肯听！鼎新道：“大虫头上拂苍蝇，惹了祸谁抵挡？”子材道：“法国跟咱们是敌国，不是友邦。无论如何，朝廷总不会怪我开衅呢。”说毕，腾身上马，下令出发。王孝祺八百洋枪队，作为先锋，自己一千刀牌队，作为后应，军号一起，风发潮涌似的冲出关去。潘鼎新见子材据鞍顾盼，精神异常矍铄，督着人马，径奔虎穴龙潭而去，惊得伸出了舌头，半天缩不回去。霎时就听得关外炮声轰天，枪声震地，噼噼啪啪，砰砰蓬蓬，宛似天崩地陷，岳撼山摇。鼎新自己不敢瞧，派令心腹军弁，登关瞭望。一时报说：“法营中火起，我军正在那里冒烟突火的冲杀。”鼎新奇诧道：“冯老头儿竟会胜的吗？”军弁回称：“望去不很真切，似乎是胜的。”鼎新道：“这也奇了，真是出人意外的事！我总怕法人是佯输诡败。”这一夕，鼎新没有回营，吊胆提心，直至天明才定。

角声报晓，晨光熹微。奏凯的军歌，趁着晓风，一声声吹到耳中来。军弁驰报：“冯军门得胜回营了！”鼎新才敢登关。但见冯字大旗，顺风飞舞，好似也在那里自鸣得意似的。千八百军士，整整齐齐，走成一线，行伍步伐，丝毫不乱，一个个雄纠纠，气昂昂，厮杀了一夜，并没见有倦疲的神气。一时望见冯子材跨着嘶风老马，扬鞭得得而来，晨飙拂面，白髯飘扬，愈显得老气横秋，英姿飒爽。鼎新平素跟子材原是不大相得，这时光，自己不知道自己竟会心悦诚服的迎下关来，握手慰劳，说了许多好话。子材却依旧落落的很，把在敌营中夺得的枪械马匹，一一都登了帐。各军弁杀敌斩首之功，也都记上了功籍，杀牛斩马，大犒士卒。

不意这里正在恒舞酣歌，那边已经厉兵秣马。法将受了偷营之亏，竟大起谅山劲卒，直扑镇南关。炮火轰天，鼓角动地，声势异常厉害。潘鼎新面无人色，向众人道：“这回可糟了！这回可糟了！”子材奋然道：“法人再入此关，我有何面目见粤人呢？咱们拼一个死，谁要不去御敌，我就斩谁！今儿的事情，不是我杀敌人，就是敌人杀我！”喝令本部人马站队出御。说罢，推案而起。众军弁见子材这个样子，感动天良，士气皆奋，都道：“咱们都愿跟随老将军死战！”千人一致，万众一声，如同山崩雷响，十里皆闻。霎时军中掌起军号，那班两粤健儿，江淮豪士，一个个激昂赴敌，慷慨登陴。子材手执快刀，亲自往来督阵。这时光，法军炮子猛烈异常，人着处血肉横飞，墙坍处烟尘蔽日。子材叫各统将当墙屹立,见有退后的,立刻飞刃斩掉。忽一个炮子从子材头顶飞掠而过,大帽上的珊瑚顶子翡翠翎管,都不知轰到了哪里去,子材却依旧没事儿人似的,在那里指挥监督。众人见了,无不骇然。法军自辰至午,攻势稍息,子材督率两个儿子,喝令开壁。三匹马风一般的冲出去,舞动快刀,逢人便砍,遇敌即摧,星驰风卷,所当辟易。诸将相语:"冯将军是七十老翁,还这么奋身陷敌,我们守在这儿,羞也羞死了。"于是骁将王孝祺、陈嘉,率着部将潘瀛、张春发等开壁大呼,江湖海浪似的卷将去。这一来出于法人意料之外,不及开枪轰击,只好用着短兵,互相搏击,杀人如草,流血成川。这一场恶战,直杀得天愁地惨,日暗云昏。欲知胜败如何,且听下回分解。

第九十五回　顾和局特诏弃越南　拒通商片言误自主

却说冯子材率了两个儿子，开壁突出，奋身陷敌，王孝祺、陈嘉、潘瀛、张春发等众将尽都感愤，风卷潮涌似的杀出关来，冲动法军阵脚，就此鏖战起来。两军都用的是短兵器，技击功夫，法国人究没有中国人纯熟，战上十多个回合，看看要不支。不防旌旗招展，金鼓喧天，一彪人马，从斜刺里横扫过来，当头一将，头戴红缨大帽，身穿短褂，手舞双刀，泼风似的杀将来，大帽上顶儿翎儿，全都没有。你道是谁？原来就是已革提督王德榜。德榜自被潘鼎新参掉后，骑驴湖上，笑傲烟霞，原不屑预闻人世事。无奈部下军弁，不服苏元春管辖，纷纷告退，就找了来要他统带，甘愿戴罪立功，复转主将的原职。德榜没法，只得率领了赶来。恰遇两军鏖战，德榜道："孩儿们，咱们尽一回力吧。"随率千军万马，奋呼驰下，宛如风扫落叶，法军无不披靡。这一场恶战，愁云漠漠，惨雾凄凄，真杀了个天昏地暗。法人也很骁勇，两硬并一双，鏖战两日两夜。冯子材、王德榜一干骁将，浴血奋斗，在尸山血海里，冲入突出，浑身都染血腥，都变成红人儿模样。法兵大败奔溃。子材发令追袭。追到文渊，文渊法将见冯军来势汹涌，不敢抵御，弃城而逃。子材恢复了文渊，一面遣弁入关报捷，一面下令进扑谅山。把大军分为三路，王孝祺率领左路，王德榜率领右路，子材自督中路，三路兵马，云合电发，只半日便到了。先声夺人，势如破竹，法兵虽也抵挡一二阵，无奈这里的声势厉害不过，暗呜崩颓山岳，叱咤变色风云，别说战，就吓也吓炸了胆子。旗开得胜，马到成功，王孝祺攻破郎甲，进军贵门关，昔年所驻边界，全都恢复，关外肃清。自从中外开衅以来，这么的大胜仗，直是绝后空前的创举。法军受了巨创，全国震骇，致两倒其内阁。你想冯子材这个人，厉害不厉害？有了他老人家，连我这部清史演义，也会腾达出万太光焰来。这时光，越民创立的忠义五大团，连营结寨，二万余人，闻风兴发，都矗起冯军旗帜来，顿时冯子材大旗，竖遍了越境。

当下冯子材大营扎在谅山，流星探马，每日总有好几个单报到营。一日，接到浙江捷报，知道法国提督孤拔，驾驶兵舰，窥伺镇海，逼轰我们澄庆、驭远两兵轮，直闯入三门湾，被我军轰沉两船。提台欧阳利见扼守在北岸炮台，开放大炮，轰沉孤拔坐船，孤拔就此毙命。现在浙江洋面，已没有法船帆影了。接着又报法兵六千扑犯临洮府，六千人马，共分两队，一队趋珂岭安平，一队趋缅旺猛罗。滇督岑毓英，分兵三路迎敌，命岑毓宾、李应珍等扼守北路，王文山扼守南路，自率精卒挡中路，小战两回，都有斩获。法人受了小亏，合兵一处，猛扑临洮城。滇军奋力拒战，南北两军，回军夹击，阵斩法将五员，法军大溃，丢掉器械无算。子材掀髯大笑，立命赏银十两，军探谢赏去讫。子材传命置酒庆贺，本营各将，闻请都到。才待入席，急报法舰窥伺台湾，澎湖失守。子材闻报，推案而起，众人都吓一跳。只见子材气愤道："澎湖守将，这么不济事，还不快快砍了呢。"众人笑道："离了八九千里路，哪里砍去。"当下入席欢饮，猜拳行令，直喝了一夜的酒。

过了几日，军中忽起一种谣言，说法人已在天津地方，向李伯爷求和了。帮他讲话的，是英国人赫德。法人声言彼此撤兵，不索兵费，李伯爷已允替他代恳天恩了。似这种无稽之谈，冯子材听了，一笑置之，谁还去记在心上？不意一日，总督衙门飞递一角紧急公文到营，拆开一瞧，把个老将军白胡髭气得根根倒竖，众将士也没有一个不扼腕愤痛。原来所传并非谣言，朝廷已听李伯爷之奏，恩准法人议和签约，饬令各军，退出边界。当下诸将齐声嚷道："咱们不愿退兵，愿与法人决一死战。"冯子材道："这位李伯爷，真不晓事，眼前关外饷道已经大通，法军已经大挫，乘胜前进，越南的法人，何难一举扫掉？西贡吃紧，澎湖法军，自会退去。"诸将都道："将在外君命有所不受，恳求军门作主。"子材见了这激昂的士气，心下异常难过，随道："既是众位如此，待我回文制军，恳他飞章入告。"众人听了，才不讲话。谁料回文去后，过不到十天，又有电谕到来，其辞是：

> 桂军甫复谅山，法兵即据澎湖。冯子材等若不乘胜回师，不惟全局败坏，且恐孤军深入，战事一无把握。纵再有进步，越地终非我有，而全台隶我版图，援断饷绝，一失难复。彼时和战两难，更将何以为计？此时既已得胜，何可不图收束？着该督分电各营，如有电报不到之处，即发急递飞达，如期停战撤兵，不得违误，致生他变。钦此。

冯子材接到此旨，放声大哭，诸将也都号哭，于是下令拔营，退回关内。越民听得冯军要去，遮道哭留。子材哭道："我也不忍弃掉尔等，朝旨严急，莫由自主，奈何。"越民哭道："公去，谁庇我侪？"诸将士闻了此语，一齐痛哭起来。顿时间哭声震野，不复闻凯歌载道了。冯军退入镇南关，钦差彭玉麟，总督张之洞，早特委一个道员，在那里迎劳。子材一见委员，就涕泗交流的悲泣。委员道："老军门，不是为白胜了两仗，不曾得尺寸土地的悲泣么？"子材道："一战之劳，何足轻重，所痛越藩丧掉，滇桂两省，从此多事了。"那委员听了，也很愤然。

你道冯军既然获胜，李伯爷为甚急于要和，原来这时光国家多故，交涉纷繁。一波未平，一波又起。说话的不能双管齐下，只好花开两朵，各表一枝。李伯爷没有三头六臂，也只好了却一头，再办一事。法越事情闹得天翻地覆时候，朝鲜国里，又掀起绝大风潮来。杀了好些的人，流了好多的血，弄得日兵入宫，韩王蒙难，为甲午失和的张本。朝鲜这一邦从明朝到有清，一竟为中国的藩服，年年入贡，岁岁来朝。上回书中也曾约略提过。朝鲜与日本，并围东海，壤地相离甚近。明朝万历时光，日本丰臣秀吉大举入朝鲜，覆其八道，朝鲜几乎亡掉。明朝竭尽全国兵力，不能援救。亏得秀吉死了，八道渐渐恢复转来。清太祖龙兴关外，未定中原，先征朝鲜。朝鲜敌不过清兵，与太祖结为兄弟之国。等到清朝入主中夏，覆盖有四海，朝鲜又降为藩服了。日本与中国，虽系邻邦，素未通商立约。清初，明藩唐、鲁二王，凭着海隅，图谋恢复，屡次求援日本，日本国并不曾理他。自康乾两朝而后，中国商舶东趋的日多一日，日本于是在长崎地方，创设奉行三员，专管华商事宜。道咸而后，中国与泰西各邦通商立约，这时光日本还没有挨着呢。同治元年，日本长畸奉行，遣人附着荷兰船，载货到上海。介荷兰领事言，于上海道吴煦，请依西洋无约诸小国例，专至上海贸易，并设领事官照科完税，不敢请立约章。吴煦转禀通商大臣江苏巡抚薛焕，薛焕应允，于是日本人始得在上海通商了。同治三年，日商介英领事巴夏礼，恳请自报海关完税。七年，英领事代请准日商游历内地，给与护照验行。这都是日本大将军德川氏时候的事。

等到明治纪元，派遣外务权大丞柳原前光到天津，谒见直隶总督李鸿章，要求依照泰国诸国之例，订立约章，总署不肯答应。前光再四要求，鸿章被他缠不过，答应了下来。于是日本特派大藏卿伊达宗城为正使，柳原前光为副使，在天津地方，与李鸿章议定通商条约三十三款，内有一条，与西约大不相同，是禁止该国运货入内地。这是同治十三年的话。明年，前光复来要求改约，鸿章不许。日皇又派外务卿副岛种臣为全权大臣，力请改约。没奈何，只好答应。

十二年四月，约章改成，就在天津互换。此时又有一桩意外交涉，先是琉球船遇着飓风，漂抵台湾。一船的人，都被生番杀害，内中五十四个是琉球人，四个却是日本人。种臣换好约章，入都呈递国书，就叫前光到总理衙门，诉说生番的事。总署大臣毛昶、董恂，都是不知国际不识主权的，回答道："番民皆化外，犹贵国之暇夷，不服王化，亦万国所恒有，敝国不承其咎。"前光道："生番杀人，贵国舍而不治，敝国将问罪于生番，以盟好，故使某来告。"昶、恂齐答道："生番既系化外，伐与不伐，悉由贵国。"前光应诺而去。

同治十三年三月，日本以陆军中将西乡从道为都督，兴师征台。先命厦门领事照会厦门道，声言去岁副岛大使得请于贵国，今将兴师问罪于国贵化外之地，若贵国声教所暨，则毫不敢犯。"厦门道转呈闽浙总督李鹤年，鹤年复书拒绝，日人置之不睬。日军薄社寮澳登陆，熟番迎降，熟番原是生番的世仇，引导日军，进焚生番村落，深入至牡丹社，生番伏在丛莽里头狙击日军。日军路径不熟，很是受亏。于是退守龟山，创建都督府，开辟荒芜，实行屯田，为久驻之计。闽督飞章奏闻，朝廷大惊，下诏海疆戒严，征发旁午。命船政大臣沈葆桢为钦差大臣督率福州水师赴台办防务，戒毋轻动。另遣闽藩潘慰，台湾道夏献纶去见西乡从道开议退兵的事。潘藩台道行抵琅琊湾，见日兵露刃夹道而立，气象异常整肃，亏得彼时潘藩台自负为天朝大臣，不把日本放在眼里，坦然不惧。严词诘问，论辩了好多时光，议终不决。潘藩台拂袖而起，从道挽之道："敝国暴师海隅为贵国征讨，化外开辟荒芜，竟没有酬报吗？"潘慰道："如果马上退师，甘愿偿还兵费。"遂订立了三条草约。此时驻京日使，就是柳原前光，跟总理衙门开议十多回，缘不相协，势将决裂。闽抚王凯泰，率兵二万五千渡台湾，恰值龟山日军感受暑瘴，相继病死，正拟退兵。听得大军渡台，求和愈甚。特派内务卿大久保利通为全权大臣，来议和约，辩论番汉地界，两月未决。英使威妥玛居间做调人，劝中国偿还他兵费银三百万元。沈葆桢电奏力争，廷议不欲遽启战事，允给偿金五十万。九月，钤印换约，日军归国，行着凯旋礼，从此益把中国轻视了。

光绪元年，日本兵舰突入朝鲜江华岛，轰毁炮台，焚烧永宗城市，杀死韩军，掠去军械战俘,复派兵舰驻釜山要盟。你道日本为什么这么无理取闹?原来副岛种臣来华议约时光,乘间询问总署,朝鲜是否贵国属邦,如果是属国,就请主持朝鲜通商的事。总署回答:“朝鲜虽我藩属,而内政外交,听其自主,我朝向不与闻。”这一句话,在总署大臣,不过为省事起见,不意日本人竟作为凭据,自遣兵舰,前往逼迫。一面特派开拓使黑田清隆全权大臣议合,井上馨为副,赴朝鲜议约。朝鲜敌不上日本,自然总是谨遵台命。那盟约劈头第一条,就是日本认朝鲜为独立自主之国,互派使臣。余下几款,即是开仁川、元山两埠通商,日舰得随时测量朝鲜海岸等,把大清上国,一笔勾销。政府大臣漠不关心,反笑日本没志气,甘与咱们藩属立约通商,自降身份,又谁知人家深谋远虑,别有用意呢?

这一年春里头,政府才派侍讲何如璋充日本使臣,创设横滨、神户、长崎等领事。到光绪三年,朝鲜为了天主教的事,跟法国有了违言,经日本驻釜山领事出来调停,总算没有决裂。法韩定约,约文中称中国为上国,声言所定各条,须候上国指挥,才能作据。日本一见此约,大大抗议,诘问朝鲜,交际政体,何得独尊中国?如果朝鲜为中国属邦,大损日本国体,日本断难承认。朝鲜王奏知北京,总理衙门致辩日本,反复千言,内有几句妙不可思议的妙语,是朝鲜久隶中国,其为中国所属,天下皆知,即其为自主之国,亦天下皆知,日本岂能独拒?日本人见了这种妙语解颐的奇论,一笑置之,毫不理会。

光绪五年,趁中国与俄国为了伊犁事情,辩论剧烈时光,起兵入琉球,一举灭掉,夷为冲绳县。政府诘问日本,日本索性不睬。此时泰西各邦因援日本通商朝鲜之例,要求通商朝鲜。中国谕饬朝鲜,相机因应,切勿都拒。于是遂与美国议订互市之约。伯爵李鸿章札派道员马建忠,水师统领提督丁汝昌,统率兵轮,偕同美国全权公使东渡立盟。朝鲜王先致国书美总统,自明为中国藩属,所以请中国立盟。经美使允许,当下就在济物浦地方订约签字。约成之后,朝鲜特派专使,赍了美约并致美国书,呈送礼部,转总理衙门备案。英法德三国,得着消息,都遣专使东渡,要求建忠依照美例,订约通商。建忠没法推却,只得与他们先后订约而去。

日本驻韩公使,行文朝鲜政府,诘问约文内容,朝鲜政府置之不答。叩问建忠,建忠又深守秘密,日人很是不悦。恰值朝鲜有大院君之乱,日本练兵教训崛本以下七人都被杀害,日本使馆,也被焚掉。日使花房义质只身逃归。日本政府闻警,立派海军少将仁礼景范统率兵舰,到朝鲜问罪。朝鲜大惧,电恳中国援救。北洋大臣张树声,札派马建忠会同丁汝昌,督率兵舰三艘,火速东渡。马、丁二人,一抵仁川,瞧见日军声势厉害,商议道:“现在日舰都在仁川,济物浦地方又有陆军驻扎着,谣传花房义质要率师直入王京,果然如此,一者损国威,再者失藩封,张大臣派咱们来做什么呢?”马建忠道:“我看还是迅速赶入王京,执住逆首。先下手为强,凭日本再厉害点子,也奈何我们不得了。”丁汝昌道:“光是海军,兵力终嫌太弱,观察留在这儿,待兄弟内渡去恳请添兵。”建忠应允。汝昌内渡之后,树声立命提督吴长庆,率所部三千人援东,又命汝昌总战舰,巡洋舰七艘继进,水陆两军,于七月初四日航海,汽笛呜呜,黑烟袅袅,突浪冲波,只四天工夫,早到了朝鲜马山浦。疾雷不及掩耳,海陆军直薄王京,汝昌、建忠,听从长庆奇计，三个儿轻车简从，到城里拜候大院君。大院君带了卫队五百人，来营报谒。长庆密饬部将把韩宫卫队，悉数软看住了。一面大排筵席，邀请大院君入席笔谈。大院君心疑，要召从人还宫取衣，长庆取出朝旨，宣布其擅废国王；擅杀王妃；擅戮执政；擅踞王宫；擅焚使馆五大罪，喝令拿下。解到天津，奉旨幽禁在莲池书院里。吴长庆既平朝鲜之乱，留军汉城，长川驻扎。日人大失所望，花房义质要挟不遂，声言欲去。韩人既惧日本决裂，又怕建忠不从，只得一面慰留日使，一面到建忠跟前来请示。建忠准他特派全权，在仁川地方与日使磋议。韩人畏惧日本，终偿给日本赔款金五十万，开辟扬华镇为商埠，推广元山、釜山、仁川征程地，并宿兵王京，与长庆对庆军对镇，宛如公司保信的样子。

此信传到北京，朝士异常激昂，给事中邓承修、侍读学士张佩纶，先后疏请乘此兵威，征讨日本，责问夷灭琉球之罪。诏付鸿章详议。鸿章复奏，海军未备，渡辽远征，不很妥善。朝廷此时，很体任李鸿章，见鸿章说不妥善，也就算了。这便是中日韩三国酿祸的远因，寻仇的近果。比较起三国的人材，三国的手段，除朝鲜提开不计外，一智一愚，一蠢一狡直不可以道里计。欲知智愚狡蠢，从何分别，告罪暂停，下回再讲。

第九十六回　**袁项城轻骑赴宴　开化党露刃入宫**

话说朝鲜此时，国中共有两个党，一个名叫守旧党，大半是执政大臣；一个名叫开化党，大半是少年志士。守旧党主张倚靠中国；开化党主张倚靠日本。两党的人，一水一火，一泾一渭，永远不会和谐的。开化党里有名人物金玉均、洪英植、朴泳孝、朴泳教、徐光范、徐戴弼等都曾留学过日本，跟日本人感情很好。日本就使出外交敏捷手腕，鼓吹他脱离中国，应许帮助他独立自主，诚挚恳切，故意做出那义形于色的样子。那班年轻志士，有甚阅历，自然感激到个五体投地。

这一年是光绪十年，中国为了法越的事，闹得乌烟瘴气。开化党领袖金玉均聚集同志，商议趁这当儿，把在野守旧党，悉数除掉。朴泳孝道："守旧党仗的是清国腰子，现在清军驻扎在王京，咱们动手，怕就要受清军之害。不如先把清营三将，设计除掉，省得碍手碍脚。"金玉均道："清营三将，吴兆有、张光前倒都不足为虑，只袁世凯很厉害，怕不容易收拾呢。"朴泳孝道："那也再瞧罢了，我想就在邮政局里，设下盛筵，邀请三清将喝酒，两壁厢暗伏下刀斧手，掷杯为号，就席间取三将首级易如反掌，好在邮政局对门，就是日本使馆，就是有什么，日公使总也助我们一臂呢。"众人齐声称妙。于是发帖请客，定于十月十五日夜宴。清营接到请帖，吴提台、张镇台相语道："开化党跟我们素没交情，忽地邀我们喝酒，这里头怕有奸计。"吴提台道："项城袁公，素有见识，咱们且访访他，看他怀何意见。"

原来这位袁公，名世凯，字慰亭，河南项城县人氏。父名保庆，本生父名保中，从祖名甲三，做过总督，放过钦差大臣。捻军之乱，在皖豫地方，建立过非常战功，簪缨世族，诗礼家声。袁公少时，性喜任侠，为人鸣不平，慷慨好施与，以善为乐，寒士多依为生，士绅推戴，负一郡时望。段学士靖川，年已八旬，负知人鉴，一见袁公，就道："此谁家子？酷似李子和少年时，非凡品也。"己卯，乡试不第，袁公奋道："大丈夫当效命疆场，安内攘外，焉能龌龊久困笔砚间，自误光阴耶！"遂把平日所作诗文，付之一炬，应庆军统领吴长庆之聘，入幕襄办营务。长庆奉旨援东，部下颇事骚扰，袁公慨然道："王师戡乱，纪律如斯，遗笑藩封，玷辱国体，我当以去就争之。"入谏长庆，长庆感悟，立命袁公约束将士，阖营肃然。韩乱既平，韩王问长庆借将练兵，长庆就荐了袁公去。法越事起，朝命长庆分兵防金州，长庆拟檄袁公统率三营，留防韩京。袁公坚辞不肯，转让与提督吴兆有，仍愿专办营务防务。长庆无奈，只得奏派他总理长庆等营营务处，会办朝鲜防备，又把庆字营本军，委他兼带，作为坐营。袁公于是把练成的韩军，交于韩王派将接统，自己专心一志，整顿庆营。庆营兵弁，都是吴长庆患难弟兄，官多提镇，兵亦素骄，要他们服帖，比怎么都难。不意经他老人家接手之后，只数旬工夫，整齐划一，冠绝各营。你道他这本领，厉害不厉害？

当下吴张二人访袁公："开化党邀请喝酒，宜去不宜去？"袁公道："这一席酒，定有奸计。只是全辞不去，适足示弱，去总要去的。”兆有惊道：“你识破他是奸计，还敢去吗？”袁公笑道：“几个开化党，凭他如何圈套，究竟不是虎穴龙潭。便就是虎穴龙潭，袁某也未见得惧他呢。”二人阻道：“身履险地，不是玩的，不去为是。”袁公但笑不顾，问左右道：“什么时候了？”左右回：“夕阳斜挂树梢头，将次傍晚。”袁公喝令备马，怀械裹甲，只带从骑二十余人，径投邮政局而去。吴张二人，见了这个样子，都替他捏一把汗。

却说袁公等二十余人，鞭丝帽影，行走如飞，霎时已到。投帖闯入，主人仅到半数。朴泳孝降阶相迎，抬头见袁公行装打扮，蓝顶花翎，长袍短褂，白胖胖脸儿，乌奕奕眼睛，精神焕发，威武凛然，不觉打了一个寒噤，战兢兢接待着，勉强寒暄了三五语。只见袁公开言道：“既承宠招，就请赐饮吧，我还有事呢。”朴泳孝唯唯应命，摆上席菜，袁公立尽三杯，执住泳孝手道：“恕我放肆，今晚营里有要公，可不能等谕主人毕集了。”随说，随起身出席，泳孝的手，却执住不放。伏兵要动手，见泳孝被执，不敢。袁公拖泳孝直出局门，跨上马，还借着讲话，走了一箭路，才把他放掉，扬鞭得得，没事人似的回来了。开化党人相顾失色。袁公回到营中，吴张两人问起情形，无不佩服。

才隔得两日，洪英植等又发请帖，邀请王妃的侄子闵泳翊等诸贵戚，英、德、美、日诸驻使，中国商务委员道员陈树棠，税司穆麟等一众高朋，到邮政局开宴。诸宾都到，只日本公使竹添进一郎托疾不至。袁公在营闻报，暗忖：日使不到，其中定有别故。传令本营军弁，且别宽衣解带，一闻警报，立即出防，于是阖营中上自统领，下至小卒，一个个枕戈待旦。到三鼓相近，忽报邮政局火起。袁公出帐观看，见西南角火光冲霄，红得晚霞夕照相似。正要派人打听，探子飞奔走报：“开化党徐载弼，率领留日武备学生十二人，乱刀击刺禁卫大将军，闵泳翊受伤倒地，宾主哗散。闵宅家丁，已把泳翊舁到穆大人公馆，穆大人请了个美国医生，正替他医治呢。”袁公询问：“咱们的人，受伤没有？”探子道：“大概没有吧。”一语未了，外面跑进一个人，气喘吁吁，满头都是汗。袁公惊视，不是别人，正是商务委员陈树棠。树棠见了袁公，要讲话，张口结舌，半句也不能出口，挣了半晌，才挣出一句道：“大变大变，杀了人了。”袁公道：“只伤了姓闵的一个吗？”树棠道：“只伤了一个。”袁公道：“怎么一回事？”树棠道：“咱们正喝酒，忽闻局后火起，走出天井瞧看。徐载弼领着十多个亡命之徒，冲进屋来，手执雪亮倭刀，围住闵泳翊就戮。众人大乱，我就打洞里走了出来。”袁公听毕，不作一语，立出大令，命二百亲兵，一齐出队。随向树棠道：“待我亲自去走一遭。”举步开帐，马已带好，腾身上鞍，鞭梢一扬，督着二百亲兵，风驰电卷而去。无多时刻，早已赶到，但见门首大清黄龙旗，朝鲜太极旗，在月色里飞舞而已。前锋哨弁，闯进局门，静悄悄不见一人。回禀袁公，袁公道：“既然寂无一人，且到穆宅，瞧瞧闵泳翊去。”军士闻令，一齐回首，见日本使馆，双门紧闭，众人都不胜诧异。

行抵穆宅，哨弁禀称宅门首站有一人，不许我们入内。袁公催马前进，果见一个少年，持枪鹤立，气宇凛然。袁公勒兵稍退，问他姓名，才知是北洋派来的帮办税务人员唐绍仪。袁公随把来意说明，唐绍仪让袁公入内。见闵泳翊卧在榻上，伤势很重，骨头都见了，面色惨白，也没有别的话，只说“开化党杀我！开化党杀我！”而已。袁公略慰问几句，随出穆宅，勒兵径向宫墙一带巡哨。途中遇着好几队韩兵，急步疾行，好似赶赴哪里似的。饬人询问，都回奉召入卫宫禁的。袁公深信不疑。一时行抵宫门，门已紧闭，见宫内没甚变端，守到天明，也就收队回营了。

回到本营，席未坐暖，警闻又到，才知泳翊受伤之后，洪英植等驰入王宫，泣告韩王："清营兵变，闵泳翊被杀。"韩王、韩妃只当是真话，吓得要不的，洪英植道："请国王避到别宫去，咱们自有法儿保护你。"一众开化党不由分说把韩王、韩妃，直簇拥到景佑宫。韩王道："你们说有法儿，到底什么法儿呢？"金玉钧怀中取出洋纸铅笔，向王道："只要王动笔写几个字儿，就能够安如泰山了。"韩王道："写什么字呢？"金玉均道："字不必多，'日使入卫'四个字够了。"韩王迟疑未应。玉均抢上一步，执住韩王御手，不由分说，飕飕飕一阵画，竟画成'日使入卫'四字，立命心腹送交日使馆去。日使竹添进一郎，早已准备，接着手书，立率卫队三百，风驰而至，于是把韩王韩妃韩世子全伙儿拘禁了。一面矫诏召贵戚老臣闵台镐、赵宁夏、闵泳穆、尹泰骏、韩圭稷、李祖渊等悉数杀掉。又杀掉太监柳在贤。一到天明，开化党自己署官，洪英植为右相，朴泳孝为兵部，徐光范司外交，朴泳教为都承旨。一切政权，都在开化党手掌之中。

袁公闻报，就与吴、张两将，商议救护之策。两将齐称："没有北洋军令，不敢轻动。"袁公道："渡海请命，哪里来得及！不如致书韩王，声言往护，随后率兵入宫，还快一点子。"二人应允。当下具了一封公函，专弁送往韩宫。此时党人专权，入宫保护之事，如何肯答应呢？袁公道："事到如今，只好从权了。"吴、张二将定不肯从。一人逆不过两，没奈何，只得办了文书，立派泰安兵船，飞送北洋请示。不意一到次日，韩臣金允植、南廷哲来营哭泣，跪请救王；韩民十多万，不期而集，声势汹汹，势将作乱。袁公向吴、张二将道："再要袖手旁观，别说对不起国家，对不起韩人，也太对不起自己了。"

二人尚未回言，外面送进一角公文，却是韩议政府领议政沈舞泽恳求带兵救王的事，上面钤有议政府印信。袁公瞧完，递与吴、张二将，吴兆有道："咱们打一道照会给竹添，问他为甚率兵入宫，看他如何回复。"张光前道："很好。"袁公见他们这么主张，不便阻挡，打了一封照会去，泥牛入海，消息杳无。吴、张二将面面相觑，不作一语。忽报党人密谋劫王赴他岛，另立幼君，附日背清。袁公奋然起立，向二人道："我统兵防韩，若失其君，又失其国，咎将安归？且韩既附日，韩乱党定然断我归路，合兵来攻，何由归国？生死存亡，间不容发，我可不能再耐了。"吴张二人齐道："逼不得已，请再告急北洋，听候示谕。"袁公道："防韩交涉，系我专责。如因肇衅获咎，我一个儿去担当，决不累及诸君。"吴、张二人没法，勉勉强强，应了一声"也好"。于是请商务委员陈树棠函告各国驻使，一面出令调兵。袁公道："咱们三个人，别并在一起，应分三路进援，吴军门、张总戎，你们二位，都是百战过来的，谁任中坚，谁抄左右？"吴兆有道："张镇台年强力壮，这件事须得张镇台干去，我愿包抄左路。"张光前道："恁我怎样，总强不过军门大人。论官职，军门大人也在我前头呢。"二人互相推让，历久不决。袁公道："二位既然如此谦逊，我虽官系文职，说不得当仁不让，当督率本部，勉攻中坚，左路就请吴提台抄杀，右路就请张镇台抄杀。"二人大喜。

这时光袁公部下，大半分驻在马山浦，眼前通只四哨人马，闻令出发，倒都欢呼踊跃。袁公下令，韩王在内，本军不得开放大炮。一面密约韩国营官金钟吕等为内应。部署定当，袁公对众宣誓，声泪俱下。誓毕上马，未刻出营。先饬随员陈长庆手执名帖，乘马先行，兵队随后继进，如果途遇日兵询问，就告诉他请会竹添商量办法。马步各军，整队出发，严肃肃，静荡荡，霎时之间，早入了韩宫郭化门。才行得数步，就听得里头枪声砰然。袁公喝令将士猛进还攻。将士鼓噪奋进，扑到景佑宫，宫门已经紧闭。袁公喝令攻进去，千人万手，一瞬间早已排闼而入。不防韩党人退守在楼台上头，朴泳孝率领日人所练的韩军，暗伏在宫墙上，瞧见袁军拥入，一声暗号，辣辣辣开枪轰击，弹如雨下。袁公督队猛进，官弁兵卒，伤亡枕藉。哨弁崔继泽，见袁公站在危地，抢步上前，牵住衣袖，力请稍避。袁公怒喝道："我为统领，我不进谁进？再言退避者，立斩。"遂督亲兵数十人，拼命奋进。究竟俯击的便宜，仰攻的失势，顷刻之间，死伤过半。

正在危急，忽闻后队发喊。袁公回头，瞧见数十个日本兵挟着快枪，突由后面抄击将来。袁公急令后队作前队，前队改后队，奋力迎击。又命哨弁唐宗远，分兵绕由院后夹攻。两路轰击，党人抵挡不住，纷纷逃遁。袁公挥兵进蹑，忽见三五百个韩兵，风一般驰来，一见袁公，齐都跪下，原来就是袁公向日教练成功的韩兵。于是合力进战，声震屋瓦，杀到后院山坡下，忽见两个兵丁，扶着一人，仓皇走来，不是别个，正是防军提督吴兆有。兆有一见袁公，跌足号哭。袁公惊问："为甚如此狼狈？"兆有哭道："兵弁入宫受击，逃溃了个尽，现在叫我如何呢？"袁公笑道："你这个样子，难道敌人就能舍搜你吗？快请回营去收集残卒，别在这里乱我军心了。"说毕，依旧麾众前进。忽然天崩地陷似的一声怪响，烟尘蔽日，火焰冲霄。原来是地雷、格林两种火炮，一齐轰发，有两个小兵轰腾空际，直飞到数重以外。袁公离掉地雷轰发处所，只有几十步，也被震仆倒地，略受微伤，依旧率兵追赶。忽军探报称，日本兵都已赶回使馆去了。袁公见日色已暮，随也传令收队。此时袁公练成的韩军，跟日人所练的，几在那里开枪轰击呢。

袁公回到本营，一面收殓亡卒，一面叫人把美国医生阿连请到营中，医治伤痍。袁公问部下道："今儿出仗，张镇台的兵，怎么一个都没有遇见？"一哨弁笑回："张镇台率着他那贵部，都在宫西金虎门内高墙下面，躲着避弹丸，生恐敌人找来。一枪也不敢发，一步也不敢行，咱们如何会遇见的？"袁公叹道："淮军暮气，竟至如此，真是人家意料所不及的。"忽陈树棠来拜。袁公接着，树棠问："韩王在哪里？曾否找到？"袁公道："已经悬赏探查，还没有确实消息。"一语未了，韩官李应浚走入，哭向袁公道："国王已经遇害，恳求我公作主。"袁公惊问："此话何来？"李应浚道："宫中逃出的人，都这么说呢。"袁公道："世子呢？"李应浚道："也没有仔细问。"袁公又问："韩王有无庶子？"李应浚道："有一个庶子，为妃娘娘不容，匿养在民间，已经九岁了。"袁公道："庶子所在，你总知道的。"李应浚道："那也要查访起来，目下还不敢说呢。"袁公道："既是如此，你快去访来，国不可一日无君。访了来，先把他立为监国，以维系人心。"李应浚应诺自去。

忽报吴提台、张镇台到。袁公迎入，张光前道："公知韩王所在吗？"袁公道："没有知。"张光前道："韩民来我营报告，说见王在北门关帝庙内，被洪英植叫留日学生九人圈住着。"袁公道："咱们当迎他到营里来。"立派委员茅延年先去劝驾，随向吴、张二将道："可又要烦二位辛苦一回了。茅延年究竟是个文员，不很济事。"二人面面相觑，半晌不作一语。袁公笑道："迎王不比别的事，可以不必开仗，二位尽放心是了。"二人才敢答应，各跨上战马，带了五百军士，排齐队伍，撑起军号，耀武扬威，直扑向关帝庙来。一时行到，二人下马，茅延年迎着道："王倒没甚话说，倒是洪英植再三阻止呢。"吴兆有摆出将军架子，怒目而入。韩王见了清将，胆子顿时大壮，牵着茅延年衣袖，走入舆中。茅延年扶王入舆，随向吴兆有道："军门大人陪了朝鲜国王，请先回营去，我略部署部署就来。"兆有应诺，护着韩王肩舆，振凯而回。

回到营中，袁公已经先在。韩王下舆，执住袁公手，使翻译传话道："不意复得见君，虽然君也危险得很。"停了一回，又泣诉洪英植、朴泳孝逼胁的事情，挥泪陈述，哀动左右。才知洪、朴逼王更衣赴日本，王与王妃、世子泣求不听。洪英植动手亲把国王袍服脱去，换上白衣。刚才换好，宫外枪声大震，党人分出抵御。枪声愈逼愈近，王与王妃、世子，趁闹里逃出。洪、朴等接踵追到，依旧迫胁。亏得吴军往迎，得免于难。正说得凄楚，茅延年恰好回营，吴兆有问他："怎么这会子才来？"延年道："洪英植和一众留日学生，都被韩国卫士杀掉，徐载昌第三人也都取供正法了。"韩王留营二日，袁公派遣部将扫清宫阙，随送韩王还宫。韩王感极而涕，执住袁公手道："我公盛德，三韩君臣，自我之身，及我子孙，永远不敢忘记呢。"袁公道："某何敢居功，这都是本朝皇上柔远宏恩。贵王不忘雨露，守着'忠贞不贰'四个字就够了。"韩王道："断不敢稍怀贰志。"袁公道："贵邦虽奉中国正朔，而国内记载，多用崇祯甲申后第几年字样，殊非尊王之理。"韩王道："从今而后，当虔奉天朝光绪年号。"又请袁公住在偏殿楼下，与王居仅隔一墙，朝夕接晤，握手谈心。韩国各部大臣，每日必来白事，环绕左右，听候指挥。这时光，袁公在韩，差不多是日韩合邦前之日本伊蓝总监，威权无上。

一日警报传来，说日本兵已到仁川。袁公道："日公使竹添进一郎临走时光，纵火焚掉使馆，知道他总有枝节的，何况金玉均等这班乱党，都逃在那里呢。"忽门上呈进一封信函，却是日使竹添写来的，拆开瞧阅，大略说是率兵入宫，由韩王所请，接书未及启视，贵军已闯入，不得已应发小枪，以尽保卫之谊。袁公笑道："日人心虚，已经不打自招了。"随取笔墨，复了一封信去，略称："韩国乱臣劫君，杀戮无辜。军民啸聚，愤将寻仇，恐犯王宫，波及贵部。韩内外署大臣，请我军入卫，我军有保护之责，未便不理。辰刻致书贵使，日夕不报，事急难待，整队往候雅命。不图甫入宫门，枪炮并发，犹以为乱党抗拒。接来函，始知发枪炮者，贵使为之也"等语。复函去后，竹添无可置辩。山穷水尽疑无路，柳暗花明又一村。日本政府的外交，真也厉害。一边陆续发兵，一边向中国政府声告袁公妄启衅端，曲不在彼。政府未辨曲直，请旨简派吴大澄为朝鲜办事大臣，续昌为副大臣，来韩查办。日本也派井上馨为全权大使，开出五大条款，要求朝鲜：第一，修书谢罪；第二，恤日本被害人十二万元；第三，杀害日本大尉矶林之凶手应处极刑；第四，建筑日本新使馆，朝鲜出银二万元充费；第五，日本增置王京戍兵，朝鲜任建兵房。朝鲜强不过日本，中国又怕事，没奈何，只得谨遵台命。欲知后事如何，且听下回分解。

第九十七回　**弹内监盛世发危言　建御园圣朝彰孝治**

话说韩事结束，日本依然优胜，袁公愤甚，就在吴、续两星使前，请了个假，乘坐超勇兵轮，回到北洋。谒见李伯爷，痛陈治韩妙策，宜趁此机会，请旨责问韩王政治不修，迭生变乱之罪。选派监国，代执其柄。李伯爷不置可否，只说将来再瞧罢了。袁公又上书痛切陈言，请仿汉封建设相事，否则韩终非我有。今之论者，曰省事，曰省费；夫失今不治，待至事发，必倾中国全力而后可图。今日多事，即异日省事；今日多费，即异日省费。李伯爷老成持重，终不肯轻举妄动。

到了光绪十一年春季里，日本特遣宫内大臣伊藤博文、农务大臣西乡从道，到天津来议订朝鲜条约，朝命伯爵李鸿章为全权大臣，吴大澄为副大臣，跟日使开议。偏李伯爷会搭架子，直隶总督衙门里，自辕门到大堂，满满都是兵队，铜叉、马刀、长锚、大旗、刀牌、洋枪，密密层层，齐齐整整，好不威武。架子搭足，才请伊藤、西乡两使进见。两日使也真厉害，李伯爷虽是威严，开议约款，倒并不肯退让。一总议定三款：第一，两国屯在朝鲜的兵，都各撤还；第二，朝鲜练兵，两国都可派员为教练官；第三，将来两国如派兵至朝鲜，须互先行文知照。李伯爷是中兴名将，旷世英雄，无奈于国际法学，不很明白。订立了这共同保护条约，还向人家说朝鲜是我属国呢。

此时越南，朝鲜两大交涉，都已结束。朝廷锐意奋发，训饬封疆大吏，如有仍蹈旧习，瞻顾因循，一经查出，轻则立予罢斥，重则分别治罪。又划台另为一省，改福建巡抚为台湾巡抚，驻扎台湾。原有福建巡抚事，改由闽浙总督兼管。筹办海防，创设海军衙门，命醇亲王奕譞总理海军事务，沿海水师，悉归节制调遣；并命奕劻、李鸿章会同办理，善庆、曾纪泽帮同办理。先从北洋精练水师一支，此外沿海省份，分年次第兴办。君卧寝室之薪，臣鼓中流之楫；君臣一德，上下一心。不防英吉利国，趁这当儿，因利乘便，竟由印度派兵进据缅甸，一鼓就灭掉了。驻英大臣曾纪泽奉着朝旨，跟英外部交涉，说到个唇焦舌敝，究竟不能立君存祀，不过争到个所有贡例由英国驻缅大员，按期遣使贡献而已。

慈禧太后素性心高气傲，要把中国做成天下第一个强国。垂帘以来，频遭多难，迭丧屏藩，把那争强好胜之心，渐渐消磨了个尽。缅甸交涉结局后，就下谕自本年冬至大祀圜丘为始，皇帝亲诣行礼，并于明年正月内，举行亲政典礼。醇亲王奕譞、礼亲王世铎等一见此旨，先后上疏，恳请皇帝亲政后，太后再行训政数年。慈禧后鉴其心诚，恩谕允从。

这一年，北洋海军成立，李伯爷奏请巡阅，降旨派醇亲王到天津巡阅，总管太监李莲英随往伺候。李伯爷札委干员办差，当面吩咐："行辕里头，李总管房间，须要比众讲究，草饰了我可不依的。"委员应着，自去小心办理。糊裱墙壁，装饰字画，布置几椅，一应事情，无不亲自提调，办理得千妥万帖，才敢禀复李伯爷。李伯爷走来一瞧，摇头道："这种地方，如何好住李总管，如何好住李总管。"随喊委员问道："我为你是老公事，才把这件事交给你办，竟办得这个样子。你自己瞧瞧像什么？我当初怎么吩咐你来？"李伯爷说一句，委员应一句，侯伯爷说完之后，才慢慢辩道："这一间房间，比了王爷的，只差得一级，卑职已算格外讲究的了。"李伯爷怒道："王爷的差一点半点，倒不要紧，李总管的，如何差得？还不替我快换了。"委员诺诺连声，于是赶忙的调换。

原来这李莲英，是太后身旁第一个得宠太监。清制太监勿得越六品，宣宗酷好男色，有宠的内监恳求加衔，宣宗特制一种白玉顶戴赏给他。独这李莲英因为服勤，太后特恩赏给他二品顶戴。莲英人很机智，每能先意承旨，太后的汤药、喂饵、器玩、服饰一切物件，不消你开得口，早替你早早安排下了。莲英要是请了假，承值的内监，总不能如意，总要受着鞭挞。阖宫大小太监，虽然妒忌他，本领上，能耐上，没一个及得上，只好涕泣着求他销假。有一日，太后到恭亲王府去，路过莲英家，见门首贴着玛瑙漆门条，大书"总管李寓"四个字，触目惊心，不禁盯了他两眼。到了王府，莲英乘机请了几个钟头的暂假。一会子，回邸销假，面奏道："奴才在内廷当差，家里头事情，不很留意。不料小内监无知妄作，竟贴起总管字样来，奴才恨得什么相似，才把他们痛笞了个半死。恳求天恩，把这起没王法奴才，饬交内务府严办。"太后笑道："你已经办了，就算了，何必再交内务府呢。"莲英得宠太后，即此可见一斑。所以李伯爷这么巴结呢。

当下委员受了排喧，只得忍了气重新布置。到了这日，醇王、李监同时抵津。李伯爷兢兢业业的接待，到校阅时候，不过醇王安坐在前，李监随侍在后，其余礼节，毫不分主仆上下。事毕回京，恰遇着荒灾，御史朱一新上了一折，奏的是遇灾修省，预防宦寺流弊，内有李莲英随奕譞巡阅，恐蹈唐代监军覆辙。太后大怒，谕令明白回奏，旋命以主事降补。

这时光，四海艾安，八方无事，醇亲王是懿亲重臣，与国家体戚相关的，不免想出点子事业来点缀升平，歌舞盛世。好在海军经费，很是宽裕，拨调三千万金，就清猗园旧址，大加扩充，改名叫颐和园。一转移间，化无用为有用。到光绪十四年二月，园工告竣。慈禧太后率同德宗，临幸驻跸。琼楼玉宇，复道琳宫，说不尽的繁华，描不尽的富丽。时人杨小欧，有赋为证，其辞道：

> 大清国慈禧端佑康颐昭豫庄诚寿恭钦献崇熙皇太后，福丽天地，寿齐山河。皇上至孝，薄海讴歌，以为天子之母，应以天下养，孝养稍缺，其如苍生何？乃筑文王之囿。择地西山之坡，山曰万寿，园名颐和，是盖圣天子之所以养其亲，亿万年之所以乐其寿。鸠工庀材，经营结构，殿宇辉煌，山水碧秀，泉石拥翠，林木郁茂，百物效灵，天工俯就。以媚于天子，以娱待皇太后者也。园之中，开仁寿殿。阁启文昌，亭知春色，楼倚夕阳，霞绚之室，玉澜之棠，馆宜芸碧，榭沁藕香，藻绘呈端，恩风扇长。明目达聪，元音古乐，纵之皦如，以成始作。园曰德和，殿号颐乐，上下三层，整齐错落，景福高阁，乐寿华堂，亭含新意，岫挹芝苍，水木自清，仁风斯扬，养云轩外，含绿随香，意迟云在，川泳云翔，半山之坡了无尽意，瞰碧园朗凭临俯视，寻云写秋别

饶风致。千峰拥翠，佛殿排云，众香宗树，智慧海滨，堂称介寿，阁耸宝云，云松巢密，湖山意真，鹂黄清听，畦绿成茵，窝中邵老，画里游人，盖至此，而仰太虚清无点尘者矣。尤复楼可借秋，门工邀月，秋水依稀，寄澜壮阔，舫对鸥盟，藻深鱼悦，以石为船，因贝成阙，是盖山色湖光共一楼，鬼斧神工皆叫绝者矣。若乃半水之座，寄澜之堂，荇桥虹拱，堂殿风凉，云岩烟屿，蔚翠霏香，可以泛桂棹，流琼觞，风流水面，荷净纳凉。其他玉带之桥禅宗之窟，庄严华丽，结构缜密，极天下之大观，非浅人所能窥万一。但见三伏无暑，四时皆春；阁峦若剑，草浅成茵；水湖镜清，山光媚人；鱼鸟驯伏，花木精神；金碧镜绣，纵横杂陈。光怪陆离，其殿堂也；深邃广敞，其阛阓也；环绕曲折，其垣墙也；文石铅砌，其康庄也；层楼叠阁，其戏场也；轮转波接，其舟船也；宝塔佛殿，如众香也；石恫寻丈，如周行也；湖光山色，浑相当也；玉泉香山，其可望也。于以避炎热、得清凉、觐外使、朝侯王、是乃化工大造。弦穹彼落，策河巅，辟上方，为之颐养圣德，万寿无疆者也。是用卑太极，陋未央，驾九成，傲建章，轶汉晋，薄齐梁，湘宫无宋，骊宫无唐，而何夸乎迷楼，遑足谕乎阿房哉！

慈禧后见园居壮丽，心下自是欢喜，从此大小政务，便都在园中裁夺施行。十月癸未，特降懿旨，副都统桂祥之女叶赫那拉氏立为皇后，侍郎长叙之十五岁女他他拉氏，封为瑾嫔，十三岁女他他拉氏，封为珍嫔。明年二月，德宗大婚，慈禧后举行归政典礼，雍容肃穆，那个排场，那个热闹，说出来人也吓得煞。归政后，第一桩要政，就是恭上皇太后徽号。欲知德宗亲政而后，有何举动，且听下回分解。

第九十八回　**东学党倡乱全罗道　叶志超振旅牙山城**

话说慈禧后归政而后，清闲无事，常驻在颐和园作乐耍子。德宗是纯孝的人，万机一切，依旧奏候慈宫懿旨，从不敢独行独断。好在这几年里，八方无事，四海升平。虽为了藏藩哲孟雄的事，跟英国开过交涉；为了帕米尔的事，跟俄国开过交涉，亏得社稷有灵，不久即和平了结。

这一年是光绪二十年甲午，自甲申法越之役到今，整整太平了十年，兵器销为日月光，好一派圣明景象。这时光恰有一桩天大的喜事，是当朝圣母六旬万寿。德宗知道慈禧素性喜欢热闹的，随降谕旨，本年十月初十日太后万寿，援照康熙、乾隆成例，着各省将军、督、抚、副都、统提、镇藩臬内，每省各酌派二三员来京庆祝皇太后万寿，并着于十月初一日以前到京，恭候届期随同祝嘏。又传内务府，叫他带领匠役，在颐和园里，打画图样，盖搭灯棚。并定造各式花灯，都要玲珑精巧，华丽别致。从大内到颐和园，沿途所经，饬令臣民报效点缀景物，建设经坛，传僧道唪诵寿生真经。届时皇帝率同中外臣王，诣万寿山行庆贺礼。又下恩旨，晋封妃嫔及宗室外藩王公，并加恩中外文武大臣。又命宫里传谕各总管执事以及各项杂役、太监、宫娥人等，报明衣服尺寸，叫织造府赶制新衣。种种忙乱，不及尽述。

不意一到五月，朝鲜地方，竟又掀起非常风浪，日本乘势进兵，助澜推波，酿成战祸，遂把万寿盛举，一盆冷水浇的烟消雾散。原来朝鲜国王，是个快活的人，如知耽乐，不解忧患，国政一切，悉任闵泳骏办理。闵泳骏贪愎怙权，百万聚敛，官职非贿莫得，差缺非钱不行，以致仓无一米，库没一钱，上下交困，寇贼纷起。有识的人，知道朝鲜这个国，早晚总要亡掉。驻英、法、德、俄钦使刘瑞芬，致书北洋大臣李伯爷，称说朝鲜毗连东三省，一有摇动，震撼边疆。宜乘其内敝，收其全国，改建行省，此系上策；如以久修职贡，不忍刑其土地，则约同英、美、俄列强，公司保护，亦足以保安全。此系次策。李伯爷很韪其议，商之总署。总署各大臣，都是喜欢省事的，自然不肯照行了。

光绪十五年，朝鲜为了年荒，禁止米谷出口。日本大起反对，行文照会，称说元山米商，折本十四万元，要求赔偿。朝鲜人惧怕日本，革掉卖米的官员咸镜道观察使赵秉式，应许偿还六万元。日人不肯退让，磋磨争论，至三易公使，争这赔款，挨到光绪十九年，究竟赔掉了十一万银元，方才完结。开化党重要人物金玉均、朴泳孝等都逃在日本，日人竭力保护，朝鲜人奈何他不得，派了李逸植、洪钟宇分往行刺。钟宇是洪英植的儿子，痛老子为玉均煽惑被诛，立志报仇，佯与他交欢。光绪二十年二月，钟宇偕玉均来游上海，同寓在东和馆，钟宇就动手把玉均杀毙。华官诘问朝鲜，朝鲜人回称玉均是叛党，钟宇是官员，请领回自办，华官应允。朝鲜人就把玉均戮尸泄愤，并用盐渍其首级。一面升扶钟宇官职，日人大哗，乃为玉均发丧。李逸植在日本行刺朴泳孝，没有刺中，倒被日官捕去治死。

为了这两桩事情，朝鲜人把日本更恨的厉害。于是东学党徒，遂揭竿而起。东学党也是朝鲜一种邪教，创始的人是叫崔福成，剌取儒家佛老论说，转相衍授。在同治四年时光，朝鲜禁止天主教，捕治教徒，并捕东学党乔某戮掉，党徒势脉，并不减杀。光绪十九年，党人诣王宫为乔某讼冤，恳请昭雪，国王不准。党人恳语愈坚，一时恼动了国王，下令捕治党魁。党人愤懑，思乱更急。到本年三月，借着国人怨日的机会，遂在全罗道古阜县地方竖旗起事，自诩能呼风唤雨，役鬼驱神，从者数万。扬言斥夷讨日，保国忠清，声势十万厉害。国王特派洪启勋为招讨使，假了中国两条船，一条是平远兵舰，一条是苍龙运船，从仁川渡兵到长山浦，在全州地方连开几仗，起初是胜仗，后来乱党逃入白山，朝鲜兵追过去，中了伏，杀了几个大败，几乎全军覆没。乱党从全罗直犯忠清，朝鲜兵望风奔溃，城池失陷，扬言直捣王京，朝鲜大震，商议求华派兵代剿。于是朝鲜王具折告急，一面知照中国驻韩钦使袁公。此时袁公已经升授道职，钦加三品卿衔。接到韩咨文。随电北洋大臣，请先派一船，载护商劲旅二三百人，到仁川保护商旅。

当下德宗接到韩王告急本章，聚集军机各王大臣商议，各王大臣都道："这件事，还是叫李鸿章斟酌着行罢。"德宗道："邻邦告急，救是一定要救的。何况中国兵力，很是雄劲。不多天，李鸿章、定安周历了旅顺等处，校阅过沿海陆军及各处台坞等工事，复奏都称技艺纯熟，行阵整齐，台坞等工，一律坚固，这会子，正好试一试。只不知先派海军，或是先派陆军？"军机大臣道："臣等愚见，似应派遣陆军，朝鲜乱党，都在陆地上。"德宗回过皇太后，皇太后不说什么，于是电谕北洋大臣李鸿章，着派妥员援韩。李伯爷就札委直隶提督叶志超，太原镇总兵聂士成，督率芦榆防兵东援。叶、聂两将，不敢怠慢，点齐士马，星夜兼程，赶向朝鲜而去。

李伯爷是谨守条约的人，电知驻日钦差汪凤藻，叫他告知日本外部，因为朝鲜请兵，中国顾念藩服，不得不派兵代剿乱党。不意日本外务卿陆奥宗光，复书前来，竟说："贵国虽指朝鲜为属国，朝鲜自己并不承认隶属中国。朝鲜与敝国立约，劈头第一号，固表明为独立自主之邦也。"汪凤藻电奏北京，政府各大臣面面相觑，竟想不出对付的法子。日本外交手段，真也敏捷，一面照复汪使，一面就派大岛圭介率兵八百，先入韩京。大队继续进发，前后共八千余人。也叫驻华公使小村寿大郎把出师平乱缘由，照约告知中国。总署大惊，复书日使，我朝抚绥藩服，因其请兵，故命将平其内乱。贵国不必特派重兵，且朝鲜并未向贵国请兵，贵国之兵，亦不必入其内地。小村回书称："接本国复电，本国尚未认朝鲜为中国藩属。现在遵照日朝两国济物浦条约及中日两国天津条约，派兵至朝鲜。兵入朝鲜内地，亦无定限。"瞧他照会，倒很理直气壮。政府各大臣，竟然奈何他不得。

却说驻韩钦差袁公，闻报叶提台军抵牙山，又闻日船载兵陆续来韩，分由仁川、釜山下岸沿途要害，分布驻守，知道两国必不免有冲突的事，随函告叶志超。外人多谓韩官贪虐，乱党无罪，请广行晓谕，示以宽大。只诛巨魁，胁从罔治。庶早日平定，不生他变。叶营依言行事，果然一纸告示，就把东学党惊得四散奔逃，叶军乘势克复了全州。袁公照会大岛圭介："韩事渐平，我兵拟即撤归，以避暑雨。闻贵国遣兵来韩，中国亦将增军。两军杂处，必生嫌隙，倘若宵小伺隙播弄，或西人亦增兵抗衡，以收渔利，不但日危，华韩亦损。宜彼此互撤，以归平和。”大岛口里虽然允诺，水陆两军，依旧增添不已。济远船管带方伯谦，驻在仁川，见日军逐日增多，恐中奸计，移船先去。此时汉城内外，满屯日兵，仁、汉华商，纷纷逃散，盲人瞎马，势已险极。北洋李伯爷偏是老成持重，屡电袁公，要他凭三寸不烂之舌，说退日军。袁公复电李伯爷，请调南北水师严备，简练陆师听调，并延驻华各国公使调处。又献议道："遣师出疆，军律为重。事体得失，衅端息开，皆系乎此。宜先慎择知兵大员，以为主帅，水陆均听节制，免号令分歧，事权不一之弊，并遴派真通战时公法之员，以备因应。庶免蹉跌致误，且杜他国插手。”无奈李伯爷执定主见，要据约说退日军，怕增了兵，适为日本借口。不肯听从袁公计划，并电戒叶志超，切勿逼近韩京，擅启衅端。

此时日本既据入汉城，并在汉江口遍布水雷，以断华兵入汉之路。各城门都派了陆军把守，华人出入，都要检搜。又在城里高架大炮，那炮口直对着中国谬差衙门。谣言纷起，旅韩华侨纷纷内渡，势成骑虎，危险异常。袁公一个儿白干急，电告李伯爷。李伯爷偏又是爱和平，不忍寻仇弃好，满想樽俎折冲，销掉弥天杀运。这就叫宏深慈于不杀，济大忍于无刑。不意日本人比什么都要厉害。得着了机会，星驰电逐，一点儿不肯放松。恁你和平，恁你忍耐，自会有法子挑逗你开衅。声言"朝鲜内政不修，民乱不已，约两国各简大臣至韩，代为更革。驻日使臣汪凤藻复书日外部，大致说整顿内治，朝鲜自为之，中国不愿干预；贵国既认朝鲜为自主之国，尤不应预其内政。至彼此撤兵，请稽和约专条照行”等说。日本回书，只说中日两国，同心预其内治，则朝鲜足以安全。万不料中国概置不讲，而但要我国退兵，英政府善意调停，而中国谬执殊甚。若因此而启兵端，实惟贵国执其咎。”汪钦差电知北京，北京政府知道他敌强才弱，不能胜任愉快，随改命北洋大臣李伯爷跟日人磋议。日人索偿赔款三百万，李伯爷是老成持重深谋远虑的人，以为就赔他一些银款，总以不开战为上策。怎奈朝里上下官员，不知事势，定主张开战者多。一人倡议，百口附和，李伯爷一个儿，哪里抵挡得住。

一日，李伯爷在签押房看公事，忽想起了一件什么事，要差个人到上房去。恰好几个承值管家，都支使了开去，一个也没在眼前。只得亲自起身，经过穿堂，听得有人在窗外讲话，只听得一句是："咱们大少爷，做了东洋驸马，外面都这么说呢。”李伯爷心里一跳，站住听时，只听一个道："你这话从哪里听来的？”一个道："外面都这么说，咱们老爷，不肯跟东洋开仗，就为有这么一重亲情在，不然，早翻脸多时了。”一个道："怪着呢，我也听得人说，东洋小国，敢向中国索取赔款，明仗着有人帮忙，照你说来，这帮忙的人，就是咱们老爷了。”李伯爷心里，好生不自在，也没心绪再去听他，踱了上房去。暗忖："谣言这么厉害，我的前程，倒很危险。现在举朝都主张开战，他们把日本太轻看了。殊不知中国的海军，面子上还不觉着怎么，实底里真靠不住。倘然当时不把经费拨去建造颐和园，总也完备点子。偏偏又是太后的事，醇亲王作主，谁能阻止他呢？这会子，他老人家伸脚走了，脱下这副烦重担子，要我一个儿，排好还好，要是不好，我这个人，不要被众人骂死了吗？”正在烦闷，外面送进一封电报，忙传翻译翻出，是驻韩钦使袁公折来的，只见上面写着：

北洋李伯相钧鉴：

如政府决议开衅，请先调回驻使，某一身报国，无所恇畏。惟惧辱使命，损国威，凯寒上。

瞧这电报，袁公的急迫，真是刻不待缓。但是李伯爷是人多事忙，瞧毕也就搁过。不多几天，袁公又来一电，报称："大岛圭介已经率兵入王宫，杀掉韩国卫兵，韩王李熙被掳。推大院君主持国政，韩臣闵泳骏等尽被流诸恶岛，事无巨细，悉由日本人专决。韩国已宣称独立，不认为中国藩属。"李伯爷见火已烧着眉毛，蛇已游及屁股，才电令袁公回国。

此时朝廷已下严谕，饬令备战，派出四支大兵，大同镇总兵卫汝贵率盛军十三营，从天津出发；盛京副都统丰伸阿统盛京军，从奉天出发；提督马玉昆统毅军，从旅顺出发；高州镇总兵左宝贵统奉军，从奉天出发；四支大兵，奉着朝命，祭旗出发，生恐海道梗阻，议由陆路从辽东渡鸭绿江入朝鲜。迂回曲折，日行百里。堂堂之阵，正正之旗，如果能够有征无战，值也算得王者之师。

李伯爷听得四支大兵，从陆路出发，惊道："叶、聂两军，孤悬在牙山，援军如此迂缓，哪里接济得着？"随调北塘防军，租了一艘英国商轮，名叫高升号的，装载着，星夜赴援。又命操江运船，满载军械，随同前进。中国的海军，自光绪十四年，完全成立，特简淮军骁将丁汝昌为海军提督。海军兵弁，大半都是闽人，只统帅丁提台一个儿是淮人。闽籍将弁，不很把他放在眼里，军令营规，视同儿戏。左右翼总兵以下，没一个住在船里的。每逢北洋封冻，照例改巡南洋，总在香港、上海两处，赌钱狎妓。这回朝鲜变起，李伯爷饬令济远兵舰，率了扬威、平远两舰，开往朝鲜弹压。济远管带方伯谦，虽是海军人员，一到大洋里，就要头晕呕吐，瞧见日兵大集，吓得魄散魂飞。乖人不吃眼前亏，开足轮机，冲波突浪的逃回来。李伯爷因念人才难得，学着秦伯用孟明手段，非特不参劾，一声半句申饬也没有，反把那几艘兵船召了回来，好使议和的事情，容易着手。到这会子事情已将决裂，朝鲜海口，都已下了水雷。老谋深算，才下札子，命济远、威远、广乙三兵舰，连樯驶赴牙山。

这日，李伯爷正与几位幕友，在签押房里筹划防务，外面送进一个警报，是高升号船被日舰鱼雷轰沈，操江船也被掠去。李伯爷怒道："日本真也不讲理，咱们让他，他竟一步步占上来。瞧这样子，是真要跟咱们过不去呢。好在万国公法，谁先开炮就谁差，凭他恃强，这一个差字终逃不去的。"忙叫幕友拟稿电奏朝廷。电稿拟好，才待拍发，警报又到，却是济远、威远、广乙三舰，在丰岛西北洋面，碰着了日本船，被日舰开炮轰击。广乙受着重伤，拼命逃脱，济远跟着奔逃，日舰吉野浪速，紧紧追赶。管带方伯谦急极智生，向众人道："别慌别慌，我有一个退敌妙计。"随令高扯起白旗来，原旧追赶。伯谦道："不要紧，我还有一粒救命金丹，再没有不济的。"吩咐改树起日本旗来，瞧日舰时，依然箭一般驶将来。方伯谦智穷力竭，慌作一堆，没做道理处。正在危急，忽闻本船上天崩地陷似的一声响，方伯谦吓极，忙向铁板最厚处躲避了，流了一裤子的溺。众人找寻管带，找了半天才找着，拉他出来，死活不肯，只问众人道："本船着了炮子，伤着没有？”众人道：“没有伤，也没有中过炮子。”方伯谦诧道：“方才响的是什么。”众人道：“是本舰水手发的炮。”伯谦惊道：“为什么发炮？”众人道：“日舰追逼不过，炮子够的着，才发的，现在日舰中了我们炮子，已经退去了。”伯谦方才放心，鼓动轮机，开回中国。电禀李伯爷，只说途遇日舰，开炮轰击，广乙大受痍伤，经本舰回炮，将日舰击退。李伯爷只当是真话，转电北京，朝廷下诏，与日本宣战。此时北洋大臣衙门里，军书旁午，文报络绎，李伯爷与幕中朋友，忙到个茶饭无心，坐卧不宁，暂时按下。

却说直隶提督叶志超，太原镇总兵聂士成，军驻牙山，忽得警报，高升号船被击沉，操江船被掳。聂士成向志超道：“海道既被梗阻，牙山绝地，势不能守。全州左江右山，形势险固，移营那里，一战而胜，可以据守待援，就是不胜，也可以绕道而出。”志超听说有理，才待传令移营，流星探马，飞报军情，说日兵已逼成欢。士成大怒道：“日人如此猖獗，眼睛里太没有中国人了。”随率本部五营，立刻出发，赶向成欢迎敌。叶志超率了本部人马，自趋向全州去了。

士成行到成欢，恰好日军前锋，整队而来。士成喝令开枪，顿时炮声轰天，硝烟蔽日。五营军士，齐声呼噪，日兵抵敌不住，纷纷逃遁。聂士成见日兵步武错乱，传令追杀。一声令下，万众遵行，电卷风驰，龙骧虎跃，把这小队日军，早不知冲到哪里去了。收队回营，随着兵弁，到叶军门那里报捷。一面设筵庆贺。正在作乐，忽报日军大队，离此只五里了。士成传令站队，一语未了，日军火炮，山崩似的轰将来。开花炮弹，好似生着眼珠似的，只向聂军所驻地方炸将来，物着处火焰冲霄，人着处血肉靡烂。欲知聂士成能否抵御，且听下回分解。

第九十九回　**陷平壤左宝贵殉节　战辽海邓世昌成仁**

话说聂士成打了一个胜仗，开筵庆贺，不防大队日兵到来，炮火轰天，烟硝蔽日，厉害得要不得。恼得士成性发，传令站队出营，开枪迎敌。众将弁得着此令，鸣起军号，一队队排出营来。一转眼，马队、步队、枪队、炮队，一营营，一队队，整整齐齐，严严肃肃，都已排列成就。炮队居中，枪队、步队，分居左右。一声令下，炮队推出车轮大炮，测准了，轰轰轰，不住手的轰放；那枪队、步队，靠有大炮掩护，左右包抄，风发潮涌似的冲将去。又派骁将，带领马队，往来策应。战有半日工夫，军弁报称弹药将尽。士成向前望去，见漫山遍野，都是日军，估量去，这点子弹药，未见杀的退，下令前队作后队，后队作前队，五营军士，一齐回首，结阵徐徐而退。士成亲自殿后，行伍步伐，半点没有错乱。恐怕日兵追来，先派八尊大炮，四百名快枪队，带足弹药，埋伏在山坳里，等候大军过完，才收军归队。

回到全州，不意叶志超已经先一日弃城而走。士成叹道："这么好的好地方，叶军门偏又不肯坚守。本部通只五营人马，如何挡的过日本万马千军？"忽流星探马，飞报军情，说卫汝贵、丰伸阿、马玉昆、左宝贵四支大兵，都在平壤会集，叶军门也奔了平壤去。士成闻报，传令本营步马，齐向平壤进发，为了兵单，怕途中撞见日军，未免要受亏，只拣小路行走。渡过大同江，到平壤，迂回曲折，共走了两日两夜。叶志超接着大喜。士成诉说开战情形，叶志超道："成欢之捷，我已告北洋。目前目后，总有恩命到来，你老哥不日就要高升了。"士成听了，倒也落落，并没半句感恩知己的话。

当下各营统领，互相拜会，忙乱了好几日，一日电局送来一封电报，却是嘉奖的恩命，叶志超拜为驻韩各路兵马总统，各路兵马尽听节制。聂士成升为提督，其余将弁，擢升的共有一百多名。本营军士，着赏银二万两。各路统帅，各营统领，得着此信，都到志超营中叩贺。志超得意非凡，大排筵席，款待诸将，并传了两个班子，演唱封侯拜帅晋爵加官等吉庆戏儿。大营里挂灯结彩，叶营各兵弁，一个精神焕发，高兴异常，热闹繁华，笔难尽述。

次日，叶营中竖起一面三军司命大旗，传出大令，划分泛地，派左宝贵、丰伸阿守城北一带；卫汝贵守城南一带；马玉昆守城东大同江东岸一带。又派左营分统聂桂林策应东、南两面，因为东南隅适当敌冲，防守格外郑重。志超自己镇守城西，把一万四千大军，尽聚在平壤一个城子里，深沟高垒，以逸待劳。这便是叶总统的无上妙计。朝鲜百姓，素来亲附中国，闻说大兵到此，快活得什么相似，献酒浆，献牛羊，献米麦，络绎不绝。谁料天朝大兵必是高不过，眼孔是大不过，这些东西，哪里值得他一视。分队四出，奸淫韩民的妻女，抢夺韩民的财物，还把年强力壮的人，掳到营中，充当杂役。经此大施德泽，三韩士民，自然感激涕零。各军统帅，各营统领，无计消遣，轮流着做东，今儿你请我，明儿我请你，醉中日月，闹里乾坤，过得比众逍遥自在。

一夕，盛军奉令出哨，那统领官才从席上回来，喝得已经差不多了，醉眼迷蒙的坐在马上，恁着马走去，东西南北都不管，兵从将令，众兵士只得跟随行走。巡了一程，众人忽地发起喊来，那统领喝问："做什么？"众兵都道："前面敌军来了。"统领放开醉眼，果然一段火光，势若长蛇，飞一般的来，大喊道："了不得，兄弟们开枪。"一排枪轰然开出，那边回枪也就来了。这时光两军枪子，此往彼来，蚩蚩蚩，来如雨点，去似蝗飞，直战了一夜。天明收队，才知彼此都误会了。这里是盛军，那边是毅军，白费了无数弹药，伤了无数军士。

一日，军探报称，大同江那岸，有日军小队在那儿侦探。马玉昆立派裨将吴德炎统马队五百去迎战。只半日工夫，吴德炎回营缴令，日军小队尽数残除。叶志超闻了，少不得扬厉铺张，到北洋大臣那里报捷。

八月十五这日，各统将正拟置酒高会，庆赏中秋，忽流星探马报称日军大队，已抵城北。玄武门山对过的那座山岭，已被日军占去，山顶上高扯着太阳旗号。叶志超惊道："日军这么迅捷，是从天上飞来的吗？"道言未了，军报又到，说日兵共分四大支：一支由王京西北而抵平壤东南，这一支是从大路来的；一支由王京西北到黄州，渡过大同江，分道至江西甑山，谋袭平壤的西南隅；一支由王京东北，至江东县渡过大同江，谋袭平壤的北面；一支由其本国航海从元山登岸，谋截平壤西北大道，断绝我军归路。这四支日军，约定十六日，都在平壤会集。叶志超吓得面无人色，随道："三十六着，走为上着，趁日军大队没有到齐，我要走回本国去了。"营弁进报高州总兵左宝贵求见。志超皱眉道："见我有什么事？"一时接进，宝贵道："日军来势很不弱，统帅可有对付的妙策？"志超道："对付的法儿还没有想到，老哥问到这一层，奇谋秘策，想早安排多时了。"左宝贵道："宝贵是呆笨人，日军到此，只有死命抵拒。敝军守在玄武门，谁要逃走，我就开炮打谁，统帅瞧我这计划，差了没有？"叶志超被大喝一惊，暗忖："我才要走呢，你这个计划，不是算计日本人，明明算计我一个儿了，"心里虽然这么想，嘴里到底不便说什么，随敷衍了他几句。宝贵回营，就出贴告示，驻平人马，不问何军何营，倘然北行图遁，本军立刻开炮轰击。各营军弁，瞧见这一道告示，无不骇然。宝贵笑问心腹道："我这一道告示，就防统帅一个儿。这里各将弁，只统帅的逃计早决。"一语未了，忽闻炮声隆隆，军弁飞报，日军到了大同江东岸，马提台督着部下，跟他们开仗了。宝贵道："日军分四路杀来，咱们这里，倒也不可松懈。"

这时光，流星探马，络绎不绝，枪声炮声，忽高忽低，砰訇不已。忽报日军大队扑来了，宝贵登城一见，见旭日旗随风飘荡，大队日军，蚁阵似的涌将来。宝贵喝令开炮，轰然一炮，顿时轰成一条血线。不意日本人比什么都厉害，再也不怕死，随缺随补。回上来的枪弹炮子，比打出去的，还要竖急猛烈。一转眼，城里早起了三五处火。恼得宝贵眼中出火，口内生烟，手执快刀，不住的往来督察，见有懈怠的军弁，立即飞刀砍掉，军士无不感奋。战了大半天，军弁报炮弹已尽，枪子每人只有三十枚了。宝贵道："哪怕它一枚呢，我今儿除死方休！"随令军士开枪轰击。忽一个炮子，轰的飞来，打中宝贵肩膀，忍了痛兀在那里指挥。第二个炮子又到，中在腿骨上，站脚不住，从城上直跌倒地下，还向众人道："放胆开枪，放胆开枪！"一时鲜血直涌，晕了过去，不知人事。日将挥兵大进，宝贵部下见没了主将，顿时大乱，夺路奔逃。人践人，马踏马，不知伤亡了几多士马。一转眼玄武门城上，就高竖起日本国旗来，日军大队，排齐行伍，入了玄武门。

警信报入平壤，叶志超道："亏得我没有出战，不然，这一条老命，早没有了。"忽一个军弁匆匆奔入道："马提台战的吃不住了，请统帅快快发兵去救。"志超道："救他也非上策，现在这么样吧。传我大令，叫他赶速退兵，退了兵，我自有万全良策。"军弁传令去讫。一会子，就听得角声呜呜，马营兵队尽数退进城来。马玉昆谒见总统，问道："统帅叫我退兵，有甚妙用？"叶志超道："日兵来势，汹涌异常，跟他战，万万战他不得。"马玉昆道："不战怎么样呢？"志超道："我另有一条万全之策，古人说的好，'知己知彼，百战百胜。'咱们的弊病，咱们自己还不知道。现在要图万全，还是赶快竖起白旗来。"马玉昆惊道："扯白旗，不是就投降了吗？"叶志超道："大丈夫能屈能伸，降一会儿也不要紧。"马玉昆道："堂堂天朝大将，碰着日本国兵马，还不敢开一仗，天朝的体面，不就丢尽了吗？别说对不起皇上，对不起国家，就对着朝鲜人，未免也自己惭愧呢。"叶志超听了，并无话说。只传令四城，高扯白旗，以救一城百姓性命。马玉昆痛哭而出。

此时平壤城上，白旗飘扬，军声寂寂，士气奄奄。各营将弁，一个个垂头丧气，说不尽悲惨，描不完的凄凄。只有大同镇总兵卫汝贵，趾高气扬，依然万分高兴，好似打了胜仗似的。你道为何？原来卫镇台的夫人，异常贤慧，见镇台奉旨出兵，就写了一封家信到营里，大致说是君起家戎行，致位统帅，家既饶于资财，宜自颐养，且春秋高，万望善自为计，勿当前敌。卫镇台依照夫人的话，碰到敌军，总想出法子来避掉不战。现在身处危城，四面都是敌军，正在没法摆布，恰好知趣的统帅，行了这救命的奇策，哪有不欢喜之理？当下志超扯了白旗，日军瞧见，果然止炮停枪，不来攻扑，特派一员干将，来营商议受降条件。叶志超要求率兵回国，日将不肯答应。志超没法，只得趁放率领诸将，弃城北走。不意这一着棋子，早被日人算定，却在山隘里，伏下精兵，等候华军行近，号枪一举，枪炮齐轰，枪弹炮子，猛过雹粒，密若飞蝗。志超心慌意急，众兵弁要回旋奔走，路狭人稠，哪里回旋得转？人马枕藉，伤掉无数生命。叶志超等一众统将，亏得拼命奔逃，逃出了山隘，计点人马，丧去了三千名左右。所有军储器械，公牍密电，悉数弃掉，没有带得。

叶志超率着万余残军，行抵安州。忽报朝旨已派四川提督宋庆营领毅军，从旅顺出发；提督刘盛休率领铭军，从大连湾出发；将军依克唐阿，率领镇边军，从黑虎江出发，三路大兵，约定了都在九连城会集。志超道："这三路大兵，早十天出发就好了。"聂士成道："安州山川险峻，可以固守。咱们不如守在这里，等候援兵到了，再图进取。"志超不听，率领残卒，忘命奔逃，三日两夜，共走了五百多里路，渡过鸭绿江，到了中国地界，才放了心。

此时宋庆等三统帅，都在九连城驻扎。那九连城与朝鲜义州，只隔得鸭绿江，一衣裳带水，由朝鲜渡江，第一座城池，就是九连城。叶志超入了国界，听说宋帅都在那里，便也赶向九连城来。宋庆接着，问起情形，惊道："老帅肯坚守五六天，咱们也赶到了。"志超无言可对。安下营寨，点过人马，少不得拜折北京，自请议罪。朝旨下来，叶志超革职，卫汝贵拿问，又下旨命宋庆为诸军总统。旨意颁到，兴头的兴头，丧气的丧气，各路统将，见宋庆差不多的行辈，差不多的勋绩，骤膺恩命，超为统帅，未免都有点子不悦。

这日，众将都在帐下窃议道："咱们都别响，且看老宋拿什么本领去打东洋。好在这一件事，监是他做总统的，一个儿干系。"忽流星探马，飞报祸事，报称海军提督丁汝昌，督率海军，在大东沟外海面，与日本兵船开了一仗子，丁提台打了个大败仗。

原来自方伯谦逃回之后，朝鲜海面已没有中国一艘兵船。纵横往返，都是日本兵船，湖南巡抚吴大澄闻而大愤，慷慨上书，自请赶赴前敌。朝命到威海卫察看炮台，又命商轮五艘载运铭军十二营，赴平壤，着丁汝昌率领海军全队十二艘翼护。八月十七日，行抵大东沟，陆军登岸之后，海军鸣笛展轮，就想回到旅顺来。不意日本海军全队，突浪冲波，恰在那里巡哨，两军竟然会见了。日舰上悬旗开炮，大有欲战之势，丁汝昌被逼不过，只得发号施令，把全队十二舰，排列成阵：镇远、定远两铁甲舰为第一队；致远、靖远为第二队；经远、来远为第三队；济远、广远为第四队；超勇、扬威为第五队；平远、广远开战后才到，遂把他作为游翼之师。丁汝昌坐在定远大战舰上，指挥全军，定远就为全军主舰。日本兵船十二艘，海军中将伊东佑亨为主帅。海里头开战，全恃大炮鱼雷做输赢。炮弹着处，烈焰烘腾；鱼雷炸时，浪激成山。这时光，辽海里千雷万霆，一齐轰发，烟硝如雾，迷漫得莫可辨认。一时超勇着了敌弹，火焰冲霄，莫可救治，支援不到一时，沉下了水去。舰队见超勇没沉，阵势渐渐乱起来。定远舰发出一大炮，击中了日舰西京丸，也顿时沉掉了。

却说致远舰管带邓世昌，是广东人。海军大半都是福建人，中国人省界的见解，差不多是国界。邓管带平日，不知受过同侪几多奚落，几多轻视。这会子，大思发奋为雄，吐一吐不平之气。连放大炮，连发鱼雷，战得异常尽力。假使致远酣战，各舰并力齐心，日本这点子海军，总也难操必胜。无奈各舰管带心里，横着一个省见的念头，宛如钜鹿诸侯，一个个旁观袖手，恁邓世昌六臂三头，终难敌千军万马。日舰吉野、浪速双战致远，一时药舱中禀称弹药双尽。邓世昌慨道："今日今时，是世昌尽命报国之秋，日舰吉野，是彼阵的中坚，拼掉了他，吾军也好少去一个劲敌！"喝令司机人，开足快车，尽力撞去。日本人比什么都厉害，见致远舰机声如雷，舟行如电，知道它是拼命，忙着驶避，一边驶避，一边发射鱼雷。眼快手快，一个鱼雷，中在致远船身上，顿时汽锅碎裂，渐渐沉下海去。不意邓管带死不放松，沉到水平线下，还轰然发出一个大炮来。日本闻着这一炮，唬得都呆了半边，相谓道："中国海军各将，都如邓世昌这么，咱们如何会胜呢？"济远管带方伯谦，目睹致远没沉。暗忖：拼命轰击，无补时局，还是留着有用之身，为后来地步吧。随命开足快车，向口内逃去。欲知济远逃脱与否，且听下回分解。

第一〇〇回　丁汝昌孤舟拒大敌　徐邦道弱卒挫强军

话说济远管带方伯谦，瞧见致远沉没，传令转舵开回旅顺去，心慌意急，转舵的当儿，船头儿撞在扬威舰上，把扬威的舵撞坏了。扬威受了伤，行的愈慢，被日舰追到，一炮轰沉。济远逃走之后，广甲也跟着奔逃。这时光海面上只剩镇远、定远、靖远、经远、来远五艘战舰。经远的管带官，中炮身亡，全舰顿时大乱。日人眼快，鼓轮驶来，乘势掳了去。丁汝昌在定远敌楼上，指挥战斗。见经远被掳，恼起虎性，喝令本舰大炮，格准了日本司令舰松岛轰击。此时烟迷若雾，浪涌如山，战舰在海面上颠簸不已。松岛连中炮弹，几乎沉掉。定远也着了五六炮，身受重伤，还拼命的扑斗。一时靖远、来远。敌不过日舰，逃出战域，也驶向太平地方去了。日舰五艘，围住镇远、定远，尽力轰击。一颗弹子，击中定远敌楼，丁汝昌伤了腰，跌倒在地，晕了过去。舰中没了主将，大家找寻管带官刘步蟾，请他暂权主帅。谁料刘管带听见炮声，已经吓得三魂失两，六魄丢五，这会子躲在铁甲最厚地方，瑟瑟瑟，战了一个不已。大家请他，躲在那，死也不肯出来。洋员汉纳根瞧不过，挺身而出，代他指挥拒敌，才把这场面蒙了过去。战到夕照衔山，洋面上起了海雾，日舰怕中国鱼雷激射，围解而去。定远、经远，才收队回旅顺来。

这一役，失掉兵舰五艘，致远、经远、超勇、扬威、广丙。所存定远、镇远、来远、靖远、济远、平远、广甲七舰，也都身受重伤，不能战斗。败报传入北洋，李伯爷懊丧道："我原说不要战，翁师傅欺日本国小，定要开战。这会子果然不得了，不得了。"说着，外面送进一角以文，却是丁汝昌申报海战失事情形。李伯爷瞧到方伯谦不战而逃一节事，不禁怒形于色，当下就具了一个折子。一面请把方伯谦军前正法，一面请把邓世昌特旨赐恤。不多几天，旨意下来，邓世昌赐谥壮节；方伯谦军前正法；丁汝昌革职留任。李鸿章拔去三眼花翎，褫去黄马褂。意旨严急，自然谨警遵办。隔不上几日，朝旨又下，命四川提督宋庆，帮办北洋军务。

却说宋庆大营，驻扎在九连城，得着大东沟败报，聚集各营统领商议道："九连城南倚鸭绿，东枕叆河，叆河的东面有一座山，名叫虎山，是个险要去处，这地方倒不可不防。再东就是安平河，逾河是苏甸，是将甸。九连城以西，是安东县，再西就是大东沟，现在海军失了事，咱们陆军倒不能不节节设防呢。"各统领都道："统帅讲咱的，是咱们听候统帅号令呢。"宋庆当下就派聂士成守虎山；刘盛休守江岸；依克唐阿守安平河口、长甸各隘；丰伸阿、聂桂林守安东诸城邑，各统领领命去讫。

这日，军报传来，说日兵大集义州，势将飞渡。宋庆传令，严备中路。谁料日人再也巧不过，渡扑中路，不过是句虚话，俟你严备定当，它却暗暗从上下两游，偷渡过了。支队从东路渡过安平河，依克唐阿听见日军炮声，吓得弃防就奔。人不及甲，马不及鞍，要紧逃命，军械文件，尽都丢掉，直逃到宽甸地方，才得安营造饭。中路人马守了一镇日，不见日军举动，军心渐渐懈了。这日侵晓，营中军士正在吃饭，忽闻炮声隆隆。

军探飞报："日军在南岸排列炮队，连环轰击，大队日军，恃着大炮保护，盖搭了浮桥，飞渡过来也。"接着又报铭军奔溃，诸军尽都遁逃。又报聂士成被日军围困在虎山，势将不支。宋庆大惊，忙派一支劲兵，飞行去救。只半日工夫，败报又到，虎山失守。聂士成退渡叆河，军士挤死的很不少。宋庆大惊道："诸军皆溃，聂军又不支，我守在这里，危险得很。"随令弃掉九连城，向北退去。才到凤凰城，军报递到，知道丰伸阿、聂桂林都奔向岫岩州去了。

从安平河口起，至安东沿鸭绿江境，尽都是日本兵队。宋庆暗忖凤凰城孤悬岭外，势难扼守。不如退扼大高岭，守住辽阳州，还有点子把握。拔寨齐起，赶了一日，赶到辽阳州。忽接朝旨，说旅顺吃要，饬令赶速回援。恰好聂士成兵到，随把大高岭防备，交给了聂军，亲提劲旅，回向旅顺而去。行到半路，警报败信，雪片也似的来。一会子，报称："凤凰城失守，日军越向宽甸，依克唐阿望风逃遁，宽甸军营，蒲石河军营，尽都溃散。"一会子，又报："日军分兵三路，扑向岫岩州，声势十分厉害，丰伸阿等都奔到析木城去了。"忽又报："日本第二军已陷金州，大连湾失守，旅顺吃紧。据在东边的第一军，分兵西出辽阳，与第二军相会，大高岭后路，已被遮断。"宋庆道："金川失陷，可我不能前进了。"随在盖平地方安了营，养精蓄锐，秣马厉兵，满望克复金州，进援旅顺。无奈日本兵厉害不过，出过三五回兵，开过几仗，一点子便宜没有得着。

一日，军报传来，丰伸阿、聂桂林被日军逼不过，退向海城去了。日人进扑海城，关外都戒严了。宋庆道："现在凤凰城西北，有聂士成大高岭之军；凤凰城东北，有依克唐阿之军；盛军统领吕本元、孙显寅，又守连山关，大致总还不要紧么！"道言未了，探马飞报："连山关失守，吕本元等逃遁无踪。"宋庆此时，被日军夹在中间，进既不可，退又未能，一个儿白干急。亏得大高岭聂士成守御得严密。依克唐阿久败思奋，移军草河口，屡次攻扑。日人抵挡不住，弃掉连山关，索性聚兵草河口，横断聂、依两军，拼命战斗。聂士成屯兵分水岭，以拊日军之背。依军自外夹攻，阵斩日中尉一员。凤凰城日军大队来援，也被依军击退。依、聂两军，乘增进扑，在国远堡地方大战一场，杀了个不分胜负。依军逼叆河驻军，日人趁夜来袭，白丧掉许多人马，依然没有得手。次日，堂堂之阵，正正之旗，在一面山地方排阵大战。右翼兵倒很踊跃，击死日兵很不少。左翼兵接仗得没有几时，就逃走了。右翼兵独力难支，只得挥旗而退。不意日人在半途里伏下精兵，一击鼓响，伏兵齐起，马队统领永山遇伏阵亡。在安东的日军，也已陷掉海城，辽西十分危急。败报传入北京，朝廷下旨，着依克唐阿移军援救辽阳。

此时各统帅里头，要数聂士成，最有识见，最为忠勇。行文各帅，自请率领精锐，突出敌后，往来游击，截其饷道，令彼首尾兼顾，可以一鼓攻克。各帅嫌他的计划太冒险，不肯听从。士成愤极，督率本部马步，自向通远堡雪里站一带布置。这日，日军行到，伏兵齐起，内应外合，差不多杀了个全军覆没。凤凰城日军大队到来，士成早预伏了兵，复在四边张了疑军，又把日军杀了个大败。

这时光，辽东的金、复、海、盖，都被日本所占有，山东的威海卫，也一并失掉。依克唐阿、长顺、宋庆、吴大澄等各将帅，屡战屡败，屡败屡逃，疆畿危迫异常。朝廷见诸帅中，还是聂士成靠得住，降一道旨意，调他入关，翊卫畿辅。一边命江苏臬台陈湜率领湘军二十营,代替士成镇守大高岭。亏得凤凰城日军单薄,不复出兵四犯,以凤凰城以北,倒没有什么战事呢。北洋李伯爷连接陈湜电报,皱眉道:"凤凰城那边没有战事,敢是日军都调向别处去了吗?别地方呢,还不要紧,我就怕他攻袭大连湾、旅顺。旅顺的形势,是海疆第一个险要去处。自从光绪六年,经营军港,创建炮台,经历十六年,方才成功。现在旅顺守将宋庆、大连湾守将刘盛休,都率所部出防九连城去了。提督姜桂题、程允和虽然替他镇守,无奈所部都是新招集的新兵,操练功夫,不很纯熟。就只总兵徐邦道的马炮队可靠一点。铭军分统赵怀益所部也是新兵,守在大连湾,倒也很危险。"急巡捕官递进手本,回称:"道员龚照玙禀见。"李伯爷惊道:"龚道是在旅顺营务处当差的,赶到这里来,想来旅顺总不妙了。"随命传见。

一时传进,见过礼,李伯爷就问:"旅顺失守了吗?"龚照玙道:"没有,只这旅顺的后路金州、大连湾都失掉了。"李伯爷道:"赵怀益这么不济事,可恶可恶。"龚照玙道:"回爵帅话,听说日军袭据了花园港,雇用汉奸,引导到貔子窝,运马阅炮,经历十二日工夫,方才舒徐。"李伯爷道:"咱们的海陆军,都到哪里去了?照你讲来,明明是无人之境了。"龚照玙应了一声:"是"。随又回道:"彼时总兵徐邦道,曾献议说金州有失,旅顺必不能守,请诸帅分兵往迎。诸帅因为各不相统,没一个理他的。邦道没法,只得率了本部人马,自去迎敌。"李伯爷道:"赵怀益在大连湾,难道也坐视不救吗?"龚照玙道:"听说怀益的部将,原也请过令,要到前边去备战。怀益不许道:'我奉命守炮台,不闻赴后路备敌呢。'邦道到了,竭力请兵,怀益却不过情,派一员裨将,率领步队,跟随邦道而去。恰遇着日军大队,这伙兵单,看看支援不住,忙电怀益告急。不意怀益正在督饬部下搬运辎重渡海,预备作逃走计划,没暇理会他。邦道败了下来,金州重地,遂被日军得了去。怀益听得金州失陷,搜刮了饷款,就逃了旅顺来。日军乘虚而入,大连湾里面,大炮一百二十尊,炮弹枪械,不计其数,一点儿都没有搬出,都被日军得了去。"

李伯爷听龚道陈诉,半句也不回问。停了半晌,问道:"旅顺没有失守,你老哥为甚到这里来?"龚照玙道:"金州、大连,相继沦陷,旅顺的陆路,不是断了吗?"李伯爷哼了一声,冷笑道:"都像你老哥这个样子,旅顺地方,也不必派人镇守了,日军还没有到呢!"照玙见伯爷气,知不善,忙请了个安道:"卑职知罪。"李伯爷道:"知罪也还罢了,赶快回差去,不然,我肯原谅你,王法怕不能原谅你呢。"照玙应了几个"是",只得依旧回到旅顺去。

哪里知道旅顺此时,局面已经大变了。诸帅惩于大连之失,督令兵弁,把粮饷器械,搬到到烟台去,军民人等见统帅如此举动,不禁都慌自起来,船坞工匠,掠夺了库款,争先恐后的奔逃,地方上乱得麻一般。六位统领,权侔力敌,各自只能顾各自。照玙见不是事,乘坐鱼雷艇,推说求救,逃向烟台去了。黄仕林、赵怀益、卫汝成这三位统帅,瞧见照玙逃去,乖人学乖人,跟着就走。你也跑,我也跑,若大一个好军港,变成白茫茫一片干净土。

偏有一个不识势的徐邦道,率了两队老弱残兵,回到旅顺,激昂慷慨,偏偏的要与国家出力,在姜帅跟前,恳请增兵。姜帅不准,又请给发子弹。姜帅被他缠不过,只得给了他点子。徐邦道誓师出援,行到土城子地方,碰着日军先锋队,开枪发炮,一阵恶战,杀得日军尸横遍地,血流成川。邦道大呼道:“国家洪福,咱们竟胜了。”随命冲过去。不意日军大队,漫山遍野的来,邦道虽然忠奋,究竟饥不敌饱,寡不敌众,战到天黑,人困马乏,只得率兵而退。

这时光,日本海军已经纵横海面,陆军已经分踞炮台,旅顺守兵,只恨爷娘少生两只脚,没命的奔逃。姜桂题、程允和、张光前三位统帅,都杂在乱军中逃走。于是旅顺军港,遂高扯旭日旗,变成日军国军占据地了。欲知旅顺失陷而后,中国有何举动,且俟六集开场,另行宣布。

第一〇一回　章高元力守盖平县　吴大澄失陷田庄台

话说旅顺既陷，张光前、徐邦道等都率领残卒，奔到海城来投宋庆。不意宋庆因失陷了缸瓦寨，退守田庄台，自己却住在复州。众帅奔到复州，与宋庆相见，诉说败绩情形。宋庆安慰了众人一番，命章高元、徐邦道、张光前三将把守盖州，亲自提军北援营口。千军万马，昼夜奔驰，途中并没有遇见敌军。

这日，行到太平山地方，宋庆测度形势，知道此处是营口的咽喉，随下令扎营把守。刚刚立下寨栅，军探飞报祸事，说日国攻扑盖平，章高元扼住盖平河，拼命鏖战。日将见不能逞志，变计绕攻凤凰山。张光前闻敌先溃，盖平城遂被日军占据了去。章高元与徐邦道合兵一处，想把盖平抢回来，不意连吃了两个败仗。邀请姜帅同去打仗，姜帅又不肯答应。现在诸军都退回营口来也。宋庆闻报，笑向部下道："不意章迂子也有这么一遭儿，我道他有多少能耐呢！"

你道宋庆为甚发这两句话？原来这里头却有小小一段故事。这章高元，字鼎臣，绰号叫"章迂子"。因为他每逢出兵，总是骑着马先行，恁是枪林弹雨，他都不管。有人劝他不要这么冒险，他回说靠着皇上洪福，我总不会死呢，因此人家都称他做章迂子。即此一端，此公的骁勇果毅，就不问可知了。这章高元是淮军后起名将，从发、捻两役，百战勋劳，才熬练到一个记名提督总兵之职。法越这一役，朝廷派他署理台湾澎湖挂印总兵，带了湘、淮军各千名，渡海防守台湾。这年七月里，法兵攻打基隆，守将孙开华出去迎敌，打了个大败仗，基隆就此失掉。彼时高元部下二千多兵，都派往各地分防去了，在麾下的通只五百人。一听到基隆失陷，他竟拔剑斫案而起，立刻拔营，扑奔基隆图恢复。部下见他迂的利害，谁还敢阻止？离基隆不到十里，他就向部下道："国家的疆土，被敌人夺了去，那是我们带兵官的耻辱呢！现在我与诸位约，今夜无论如何，总要把基隆抢回来。如果到天明抢不回，我情愿自刎身亡，不与诸位相见了！"这几句话，把五百军心，一齐感动，顿时鼓勇前进。将抵法军炮垒，就派两员部将，分兵由小径抄攻其后。高元亲率兵士百人，提着短刀，飞步直冲法营。途中遇着两个探事的法军，高元喝令捆了，只顾前进。这时光，法营中已经知道他来偷营劫寨，枪炮齐施，弹如雨下。海中法舰，也开放大炮助战。高元的帽檐，被炮弹击去了一半，左耳也被震聋，却因一心注念着恢复基隆事情，竟然全未觉着。袒臂大呼，风一般卷过去，奋力直斫，百刀齐起。法兵没有防备，顿时惊扰起来，自相践踏，死者不计其数。这一役法兵折去二千余，死掉兵官两员。那几名残卒，都凫水逃入法舰，法舰也于半夜里引去。高元恢复了基隆，檄报各处。各处将弁，听说他短兵进战，都为震栗失色。这一役的阵亡法兵，筑为京观，成一个巍然大冢，后来每年必有法舰到基隆来祭奠呢。

到了这一回，高元是奉着李伯相军令，带了广武、嵩武以及新募的福字军，一总八营人马，来援旅顺。才到半路，旅顺已陷。奉旨赴前敌，会同宋庆，协守牵马岭。高元到了牵马岭,跟日兵开了好几回仗,总是无战不利。日兵见他利害不过,只得藏锋退避。宋庆见他声威功绩,将出己上,未免存了个妒嫉之心。偏偏这高元不识势,还常到宋庆营中,请他合兵决一死战。宋庆不肯,并且把危祸来唬他。高元大呼道:“我章迂子岂是怕死的人,怎么不可一战呢?”宋庆恨极,给他一角公文,叫他弃掉牵马岭,去守盖平。

高元知道盖平是块绝地,无险可扼。但是宋庆是统帅,将令所在,不敢不遵,拔营出发,到了盖平。敌兵大股数万,四面来攻,炮声如雷,炮弹如雨。高元叫部下军士,休得妄动。军士听令,一个个怒蛙似的伏在雉堞里。日军放了无数榴弹,炸爆得飞霰似的,却不见一点动静,只道是一座空城,大着胆扑将来。不意才要扑到城根,城上千枪并发,三员将领,早已着弹跌倒。高元率领部众,乘势杀出城来,来复枪连珠似的射击。日军虽然忠勇,只杀得尸横遍野,血流成川,战斗力尽,只得约军退去。高元收兵入城,众将皆贺。高元道:“诸公休要快活,瞧今儿这么恶战,就可知日军是不易对付了。我知道敌人的大队,还在后面,这一回不过是他的先锋队呢。这盖平城弹丸墨子的地方,地势这么的平衍,我们又通只八营人马,恁你有孙吴般谋,贲育般勇,如何支撑得住?”众将都道:“这便怎么处?”高元道:“宋帅现驻析木城,那边雄兵猛将很不少,军火也充足,咱们快去求救。只要他派几营兵来,扎成一个犄角之势就得了。”众将齐声称善。当下高元就发了一角公文去求救,一面抚视伤卒,修筑城墉。

正在忙乱,就听得远远炮声,军探飞报大队日军来了。高元登敌楼望时,漫山遍野,都是日军,旭日旗迎风飞舞,那掮快枪的步军,两面包抄而来。高元知道来者不善,善者不来,这一回定是非常利害,赶忙传令,叫部下准备厮杀,一面再派人到宋营告急。此时日军攻城大炮,环城迭攻,猛烈得几乎把城都轰起来。但见黑雾迷漫,全城火起。高元督率部众,拼命搏战。杀了一日一夜,看看救兵还没有来。部将报说子弹没了。瞧那日本兵,却还海浪似的推来。高元虎吼一声,喝令部众,把来复枪齐上了枪刺,大开城门,索性冲杀出去,跟日人短兵搏战。一人拼命,万夫莫当!饿虎般一群壮士,把日军杀到个死伤山积。无奈彼众我寡,日本兵宛似江潮海浪,杀去了一阵又一阵,再也杀不尽,驱不退。瞧部将时,几员勇猛的战将,杨寿山、李仁党、李世鸿、贾君廉、张世宝,都阵亡了。八营兵士,一大半做了沙场勇鬼。剩下三营不到的残卒,一个个浑身浴血,怕得同活鬼一般。知道再战下去,必定同归于尽。高元长叹一声,拔出佩刀,将欲自刎。残众齐声大呼道:“你老人家死了,此仇谁能报复?不如留下此身,重谋一战。”高元没法,只得大喝:“弟兄们,随我冲出重围去。”众兵得令,一斩齐地冲出来,日将见了,人人咋舌,不敢追赶。日军于是才占据了盖平。

高元率众,行了二十余里,才觉着身子疲乏。力战时候,全神贯注,哪里还舍的着休息。于是席地坐了一回,吃了一点子干粮。探马报称,各路败军都在营中。高元道:“咱们也到营口去罢。”到了营口,见徐邦道、姜桂题等都在那里,高元大哭道:“高元不肖,竟把盖平失掉了。”徐邦道见他满肚皮愤懑不鸣,不禁心有所感,叫道:“章将军,你我权不自操,才无可布,我也一肚子冤苦,没处告诉呢。我在盖平河力战时光,我三回五次来救你,都被日军杀回来。恰遇着姜帅的铭军,邀他夜捣盖平,他老人家不肯。我独力难支,只得退回来。说明了,你才知道。可见此事,我也是没力没处使。”高元见他这么说了,也只好付之浩叹而已。章高元后来改官登州镇总兵,恰遇着德兵占据胶澳。高元又请死战,山东巡抚李秉衡不发弹药,又劾他退缩,朝旨又不许他开炮,高元气愤成疾,就此退而归田。这都是后话。

当下宋庆听说高元大败,不禁露出一种乐意快心的样子。乐犹未了,惊报又至,报说在队日军离此不过五六站路,瞧它样子,大有扑奔太平山之势。忙发公文,飞调徐邦道马玉昆火速前来相救。果然上将兵符,胜于天子诏旨。不到两天,徐、马两军都赶到。宋庆检点部众,并徐、马两军,共有一万二千人马,心里就壮起来了。向部下道:“此间山势这么雄胜,咱们扼住了,以逸待劳,就不怕日本兵了。”正说得快活,忽见一骑报马,飞也似跑上山,报说日军离此只有一站多路了。宋庆听了,吩咐军弁,快请徐、马两统领来营商议。军弁飞奔去请,霎时都到。宋庆就把日军来攻的话,告诉了徐、马两人。徐邦道道:“来不来的权在日军,准他来不准他来的权在咱们。马军门,我同你率着本部人马,迎杀上去,休叫他近前。”马玉昆回说:“很好!”随即掌起军号,排齐队伍,重炮队,快枪队,长矛队,短刀队,马队,步队,一斩齐地浩浩荡荡杀奔前去。宋庆镇守在本营里,叫探事军弁,流星似的探报军情。

傍晚时光,军弁递到军情紧报,说徐、马两军,已在一站外跟日军开仗了。一会子,第二起探马又到,报称徐、马两军,排了左右翼阵式,跟日军战得难解难分。现在两军的炮火,异常剧烈。宋庆听了,不免有点子慌张,恐怕被人瞧破,故意装出镇定的样子。这一夜,哪里敢睡?好容易盼到天色黎明,捷报到来,说日人已被杀退,我军大胜,徐、马两军唱着凯歌回来也。宋庆吩咐杀牛宰马,预备筵席,给徐、马两统领庆贺。

次日,日色过午,远远听得军号之声。军弁飞报徐、马两统领得胜回来也。宋庆率领部下,亲自出营迎接。只见两面徐字大旗,迎风猎猎,那得胜军一斩齐的步伐,军容异常严肃。徐邦道跨着高头骏马,亲自殿后。徐军之后,才是马军。还有许多阵上得着的枪炮旗帜,并俘获的敌人。徐邦道见统帅亲自出迎,慌忙下骑相见。才谈得三五句话,马玉昆也到。接到里头,开筵行酒,团坐畅饮,讲论些争战情形,很是雄快。不意才快活得一日,大队日军三路杀来,快枪重炮,没命的施放。这里的军马,一来精力没有回复,二来寡不敌众,三来弹药已将告竭,只得随战随退。于是太平山被日军占据了去。

宋庆失陷了太平山,与徐邦道、马玉昆商议所向。徐邦道主张恢复海城,马玉昆不置可否。宋庆道:“海城日军,很是利害,咱们这点子残军,战得他过么?”说犹未了,旌旗招展,金鼓喧天,一支兵马到来,旗上大书着一个“李”字。邦道喜道:“好了,湘军李光久到了,咱们有了帮手了。”原来自从平壤败后,朝廷深虑淮军不足恃,乃思改用湘军,于是湘将魏光寿、陈湜、李光久等,都蒙起用,先后募军北援。又授江督刘坤一为钦差大臣,督办东征军务,驻扎在山海关。湖南巡抚吴大澂,帮办军务,驻扎在田庄台。李光久是奉了刘坤一将令,前来接应宋庆的。

当下徐邦道见了李光久,称说日军的声势,并恢复海口的计划。李光久道:“海城是东省要地,军事所必争。老哥有志恢复,兄弟情愿助你一臂之力。”宋庆说:“你们先请,我随后来策应就是了。”于是徐邦道、李光久合兵一处,共向海城进发。这时光,日军在海城的,共只六千人。清军一边,依克唐阿,长顺,就有三万人马。攻过几回,不得胜利。提督唐仁兼,又领了驻奉兵一万六千人,前来助攻。现在李光久、徐邦道又到,最后宋庆统了四万大军,又来接应。先后五攻海城,终不能拔。

日军坚守海城,缀住中国大军,以便派遣海军,从海道去扰山东。不意这个计划,没有成就,早恼起了一位旷代英雄。这位英雄,就是湖南巡抚吴大澄。吴大澄怒道:“通只几千的日军,天朝这么许多兵将,还攻打不下,那还成什么话?”传出军令,令部下各将,预备行装,即日开赴海城,跟日军战一个你死我活。不意这里尚未出发,日军惊报,已经陆续传来。报称日军逼近辽阳,依克唐阿托词援救辽东,已经移兵宵遁,长顺也跟着走了。魏光寿在牛庄,打了个大败仗。李光久也已逃走。丧失兵士二千余,被虏八百余,失掉军械无数。大澄听了,心里不免有点子惊恐。

忽地连天炮响,探马报称:“日军杀来了。”大澄慌得没暇探听虚实,起身就跑。营弁询问:“哪里去?”大澄道:“哪里去?不走,还等死么?日本兵杀来了。”营弁都道:“宋军统在前面挡敌,谅还不要紧。全军的军资器械,都在这里。大帅走了,怕不妥当呢!”大澄道:“你们和我,也没甚冤仇,为甚定要置我于死地?”当下带了几名心腹,头也不回,跨马走了。这里三军无主,自然从风而靡,不等日本兵到,都逃入关内去了。

消息传到营口,宋庆着急道:“全军的军资,都在田庄台。田庄台一失,咱们可都糟了。”忙命部将蒋希夷守住了营口,自己亲提大军,来救田庄台。才抵辽河北岸,得着军报,“蒋希夷逃遁无踪。日军已到辽河南岸,就把所获的大炮,排列河岸上边,声势异常利害。”说犹未了,大声发自南岸,宛似千雷万霆,震得天地都翕翕欲动。炮子随风爆炸,着地地陷,着人人死。宋军驻扎不住,只得向西奔溃。日军乘势踏冰渡河,于是辽河以东,尽被日本占去了。欲知后事如何,且听下回分解。

第一〇二回　刘公岛丁军门殉难　春帆楼李伯相议和

话说中日两国自开战以来，中国的将帅，不知甚么缘故，无战不败，无败不逃，把辽河以东的地方，尽让给日本人占了去。偏这日本人不知感激，竟然一不做，二不休，陆军得了势，又调齐军舰，在大连湾齐队，预备袭攻威海。先把附近的登州、荣城都攻陷了。二十五艘兵舰，环列威海口外，声势十分汹涌。

此时威海卫统帅，依旧是海军提督丁汝昌。丁汝昌自旅顺失陷之后，朝廷把他革职逮问。经李伯相竭力保奏，才保到个戴罪立功。兵舰既弱，坐守而已。此时听到登州、荣城失陷之信，忙饬北帮炮台守将道员戴宗骞，南帮炮台守将刘朝佩，小心防守。公文没有行到，南帮的后路枫岭，已被日军夺了去，刘朝佩逃了北台去。丁汝昌惊道："日将行军，怎么这么的迅捷？北台如果再行失陷，那炮台上的巨炮，都是利害不过的，为害何堪设想！"忙下紧急公文，叫戴宗骞赶把大炮机件卸下。公文去后，偏偏宗骞不肯遵照。丁汝昌听了，只是白干急。军营里的事情，是瞬息万变的。日军得了南帮炮台，何消两日，北帮炮台，也被它得了去，宗骞奔了刘公岛来。

日军据了炮台，就把台上的大炮轰击澳内兵舰，另派鱼雷艇入口袭击。定远舰着了鱼雷，伤的很利害，驶去刘公岛，就沉下了海去。接着来远、威远两舰，也被鱼雷击沈。亏得来远舰管带邱宝仁，威远舰管带林颖启都在岸上冶游，不曾遭着劫数。此时鱼雷管带王登瀛，率领了十二艘鱼雷艇，拼命的逃出口去。不意日本兵船，冲波突浪，四面兜拿，竟然一艘都没有漏网，全数被拿了去。岛内存留各军舰，那些海军水手，吃不住炮火利害，都登了岸。鸣枪过市，声言向军门求生路。刘公岛里头，顿时大乱起来。军舰上各执事洋员，都瞧不过了，齐伙儿向丁汝昌求情，叫他姑许乞降，以安众心。不意这怕死贪生的部曲，偏遇着忠心耿耿一瞑不视的主帅。丁汝昌执定主见，始终不可。众洋员没奈何，只得跟兵船管带，暗地里商议，都到主帅船上去，求他投降。

这时光，汝昌驻在镇远舰上，众军士拥护了军统张文宣至汝昌那里，哗噪求恩。营务处道员牛昶炳同了各舰管带，只是哭泣，不作一语。汝昌勃然大怒，向众人道："你们到这里来都干什么？朝廷成年费了许多心思，许多钱粮，训练海军，才训到这点子成绩，不料你们竟然一战都不能！那不是丢我的脸，朝廷的脸都给你们丢尽了！"众人都道："军门大人，我们未始不愿力战，无奈家里都有着老母妻子，战死了没人奉养。没奈何，只得恳求军门大人，开一条生路。多少慈悲慈悲。军门要是肯投降，不光是我们本身沾恩，连我们家属都沾军门大恩呢！"汝昌喝道："吃了皇粮，这个身子，就是国家的了，如何还好念及家里？现在既是大众求我，我有一个死里求生的法子，你们听了我，不但可以免死，还可以建立奇勋，赶快开足了汽机，冲出去跟日舰拼一个死活。俗语说的好，一人拼命，万夫莫当，我们究竟还不止一个人呢！"众将泣告道："军门大人，我们跟你，究竟没有深仇积怨，为甚定要葬送我们？除了开仗，不论什么事，你老人家吩咐下来，我们总无有不依从。”汝昌道：“你们要我投降，还是快拿刀来把我杀了好的多呢！”众将哀求道：“数万的性命，全仗你老人家一言，救了我们，公侯万代。”汝昌只是不依。忽见德员瑞乃尔走进舱来，附着汝昌的耳道：“丁军门，兵心已变，势不可为。不如沉掉兵舰，轰毁炮台，徒手降敌，似乎还不要紧。不然，恁你如此忠勇，一个儿如何退得掉这许多强敌？”汝昌叹了一口气道：“汝昌身为统帅，连一战都不能够，深负朝廷厚恩，死有余辜！既是将士皆不欲战，你们都去降罢，我是万不能降的！”于是传令诸将，叫他们同时沉船，诸将都不奉命。又命各兵舰突围冲出，众将士都叫起来。军士露刃进舱，大喊道：“军门大人救命！军门大人救命！”汝昌瞧见这个样子，知道再也弹压不住，随道：“你们别嗓，我自有办法，自能救你们性命。”说毕，转身入了自己房里去。半晌，不出来。众将士赶进瞧时，见海军提督丁汝昌，赫然仰卧床上，早仰药身亡多时了。众人惊喊：“丁军门殉难了！丁军门殉难了！”牛昶炳排众而入道：“别嚷，别嚷，殉难由他殉难，咱们商议大事要紧！”于是邀齐各舰管带，并各执事洋员，商议投降事情。群推英员浩威起草降书，仍托汝昌的口吻，眷名录过了，钤上海军提督的印，叫广丙管带程璧光赍了降书，乘坐镇边小艇，高悬白旗，诣日军乞降。日将受了降，就派人过护检点军舰器械，换上旗帜。一面把汝昌尸骸殡殓了，就派康济舰载送到烟台，交与中国地方官。从此中国海军扫地尽矣。

惊信传到北京，合朝大震。这一年，本是皇太后六旬万寿，依照乾隆朝故事，自颐和园至西苑，沿途分段点景，为了战事，尽都去罢。仅在园中排云殿受贺，颁发内币，犒赏前敌将士。后人有咏史诗道：

别殿排云进寿觥，慈怀日夕轸边情。
诸州点景皆停罢，馈饵频闻发大盈。

当时主战的几位大臣，瞧见这个样子，也不敢坚持到底了。北洋大臣李伯相，本来主张和议的，自然上章极论议和之便。朝廷虚衷采纳，特派侍郎张荫桓至天津，跟李伯相从长计议。李伯相就亲笔写了一封信，派税务司英员德璀琳，东渡日本，送交日相伊藤博文。德税务司到了神户，日官电达内阁，内阁回电，竟说私函不是国书，德璀琳不是中国大员。果然真心要和，请钦派大员前来，才能开议。德璀琳只得乘兴而来，败兴而返。日本人又声言议和须当割地，并赔偿兵费四万万元，由美国公使居间，通知此意。

中国这时候简直是不能战了，只得钦派侍郎张荫桓，巡抚邵友濂，为全权大臣。瑞良、顾肇新、伍廷芳、梁诚等，为参赞，赍了国书，到日本来会议。行抵广岛，日本命内阁总理大臣伊藤博文、外务大臣陆奥宗光为全权大臣，就在广岛县厅，互校敕书。日人说日人全权的敕书，不是全权通例，不肯开议。荫桓、友濂，据理力争，无奈战胜国的人强辞夺理，只得挂帆归国。朝廷只道是日人不肯议和，惶惧异常。这日，美国公使又到总理衙门，称述日人意思，说中国如果诚意求和，当派位望素隆之大员，畀以全权，仍可随时开议。意思之间，是隐指着北洋大臣李伯相。战败求和，说不得堂堂大国，只得迁就人家。

光绪二十一年正月十九日朝旨就派李伯相为头等全权大臣,到日本去议和。派了王文韶署理直隶总督。美国公使函告李伯相,言日本来电称：除了先偿兵费并朝鲜自主外,若无商让土地,及画押全权,使臣可以不劳枉驾。李伯相奏闻朝廷,朝廷降旨允准。李伯相才带了公子李经芳,及美员福世德,参赞罗丰禄、马建忠、伍廷芳等,行抵马关。日本的全权伊藤、陆奥两大臣也到了。就以春帆楼为会议处所,两国全权见面。伊藤一开口就说:"回忆那年在天津地方,得瞻傅相仪容。那时傅相的威严,令人这会子想起了还要心悸。不料傅相今儿竟会屈尊到敝国来,贵足踏贱地。咱们两个人,竟会在这里相会,真是万想不到的事。"李伯相听了,满面羞惭,为了国家的事,说不得只好忍辱含垢。互勘了敕书,开议起正事来。伊藤博文先要把大沽、天津、山海关为质,才肯停战。李伯相不允,伊藤执持愈坚。李伯相请别攻大沽、天津、山海关三处,先行开议和约。伊藤不肯。没奈何,只得先行议约。

廿八这一天,李伯相从会议所回来,半路上遇着了刺客,伯相颧上中了一枪,伤势很是利害。这刺客名叫小山丰太郎,当场就被警察捕获。亏得伯相中了这一枪,日皇异常抱歉,遣医慰治。欧亚舆论,都派日本不是。十八个将军,抬不过一个理字去,伊藤只得答应了停战,不索质地。于是先订了停战条约,奉天、直隶、山东,暂时停战二十五天。两面开议和约,伊藤送来十款,限期四日议复。伯相一面电告总理衙门,言日款最要者：一、朝鲜自主；二、奉天南边各地,台湾、澎湖各岛,都要割弃；三赔偿兵费三百兆两。要索过奢,请密告英、俄、法三国公使调停。一面回复伊藤：一、朝鲜自主,须改日本所拟约文；二、奉天南境,断难割弃；三、赔款三万万,力难照办。伊藤复书,仍促速议。李伯相只允割让奉天之安东、宽甸、凤凰城、岫岩州四处地方,及澎湖诸岛,赔款只允一万万两。

此时伯相枪伤已愈,重到春帆楼会议。伊藤再交到约稿,于割地款内,减去了宽甸一地；赔款一项,减至二万万两,分作六期,共计七年偿清。伊藤道:"这一回的约稿,减之再无可减,让之再无可让,敝国顾全和局,已经是无微不至。中国只有允不允两句话,请傅相别尽虚縻时日了。"伯相跟他反复辩离,伊藤执持愈坚,并限他四日答复。伯相电奏北京,得旨允准。于是两国全权,互签了草约。重展停战期二十一日,订明正约在烟台互换。约文大略：一、朝鲜完全自主；二、奉天南从鸭绿江溯江抵安平河口,至凤凰城、海城、营口,台湾、澎湖及所属各岛屿,均割让与日本；三、割让界务,限一年毕事；四、赔款二万万两,分八次交清；五、人民迁徙,限二年以内。逾期不迁,永为日民；六、辟沙市、重庆、苏州、杭州四口通商；七、换约后三个月内撤兵；八、暂占守威海卫,候赔款清偿后撤兵；九、俘虏不得虐待；十、本约批准互换罢兵；十一、定期在烟台互换。

和局告成,李伯相回到天津,就上折请了个病假,派遣伍廷芳赍和约全文进京。你道李伯相为甚忽地请假？原来这时光朝野上下,早闹得反沸摇天了。割地的消息,传到北京,朝士大愤。台湾臣民,争论尤力。等到李伯相议定了草章,中外诸臣的章奏,已经百十上了,异口同声,都是争论割地的。会试举子康有为等数千人,联名上书,慷慨激昂,比了宋朝的太学生陈东等,直堪后先媲美。朝意颇为所动,密旨叫李伯相改议。李伯相以全权签约，从无更改之理，深虑腾笑万国，坚不肯从。枢臣孙毓汶、徐用仪，主张赶快换约。主事何藻翔、罗凤华上书，请戮毓汶等以谢天下，朝廷也不去理他。伯相知道朝士不谅，自己一身将为众矢之的，所以到了天津，就托病不行了。

这一回的和局，英国人很袒日本。俄、法、德三国，却很是不平。日本据了辽东，俄国引为大害。俄、法、德三国的驻日公使，力阻其议。俄国的兵舰，已在日本长崎地方，及中国的辽东，不住游弋。日本国势，本来不能敌俄，这会子新战中国，哪里还有余勇去跟俄国开仗？正是强中还有强中手，泰山之上有青天。俄国人这么一来，日本没奈何，只好把已得的辽东地方，还归中国。三国公使密告总署，辽东倘不归还，切勿批准换约。此时朝廷意存犹豫，下旨命王文韶、刘坤一议决和战。文韶等复奏："沈阳、京师两地，所关重大，务策万全。以直隶言，如提督聂士成，总兵章高元、吴宏治、陈凤栖等军，均堪一战，其榆关以迄辽沈诸军，未敢臆断。现在势成孤注，与未议约以前大不相同，乞饬下诸臣熟议。"朝廷于是决计签约，特派道员伍廷芳、联芳为换约大臣，赴烟台换约。日本换约使臣伊东美久治到烟台，声言更易割辽条约，未奉国令，《马关条约》未敢擅改。伍、联两大臣，也不跟他争论。此时俄舰十艘，泊在烟台地方，装煤洗炮，声势汹涌。伊东大惊，拍电东京请命。回电到来，叫从长磋商归辽条款，夜半就换了约。

这时光，王之春从俄国吊贺回来，路过法京，就游说法国干预和约，情愿把台湾质于法国。议还没有成，驻法钦使龚照瑗，密电告知李伯相。伯相惧破坏和约，电促伊藤博文赶快换约，一面奏请派使交割台湾。四月二十五日，朝命李经方为割台湾使，日本派桦山资纪为台湾总督，就在日舰中交割。不意台湾百姓，不愿隶属日本，公举巡抚唐景崧为台湾总统，建设内部、外部、军部三部，建号"永清"，泣电北京，誓愿死守，永为藩属。日本派遣海陆两军，征讨台湾，血战两年之久，才能够奠定，此是后话。

当下台湾虽然割掉，日军尚据守在辽东。俄、法、德三国严诘退兵，日人于是要索赎辽东费一万万两，竭力磋商，才减至五千万两，中国还不肯答应。议到八月里，还没有议定。俄、法、德三国公断为三千万两，日人要求赔款偿清后三个月始撤兵。朝廷仍旧叫李伯相与日使林董会议还辽约款。林董要约四条：一、偿款三千万两；二、俄法德永不得占东三省，中国亦不得割让；三、大连湾通商；四、大东沟、大孤山开为商埠。没有议定，俄、法、德三国严责的通告又至，问他辽东兵为甚不撤？日本没法，只得收了偿款三千万两，定了约。这年十月里，辽东兵尽数撤退，奉天南边诸城，尽交还与中国，重敦睦谊，永息干戈。不过疆土蹙损了数千里，人民担负了二百兆，十余年辛苦经营的海军，白白便宜了邻邦。这么的大创，据说宫里头早得着预兆的。甲午之前，德宗屡次梦见一个老人，问自己道："你几时还我旧物？"德宗不能回答，醒来告诉太后。太后道："如再梦见，告以驴儿年还你。"后来又梦见此老，仓卒之间，误说了"马年还你"，所以后人有诗道：

庞眉入梦是何缘，还我江山一据然。
后夜相逢人似旧，驴儿年改马儿年。

彼时创剧痛深，朝野上下，遭了这一回的激刺，都不胜的愤懑，人人有励精图治发愤为雄的意志。主事康有为，在京城里发起了一个强学会，倡言变法，朝士靡然风从，于是就结成了一个维新党。德宗帝连降刷新的诏旨，命中外大臣保荐人才；又命各省将军、督抚，就本省情形，将筹饷、练兵、恤商、惠工名节，妥筹办法，限一个月内复奏；又命胡燏棻督办津芦铁路。一班守旧官僚，瞧见朝廷举止，渐有倾向维新的样子，不免怀了个妒嫉心思。御史杨崇伊首先上折，奏将封禁康有为设立的强学书局，禁止士人讲求时务。恰好御史胡孚宸，奏请将强学书局改归官办，总理衙门也上章奏请，降旨准行。守旧官僚，愈益侧目。

看官，只因德宗帝愤于积弱，变法图强，竟然招出坍天大祸，几乎性命都不保！欲知后事如何，且看下回分解。

第一〇三回　德宗帝变法图强　康有为上书论治

话说德宗愤于积弱，锐意维新，朝臣中就分了新旧两党。维新党里头，要算户部尚书翁同龢，侍郎张荫桓，詹事府右中允黄思永，御史宋伯鲁、杨深秀，尚书李端棻，侍郎徐致靖，湖南巡抚陈宝箴，湖广总督张之洞，侍读杨锐，主事康有为、刘光第，中书林旭，知府谭嗣同，最为有势。那康有为的弟子举人梁启超，办理《时务报》，鼓吹变法，尤为利害。

道高一尺，魔高十丈。那一班守旧老臣，如何肯轻易放过？偏偏这几年国家多故，朝廷因索还辽东，俄国很出了一番力，俄皇加冕，特派李伯相前往庆贺。却暗地里订了一个密约，许俄人在东三省境内建筑铁路，并租借胶州湾为军港，随命驻俄钦使许景澄与华俄道胜银行订立了东三省铁路公司合同十二条。又把与缅甸接界江洪界之地，予了法国。这一块地，从前与英国议订《缅甸条约》时光，力争争来的。现在赠给了法国，英人大大不悦，屡有责言。没奈何，只得续订中英《缅甸条约》，改划界线，将工隆全地划归英国，并把那布喀相近三角地一段，永远租与英国，又添开梧州等口岸三处。俄法二国，都有了酬谢，连英国都得了意外的利益。只有德意志一国，独独向隅。

恰巧这一年山东曹州钜野县地方，出了教案。遇害的两个天主教士，恰恰是德国人。德人师出有名，借口曹州教案，遂派兵占据了胶州湾炮台。朝廷派了李伯相去交涉，说到个唇焦舌敝，德人说："不然呢，租借一百年。既是你伯相请过来，没奈何，瞧你老人家面上，让掉一年，就订了九十九年期限罢。"于是订立了胶澳租界条约四款，除九十九年期限外，还把胶济铁路建筑权，并傍路百里内的矿山，都允许德人开掘。俄人见德人租了胶澳，就来责问：胶州湾密约所在，如何贸然许给了德人？遂也援例强租旅顺大连湾，订约二十五年，凡西伯利亚铁路通过东三省地方，都许俄国派兵保护。英国人见了，便援了利益均沾之例，前来饶舌。中国无言可对，只得把广东九龙地方辟了租借地，又与它订立了中英《展拓香港界址专条》，才得没事。

经了这许多敌国外患，国人的激刺，更进了一层。维新的热度，更高起了十倍。于是贵州学政严修，奏请设立经济专科。总理衙门跟礼部会议，先行特科，次行岁举。共分六个科目，是内政、外交、理财、经武、格物、考工。特科由三品以上京官及督抚学政各举所知，咨送总理衙门，会同礼部，奏请试以策论。岁举每届乡试年分，由各省学政调取各学堂书院高等生，送乡试分场专考。中允黄思永奏筹借华款，请造自强股票，命户部速议。户部议印造股票一百万张，名叫昭信股票，按年五厘行息，二十年本利清偿。令京外王公、将军、督抚及大小文武官员，均领票缴银，为商民提倡。奏入，立即批准。又命开办京师大学堂，定制，武科改试枪炮。各省、府、厅、州、县、所有大小书院，一律改为学校。以省会为高等学，郡城为中等学，州县为小学，并命民间庙祠不在祀典者，一律改为学堂。又着各省督抚保举使才，乡会试及生童岁科各试，废去时文，改试策论。停止朝考，定乡会试随场去取之法。下诏定国是，宣示中外。外省大吏，办理新政不力者，均传旨申饬。

似这么雷厉风行，还不见什么效验。德宗临朝而叹，向臣下道："环顾老臣，持重有余，维新不足。朕欲厉行新政，竟少辅弼之臣。内而尚侍，外而督抚，迭经传旨申饬，依然杳杳泄泄。一人忧勤，万众嬉戏，难道祖宗的天下，中华的国运，就此挽回不转么？"忽一人俯伏殿陛，奏道："非常之事，必待非常之人。臣保举一人，必能辅佐皇上，成为维新之治。"德宗瞧时，见是翰林院侍读学士徐致靖。德宗问他保荐的是谁？徐致靖道："是工部主事康有为。此人是广东南海县人，于欧美的政教，世界的大势，无不研究有素。才具开展，堪以大用。"德宗听了，随问师傅翁同龢，"康有为为人如何？徐致靖保的不差么？"翁同龢道："康有为虽系新进，其才胜臣十倍，徐致靖保的不差。"德宗随命召见。

这康有为真也了得，謇謇谔谔，慷慨陈辞，差不多范睢之说秦王，贾谊之见文帝，把个德宗听得一会子变色易容，一会子前席咨询。当日就降朱谕，叫康有为在总理各国事务衙门行走。王阳在位，贡禹弹冠。内阁候补侍读杨锐，刑部候补主事刘光第，内阁候补中书林旭，江苏候补知府谭嗣同，都是康有为的同志，都蒙特擢，加赏四品卿衔，命在军机章京上行走。举人梁启超，赏给六品衔，着办理译书局事务。一班维新志士，遭遇圣明，悉蒙录用，于是发扬踔厉，任意而行，哪里还把守旧老臣，放在心上？

康有为感激圣明知遇，迭次上书，议论新政。德宗下旨嘉纳，大有禹拜昌言的气象。御史文悌气不过，上章参劾宋伯鲁、杨深秀、康有为，党庇诬罔许多罪款。偏是德宗信任新党，下旨斥其难保不受人唆使，不胜御史之任，着回原衙门行走。又下旨申谕变法不得已之苦衷，命诸臣精白乃心，力除壅蔽。又命神机等营，改练洋操。特设矿务铁路总局于京师，派文韶、张荫桓管理。从徐致靖的奏请，特置三四五品京卿，三四五六品学士。一面裁并冗官，詹事府、通政司、光禄寺、鸿胪寺、太仆寺、大理寺各衙门，湖北、广东、云南三省巡抚，并东河总督缺，各省不办运务的粮道，向无盐场的盐道，悉行裁撤。此外，京外应裁文武各缺，命大学士、六部、各省将军督抚，分别详议奏闻。一面广开言路，各省藩臬道府，凡有条陈，自行专折具奏。州县等官，由督抚原封呈递。士民上书，由本省道府随时代奏。似此厉行新政，守旧诸臣，早已侧目。

不意礼部衙门，恰于此时闹起一个风潮来。新旧两界，为了这一个激刺，生分得愈益利害。礼部主事王照，条陈变法事宜，呈请堂官代奏。尚书怀塔布、许应骙，侍郎坤岫、徐会沣、溥颋、曾广汉都竭力的阻格。维新党便把此事，密奏了德宗。德宗大怒，立刻降旨，把怀塔布等六人，悉行革职。王照不畏强御，赏给三品顶戴，以四品京堂候补。

这时光，京城里头，谣言蜂起，异说朋兴，都是守旧诸臣捏造出来的。有的说，康有为原本是信从洋教的，现在同了一班新政人员，日夜蛊惑皇上，要皇上也信从洋教，皇上惧怕太后，还没有行。有的说，康有为因皇上本性不昧，已向洋教士购了一丸蛊药，进献皇上，皇上服了这蛊药，就要昧却本性，无所不为，恐怕大清的江山，就此要断送了呢。

谣言传入内廷，皇太后听了，很不为然。这日，德宗入内请安。皇太后问了几句外面的事，随道："好孩子，你太能干了。祖宗定的法度，有什么不周到，要你废这样，变那样，忙到这个样子？康有为等这班妄人，我也没暇去恼他。最气不过，就是翁同龢这老头儿，官到极品，位到师傅，朝廷哪一样亏负了他，也这么的混闹？照理，皇帝年轻不懂事，你做师傅的竭力诤谏才是。诤谏不从，也可以进宫回我。现在非但不诤谏，倒领了头的闹。几曾见受恩深重的大臣，有这么行为的？"德宗稍稍辩护了几句，皇太后冷笑道："好好，越发有能耐了！叫你管了几年政治，磨练得连我都会顶撞了。本来呢，你眼珠子里连祖宗都没有，哪里还会有我？再停上几年，怕不颠倒要管教我了呢！"德宗唬得连忙跪下碰头。皇太后喝道："还不快退出去！你仔细着，停几天，我再跟你算账！"德宗唬得诺诺连声而退，才退到门口，忽又传旨喊回来。德宗只得回来，皇太后道："你跟翁同龢、康有为，赶快商议吃教去。"德宗跪下道："子臣不敢！"皇太后道："不敢吃教，还算你不曾忘记祖宗，去罢！"德宗回来宫里，心中很是不安。

次日降旨，协办大学士户部尚书翁同和，着即开缺回籍。又命二品以上大臣谢恩陛见，并诣皇太后前谢恩，外官一体奏谢。升了孙家鼐为协办大学士，孙家鼐谢恩陛见。德宗就把为难情形，向他略述了几句。孙家鼐奏道："臣有一法，可以上安太后之心，下悦群臣之意，新政不碍进行，富强亦能渐致。"德宗大喜，忙问何策。孙家鼐道："皇太后最恼的，就是康有为一个儿，群臣最忌的，也只康有为一个儿，皇上只消把他遣出了京，太后自然没什么话了。然后再慢慢推行新政，自然会做到富强地步。现在皇上雷厉风行的办新政，康有为在朝里，人家总道是康有为意思，因为忌康有为，连新政都有窒碍了。依臣愚见，康有为在京，于新政不惟无功，反倒有害呢。"德宗道："还是你想的周到。"随下旨命康有为督办上海官报，康有为拜了圣旨，向左右道："军机大臣忌我屡有陈奏，变法子撵我出京，他们好图眼前清净呢。"

不言康有为暗遭罢斥，却说朝中那班守旧党，自见礼部六堂官革职，军机四京卿特擢之后，愈益人人自危。那班满洲大臣，没甚才具，不过相对扼腕，自嗟运蹇而已。此时汉臣中有一个出类拔群的人才，就是御史杨崇伊。这杨崇伊当新政厉行之初，就把第一个维新人物翰林院待读学士文廷式，参了个革职永不叙用，是守旧党中最有干才的。当下就向众满臣道："皇上误信新党，妄变祖制，照这样子扰下去，祖宗栉风沐雨的天下，总要扰掉，咱们坐视不救，那就不是受稷之臣？诸位都是勋臣后裔，国家的世扑，难道竟然委心任运，不出来挽救挽救吗？"众满臣道："我们何尝不愿挽救！但是这件事无从下手，叫我们也难想法。第一主子先这么高兴，今儿裁官职，明儿办学堂，谁要说一句新法不好，不是革职，就是申饬，半句话也说不上。不知这姓康的用了什么蛊药，把好好的圣明天子，蛊惑得发了狂似的。"

正议论时，忽见一个满洲大臣匆匆入来，气急败坏的向众人道："大祸到了，你们还不知道么？"众人见了他那个样子，都吃一惊，忙问何事？那人道："我适从里头得着消息，说康有为劝主子剪辫子，主子已经准了。你想这件事行了，那不是大祸到了么？"众人听了，真个像坍天大祸就在目前一般，面面相觑，不作一语。有几个愁眉锁眼，有几个叹息咨嗟。杨崇伊愤然道："事急矣，我们快快想法子挽救罢，可不能够再缓了！"众人道："杨侍御有甚高见？说出来，我们大家斟酌斟酌。"杨崇伊道："我这一个法子，不但可以把这一班新党，一网打尽，并且我们大家，都可以安如磐石。只可惜关碍着一个人，还不十分妥当。"众人都道："不管他关碍的是谁，只图我们安逸就是了。"杨崇伊道："这关碍的倒不是等闲之辈，可怎么样？"众人忙问到底是谁？欲知杨崇伊说出何人，且听下回分解。

第一〇四回　颐和园旧臣群告变　宁寿宫太后再垂帘

话说杨崇伊道："你们要知道这一个人？这一个人呵。"说到这里，把大拇指一竖，随道："就是当今天子。"众人惊问："怎么要碍及他老人家呢？"崇伊未及回答，外面忽又奔进一个人来，报称："大事危急，维新党怂恿主子派兵围困颐和园，主子不肯。他们声言要矫旨行事，果然这么行了，老佛爷可就危险了。"崇伊道："这还了得！可知我前因参奏文廷式，说他遇事生风，广集同类，议论时政，交结太监文海的话，不是虚了。一个道，这班维新逆党，本来都是枭獍之徒，记得前年汪鸣銮、长麟，不是都为信口妄言，迹近离间革职的么？"众人都道："咱们别尽议论了。杨侍御，你快说挽天的法子罢。杨崇伊道："现在没有别法，只有赶快赶到天津，去见荣中堂，跟他老人家商议，恳请皇太后重行训政。这件事办到了，皇上都没有权了，哪里还能够顾及新党？"众人齐称妙计。杨崇伊道："事不宜迟，要办就办。"

于是大众各乘了驴车，直向天津出发。此时京津铁路还没有建筑，披星戴月，走了一昼夜才到。杨崇伊等就到总督衙门请见。荣禄接入，杨崇伊就把维新党谋逆的事，痛哭流涕，泣诉了一番，然后称说："我等为社稷起见，只得来恳求中堂，求中堂转奏皇太后，求她老人家再行垂帘，上顾宗庙，下救万民。皇上原是圣明，无奈被这一班没天地的新党，引诱坏了。现在事机急迫，女尧舜再要不出来，天下事怕就不堪收拾了呢！"荣禄道："果然他们要兵围颐和园么，那不是造反是什么？这班维新党，纷更变革，眼睛里没有祖宗也还罢了，怎么连皇太后都没有了？皇帝也真不懂事，做了主子，恁这班草茅新进，胡行乱做，也不禁止禁止！也不想想，倘然没有皇太后，你哪里就有皇帝做，至多不过一个亲王罢了。现在这个样子，人肯容你，天也不肯容！"杨崇伊道："中堂说的是，就恳中堂快到颐和园去。大祸一发，怕就来不及了呢。"荣禄沉吟半晌，附着杨崇伊耳，说了几句机密话，崇伊点了点头。于是荣禄亲自执笔，写了一个密折，付与崇伊，崇伊等坐了驴车，星夜赶向颐和园来。

行到时，天才过午。崇伊等都在宫门外下车，由左门而入。进了二道宫门，落了朝房，随有几个三等太监走入，崇伊起与为礼，随道："我们有机密大事，要面奏皇太后，还有天津荣中堂的密折。"为首的太监，不等崇伊说完，即道："甚么机密事，这么的要紧，老佛爷正在颐乐殿听戏呢。"崇伊道："此事果然要紧，不论请哪一位，替我去回一回。"那太监待理不理的道："老佛爷正乐呢，谁敢去麻烦！"崇伊知道他们要宫门费，随向同来的几位满大臣商议，凑集了十多两银子，送与那太监。那太监才有了笑脸，向杨崇伊道："杨大人，咱们都是自己人，还计较什么。老佛爷委实在听戏，你的事果然要紧，我去请李总管来。有什么话，跟李总管说了，就跟老佛爷说一般的。"杨崇伊道："这么最好，费心的很。"

候了好一会子，才见四个小太监至，口称"李总管至"。杨崇伊等连忙起立相候，随闻咳嗽一声，一个满面绉纹的老太监，穿着二品公服，红顶花翎，翩然而出。杨崇伊抢步请安，李总管忙着还安。相见之下，倒很和气。问杨崇伊等来者何事？杨崇伊就把荣禄的密折，并自己来意，备细述了一遍。李总管听了，既不恼怒，也不惊惶，依然没事人一般，安安详详的答道："众位就在这里候旨罢，我去回老佛爷。"崇伊拱手道："国家安危，全仗总管鼎力。"李总管笑了一笑，接着荣禄的密折，入内去了。

一会子，李总管出传圣旨："老佛爷着杨崇伊藕香榭陛见。"崇伊应了一声"是"，遂跟随李总管曲折入内。到了藕香榭，皇太后已先在那里了。只见皇太后身穿黄缎长衣，满绣着淡红牡丹花，黄缎头帔，满饰着珠玉花朵，左边系着珠缨，顶上戴着一支白玉凿成的凤凰。长衣之外，戴着一个明珠织就的披肩，形如鱼网。这明珠粒粒精圆，都是雀卵般大小，色泽无二。臂上套着三四副珠玉钏儿，指上套着五六个美玉戒指。右手指上，还罩着三寸长两个金护指。左手罩的，却是玉护指。连鞋子上都满系着珠缨，饰着各种宝玉。慈容严肃，凤目弈然。崇伊跪下叩头，行了朝见礼。太后道："瞧荣禄的奏，说维新党造反的事，你是知道的，到底怎么一回事，讲来！"崇伊道："微臣也是风闻，听说这叛逆的事，都是康有为、康广仁、王照、粱启超、杨深秀、杨锐、林旭、谭嗣同、刘光第等九个人蛊惑皇上的。宫里有一间密室，他们九个人，每天同皇上在里头商议新政。听说康有为整日劝皇上吃教剪辫子。皇上畏惧太后，不敢答应。康有为就引诱皇上干大逆的事。"太后道："他们引诱，你主子竟甘心从逆么？"崇伊道："听说皇上还没有答应。他们现在已预备矫旨径行了，说事情成了，皇上独蒙其福。事情不成，九人甘受其祸。"太后道："你这些话都确么？"崇伊道："微臣何敢谎太后？微臣初时，原不敢奏闻太后，后来一想，要真被他们胆大妄为起来，关系着天下国家，关系着宗庙社稷，很是不小。才到荣中堂那里商量了，冒死来此奏闻。"太后叫崇伊退去，又召见了几个满洲大臣。所奏的话，大同小异。太后信以为真，不禁勃然大怒，随发密电召荣禄带兵来京候旨。一面传旨禁卫军，预备军火，即行出发。

此时杨崇伊等还没有退出颐和园，即见太监出来传旨："老佛爷要幸禁城了。"随见禁卫兵纷纷站队，霎时，銮驾执事，都排列齐全。禁卫兵先发，次銮驾卤簿，卤簿完后，就是太后凤辇。辇系黄色，八名舆夫，畀之而行。凤驾的左右，有四名头品大员，乘马翼护。驾后四五十名太监，都跨马扈从。往常由颐和园到禁城，等到了万寿寺，太后总传旨休息的。此番因为回宫紧急，也没有传旨休息，星驰电逐，霎时已抵宫门。

守宫门太监，仓促入报。德宗听报皇太后驾到，宛如晴空里起了个霹雳，惊得全身都麻木起来。太监文海闯入道："老佛爷进来了，万岁爷还不快去跪接呢！"德宗听了，如梦初醒，慌忙奔出宫来。太后已经满面怒容的进来了，德宗连忙跪下。太后道："好孩子，你干得好事！起来，跟我走！"德宗不敢不依，太后直入德宗办公室，亲自动手，把所有的奏折、朱批并拟就的上谕，都搜出了，略略过目，冷笑道："这班没天地的维新党，背地里作耗，打谅我隔的远，都不知道呢。可知我身子虽在颐和园，我的心耳神意，时时都在这里。难道太宗世祖力征经营的天下，我就白放心凭你们就此扰坏了不成！"因喝命把德宗的贴身太监都传来，"叫李莲英派人看守，停会子我还要亲自问呢。"李总管跪应了一个"是"，自去派人看守德宗的贴身太监，一时回奏，遵旨办妥。

太后起身，直入德宗寝宫来。此时皇后也知道，率了珍瑾二妃并宫眷人等跪迎出来。太后也不理，径入寝宫，督同太监，满屋里搜检德宗之物。凡略带洋式的东西，一并命收卷起来，拿到自己宫里去了。皇后献上茶，太后也不吃。带领太监，起身回宁寿宫去。皇帝、皇后一直跟送出来，太后向皇后道："好孩子，我白赏识你了，你还是我的侄女儿呢。人家养猫捕耗子，咱们的猫，只会咬鸡。他们作耗扰乱天下，你也不给我通个信儿？我也知道你无非要讨皇帝的好，博一个好好先生的美名儿。我今儿才知道你忠心！知道你孝顺！现在我也没工夫跟你计较，待我治了那没天良的不孝顺孩子，再来问你，去罢！"皇后只得退回来。

德宗一直跟进慈宁宫。太后道："你过来，我问你，哪一桩事情待错了你，你竟要谋害我性命？就是平日管教你几句，一来是为祖宗的天下，二来也为的是你。不知怎么，就恨的你竟要干这叛逆的事！"德宗唬得跪下，连连碰头，口称"子臣不敢"。太后道："你说不敢，你为甚叫人带兵围颐和园呢？"德宗道："老佛爷明鉴，这些事子臣一些都没有知道。"太后道："亏得你不知道，要是知道了，我还有命么？"随命把万岁爷的太监带上来，一面叫看黄布袋伺候。这黄布袋里头装的是竹板，样式大小不等，太后随身带着，专备笞责太监宫婢等。当下取出竹板，德宗的太监十二名，也都带上。太后严辞讯问："康有为等每天见万岁爷，谈论点子什么？"太监等都回不知道。太后大怒，喝令行杖。李总管立命他们横卧地上，四个服侍一个，一个揿脚，一个按头，两个执了竹板，左右开弓，一起一落的打。打到了五十，太后嫌他们打的轻，喝令把行刑的太监，揿下重责。那几个太监，就不敢再用情了，飞起板子，拼命的扑责。顿时血肉横飞，殿陛上差不多下了一阵血雨。虽然打得这个样子，却连呻吟的声息都没有，因为惧怕太后威严，死忍着痛不敢响。打到三百板，才命停止。李总管瞧时，那瘦弱的四个，早已受刑不住死去了，其余也都重伤，不能够起立。李总管回奏太后，某某等四名，已都杖毙了。太后道："死了拖出去了完结，还回我做什么？"又命还那其余八人，发交内务府严讯。

此时德宗还跪在地上，太后厉声问道："你知罪了不曾？"德宗碰头道："子臣知罪，恳求圣母慈恩！"太后叹了一口气道："我初意只道这副重担子交卸了，可以不用管了。现在扰到这个样子，要放手不能够放手，可怜我活了这么大年纪，要过几年安逸日子都不能够。"说到伤心之处，不禁滴下泪来。

忽报直隶总督荣禄，在宫门外候旨。太后随喝德宗退去，命李莲英："选派十名妥当的太监，伺候万岁爷，宫中不论何人，不奉我的命，不准与万岁爷相见。"李总管应了一声"是"，自去派人软看德宗去了。太后随即召见荣禄，密询了好一回。随下诏称皇帝有疾，不能视事，太后重行训政。一面命步军统领拿捕康有为等，把德宗幽禁在南海之瀛台；一面命中外大臣保荐精通医理之人。

一班新政人员，轻则罢斥，重则拿捕。侍郎张荫桓、徐致靖，御史杨深秀，京卿杨锐、林旭、谭嗣同、刘光第，均拿捕下狱。御史宋伯鲁革职，永不叙用。尚书李端棻革职，发往新疆。湖南巡抚陈宝箴，革职永不叙用。叫荣禄在军机大臣上行走，授裕禄总直隶总督。命詹事府等衙门照常设立，毋庸裁并。禁止士民上书言事，废掉官报局，停止各省改设学校，禁止报馆，严拿主笔；各项考试，仍用四书文试贴经文策问，并停经济特科，禁止结会，废掉农工商总局。把德宗三个月霄旰忧勤办成的新政，一举手铲除得干干净净。这些守旧臣员，见皇太后如此办理，皆感恩趁愿不尽。

暂且说不到后文，如今且说维新党首领康有为。这日，恰在外城朋友家谈天，忽报宫中有变，城门都关闭了，步军统领带了许多兵丁，正在各处拿人呢。有为大惊，忙派人出去打听，也再想不到会是这件公案。一会子，又一个朋友走来，见了有为，就道："长素，你还不走么？你的事犯了，令弟已被拿去，杨侍御林京卿等，都下了狱了。"有为道："怎么有这么的大变？"那朋友道："太后已经重行垂帘，新政悉数推翻，连皇上的性命，都不知怎么样呢！到这时候；山穷水尽，恁你足智多谋，也难远天浴日，三十六着，走为上着。"当下，康有为就找了一个外国朋友，悄悄出京，逃向香港去了。他的高足梁启超，亦步亦趋，也向日本一走完结。梁启超到了日本，办了一种《清议报》，把皇太后骂到个狗血喷头。皇太后虽然恼怒，竟然奈何他不得。康有为却建立了一个保皇会，遨游南洋群岛，募集款项，号召党徒，时常拍电到北京恫吓皇太后。忠肝义胆，居然是个帝室纯臣，这都是后话。

当下步军统领回奏，只拿了康逆之弟康广仁。康逆并康逆弟子梁逆，都已闻风远扬。刑部堂官奏请钦派大臣，会讯维新党人。太后道："这还讯鞫什么？提出去斩了完结。"随下谕旨，杨深秀、杨锐、林旭、谭嗣同、刘光第、康广仁六名，毋庸讯鞫，即行处斩。张荫桓发往新疆，严加管束。徐致静永远监禁。又下诏拿捕王照。

你道维新党为甚不审就斩？原来刑部尚书赵舒翘，平日最恼新党，拿捕了杨深秀等，太后召见，叫他严究其事。赵舒翘对道："这等无父无君的禽兽，杀却就是了，不必问供。"太后点了点头。赵舒翘有一个门生，在部里头当着提牢厅，因与杨锐、刘光第同乡，知道他们是冤枉的，恳求赵舒翘按律审讯，舒翘唯唯应允。

这日京中盛传维新党要处决了，此人大惊，慌忙走谒舒翘，力陈杨锐、刘光第，与门生同乡至好，此案实系冤枉，总要求老师奏请分别审讯。连连作揖，声泪俱下。赵舒翘悍然道："你所说的是友谊，我所执的是国法。南山可移，此案不可动。你赶快出去，旨意就要下了。"那人听了，只得恸哭而去。未几旨下，六个新党，从监中提出，押赴菜市口行刑，却都从容不迫，各赋绝命诗而死。后人称之为"戊戌政变六君子"。欲知后事如何，且听下回分解。

第一〇五回　皇太后诏立大阿哥　毓巡抚信奉义和团

话说皇太后二次垂帘之后，一切政事，悉照旧章，所擢用的，都是老成硕望。自朝廷以至闾阎，顿时现出一股静悄悄的气象，不似从前那般纷更扰乱了。此时老成硕望里头，有一位出色人才，名叫刚毅，由清文翻译，历官部郎巡抚，只于汉文一道，识字不多，好在他是旗人，汉文原是不足重轻的。精明强干，于搜刮一道最为精能。光绪甲午，太后六旬万寿，刚毅在广东巡抚任上，独出心裁，命巧匠制成铁花屏风十二面，又叫银元局总办赶造银币三万枚，亲自灌送进京，与皇太后祝嘏。太后宫里头规矩，无论投本觐见与进贡品物，都许致送宫门费的。这宫门费便是太监们大大一注进益，德宗每日问安一次，也要给与宫门费银五十两。后妃以下，以次递减。宫眷家里有钱的，都由家中津贴；家里没钱的，被太监逼得没奈何，都有因此致命的。恁是南书房翰林，那种清苦官员，每逢宫廷赏赉宝翰及代拟应奉文字，经太监传贤缴进，也要致送宫门费。倘然没有，物件就要被他沉没，恩眷也就疏了。

刚毅是何等聪明的人，知道宫门费送少了，邀不着恩眷的，重重送了一份宫门费，约有上万银子。得人钱财，与人消灾。太监就把屏风摆在御道里头。太后经过，太监跪奏："粤抚刚毅进贡十二面屏风，铁花很是精奇，老佛爷可曾赏览过？"太后停踪玩视，随命摆在寝宫里。太监随又奏道："刚毅知道老佛爷万寿，赏号繁多，特铸新币三万枚，以表敬意。"说毕，随呈上币样。太后瞧见银色光亮，花纹细致，很是欢喜，向左右道："瞧不到刚毅倒这么会办事，竟有这么的能耐，真是忠心，真好。"褒奖了好一回。次日召见，又狠狠奖励了几句。随命他在军机上行走，补了他刑部尚书。广东巡抚，另外放了别人。刚毅就此风云际会，得意非凡。只苦了广东的银元局总办，白白费掉了三万银元，一点子好处都没有得着。

刚毅到任这一日，司员循例参谒。谈论了几句公事，忽然谈到刑官起源的话，刚毅就向众司员道："皋陶就是舜王爷驾前刑部尚书皋大人。"那皋陶的"陶"字，却读了本音，司员听了，无不暗笑。过了几天，提牢厅报上狱囚瘐毙的稿件。刚毅不解"瘐"字意义，偏偏自作聪明，提起笔来，将"瘐毙"的"瘐"字，都改了"瘦"字，句句变成"瘦毙"；却还把众司员传上来，狠狠申斥了一番，并说他们都不识字。在军机时光，四川奏报征剿番夷获胜一折，内有"追奔逐北"一语。刚毅忽然大怒，说："川督如何这么不小心，奏折可以任意错讹到这个样子，我可不能够宽他了，拟请传旨申斥呢。"众人惊问何故。刚毅道："你们瞧这'追奔逐北'，作怎么解释呢？我知道他总是'逐奔追比'的讹句。总因逆夷奔逃，追逐过去擒获他，擒获住了，追比他往时掠去的汉人财物。如果当'逐北'解释，难道他保的住逃奔向夷人，不走东西南三方，独走北方呢？"

忽有一人大笑道："老哥自己错讹了，如何反说人家错讹？难道要不错讹的都变作错讹不成！"刚毅瞧时，讲这话的是毓庆宫师傅翁同和。随道："翁师傅，难道倒是兄弟错讹了么？我不信竟有‘追奔逐北’的话。”翁同和忍笑把文义解释了一遍，刚毅红着脸道：“谁都似你老人家博学？我有这点子学问，也早做了师傅了。”翁同龢道：“这原不能怪你，你老哥是旗人呢。记得那一日，我们在庙房里，议论军事，福山王公叹息道：‘牙山平壤，连遭败仗，事情急了，非起檀道济为大将不可。’王公原是暗指着董福祥呢。不意一位满御史听见了，就问我‘檀道济’三字，如何写法。我不知他的用意，就写给了他。不意次日这位都老爷竟然上奏请起用檀道济。又有一位御史上疏力保孙开华，他不知道开华已于数年前死去。还有一位京堂，也是旗人，他上奏说日本之东北，有两个大国，一个叫缅甸，一个叫交阯，壤地大于日本数倍，日本畏之如虎。请遣一个善辩的大臣，前往该两国，与之订约，共击日本，必可得志呢。可见你们旗人都是这个样子，你老哥倒也不必难为情。”刚毅道：“难道咱们旗人就都是不通文理的？宝竹坡、端午桥，怎么又都是博通今古的呢？”翁同和道：“别提宝、端两公。记得从前有个内务员司，外放了扬州盐院。一日丁祭，吏人循例预备。他就问祭谁，吏人道：‘祭孔夫子。’他听了不解，问塾师道：‘孔夫子是什么神？’塾师道：‘孔夫子就是圣人。’仍旧不解，问奏折师爷：‘孔夫子做过什么官？’爷道：“孔子为鲁司寇，摄行相事。’更不懂了，师爷只得道：‘司寇就是现在的刑部尚书。摄行相事，就是兼协办大学士呢。’他就恍然道：‘什么夫子圣人的闹不清楚，连孔中堂都不会说。’还有一个笑话，苏州潘祖荫做刑部尚书时，有一个满司员知道潘公喜欢文雅，就作了几十首诗，恭楷誊正，呈与潘公。潘公立时翻阅，见首章题目，是‘跟二太爷阿妈逛庙’八个字，不禁狂笑，冠缨几绝。旗人哪里有真通品？就是宝廷，也是出名叫做草包。他做学台时候，娶了个麻脸的江山妓女，所以有‘宗室八旗名士草，江山九姓美人麻’的联语。”刚毅听了，脸上红一块白一块，很是过不去。这会子，新政推翻，太后重行垂帘。刚毅趁这当儿，大施其报复手段，邀了荣禄，在太后前，说了翁同和许多的坏话。把同和办到个革职，发交地方官严行管束，方才逞心快意。

此时太后痛恨德宗，密谋废立。每日必召荣、刚二人，入宫奏对。荣禄主张先行练兵，刚毅主张先行筹款。为怕是疆臣不服，有了兵就可以居中驭外。于是下旨宋庆所部毅军，董福祥所部甘军，聂士成所部武毅军，袁世凯所部新建陆军，以及北洋各军，均归荣禄节制。荣禄拜了恩命，奏请分聂、董、宋、袁所部为武卫前、后、左、右四军。另募中军万人，派喀什噶尔提督张俊为武卫军翼长。命刚毅前往江南一带查办事件，整顿关税、厘金、盐课等项。江南查竣，即往广东筹款。刚毅这一副铁算盘，所至搜刮，共得着数百万两。

太后又命庆亲王奕劻管理各国事务衙门事务。这奕劻原不是近支宗室，怎么会爵封亲王，恩遇这么崇隆呢？却因乾隆皇帝第十七皇子的后代没人，就把他承继了过去，于是就跟咸丰皇帝、恭亲王、醇亲王辈，做了近支兄弟了。年轻时候，苦的了不得，亏得多才多艺，曾画几笔山水，还曾写几笔字，谋着个馆地，半事教读，半资奏画，勉强着糊口。咸丰四年，得补了个四品官。同治十年，升为三品。光绪十年，才升到了二品，在总理衙门当差。光绪十三年，云南的蒙自辟为通商口岸，这个条约，却是他签押的。光绪二十年二月里，封为郡王。二十四年，恭亲王逝世，他在总理衙门资格虽然很老，却因德宗嫌他圆滑，不甚信任。太后知道他跟德宗不很对，就特沛隆恩，收为己用，晋封了亲王，叫他管理总理各国事务衙门事务。于是外交全权，都在奕劻一个儿手里了。

太后又因端郡王载漪，训练虎神营，卓有成效，特予议叙。朝中大臣，见太后这么作为，无不歌功颂德。称颂得最恳挚的，要算着载漪。这载漪，是惇亲王之子。惇王是宣宗之子，文宗之兄，于宗支最为亲近。穆宗逝世，继承皇位，载字辈，原是载漪最长；溥字辈，则是溥伦最长。因彼时太后别有用意，选立了德宗。载漪不得继承，虽因国法森严，不敢稍存怨望，但是觊觎之念，无时或息，不过不得着机会，不敢形诸言语罢了。

天幸德宗，为了变法图强，遭了太后之忌。载漪得着这机会，快活得什么相似，便百计营求，竭力的谋这皇帝位子。知道太后信任的人，宫里头是总管李莲英，朝里头是荣禄、刚毅、弈劻。他便卑躬屈节，低首下气的跟他们交结，无非要他们在太后跟前讲自己的好话。众人见载漪这么随分从时，便也都欢喜他。有几个知道他根由底细的，便更可怜他。

总管李莲英，本与德宗怀有夙嫌。因为莲英有一个妹子，生得十分美丽，并且性情慧黠，举止轻佻。莲英带他入宫，朝见太后，太后很是欢喜，挽住手，从头到脚，从脚到头，不住地打量，笑道："真好，真是俊不过！你十几岁了？你叫什么名字？"回奏道："奴婢十六岁了。尚未有名，求老佛爷恩赐一个名儿罢！"太后欢喜道："好孩子，头回进宫，亏你这么懂规矩。你没有名儿，家里头人，本来叫你什么呢？"回奏道："奴婢在家，人家都称做大姑娘的。"太后道："大姑娘，我很喜欢你常在这里呢，你可肯跟我作伴，做我的宫眷？"李大姑娘忙跪下道："这是老佛爷恩典，奴婢受福不浅。"太后喜极，挽住她的脖子，不住嗅她两颊。随向李莲英道："你妹子，不必叫她出宫了，她也很愿意跟我作伴呢。"李莲英忙跪下谢恩，太后异常欢喜。每逢吃饭，总叫她侍食的，并且怜念她脚小，特下恩旨，许她随时侍坐。

六旬万寿时候，太后的妹子，醇亲王福晋，进来朝贺，太后特赐她坐位。福晋不敢坐，太后道："我不是为你，你不坐，李大姑娘不敢坐，她是汉人小脚，不能久站呢！"福晋怒极。但是太后旨意，不敢不遵，略坐一会子，推托身子不好，退了出来。一时开戏，传旨赏醇王福晋入内听戏。福晋托人回奏，身子不快，不能陪侍。太后道："偏是我好日子，偏是她病了，怎么病的这么凑巧？方才我瞧见她还好好的，难道这会子连听一出戏都不能够么？真是愈老愈娇嫩了！寻常人家，姊妹们逢着好日子，也要乐一日呢。"说着，很是有气。就有人把太后发怒的话，告诉了福晋。福晋无奈，只得重行进宫，见李大姑娘坐在太后身旁，有说有笑的，正在讲说戏里头故事呢。福晋上前叩见太后，太后道："你大好了？"福晋道："还没有大好，因为老佛爷恩赏听戏，挣扎着来的。"太后点了头，也不说什么，自携着李大姑娘手，听戏讲话。福晋见太后待李女这么亲热，待自己这么冷淡，相形之下，不免心里头，有些不忿之意。听不到两出戏，推托更衣，又回邸去了。德宗侍在太后身旁，瞧见她妈这个样子，究竟母子天性，从此就存了个回护醇王福晋的心思。

李莲英送进他妹子来，原是要效着李延年故事。太后喜欢她伶俐，倒也有收纳之意。示意德宗，德宗伪装不解。一日，太后明非旨意，说李大姑娘很贤慧，很温柔，如果收了她,我也可以舒服好些呢。德宗碰头道:"老佛爷明鉴,我朝家法,满汉不得通婚。不然,像李大姑娘这般德容,子臣早已请旨了。"太后见他拿出这么大题目来,只得叹了口气,作为罢论。李莲英大失所望,因此常在太后跟前,有意无意,总讲德宗几句坏话。现在见载漪为人和易,就常常替他揄扬。

大凡一个人的爱情,伸于此必屈于彼。太后于德宗既然日远日疏,于载漪自然日亲日近,于是废立之谋,日益紧急。载漪的儿子溥俊,太后想把他嗣给穆宗,继承为皇帝。此时李伯相已被逐出总署,闲居在贤良寺里头。太后怕废掉德宗,各国要不答应,叫荣禄到贤良寺,跟李伯相商议,叫他密询各国意思。李伯相道:"外国人最讲究是体制,我现在闲废了,就去拜会,他们也不过用私人资格相接待。问到国家大事,也未见得肯回答呢。倘然放了我外省总督,各国必然来贺,我当乘间询问他们是了。"荣禄回奏,太后道:"这话也是。外省总督,叫他到哪一省去呢?"荣禄道:"康有为、梁启超创设着保皇会,势派很是不小,广东是该逆出身地方,不可不防,李鸿章资格老练,还是派他广东去了罢。"太后准奏,立刻下旨,放李伯相为两广总督。一面立端郡王载漪之子溥俊为大阿哥,起用穆后的父亲承恩公崇绮为师傅,迎溥俊入居宫中,命大学士徐桐一体照料。

果然各国使臣都到贤良寺来庆贺李伯相,接见之下,伯相就说:"敝国现立大阿哥,行将立为皇帝,君等入贺否?"各国使臣都说:"我们未曾洞悉内情,不知所贺。不过现在的皇帝,做了二十多年君主,历与我们立约。现在又立了一个皇帝,把他置身何地呢?"李伯相听了默然。

各国使臣退后,李伯相就到荣禄家里,把各国隐示不认废帝之意,备细说了一遍。荣禄转奏太后,太后大怒道:"外国人在这里,通商传教,也还罢了,怎么管起我们家事来?废掉中国皇帝,又不是废了外国的皇帝,要他们认不认,真是很没来由的事。"荣禄道:"疆臣意思里,不知怎么样,老佛爷也应传个电报去探问探问!"太后道:"倒是你提醒了我,我这几天竟然气昏了。"随命拟了电谕稿子,拍了个通电出去。

不过一日工夫,各督抚的回电,陆续到了。江督刘坤一,第一个反对。大致称说君臣之分已定,中外之口宜防,扶危定倾责任公等。其余各省,有依违两可的,也有微持异议的。太后瞧一个电报气一回,正在气一个不已,外面又送进一个电报来,却是上海绅商经元善打来的,一派都是反对的话。太后怒道:"连一个经纪人都骂起我来了,那不是昏了天黑了地么!"罢犹未了,保皇党的公电又到,声言义师已集,不日提兵勤王,上安宗社,下救万民。太后气得浑身抖起来,随传荣禄入宫,叫他致电江督,严拿经元善。一面通电南洋闽浙广东督抚,悬赏十万两,缉拿康有为、梁启超。荣禄遵旨办讫。

太后叹道:"本朝待到洋人,总算仁至义尽了,不知怎么洋人偏要跟朝廷作对。康有为、梁启超是本朝的逆犯,他们偏要庇护。废立是朝廷的家事,他们偏要求管账。我白做着一国的主子,桩桩件件,都要听候洋人示下,可耻不可耻?"言次,不胜愤懑。此时朝中大臣荣禄、刚毅、徐桐、启秀、赵舒翘、崇绮、英年等,亲贵大臣载漪、载澜、载勋等,听得太后这么的讲,无不扼腕嗟叹。载漪自以为立刻要做皇帝的父亲了,被外国人凭空阻掉,恨得他牙痒痒。

修撰骆成骧奉旨典试贵州，到老师启秀那里去辞行。启秀向他道："等我回来时光，京里没有洋人了。"彼时只道他不过一时愤激之谈呢。不意一到五月里，竟得了一个报仇雪恨的好机会。这一个机会不来，中国也再不会孱弱到这个地步。

原来甲午年中日之役，津郡惊扰，官民迁徙。此时北乡挖掘支河，获着一块残碑，字迹迷漫，只有二十个字，还瞧的清楚。其文道："这苦不算苦，二四加一五。红灯照满街，那时才算苦。"又像俚语，又像谶语，大家瞧了，都不很懂。到了这一年，山东忽地起了一个大刀会，为首名叫朱红灯，声言保清灭洋，专跟教堂教民为难。偏遇着巡抚毓贤，最是仇视洋人，非但不禁，还竭力的庇护，出示改为"义和团"，拳党都扯起了"毓"字黄旗。于是教士教民，遂没有太平日子了，掳掠教民，焚毁教堂。东昌、曹州、济宁、兖州、沂州、济南一带，都是拳党的势力范围。法国钦使严词责问总署。朝廷下旨，把毓贤调了内用，放了袁世凯为山东巡抚。袁公到任，点将派兵，狠狠的痛剿，擒获了朱红灯，斩首示众。义和团事势顿时大衰。山东境里不能容匿，便都窜入直隶来了。

拳党都自称为"义和神拳"。这义和拳，据说就是亲卦教的遗脉，旧名叫做义和会，所以有乾字、坎字、震字、坤字种种名色。坎字拳为林清的余党，乾字拳为离卦教孽生文的余党，所以都尚红色。后来乾字拳中又新创出黄色一派。震字拳是山东王中的余党，王中是乾隆年间被杀的。坤字拳不详所自。坎字乾字，授法各殊。坎字拳传习时光，叫习术的人，焚香叩拜，拜后直立不动，忽地跌倒在地，一会子起立，跳跃持械而舞，就算法术习成了。乾字拳则叫习术的人，伏地焚符诵咒，诵毕咒语，紧闭着口，只准从鼻子里头呼吸，霎时口吐白沫，就大呼神降矣，立即起跃持械而舞，所诵的咒："奉请志心归命礼，奉请龙王三太子，马朝师，马继朝师，天光老师，地光老师，日光老师，月光老师，长棍老师，短棍老师。"要请神仙某，随意呼一个小说人物，孙悟空、猪八戒、黄天霸都可以。还有一个咒，是："快马一鞭，四山老君，一指天门动，一指地门开，要学武艺，请仙师来"。还有一咒，是："天灵灵，地灵灵，奉请祖师来显灵。一请唐僧猪八戒，二请沙僧孙悟空，三请二郎来显圣，四请马超黄汉升，五请济颠我佛祖，六请江湖柳树显，七请飞镖黄三太，八请前朝冷于冰，九请华陀来治病，十请托塔李天王，金吒木吒哪吒三太子，率领天上十万神兵。"练术分浑功清功，浑功只消练一百日，清功总要练到四百日，浑功可避枪炮，清功可以驾雾腾云。但是练术的人，利于速成，竟没有一个肯练清功的。还有女拳，叫什么"红灯照"，都是十多岁的女孩子，穿着红衣红裤，左手持红灯，右手持红巾一方，红折扇一柄，年幼者头挽双丫髻，稍长者盘着高髻，浑身上下，红得同火炭一般。据说持扇自扇，能得渐起渐高，上蹑云际，变成明星一颗，其光晶晶，或近或远，或上或下，都能够随意。拳民把洋人教士教民，称为"大毛子""二毛子""三毛子"名目，碰见了杀死无赦。此时坎字拳蔓延于沧州、静海一带，乾字拳蔓延于深州、冀州、莱州、定兴、固安一带。欲知朝廷持何宗旨，且听下回分解。

第一〇六回　徐学士一语丧家邦　刚中堂片言靖大难

上回中，既将义和团创乱缘由，略已表明，此回则暂不能写矣。如今且说山东巡抚毓贤，被调入都。一到京城，即去走谒端王载漪，庄王载勋，大学士刚毅，盛夸义和团忠勇可恃，朝廷抚而用之，洋人不足灭也。载漪道："洋人实是可恼，不论什么事，都要他干涉，诛尽杀绝，实不为过。无奈他们的枪炮，利害不过。那种兵船，铁山似的一座，在海里头，飞一般行驶，这几个义和团靠得住么？"毓贤道："怎么靠不住？义和团会的是神术，呼风唤雨，驾雾腾云，一念咒枪炮都可以不燃。洋人靠的不过是枪炮，枪炮失了效力，还有什么能耐？义和团中，最利害不过就是红灯照。这红灯照起头是个老孀妇，设坛授法，集了几十个闺女，环侍受法，只消四十九日工夫，就学成了。学成之后，称为太师姐，可以转教其他女子。红灯照会得腾身空际，抛掷红灯，焚烧洋人房屋，呼风助火，顷刻可以烧尽。"载漪道："这都是你亲眼瞧见的么？"毓贤道："那是万目共睹的。毓贤天胆也不敢欺诳王爷。"刚毅道："我看倒不会错的。有盛必有衰，洋人今日，已经是盛极了。何况他们的教，都是没有天地祖宗的。天怒人怨，到这恶贯满盈的日子，自然生下一班奇人来收拾他。王爷倒不必怀疑呢！"载漪默然不语。毓贤道："今上失德，人心已离。大阿哥天与人归，偏偏洋人不答应。所说圣天子百神呵护，诸天菩萨，特召他降世下凡，帮助圣天子驱除妖孽，也说不定呢。"载漪点头道："还是这几句，讲得有点子道理。"载勋道："听得洋教士诱人吃教，惯把人家眼珠子挖去做药，这种事情，真令人恼得毛发都竖起来。"载漪道："这种事情，谁有工夫恼他？横竖是百姓的眼珠子，又不挖了我们的。我所最恼的，就是大阿哥的事。老佛爷降了莫大的恩典，偏要他们来阻挡。不把他们寝皮食肉，这口怨气，再也不会消的。"刚毅道："老佛爷也很恼洋人呢。记得上月，我得南边回来，把梁逆所著的清议逆报，进呈了老佛爷。老佛爷怒道：'倘不是洋人庇护，这两个逆贼，早都伏法多时了。洋人不除，终是中国的大害。'我就奏洋人敢于如是强横，都靠着汉奸私递消息之故，教民就是汉奸。目下要务，第一捕治教民。乾隆时光，吃教原本要立斩的。老佛爷叹了口气，向我道：'吃教的都不是好人，悉数诛戮，原不是足惜。只是国家威力，不比祖宗时候，洋人庇护着，叫朝廷也难。'我就回奏：'只消大张挞伐，洋人知道了天朝利害，自然不敢庇护了。'老佛爷道：'且等荣禄来商议了，瞧机会再办就是了。'现在既然有这么的好机会，咱们同去见老佛爷，请她下一道旨意，王爷看是如何？"载漪道："很好，明儿早朝，咱们就狠狠奏他一奏。"

忽一个包衣人进来报道："裕制台奏报义和团拆毁保定铁路，副将杨福同在奉命往剿，在易州地方，被戕身死。朝廷下旨，已叫聂士成相机剿抚了。"刚毅道："了不得，这如何剿得？荣中堂怎么这么不解事，聂士成是他的部将呢！"载漪还没有回答，又一个家人进来道："各国钦使，都到总理衙门来责问。庆王爷没法对付，已允他们奏请旨意了。”载漪道：“事情急迫，等不及早朝了，咱们就入宫去罢。”于是端王载漪，庄王载勋，大学士刚毅，同入宫求见。毓贤就在宫门口探听消息。见他们入内，足有顿饭时光，一个太监匆匆出来，毓贤迎上去询问。那太监道：“有旨意召见庆王爷呢。”不多一回，就见庆王随着那太监入宫去了。整整候到天晚，才见庆王出来，接着载漪等也出来了。毓贤迎上问道：“事情怎么样了？”载漪道：“咱们家去说罢。”载勋、刚毅，一齐上车，依旧同到端王府。

大家坐定，载漪道：“老佛爷已被我们说得心动，不意奕劻到来，说上洋人许多利害，老佛爷心又活了。我们跟奕劻，辩论了好一回。老佛爷说，明儿早朝，叫众大臣议了再办罢。你看此事如何办理？”刚毅道：“此番的事真奇怪，小李跟我们这么的交情，也不肯帮帮忙。”载漪道：“你不要错怪他，他又不是大臣。这种军国大事，难道好列在我们里头议论的么？至多暗中助我们一臂就是了！”载勋道：“老佛爷也很恼洋人，不过怕兵力上敌不过。最好找一个老佛爷平素敬信的人，帮我们一句话，这事就成功了。”毓贤道：“回王爷，我倒想起一个人来了。”载漪忙问是谁，毓贤把大拇指一竖道：“是徐中堂。”载漪道：“是不是徐桐这老头儿？”毓贤道：“是的。徐中堂从翰林历官到大学士，他的理学工夫，却是数十年如一日。现在这么大年纪，还天天的诵《太上感应篇》，填写功过格，就这一层，已非他人所及了。这位先生，痛恨新学如仇。他的门生李家驹，为做了大学堂提调，严修为请开经济特科，他竟把二人的名字，榜在门上，不准他进见。他的宅子在东交民巷，他为恨见洋楼，每逢出城拜客，不走正阳门，总是绕道由地安门出去的。太后为他是耆臣倾望，每次召见，总是改容敬礼。遇为大政，总要询问他的，如果得他一言，皇太后自然再不会犹豫了。”刚毅笑道：“亏你想的到，两位王爷不便去，我和你去拜他就是。”载漪道：“还是你们爷儿两个辛苦一趟罢，八十多岁的人，我也不便请他到家来。”

刚毅、毓贤，随坐车到东交民巷徐桐宅里，投了贴子进去。随见徐桐的儿子徐承煜迎接出来，带笑陪话，说家严正在诵《感应篇》呢。刚毅道：“不要紧，咱们都是自己人。”承煜陪着，同到书房坐定。刚毅把来意说明，随道：“令尊跟前，全仗侍郎鼎力。”徐承煜一口应允。一会子，徐桐出来，承煜道：“刚中堂、毓中丞请过来，是要你老人家在太后跟前帮一句话。”徐桐问是什么事，刚毅道：“这是端王爷的意思。”随把洋人教民如何专横，百姓如何怨愤，义和团如何忠诚可靠，法术如何灵验，奕劻如何反对，太后如何迟疑的话，从头至尾，备细说了一遍。徐桐怒道：“庆亲王是国家懿亲大臣，怎时也偏着洋人，敢是他也吃了教不成？这件事，我去见太后，定要力争的。”毓贤道：“全仗中堂。”徐桐道：“国家的事情，作臣子的理应尽力的。”刚毅、毓贤，又谈了几句别的话，自去回复载漪去了。

次日早朝，众大臣齐集。载漪、刚毅，又复启奏。太后召对毓贤，毓贤力保义和团可用，并言机会难得，人心易失。太后向刚毅道：“国家的兵力，制得住洋人么？”刚毅道：“就奴才所知，董福祥一军，忠勇精悍，已足制洋人而有余了。”太后道：“先派人去察看察看，义和团果然可用，抚之未晚。如果不济，就下旨痛剿，省得闹出乱子来。”随命兼管顺天府事刑部尚书赵舒翘，偕了府尹何乃莹，驰往涿州解散。刚毅奏道：“奴才求皇太后赏差，解散义和团的事，还是奴才亲自去的好。”太后道：“赵舒翘人也很把稳，如果他办不了，你再去也未晚。”刚毅见太后如此，也不敢说什么了。太后又问荣禄：“你看义和团靠得住么？”荣禄回奏：“端王爷赏识得，谅总不会错到哪里去，请皇太后不必多疑！”太后道：“你去传董福祥来，我要问他的话。”

荣禄出传董福祥，随教了他一番的话。董福祥入见，奏道：“臣无他能，不过凭着愚忠，为国家杀戮洋人罢了。”刚毅奏道：“董福祥忠诚勇猛，大学士徐桐很赏其人，徐桐曾对奴才道：‘他日强我中国，必是福祥也。’”太后听了，恍然道：“我几乎忘记了，徐桐是有年纪的人，见识总高一等，这件事理应跟他商量商量。”随命太监宣徐桐程刻入朝。

太后因徐桐年老，不叫他入枢府，国有大事，总是特旨咨询他的。少顷，徐桐入见。太后问他，徐桐奏道：“这是天灭洋人，天意不可违，人心不可失。”太后于是决计招抚义和团，派刚毅前往察视。载漪奏保毓贤为山西巡抚，太后准奏。毓贤大喜过望，即日走马到任。招了数十名义和团，充做卫队。一到任，就向两司道：“义和团魁首，共有两个，一个是鉴帅，一个是我。”两司不敢辩驳，唯唯而已。

此时拳民听得毓贤做了山西抚台，如蚁附膻，如蝇逐臭，成群结队，都赶到山西来。大同、朔州、五台、太原、徐沟、榆次、汾州、平定，蔓延几遍。平阳府教堂被毁，府县详报到院，公文里头，称做“团匪”。毓贤大怒，狠狠痛斥了一顿。从此郡县承风，莫敢诋为“拳匪”了。毓贤叫打造钢刀数百柄，分赐拳童。义和团的大师兄，出入抚署，俨若贵宾。拳民焚烧教堂，营官将往施救，毓贤传出令箭：谁要救火，军法从事。自己登高观看，大喜道：“这是天意。这是天意。”传令抚缥兵弁，守住四城门，禁止教士出入。又叫把教士老幼，都押往铁路公所，派兵看守。

过了两日，毓贤高坐堂皇，喝令兵士，把铁路公所的英国教士男女老幼三十余人，服役仆人二十余人，提到署中，一齐枭首示众，剖心弃尸，积如丘山。又驱法国天主堂教女二百余人到桑棉局，逼他们背教，都不肯听从，喝令斩为首二人，用盆盛了血，叫诸女喝下。有十六个人，争着喝下，连呼这是：“天主救世的血，天主救世的血。”毓贤大怒，叫把十六个人缚了，悬在高的地方。再逼其余诸人背教，众人都不旨从，都喊“天主救我，天主救我”。兵士选了几十个面貌俏丽的，掠去为妻，其余尽都斩掉。毓贤喜道：“今日才大快人心！”山西地方，自从有了这位阎王抚台，教民不能安枕矣。暂且按下。

且说赵舒翘、何乃莹奉旨驰往涿州，一路行程，遇见奇形怪状的人，很是不少。都是红衣红裤，跳跃狂喊，手里都握着刀。胸前都佩着小黄纸画像，那像有首无足锐指，头的四周有光，耳际腰间，都作狗牙诘屈状。心以下书字一行道：“云凉佛前心，玄火神后心。”并且处处设坛，满树旗帜，那旗上都写着“坎字拳张”、“坎字拳曹”各种字样。百姓家没一家不上供，那供品是清水一盂，馒头五只，青铜钱数文，秫秸一把，上面满贴着红纸。市中家家冶铁铸刀，炉火冲霄，叮叮之声，日夜不绝。

赵、何两人，很是不解，忙去拜会地方绅士询问。原来这一带地方，都归天津府属。津郡拳民，始于静海县属之独流镇，称为“天下第一坛”，为首是张德成，曹福田。德成是白沟河人，操舟为业，往来玉河、西河一带地方。福田是静海县人，本是个游勇，为吸鸦片吸了个精穷。义和拳传到独流镇,有几个孩子,方在习拳,德成瞧了好笑。众人问他,德成道:“我知道这是神拳,岂是轻易能够习练的!”众人问他你会么?德成道:“怎么不会?”说着,随取一秫秸,以黄纸掷于地上,说道:“你们拿得起么?”众人忙着去抢,说也奇怪,这秫秸黄纸,通只不到三两重的东西,三五个壮夫,竟然拿不它起来。众人惊道:“我们都有一二百斤气力,这点子东西,怎么竟会这么的重?”德成道:“这就叫神拳呢!”说着,轻轻向地上取起,向众人道:“只要把此秫秸一挥,十里外的敌人,脑袋顷刻坠下。”众人齐都下拜,齐说:“真是神师,真是神师!”遂把德成拥入一家大宅子里去设坛,称为天下第一坛。远近拳民,争来附和。德成在独流镇,声雄势甚,各处拳民遥受节制的,也很不少。曹福田是德成的下属,称为“署涂静津一带义和神团”。德成一日向团众道:“我适才睡时,元神赴天津紫竹林,瞧见洋人正在解剖妇女,取秽物涂抹楼上,压神团的法术呢。”众人听了,无不愤怒。

一日,又言元神赴敌,盗得洋炮机管,炮不燃矣。再率领拳徒,周行镇外三匝,以杖画地,向众人道:“这一周是铁城,这一周是铜域,这一周是土城,洋人就是来,也不能越过了。”德成又把闭火神咒,遍张通衢。其辞道:“北方洞门开,洞中请出铁佛来,铁佛坐在铁连台,铁盔铁甲铁壁塞,闭住炮火不能来。”声言一诵此咒,枪炮顷刻皆废。又令居民焚香叩头,叩头时光,各用拇指紧捏中指,男用左手,女用右手,声言是避火诀。所以赵何两人途中遇见无数拳民呢。

当下拜会了地方绅士,问知一切,就召拳首张德成、曹福田至,谕以朝廷德意,叫他们解散。张德成道:“咱们粗愚无知,只晓得尽忠报国。偏偏聂提台帮助洋人,专跟我们做对。我们因为铁路电线,都是洋人之物,动手拆毁。前儿拆毁廊坊的铁轨,聂提台竟派兵来,打死了许多弟兄。现在朝廷要我们解散,我们也不敢违旨。只是聂提台在这里做官,我们心里终是不服。最好恳求恩典,把聂提台革掉了,我们立刻就解散。这一段下情,恳求两位大人转奏朝廷。”赵舒翘再三谕意,张、曹两拳首执定不依。舒翘向乃莹道:“这事可难了。”

忽报刚中堂至,赵、何两人,忙着出接。刚毅道:“办理得如何了?”赵舒翘道:“再三谕意,他们执定不从,我们简直没有法子了。”刚毅笑道:“这是你们办理不善之故。只要瞧我,片言开导,包你就没事了。”赵舒翘道:“中堂海才,我们如何能及?我们只好跟着中堂学办呢!”嘴里这么说,心里也很是不服。欲知刚毅如何解散义和团,且听下回分解。

第一〇七回　义和团大闹天津卫　聂提督殉难八里台

话说刚毅且不传拳首谕意，先问赵舒翘道："你瞧义和团，是义民，还是匪从？"赵舒翘道："讲到同仇敌忾，果然是义民，只是旨意叫解散，做臣子的，只好遵旨办理。"刚毅道："你也知道他是义民，既然知道了，就不应这么难为人家。朝廷也不过是遮人耳目的举动，你竟这么认真起来，岂不误会了意思。上年奉旨南下，我在南京，瞧见刘坤一所办的储才学堂，大有洋气，很瞧不上眼，我就叫他闭掉了。做了你时，只怕又要请旨了。所说便宜行事，做臣子的只要于朝廷有益，不妨从权办理。"赵舒翘连声应是。

刚毅随传入张德成、曹福田道："你们扶清灭洋，朝廷也知道你们忠诚。洋人这么强横，天怒人怨，照理自应灭掉，你们办的本不错。聂军跟你们做对，由我传令叫他退去。你们的忠诚，我替你奏达朝廷。我的奏章一上，朝晚就有恩旨到来。"张曹两首，万分感激，连连叩头道："中堂圣明，真是屋里头跑出了太阳，无微不至！我们全仗中堂栽培。"刚毅又温言抚慰了几句，拳首退去。刚毅随即上奏，力言团民忠勇有神术，此果倚以灭夷，夷必无幸。舒翘、乃莹也上了一个保荐的折子。

不多几日，密旨到来，叫刚毅导拳民入京。义和团奉了旨，蜂烝蚁聚，都赶到京里来了。旬日之间，至者数万。城里城外，坛场设了个遍。供着洪钧老祖、关帝、赵子龙、二郎神、周仓、马超、黄忠、尉迟敬德、秦叔宝、杨继业、李存孝、常遇春、胡大海、姜太公、梨山老母、九天玄女、西楚霸王、梅山七弟兄、纪献唐、祈相国等各位神圣。

王公贵人，争着崇奉。大学士徐桐，尚书崇绮等，信仰尤笃。神圣下降，都在夜间，所以每到薄暮，拳民十百成群，呼啸周衢，叫百姓烧香，香烟蔽城，结为黑雾。入夜则通城惨惨如有鬼气。大师兄出来，合市的人，都向东南跪拜。谁要非笑，就有性命之忧。拳民扬言欲得一龙二虎头，一龙是指德宗，因为他变法效法外洋的缘故。二虎，一指庆亲王奕劻，一指李伯相。因为庆王当着总理衙门差使，李伯相素有通番的恶名。徐桐特撰一联，赠与大师兄，其词道：

> 创千古未有奇闻，非左非邪。攻异端而正人心，忠孝节廉，只此精诚未泯；
> 为斯世少留佳话，一惊一喜。仗神威以寒夷胆，农工商贾，于今怨愤能消。

拳民这么猖獗，各国公使，无不人人自危。俄国公使照会总理衙门，声言他国将借乱事图不利于中国，俄与中国亲睦二百余年，不得不直言相告。总署得着照会，不敢上闻。俄使要觐见，朝廷偏又不准。

五月，朝旨派启秀、溥舆、那桐入总理衙门，又特命端王载漪为总理，一班排外仇洋的人，占住了外交总机关。外交的手腕，自然异常灵敏，作出来的事，自然出色惊人。一日，日本使馆的书记杉山彬，有事出永定门被董福祥的兵杀掉，尸身裂成数块，弃于路侧。拳民又把右安门一带的教民住宅,放火焚烧。又把教民,不论男女老幼,悉数杀掉。接着又烧顺治门内的教堂,城门昼闭,京中顿时大乱起来。刚毅、载漪,合疏请用团民。朝旨即命二人统率,于是拳势愈炽。正阳门外的商场,为京师最繁盛地方,拳众纵火焚烧四千余家,数百年精华尽矣。火延城阙,三日不灭。载漪倡言于朝,当派兵围攻使馆,尽歼洋人。太后召大学士六部九卿会议。

这日,太后中坐,德宗旁侍。旨下之后,诸臣相顾逡巡,莫敢先发。太后道:"载漪、刚毅,力主剿夷,你们看是如何?"吏部侍郎许景澄道:"皇太后明鉴,此事断断不可。中国与外国,结约数十年,民教相仇的事情,没一年没有,总不过赔偿而止。倘然攻杀外国使臣,违犯公法,必致召各国之兵,合而谋我。主张围攻使馆的,将置宗社生灵于何地?"太常寺卿袁昶道:"拳匪必不可恃,外衅必不可开。杀使臣,悖公法。如果皇太后听了妄人之奏,中国定要灭亡。"袁太常声音本极宏亮,此时动了气,辞令激昂,声震殿瓦。太后怒目而视,向左右道:"你们瞧瞧,袁昶那个样子,明明是跟我寻气。"袁昶碰头道:"微臣何爱于洋人?实为着国家存亡,愿皇太后明鉴!"太常寺少卿张亨嘉道:"拳匪妖言惑众,圣王所必诛,恳求皇太后赶速下旨痛剿!"亨嘉语杂闽音,太后听了,不很明了,不去理他。仓场侍郎长萃在亨嘉背后,开言道:"这是义民。奴才从通州来,通州没有义民,早就不保了。"载漪、载濂均言长萃的话,是人心不可失。德宗至是,再不能耐,开言道:"人心何足恃?多不过扰乱罢了。士大夫喜欢谈兵,朝鲜这一役,朝议大家主战,究竟一败涂地。现在各国之强,十倍日本,倘然开衅,必无幸全。"载漪道:"董福祥猛悍善战,剿回大著劳绩,夷虏何患不平!"德宗道:"福祥骄骞难驭,各国器械犀利,士马精强,非回部可比。"德宗自遭幽闭之后,每见臣工,不过循例两三言,绝不谈及政治。这日独峻切发言,也知道启衅必致亡国呢。侍讲朱祖谋班次在最后,也力言福祥无赖,万不可用。太后厉声道:"你说董福祥无赖不可用,谁是可用的?你且说来!"祖谋道:"若必命将,依臣所见,还是山东巡抚袁世凯。拳匪乱民,必不可用。"载漪大声叱骂,太后也不禁止。德宗默然,廷臣皆散。

刚毅回到家里,叫人请了义和团大师兄来,问他东交民巷各国使馆,几日可攻下?大师兄道:"洋人不用解法,一日便能攻下。只怕他们用秽物呢,神将见了秽物是不能近的。"刚毅道:"这也不妨,我叫董福祥助你就是了"大师兄道:"有了董军门帮助就好了。"于是刚毅下令义和团与武卫军协攻使馆,人人拼命,个个争先,敌忾同仇,大有灭此朝食的气概。刚毅高坐城楼观战,笑向左右道:"使馆破,夷人无噍类矣,天下当从此太平"。赵舒翘起为言道:"自从康有为倡乱,天下扰扰,中堂起而芟夷之。皇上病失天下心,幸继统有人。定策之功,中堂为第一。"刚毅大喜。此时光怪陆离的义和团,皆禹步仗剑,口中念念有辞。前排的团众,齐声诵咒道:"左青龙,右白虎,云凉佛前心,玄火神后心,先请天王将,后请黑煞神。"一边诵,一边直冲向使馆去。不意使馆卫兵,排枪利害,诵声未绝,早都中弹而毙。那督兵的大师兄,瞧见团众毙命,忙转向东南方跪伏,默默诵咒。诵毕,突然站起,大声呼杀,围众齐声助喊,其声动天。大师兄又焚香抛掷空中,请了列朝神圣,诸天仙佛,万法齐施,千弩并发。似这么仙凡合力,何难一举荡平?不意这几座使馆,竟是铜墙铁壁,再也攻它不下。暂且按下。

却说直隶总督裕禄，默会端刚意旨，也就崇奉起义和团来。恰恰有四个道员，结伴去津，舟过独流镇，拳众拦住欲杀，四人皆叩头乞命。拳众把他们牵赴神坛，听德成审讯。德成审得是大员，忙释去其缚，延之上坐，叫他们转达总督，请饷二十万，自任灭洋之责。四人应允，立刻上书裕禄。裕禄于是檄召德成，德成不理。裕禄公文，雪片似的来。德成怒道："我又不是官吏，总督的威严，如何好施到我面上来？"裕禄闻之，连忙谢过，忙叫人备了八人轿，前去迎接。迎到衙门，开中门接入，用敌体之礼相见。特设盛筵，与他接风。酒至半酣，德成忽然睡去，呼之不应。一会子欠身而起，袖出铁炮机管数事。裕禄问他这些东西，何处得来的？德成道："我元神出去，从敌人那里窃来的，敌人的炮都废掉了。"裕禄听了，深为敬礼。德成出入督署，宛如大宾。裕禄上章保荐，称其年力正强，志趣向上。又替他屡报战功，得赏头品顶戴，花翎黄马褂。

曹福田听得张德成得了意，便也赶到天津来。一到天津，就登上城楼，询问租界在何处？土人告诉他在东南方，他就伏地向东南叩首。好一会，起立道："洋楼烧起来了。"果然东方烟起，众人无不悚然。其实是河东民居恰好被焚呢。福田进了城，商民跪地迎接。福田在马上叫他们起立，说道："无须跪得，无须跪得。"听得城中拳坛出令，叫阖郡持白斋，下谕："无须无须，我也饮酒食肉的。"听得洋货店多被焚毁，也说："无须。洋货入中国已久，商民何罪？"津民因此信奉得更加虔诚。福田室中悬挂的神像，是关帝、赵子龙、二郎神、周仓。另供一个木牌，写着圣上杨老师。

此时各国得着中国惊耗，已纷纷派兵来华援救，津城风声鹤唳，一夕数惊。福田道："不要紧，有我在此。"随下令整队开赴前敌，马前执事，是洋铁造的鼓吹大螺，红旗上大书"曹"字，侧书"扶清灭洋天神天将义和神团"。福田眼戴大墨晶眼镜，口衔卷纸烟，身穿长衣，腰系红带，脚登缎靴，背负快枪，腰挟手枪，手中持着一枝秫秆，跨着高头劣马，笑语足人，随往观战。

行至马家口，忽道："前面有地雷，不可前进，不可前进。"绕道而归。又令商民预备蒲包数千只，麻纯数千条。有人问他干什么的，福田道："麻纯捆缚洋人，蒲包是蒙他脑袋的。"福田不敢跟洋人开仗，不过整日大吹其牛。排齐队伍，周行街市，遇见武卫军，拿住杀却，以报落岱一战之仇。原来聂士成奉了相机剿抚之命，率军到落岱，瞧见三千拳众，正在拆毁廊坊铁轨，谕禁不止，下令开枪射击。拳民死掉不少，大恨士成，哭告裕禄，裕禄饬士成回军芦台。士成到天津，路中遇着拳民，拳民持刀直奔马首，士成避入督署。裕禄替他缓颊，才得没事。所以拳民遇见了武卫军，就缚去杀掉。荣禄深虑聂军激变，驰书慰问，大旨说："贵军服制颇类西人，遂致寻衅。团民志在报国，愿稍假借。"士成慷慨复书道："拳匪害民，必致贻祸国家。某为直隶提督，境内有匪，不能剿，如职任何？若以剿匪受大戮，必不敢辞！"部下将士，都替他扼腕叹息。士成向部下道："吾无死所矣。"部将劝道："咱们不如避向保定去罢。"士成喟然叹道："战死疆场，原是我的本分，特患不得其名。并且举我几年来辛苦练成的精锐，误供凶暴，投诸一烬，真乃可惜。现在国衅既开，天津首当其冲，我奉朝命镇守兹土，我两目没有闭，必要伸我职守，不许外国兵踏到这块地上来。但是尽我的力量，如何挡的住八国联军？我是死定的了，只是这么样死，我的眼珠子，终是不瞑的。"于是率领部卒，退至杨村驻守，遏住洋兵的来路。不过一日光景，洋兵前锋，已及杨村。聂军拼命鏖战，洋兵伤掉不少。洋将知道聂士成是劲敌，知难而退，退了回去。裕禄把此役都算做拳民之功，保曹福田得赏了头品顶戴、花翎、黄马褂，福田愈益威福自恣。

此时津郡绅商深虑开战之后，全城糜烂，求见裕禄，力请议和。裕禄道："求我是没中用的，这事由曹大师兄作主，我替你转商曹大师兄罢。"众绅商道："全仗鼎力。"裕禄派人请福田到署，述明绅商之意。福田道："这如何使得？我奉了玉帝敕命，率领天兵天将，杀尽洋人。我如何敢逆天命？"众绅商哀恳道："望大师兄瞧全城生灵分上，高抬贵手！"福田怒道："难道要我不听玉帝的话，倒听你们的话么？真是反了！来人，把这一起不知轻重的混账东西，捆出去斫了。"众人叩头哀求，裕禄也替他说情。福田道："且瞧裕帅分上，暂饶你们的狗命，去吧。"众绅商道："大师兄既然不准议和，恳求恩典，别择一块战地如何？"福田道："别择战地，倒可以办到，只要把租界归了我。"

正在为难，忽报张大师兄到，裕禄忙着出迎。一时迎入，张德成见了众绅商，指问他们是做什么的？众人重行哀请，德成道："听你们语，也很可怜，此事总可以商量。"福田执意不肯。众人道："大师兄慈悲慈悲吧，商民生命，很不少呢。"福田道："干我甚事，死的都是劫数里头人。我扫荡洋人之后，还要狠狠杀戮不孝不仁不义的人，完此劫数呢。"说着，听得炮声轰天。军弁入报，大队洋兵，跟聂军开仗了。

此时炮声隆隆，枪声猎猎。军探络绎入报，称说战得异常剧烈。原来聂士成因内扼于端、刚，外迫于裕禄，穷无所之，早怀了个必死之志。每逢开仗，总是亲自陷阵。五月十八这日，接着大沽失守之信，知道津城必难坚守，拔队移守紫竹林。日本兵先到，聂军一阵，杀的他大败，死者累累。英、法、俄、德等联军继至，士成督兵苦战。所谓一人拼命，万夫莫当，洋兵被毁的，盈千累万。力战正酣，军弁走报："军门大人不好了，家里老太太、太太、小姐，都被拳民掳去了。"士成闻报，心如刀割，连忙分军往逐。部下新练军一营，多通拳匪的，瞧见聂军追拳民急紧，大呼聂军反了，齐伙儿开枪横击。士成正与联军剧战，没暇还攻拳民。驰马突阵，直战至八里台，部将知道他是拼死，忙着挟辔挽回。士成怒目道："谁留我，我就斩谁！"说着，举刀力斫。部将道："军门既愿尽忠，我们都愿相从。"士成道："你们快退到别处去，稍留吾精锐，以备他时国家一用。"部众终不忍弃，大呼驰突。忽一榴弹飞至，士成中弹，肠裂而死。部将夺尸奔回，拳民见了，忙来抢夺。恰好洋兵追上，纷纷逃散，忠骸才得保全。败兵入城，裕禄得报大惊，一面把聂士成死事，奏闻朝廷；一面忙请大师兄入署商议。曹、张两大师兄，都说不要紧，我们自有办法。裕禄道："兵临城下，有办法，快请施行罢，迟了恐不及了！"张德成道："怕什么？现在海乾神师作法，海口已经起了一条沙，横亘百里。北门外仙船里头，黄莲生母三仙姑、九仙姑都在那里，受伤的兵丁，已被生母用仙药医好。河东的民房，因为藏匿奸细，都已烧掉。洋兵虽众，何能到此？"裕禄信以为真。

不意才守得三日，洋兵大炮攻城。张德成、曹福田各挟了重资，逃出城外去了。所有拳众，都脱去了红衣，撕去了符咒，手执大日本顺民，大英国顺民，大法国顺民，大俄国顺民，大德国顺民等旗号，争着跪接洋兵了。那些红灯照，也都脱去红衣，逃入娼寮当婊子去了。黄莲生母与三仙姑,被人缚送都统衙门,正法完案。九仙姑投水而死。张德成逃至王家口地方,向盐商索取供张。盐商派了一肩两人轿子去。德成怒道:“我在天津,制台用八人轿迎接我,我还不肯常去呢!你是什么东西,胆敢这么亵渎神明么?”盐商没法,假了关帝庙的神轿来迎他,迎到家中,特设盛筵请他。德成装模作样,说菜做的不洁净,推席而起,破口大骂。盐商不能堪,村人愤甚,一拥而入,擒住德成,都说咱们拿刀斫他,瞧他能够避刀剑不能。德成到此地步,居然也会屈尊降贵,伏地叩头,呼饶不止。众人不听,一阵乱刀,斫为肉酱。曹福田易装逃出之后,不曾闯什么祸,冬间私回静海县境。众人呼擒拿,已经逃去。直到次年正月,潜归故里,被里人缚送到官,受了个凌迟之罪。最奇怪不过,他那无边法术,到此竟然不灵。欲知后事如何,且听下回再讲。

第一〇八回　救国难慷慨劾群凶　战列强涕泪告先庙

说话天津已陷，联军因京津铁路已断，停顿未进。惊报传入北京，皇太后召见大学士六部九卿，重议和战大计。诸臣毕集，皇太后道："皇上意在和，不欲跟夷人开战。你们有意见，可与皇上讲罢。"德宗道："我国积弱至此，费粮饷练成的兵，尚且不能够一战，用几个乱民，侥幸求胜，哪里靠的住？"载漪道："义民摅忠愤以卫国家，不因这个机会，用他报雪国耻，倒把他当做乱民，用法诛戮，人心一失，将不可以为国。"德宗道："乱民都是乌合之众，各国兵精器利，哪里挡的住？奈何把民命视为儿戏？"太后怕载漪辩穷，目顾户部尚书立山道："你看如何？"这立山从部员做到尚书，当着好几年内务府大臣，侵蚀内帑，致富千万，为人心计精工，很得太后的宠任。现在问他，原要他帮助载漪，不意他不懂意旨，回奏道："拳民虽没什么不是，但是他的法术，都不很有效。"载漪愤然道："用他的心罢了，何必问验不验呢？立山必跟夷人私通，竟敢在朝中强辩。请皇太后派立山去退夷兵，夷人定然答应的。"立山道："第一个主张开战是端王爷，端王爷应该去。奴才主张的是和议，又素来不习洋务，不足胜任。"载漪道："立山是汉奸，请皇太后立付典刑！"太后道："原不过是商量，既是你们意见不合，过一天再谈罢。"随命那桐、许景澄，前往杨村，说敌兵不要入京。命立山同了兵部尚书徐用仪，内阁学士联元，到各国使馆，叫他不要调兵来，洋兵入京，邦交就要决裂。

那、许两人，出京没有几多路，就遇着了拳民，那桐逃了回来，景澄几乎丧命。次日又开御前会议，载漪力请围攻使馆，杀尽使臣。太后准奏，才欲下诏，联元力言不可，倘然使臣不保，他日洋兵入城，鸡犬皆尽矣。载漪怒道："联元才从使馆回来，怀了贰心了，罪应正法。"太后大怒，立命牵出斩首，左右力救而罢。大学士王文韶道："中国自甲午以后，财尽兵单。现在遍与各国启衅，众寡强弱，显然不侔，将何以善后？愿皇太后三思！"太后大怒而起，拍着桌子骂道："你所讲的话，我都听的熟了，你替夷人做说客么？"德宗执住许景澄手泣语道："一人死不足惜，如天下何？"景澄牵住帝衣而泣。太后怒叱道："许景澄无礼！"

罢朝之后，载漪因立山的住宅，逼近西什库教堂，拳民围攻使馆教堂，久不能下，载漪疑是立山掘通地道，暗中接济，叫拳民搜他的家。拳民见他家资富厚，掠了个尽。又把立山拥入端王府，载漪叫付诏狱，随即请旨杀掉，又叫人把联元也杀了。原来这两人的死都有特别缘故，立山因养心殿严冬窗破，德宗嫌冷，擅糊了纸。太后大怒，先把德宗大骂一顿，再召见立山，连批其颊，祸且不测。李莲英素厚立山，大呼道："立山滚出！"立山省悟，因仰跌地上，翻转数回而出，太后心里终惦着他。又因与载漪同嫖一妓，妓女偏与立山要好，载漪因此就公报私仇。联元为恶了老师崇绮，为崇绮所密劾，故二人都不能免。太常寺卿袁昶，连上两疏，力言拳匪宜剿，使臣不当杀。太后都置之不理。至是叹道："时事如此，中国不可为矣！"许景澄道："咱们不如痛痛切切再上一疏，太后圣明，或者能够悔悟，也未可知。”袁昶道：“这也只好凭天命罢！”于是两人联衔上一疏，其辞道：

窃自拳匪肇乱，甫经月余，神京震动，四海响应，兵连祸结，牵动全球。为千古未有之奇事，必酿成千古未有之奇灾。昔咸丰年间之发匪，负隅十余年，蹂躏十数省。上溯嘉庆年间之川陕教匪，沦陷四省，窃据三四载。考之方略，见当时兴师振旅，竭中原全力，仅乃克之。至今视之，则前数者皆手足之疾，未若拳匪为腹心之疾也。

盖发捻教匪之乱，上自朝廷，下至闾阎，莫不知其为匪。而今之拳匪，竟有身为大员，谬视为义民，不肯以匪目之；亦有知其匪不敢以匪加之者。无识至此，不特为各国所仇，且为各国所笑。查拳乱之始，非有枪炮之坚利，战阵之训练，从以“扶清灭洋”四字，召号不逞之徒，乌合肇事。若得一牧令将弁之能者，荡平之而有余。前山东巡抚毓贤，养痈于先；直隶总督裕禄，礼迎于后，给以战具，附虎以翼。“扶清灭洋”四字，试问从何解说？谓国家二百余年，深恩厚泽，浃于人心。食毛践土者，思效力驰驱以答覆载之德，斯可矣。

若谓国家多事，时局艰难，草野之民，具有大力，能扶危而为安，曰扶之而先倾之，其心不可问，其言尤可诛！臣等虽不肖，亦知洋人窟穴内地，诚非中国之利。然必修明内政，慎重邦交，观衅而动，择各国之易与者，一震威权，用雪积愤。设当外寇入犯时，有能奋发忠义，为灭此朝食之谋，臣等无论其力量何如，更不敢不服其气慨！今朝廷方与各国讲信修睦，忽创灭洋之说，是为横挑边衅，以天下为戏。且所灭之洋，指在中国之洋人而言。抑括五洲各国之洋人而言，仅灭在中国之洋人，不若禁其续至。若尽求五洲各国，则洋人之多于华人，奚啻十倍？其能尽与否，不待智者而知之。

不料毓贤、裕禄，为封疆大员，识不及此。裕禄且招揽拳匪头目，待如上宾。乡里无赖棍徒，聚众千百人，持“义和团”三字名贴，即可身入衙署，与该督分庭抗礼，不亦轻朝廷而羞当世之士耶？静海县之拳匪张德成、曹福田、韩以礼、文霸之、王德成等，皆平日武断乡曲，蔑视短官，聚众滋事之棍徒，为地方巨害，其名久著，土人莫不知之。即京师之人，亦莫不知之。该督公然入朝奏报，加以考语，为录用地步，欺妄君上，莫此为甚！又裕禄奏称五月二十夜戌刻，洋人索取大沽炮台屯兵。提督罗荣光，坚却不允。相持至丑刻，洋人竟先开炮攻取，该提督竭力抵御，击坏洋人停泊轮船二艘。二十二日，紫竹林洋兵，分路出战，吾军随处截堵。义和团民纷起助战，合力痛击，焚毁租界洋房不少。臣询由津避难来京之人，佥谓击沉洋船，焚毁洋房，实无其事。而吾军及拳匪被洋兵轰毙者，不下数万人，异口同声，决非谣传之讹。甚有谓二十八日，洋人攻击大沽炮台，系裕禄令拳匪攻紫竹林，先行挑衅等语。此说或者众怨攸归，未可尽信。而诳报军情，竟与提督董福祥，诈称使馆洋人，焚杀尽净，如出一辙。董福祥本系甘肃土匪，穷迫投诚，随营效力，积有微劳，蒙朝廷不次之擢，得有今职。应何等束身自爱，仰酬厚恩！乃比匪为奸，行同寇贼。其狂悖之状，不但辜负天恩，益恐狼子野心，或生他患。裕禄历任兼圻，非董福祥武员可比，而竟愦愦乃尔，令人不可思议！要皆希合在廷诸臣谬见，误为吾皇太后、皇上圣意所在，遂各倒行逆施，肆无忌惮，是皆在廷诸臣欺饰锢蔽，有以召之也。大学士徐桐，素性糊涂，罔识利害。军机大臣协办大学士刚毅，比奸阿匪，顽固性成。军机大臣礼部尚书启秀，谬执己见，愚而自用。军机大臣刑部尚书赵舒翘，居心狡狯，工于逢迎。当拳匪入京师时，仰蒙召见王公以下内外臣工，垂询剿抚之策，臣等有以团民非义民，不可恃以御敌，无故不可轻与各国开衅之说进者。徐桐、刚毅等竟敢于皇太后、皇上前，面斥为逆说。夫使十万横磨剑，果足制敌，臣等凡有血气，何尝不愿聚彼族而歼旃？否则自误以误国，其逆恐不在臣等也。

五月间，刚毅、赵舒翘奉旨前往涿州，解散拳匪。该匪勒令跪香，语多诬枉。赵舒翘明知其妄，语其跟随人等，则叹息痛恨。终以刚毅信有神术，不敢立异，仅出示数百纸，含糊了事，以业经解散复命。既解散矣，何以群匪如毛，不胜猕薙似此？任意妄奏，朝廷盍一责诘之乎？近日天津被陷，洋兵节节内逼，曾无拳匪能以邪术阻令前进。诚恐旬月之间，势将直扑京师。万一九庙震惊，兆民涂炭，尔时作何景象？臣等设想及之，悲来填膺。而徐桐、刚毅等，谈笑漏舟之中，晏然自得，一若仍以拳匪可作长可之恃，盈廷拳惘，如醉如痴。亲而天潢贵胄，尊而师保枢密，大半尊奉拳匪，神而明之。甚至王公府第，亦设有拳坛。拳匪愚矣，更以愚徐桐、刚毅等；徐桐、刚毅等愚矣，更以愚王公。是徐桐、刚毅等实为酿祸之枢纽！若非皇太后、皇上，立将首先袒护拳匪之大臣，明正其罪，上伸国法，恐朝臣佥为拳匪所惑！外臣之希合者，接踵而起。又不止毓贤、裕禄数人！国家三百年宗社，将任谬妄诸臣，轻信拳匪，为孤注之一掷，何以仰答列祖在天之灵？臣等愚谓时至今日，间不容发，非痛剿拳匪，无词以止洋兵；非诛袒护拳匪之大臣，不足以剿拳匪。拳匪初起时，何尝敢抗旨辱宜，毁坏官物？亦何尝敢持械焚劫，杀戮平民？自徐桐、刚毅等称为义民，拳匪之势益张，愚民之惑滋甚，无赖之聚愈众。使毓贤去岁能勋，该匪断不致蔓延至直隶；使今春裕禄能认真防堵，该匪亦不至闯入京师；使徐桐、刚毅等不加以义民之称，该匪尚不敢大肆其焚掠杀戳之惨。推原祸首，罪有攸归。应请旨将徐桐、刚救、启秀、赵舒翘、裕禄、毓贤、董福祥，先治以重典，其余袒护拳匪，与徐桐、刚毅等谬妄相若者，一律治以应得之罪，不得援议贵议亲为之末灭。庶各国恍然于从前纵匪肇衅，皆谬妄诸臣所为，并非国家本意，弃仇寻好，宗社无恙。然后诛臣等以谢徐桐、刚毅诸臣。臣等虽死，当含笑入地。无任流涕具陈，不胜痛愤惶之迫至。

此疏上后，载漪、刚毅等，愈把许、袁两人，痛恨入骨。此时太后已经决意主战，下诏褒拳民为“义民”，发给内帑十万两。载漪府里也设了神坛，晨夕虔拜。都城里头，历乱如麻，拳民到处焚劫，火光蔽天，日夜不息。车夫小工，弃业从之。近邑无赖，纷趋都下。数十万人，横行都市。夙所不快，无不指为教民，全家皆尽。杀人刀矛并下，肢体分裂，连未匝月的婴儿，也难幸免。京官纷纷挚眷逃避，道梗不通，走匿僻乡，也往往遇劫，死于此役的，何止十余万人。真乃千古未有之浩劫也。太后在宫中，设了一座神坛，召见义和团大师兄，慰劳有加。士大夫见太后如此，谄谀干进，无不以拳民为奇货。知府曾廉，编修王龙文，特献三策，乞载漪代奏，攻东交民巷，尽杀使臣，上策也；废旧约，令夷人就我范围，中策也；若始战终和，与衔璧舆榇何异？载漪得书，大喜道：“这才是公论。”御史徐道焜奏言：“洪钧老祖，已命五龙守大沽，夷船当尽没。”御史陈嘉言：“自云得关壮缪帛书，言夷当自灭。”编修萧荣爵言：“夷狄无君父二千余年，天将假手义民尽灭之，时不可失。”曾廉、王龙文、彭清藜，御史刘家模，先后上书：“义民所至，秋毫无犯，宜诏令按户搜杀以绝乱源”。郎中左绍佐，请追戮郭嵩焘、丁日昌之尸，以谢天下。主事万秉镒，谓曾国藩办天津教案，所杀十六人，请议恤。侍郎长麟，前因附于德宗，为太后罢斥，久废于家，至是，请率义民当前敌。太后鉴其心虔，竟然弃瑕录用。

当时上书言神怪者，何止百数？王公邸第，百司廨署，拳民都设有神坛，其名叫做“保护”。朝廷下诏，叫各省焚烧教堂，杀戮教民。疆臣接到此旨，尽都惊惶失措，都拍电到广东问李伯相，因李伯相此时正做着两广总督呢。伯相毅然复电道：“这是乱命，粤不奉诏。”于是各省大吏，决定划保东南之策。由江督刘坤一，与上海各国领事立约，共保东南半壁。一面电奏朝廷，力言乱民不可用，邪术不可信，兵衅不可开。具衔者粤督李鸿章，江督刘坤一，鄂督张之洞，川督奎俊，闽督许应骙，福州将军善联，巡视长江李秉衡，苏抚鹿传霖，皖抚王之春，鄂抚于荫霖，湘抚俞廉三，粤抚德寿，共计十二个人。同时山东巡抚袁公，也上章极谏。

这种不死之药，送给肠胃已绝之人，如何能受？皇太后下旨，派载勋、刚毅，总统义和团，把义和团与官军一般看待，但是拳民专杀自如，载勋、刚毅，都不敢问。都统庆恒一家十三口，都被拳民杀掉。载漪素与庆恒要好，也不能庇护他。侍郎胡燏芬，学士黄思永，通永道沈能虎，都为喜谈洋务，被拳民所窘。燏芬亏得逃的快，不曾受着苦。沈能虎用贿买了一条命。黄思永下了刑部狱。编修杜本崇，检讨洪汝源，主事杨芾，都被拳民指为教民，被伤几死。太后又命各国使臣入总理衙门议事，德国钦使克林德先行。载漪叫虎神营兵士埋伏在路上，趁冷不防，一齐动手，把克林德杀死。徐桐、崇绮闻报大喜，以手加额道：“夷酋诛，中国强矣！”随合保董福祥攻打东交民巷使馆。太后下旨召见，问几日可以攻克？福祥道：“仰仗太后洪福，五日必能攻破。”太后道：“杀尽了洋人，我必要大大封赏你。”福祥谢恩出朝，随率武卫军一万，攻打使馆。炮声隆隆，日夜不绝。拳民披发禹步，升屋而号者数万，声动天地。无奈使馆的墙亘，都是塞门德做的，再也攻不破，武卫军死者千人。于是武卫军与拳民混合了，恣意劫掠。贝子溥伦，大学士孙家鼐、徐桐，尚书陈学棻，阁学贻谷，副都御史曾广銮，太常卿陈邦瑞，都被劫掠，仅以身免。徐桐、贻谷，都是附和拳民的，也不能够幸免。溥伦等告诉荣禄，荣禄也无法可制。民居市廛，焚掠一空。尚书启秀又奏称："使臣不除，必为后患。五台僧普济，有神兵十万，请召他来会歼逆夷。"曾廉、王龙文请用决水灌城之法，引玉泉山水灌使馆，洋人定遭淹毙。又奏保妖僧普法与余蛮子、周汉三人，称为"三贤"。御史蒋式芬，请戮李鸿章、张之洞、刘坤一。载漪又为拳党论功，得封武职者数十人。种种乱政，笔难尽述。

端王载漪每出，扈从数百骑，拟于乘舆，出入大清门，呵斥公卿，无敢较者。载漪命军机章京连文冲拟了一道宣战的诏书，颁行中外，其辞道：

> 我朝二百数十年，深仁厚泽。凡远人来中国者，列祖列宗，罔不待以怀柔。迨道光、咸丰年间，俯准彼等互市，并乞在我国传教。朝廷以其劝人为善，勉允所请。初亦就我范围，讵三十年来，恃我国仁厚，一意拊循，乃益肆枭张。欺凌我国家，侵犯我土地，蹂躏我人民，勒索我财物。朝廷稍加迁就，彼等负其凶横，日甚一日，无所不至。小则欺压平民，大则侮慢神圣。我国赤子，仇怒郁结，人人欲得而甘心，此义勇焚烧教堂屠杀教民所由来也。朝廷仍不开衅如前保护者，恐伤我人民耳。故再降旨申禁，保卫使馆，加恤教民。故前日有拳民教民，皆我赤子之谕。原为民教解释宿嫌，朝廷柔服远人，至矣尽矣。乃彼等不知感激，反肆要挟。昨日复公然有杜士立照会，令我退出大沽口炮台，归彼看管，否则以力袭取。危词恫吓，意在肆其猖獗，震动畿辅。平日交邻之道，我未尝失礼于彼。彼自称教化之国，乃无礼横行，专恃兵坚器利，自取决裂如此乎！朕临御将三十年，待百姓如子孙，百姓亦载朕如天帝。况慈圣中兴宇宙，恩德所被，浃髓沦肌。祖宗凭依，神只感格，人人忠愤，旷代所无。朕今涕泪以告先庙，慷慨以誓师徒，与其苟且图存，贻羞万古，孰若大张挞伐，一决雌雄。连日召见大小臣工，询谋佥同。近畿及山东等省，义民同日不期而集者，不下数十万。至于五尺童子，亦能执干戈以卫社稷。彼尚诈谋，我恃天理。彼凭悍力，我恃人心。无论国我忠信甲胄，礼义干橹，人人敢死。即土地广有二十余省，人民多至四百余兆，何难翦彼凶焰，张国之威？其有同仇敌忾，陷阵冲锋，抑或仗义捐资，助益镶项。朝廷不惜破格懋赏，奖励忠勋！苟其自外生成，临阵退缩，甘心从逆，竟作汉奸，即刻严诛，决无宽待！尔普天臣庶，其各怀忠义之心，共泄神人之愤，朕有厚望焉。

不知诏书颁发之后，能否以一服八，且听下回分解。

第一〇九回　玉陨香消珍妃坠井　素衣豆粥车驾西巡

话说宣战之诏既颁，特派载漪、徐桐、崇绮、奕劻四人专主兵事。行文各省，征兵征饷，羽书络绎，海内骚然。奕劻心知其误，枝梧其间，不设一谋半策。大学士荣禄，听得洋兵势盛，不免胆怯心惊，私问王文韶道："夔翁，风声很不好，万一果然有了什么，火焰昆冈，玉石俱焚，你我不都被这班妄人葬送了么？"王文韶道："你老人家是太后亲戚，你的话太后还能够听，何不乘间奏知太后呢？"荣禄道："这话有理，我且试着瞧是了。"随即入宫朝见太后，密切陈奏。太后因是荣禄的话，倒也不曾驳掉。随命下旨保护教士，及各国商民，杀杉山彬、克林德者，议抵罪。

载漪大怒，不肯视事。太后强叫他起来，办理朝政。恰好李秉衡从江南回京，入宁寿宫朝见太后，极力主战。且言："义民可用，机不可失，当以兵法部勒之。"太后道："你既然主张开战，那李鸿章等公奏上，为甚有你的名字？背了我主和，见了我主战，前后如出两人，这是什么缘故？"秉衡道："那是张之洞与臣加入的，臣原没有知道呢。"太后道："南中民心如何？"秉衡道："百姓也很恨洋人，无奈官场竭力的禁阻，百姓都恨不能到北边来相助。再不料刘坤一等受恩深重，倒不及百姓的忠义！"太后道："这里许景澄、袁昶，参劾徐桐、刚毅，各人的见解不同，倒也不能怪他不忠。"李秉衡道："许景澄、袁昶，真是大奸臣！南中不奉朝旨，也是他二人串出来的。"太后道："何以见得？"秉衡道："臣出京时光，端王爷叫臣沿途搜捕奸谍。臣在清江浦地方，拿住两个奸细，都是从京里来的。搜出两封书信，一封是许景澄致刘坤一的。一封是袁昶致盛宣怀的。很骂着端王爷、刚中堂，还有好些说及太后的话，微臣不敢奏闻。"太后忙问："说我什么话，不要紧，你讲给我听是了。"李秉衡道："他们说太后糊涂，受人之愚。"太后大怒道："我这么精明强干，他还敢骂我糊涂么？可恼的很！老实说，此番的事，都是我的主意，载漪等不过照着我意思行罢了。"这日秉衡在宫，足足奏对了一整日。

次日，载漪请旨拿捕许景澄、袁昶，太后准奏。许、袁就此入狱。景澄问袁昶道："贼臣当道，我知道终不能免。"袁昶道："这种时势，还是死了干净。省得目睹洋兵入京，宗社沦亡。瞧着亡国的惨状，救又不能救，忍又不能忍，那时的难过，比死还要苦十倍呢！"景澄道："我也不是怕死，只恨死了于国家没有补益，这一死不是白死么？并且我经手的事情，都没有交代清楚，叫接手的人，如何办理？"随向狱吏要了笔墨，把铁路、学堂办理情形，款存何处，详细开列明白。才过得两日，降下上谕：

> 吏部左侍郎许景澄，太常寺卿袁昶，屡次被人参奏，声名恶劣。平日办理洋务，各存私心，每遇召见时，任意妄奏，莠言乱政。且语多离间，有不忍言者，实属大不敬。许景澄、袁昶，均着即行正法，以昭炯戒！钦此。

端、刚、赵、董等，见了此旨，无不额手称贺。徐桐道："这种无父无君的东西，死有余辜。"王龙文道："给汉奸做一个榜样，从今以后，没有妄君的人了。"徐桐替儿子要了一个监斩差使，说道："让他瞧了，也爽快爽快！"许、袁两人从刑部狱中提出，押赴菜市口，拳民塞途聚观，拍掌大笑。景澄、袁昶，都衣冠坐轿，从容赴市。到了刑场，监斩官刑部侍郎徐承煜喝令役人："快把犯官衣冠剥去。"景澄道："且慢，咱们虽奉旨正法，不曾奉旨革职。并且犯官就刑，例得衣冠。你做了这么年数的官，难道还没有知道么？"承煜听了，很是不好意思。袁昶道："咱们两人死固无恨，但是为了什么罪，受这么的大辟，请你告诉我们知道。"承煜怒叱道："这是什么地方，还容你辩驳？你的罪你自己知道，还要我讲么？"袁昶笑道："你何必如此作态？我们两人死了之后，自有公论。洋兵不日攻破京城，尔父子断无生理，我们在地下恭候着是了。"临刑时光，神色不变。一时斩讫复命。

端、刚余怒未息，许、袁两家闻知，不敢前往收尸，七月天气，很容易腐烂的。次日，兵部尚书徐用仪行经菜市，见双忠遗骸，暴露在地，不禁凄然涕下，急行市棺收殡了。有人报知载漪、刚毅，端、刚二人深为恼恨，暗嗾拳民杀到他家里。可怜徐用仪，只因收殓了双忠，被拳民乱刀戕掉。后人遂称许、袁、徐三人为浙之"三忠"。南中张文襄之洞，赋七绝三章，吊袁太常。

其一云：

八国联兵竟叩关，知君却敌补青天。
千秋人痛晁家令，曾为君王策万全。

其二云：

民言吴守治无双，士道文翁教此邦。
黔首青衿各私祭，年年万泪咽中江。

其三云：

西江魔派不堪吟，北宋新奇是雅音。
双井半山君一手，伤哉斜日广陵琴。

三忠既殁，顽固诸臣，气焰愈高十丈。太后命李秉衡总统张春发、陈泽霖、万本华、夏辛酉四军，出京剿夷。此时拳民攻扑东交民巷、西什库教堂。因为教民也结群自卫，拳民竟也得不着什么便宜。俗语说的好，东家受了亏，西家去翻本。拳民见教民利害，就每日到城外去掳掠村民，送到庄王载勋那里，说是教民。载勋请旨，交付刑部押赴市曹斩首，号呼受戮，前后何止数百人！

一日，接着惊报，说洋兵已至北仓。马玉昆力战三昼夜，战不过洋兵，大败至杨村，已不复成军了。北仓已经失守，裕禄自戕身亡。荣禄入宫，奏知太后。太后惊得两泪双流，泣问左右如何是好？众人因新诛许、袁，谁还敢多讲？异口同声，都说恭候皇太后圣裁！太后急得没法，转问荣禄道：“好孩子，还是你想个法子罢，我急得没了主意了。”荣禄道：“奴才原主张是和议，但是现在时光，和也太晚了。”太后道：“急来抱佛脚，没法儿的事，现在也只好和了。”随下旨停攻使馆，一面派总理衙门章京文瑞送西瓜到使馆去。又派桂春、陈夔龙去见各国公使，甘愿护送使臣到天津。使臣不肯行，复书措词甚慢。又命李鸿章为全权大臣，催他入京议和。总理衙门电致各国驻使，叫向各国议和。病急乱投医，忙到个发昏章第十一。御史彭述特献一计：“请俟使臣出京时，遍张旗帜，作为疑兵，数百里皆满。夷人瞧见中国兵马，这么众多，自然可以不战自退。”

这日，李秉衡带兵出京。请了三千义和团做护卫，都持着引魂幡，混天大旗，雷火扇，阴阳瓶，九连环，如意钩，火牌，飞剑，名叫“八宝”。满望旗开得胜，马到成功，不意前锋张春发、万本华，才到河西邬，开了一仗，死掉大半。尸身氽在潞河中，潞水为之不流。御史王廷相，也溺死在里头。陈泽霖从武清地方移营过去，听得炮声，全军皆溃，秉衡逃了通州去。败报传入都城，载漪、刚毅，隐住不奏。辅国公载澜，奏请速斩荣禄、王文韶，太后不许。载澜又命董福祥、余虎恩急攻使馆，武卫军、虎神营、神机营，诸军皆会，摇旗喊呐，百道进攻。载澜亲自督战，誓必踏平使馆，杀尽使臣。此时载漪见风声日紧，急谋弑帝。作事不密，被御医姚宝生所泄，于是下宝生于狱，要把他杀掉灭口。又请杀奕劻、荣禄、王文韶、廖寿恒、那桐。太后道：“伤戮也太利害了，过几天再商量罢。”

载漪强奏不已，正在为难，忽见一人匆匆奔入，气急败坏的道：“不好了，洋兵立刻就到了。通州已经失守，李秉衡殉了难了。”太后大惊而哭，顾廷臣道：“闹到这个地步，咱们娘儿两个靠谁，你们竟不能够相救么？”廷臣面面相觑，不作一语。庆王奕劻道：“依奴才愚见，还是遣王文韶、赵舒翘到使馆去。”文韶道：“臣年已老，恐不能够胜任。”舒翘道：“臣资望浅，不如文韶，并且拙于口才，不能力争。”荣禄道：“不如先给一封信，探探他们意思。”太后道：“就这么办，很好！荣哥儿，你干一干罢！”于是荣禄写了一封信，派总理章京舒文，送往使馆，约定明日午时，遣大臣相见。

这时光，董福祥攻扑使馆，督战正力。瞧见舒文，就要拿住斫掉。舒文口称有旨，才得免祸。忽报各国联军，日、英、美三国兵为左军，法、俄、德、奥、意五国兵为右军，共计四万余人，浩浩荡荡，杀奔前来了。接着，又报日本兵已到，离东直门外五里，扎下营寨了，俄国兵扎营在东便门外三里，英、美两国兵，屯在通州河南岸，距城只有七里。又报法兵也到，驻在东城十里外。

此时两宫已有西狩之志，密饬荣禄预备车辆。二十日这一天，召见王大臣五回。一回少一回，到了末次，只有王文韶、刚毅、赵舒翘三人。太后道：“现在只剩你们三个人，其余都自己顾自己去了，不再管我娘儿两个了，你们应跟着我走。”又顾王文韶道：“你这么大年纪，还要你长途受苦，我心中很不安，你坐着轿子慢慢来。他们两人年轻，可以骑着马跟我。”德宗也向文韶道：“你是必要来的。”忽报回部援兵已入东便门，大事不要紧了。太后诧道：“回部怎么会派兵来援？”李莲英在旁道：“老佛爷洪福，也许是董福祥调来的呢。”忽一个太监慌张入报：“洋兵已经入城。日本兵攻破东直、朝阳二门,英兵攻破广渠门。”太后道:“回部援兵怎么样了?”那太监道:“那是人家误认的,就是俄国的哥萨克兵呢。”原来董福祥听得洋兵到城外,忙叫其他将督攻使馆,自己率兵杀出广渠门。正遇着英兵,开枪攻击,杀了个大败仗。时已日暮,北风紧急,炮声震天,风雨暴至,两军暂行休战。到二十日黎明,北京城破。洋兵从广渠、朝阳、东便三门杀入,禁军皆溃。董福祥逃出彰仪门,纵兵大掠而西,辎重弃掉不少。城里头巡城御史彭述,还忙着张贴告示,大吹其牛,盛称我军大捷,洋兵已退向天津去了。

当下太后听了太监之报,知道洋兵已经入城,哭向德宗道:“大势去了,咱们候在这里,白送掉性命,快快走罢!”德宗也大哭,太后道:“早一刻是一刻,哭一会子,又不会好的。”德宗道:“咱们走了,宫里这些人怎么样呢?”原来德宗有两个妃子,一个叫瑾妃,一个叫珍妃。瑾妃性情婉娈,珍妃性颇急切。彼时宫中娄索无厌,凡问安、听戏、赏物,都有费用。两妃本是姊妹,德宗宠着瑾妃,常常津贴,珍妃不能耐。一日,叩宫求见太后,极陈宫中使用浩繁,种种扰害,语意之间,颇侵及太监。太后下旨,瑾妃、珍妃,近来习尚浮华,屡有乞请,均降为贵人。太后虽把她们降级,德宗却格外的怜爱,格外的宠信。珍妃幼时,在家中念书,请的师傅是江西名士文廷式,师生之间,感情极好。庚寅年,文廷式以第二名及第。珍妃在德宗前,屡屡道及,德宗默记于心。甲午大考翰詹,德宗亲把廷式卷子授给阅卷大臣,拔置第一,擢为侍读学士,充日讲官。辽东事急,廷式合了朝臣联衔上疏,请用恭亲王主军国事。太后素不喜恭王所为,不肯允准。德宗力请起用恭王,太监就在太后前,构上了蜚语,谮说珍妃干预外廷事情。太后大怒,喝把珍妃笞责宫杖五十,囚于三所,每日仅通饮食。妃兄礼部侍郎志锐,充发了乌里雅苏台去。瑾、珍两妃,生系同胞,居系同宫,所以格外友爱,曾叫画苑给了《红楼梦》大观园图,交于内廷臣工题诗。后人有诗道:

石头旧记寓言奇,传信传疑想像之。
绘得大观园一幅,征题先进侍臣诗。

珍妃既被囚禁,瑾妃也悒悒寡欢。现在太后要出狩,德宗就为舍不得这两个妃子呢。太后早知道他意思,随道:“来人,快把三所那人召来见我。”内廷总管崔某遵旨往召,一时召到,叩见太后。太后道:“洋兵来了,我原要带了你避难去,无奈拳众如蚁,土匪如蚁,你这么个年轻小媳妇,倘然遭污怎么样呢?我看还是死了干净。”珍妃唬得面无人色,不住的碰头乞命。德宗也跪下求恩。太后见了没好气,喝道:“几曾见这种不孝顺孩子,临了这么的急难,还尽护着宫里的人?本来呢,我也不要定治她死。现在为你这个样子,偏要把她治死,给那不孝顺的孩子做个榜样!”太后虽然这么说,不过是唬唬德宗的意思,不意崔总管不等到太后降旨,就把珍妃牵去,裹了毡单,推向井中去了。

后人有诗叹道:

赵家姊妹共承恩,娇小偏归永巷门。
宫井不波风露冷,哀蝉落叶夜招魂。

恽毓鼎学士也赋诗道：

金井一叶堕，凄凉瑶殿旁。
残枝未零落，映日有辉光。
沟水空流恨，霓裳与断肠。
何如泽畔草，犹得宿鸳鸯。

珍妃既殁，德宗悲不自胜。太后道："傻孩子，尽哭做什么，你要哭死我么？咱们走罢！"此时太后穿着蓝布夏衣，髻也没有梳栉；德宗穿着黑纱长衣，黑布战裙，卧具都没有携。太后与德宗，各坐了一乘骡车，王公内侍，都步行跟随。驾出西直门，炮声不绝，马玉昆率兵护驾。随扈诸臣，陆续赶上，是端王载漪，庆王奕劻，肃王耆善，蒙古王那彦图，贝子公爵数人，刚毅、赵舒翘、溥兴等。

夕阳西下，恰恰行抵贯市。太后与德宗，不食已经一日矣。百姓献上麦豆，争着掬食，须臾而尽。天已昏黑，气候渐寒，求卧具不得，村妇献上布被，才洗了还没有晾干呢。忽报甘肃布政使岑春煊率兵来此勤王，求见太后。太后道："快唤他进来。"一时引入，太后见了春煊，不禁垂下泪来。春煊也觉惨然，召对了几句话，随命他扈从出巡。太后仓皇出走，惊悸异常，得着春煊，心稍安矣。一夕，宿在破庙中，春煊怀刀，直立庙门之外，彻夜逡巡。太后梦中忽地惊呼，春煊朗声应道："臣岑春煊在此保驾。"春煊于危难之中，竭诚扈从，直到西安。太后感激的很，泣谓春煊道："倘得复国，必不敢忘你的德。"此是后话。

当下太后宿了一夜，次日传旨贯市富商姓李的，叫他预备驼轿三乘。这李商人，世代保票为业，开着东光裕驼行，北道行旅，没有一个不投他的。李商人贡献驼轿，不领赏金。于是太后坐了一乘。皇后坐了一乘，德宗与贝子溥伦，同坐一乘。随扈兵弁，无所得食，说不得只好沿途掳掠。

这日，行抵居庸关。延庆州知州秦奎良迎驾，献上食品。人多食少，不能遍及，奎良很是惶惧。太后倒用好言抚慰他。太后改乘了奎良的轿子再行。二十四日，行抵怀来，才得安居乐业。后人有诗叹道：

宫车晓出凤城隈，豆粥芜蒌往事哀。
玉镜牙篦浑忘却，慈帏今夜驻怀来。

怀来县知县吴永听得驾至，仓皇出迎，跪在大堂之侧。太后入居吴夫入室，皇后住在他子妇房里，德宗住在签押房。刚才坐定，忽然太后在房里拍着桌子大闹起来。李总管满面怒容的出来，喝道："多大的知县，敢这么大样！老佛爷恼的了不得，问你要命不要命？"吴永听说，唬得三魂丢二，六魄剩一。欲知太后为何事发恼，且听下回再讲。

第一一〇回 瓦统帅入居仪鸾殿 怀尚书清道北京城

话说吴永听得太后发恼，吃一大惊，忙入上房叩问，原来皇太后是饿极了才恼呢。因为出京三日，只吃得三个鸡子。吴永赶忙叫厨房做了点心，送入上房去。太后已经饿慌，也不管点心粗细，足足吃了三大碗，吃的喷鼻香。吃毕之后，才启奁自取篦梳梳栉。吴夫人瞧不过，跪奏道："臣妾替皇太后梳栉如何？"太后道："我的儿，难为你了。"吴夫人随替太后梳栉。这位吴夫人，是曾袭侯纪泽的女公子。梳毕头，太后唤进德宗，叫书了朱谕，立升吴永为通永道，着往东南各省催饷糈，就命典吏摄了县印。吴永谢了恩，随送进燕席，并汉装女衣。德宗与大阿哥，也都有衣服。两宫出京三日，到此才得易衣安食。

二十五日，降旨言不得已西幸之故，派荣禄、徐桐、崇绮留京办事，迅筹办法。其实徐、崇两人，早已蒙难身亡，太后还没有知道呢。二十六日，下诏罪己，令各省保护教民。二十七日，抵宣化府城，驻跸四日。抵大同府，驻跸总兵衙门，又住了四日，时已八月初十也。续派留京办事各员，其余都叫赶赴行在。十三日，过雁门关。十五日，驻忻州，才得换乘黄轿。十七日，抵太原省城，驻跸巡抚署，陈设周备，都是高宗巡幸五台时的旧物。江苏巡抚鹿传霖带了六千兵勤王，因为京师已陷，绕道由河南到太原。见了太后，奏称联军将掠保定，追驾西来，太原万不可居，力请西幸西安。于是下诏闰八月初八日西行。江督刘坤一联了东南督抚电阻，称说陕西贫瘠，逼近强俄；甘肃尤为回教所萃。内讧外患，在在堪虞。如谓陕西地险，可阻联军，则我能往寇亦能往。山川之险，既不可恃，偏安之厂，亦不能幸成。京师根本重地，不可轻弃。各国曾请退兵，不占土地。回銮决无他变，万不可局促偏安，为闭关自守之计。措词虽然恳挚，无奈太后终怕联军逼迫，仍决西行。初八日，启跸。二十六日，至潼关，用锦舟渡河。九月初四日，车驾至西安，改巡抚署为行宫，仪制略备。两宫由蒲津渡河，入潼关时光，妇孺跪迎道左，咸捧果物上献。太后为之停舆，亲取一二，并以银牌赐百姓。后人有诗咏道：

九月蒲津宫渡寒，翠旗夹道万民欢。
冰梨火柿家家献，手赐银牌带笑看。

太后念岑春煊护驾之功，立授他为陕西巡抚。此时公廷草创，德宗穿着布袍，王公大臣，都穿的布服，很有卫文公大布之衣大帛之冠气象。太后胃痛时作，夜不成寐。每见臣工，辄凄然涕下。各省纷进方物，皇太后常拿来赏给群下，御膳费日只二百金。太后向岑春煊道："从前在京师，膳费数倍于此，现在也总算省极了。"未几，京师送来两宫器服，荣禄恰也赶到。于是命荣禄、王文韶仍筦枢要，授鹿传霖为尚书，同入枢府，制度愈备。两侍兵卫，日扰民间。大修戏园，诸臣娱乐如太平时。长安城外的八仙庵，是唐朝兴庆宫故址。皇太后排了銮驾，亲往礼佛，瞧见庵中牡丹盛开，那绿色的尤为佳美，太后不胜赞叹。太监随折了几枝，携归行宫，供于胆瓶里头。后人有诗咏道：

芬敷欧碧八仙庵，移贮铜瓶景泰蓝。
一御金根瞻佛座，华鬘云影护经龛。

此时长安恰遭大旱，皇太后特派大臣上太白山祷雨，果然获着甘霖。御制申谢文，泐石山巅。碑首全题皇太后徽号，前代碑文，从无此例。后人有诗叹道：

太白参天灵气钟，穹碑丽藻竖层峰。
差同玉简投龙璧，不似金轮咏石淙。

德宗痛定思痛，每见贡物到行在，必对之垂涕。各省协款，解抵秦中，已有五百余万。每解款至，内监需索尤苛。诸臣渐趋行在，百物渐集，西安愈兴盛矣。暂行按下。

却说各国联军，攻破北京。俄军由东便门入，日军由东直、朝阳二门入，英军由广渠门入，德法诸军，陆续俱入，都到使馆解围。法军攻扑顺治门，英军在大清门排炮两尊，夹助攻击。法军径攻西华门，日军也到，遂解北京之围，于是联军径入宫门。日军先入，法军继之，经过三桥，都高竖起法国旗号。法总兵据守了煤山，俄英两总兵，就据了旁边两座庙。联军诸帅，协定分理区域。由朝阳门至宫城，画一直线，俄法占了东边，英美占了西边，日本占在北面，各设了民政厅，管理民事。军队巡查街道，搜杀拳民，办理得十分认真。城内外民居市廛，被拳民焚掉者，已有十之三四。现在又经联军大大抢掠了一回，差不多是十室九空。从前袒护义和拳之家，受伤更烈。珍玩器物，都被掠尽。不便匣藏的东西，也被贱值售掉。妇女生怕受辱，争着自缢而死。凤冠补服之尸，触目皆是。有吊得长久，项断尸坠者。孑遗之民，多于门首插起某国顺民旗号，求外人保护而已。

臣工之殉难者，如尚书崇绮，奔至保定，在莲池书院里，仰药而死。皖抚福润，全家自尽。他的母亲，已经年愈九十，哀痛过甚，一恸而绝。祭酒王懿荣，夫妇子妇，合家子投井而死。主事王铁珊，祭酒熙元，及满官其余人，皆及于难。这一役，满人死者，共有数千。宗室庶吉士寿富，有文学，尚气节，是侍郎宝廷的儿子，阁学联元的女婿。联元被戮，家属匿在寿富家里。联军入京，寿富与其弟富寿，仰药未死。其两妹与婢，都自尽了。寿富赋绝命诗二首，自缢而死。富寿从容理诸尸，然后自缢。其绝命诗道：

兖衮诸王胆气粗，竟轻一掷丧鸿图。
请看国破家亡后，到底书生是丈夫。
薰莸相杂恨东林，党祸牵连竟陆沉。
今日海枯见白石，两年重谤不伤心。

只有大学士徐桐，虽也以身殉国，却是惨遭家庭变故。徐桐瞧见京城失守，皇遽失措。他的儿子承煜问曰："大人庇护拳匪，夷人到了，必定要不免。怕失大臣的体统，何不殉了国，孩儿也要追随于地下。"徐桐听了，立刻投缳而死。承煜弃尸逃走，恰恰碰见了日本军，鹞鹰抓小鸡似的抓了去。启秀也被日军擒住，两人本是同志，住在一处，倒也不觉着寂寞，同拘在顺天府衙门里。

这时光，德皇通电各国，请以德军司令瓦德西为联军统帅。俄皇说德使被戕为大辱，愿推德将，各国无不赞成。瓦德西做了统帅，传令把仪鸾殿，改做联军统帅府。整队入宫，见了穆宗瑜妃，犹致敬礼。殿宇器品，戒勿毁掠。闲杂人等，毋许擅入禁门。每日照例进膳，妃嫔等手兴棉衣，叫太监赉送秦中。后人有诗叹道：

甘泉烽燧逼严城，禁掖传筹夜不禁。
承直膳房依例进，寒衣纫就寄西京。

大乱才平，积尸满道。统帅府传出军令：着联军将弁，分段清道，以重卫生。联军奉到此令，就骗逼华人，负尸出城。达官贵人，几几没一个不被驱策。稍稍违忤，立刻皮鞭奉敬。有时掠了东西，载运没有牲口，也就屈尊华官，代为骡马。肃王善耆、御史陈璧等，都被迫着当那担粪运石的苦差。礼部尚书怀塔布，也是太后的姻属，被联军拿住了，先做搬运尸军的高贵生活。等到尸身搬干净，联军见他做事勤奋，材堪驱策，不忍弃诸无用，于是就叫他负纤拉车。执御的洋人，常把鞭子挞他的背。怀塔布回首斜睨而笑，口称："老爷别打，横竖这路，是我跑衙门跑熟的，包管不错。"瞧他样子，很是扬扬自得呢。侍郎李昭炜宅子里，有一孩子掷石打伤了一个洋兵，洋兵立把昭炜拿到营里，狠狠拷打了一顿，驱逐出外。昭炜晕倒在玉河桥下，于式枚在贤良寺，听到了忙着赶去，才把他救醒。

城外焰光、灵光两寺，是翠微山八寺中最著名者。此时拳民余众，匿在两寺内。无所得食，迫令近村富人韩某，出金万两。哀求请减，非但不许，竟把他斫掉。韩妻拟到衙门控告，有人告诉她道："不如径入城到洋人那里控去。"韩妻到洋人那里控告了，果然兵队就到。拳众还高卧未知呢，听得枪声，仓皇出御，悉数被杀。只可怜两座庄严佛寺，一煞那间，竟化成数堆瓦砾。此时寺观庙宇，凡是设过拳坛的，无不被毁。四库书藏本，也被洋兵搬来，当作垫子。那二寸厚的《永乐大典》，承拿去垫樣军用品呢！

瓦德西因华洋感情不洽，特聘华绅，备为顾问。一时应聘的人，倒也不少。内中最有才具的，要算着湖南人姓沈名荩字愚溪的。沈荩上了一个条陈，称说满清搜罗人才，全在八股试贴，将相悉从这里头拔取的。瓦德西大为赞成，亲临金台书院，考试诸生。示期悬榜如昔，文题是"以不教民战"，诗题是："飞旆入秦中。"试日，人数溢额，瓦为之评判甲乙。考得奖金的，都忻忻有喜色。这沈荩虽有才具，一朝权在手，未免助桀为虐，借刀杀人，因此巨官大族，愈益提心吊胆。

不意忽地来了一个女界明星，化作群官救主，竟把碧眼紫髯的八国联军统帅，玩诸股掌，颠之倒之，无不如意。你道是谁？看官且慢着急，待在下慢慢讲来。

此人是个妓女，今名曹梦兰，昔名傅彩云，是个艳绝古今名噪东西的美人儿。生得面如瓜子，色若桃花，两条欲蹙不蹙的蛾眉，一双似开非开的凤眼，体态风流，丰姿绰约。原籍本是苏州，依着姊氏，悬牌沪上。恰好某学士丁忧回来，一见倾心，就以重金置为篷室，带到京里，宠爱得性命儿相似。后来学士持节使英，万里鲸天，鸳鸯并载，竟把她当做公使夫人。到了英国，一般的入宫朝觐，英国女皇维多利亚爱她风流倜傥，竟把她视同女友，称之为“东方第一美人”。彼时英皇年垂八十，雄长欧洲，尊无与匹，偏许彩云出入椒庭，与之抗礼。曾与英皇并坐照相，时论无不称荣。某学士任满回国，住在北京地方。彩云却跟仆人阿福好上了，奸生一女。某学士大发雷霆，立把阿福撵出府完结。从此待到彩云，也没有从前要好了。这一年，学士得了一病，竟然夭亡。彩云原与他仆私通，至是遂为夫妇。不多几时，私蓄用尽，所欢也死去，仍致回到上海买笑，改名叫赛金花。苏人公檄驱逐，遂转徙到天津来，改名曹梦兰。据说某学士未第时光，在烟台地方，替人司笔札，与妓女爱珠有啮臂盟。时当大比，学士行囊羞涩，本拟不去了。爱珠竭力劝驾，赆他二百金，临别嘱道：“苟得富贵，千万别忘记我！”学士指日矢天，誓不背负。从此爱珠捐弃故业，位听好音。学士以一甲一名，大魁天下，负心忘恩，竟不迎妓。绣鞋有入梦之时，破镜无再圆之日。于是跋涉千里，叩邸求见。学士遣人赠以五百金，麾之使去。爱珠冤愤莫诉，三尺红罗，了却残生性命，魂归离恨，劫转平康，就投了个花容月貌的傅彩云了。樊云门先生有《彩云曲》，其词道：

姑苏男子多美人，姑苏女子如琼英。水上桃花如性格，湖中秋藕比聪明。自从西子湖船住，女贞尽化垂杨树。可怜宰相尚吴棉，何论红红兼素素？山塘女伴访春申，名字偷来五色云。楼上玉人吹玉管，渡头桃叶倚桃根。约略鸦鬟十三四，未遣金刀破瓜字。歌舞常先菊部头，钩梳早入妆楼记。北门学士素衣人，暂踏球场访玉真。直为丽华轻故剑，况兼苏小是乡亲。海棠聘后寒梅喜，侍中居外明诗礼。两见泷冈墓草青，鸳鸯弦上春风起。画鹢东乘海上潮，凤凰城里并吹箫。安排银鹿娱迟暮，打叠金貂护早朝。深宫欲得皇华使，才地客斋最清异。梦入天骄帐殿游，阏氏含笑听和议。博望仙槎万里通，霓旌难得彩鸾同。词赋环球知绣虎，钗钿横海照惊鸿。女君维亚乔松寿，夫入城阙花如绣。河上蛟盖尽外孙，虏中鹦鹉称天后。使节西持娄奉立，锦车冯嫽亦倾城。冕旒七毳瞻繁露，盘敦双龙赠宝星。双成雅得君王意，出入椒庭整环珮。妃主青禽时往来，初三下九同游戏。装束潜将西俗娇，语言总爱吴娃媚。侍食偏能餍海鲜，投书亦解翻英字。凤纸宣来镜殿寒，玻璃取影御床宽。谁知坤媪山河貌，只与杨枝一例看。

三年海外双飞俊，还朝未几相如病。香息常教韩寿闻，花枝每与秦宫并。春光漏泄柳条轻，郎主空嗔梁玉清。寿许丈夫驱便了，不教琴客别宜城。从此罗帐怨离索，云蓝小袖知语托。红闺何日放金鸡，玉貌一春锁铜雀。云雨巫山枉见猜，楚襄无意近阳台。拥衾总怨金龟婿，连臂犹歌赤凤来。玉棺昼下新宫启，转尘玉郎长已矣。春风肯坠缘珠楼，香径还思苧萝水。一点奴星互玉台，樵青婉娈渔童美。繐帷犹挂郁金堂，飞去张梁双燕子。哪知薄命不犹人，御叔子南先后死。蓬巷难栽北里花，明珠忍换长安米。身是轻云再出山，琼枝又落平康里。绮罗丛里脱青衣，悲翠巢边梦朱邸。章台依旧柳鬖鬖，琴操禅心未许参。杏子衫痕学官样，枇杷门榜换冰衔。

吁嗟乎，情天从古多绿孽，旧事烟台哪可说？微时管蒯得恩怜，贵后萱芳都弃掷。怨曲争传紫玉钗，春游未遇黄衫客。君既负人人负君，散灰扃户知何益？歌曲休歌金缕衣，卖花休卖马塍枝。彩云易散玻璃脆，此是香山悟道诗。

彩云在英京时光，瓦将军恰充着德使馆武随员，在伦敦公园中，曾经会过几面。一个慕他英雄气概，一个羡她放诞风流，四目偷窥，双心互印，两人都有了意思。此番瓦将军统帅来华，在他人铜驼荆棘，不胜兴亡之感。彩云则不胜欢喜，巴巴的进京，投刺求见。瓦德西欢喜得什么相似，接入仪銮殿，翦烛话旧，宠压一寨。那些大僚，得着此信，忙都钻天觅缝的求彩云说情。彩云并不托大，从容补救，救出大难的也很不少。偏是好心不得好报，事平之后，彩云为了养女的事，犯了官司。这班受恩深重的官僚，竟然坐视不救。樊云门先生，更有后《彩云曲》，其辞道：

纳宗昔御仪鸾殿，曾以宰官三召见。画栋珠帘谒御香，民床玉几开宫扇。明年西幸万人哀，桂观蜚廉委劫灰。虏骑乱穿驿道走，汉宫重见柏梁灾。白头宫监逢人说，庚子灾年秋七月。六龙一去万马来，柏林旧师称魁杰。红巾蚁附端郡王，擅杀德使董福祥。愤兵入城恣淫掠，董逃不获池鱼殃。瓦酋入据仪鸾座，凤城十家九家破。武夫好色胜贪财，桂殿秋清少眠卧。闻道平康有丽人，能操德语工德文。状元紫诰曾相假，英后珠施并写真。柏林当日人争看，依稀记得芙蓉面。隔越蓬山十二年，琼华岛畔邀相见。隔水疑通银汉槎，催妆还用天山箭。彩云此际泥秋衾，云雨巫山何处寻。忽报将军亲折简，自来花下问青禽。徐娘虽老犹风致，巧换西装称人意。百环螺髻满簪花，全匹鲛绡长拂地。鸦娘催上七香车，豹尾银枪两行侍。细马遥遵辇路来，鞾罗果踏金莲至。历乱宫帷飞野荒，鸡唐御座拥狐狸。将军携手瑶阶下，未上迷楼意已迷。骂贼翻嗤毛惜惜，入宫自诩李师师。言和言战纷纭久，乱杀平人及鸡狗。彩云一点菩提心，操纵夷獠在纤手。怯箧休探赤侧钱，操刀莫逼红颜妇。始信倾城哲妇言，强于辩士仪秦口。后来虐婢如虺蝮，此日能言赛鹦鹉。较量功罪相折除，侥幸他年免缳首。将军七十虬髯白，四十秋娘盛钗泽。普法战罢又今年，忱席行师老无力。女闾中有女登徒，笑捋虎须亲虎额。不随盘瓠卧花单，那得驯狐集会阙。谁知九庙神灵怒，夜半瑶台生紫雾。火马飞驰过凤楼，金蛇谣琰燔鸡树。此时锦帐双鸳鸯，皓躯惊起无襦裤。小家女记入抱对，夜度娘寻凿壤处。撞破烟楼闪电窗，釜鱼笼鸟求生路。一霎秦灰楚炬空，依然别馆离宫往。朝云暮雨秋复春，坐见珠盘和议成。一闻红海班师诏，可有青楼惜别情。从此茫茫隔云海，将军也有连波悔。君王神武不可欺，遥识军中妇人在。有罪无功损国威，金符铁券趣消太。息毁联邦虎将才，终为旧院娥眉累。娥眉重落教坊司，已是琵琶弹破时。白门沦落归乡里，绿草依狱俱狱词。世人有情多不达，明明祸水褰裳涉。玉堂鹓鹭愆羽仪，碧海鲸鱼丧鳞甲。何限人间将相家，墙茨不扫伤门阀。乐府休歌杨柳枝，星家最忌桃花煞。今者株林一老妇，青裙来往春申浦。北门学士最关渠，西幸从谈亦及汝。古人诗贵达事情，事有阙遗须拾补。不然落溷退红花，白发摩登何足数。

欲知后事如何，且听下回分解。

第一一一回　李伯相北上议和　唐才常南中起事

话说瓦德西统帅，自得了曹梦兰之后，政令宽大了好些，华官被释出的，不知凡几。忽报中国政府，已派庆亲王奕劻，肃毅伯李鸿章，并为全权，刘坤一，张之洞，会同办理。李鸿章已到大沽口了。原来拳乱剧烈时光，朝廷电召李伯相。到了六月里，德使克林德被戕，大沽炮台被洋兵攻陷，又召伯相为直隶总督。伯相都辞不至。总署电致各国驻使，向各国议和。法国外部声言："匪首未诛，端王等尚在枢府，言和不易。如果罢斥了端王等，剿捕拳匪，当可介各国议和。"德国外部声称："使臣被害，清帝无一言引咎，岂能遽及和议？"英国外部声言："驻华公使脱了险，当可复电。"美国外部要求："洋兵与华兵合救公使，可以开议。"

天津既陷，朝命李伯相为全权大臣。伯相到了上海，致电美国，情愿保护到天津，请联军不要入京。美国回电，声言公使不能通电，无可商之余地。伯相电请政府，叫护各公使到天津。政府派了桂春、陈夔龙保护公使。各公使因没有洋兵来护，不肯走。联军破了京师，俄皇声言使臣既然脱险，可以撤兵议和。美国也赞成此说。法奥德三国，却竭力反对。朝旨促伯相入都议和，伯相因兹事体大，不肯独立担当，电请加派王大臣会议。于是派庆亲王奕劻，并为全权，刘坤一、张之洞会同办理。伯相就由上海起身，乘轮驶向大沽口来。

当下联军将帅得着此信，忙开特别议会，商量对付之策。议定把伯相软禁在兵舰里头，等开议时光，再行开释。电告政府，各国政府都不肯答应。李伯相到了大沽，俄国提督派员来迎。美国提督也来拜谒，声言奉了政府命令，以公使之礼相待。伯相到塘沽俄营，谈论甚洽。联军此时，正在攻打北塘。俄将派兵队护送伯相到天津，住在海防公所里。法国开出六款：

> 一、惩办罪魁，由各国使臣指定；二、禁军械入；三、赔兵费暨诸损失；四、西兵常驻北京保卫使馆；五、毁大沽炮台；六、京津要处，西兵屯守。

各国尽都赞成。闰八月初六，行在下旨，革去肇祸诸王大臣，各国始允议和。英德协定四款：

> 一、中国商埠皆得通商，他处择开商埠，二国均得自由前往贸易；二、保全中国疆土，不取尺寸；三、如有援他故取中国土地者，英德两国别商保全两国之权利；四、通告全国，请各国赞议。

各国也都赞成，于是议和纲领，方才定当。各国使臣索阅庆亲王、李伯相的全权凭证，两全权电请行在，颁发敕书。一面拟了约稿，送交袖领公使。

闰八月十四日，朝旨添派荣禄为议和大臣。各公使因荣禄曾遣董福祥攻打使馆，拒不与议。李伯相忙叫荣禄不要来京。庆亲王名为全权，交涉事情，悉由伯相一个儿做主。他老人家片言不发，不过议成之后，照例签名罢了。各国索办罪魁，载漪、载勋、载澜、刚毅、赵舒翘、毓贤等数十人，伯相屡与辩护，瓦德西道："咱们所列的罪魁，都是第二等，为全中国的体面，第一等罪魁的名字，还没有提出呢！现在既然不答应，咱们可要开出第一等的来了。"德瓦西意思，是暗指着皇太后。伯相无奈，只得电告行在。磋议了数月，定出大纲十二款：

一、德国公使克林德被害，派亲王充专使谢罪，立碑于遇害地方；二、惩办罪魁，由各公使指出，被害城镇，五年内不得考试；三、日本书记被戕，须向日本谢罪；四、各国坟茔发掘之处，立碑雪耻；五、军火不得运入；六、赔偿各国人民损失；七、驻兵保卫使馆，中国人不得居界内；八、毁大沽炮台；九、京师至满道，择要屯西兵；十、人民肇乱罪其长官，不得借端开脱；十一、改通商条约；十二、改总署及觐见礼节。

这一回的和议，一是衅由我启，二是城下之盟，各国态度格外的强硬。李伯相与各国磋议，心力交瘁。偏偏行在政府，不谅苦衷，屡次传电授意驳辩。伯相因枢臣不明敌情，徒乱人意，把传来电报，随阅随毁掉，连幕僚都不及见呢。鄂督张之洞，也迭次传电干议。伯相笑道："不意香涛作官数十年，还这么的书生见识！"彼时各国持议甚坚，李伯相积劳成病，卒至不起。濒危之际，犹口授计划，秩然不紊。各国听得伯相逝世，都感怆不已，乃悉如伯相原议签约。

议和大纲十二章：

一、派醇亲王载沣，赴德充谢罪使。克林德牌坊，当即鸠工建造；二、惩办罪魁，端亲王载漪、辅国公载澜，斩监候，加恩贷死，戍新疆，永不释回。庄亲王载勋，尚书赵舒翘，左都御史英年，均赐死。尚书刚毅，大学士李秉衡，身死夺官。巡抚毓贤，尚书启秀，侍郎徐承煜，均正法。提督董福祥，革职。被害之尚书徐用仪、立山，侍郎许景澄，阁学联元，太常寺卿袁昶，均复官昭雪；三、派侍郎那桐赴日本谢罪；四、被掘坟茔，拨帑立碑；五、禁军火入口二年；六、偿款四皆五十兆两，年息四厘，分三十九年，本息清还。赔款由上海办理，以关税盐政作保；七、划崇文门大街以西，正阳门城垛，归使馆管理，留兵保护；八、大沽炮台削平；九、诸国驻防之处，为黄村、廊坊、杨村、天津、军粮城、塘沽、芦台、唐山、滦州、昌黎、秦皇岛、山海关；十、有违约事，罪其长官；十一、北河改善河道，各国派员兴修，岁费四十六万两，一半由中国支付，中国派员会修；十二、改总理各国事务衙门为外务部，班在六部之前。

十二章之后，又申明此约签押之后，除留防使馆兵队，约期撤兵。各国使臣，会同全权，晓谕士民，交还北京。

此约既定，罪魁诸臣，无不丧魂落魄，吉少凶多。端王载漪，自以罪孽深重，计当被戮，奉着发配极边之旨，大喜过望，忙问左右道："大阿哥有罪没有？"左右回说："没有听得什么。"载漪道："这回不干他事，他或者可以免祸呢！"于是兼程赶到配所去，深怕西人续请正法。那大阿哥在西安，每日带了太监，到戏院听戏。他老子戍边，他也毫无戚容。后来斥退出宫，跟随家属到了配所去。

赵舒翘已经革职留任，因各国恨憾不已，改为斩监候，囚在西安狱中。西安士民，联合数百人，为舒翘请命。枢臣奏闻，太后命释放回家，赐令自尽。军机拟就旨意，呈给太后。恰因他事，搁置未发，停府数日。忽有人问："赵舒翘事情，如何处置？太后怒道："此事还未办么？"日已向晦，使左右速宣旨，限今夕四点钟复命，派陕抚岑春煊前往监视。舒翘两个门生，恰好都在旁边。一个是前任提牢厅某君，就是杨锐、刘光第遇害时光，恳求赵舒翘说情的；一个是大同县知县张鹤龄。二人忙替赵具了衣冠，北面叩头，领旨谢恩毕，同到赵舒翘家中宣旨。舒翘还望必有后命，不肯服毒。他妻子向他道："君不要空望恩命了。咱们夫妇，生则同生，死则同死。"说着，送上生金，舒翘含泪咬牙，瞧着生金，向妻子道："不意我赵舒翘尽命今朝，我与你们从此永诀了！"说毕，挺直了脖子，硬吞下去。停了好一会子，不觉着什么，处分了一回家事，还是不死。更进鸦片烟，舒翘恨道："刚子良害我！刚子良害我！"吞了鸦片烟，精神倍长。时已夜半，春煊十分焦灼，再送进鹤顶血去，终无死法。春煊道："太后立等着复命，可叫我怎样呢？这明明是难为我了！"舒翘听说，大呼取汾酒来，连喝数巨觥，依然无恙。一个番役献计，不如用开加官法子，春煊点头称妙。这开加官法子，好生怕人，用黄蜡涂住耳目口鼻，再用汾酒石灰喷湿了厚纸，一层层封上脸去。当下众番役一齐动手，如法泡制，不意赵舒翘平日补品服的太多，精神充足，这会子竟难绝气。春煊见鸡声唱晓，天已将明，忙叫大家辛苦点子，用帛勒死了，好早早的复旨。赵舒翘听得，喊道："稍缓须臾，竟要死了。"依旧不死。春煊道："顾不得他了，快快动手罢！"于是缚住了手足，用汗巾勒住颈项，好半日才宛转就毙。

启秀、徐承煜，原被日军拘禁在顺天府衙门里。这日，奉到西安行在正法的旨意。庆王奕劻，知照日本军官。日军官置酒谓之饯别，酒至半酣，才传行在旨意。承煜色变，极声呼冤，并痛詈洋人不已。启秀从容如常，徐徐道："即此已邀圣恩矣！我深悔从前之谬误，现在也罢了。愿贵国助我中华，光复旧物，我死也瞑目的。"次日，刑部派员来提，日军官道："徐侍郎顽钝如故，启尚书心地明白，可惜他悟的太晚了。这二位都是贵国大官，已经代备了轿子，等候起行呢。"先到刑部衙门划到，然后衣冠至菜市口。启秀下舆小立，气度犹从容，监斩官出席，与之为礼。徐承煜早已晕去，昏不知人事。西人集视，拍了照方才就戮。

山西巡抚毓贤，自从天津失陷时光，上疏自请勤王，朝旨叫他统军入京。毓贤其实不愿意离去山西，阴叫晋民吁留。朝旨一再催促，不得已就道。临走，还向拳党道："教民罪大，尽你们处治，不要听地方官阻止。"七月里，才出山西地界，联军早已破了北京，途遇两宫。李伯相奉命议和，德皇要求惩办罪魁，伯相奏闻行在。闰八月，降旨毓贤开缺另候简用，以锡良代为晋抚。各国因罪魁没有惩办，不允议约。驻德使臣吕海寰，驻俄使臣杨儒，驻英使臣罗丰禄，驻美使臣伍廷芳，驻法使臣裕祥，驻日使臣李盛铎，合电请惩办罪魁：第一名李秉衡，第二名就是毓贤，并述各国坚决之意。李伯相与刘坤一、张之洞、盛宣怀，也先后电劾。得旨毓贤革职，配极边，永不释回。各国意犹不慊。十二月，得旨，毓贤遣发新疆，计已行抵甘肃，着即行正法，派何福堃监视行刑。甘督李廷箫接到此旨，持告毓贤。毓贤道："死原是我本分，执事可怎么样呢?"廷箫听了，就仰药而亡。原来李廷箫是由山西藩台升来的，在藩台任上，曾经附和毓贤，纵拳戕教，所以着急呢。廷箫死了，兰州士民，集众代毓贤请命。毓贤移书止之，并撰联自挽，其辞道：

臣罪当诛，臣志无他，念小子生死光明，不似终沉三字狱。
君恩我负，君忧谁解，愿诸公转旋补救，切须早慰两宫心。

毓贤有一个八十多岁的老母，留在太原，一妾随行，逼令自裁。正月初六日，何福堃到什字观，喊出毓贤，武员举刀就斫，伤颈未诛。毓贤连呼求速死，仆人怜之，奋臂相助，才结果了性命。只有董福祥因手掌兵权，不敢过分奈何他，只轻轻革了个职。偏是福祥不服气，移书荣禄，狠狠发了一番牢骚，其辞道：

祥负罪无状，仅获免官，手书慰问，感愧交并。然私怀无诉，不能不愤极仰天而痛哭也。祥辱隶麾旌，忝总戎任。军事听公指挥，固部将之分；亦敬公忠诚谋国，故竭驽力，排众谤以效驰驱。戊戌八月，公有非常之举。七月二十日，电命祥统所部入京师，实卫公也。拳民之变，屡奉钧谕，嘱抚李来中，命攻使馆。祥以兹事重大，犹尚迟疑。以公驱策，敢不承全？叠承面谕，围攻使馆，不妨开碍。祥犹以杀使臣为疑，公谓戮力攘夷，祸福同之。祥一武夫，本无知识，恃公在上，故效犬马之奔走耳。今公巍然执政，而祥被罪，窃大惑焉？夫祥之于公，力不可谓不尽矣。公行非常之事，祥犯义以从之；公抚拳民，祥因而用之；公欲攻使馆，祥弥月血战。今独归罪于祥，麾下士卒解散咸不甘心，多有议公反复者。祥惟知报国，已拼一死，而将士怨愤，恐不足以镇之，不敢不告。

首祸诸臣，既已办妥。又下特旨，昭雪殉难诸忠。略谓：

本年五月间，拳祸倡乱，势日鸱张。朝廷以剿抚两难，造次召见臣工，以期折衷一是。乃兵部尚书徐用仪，户部尚书立山，吏部左侍郎许景澄，内阁学士联元，大常寺正卿袁昶，经朕的再垂询，词意均涉两可。而首祸诸臣，遂乘机诬陷，文章参劾，致罹重辟。惟念徐用仪等宣力有年，平日办理交涉，亦能和衷，就着劳绩，应加恩徐用仪、立山、许景澄、联元、袁昶均着开复原官。钦此。

奖功罚罪，刑赏很是详明。暂且按下。

却说帝后蒙尘之际，南中起了一桩非常变故。湖北武备学堂，有一群学生，都是保皇党。为首的姓唐名叫才常，湖南浏阳人氏。暗设自立会，散放富有票，结合江湖会党，约期起事。海外党人，担任筹款事宜。唐才常真也了得，鄂中豪杰，都已召集；军械一切，都已预备。但等海外款到，立即竖旗起事。不意海外党人，偏偏委了一个倜傥非常之人，充作解饷人员。赍款十万，到了上海，花天酒地，纸醉金迷，一阵迷，竟迷的他忘了正经大事。唐才常在湖北，今天盼明天，明天盼后天，望眼欲穿，终似泥牛入海，影悉全无，任你急煞也没中用。本来定计，是三路同时起兵：一路是安徽的大通，一路是湖北的新堤，一路是湖北省城。三路得手，湖南党人，也齐起回应。中国从古到今，揭竿起事，总不过江湖亡命、椎埋之徒，既可就敌因粮，何妨沿江掳掠。现在举事的，却是爱国青年，救时豪杰。按着文明国军法，约束党人，民间一草一木，不准妄动。所以从前可以白手办事，现在却非钱不行。唐才常在湖北时候款子不来，招集的江湖会党，又都向自己索取粮饷，急得上天无路，入地无门。这日，正在学堂里，跟几个同志，商议出行方法，忽报张制军亲来查学，已到大门了。总办有谕，叫学生们站队出迎。唐才常大吃一惊。欲知后事如何，且听下回分解。

第一一二回　太后忆旧泪横流　少年浇花交好运

话说唐才常听说张制军来此查学，吃了一惊，慌忙跟随同学，出去迎接。只见那三寸丁谷树皮似的张制军，早出了轿一步步进来了。才常随众行礼，接到里头。张制军逐一点名，点到才常等十多个人，笑了一笑，随道："你们且站着，本部堂还有几句话要问你们呢。"才常等知道不妙。张制军点名毕，随把才常等带入密室，笑道："你们都是有志的青年，本部堂很是关爱。你们对着本部堂，不必当作地方大吏看，只当作自己家里的前辈看，有甚么话，只管讲，不必吞吞吐吐。本部堂听得你们要起兵勤王，有这件事没有？"唐才常听了，只不作声。张制军道："果然有这事，倒也是忠义的勾当，实说了并不难为你们。要不说呢，证据确凿，怕也由不得你们。"才常道："学生等安分读书，不知道勤王不勤王，制军从哪里得来的消息？"张制军道："昨日拿到会匪，问出口供，搜出富有票，知道你们在这里设立自立军呢。你们要不认，本部堂会提来质对的。到那时王法森严，要抵赖也不能了。本部堂为爱才起见，才好好地问你，你们总要知道好歹才是！"唐才常知道再不能隐了，索性侃侃而谈。称说朝臣之阘茸，政治之腐败，国亡之无日，吾党为救亡起见，思举义旗，扫除妖孽，洋洋洒洒，说上数千言。张制军也很动容，很愿超豁他。才常义不独生，甘愿与被拿的党人同死。张制军道："既是你执迷不悟，本部堂也没法，这叫做爱莫能助。"于是唐才常与先获的会党，一共二十余人，都办了死罪。大通、新堤两路人马，也先后败死。湖南党人，也被巡抚俞廉三捕斩了个干净。这件事发生之时，正两宫驾幸太原之日，业经表明，又要回说慈宫圣母了。

却说皇太后驻跸陕西抚署，很是闷闷。因房屋过于陈旧，潮湿异常。想到颐和园地址高爽，花木韶秀，不胜怆恻。一日，跟宫眷们翦烛话旧，说到伤心处，不禁涕泪横流。太后道："我自年小时节，到这会子，受的苦不知多多少少。髫龄时候，命就极苦，因为老子娘不很疼我，所度日子，没甚乐趣。姊姊要什么，老子娘总听她；我要什么，没有不遭呵叱的。等到选入了宫，不合长大得俏丽了，惹起众人的嫉妒。亏得生性还不算蠢笨，仗着聪明伶俐，弄到结果，究竟被我排去众难，获得胜利。我才进宫时光，先皇帝倒很欢喜我，十分的疼我，怜惜我，其余诸人，都不很顾盼。亏得我生了一个儿子，先皇帝的宠眷，总算没有灭过。怎奈从此以后，递交进了蹇运。先皇帝末年，忽然遘着重疾。洋兵恰又在那个时候，把圆明园一把火，烧了个干净，咱们避到热河去。这一番的苦，谅人家都已知道。你们想吧，我这么的年轻，先皇帝就背着我去了，儿子接着也跟了去。东太后的侄儿，人很坏，觊觎着帝位。他又不是皇族，论起理来，很是不当。想起那时节所身受，再没有难过似我的了。当先皇帝弥留时光，一切举动，他已经不很明白了。我携着他儿子的手，到他跟前，问他万岁爷病到这个样子，万一千秋万岁之后，谁该继承帝位？他竟不能够回答。其实为了变出意外，先皇帝与我，都不知所措。接着我又问他道：'这孩子原是万岁爷的儿子呢。'他听了这一句话，才张开双目，放出垂异的目光，注视着我道：'继袭正统，自然是他。'我听了这句话，心中如释重负。语后未久，就升遐了。这几句话，是先皇帝最终的言语，虽然隔上这么许多年数，驾崩的情状，一想起还宛然在目呢，差不多就是昨日的事情。自从儿子做了皇帝，我想总可以过几年豫逸日子，不意他年才二十，又弃掉我去了。自此以后，身世全非，生平所巴望的荣华，因他死了，尽归湮灭。并且东太后与我，性情很不相能，时时龃龉，日日兴起困难。相处虽久，卒难言好，亏得儿子殁后五年，她也相继凋谢。光绪皇帝才只得三岁，就继承进来做我的儿子。这孩子生的太弱，多病多痛，瘦到个不成样子，虽然三岁了，还不能够步行呢。他的老子娘抚育他，辄不敢与他饮食。他的老子是醇亲王，你们早已知道，他的妈就是我的妹子，所以我抚养他一如己出。直到这会子，我为了他费尽了心，吃尽了苦，他还不曾健全。此外的险阻，都说不尽，你们也总知道，现在说也没中用。凡是我巴望的事，没有一桩不失望。"说到这里，不禁失声大哭起来。众宫眷见了，也无不心伤泪落。太后又道："人家瞧我，好似做了皇太后，没一桩事情不愉快的。像方才讲给你们听的那些事，他们都不肯信的，并且我所受的苦，还不止此，只要一桩事办差了，我就为众矢之的。曾有御史上章劾我，亏得我旷达，不为物囿，不然，早被他们气死多时了！"

太后虽然悲愤，随扈诸臣，却依然歌舞升平，赓扬盛德，哪里有一点蒙难艰辛的样子？此时行在所下罪己的诏，求直言的诏，求人才的诏，变法的诏，严禁仇教排外的诏，重开经济特科的诏，各种除旧布新诏敕，雪片也似价降下。

正在除旧布新，忽又接到一个惊报：归绥道郑文钦，戕害掉洋员周尼思。太后怒道："咱们这里没有办妥，他倒又闹出乱子来，不是要了我的命么？！洋人何等利害，偏又去惹他！要寻洋人的事，还是寻我的事好的多呢。"随传进军机大臣荣禄、王文韶，问他归绥的事情，该如何处置。荣禄道："郑文钦太不解事！照奴才意见，恳求皇太后重重惩办他一下子，省得洋人张口，最好办他个革职永不叙用。"太后道："太轻，太轻。"王文韶道："充发极边，永不释回，如何？"太后道："这种混账东西，没天良的逆种，办他个就地正法，已经是朝廷恩典了。"随命拟旨，郑文钦革职，就地正法；绥远将军永德，革职留任。又降谕旨惩处各省不能实力保护教士教民之地方官。

太后回到行宫，肚子里没好气。太监宫婢，知道太后脾气，都不敢招惹。伺候了一回，都悄悄地走开了。太后独个儿坐了一会子，忽然想起什么，一个人也不在眼前。抬头望窗外，见一个十八九岁的小子，执着浇花筒，在那里浇花，相离三五丈，望去不甚清晰。太后最喜欢青年子弟，凡满员子弟，在宫当差的，太后见了，很是仁慈，常与他们闲谈，殷勤询问，差不多慈母对着爱子一般。现在因仓卒出狩，满员子弟，不及随扈，行宫里都派着汉人子弟，仍按照宫中旧例，清晨入宫，傍晚出宫，不准私自过宿。当下太后瞧见了那浇花的少年，随敲着玻璃窗，喊问浇花的是谁。那少年抬头见是太后，慌忙丢下浇水筒，双膝跪下，高声唱名道："小臣西安电报局学生蒋敬亭。"太监听得，忙趋人伺候。太后道："浇花的那小子，倒很伶俐，好好的传他进来。"太监领旨出去，霎时间早把蒋敬亭引了进宫。倒也亏他，见了太后，摘去顶帽，碰了四个响头。碰毕头，戴上顶帽，低头跪着，听候询问。太后道："你姓什么？叫什么？今年十几岁了？"蒋敬亭道："小臣姓蒋名敬亭，今年一十八岁。"太后道："你哪里人氏？"蒋敬亭道："小臣籍隶江苏。"太后道："在这里做什么呢？"蒋敬亭道："小臣在西安电报局充作学生。因奉了抚台的命，在这里当差。"太后道："你洋字识不识？"蒋敬亭道："略识几个，只恨不很精通。"太后道："你识得洋字最好，可常在我这里当差。"蒋敬亭道："那是太后恩典，小臣感激不尽！"太后道："我问你，你家里共有几多人？"蒋敬亭道："小臣上有老母，下有弱妹，连小臣共只三人。"太后道："没有兄弟么？"蒋敬亭道："门衰祚薄，小臣父母，只生得小臣兄妹二人。"太后见他举止从容，语言清朗，不禁大喜，随命太监赐了他一杯茶。又亲自动手，寻出了许多珍宝首饰，分为两包，向蒋敬亭道："我很欢喜你，你可以天天到我这里来当差，也不必尊我皇太后，只叫我一声老祖宗就是了。我这里自己人都叫我老祖宗的，就是万岁爷，我也只许他叫我老祖宗呢。这两包首饰，你拿回家去。这一包，赏给你妈的；那一包赏给你妹子的。忘了问你，你妹子多大岁数了？"蒋敬亭回奏："小臣妹子，一十三岁了。"太后道："可惜太小，不然，我倒也要见见她呢。"蒋敬亭谢恩而出，只觉着地软如绵，身轻似燕，脚下异常松快，跑出行宫，直向总办公馆跑来。

此时两宫驻跸，百事草创，电报局总办，正住在芦棚里。蒋敬亭跑到，不暇叫门，一脚踢进门去。总办正同几个朋友，在里头叉麻雀，见他蓦然奔入，都吃一惊。总办道："这小子敢是疯了，为什么轻狂到这个样子！"蒋敬亭要说话，欢喜极了，一句也说不出，张着嘴，只是笑。总办道："哎哟，果真疯了。快叫人带他出去。"蒋敬亭指着两个包道："什么疯，请你瞧瞧！请你瞧瞧！"总办解开一瞧，见都是珍宝首饰，忙问这是哪里来的？蒋敬亭道："告诉不得你。"随指手划脚，演述了一遍。总办笑向众友道："这小子交着好运了，怪不得快活得这个样子。"从此蒋敬亭天天入宫当差，太后非常之宠爱。后来两宫回銮，銮驾到了开封，太后忽地想起蒋敬亭来，传出旨意，叫快找蒋敬亭。刚刚蒋敬亭不在这里，地方大吏赶忙打电报到西安，找这一个人。西安大吏派了百十来个人，四出找寻，好容易找到了，捧凤凰蛋似的捧到开封，才没了事。这是后话。

当下太后日以眼泪洗面，听说联军占了北京，分兵近畿各属，剿捕拳民。南至正定，北至张家口，东至山海关，都在联军权力范围以内。又与锡良、升允等军，时起冲突。刘光才驻扎在井陉，联军拟由获鹿进攻。太后闻知，忙叫刘光才一军，退扎山西境内。又命销毁各部署案卷，裁汰书吏。叫各省清厘例行文籍，仿照部章，删繁就简；各衙门书吏差役，分别裁汰裁革，不准假以事权。又命整顿翰林院，课编检以上各官以政治之学。特授醇亲王载沣为头等专使大臣，赴德国谢罪。大学士那桐为专使大臣，赴日本谢罪。叫出使各国的大臣，访察游学生，咨送回华，听候考试录用。自明年为始，乡会试等，均试策论，不准用八股文程式，停止武生童考试及武科乡会试。饬各省筹建武备学堂，将各省原有各营严行裁汰，并精选若干营，分为常备续备巡警等军。各省所有书院，省城改为大学堂；各府及直隶州，改为中学堂；州县改为小学堂，并多设蒙养学堂；改总理各国事务衙门为外务部，派奕劻为总理，王文韶为会办大臣，瞿鸿玑为尚书，徐寿朋、联芳为左右侍郎。每改一令，举一政，蒋敬亭倒总先期知道。虽说口齿谨慎,究竟年轻性燥,朋侪谈话,时时泄漏出一二语来。

这日,电报局总办同了本府,正在私谈国政,恰恰蒋敬亭走来。本府道:"只要问他是了,他在宫里头出入,比我们总明白点子。"总办道:"敬亭,现在朝廷锐行新政,都是康有为的法子,看来康、梁两人都要遇着恩赦了。"敬亭道:"康梁遇赦,怕不见得呢。皇太后性情,最恨是提起她过失。戊戌政变这件事,明知是自己办差,却再也不肯认过。现在无端的恩赦康梁,不是没人找她的过失,倒自己先提出来么?"总办道:"照你说来,康、梁永没有恩赦的日子了?"敬亭道:"那也不敢说,只是这会子也提不及此。"本府道:"山东抚台袁公,怎么迁擢得这么快?"敬亭道:"那都是李文忠公保荐之力。文忠临殁,日授于式枚草遗疏,声称环顾宇内人才,无出袁某右者,并力请回銮,保外人无他,所以就擢袁公为直隶总督。"三个人闲谈了一会子,也就散了。

此时内外臣工,纷请回銮。四月二十一日,谕言和局已定,经谕令内务府大臣扫除宫禁,本欲即日回銮,惟溽暑难于跋涉,俟秋凉再行回銮,定于七月十九日,由河南直隶一带回京。不意一到七月初一,陕抚升允,奏称关中炎热,大雨泥深。豫抚松寿,又奏河骤发,跸骑冲毁,请展期回銮。于是又改了八月二十四日启跸,蠲所过地方本年钱粮。到了这日,两宫启跸,千乘万骑,同时启行,地方官备办供张,谨敬迎送,不似出狩时光的狼狈了。那班太监仗着太后声势,呼叱守令,勒索费用,一路威严,谁敢违拗!驾入河南界,不知到了哪一县,偏偏这地方,是个苦缺。这知县为人,又很忠厚。前站太监赶到,勒索千金,知县哀声央告,太监不听,喝令小太监动手,凡厨房中所备的御膳,只管丢出去喂狗。看他喊苦不喊苦,有钱没有钱?小太监都是年轻好事的,巴不得一声,抢进厨房,七手八脚,一顿乱翻乱掷。吃的吃了,摔的摔了,一霎时早已哄了个精光,呼啸一声,都去了。知县瞧了,又是心疼又是急,忙叫仆人收拾没摔尽的菜并那家伙。正在忙乱,跟班飞报两宫驾到,知县赶忙出迎。只见驾前太监飞马传旨:快备饭,老佛爷饿的慌。知县大惊失色。欲知后事如何,且听下回分解。

第一一三回　高道士踵门谒管学　裕小姐奉诏觐慈宫

话说知县见突然驾到，传旨备饭，慌得没做道理处。此时銮驾已到，就在县署驻了跸，一叠连声传摆饭。瘠地贫区，这几席御膳，五六日前，派了干役，到邻县去采办成功的，好容易整治了，被太监一阵乱掀腾，铲了个精光。这会子，急就章，哪里做的出好菜蔬？太后本已饿了，原想一到就有得吃的，不意候了许久，才送入两桌菜来。虽不是粗鱼大肉，精致的菜却一味都没有，简直不能够下箸。皱了皱眉，叫太监传旨，问知县，有可口的菜，取三四样来，我也不用这许多。太监领旨出来，叫到知县，狠狠骂了一顿，随道："老佛爷恼的了不得，这种菜蔬，怎么送进来？别说人吃，咱们宫里头连喂狗的，还好的多呢。"知县唬得作揖央告，甚至磕头哀求。太监道："我不知道，你有本领自己向老佛爷说去。我奉了旨出来，没有菜蔬，如何回老佛爷？"知县道："委实地方贫瘠，没处采办。恳求婉转上奏，求太后原谅，将就点子，小臣感激不尽！"太监听说，顿时板了脸道："好好，多大的知县，敢叫老佛爷将就？我就这么复奏，你听候旨意罢！"说着，大踏步入内，便添了一篇话，告诉太后道："这知县好大的架子！奴婢传老佛爷旨意，说老佛爷有了年纪的人，这些粗鱼大肉，很是嚼不烂，烦你换几样精致菜蔬去。"他倒火刺刺的道：'劝她省事点子罢，别尽挑这样那样了。问她逃难时光，为什么不带着精致菜蔬走路，要吃那绿豆粥儿？现在有了肥鱼大肉，偏又嫌腻了。'还有好些不中听的话，奴婢不敢奏闻。"太后气得脸色都变青了，喝道："有这么的事？快叉出去斫了。把这没王法混账羔子的家属，全都拿下，听候旨意。"太监应了一声"是"，忙要出去传旨，德宗拦住道："且慢。"随奏太后道："老祖宗明鉴，谅一个小小知县，哪里敢这么放肆？再者咱们为了饮食之微，就斩知县，传到外国去，也要叫洋人笑话呢！"央恳了好一会，太后的气，渐渐平过来，才把这知县革职完结。

次日启跸，驾幸开封。这年太后万寿典礼，就在开封举行。在开封住上二十多天。十一月初四日，自开封启銮，行抵顺德府，直隶总督袁公迎驾。十六日启行，袁公扈跸，恭亲王溥伟等，自京赴正定府接驾。二十四日，两宫乘火车回京。西人数百，都高登城墙，瞻仰仪卫。文武官僚，军队人等，皆肃跪道旁。英奥两国马队，都肃队出迎。各国公使暨夫人，都出来观看。太后遥与为礼，西人都脱帽答礼，太后复行一揖，才乘舆回宫。

贝阙依然，珠宫无恙，只不过仪鸾殿因被联军统帅僭居，失了火，烧成一堆瓦砾。太后见了，不免感叹一番。进了宫，忙入密室，瞧视所藏珍宝。这是西狩临行时节密藏的，亏得没有失掉，大喜过望。忽太监进报，退居在别宫的先朝嫔御，听得老佛爷回宫，都来叩贺。太后道："难为她们大远的诚心，说我知道，不必进来了。每人赏给十两银子，回宫去罢。"一时欢声雷动，老嫔御都领了赏去了。原来这班老嫔御，每月分例至薄，不足自给，往往作针黹，令太监鬻于市肆以自给，所以《清宫词》有道：

分例无多月赐缗，何如乞巧问针神。
官奴携向前门卖，刺绣盘龙一色新。

太后回京后第一新政，是赏奕劻亲王双俸，荣禄、王文韶、刘坤一、张之洞、袁世凯等，有赏双眼花翎的，有赏官衔的，为他们议和及共保东南疆土的功劳。总理衙门已经改建了外务部，又因外交事情繁不过，特地添设左右丞左右参议等缺。又饬定学堂选举鼓励章程，凡由学堂毕业考取合格者，给予贡生举人进士等名称。这几桩事情在路上早已算定，所以一进宫就传出旨意去。此时留京太监总管崔某率领各执事太监，前来叩见。太后见了崔总管，忽地心有所感，随道："上年出狩时光，我说珍妃遭乱，不如死了干净。原不过是一句话，何尝真要她死？崔某遂把她推入井中。现在我瞧见了崔某，心里还怦怦动呢。"崔总管叩头求恩，太后道："我惦着你那桩事，很是寒心，如何还敢叫你伺候？"崔某知道不能挽回，只得退出宫去听候旨意。太后下旨追赠珍妃贵妃位号，并以"随扈不及，殉难宫中"宣告天下，一面命把崔总管撵出宫门。太后自西狩回宫，日与军机大臣商议要政。举行的新政，如派王文韶充督办路矿大臣；瞿鸿玑充会办大臣，张翼帮同办理。关内外铁路，改派袁世凯接收督办，派张百熙为管学大臣；特准满汉通姻；命各出使大臣查取各国通行律例，责成袁世凯、刘坤一、张之洞，慎选熟悉中西律例者，保送来京，听候简派；两馆编纂；将詹事府归并翰林院并裁撤河东河道总督缺等，不一而足。

如今且说管学大臣张百熙，时两宫西狩长安，召见行在，慷慨陈时事，即力请兴学。这会子受了管学大臣的恩命，就与门人沈兆祉商议兴学事宜。沈兆祉道："老师的意思要怎么样？中国的学务还是咸同季年开始的，彼时曾文正李文忠知道西法必当慕效，奏设了制造局，随设立船政水师学堂。当时的士论，谓西国之长，在兵强器利，故设学仅止于此。就是光绪初年设立的同文馆，也不过培植些翻译人才。从同文馆出身的，就是翻译，也从不曾有过上等人才。中日战后，士大夫渐渐奋发言自强，康有为上书请变法，遂及兴学。梁启超为侍郎李端菜草奏，请立大学堂于京师，御史王鹏运也上疏，请立大学堂，奉旨允行。其时恭亲王与刚中堂不喜新政，缓着没有办。戊戌年，朝廷举行新政，促拟大学堂章程。枢臣不知所措，遣人叫梁启超属草。拟了八十多条章程，大致取法日本。那时管学大臣是孙中堂，就以景山下马神庙四公主府为大学堂，请张元济做总办，元济不肯，改延黄绍箕。绍箕又放了试差，于是请念诚格做总办，朱祖谋、李家驹做提调，刘可毅、骆成骧等为教员，美国教士丁韪良为总教习，实权都在丁韪良手里。教学课程，管学大臣不能过问。此刻老师被了恩命，总要大大整顿一番才是。老师究竟持何宗旨？"张百熙道："丁韪良原是个教士，办学究竟不是传教。我想第一办法，先辞掉丁教士。"沈兆祉异常钦佩，师徒两个斟酌了一会子，定出个办法来，把华俄道胜银行积存的东清铁路息银作为大学经费，奏请拨充；借虎坊桥官书局为筹备所，且待校址修好，再行开办。

当下张百熙就把丁韪良辞退，不意美国公使不肯答应，交涉了许久，卒被索了一大注款子去。张百熙因桐城吴汝纶是当世人望，遂以直隶州奏请加五品卿衔，充大学堂总教习，汝纶坚辞不起。百熙具衣冠诣汝纶，伏拜地下道："吾为全国求人师，当为全国生徒拜请也。先生不出，如中国何？"汝纶感他诚挚，勉起应诏。于是奏派于式枚为总办，李家驹、赵从蕃为副，汪诒书、蒋式瑆、三多、荣勋、绍英等，分任提词，张鹤龄为副总教习。又设编译书局，以李希圣为编局总纂，王式通、孙宝瑄、罗惇曧、韩朴存、桂填等为副。严复为译局总办，林纾、严璩、曾宗巩、魏易等为副。

这时光，张百熙大权在握，挥霍指示，无不如意。虽然费尽精神，却筹划得十分整齐，一般守旧人物，见了他这么行为，未免妒羡交加，遂致蜚语纷起。荣禄、鹿传霖、瞿鸿玑，都竭力地阻止。百熙方在丰台地方，购地一千三百亩，备建七科大学。经这阻力，不得不因陋就简，葺了马神庙大学，仅立师范、仕学两馆。又因总教习吴汝纶为学务体大，先到日本去考察。偏偏荣禄不放心，派了荣勋、绍英与他作伴；偏偏荣勋与汝纶，又龃龉起来。到了日本，留日学生，偏又倾仰汝纶。驻日公使蔡钧，未免怀妒意了。偏偏吴敬恒、孙揆均等为送学生入成城学校事，与蔡钧大起冲突，相率罢学。汝纶偏偏喜事，竭力地调停。蔡钧就把过失，尽诿在汝纶身上。荣禄大恼，庆亲王当众宣言，说吴汝纶该明正典刑。亏得肃亲王耆善力持反对，才得没事。然而张百熙却很没有面子，异常郁郁。

这日，沈兆祉来谒，谈及人才，不胜抚膺叹息。兆祉道："好叫老师得知，昨天有一友人来拜，谈及中俄交涉，痛心疾首，喟然而叹道：'吾闻出于幽谷，迁于乔木，未闻下乔木而入幽谷。现在咱们的外交，适成了个下乔入幽景象，如何还会胜利？'门生问他缘故，友人道：'不记得道、咸年间，京师设有抚夷局，泰西各国，咱们概把他当夷人看待，居高临下，这不是迁于乔木么？等到圆明园被焚，抚夷局消灭了，设了个总理各国事务衙门，虽然不敢夷视各国，犹有居中驭外的雄心。拳匪乱后，总理衙门变了外务部，于是，从前居高临下居中驭外的余威，扫地尽了，不是下乔木么？现在索性喧宾夺主，真是入幽谷了，可叹不可叹？'门生告诉他，从前的抚夷局、总理衙门，乃是自大之过。现在的外务部，主宾数体，才是正当办法，他还不信呢。老师，这一个友人，还在军机处当差，却这么的见识。人才如此，国事怎么会有起色？"

百熙正欲答话，忽门房递进一个名帖，报说白云观高道士来拜。百熙皱眉道："这高道士竟然找到我这里来了，谁有暇跟他麻烦？"随向门房道："回过他我不在家，以后他来，不必报我知道，回掉了就是。"沈兆祉道："这高道士是谁？"张百熙道："这高道士就是白云观的老道，也算神仙中人，也算政治中人。白云观供的是长春真人，正月十九日，真人诞辰，都中达官贵人，命妇闺媛，都赶去拈香。礼拜真人的，必然参拜高道士。讲究应酬的人，遂以是日为高道士生辰。拜时或答或不答，答拜的交情总不过如此。或是名位不甚显著的，如果直受他拜，不答一礼，顶礼的人，倒引为荣耀。"沈兆祉道："一个老道，如何有这么的势力？"张百熙道："听说他与太监李莲英，拜过把子的。前天有一个人，在白云观里头跟高道士谈天，恰巧有一个道士的熟人，来探消息，道士向他道：'昨有某君嘱托我，叫我替他设法，谋一个海关道。我向他说，且慢，现在上头方征捐于官，海关缺太肥，监司秩太贵，嘱望过奢，恐怕所得不足以应上求，很犯不着呢。'那人道：'敝友客君，以知县分发山东，听得师爷跟中丞有旧，意欲恳求一封八行书栽培可以么？’道士欣然道：‘这事很便当，中丞新有书来，懒未及复。复的时候，附上几句就是了。’又有人在南城酒肆，遇见道士，谈次，道士语一人道：‘某侍郎的女公子，明儿出阁，我几乎忘记了。恰巧前儿侍郎夫人来谈及，匆匆不及备奁物，只好把箧中所藏李总管给的缎子二端，是大内品物，李总管也是上头赐给他的，还有两件珍物，也是御赐给李总管，李总管转送我的送给她了。’你想罢，一个老道，为了交通内监，士大夫就这么夤缘奔竞，走他的门路，可耻不可耻？”沈兆祉道：“门生想起来了，杨梅竹斜街万福居酒肆，善治鸡丁一品。烹割之术，听得说是一个什么高道士所秘授，出名叫做高鸡丁，想来就是这个老道了。怪不得华俄道胜银行的理事璞科第，常跟这老道在万福居喝酒，想来是利用他了。”正在谈话，忽仆人入报：“卸任驻法钦使裕庚的两位小姐，奉旨入宫朝见太后了。”百熙笑道：“裕庚的两位小姐，久旅外邦，必然周知世界大势。此番入宫，或者于新政，不毋稍补。”

原来，裕庚，字朗西，满州镶白旗人。由军功得封公爵。出使日本，又使法国。生有子女五人，三小姐闺名叫德菱，五小姐闺名叫龙菱，都生得玲珑透彻，俊秀非凡。在法国任上，一行公事，几位公子小姐，很帮着忙呢。当下裕钦差由法京巴黎乘坐安南船回国，先在上海耽搁了几天，换船到天津，改乘火车抵京，订好公馆，裕钦差因途中劳瘁，请了四个月的假。这日，庆亲王振贝子爷儿两个来拜，口传太后旨意，明儿六点钟召见裕太太并两位小姐，着在颐和园陛见。领了意旨，裕太太就向庆亲王道：“在外国住久了，穿惯了西装，没有配身的旗服，可怎么样呢？”庆王道：“这一节已经奏明，太后也很愿太太小姐西服觐见，不必拘定旗装，因为要瞧瞧咱们旗人着西装，到底怎么样。”

庆王父子去后，裕太太娘儿三个，满志踌躇，斟酌着穿什么衣服，戴什么帽子。裕太太道：“你们姊妹同样打扮惯了的，此番觐见，总也要穿同色的衣服。”龙菱道：“咱们就穿了那浅蓝鹅绒外褂罢。这颜色我倒很相称，姊姊总也相称的。姊姊，你看如何？”德菱道：“咱们先别乱定主见，开了箱子挑，什么颜色相称，就穿什么。”裕太太道：“还是三丫头的主见是。”于是娘儿三个，开箱子挑选，偏偏德菱挑中了一件红色鹅绒外褂，龙菱不愿意穿，裕太太也说红衣服不很好看。德菱笑道：“妹妹年轻，不知道也还罢了，怎么妈也这么说起来？我又不是图自己好看。因念太后有年纪的人，必是喜欢吉利颜色，穿着红色衣服，无非讨她欢喜是了。”裕太太听了，很为称赞，说德菱想的周到。于是选定两位小姐是红鹅绒外褂，红帽子，翠羽为饰，红鞋红袜，看去宛似两尊红观音。裕太太是海青色长衣，缘以紫色鹅绒，黑绒帽子，白羽为饰。挑定了衣服，裕太太道：“咱们早点子歇息罢。从这里到颐和园，路有三十六里，坐轿子去，要三个钟头才到，早晨六点钟召见，半夜三点钟就要动身了。”当下天没有黑，就歇息了。不意睡得早了，姊妹两人，再也睡不去。想到太后的尊严，不免心存惊惶；想到宫廷景象，见所未见，得以一扩眼界，不觉又欢喜起来。

半夜两点钟，合家子忙着起身，洗脸梳妆。吃过点心，家人禀称轿子早已预备了。于是娘儿三个上了轿，四人抬着，左右两人，各扶着轿杠。因为路远，用了两班轿夫。三肩轿子，共有二十四名轿夫，每肩轿子前，有顶马一骑，领班一名，轿后跟马两匹，再有骡车三辆，专供轿夫休息的。一行四十五人，九匹马，三辆车，取径出城，直向颐和园进发。

霎时，行抵城门，只见城门洞开，城门官禀称："奉王爷谕，开着门，专伺候太太小姐出城。"出了城，天还没有亮。德菱在轿子里，思潮起伏，心想：太后不知是何等样人？对于咱们，待情不知怎么样？听得人说，像我们的地位，可以有留居宫中之望。果然能够如此，或者尽我们的力，可以劝太后改革政治，裨益中国倒很不浅呢。想到这里，愉快异常。忽睹一缕红光，远见天际，知道今日天气，必然大佳。天既渐明，百物可辨，渐见红色宫墙，闪隐目前，随山上下，墙岭屋顶，都覆着青黄瓦，映着阳光，绚烂宛如画图。正在赏览，已抵一村，家人禀称："这里是海淀，离宫门只有四里了，太太小姐，可要歇歇更衣？"裕太太便命歇歇再走。欲知后事如何，且听下回分解。

第一一四回　亲香颊慈宫宠慧女　颁珍馔圣后念勋臣

话说海淀的庄农人家，那些村童庄妇，见了裕太太、德菱、龙菱的人品衣服，几疑天人下降。村童相告语道："此等贵妇，是要进宫去做皇后的。"裕太太等听了，付之一笑，也不同他计较。坐了一会子，喝了一口茶，吃了点子点心，上轿重行。霎时，经过一座牌坊，刻镂很是精美。过了牌楼，已望见宫门。相离不过百步远近，但见三座宫门，都幽在宫墙里头。正门很大，左右二角门略小。正门紧闭，知非太后进出，不轻易开的。离宫门五十步，有两所房屋，满驻着禁卫军。宫门处站着十来个翎顶辉煌的官员，言语喧哗，不知在议论着什么。

轿子抵左角门歇下，即见有人入门呼道："到了，到了。"裕太太等下了轿，就有两个四等太监出来迎接，后面跟着十个小太监，手持廿尺高十尺长的黄丝帘，围轿作幕，此乃太后特恩，被赐者非常荣幸。两太监很是恭敬，肃迎裕太太等入门。门内是一座广院，平铺白石，约有三百尺见方，院中花坛极多，植着古松。松树上悬挂着许多鸟笼，内养各色雀鸟。后面是红墙，三座门也与外面的差不多。两边廊房十二间，就是朝房。广院中官员很多，都穿着公服，正在忙什么。见了裕太太等，立即肃静无哗。两太监引裕太太等进一间廿尺见方的屋子里，屋中摆着红木枱椅，椅上都铺着红垫，窗上都挂着丝帘。不到五分钟，就有一个衣服华丽的太监，进来道："太后有谕，召裕太太及两位小姐，在东宫陛见。"两太监即跪下代应道："是。"娘儿三个跟着太监从左门进去，到一广院。院北是仁寿殿，两边房屋，也都轩昂壮丽。太监导人东侧一室中，陈例着紫檀桌椅，雕刻得很是工细，上铺蓝缎垫褥，四壁都悬着蓝绒壁衣，挂着自鸣钟十四架，式样各各不同。旋有两个宫婢出来道："老佛爷正梳妆呢，请太太小姐稍候片时是了。"此后太监来者，络绎不绝，送牛奶，送各种杂物，约有二十多件，都是太后赏赐的。接着又赐三个嵌珠金戒指。

一时，太监总管李莲英至，穿着二品公服，红顶孔雀翎，虽然满面皱纹，老丑不堪，举止倒很翩翩。笑向裕太太道："老佛爷就要召见了。"又取出三个玉戒指道："老佛爷赐裕太太及两位小姐的。"娘儿三个拜领了。李总管才去，就有两位宫眷走来，都是庆王的女儿。这两位郡主，一见裕太太等，就问太监道："她们会讲中国话不会？"太监道："她们原是中国人，会讲数国方言，中国话本来知道的。"两位郡主，不胜骇诧，相语道："很奇怪的事，怎么她们也会讲中国话？"随道："太后候你们进见呢。"裕太太等随着，经过三个院落，到一大殿，刻镂得精美无伦。四面廊里，都悬着明角灯，灯上罩着红丝，垂着红缨，红缨之下，都系有宝玉。左右配殿，刻镂也很工致，挂的灯也差不多。才走到殿门口，又遇见一个妇人，装束与庆王郡主相似，不过头上戴有一枝金凤凰。这妇人笑容可掬，与裕太太等握手相见，很是殷勤。询问他人，才知就是德宗皇后。皇后道："太后特叫我来迎接你们呢！"裕太太未及答话，就听得殿中大声道："快进来陛见。"

裕太太率同二女，肃容趋入，见太后端然上坐，忙着通名行礼。太后早含笑起立，相与握手。太后道："裕太太，你用什么法子教育你子女？真奇怪的事，她们久居外洋，我是知道的，怎么讲的话，竟与我一般无二，并且模样儿又这么的俏丽？"裕太太道："她老子管教得很严，先教她们中国文字，然后再学别的，并且督责的很勤。"太后道："我很喜欢她老子这么的教养。"说着，挽了德菱的手，细瞧她面庞，含笑亲她的两颊，向裕太太道："我很愿这两个孩子晨夕伴着我呢！"德菱听了，异常欢喜。太后又询问所穿的巴黎衣服，德菱一一回奏。太后道："我这里不很瞧见西装，你们不必更换中国装，我也可以常瞧瞧呢！"

此时太后身旁，站着一个目光炯炯的少年男子，太后道："我引你们见光绪皇帝。"随指少年道："你们叫他万岁爷，叫我做老祖宗就是。"裕太太等遵旨，次第与德宗握手相见。德宗虽也带笑应酬着，举止之间，未免含着忸怩态度。忽见李总管跪奏："舆已备了。"太后笑向德菱道："你们跟我朝堂去罢！"说毕，随举步走出殿来。众人随着出外，到殿廊里，瞧太后上了露舆，八名太监抬着，两个扶轿的，左边是李总管，右边的也是个很体面的太监。舆前四名五品太监，舆后十二名六品太监，手里都执着衣服鞋袜脂粉梳刷镜奁烟袋等物。两个老妈子，四个宫婢，也都拿着东西。末后一太监，还负着一只黄椅。德宗在舆的右边随行，皇后与诸宫眷，在舆的左边随行。

一会子到了朝堂，这座朝堂，很是辉煌壮丽，长有二百尺，广有一百五十尺。帝后宝座，设在暖阁里。暖阁系檀木所制，上雕凤穿牡丹花样，精美无双，长有二十尺，宽有十八尺。四边都有二尺高的矮栏杆围着，雕镂得十分细致。只有二门，可容一人出入，门前有阶六级。暖阁之后，张着小屏风。小屏风前，就是宝座。太后居中，德宗居左。太后宝座两旁，有翣两个，下端是黑檀的，上插孔雀羽，成为扇形。宝座前设一长案，一切铺饰，都是黄鹅绒的。小屏风后，还有一个极大的刻木屏风，长有二十尺，高有十尺，雕纹也很精致。

太后将登宝座，嘱皇后与诸宫眷立于屏风后。宫眷中有一个叫四格格的，是庆王的女儿，青年守寡，太后很是怜爱她。当下四格格问德菱道："你在外洋生长，我听得人说，凡往外洋的，必要喝他们的水，喝了之后，就要忘掉故土。你会讲外国语，是跟他们学的，还是喝了水会的？"德菱道："你哥哥载振，往伦敦贺英皇爱德华加冕，道经巴黎，我也曾遇见过。彼时咱们老人家也得着请柬，我本可以同行的。后来会了云南交涉事情紧急，没有到。"四格格忽问道："英国也有主子么？我想起来，咱们太后是世界的主子呢，英国不该再有主子了！"四格格之姊，是皇后的弟妇，为人倒很敏慧，听了乃妹的妙论，不禁失笑。皇后听不过，向四格格道："你怎么这么的蠢！我知道外洋诸国，都有主子，并且有几国还是共和政体的，美国就是共和政体之一。对于吾邦，也很友爱。可惜中国人到美国去的，都是下等社会，他们只道华人都是这个样子。我很愿贵族满人，也到他们那里去，叫他们知道咱们的真象。"

说着时太后已经退朝了。太后道："朝事结了，咱们去听戏罢！今儿天气很好，步行去罢！"于是太后独行于前，众人跟随于后，这是宫里头的规矩。途中，太后时把所爱的地方与东西,指示宫眷,又叫德菱等并肩行走,这原是非常特恩呢。太后所爱之物,无非是花草禽鸟狗马之类。太后极爱一犬,犬名叫海獭,异常驯良。离朝堂不远,有一广院,院之两旁,有两个很大的花篮,是用天然木植编制成功的,足有一十五尺高,满覆着紫藤花。篮编得极其精美,太后非常怜爱,花含苞时光,必然集众欣赏。由广院入循廊,沿着山坡,弯弯曲曲,走了好一会,始达剧场。剧场的建筑,非常奇异,凡楼五层,面临空场。戏台共有三层,连级而上,第三层是专贮布景巴子戏衣的。第一层一如寻常戏台,第二层式如庙寺,专演鬼神戏剧的。剧场两旁,翼以长屋,外面护以长廊,这是专备各大臣被召听戏之所。剧场对面,三间房屋,是专备太后听戏的。高悬扁额,书着"颐乐殿"三字,房屋高约十尺,与戏台相平。室外置有活动玻璃窗,夏天换上绿纱帘,两间是备起坐的。右侧一间,是备休息的。休息室里头设有一长榻,可以随便坐卧。众宫眷跟随太后,入了休息室,戏即开幕。第一出是《蟠桃会》,热闹异常,唱的曲却是梆子腔。后人有诗叹道:

> 泼寒妓伎奏升平,南府新开散序成。
> 不是曲终悲伴侣,似嫌激征杂秦声。

太后坐在榻上,众宫眷侍立两旁。太后问德菱道:"戏中情节,你知道么?"德菱回奏知道的,太后很是欢喜。因又指示戏里头布景,都是独出心裁,想了法子,叫太监绘画的。谈了一会子,忽然道:"今儿你们来了,我心里一欢喜,谈得高兴,竟忘记叫他们开饭了。你饿么?你在外国时光,有中国东西吃没有?想家不想?叫我离国这么的长久,早想家想的了不得!不过你在外洋,那也不能够怪你,因为我派裕庚出使巴黎之故,现在我倒也没有懊悔。你想罢,你现在可以帮助我的很不少,并且可叫外国人知道满洲妇女里头,也有会操西语同他们一般的。"太后说话时,众太监早把三只长桌,移向太后面前,上面遮了一块很精美的白台布。并有许多太监,各携食盒,在院中静候。食盒都是木制的,漆成黄色,每盒可容四个小盘。桌子摆好,院中太监,列作双行,直到那边小门外,站成一条人甬道,食盒送进,互相递接,直递到房门口,房里有衣履清洁的太监四个,接来置于案上。盘都是黄色的,上面覆着银盖,也有绘画青龙及寿字的。食品共有一百五十种,列成三长行。大盘排在前列,其次是碟子,其次是小盘。布置既毕,有两个宫眷,各携一个黄盒进来,就有太监移两个小桌子到太后跟前,摆上食盒,启去盖儿,内有无数的精巧小盘,盛着各种糖果:糖莲子,核桃仁,以及各样及时瓜果。太后先食糖果,又赐给裕太太等,嘱她们不妨多食,这东西味儿很好呢。

食毕,宫眷收了食盒去。又进来两个太监,前一个捧着一个金盖白玉茶杯,杯下托着金茶托。后面的捧一银盆,内有玉杯两个,一个盛着金银花,一个盛着玫瑰。两太监走到太后跟前,齐齐跪下。太后揭去金茶盖,取三五朵金银花,置在茶里,徐徐喝着。一边喝,一边告诉裕太太等:我怎么样的爱花,花的味和在茶里,味儿怎么的美,你们试尝尝,我知道你们总也喜欢的。随叫太监赐茶与裕太太等。茶毕,即命吃饭。太监早把菜碗盖儿揭去,随叫裕太太等立在旁边伴食。太后道:"往常听戏,总是皇帝陪我吃饭。今儿因新客在座，皇帝是怕羞的，我不叫他在这里了，就你们陪着我吃罢！”裕太太等忙叩头谢恩，才执了银箸吃饭。太后道：“你们站着吃饭，我心里头很是抱歉。但是祖宗的规矩，我也不能够违拗，就是皇帝也不能够在我跟前坐呢！我知道外国人知道了，定然要批评我。所以宫里头规矩，我很不愿外国人知道。你瞧我在外国人跟前，举止要大大的不同呢，我很不愿他们知道咱们真象。”

一时饭毕，太后起立道：“咱们且到那边去坐坐，好让皇后与宫眷等吃饭。他们吃饭，总在我吃了之后呢。”于是裕太太等，跟随太后到中间里，依旧听戏。德菱立在门口，瞧皇后等吃饭。只是众人环案而立，毫无声息。

此时太后歇中觉了，比及睡醒，天已将暮。太后向裕太太等道：“天已不早，你们进城，还有许多路，不留你们了。”随命太监，取出赐物，却是八个黄盒，里面置的，无非是饼饵水果之属。太后道：“裕太太，你家去告诉裕庚，叫他好好的将息着，我赐他的药，叫他尽管服，不要紧。盒内的果饼，叫他也尽管吃。”裕太太率同二女，忙跪下谢恩。太后道：“裕太太，我很爱你两位小姐，很愿她们进宫做我的宫眷。”娘儿三个听了，又跪下谢恩。太后道：“你们几时来？来的时候，只消带几套衣服是了，其余应用各物，当一一替你们置备。我先引你们去瞧瞧房间，我想就叫你们住在仁寿宫右侧那三间屋里。我住在仁寿宫，咱们娘儿亲近些。”裕太太等跟随太后到那三间屋内瞧时，果然十分轩爽，向外悬着库猎笺扁额，上书“大圆宝镜”四字，却是太后御笔。四壁挂几幅立轴，写着“龙虎松鹤”等字，也是御笔。后人有诗道：

库笺滑笏擗窠书，龙虎盘拏势卷舒。
朝罢重修惟礼佛，大圆宝镜映雕疏。

太后道：“房间做在这里好不好？”裕太太等齐声称好。太后道：“你们两日里就搬过来，能够不能够？”裕太太口称遵旨。于是别了太后皇后及诸宫眷，依然坐轿而返。欲知回家之后，更有何事，且看下回分解。

第一一五回　仁寿殿勃夫人入觐　慈宁宫裕小姐辞差

话说裕太太等三肩轿子，离了颐和园，取径回家。因为站了一整天，身子异常疲惫，满望到家歇息。不意才到家中，家人迎着报称："太后派人赐来贡缎每人四匹，共计十二匹，天使等候多时了！"裕太太等惊异不止，慌忙下轿，进入厅中。见六名太监，端着赐物，静候在那里。裕太太等忙亲手接了赐物，供在居中，叩头谢了恩。向太监道："烦天使上奏老佛爷，咱们娘儿叠被厚恩，复蒙赏赐缎匹，感激得无可言说！"随取出十两一封六封银子，送与六位天使。太监接了银子道了谢，欢天喜地去了。

裕太太等进房，瞧裕庚病势，不过是舟船劳顿，受了点子寒，并无大碍。随把觐见情形，并太后趣召入宫的事说了一遍。裕庚道："天恩这么高厚，你们尽管入宫去，我是不要紧的。"裕太太道："虽然懿旨难违，我总惦着你，可怎样？"裕庚道："究竟路离得不多，有什么事，我叫人知照你是了。"

过了两天，裕太太等就入宫去了。一到宫里，娘儿三个，面见太后。先叩谢了前日之赐。太后道："今儿忙的了不得，俄使夫人勃兰康要来觐见。她这回来，携有俄皇阖家影片，是俄皇的赠品。德菱，我要问你，你会俄国话不会？"德菱回奏不会说，并奏称俄人会讲法语的很多。太后听了，很是欢喜。回向一宫眷道："你为什么不会说俄语呢？我横竖是不懂的。"这宫眷听了，红着脸一语不发。太后见裕太太等都穿着短裙，正欲询问。裕太太奏道："没有知道俄使夫人要觐见，都穿了短裙。现在倒又要更换了。"太后道："为什么要更衣？我瞧你穿了长衣，样子同尾巴一般，拿现在的比较起来，好看多了。你第一回入宫，我很是好笑。"德菱正欲奏明其故，太后道："穿了长衣，想比了短衣，尊严一点子，是不是？"德菱应道："诚如圣谕！"太后道："你速换佳丽的来。"裕太太等遵旨退出。霎时换好，冉冉而来，走得春云出岫相似。

德菱、龙菱，都穿着水红绉纱外褂，饰着普鲁士线带。裕太太穿着灰白色绉纱外褂，上绣黑玫瑰花，领衣及衣带，都略带灰青色。太后一见，脱口呼道："真是三个拖长尾巴的仙女。"随问道："你们牵了衣走路，乏么？装束果然都丽，但是我总不欢喜那尾巴。衣裳有尾巴，最是没讲究。我知道外国人见了你们这么打扮，总道是我的意思。其实我不过要外人瞧见你们西装，使她们知道我于此道，本非茫然。我敢说来的西妇，穿的衣服，从没有你们这么的美。我也不信西人有华人这么的富，因为她们戴的珠宝很少。有人告诉我，我在世界君后中，是珠宝最多之人。现在我还常常收集呢。"说着，随把衣扣上悬的那颗明珠，示给裕太太等道："似这么大的明珠，洋人怕就不见得拿的出！"裕太太等瞧那珠时，足有鸡子般大小，宝光四射，果然是无价奇珍。裕太太等赞美了两句。此时太后穿着黄色缎外衣，上绣蜀葵寿字，饰以金边。两手上满套着手钏、戒指、金护指等物。

急听得"铛铛铛"，自鸣钟报时十一下，太监入报勃兰康夫人到了。太后道："龙菱,你快到朝房迎她去。德菱,咱们仁寿殿去罢!”龙菱应着去了,太后随到仁寿殿升坐暖阁。德宗也到。太后中座,德宗左坐,德菱站在右旁充翻译。一时龙菱引着勃兰康夫人进来,直到暖阁前,与太后为礼。德菱趋下,导之入暖阁。太后起与握手,勃兰康夫人随献上俄皇所赠之影片。太后含笑致谢,措词异常佳妙,德菱译为法语,勃兰康夫人很是满意。太后道:“德菱,你引她见见万岁爷。”德菱遵旨。德宗早已起立,与勃兰康夫人握手,并问俄皇好。觐见礼毕,太后即下座,引勃兰康夫人入寝宫,赐她坐下,相与晤谈。谈了十余分钟,德菱又引她见皇后。

太监出传懿旨,赐勃夫人宫中午饭。德菱就引客入餐室,见台上罩着洁白的台布。台上除常用器具之外,有金龙菜单托盘,有蟠桃式的碟子,内装着杏仁瓜子之类,箸之外,又置着刀叉。德菱问太监:“今儿赐宴,备的是满席还是汉席?”太监道:“老佛爷吩咐是满席呢。”原来满席各人都有专菜,差不多就是西人的大餐。当下宾主就了坐,太监送进菜来,无非是鱼翅燕窝布丁之类。众宫眷福晋陪着勃夫人,食方及半,忽一太监进来道:“老佛爷召见德菱姑娘。”德菱唬了一跳,只道太监们在太后跟前搬了口舌,没奈何,只得跟着过去。不意太后倒满面笑容的道:“我因想起一句话要问你,外国妇女到宫里来的,从没有见过像勃兰康夫人这么端庄美丽。有几个妇女,品态很不好,不过我不要议论她罢了。她们总以咱们是华人,一无所知,很是瞧不起。殊不知我于此等地方,很是留意。他们自许为学识高文化美,这么的行为,令人不能无疑!他们常常说我们野蛮,我想我们的野蛮,比了他们的文明好的多呢!”讲了好一回话,取出一块极美的绿色宝玉,叫德菱赠与勃兰康夫人。德菱接了宝玉,出传太后恩命。勃夫人受了,要见太后面谢。德菱又引她进来,坐了一回,起身告辞。

德菱送出朝堂,等候勃夫人上了轿,方才回来,回奏太后。太后询问勃兰康夫人谈些什么?我赠她的宝玉,她欢喜不欢喜?咱们的满菜,她吃的惯吃不惯?德菱一一照实回奏。太后道:“德菱,你的翻译真好!讲的外国话,又清脆,又纯熟。我虽然不懂西语,像你这么圆转,我也知道的。我不知你怎么样学会的。从今而后,我总不叫你离开我左右。有时西妇带了译人进宫,译人的华语,我竟然听他不懂,总是用意思猜度的。现在有了你,我就便当了许多。我心里非常的欢喜。这一辈子,我总不叫你离去我一时半刻。我还要替你办亲事呢,但是此刻不愿意跟你讲明,往后你自会知道的。”谈了一回,又道:“今儿事情多,乏了,歇歇去罢!”德菱遵旨,请了晚安,回房而去。共是四间大房间,一间厅房,娘儿三个占了三间,第四间是仆妇住的。太后怕他们不认识路径,叫一个太监陪着走路。那太监自称姓李,并言太后特派四名小太监,伺候太太小姐。倘然他们不服使唤,尽管告诉我知道,我会得责罚他们。走了好一回,才到房里。

李太监指着东边那所屋道:“这就是太后寝宫,咱们就从那边来的。”德菱道:“奇了,既是相距这么近,为甚步行时光,又那么远呢?”李太监道:“这座屋子略为小些,在万岁爷寝宫左边,原有一条路,可以从这里到老佛爷寝宫,已经被老佛爷断绝。这里头缘故,不能够告诉你们。”顿了一顿,又道:“三小姐,这屋子该东向不该面湖。”德菱道:“面湖风景很好,我倒很欢喜。”李太监笑道:“稍过几时,你自然会有新闻听得,自然会知道这地方不佳呢。”德菱听了,很为惊诧。李太监道:“万岁爷寝宫,就在咱们所住的后面,很大,与老佛爷寝宫差不多。从这里望去,可以瞧见院中之树。”李太监指着德宗寝宫后的一所居屋道:“这就是皇后寝宫,宫旁两所宅子,是皇妃的寝宫,这两座宫,本有道路可通的,老佛爷封闭了。因此帝后,不经过太后跟前,不能往来。”德菱听了,非常惊诧。原来那位皇后是皇太后的侄女,皇太后因自己西宫出身,必要侄女儿做德宫皇后。把皇后嫁了过来,不意德宗专意珍妃,皇后那里,不过碍着太后面子,勉强敷衍而已。一日,不知为了桩什么事,两口子拌起嘴来,德宗亲把皇后头发揪住,夺她的簪掷碎。这支簪是乾隆朝遗物,皇后到皇太后跟前诉苦,皇太后也不说什么,只叫把这一条路径砌断。从此之后,帝后往来,就不得自由了。当下德菱向李太监道:“我乏的很,很想歇息呢!”李太监听了,随即告辞退去。

德菱进入自己房里,刚才坐下,又有几个太监送进晚餐来。说是太后叫送来的,你们千万别做客,爱吃什么尽管吃。娘儿三个略吃了点子,随即卸装就寝。正要睡下,李太监又至,嘱道:“太太小姐们,宫中规矩,朝晨五点钟,总要起身了,晏不得的。”又叮嘱小太监,叫他朝晨叩窗声唤。偏是生地方,偏是睡不熟,娘儿三个复去翻来,再也睡不去。等到成眠,忽为叩窗声惊醒,问他何事?太监道:“回小姐,五点钟了。”德菱听说,连忙起身穿衣,叫太监开了窗。一望时,太阳未起,天上的深红色,反照湖中,湖波不扬,万籁俱寂。远见牡丹山上各种牡丹,随风摇摆,风景很是美丽。

此时裕太太与龙菱,也都穿戴齐备。于是同往太后寝宫,见皇后皇妃与众宫眷,已经都在廊下坐着。娘儿三个与皇后请了晨安,谈了几句应酬话。皇后起身道:“是时候了,咱们进去罢!”大众随着入内。到寝宫门口,遇见庆王的四格格,与太后的侄媳袁大奶奶,正忙乱着预备太后用物呢。皇后道:“你们快进去帮助太后穿着。”裕太太等步入寝宫,见太后和衣拥被而卧,赶着呼道:“老祖宗吉祥!”太后含笑问道:“你们生地方,晚间睡着,安适不安适?”裕太太等回奏很安适。太后道:“早餐吃了没有?”回奏没有,太后听说,立刻叱责李太监,为什么不送朝餐去?”随道:“你们别作客,要什么,自己吩咐他们就是。”说着时,已坐起身来穿衣。太后虽然和衣而睡,每日必要更换衣服,一时衣服穿毕,下床靸着拖鞋,到窗前来梳洗。太后笑向裕太太道:“我的卧床,很不愿宫婢太监们铺叠,因为他们脏不过,我总叫宫眷们做的。”说到这里,回顾德菱姊妹道:“你们别谓宫眷操着贱役,须知像我这么年纪,也可充得你祖母。稍有服役,碍了什么?再者值班时光,不过叫你们监视一会子,原有人动手的,又不要你们亲事操作。”德菱姊妹,连声应是。

太后道:“德菱,我要你帮助的事很多。我叫你做宫里领袖,有西妇来朝见,你可以做我的翻译,一切事情,都由你布置。并且我的珠宝,也要你掌管。繁重的事,你都可以不必管。龙菱呢,拣一个她会管的职叫她管。四格格、袁大奶奶,并你姊妹两个,共是四人,各事可以协商办理。至你们对于她们,也不必过分谦虚。她们待你们,有无礼之处,尽管告诉我知道。”德菱笑着奏道:“老祖宗恩典,赏我这么重要耳缺,只是我年纪轻,见识有限,一时半刻,万一办差了什么,岂不倒辜负了恩典?恳请收回成命,情愿退处宫眷之末,悉心惕励,学着办事!”太后不等她说完,笑喝道:“快不要说了,你怎么谦虚到这个样子?即此一端,就可以见得你敏慧过人了。旗人妇女里,竟有完美如你的，诚足令我惊异！你虽然长远没在本国，这种小节去处，还这么明白，你这个人真聪明真好！现在我叫你办，你且试办着。如果办得不好，我必要骂你，再叫她人替你呢。”德菱谢恩受职，监视众太监铺叠完毕，见太后还在梳头呢。宫中发髻，平分两把，名叫叉子头。垂于后面的，名叫燕尾，因太后欢喜高髻，所以梳得格外高耸。后人有诗道：

凤髻盘云两道齐，珠光钗影护蝤蛴。
城中何止高于尺，叉子平分燕尾低。

梳洗完毕，太后引德菱到珠宝室，指示她珠宝所在。这一间屋里，三面都是架子，架子上满积着檀木盒子，盒上各标黄签，写着所藏之物。太后指着右边一行盒子道：“此中珠宝，都是我日用所需的，闲了一一开给你瞧。这里共有三千多盒子，余外的藏在别室，我得了暇，也要给你瞧呢。”德菱应着。太后道：“可惜你不识字！不然，我把物单与你，俾你签注。”德菱闻言，惊诧不已，回奏道：“我虽非士子，然尝学问，也能够写读。倘然赐我物单，我也可以试着学习呢。”太后道：“很奇怪，你第一天来，就有人告诉我，说你一字不识！不过谁向我说，我却忘记了。午后有暇，我准把物单给你。你且替我把第一行内五个盒子取来！”德菱遵旨取到。太后开出第一盒，内藏着极美的牡丹花，是珊瑚与宝玉制成的，花瓣是珊瑚的，花叶是宝玉的，用细铜丝连缀成功的，太后取来簪于右侧，又开一盒，内盛一蝴蝶，这是太后所心裁，也是珊瑚宝玉连缀成功的。此外两盒，无非是手钏、戒指等类，形式各别，精巧异常。两个镶明珠的金钏，两个镶宝玉的金钏，两端系着金链，链末垂着宝玉。末一个盒，藏的是珠缨。太后拣了一副梅花形的，悬在外衣钮扣上。穿着才毕，德宗穿了礼服进来，向太后叩头道：“亲爸爸吉祥！”德菱见了德宗，倒为难起来，该行礼不该行礼，没有人说过；继思多礼总比缺礼为妙，恰好德宗为了什么事走出厅堂去，德菱趋出行礼。不意太后也在这时候出来，目顾德菱，意思之间，很不为然。德菱见了，后悔不迭。

此时小太监捧上多个黄盒，放在左偏案上。太后就案而坐，太监揭开黄盒，将盒内黄纸封，一一呈于太后。太后用牙刀揭开，一一浏览，才知就是大小臣工的封奏。此时德宗立于案侧，太后瞧过，递与德宗。瞧毕，依旧纳于黄盒内。览奏方竟，太监总管跪奏：“驾已备齐。”于是登驾上朝，众宫眷依旧隐身屏风之后。德菱偷眼窥探，见太后料理事情毕，即回顾德宗，问此举当否，德宗总是应声称是。退朝下来，太后道：“我很想散步呢！”于是卸去头饰，戴上小花，更换了轻便衣服，率同众宫眷，徐步游行，赏览园景，随行随语，快乐异常。霎时经过一广院，到一游廊，廊濒湖滨，作“之”字形，长的了不得，廊之全体，刻镂均极精丽。天花板上，悉悬电灯。由此廊到万寿山佛香阁，为路无多。当日废端王福晋入宫伺候，常亲挽太后筦舆，登山拜佛。后人有诗叹道：

千步庙前竦碧岑，佛香阁畔恣登临。
长衣窣地盘旋上，亲挽筦舆有福金。

行尽长廊，是一所大理石筑造的旱船，雕刻得十分巧妙，可惜大半已经损坏。进了旱船，太后道："你们瞧窗上的彩色玻璃，与这美丽的图画，都是庚子年被西兵坏掉的。我不愿意修理，为是留着做个纪念呢！"大监跪奏，御舟已备，老佛爷可要登舟游览？太后道："咱们渡湖，到西岸去吃饭罢！"于是大众登舟。共有五舟，太后舟居首，皇后舟居次，再次是太监舟，再次是宫婢舟，再次就是餐船。日光烂灿，水波不扬，湖景很是明媚。

渡过太湖，弃舟乘轿，直登万寿山颠。到清风阁，方才开饭。一时饭毕，太后忽问德菱道："昨儿勃兰康夫人，还有什么话？她到底快活不快活？你瞧外国人敬爱我么？据我想来，总不见得会敬爱我，怕她们还惦着庚子年拳匪那桩事。至于说这件乱子，由我守旧所致，我也并不在意。不过说中国必要用了西法才好，我总不明白这个理。我问你，曾有西妇跟你说过我形容暴厉不曾？"德菱道："没有。西人除赞美之外，没有说过别的话。"太后笑道："西人见了你，自然这么说。说你主子良善，不过要你听着快活。究竟我的见闻，比你广一点子，现在我也不能再为这个烦恼。不过中国穷到这个样子，我真恨极！虽然在我身旁的人，常把列强友爱中国的话慰我，我终不很信，终望中国有强盛的一日才好！"德菱等忙用其他话劝慰，又谈了一回别的事。太后道："德菱，我有一个新鲜玩意儿，你瞧了懂不懂？"随引她入一室，见方桌上铺着一张升官图一般的图。太后坐下道："你瞧瞧！不懂，我指示你。"德菱遵旨，随瞧随读道："此戏名八仙过海。八仙之名，为吕仙、张仙、钟仙、蓝仙、韩仙、及铁仙，此七仙者俱男，仅一荷仙为女。至图上所绘者，则中国地图也。另有象牙竿八对，径约寸半，厚约二分半，上镌八仙之名。此戏可由八人为之，或四人各执两仙，以当八人焉。图之中置一磁盆，以六骰掷其中，而计其点之数。如四人戏此，先以一人掷骰，计其点之数若干，其点之最多者，为三十六，倘有得三十六点者，则其所执之仙，当至杭州，而游览其风景焉。如执吕仙者有三十六点，乃以吕仙置于杭州，再掷一次，以视其列一仙之所在。故四人戏者，人掷两次。若八人则人掷一次。其点不同，则其所至之地亦不同。数点之法，则取其成双者，由一双至于三双。最小之点，为双一双二双三。苟有掷得者，则当流配而出局焉。其仙之游行图中，而先至皇宫者则胜。"德菱念毕，目视太后，欲知皇太后发甚议论，且听下回分解。

第一一六回　祈甘霖太后祷后土　宴外宾公主作主人

话说太后见德菱念得熟烂如流，异常欢喜，开言道："你这么聪明，真出人意料之外！这种玩意，原是乾隆朝的《群仙庆寿图》，经我独出新裁，重行增订的。曾教过三个宫眷，叫她们学习，艰难的很。教了许久，终是不会。到后，我也没精神教她们了。"后人有诗道：

别开博局恣清娱，尺幅群仙庆寿图。
传记旁征翻旧谱，拜恩得似近臣无。

太后道："咱们入局试玩一会子。"于是裕太太、德菱、龙菱陪着太后，四个人玩起来。太后很是顺利，玩到终局。太后异常高兴，赏了德菱两方绣花手帕。乘轿回宫，德菱等跟进寝宫，太后要登床歇午，向德菱等道："你们去歇歇罢，这会子用不着你们呢！"德菱退回房中，正欲更衣休息，忽报客至，进来三人：两个是宫眷，一个少女名叫长寿的，只有十六七年纪。互请了安，彼此坐下闲谈。一宫眷问德菱乏么，并问你爱慈禧究竟怎么样。德菱道："似老祖宗这么可亲的人，我简直没有遇见过。虽我进宫得没有几时，敬爱她的心，已经很真挚。"宫眷听了，只与长寿互视而笑。一宫眷又问你喜欢住这里不喜欢，德菱道："我很喜欢久居在此，并当竭力服侍太后。因我入宫未久，太后待我已经这么仁爱。我就牺牲吾身，服侍主子，也是分内事呢。"宫眷笑道："我很可怜你！任你如何勤慎，终是没中用。现在且把各事告诉你知道，你知道了也可以防备防备。"德菱道："凡我该做的事，我总尽心竭力做去，想来总不至再有艰困。"宫眷笑道："这是不相干的，太后就要寻你过失了！"德菱道："老祖宗和蔼如此，心又很慈善，料来不至于跟孤立无助的女子找寻过失！咱们原是臣民，老祖宗要什么，只好听她的恩命。"宫眷道："你果然不会知道的，这里的黑暗，你还毫无闻知。一切悲惨苦难，不是身经阅历，哪里想的到！我知道你得侍了慈禧，必然非常欣慰，并且以宫眷自荣。其实你是新来，日月没为久长，现在待你，总算很慈善。只要你住的久长，她心中自然嫌腻。那时节，你就知道她行为了。咱们日子是久了，宫闱生涯，知道的很是详细。李莲英在太后跟前执掌宫中事权，你总也知道，咱们没一个人不怕他的！他假装着不能感诱老祖宗似的，其实一切惩治，没一样不由他议定的。所以咱们犯了过失，总挽他开脱，他总推托不肯。老祖宗很没有长性，今儿爱这个，明儿爱那个，爱起来宛如活宝，恨起来宛如仇敌，存心深不过。品评起人来，总是不得当的。咱们宫里，就是皇后也很怕李莲英。"才要说下去，忽一太监踉跄奔入，报道："老祖宗醒了。"宫眷听报，起立道："咱们去瞧太后了。"德菱也忙入寝宫，瞧太后。太后忽地想起跳舞的事，叫德菱、龙菱跳舞了一回。

话休絮繁，从此裕太太娘儿三个，每日哄着太后，消遣宫中日月。德宗见德菱姊妹，娴习英法语言，便背了太后，央德菱教英文。即此一端，已足知德宗热心西法了。

这年京师久旱不雨，太后异常忧闷，每晨下朝，皆至佛前祈祷，又叫萨满太太日夜虔心代祷。原来大清虽然并吞华夏二百多年，却还沿着满洲旧俗，坤宁宫里，供奉着胡神，听说就是后土之神。特设女官一员，食三品俸，名叫萨满太太，每日清晨，恭代皇后礼神。萨满身故，传媳不传女，因为她的经咒，不肯轻易授人呢。后人有诗道：

坤宁宫里拜南膜，萨满名称译语殊。
世袭竟同三品俸，曼珠旧俗亦崇巫。

不意祈祷了十日，依然风和日丽，天淡云闲。太后闷甚，终日一无所命，且未与人交谈一语，阖宫人等，无不衷怀惴惴。德菱私问王太监："天不降雨，太后为甚这么忧闷？咱们原觉着天气很佳呢。"王太监道："老祖宗实为了贫困的农人烦闷，因为长远没雨，田里头的谷就要枯槁。"正说着，一太监入报老佛爷降旨，北京城中禁屠三日。一时，又一太监到各房传旨，叫各人各自沐浴，并洗涤牙齿。明儿老佛爷同万岁爷，都要入禁城某寺行礼呢。万岁爷身上，已悬了斋戒玉牌了。

一宵无话。次日，太后绝早起身，摈除珠宝，不事修饰，浑身上下，都穿着素服。众宫眷陪着到一厅堂，只见一太监，手持大柳枝，向太后跪下。太后摘取一枝，簪于头上。皇后与宫眷，依次摘取。德宗也摘一枝插冠上。太后又命太监宫婢人等各自摘取插戴。一时各人头上，青鬖鬖柳叶招展，列成一行，宛似杨柳岸相前。李总管跪奏太后道："宫前厅堂中，备齐一切，等候行礼了。"太后率领众人，步行而前。到了那里，见一只大方桌上，置有黄纸一方，玉版一块，内盛银朱，当墨用的，还有大笔两支，两边置两个大瓷瓶，内中也满插着柳枝。太后的黄缎外褂，置在方桌南面。当地一个大炭盆，兽炭烧得通红。太后手取檀香，投于炭盆，宫眷也帮着添香。太后跪下，众宫眷齐都跪下，跪成一条长行。太后口诵祷词，众人随着叩头。共诵祷词三遍，叩头也是三次。

这日朝罢，太后就命驾回禁城。

太后驾出宫门时，德宗与皇后及诸宫眷，均跪于道左。銮驾行过，才各自觅舆乘坐。驾行时，卤簿甚众，驾前都是卫队，四位亲王，骑着马，居在驾的左右。驾后四五十名太监，骑马从行，都穿着礼服。皇帝、皇后的驾，与太后的是一个颜色，妃嫔的就深黄色了，宫眷都是红色。途中只在万寿寺，歇息片时。行抵禁城，为时甚早。到了宫中，穆宗帝之瑜皇贵妃，前来请安。这瑜皇贵妃，能画墨兰山水，自题小诗，署款称"懒梦山人"。后人有诗道：

懒梦山人冰雪姿，婕妤宠幸冠当时。
焚香绣佛应多暇，自绘林峦缀小诗。

禁城中除祷天求雨之外,别无他事可纪。四月初六朝晨,天上始见乌云。德菱瞧见,忙趋寝宫,奏闻太后。不意已有抢先的人,早早奏知了。太后笑道:“把这好消息报知我的,你还不是第一个呢! 我知道你们必是人人要做第一个。今儿我乏的很,还要睡一会子。待我起身时光,叫人唤你。”德菱退出,往找皇后,见众宫眷都在皇后那里。此时庭院已湿,未几雨大至,檐溜铮१ 淙,直至上灯,还没有止。太后欢喜异常,要替裕太太等更易旗装,叫太监记了尺寸,亲检历书,择定本月十八日更衣。这雨直下了三日三夜,太后传旨驾返颐和园。

这一年,适开第次游园会,遍邀各国公使眷属,来园游览。于是在园中陈设玻璃橱种种,内摆珍奇绣货花卉等物。这许多东西,是预备赠与来宾的。所邀诸客,是美公使康格夫人,美参赞韦廉夫人,西班牙公使佳瑟夫人并她的女公子,日本公使尤吉德夫人并她使馆中的妇人,葡萄牙代理公使阿尔密得夫人,法参赞勘利夫人并她的士官妻子,英参赞瑟生夫人,德使馆妇人两名,并那海关关吏的妇人。这日,太后穿着孔雀绿绣凤凰的外褂,众宫眷也都穿戴华丽,预备接见外宾。一时,太监奏报客至,太后率同德宗,临朝受觐。只见庆亲王引着日耳曼公使杜扬氏及各使馆翻译同了各女宾上殿,由杜扬氏代陈颂辞,译成华语,达之庆王,由庆王转达德宗。德宗答以华语,由译人译告杜扬。于是杜扬趋至暖阁,与太后德宗握手行礼。其余诸宾,次第趋进,各自呼名,觐见太后。觐见既毕,庆王引杜扬并各翻译员,至别宫茶点。命荣寿公主代作主人,陪众女宾茶点。这荣寿公主,原是忠恭亲王郡主,文宗帝爱她聪慧,屡欲抚为己女。同治初元,封为固伦公主,恩遇异常优渥。额驸志端卒后,公主子麟光,以先代世职袭公爵。太后因他年纪太轻,不肯赏给差使。后人有诗叹道:

求郎不御馆陶情,汤沐频颁视所生。
异敌今同长公主,连云甲第峙东城。

当下公主代作主人,陪宾客用过茶点吃过饭,在园中周览了一遍,诸宾才兴辞而去。德菱入奏太后,太后道:“西妇的脚,怎么这么的大? 鞋的样子船似的,瞧她们走路很为可笑,我简直不能够称赞她! 她们皮肤虽白,却有一层白毛被着,你瞧美不美呢?”德菱道:“法国妇女里头,倒也有很标致的。”太后道:“且不必论她面貌怎么美丽,只是她们的眼睛作绿色,很不秀媚,瞧去好似猫睛呢!”太后生性,最恨西法。裕太太母女换了旗装之后,太后愈益疼爱。

偏偏五月二十六日,庆王又奏太后,美使康格夫人来请私觐,乞示时日。太后又上了心事,私问裕太太:“康格夫人要见我,不知有什么事?”裕太太道:“或者有人要见老祖宗,特地挽康格夫人居间,也说不定。”太后道:“不对。凡要入宫的,必然先呈名单。倘是常例朝觐,我也不很置意。现在偏是私觐,我很不愿人有所询问。你们总也知道,西人虽也和蔼恭敬,论到礼仪,总不能与我们相比! 中国俗尚是最好不过的,终我之身,不愿有所变更。你想他们所奉的甚么基督教,毁掉高曾祖考的神主,中国人民为了几个教士,弄得家破人亡的,不知几多? 他们惯诱惑年轻男女信他的教,我就为这个缘故，心中很是不适。明儿美使夫人设有请索，我必然回她，凡事必与宰臣商议，我不能作主。我虽做了太后，绝不敢违背国法。像日使尤西德夫人，我很欢喜她，人既和善，也从没有呆笨的疑问，日本原与我们相近，进化之悬殊，还不很远。去年有一个牧师夫人，也是康格夫人带来的，劝我在宫中开一个女学堂，当时我没工夫驳她，回她容再商议。你们试想，宫中设了学堂，到哪里去找学生呢？”

说到这里，不禁大笑，众人也都陪着笑。太后道：“我知道你们总要好笑的。康格夫人很和善，美国人待到中国，也很友爱。庚子那年，很感他的情，但是我总不喜他的教士。李莲英告诉我，说教士在这里的，常把药给华人吃。吃了他的药，自然甘愿从他的教。他们又取贫苦人家孩子去，抉掉双目，作为药剂。”德菱听不过了，告诉太后，说这话很是不确。我见过教士很多，处心几乎没一个不慈善，有很愿辅助贫民的。并告诉太后，教士的待孤儿，如何庇之居屋，如何给之衣食，如何身入内地，取瞽儿并民间残弃之儿女，抚育教养。又述他们的学校，如何完备，辅助贫民的法子，如何善美。太后笑道：“你的话我原是很相信，不过教士为什么不在本国干种种善举呢？”德菱于是又把湖北地方两桩教案，详细奏知太后。太后道：“他们拯济贫民，救人苦难，也是真的，像佛祖的舍肉喂饥禽。只是他们肯弃掉这里，到别国去，我心里才愿意。咱们还是信咱们自己的宗教。你知道拳匪这桩乱子怎么起的呢？中国的教民，实是不能辞咎。拳匪受虐已久，趁这当儿报复，原是下等社会常有的事。不过举动太暴，并且烧掉北京居室，藉此致富。中国教民，原是百姓里头最坏不过的，乡民的土地财产，他们常常夺为己有。洋教士偏又出庇头佑，拘到了县中，都是直立不跪，不服王法，时时侮辱官长。我知道百姓信教的很多，但大吏富绅，我知道总没有信教的。”

说到这里，忽回头四顾，低声道：“康有为曾劝皇帝吃教呢！但我这一辈子，我总不使有一个人信他。至于西洋政治中，我也有欣羡的，如海陆军机械之类。不过论到文化，总是中国最好。拳匪的乱事，人家总道是政府与拳匪联络，其实不然。发难时光，我迭降谕旨，派兵剿捕。无奈势已燎原，不可收拾。彼时我决意不出宫门，这么大年纪，死生早置之度外。端王那公，竭力劝我逃难。我再告诉你们，那时候，奴婢待我虐的很。走的时候，竟然没一个人肯跟我作伴。并且迁都的话，宫里还没有提及，他们已经赶早相率避去。不去的几个，站在我身旁，瞧我的动作。我问他们道：情愿同去的同去，不情愿同去的，各自去罢。我的话才说罢，站在身旁的已经没有几个了。只有太监十七名，老婢两名，婢女一名，就是长寿。他们都说无论如何，必跟我在一块。我的太监共有三千，不俟我点验，走的垂尽。内中还有很坏的坏人，胆敢当了我面，把我平日所爱的宝瓶掷碎，知道我要赶路，不能惩办他了。我成日涕泣，在太祖太宗前，叩头祷告。跟我的人，也随着祷告。至于家里头人，只有皇后一个儿跟我。有一个戚族，我平日非常疼他，要什么，总依他的。临了难，竟然不随我去。咱们走后七日，我差一太监回去，瞧见这一个戚族，仍旧在北京。他问太监，外国兵追赶不赶？太后被杀掉没有？他的初意，以为我必被洋兵杀掉，所以这么的问。后来他赶来途中，告诉我分离如何怅惘，如何惦念，且言且泣。我叫他不必讲话，你的话我终不信。你想我这么大年纪，还受这么的苦，你现在听了，也总怜我的,行了一个多月,才到西安。等到二十八年回京,差不多换了个世界。宫里头陈设,不是坏掉,就是失掉。我日夜拜祷的白玉佛,也被他坏掉手指。外国人竟有僭坐了我的宝座,拍照去的!”德菱等听了,也很叹喟。欲知后事如何,且听下回分解。

第一一七回　绘御容德菱代太后　争东北日本挑强俄

话说次日早朝，庆王奏称美国海军大将伊文斯同他的夫人并偕行诸人，要觐见太后。美国公使特请分两回朝见，并称昨日所陈康格夫人自请私觐的事，实是传闻之误。太后退朝，笑向宫眷道："昨儿不是向你们说既请朝觐必有缘故么？我很愿见见美国的海军大将并他的夫人。"随吩咐德菱道："你领了众人，把各样东西，整理整理。我房间里东西，都换掉了。咱们的起居状况，总不要他们知道。"于是阖宫的人顿时忙乱起来，所有珍宝玩器，悉行换掉。太后又叫太监在厅堂中铺下地毯，忙乱了一夜，粗粗完备。

次日，美海军大将偕了公使入觐。又次日，伊文斯夫人同了公使夫人等入觐。都留了饭，领他们周览了各处，欢喜而去。不过康格夫人入觐时，带了一个女画士克姑娘来。偏偏克姑娘多事，要与太后画一肖像，送到圣路易博览会去。偏偏太后从来未出宫闱，不知道摄影绘像的事。守着满洲旧例，帝后的像，总要龙驭上宾之后，才能绘画。听了克姑娘的要求，大吃一惊。又因克姑娘是外国人，未便一言回绝，含含糊糊，应了她一句与宰臣商议了再谈。女宾去后，太后向德菱道："奇怪的很，康格夫人怎么发起此念？怎么叫做绘像，你知道么？"德菱道："那也很便当，老祖宗只消每日端坐几点钟就是了。"太后听了，面现惊异之色，急问端坐做什么？德菱道："坐得端正，画士才能够临绘。"太后道："照这样子，待她画成，我要老了，谁耐烦？"德菱道："我在巴黎时光，也曾叫克女士画过一个。"太后听说，忙叫人去取来。一面问德菱道："为什么必要我坐，难道他人不能替代么？"德菱道："这是老祖宗的像，他人如何代得？"太后道："坐的时候，每次服饰同不同呢？"德菱道："必要同的。"太后道："中国画家，像见一面，即能挥毫而成，很不费事。外国有本领的画师，也总这么着的。"德菱把中西画法不同的缘故，详细奏明。太后道："女画师性情如何？会华语不会？"德菱道："克女士为人很是端正，不过不会中国话。"太后道："不会华语好极了，我就怕她会华语。宫人大半喜欢闲谈，留她在宫里头，或者把我不愿意叫人知道的事说与她听。"德菱道："那是必无的事。克女士既然不会华语，宫中除了咱们娘儿三个，又没有懂外国话的人，这一层似乎不必虑得。"太后道："不见得靠得住，她在宫里住的久了，怕也要学会几句呢！那也虑不得许多，咱们现在且商议如何布置。外国女子居留宫内，向无此列，并且总要叫人防守她。叫谁呢？你就是能够。晚上又叫谁陪她睡觉呢？"一边说，一边绕室行走，沉思半晌，忽然笑道："得了得了，我会得监禁她同犯人一般，还使她一点没有觉着。这全赖你娘儿三个，替我谨慎办理。我想叫她住在醇亲王府里，你朝晨与她同来，晚上跟她同睡，总可以万无一失了。"

说着，太监已把德菱画像携至。太后接来凝神细瞧，大笑道："画真有趣，很像油画呢。这么的画，简直不曾见过，肖的很。中国画师，画不到这么的神情。只是画上的衣服怪的很，为什么两臂与脖子都赤着呢？我听得外国妇女的衣服没袖没领，还料不到竟有画上这么的恶劣！你为什么也穿这个？我知道你总羞见人呢，以后再不要穿这个了。我瞧见了很是诧异，把这种算做文明，真乃怪事！你偶然穿一回，还是常常穿的呢？岂是在男子跟前，也穿这个么？”德菱道：“这是寻常晚衣，每逢着盛宴跳舞会才穿呢。”太后笑道：“这更不堪了！外国事事不如中国。中国妇女在男子跟前，手腕都不肯露出，外国竟这么的袒胸赤臂！皇帝常言变法，照此看来，还不如我守旧好的多呢！

次日，庆亲王面奏，克姑娘请示开绘日期。太后叫取历本拣选吉日，拣了闰五月二十日戌时开绘。德菱知道傍晚时光，克姑娘必不肯开绘。于是把此意婉告太后，磋商再四，才改了朝晨十点钟。隔了一日，太后到德菱房里，瞧见了她的摄影肖像，异常欣羡，开言道：“可惜不能招市上拍照的入宫拍照。”裕太太于是奏称，裕庚的儿子，现在宫里当差，照相的事情，也曾研究过，老祖宗如果招他照相，或能满意，也未可知。原来裕庚两个儿子，都在宫里当差，一个管着颐和园电灯处事务，一个管着太后御用小火轮。原来颐和园中有船坞一所，琢石而成，在仁寿殿西南，与万寿山相对，旧名宝莲航，亦名石舫。光绪中，昆明湖中，始置小轮船二艘。又在园外东南隅，设电气房专司园中电灯。所以后有诗叹道：

殿西船坞对山椒，画鹢飞轮似御飙。
万炬通明传电气，春波潋滟绣漪桥。

当下太后召裕庚的儿子进来，问他几时好拍照？回奏等家去取了拍照家伙来，随时可以拍照。次日取到，拍了好多张照，朝服便衣，各式都有，结末又拍了一张渔家装束乘坐小艇的照。后人有诗赞道：

翔鸾飞舰掉湖波，天上嬉娱乐事多。
不爱内家妆束贵，居然雨笠与烟蓑。

到了二十日这天，太后才早朝，克女士已携了画具进宫了。退朝回宫，克女士望见太后，按着欧洲觐见君后之礼，急忙趋前吻手。太后只道她要来咬指头儿，唬了一跳。当下敷衍了几句应酬话，随更换衣服，从事绘画。起初几日，也还高兴。到后来渐渐懒怠了，坐不到十分钟，就要歇息。克女士没奈何，只得先绘宝座与屏风。这原是仰体上意迁就的举动，不意太后异想天开，向德菱道：“我想克女士既能绘宝座与屏风，我的衣饰，她总也能够绘画，不必我亲临了。”德菱道：“这怕不能么，衣服首饰，总要有人穿戴了才能绘画。”太后道：“这个很容易，你可以穿我的衣服，代我坐着。”德菱道：“怕画士不答应呢！”太后道：“那不要紧，画起面庞来，我自己坐就是了。”于是德菱每日代替太后，默坐四点钟，直至绘成才罢。后人有诗道：

朱丹绣阙大秦妆，鳀壑人来海宴堂。
高坐璇宫亲赐宴，写真更召克姑娘。

这海宴堂是仪鸾殿改建的，全殿都是西式，殿内陈设的，也都是西洋器具，专备召见外宾，这也是德菱的翊赞。当时克女士肖像绘成之后，陛辞而去。太后问德菱道："克姑娘可曾问起拳匪的事情不曾？"德菱道："从没有提及过。彼时她在巴黎，乱事始末，大概不很知道呢。"太后道："我很不愿提及此事，并不愿外人把此事询问我臣民。间时我自己忖量，我实是妇女中最明智的，他人鲜能及我！英后维多利亚，她的历史，我也曾瞧过译本，觉着她关系的重要，经历的忧患，还不到我一半呢。我的生涯，今方未艾，未来的事，没一个人猜的着。我或者要大反故常，做出奇特举动，惊醒外人耳目，也说不定。英吉利是列强中头一国，但是并非维多利亚一人之力。他们国会里头的英杰，时常帮助她，凡百施行，总拣善的做，英后不过画诺而已。咱们中国人民有到四百兆，统靠我一个儿。军机虽可备我咨询，他们只不过监察着。重要的事都须我一个儿决断，皇帝是一点知识没有的。我一辈子事情，从没有失败过，但是从不曾梦见拳匪的害人，会这么利害！综计我一生事情，不过这一桩是大谬误。初乱时光，我很该严降谕旨，禁他蔓布。无奈载漪、载澜，坚称拳匪降自上天，为是荡清国耻，剪除外人。他们所谓外人，就是教士。我生平最恨的是教士，所以这时光，未尝稍置可否，也不过要坐观成败呢。不意他们举动太暴，载漪竟然领了拳匪头儿入颐和园，聚集了众太监，验看他头上，有没有十字。那头儿道：'这个十字，你们不会瞧见，只有我找的着，知道他是基督教。'载漪入宫见我，拳民头儿候在宫门口，查着两个信教的太监，问我如何处置？我听了大恼，立谕载漪，没经有我答应，如何擅准拳匪入宫？载漪奏称这一个头儿，法术极大，能把外人悉数戮尽，并且得着诸神呵护，不怕西人炮火。并称亲见一匪用手枪击射他匪，已经打中，一点子损伤都没有。随请将两个入教的太监付与匪魁，我允准了他。后来听得这两个太监，即在离此不远的地方斩首呢。次日，匪魁又随载漪、载澜入宫，叫太监都焚香跪迎，表明不曾信从基督教，又叫太监们练习拳术。过不到几时，太监都弃掉公服，穿着拳匪的衣服，一个个红衫黄裤，红布缠头，载澜且贡一套与我。此时军机领袖荣禄，恰恰请着假，我每日总派太监去瞧他。这日，太监回来，告诉我荣禄已愈，预备明儿入宫陛见，我听了很欢喜。次日，荣禄入见，奏对之际，面呈忧色，他说拳匪实是叛徒，不过要百姓帮他杀戮外人，至其结果，实不足为朝廷之福。我就问他如何处置？他说待与载漪商量了，总有办法。到了次日，载漪来见，称说为了拳匪的事，与荣禄大大冲突，并称北京居人，没一个不是拳匪，如果要禁止，必把北京人尽数屠掉才好，就是宫廷也不能免。又说拳匪已经选定日子，尽杀各国使臣，董福祥也答应率兵帮助，放火烧掉使馆。我听了万分焦灼，知道大乱即在目前，立召荣禄商议。荣禄叫我立刻下诏，宣称拳匪罪状，叫人民切勿轻信。并谕九门提督，驱逐匪徒。载漪听了大怒，奏称此谕果出，拳匪必然入宫行逆。我彼时没了主见，只得任他们去干吧。一日，载漪、载澜又要我降谕拳匪，尽戮使馆中人。我没有答应，他竟矫诏而行，致使外兵逼近都城，咱们娘儿仓皇西狩。这都是我优柔寡断，所以闹下这么大乱子。"说着时，不禁大哭。众宫眷见太后伤心，也都陪着下泪。这一夜，很是不欢。

不意次日上朝，又得着一个很忧愁的消息，却是日俄两国宣战的事情。原来日俄两国，积嫌已久。甲午年中日这一役，李伯相赴日议和，原有辽东半岛割隶日本之议。

彼时俄人为了自己在远东的利益约了德法两强国,索还辽东。果然行得好心有好报,丙申年俄皇加冕,中国李伯相前往庆贺,就在俄京订了几条密约,把东三省权利,尽送给俄国,山东的胶州湾,也带在里头。偏偏事机不巧,山东地方出了一桩教案,杀掉两位德国教士,德人就派兵占据了胶州湾。俄人因我背了密约,强租旅顺大连湾以相抵制,又约满洲铁路,可以直筑到旅顺。庚子年义和拳之乱,俄国乘机进兵,占据了东三省。北京议约,俄人又把东三省提出另议。喧宾夺主,年复一年。癸卯年三月十一日,原是《辛丑合约》第二次撤兵期,俄人非但不撤,还增了无数的兵马,筑造兵房,斩伐林木,为久驻之计。我国行文责问,俄人以七事相要:

一、满洲不开商埠;二、俄人全占满洲佳矿;三、俄人管满洲卫生事宜;四、俄人助练兵;五、牛庄关田俄人管理;六、中俄共设商务衙门;七、俄人全占满洲铁路。

我国政府,为了急于收地,就拟应允一二条。不意各省官绅士庶,纷陈利害,力持不可。英美日三国,也劝我国政府,勿允俄人之请。偏偏俄人得寸进尺,招抚胡匪,派兵入龙严浦,又占据了奉天官署,并令华民遇着俄国庆节,尽揭俄旗。八月,俄人要求奉天将军增祺将满洲地租,详细报告,并将牛庄税关及厘金局,让与俄人管理。俄皇又特命阿力克塞夫为远东总督,凡远东事宜,均令与该督直接商办。政府闻之,甚有震骇,叫驻俄钦使询闻俄外部。俄人冷然道:“这是俄国政策,何劳贵国询问?”从此之后,凡为了远东事宜,政府电询俄外部,总是搁置不答,总推说已经简放远东总督,给与全权,凡百事宜,均可往商。此时俄人又占据了三道江头,于是西自旅顺大连湾,东沿鸭绿江上流,越长白山以抵豆满江上流相近之珲春,沿途筑电线,驻守备兵,包括东三省,与朝鲜境划绝,以阻日本势力之侵入。又在奉天设立衙署,办理路矿及在满洲工业等事。牛庄街巷,悉改新名。派哥萨克兵六千至盛京,又派兵驻伊黎各地,大肆东封,实逼处此。中国兵微将寡,奈何他不得。

东邻日本,见此情形,竟然大动义愤,跟俄人大大不答应,于是日俄两国,遂有协商的事情。先在俄都,后在日京,经几次之会议,日木外务省大臣小村氏,与俄使罗笙男爵会议,开出协商条件,计共五条:

一、彼此允将中国高丽之主权,悉行保全;二、彼此又允各国在中国高丽工商之利益,彼此均沾;三、日本在高丽独一之利权,与俄国在东三省之铁路利权,彼此均须明认。又互相申明,俄日两国有权可以保护以上所列利权,但不得与第一款所载之宗旨,有所违背;四、俄国须明认日本有特别之权,以劝谏帮助高丽,使彼国维新,将政府改良;五、俄国须允不阻高丽铁路推广至东三省南方,以期与中国开外铁路相连。

俄使急赴旅顺,与远东总督阿氏协议。彼时日俄交涉,在圣彼得堡,有俄外部大臣蓝斯道夫伯爵与日使栗野氏之会议；在东京，有小村氏与俄使罗笙男爵之会议。十月八日，是俄人第三次撤兵期，依旧恃蛮不撤。协商已经五次，依旧不得要领。俄人的答复，绝不提及满洲，不过在朝鲜方面，稍示退让。日外相面访俄使，声言俄国的答复，不惬日本政府心，务请重行答复。于是俄人遂布告各国道："日本名为协商，实是挑战。日政府闻知，忙着分电辩诬。俄皇又特开极东委员会，俄皇自为议长，商议答复日本之要索。驻俄日使奉本国政府训令，屡促俄人，速行答复。日政府宣称日本候俄国复书，以西历一月三日为期。如期不至，再展限七日。再不答，日本就要在清韩方面，自由行动了。此时两国征兵发饷，准备战事，极形忙碌，所以皇太后非常愁闷。

这日，早朝既毕，太后告知宫眷等："俄日两国，怕旦夕要启衅，心中很是忧闷。虽然两国的事情，跟中国是不相干，虑的是在中国境内开仗，无论谁胜谁败，于中国终有不利呢！"宫眷们听了，也不很注意。不意次日，太监总管奏称，今儿点卯，走失太监五十人。众人听了，很是惊讶。过了一日，又报走失太监百人。太后恍然道："我知道了，他们必是听了我的话，以为俄日将有战事，怕再见义和团的乱了，才相率逃避呢！"照例太监逃走，必派骁骑四出拿捕，捕到了必然按律惩治。此番，太后传谕，不必拿捕。又过了两日，一个太后素所亲信的某太监，又不知去向。太后大怒道："不意这个奴才，竟这么无良心！我平日待他，何等优渥，竟博得他如是的报答！乱机甫萌，丢掉我走了。"说着，很是懊丧。从这日之后，太监逃走的，几乎无日无之。太后于是决计移居禁城，俟至来春，再作计议。

此时俄日惊耗，日甚一日。宫中诸人，渐为震恐。一日，太后召集宫人，谕令："勿自惊扰，果然有变，与咱们是不相干的，决然不会波及。咱们有祖宗保佑，决不会有什么意外。从今而后，我也不愿再有人提起俄日事情呢。"又叫宫眷们各在祖宗神牌前虔诚祷告，叩求保祐。太后虽说不愿人再提此事，心里却很愿知道外间消息。一日，与德菱等无意中谈及，德菱道："这个很容易，只消购几份西报，并一份露透特约电，外边的事情，天天能够知道。"太后大喜，就叫裕庚出面，购了几份西报并露透电，每日转送到宫中来，由德菱译呈御览。一日，德菱译出一段新闻，却是已经决裂的惊信。不知太后瞧见之后，有何议论，且听下回分解。

第一一八回　旅顺口俄将丧师　东京城日皇宣战

话说德菱译呈一段新闻是：

一千九百零四年二月八号，即华历癸卯十二月二十三日也，是日为俄水师提督夫人之诞辰，俄舰各武官齐登岸赴跳舞会。提督司塔君开樽宴客，宾主酬酢，甚欢乐也。及晚，且留观剧。孰意惊天动地倒海翻山之一极惨酷极激烈之大事，即乘此嘉宾宴乐时而爆发乎！噫，夫岂在席诸人所料哉！时俄舰之泊旅顺口者，均列于港口东北，与炮台相倚，计分三行：一鱼雷艇，二大战舰，三巡洋舰，戒备颇严密。晚十一点钟，炮台守将见鱼雷艇数艘入港，即发暗号问自何而来。来舰以俄国暗号答曰：余等从青泥洼来。于是台将遂放心，许其入港。呜呼！此果自青泥洼来之俄国舰乎？乃自佐世保来之日本舰也。惟日舰如何能知俄军暗号，则不可得知矣。

日本中将东乡平八郎于二十二日，亲率全舰队，轴轳相衔，自佐世保起程，至仁川，另派舰队使抵挡在仁川之俄舰瓦利耶克及哥烈芝二艘。然后并力齐行，直向旅顺口进发。是行也，共计统带三人，战舰十六艘，水雷驱逐舰数艘，内一等战斗舰：朝日、三笠、初濑、敷岛、富士、八岛等六艘，少将梨羽是起统带之；巡洋舰：千岁、高砂、笠置、吉野等四艘，少将出羽氏统带之；装甲巡洋舰：出云、磐手、吾妻、入云，浅间、常磐等六艘，少将三须宗太郎统带之；水雷驱逐舰则村雨、早鸟、白云、朝潮等，言最著也。

日舰既抵旅顺，离俄舰六英里而阵。其水雷队即发鱼雷射俄舰，俄人还炮相击。斯时也，弹丸雨飞，炮声雷震，海波腾涌，如喷泉，如沸水，其酷烈之情形，实非笔墨所能形容者。而俄国之武弁，尚在提督行辕宴饮也。闻斯惊报，立即归船，而俄舰之阵形已乱。先是日本水雷舰于炮战正酣时，潜行至旅顺港口黄金山之麓，以待俄船狼狈之时机。既而果有俄舰二艘，自战地逃出，盖图窜入港口，以避日本之水雷也。孰意适与水雷艇相遇，日艇即趁势放保武鱼形水雷以射其胴腹。俄战斗舰沙里维茨立即沉下，佛里维仙亦相继沉下，于是旅顺之港口遂阻塞。港口既阻塞，俄舰之败归者不能入内，而日舰并力猛攻，不少暂缓，故俄帕拉达舰与一不知名之运兵船，均遭鱼雷击坏。是战役共有三十分钟之久。俄舰与战者，为沙里维茨，载重一万三千一百十一吨，载炮六十八尊；帕拉达载重六千六百三十吨，载炮三十四尊；佛里维仙载重一万二千七百吨，载炮六十五尊；亚斯哥载重六千一百吨，载炮三十六尊；努维克载重三千二百吨，载炮十九尊；雪巴斯托波载重一万零九百六十吨，载炮五十尊；石脱罗帕夫洛斯克载重一万零九百六十吨，载炮五十尊，而沙里维茨，佛里维仙，与一不知名之运兵船，均遭沉没。拉帕达亦受伤搁浅。日本舰队，则无一损伤。

战时炮弹四飞，波及甚广，岸上房屋被毁者几居大半。城中大扰乱，居民多奔山上以避炮火。城内与船岙，均受重伤。有三炮弹落于东港内，幸并未伤物。又有一弹透过船岙外之运兵船，幸该炮弹并未炸裂。城内被炮弹所击之孔甚多，有宽至十五尺者，有深至六七尺者。门窗之玻璃，尽被震坏。各路及码头上，均煤斤四散，幸尚未着火，否则其祸不可问矣。

二十四日午前八点半钟，日本巡洋舰三艘，往来游弋。俄舰遂将水手之行李，悉推入水中，预备开战。日舰忽退去。九点钟，日本全舰队并立于黄金山下，离俄舰仅三英里，即行开炮。相战约四十五分钟，俄人复大败。是役也，俄舰之被轰沉者一，击坏者六。而日本亦失掉鱼雷船一艘，为俄舰努威捕去，但俄人进入船内，早不见有一日人矣。

是役也，努威舰在港中两面奔驰，以乱日人之耳目。当该船进港时，沿路各船，大声申贺，且奏俄国国乐及总督之乐。

俄水师提督司塔之坐船伦佛罗伏司，离出港口，欲逐一受伤之日船，越数点钟即返，且有一大孔于船之左首。

是役之猛烈，较二十三日之战为尤甚。有众多之商船，多被波及，中国怡和洋行之商轮科仑比亚受创为最剧。云：

盖战时科仑比亚船适在战场中，故船身四周之海水，宛如沸汤。船上各舱，全行毁坏。船面落有许多之碎弹，总机器师佛来君面色变黑，缘炮弹在前炸裂故也。两次合计，俄舰之被击坏及轰沉者，共八艘，其他亦均受微伤。故巍巍数十艘之雄舰，至是而完全无缺者，已不及十艘矣。

是日岸上巡捕往各洋人之屋内，掷下一纸。此纸之字，译之则系令于二十四点钟内，速离旅顺，且令不去者，须自备粮食。因恐防守兵之食物不敷也。

越日晨，俄人设法将沙里维茨等数船设法救起，移进港内，然苦无修理之处。因旅顺口之船岙大小，不能容装大舰。而建于石上之七百五十尺之大船岙，则尚未竣工也。

开平矿务局之商轮名富平者，于战时亦寄泊此港内。战既毕，船主葛来方欲启轮，而俄人传令至，令船主将数公文签字，方可出口。船主允之，于是遂签字。计签字之公文共二纸：一令不能将旅顺实情泄漏于外；一令船中只可积三日粮。

船主既签字，遂吹管开轮，驶出西港。方至港口，即被守口俄舰突以二寸径之炮弹，连发三次，正中船首，毁物极多，并伤华人搭客五名，一女子击去一腿，一男子击去一手，又一人其背击去一段，余二人伤亦甚重。富平既被击，即驶回内港。俄统带遮告船主曰："此乃误举，余甚不乐。君船可出海"云云。

同时有西平商轮亦遭厄难。西平者,开平矿务局商船也,于十二月二十四日夜十二点钟,由秦皇岛之上海,路经旅顺,忽被俄舰所捕。拘禁七日,始行释放。

太后瞧毕,向德菱道:“不意俄国地大兵强,竟会败的。”德菱道:“眼前瞧来,果然是日本胜。但是战事还只开始呢,日子久了,究不知谁强谁弱?”太后道:“两国大小,差到好些呢!”德菱道:“按了疆域人口国力一切,日本如何比得上俄国!日本疆域,通只一亿六万一千一百七十九方里;俄国有到八兆六亿六万零三百九十五方里。日本人口,通只四十四兆八亿零五千九百三十七人;俄国有到一百四十一兆人。日本陆军,平时只一亿五万,战时也只六亿人;俄国陆军平时已有一兆一亿人,战时竟有四兆六亿人。日本海军只一亿七万零七百六十七吨;俄国有到四亿六万六千六百十五吨。”太后道:“差的这么大,还敢战,日本真也有胆!这两国虽然都是友邦,只是我倒偏着日本。俄国要是胜了,咱们中国怕要不得了呢!德菱,你瞧瞧,报纸上别地方还有开仗的事情没有?”德菱听说,重行翻阅,又译出一段,却是朝鲜仁川港水战事情,忙呈与太后。太后接来瞧时,只见上面写的是:

二月八号晚,俄使罗笙往晤日公爵高毛而拉。语次,日公爵曰:“日俄交谊,现已断绝。”罗闻斯言,即询曰:“然则两国其将开战矣乎?”曰:“未也。”不意罗笙辞别日公爵后,不多时,外间传言日军已在旅顺口及高丽海滨与俄开战矣。此俄日两国决裂情形也。兹特舍日本而述高丽之事,二月九号早上七点钟时,法舰帕思高、英舰搭尔卜、意舰哀尔巴、美舰佛斯彪等之统带接到日水师提督瓜生之公函,内开俄舰瓦里亚克与哥烈芝,不于十二点钟之前驶出利物浦港,日本水军将于下午四点钟时,即在港内攻击俄舰云云。法舰统带商南君接该函后,以为俄日尚未宣战,而日水师提督如此作为,深为诧异。爰偕意舰统带某君,诣英舰搭尔卜,与该舰统带会商一切后,拟定一公信送交日水师提督,与彼据理相争,力辩其妄。当是时也,俄舰瓦里亚克之统带,尚未接到日水师提督之公函。至十点半钟时,始由驻利物浦之日领事,将日水师提督之信,饬人送至俄舰。瓦里亚克统带接信后,始知日水师提督之用意,遂往晤英法意各兵舰之统带,恳其陪送出海。嗣因各统带告以不可,瓦里亚克之统带,遂当众宣言曰:“吾等之命休矣,然总当前往。”于是遂与英法意三兵舰之统带,行相抱礼而别。归舰召集兵士,告之曰:“吾等将与日军开战矣。”众齐答曰:“唯。”于是俄舰遂起碇,当起碇之前,船中军乐大作,始奏本国之乐,继奏法国之乐与英国之乐,以及意国之乐,以示友好之意。及驶出港口时,各国兵舰中人,皆同声喝采,遥伸敬意。出港后,不意与日战舰六艘、鱼雷船八艘相遇,遂开战。人皆以为俄舰二艘不多时必为日舰击沉也,不意俄舰竟能与日舰相持一点钟之久。是役也,俄舰瓦里亚克船面所有之炮位等,悉被日舰击毁,是以该舰不能还炮相击。卒有一开花炮击中该船之舵，遂不能行驶自如。统带睹此危险之情形，遂用他法将船驶回利物浦。奈因转掉不捷，途中又被日炮击中三次，均在水线之下。及竭力驶回利物浦后，经法舰帕思高之统带商南君，将受伤及未受伤之兵士设法救起。内有四十五名，身受重伤，立刻抬至法舰。有三人从俄舰抬至法规时，在途中已因伤毙命。有三人当晚即死。又有二人至遇救后第二日，因医药罔效而毙。至俄舰瓦里亚克，因受伤过重，且该船水线之下，被日炮击成洞穴，是以五点钟后，即行沉没。据该舰上人所述，与日军始行接战时，该舰之后面，被弹药所中，即已燃火，甚属危险。又闻该船舰桥之上，血肉模糊，不忍逼视，所有倒卧在船面之尸身，或手足不全，或有首无足，或有足无首，其凄惨之状，有不可以言语形容者。有一年轻之兵官，在船面手执路程表，指挥一切，忽被流弹所中，化为乌有，仅存一手，而路程表仍执在手中。噫，惨矣！又闻交战时，有兵士四人，侍立在统带之左右，忽有炮弹飞至，一人登时击毙，二人被击受伤，而该统带幸未击中，然亦有一炮弹飞过太阳穴云。

当俄舰瓦里亚克与日舰相战时，俄舰哥烈芝相距仅二百米，而竟无一炮弹击中，此诚奇事。是以该舰中人，并无一人受伤。嗣因该舰统带料日舰必来攻，爰计议将船自行炸裂，以免被日人获得。遂定计将火药线双双接连，置放在两处火药房内，俟火药线燃到时，自行爆裂。闻该舰水手等人登岸，不及数分钟，即轰一声，两处火药房，果同时炸裂。日水师提督瓜生君接英法意兵舰各统带之公信后，不即答复。越数日，始行回答一函，内开事已如此，夫复何言云云。

太后瞧毕，不置可否。次日，报纸送到，德菱照例翻译。太后问："有新消息没有？"德菱道："两国国皇，都宣布了战书了。"太后催她速译，德菱随把日皇战书，先行译出。恰好太监送进糖果，太后道："你念给我听罢！"太后一边吃，德菱一边念，只听她念道：

我日本皇室之莅兹大位，自昔一姓相传，以迄于今。兹朕特行宣告于我忠勇之日本国民，今朕与俄宣战，并命海陆两军尽其能力，与彼国决裂。又命各官员均尽其职分权力，以期在各国公法界限之内，获全国之所注意者。朕以万国之交谊，甚关紧要，故朕之用意，常望本国得有和平之进步，以使与各国之交谊，益加辑睦。而期远东得有太平，又使本国日后不损万国之权利。各官已遵照朕意，各尽其职。故与各国之交谊，益行增厚。不幸今与俄开战，非朕之素望也。高丽土地一事，于本国甚关紧要，不独因与彼国素有交谊。且高丽之存亡与否，与本国之安危，大有关系。但俄国不依亲允中国之约言，及对列强之许诺，而犹占东三省，且在彼地益厚其根据，意在永远占据。俄既蚕食东三省，则中国土地定难保全，故远东和平之望，益加消灭。

> 朕欲以协商之法，办妥此等问题，期得永远和平。故各官奉朕之命，将各款送交俄国，又约六月内与俄时相会议。乃俄于所开各款，并不见允，且屡屡延期，以使此事莫结。一面借口于和平，一面增备海陆各军，以图遂其所欲。朕知俄国并无和平之意，彼将我政府所开各议推诿，高丽甚为危险，我国权利亦有所损。盖至是而和平协商一事，终不能成，故今放胆以兵力从事。朕甚望我国民之忠勇，不日即得永远之和平，以大光我邦家也。

太后听了，正欲问话，忽报庆亲王有要事面奏，恳请召见。太后唬了一跳，立刻召见，问他有什么事。庆王奏道："奴才接到密电一道，是胡维德拍来的。他说俄国已遭遇与日本接仗的危机，俄政府很是忧闷。此时中国如果严催他撤兵，俄国必与中国订结极容易的协商，能够实行撤兵，罢掉干戈，和平克复满洲，也说不定。"太后道："你瞧办得到办不到？"庆王道："奴才毫无把握，恳求训示！"太后道："交涉起来，俄国未必是听。再者现在开仗当口，咱们再不要扰进去。"庆王道："奴才还要恳求圣训。俄日两国开仗，咱们果然没力量管他，但是东三省是中国疆土，兴京盛京，祖宗陵寝所在。两国兵马，在那里放炮开仗，咱们竟然一声儿没言语，听他们扰去不成？"太后道："祖宗陵寝，那是最要紧不过的，万万不能稍有震惊。"庆王道："奴才也是这么想。只是兵争当口，又未便派兵去守陵，可怎么样？"太后道："一时间也想不出什么主见，还是探问探问各省疆吏罢！"庆王遵旨，随命领袖章京拟了稿，用密码拍发出去。不到两日，河南、江苏两巡抚回电到来，力请严守中立。庆王照实复奏，太后道："陵寝能够不要紧么？"庆王道："奴才想来，俄日两国，与我朝素敦睦谊，谅不致惊及陵寝。"太后道："既然如此，你就下去拟稿罢。"一时拟上，太后瞧过，随即颁发出去。其辞道：

> 日俄两国，失和用兵。朝廷轸念彼此均系友邦，应按局外中立之例办理。着各省将军督抚，通饬所属文武，并晓谕军民人等，一体钦遵，以笃邦交而维大局，勿得疏误，将此通谕知之。钦此。

又命律法官拟定官训四条，南北洋大臣拟定条款十三条，颁发各省。其辞如下：

> 律法官所拟之官训：
>
> 一、现在日俄两国争战之际，凡战国之战舰，均禁止泊用中国水道辖境各口，或停泊为争战起见，或为布置一切战务，并禁止。如甲战国之战、商各舰出口后，其泊在中国水辖境内或泊舰之处，乙战国之战舰不准追踪前去，必须候过至少二十四点钟后，方准开行。
>
> 二、一经晓谕之后，如有战舰进中国水道辖境口岸或停舰之所，此项战舰，应令自进口之时起，于二十四点钟之内离开出洋。除非遇风潮，或因缺食物，或因修理。凡遇此等事情，如逾二十四点钟之限，该口之官长，应饬令迅速开去。除仅敷即时需用食物外，不准多带食物等件。接济此种舰只，如

因修理而来，一经修毕，不准在中国辖境水面逗留逾二十四点钟之限。

三、凡战国之战舰，不准在中国各口岸及水道辖境内，多备食物接济。只准向华民购办，以敷及时需用之食物等件，为舰上水手人等之急需。如购煤斤，只准接济仅敷回本国至近之口岸，不准多备。

四、两战国之战舰，不准以捕获之战利敌舰或商舰，进中国水境。

南北洋所发之告示：

——由北京至山海关，各国留驻兵队，以保海道通畅，系按光绪二十七年七月二十五日，即西历一千九百零一年九月初七日各国和约办理。现仍应遵守此约原有宗旨，不得干涉此次变局之事。

——凡寄居本国局外境内之他国人，如有私行接济两战国禁货，有碍本国局外之责者，应有地方官设法禁止。或知照该管领事等官，分别究办。中国官民，应一律禁止有碍局外事情，如后开各项：

——本国人民，不得干预战事，暨往充兵役。

——民间舰只，不得往投战国，或应招前往办理缉捕转运各职司。

——不得将舰只租卖于战国，或代为安装军火，或代为布置。

——不得代战国购办禁货，或在境内制造禁货，运销战国之外海军。所有禁货，如后列各项：一、炮弹、铅丸、火药及各项军械；二、硝黄及制造火药各种材料；三、可充战用之舰只及其材料；四、关涉讼事之公文。

——不得代战国载运将弁兵卒。

——不得以款项借给战国。

——舰只非避风患，不得擅入战国所封之口岸。

——舰只驶入战疆，不得抗拒战国兵舰之搜查。

——不得为战国探报军情。

—、除战国各种舰只，在中国口岸购办行舰必需之物，应遵守另列各专条外，不得售粮食煤炭于战国。

——所有未尽事宜，随时查看情形，参酌公法，俟饬遵行。

欲知宣布中立之后，外交上有何影响，且听下回分解。

第一一九回　大清国颁诏守中立　小朝廷忍耻订同盟

话说中立诏书颁布之后，不到几日，就接到驻日杨钦使电报。报称日外部来文，言满洲事情，贵国虽守局外，然务须严防遵界，勿以幸可免战，遂懈防守。庆王奏知太后，太后立下旨意：命马玉昆带兵十营驻山海关，郭殿辅带四营驻张家口。复饬东南各省疆吏派劲旅北上，拱卫神京。东南疆吏，接到此旨，不敢怠慢。湖广督臣遣中协吴元恺率练军二十营入卫，两江督臣饬人分投湘皖招募新军。政府王大臣又派直隶旗兵五营，驻关外锦州，淮军三营驻新民厅，常备军六营驻山海关，武卫、自强二军驻北京、天津、通州。马玉昆的兵，叫他专守朝阳、热河一带。又叫驻日钦使照会日本外部道：

日俄失和，朝廷以两国共为友邦，重以亲交，依局外中立之例处置。已通饬各省一体遵守，且严饬地方官保护商民教徒。惟盛京及兴京，以陵寝官殿所在，故当令该将军任敬谨守护之责。于东三省之城池官衙，人命财产，两国皆不得损伤。原有之中国军队，彼此各不相犯。于辽河以西，俄兵撤退之地，由北洋大臣派兵驻扎。各省及边境内外蒙古，遵照局外中立之例处办，两军队毫不得侵越。若闯入境界内时，中国当拦阻之，不得视为失和平者。但满洲之地，有外国驻扎军队未撤退之地方，恐中国之力，有所未逮，难实行局外中立之例。然东三省之疆土权利，不论两国胜败，仍归中国自主，不得占据。

未几，日本外部答道：

日本政府于贵国内希望和平，严防扰乱。除俄国所占领之地方外，总于贵国范围内，苟非俄国有特别之举动者，敝国决当认定贵国之中立。日本军队于战场固守交战法规，不许滥破财产。于盛京及兴京之陵寝官殿，并各地方所在之贵国官衙，原非俄国所为者，可无损伤，贵国政府可以相信。又于战斗地域内有关于贵国之官民，在军事上当允之限，日本军队于其身体财产，必当十分保护。惟于该官民帮助我国之敌及与之厚遇时，日本政府须保留临机必要之权利。我国与俄国至旗鼓相见时，非出于征略之目的，为防护我正当之权利及利益耳。若战争之经过，牺牲中国，占领土地，决非日本政府之意。又至于贵领域中当兵马之冲，有所措置，一依军事上之必需，非敢损贵国之主权。祈贵国政府笃信之！

杨钦差即把日人回文，电告政府。政府知道满洲境地，难以全作局外中立，遂与奉天官吏商定战地界限规则九条，颁布中外。其文是：

——日俄二国倘在奉省地面开仗，拟即旨定战地。两国开战及驻扎之军队，只能在战地限内，不得逾指定战地界限之外。

——西自盖平县所属之熊岳城，中间所历之黑峪、龙潭、洪家堡、老岭、一面山、沙里塞、双庙子以东，至安东县街止，由东至西，所历以上各地名，分为南北界限，限以南至海止，其中之金州、复州、熊岳三城，及安东县街为指定战地。抑或西至海岸起，东至鸭绿江岸止，南自海岸起，北行至五十里止，为指定战地。两国开战后，凡战地县内之村屯城镇，免遭兵祸。

——两国开衅，无论胜负，军队俱不得冲突窜入指定战地界限以外之地。如有侵及限外之地，杀伤人民，烧毁房屋，抢掠财物，以及一切损失，应由越限之国认赔。其战败之军队，及受伤人等，无论行抵何处，我既守局外，一概不能收留。

——此次指定战地限内之地，但供两国战时之用。如胜负已分，军事已竣，所有指定战地，两国兵队，均各随时退出，不得占据。

——两国宣战以后，所有指定战地限内，除日俄两国外，其余无论何国兵队，不得任意进入。并届时无论何国官民一切人等，如欲赴指定地方者，均应照章向华官请领护照，及沿途华官呈验，方准前往。其不应前往之人，仍由华官查禁。

人民财产，不免冲突。倘有损失，照公法应由战败之国认赔。如有无故杀伤人民，烧毁房屋，抢掠财物，何国所行之事，应由何国认赔。两国开战，我既守局外，所有界限以北之城市，应由我自行派兵防守，两国军队，不得冲突。其在界限以南，即指令战地限内，安东、复州、熊岳各村屯，向有之巡捕队，仍照旧驻扎，两国不得阻拦，并不得收我军械。如两国定期开战，以上各巡捕队，均行调回各该城内驻扎。至省城外地面兵少，亦当酌调一二营弹压，以免惊扰，俄人亦不得阻拦，收我军械。

——两国征调军队，有必须由指定战地限外地方经过者，不得逗留久住。粮食柴草一切日用之物，须该国军队，自行备办携带，以符我守局外之例。

——我既守局外，两国开战以前，开战以后，均不得招募华民匪类，充当军队。

——如有匪徒窃，发在战地限外者，归华队剿捕；其在战地限内者，与何国兵队相近，即由何国剿捕。惟均不得越界以免别滋事端。

——两国如已订定开战，须将日期及在何处开战，预先知照华官，出示晓谕，俾人民知避。

战域限定之后，不意又兴起一件意外的交涉。上海黄浦江中泊有一艘俄国战舰名叫“满洲”的,原是战局未开以前来的。现在朝廷宣布了中立,限定了战域,日本人就来责问:“俄国兵舰,为甚泊在中立港里?”上海道急忙电请南洋大臣发令,勒“满洲”船退去。南洋大臣因事关重大,电告外务部,请为作主。外务部照会俄使,俄使答道:“东三省马贼鸱张,破坏铁路,俄政府还没有问罪中国,中国受了日本的煽动,倒要叫无害于中立的‘满洲’船退去,实不可解。并且‘满洲’船泊在上海,只为保护俄国商民。”外务部不能坚持主见,向日使道:“‘满洲’船停泊时光,日俄还未开衅,所以中国未便用兵力迫他退去。”日使坚不允道:“俄舰不退,日本也当派兵舰驻上海。日后如酿衅端,中国当任其责。”外务部没奈何,复跟俄使婉商,请该舰卸去军械,俄使不肯答应。于是日本径派“秋津”兵舰驻沪,又续派“和泉”“须磨”二舰到来,与俄舰同泊一港,很有不相容之势。上海士商,大为震骇。日使知照政府道:“俄舰如果不退,日本必然进师轰击。”俄使不得已,才允卸去军械。为了这一艘兵舰,十余日里头,上海道,日领事,俄领事,俄舰统带,南洋大臣,外务部,俄公使,日公使,俄总督,日本外部,俄国外部,彼此电文,往来如织。交涉办妥,沪道电禀外务部,外务部奏闻太后。太后道:“中国究竟是独立国,不过国势弱了点子!不意为这一条小小兵舰,竟就费了这许多唇舌。”

这日,直隶总督袁世凯觐见,太后问他,对于俄日战事,有何意见?袁公奏称:“两国虽已构兵,决不致牵涉中国。不过战事既定之后,满洲地方,不免要多事。”太后道:“那我也知道,因为两军战在中国境内呢。最好的法子,只有严守中立。中日这一役,国力已竭,不能再以干戈相见。现在当严谕各官员,慎勿干与此事,以免外人有所藉口。”袁公奏称:“太后所见极是,臣等自当仰总上意,竭力维持。”太后道:“你瞧战事结果,谁胜谁败?”袁公道:“事很难决,或者日本能够胜呢。”太后道:“日本果然胜了,我的忧心倒是可以稍释一二,就怕是不能够。俄国地广兵众,胜败两个字,还不易说呢。”袁公道:“胜败利钝,诚难逆睹,太后的谕是。”太后道:“中国如果不得已与别国开仗,恐怕没有立足之地了。咱们武备废弛,都没有预备,既无海军,又没有训练的陆军。老实讲一句,简直是没一点子自卫力。”说着,不胜叹息。袁公安慰太后道:“照目下情形,中国似乎不必虑有战祸,因各国跟咱们都很要好。”太后道:“中国总该自醒,力行各种新政,只是不知从何处人手呢?总要望中国在世界列强中得占一优胜位置。”

一时,袁公退去。太后复召见军机大臣,告以方才与袁公所谈的话。军机大臣都竭力赞助,并且对于国防等事,各抒意见,很发了一番议论。某亲王且主张变法不变服,太后甚韪其议,慷慨激昂,很议论了一回。退朝之后,也就丢过不提了。

这日,退朝回宫,德菱已把战事新闻译出了。太后问有什么新鲜消息?德菱道:“朝鲜的中立,被日本逼迫取消了。驻韩俄使与使署护军,都已回国。日韩两国又订了新约章六条。”太后道:“有这等事?取来我瞧。”德菱呈上译稿,太后接到手,只见上写着:

大日本国特命全权公使林权助大韩国暂署外部大臣李址熔各奉妥宜委任订定专条如下:

第一条，为日韩两国睦谊永敦，并俾东方平和之局弥臻巩固起见，韩国政府推诚相信于日本国政府。至于改善国政事宜，可听日本国政府赞襄施行。

第二条，日本国政府顾念日韩两国邦交辑睦，应担保韩国宫廷得获升平又安。

第三条，日本政府确实担保韩国自主及疆域完全。

第四条，倘因被日韩以外之国侵扰，或因韩国民乱，以致有韩国宫廷不得相安，或韩国疆域难期完全之虞，则日本国政府视其情形若何，应立即措施扼要之法。遇有此项事宜，在韩国政府理宜极力予以辅助，俾便日本国政府措施一切，并在日本国政府随时酌看情形，可得占领军略上扼要之地，以期事在必成。

第五条，凡与本专条宗旨不相符合之约，非将来彼此允诺，两国政府不得与日韩以外之国有所商定。

第六条，至与本专条相涉之细目，日本国全权大臣与韩国外部大臣随时酌看情形，会同妥商订定。

明治三十七年二月二十三日
光武八年二月二十三日

太后瞧毕，向德菱道："《马关条约》的第一条，不是要我国认朝鲜为完全无缺独立自主的国家么？这会子，怎么又不许他中立呢？"德菱道："日本要吞灭朝鲜，已经久了。甲午以前，跟中国争夺，甲午以后，跟俄国争夺。此番开仗，名是为东三省，其实仍旧为朝鲜呢。开战之前，日人火急完竣京釜铁路工程。十日工夫，日军已占领韩疆全部，如何还能够中立呢？"太后道："朝鲜的事，究竟是别国，咱们可以不必管他。只是强邻如此行为，泰西各强国，竟然一句话也不说，中国也很寒心呢！"德菱道："中国总还不至于呢！"太后道："打仗当口，讲甚么理？我想这里离东三省太近，还是西安地方安逸一点子。"不意才说了这么一句话，连英美德三国都已传遍。英美德三国公使通告中国政府道："已经约令日俄，一体遵行，所有两国的军旅，概不得侵入中国边境。"并请安慰两宫，不必因日俄开战，遽行动摇，以致大局有碍。德皇也电请两宫切勿西巡，各公使又请明宣上谕，示朝廷必不西幸。太后很是为难。恰好御史汪凤池上疏诤谏，其辞道：

窃维俄日近日情形，已将决裂，战事即在目前。我虽例守局外，而事后无论谁胜谁负，中国必受其亏。臣愚以为两害照形取其轻，因应得宜，其害或可略减。若举动一不慎，则人心惶骇，非常之变必生。盖外患内乱，势恒相因，使根本之地一有动摇，则全局瓦解，不可收拾。是在我皇太后皇上持以镇定而已。何以言之？英之窥卫藏及沿江一带；法之窥滇越；德之窥山东。处心积虑，匪伊朝夕。其所以迟徊视望者，皆因互相牵制，不敢轻发难端。若今日俄日战衅已开，胜负稍分，必有出任调停，当不令其旷日持久。设因东方俶扰，震及京师，或以西巡之说，上渎圣聪，误听其言，必至群情涣散，土匪会匪，势将乘机煽乱。而列强亦必因之各逞所欲，则大局不堪设想矣！臣愚以为我皇太后皇上庙谟宏远，必能明见及此。惟求明谕沿江沿海各将军督抚，慎固封圻，保护商埠教堂，以免节外生枝。力持镇静，不为浮言所动。宗社幸甚！天下幸甚！臣为时局艰迫起见，不胜惶悚待命之至！

太后见了此折，遂命军机拟旨，大加申饬，以示朝廷绝无西巡之意：

　　御史汪凤池奏密陈大计一折，据称此次日俄开战，设因东方俶扰，或以西巡之说，上渎圣聪，若误听其言，必至人心惶骇，群情涣散等语。现在日俄两国失和，并非与中国开衅。京师内外，照常安堵，何至有巡幸之举？该御史辄以此等无据之辞，轻率奏陈，实属不明事理。汪凤池着传旨申饬。嗣后如有妄造谣言、淆惑众听者，着步军统领衙门顺天府五城御史一体严拿惩办，以靖人心。钦此。

这几日，太后在宫中，除了战事外，绝口不谈他事。每日上朝，除了召见军机之外，又特召各路统兵将帅，询问一切国防事情。不过各将帅平日服官在外，于朝觐仪注，不很明白。见了太后，未免手足无措。宫眷们从屏风后窥见了，都要失笑。至于奏对之语，更是没意识。有一日，太后问某提督，语及"海军的窳劣，实因咱们没有训练海军的士官所致。"某提督回奏："中国人民比了各国为众，讲到战船，咱们有内江炮船无数，还有招商局好多的商轮，大可用以临阵。"太后听了，即喝某提督退下。随向左右道："中国人民果然不少，但是大半都跟此人一般的见识，于国家有甚裨益呢！"某提督喝退之后，朝臣尽都窃笑。太后道："这有甚好笑？不过叫这种人居在海陆军要职上，深为可恼呢。"

此时年关伊迩，宫里头人上自宫眷，下至太监，日日忙乱，预备着度岁。太后亲自翻阅历书，选择吉日，叫太监各处扫尘。把壁上所有各物，悉数取下，重事检点。一切器用物件，无不细加拂拭。太后的首饰，也都一一拭擦。又预备名单，凡皇族内眷及满臣妇女，得参与除夕礼者，都一一列名其上。太后又命替宫眷们特制新冬服，一概自白狐皮出锋。祀灶制糕，忙乱异常。太后又握笔醮墨，亲书斗方福寿各字。又叫能书的宫眷及翰林官员，帮着书写，预备新岁颁赏各大臣的。各省将军督抚大臣，专差贡献新年礼品，络绎而至。收到之后，须先呈于太后过目。合意的留着备用，不合意的，就叫交给管内库的太监收了。贡品中小件器具、古玩宝石、绸缎衣服，无物不具，无色不有。光是太后合意的，已经堆积了数室。内中要算直督贡的黄缎袍，用各色宝石珍珠缀成芍药花，用翡翠缀成花叶，光彩耀目。可惜分量过重，穿了不很舒服。粤督贡的珍珠四袋，每袋数千粒，体圆光足，也是希世之珍。欲知度岁而后，有何要政，且听下回分解。

第一二〇回　蒋式瑆上疏劾庆王　唐绍仪奉诏议藏约

话说除夕这一日，太后绝早起身，先到诸佛跟前拈过香，然后再祭先祖。祭祀完毕，太监入报客至，却是荣寿公主、醇王福晋、洵贝勒福晋、涛贝勒福晋、恭王福晋、庆王福晋、郡主等五十余人，都是入宫行除夕礼的。除夕礼的意思，是在新年之前向太后辞岁呢。诸贵女觐见了太后，各归私室，略事休息。午后两点钟，太后盛服临朝。诸贵女群集朝堂，各依了爵位，排班行礼。由皇后领袖，叩头称颂。太后温颜相答，各赐红缎平金荷包一个，荷包内各贮着金钱。这是满洲旧俗，预备新年之后，叫各人从事储藏，以供雨旸不时之用。

是晚，举行守岁典礼，音乐大作，嬉笑为欢，由夜达旦，没一个睡觉的。太后同将宫眷双陆为戏。到半夜时光，众太监携进一个大铜盆，满满一盆火炭。太后折取所备的冬青枝叶，掷在火里，众宫眷跟着丢掷，随又加掷松香，这也是博取吉祥的意思。彼时众宫眷除陪侍太后玩双陆外，分为两班，一班做元旦饼，一班剥莲子。因为元旦日，阖宫的人，都不吃饭，都餐着元旦饼呢。天将破晓，太后才回寝宫歇息，众宫眷也各回房装束。

此时各种水果，都已齐备。那是预早叫太监出去采办的，专为贡献太后庆祝新年之用。天色大明，宫眷们都携了水果，到太后寝宫恭献。那些水果，都寓有庆祝意思，如苹果是祝平安，橄榄是颂永年，莲子是贺福利之类。走入寝宫，见太后已醒，记人贡上水果。太后笑道："生受你们，愿你们今年各个添福。"又问你们晚上睡过没有。大家都回说没有睡。太后道："大除夕原该不睡才是。我原也不要睡，不过略略休息。不意年纪大了，精神不济，竟然蒙眬睡去。"说着，早起身下床，太监过来替她梳头。众宫眷俟她梳好了头，才向她行礼，庆祝新年。又到皇帝皇后那里行过礼，才随了太后听戏。

这日，太后非常高兴，听罢了戏，又叫众太监取进乐器，大敲年锣鼓。太后又亲自唱歌，宫眷太监，无不附和。只德宗一个儿面现戚容，毫无喜色。因此宫监等背后议论，说他长了一岁，愈益傻了，不知他伤心人别有怀抱呢。

初二这日，太后绝早至朝堂祀财神，众宫眷均陪侍行礼。从元旦到元宵，宫里头除了玩牌掷骰之外，一无所事。不过正月初十，是皇后千秋，除了太后、皇帝，众人都向皇后祝寿。元宵这一夜，宫中各处都悬上花灯。只见颐和园中，香烟缭绕，花影缤纷，处处灯光相映，时时细乐声喧。说不尽繁华热闹，富贵风流。各宫的太监，又各争奇斗巧，制出各种绢灯，如狮子灯、龙灯、虎灯、麒麟灯、兔子灯、马灯、凤凰灯、锦鸡灯、仙鹤灯以及各式花灯之类，都穿着五彩衣，掮灯串舞，分行成字，凡数十变。有"太平万岁""万寿无疆"诸字，用黄绫册子书成字样，陈在御案之上，以供太后御览。后人有诗赞道：

百宝华灯密炬红，太平万岁字当中。
换衣试作回身舞，可似幽州浑脱工。

花灯之后，又到迎春堂看烟火。烟火放出，是历史中的各种故事，各式风景，以及葡萄紫藤等花形。种种幻状，极为可观，并于此时燃放爆竹数万。太后很为高兴，诸宫眷无不和兴，一时欢声雷动。这放烟火，乾隆年间，原定于燕九日，在圆明园“山高水长”殿内举行的。所以后人有诗叹道：

寂寞山高与水长，银花火树不成行。
迎春别启新堂宇，燕九年年乐未央。

元宵既过，太后一如平日，依旧临朝理事。不意有一个不知趣的御史，姓蒋，名式瑆，上了一个参折，参的是军机领袖庆亲王。所参款子很利害，什么招权纳贿，鬻爵卖官，该亲王存放汇丰银行私款，已有数百万之巨，请即派员查办等语。原来庆亲王奕劻，自做了军机领袖大臣之后，北京大小官员，没一个不奔走他的门路。官吏入邸求见的，总要先纳了门包，司阍的才肯替他通报。所以庆邸司阍的，倒也发了十多万的财。并且王府里从老福晋起，没一个不是要钱的。

有一个京员以一万金庄票贿庆王爷，庆王许他调与优差。该票已送入府中，经老福晋收下了。一日，庆王向京员索款，那京员回说已经送入府中。庆王怒道：“这差事，你也去找府里要？”那京员唬极，长跪请罪。庆王道：“这款你全送她用，难道我就不用了？”那京员大悟，再送了一万金，明儿公事就到手了。庆王为了这一桩事，很不直老福晋所为。一日，向老福晋道：“外面都说咱们府里要钱，要是这样胡闹，国家大事，如何能办？”老福晋蹙然道：“瞧现在的局面，若不积下些钱，将来如何是好？”庆王顿足道：“你好糊涂！将来大局如果不好，咱们不比平常百姓，难道有钱就会好了不成？”老福晋愤然道：“我只知道有钱就好，不管什么大局好不好？我不糊涂，你才糊涂！我不胡闹，你才胡闹！”庆王竟然奈何她不得。

这日，庆王正在内室，跟几位侧福晋麻雀消遣，忽报李总管到。庆王忙着出迎，见李总管已笑着进来。请过安，庆王道：“总管倒有暇到这里来坐坐！”李总管道：“奴才一来是请请王爷福晋安。二来有一件事要回王爷。”庆王忙问何事？李总管道：“今儿老佛爷瞧见一个折子，恼得了不得。奴才探得这一个折子，很关系着王爷。”庆王道：“参了我不成？是谁呢？”李总管道：“甚么款子，奴才也不很仔细。不过知道动折的那个御史，姓蒋，名叫式瑆。”庆王沉吟道：“蒋式瑆，是谁呢？不记得了。”李总管道：“这种卑官小职，王爷自然是不认得。”庆王道：“奇怪很了！人都不认得，跟我有什么冤仇，竟然动折参我？”李总管道：“这种没道理的书呆子，哪里配讲恩仇？他不过要借着王爷，轰出他自己的名儿呢！必是穷的要饿死，他想在家饿着也是死，冒犯了王爷，也不过是个死，才敢这么干的呢。”庆王道：“我是最好客的，要是好好的跟我商量，周济他一百二百银子，倒也不算什么。越是这个样子，我越要跟他斗一斗气呢。”李总管道:“依奴才主见,这种狗一般的人,王爷也不犯着为他呕气。”谈了一回,李总管起身兴辞。庆王托他太后跟前,疏通疏通,又托他探听参折的底子。

次日,李总管又来,送到抄录的参折底子。庆王阅过,沉吟半晌,想了一个办法。当下就入宫见太后,自请查办。太后温言慰谕,随把蒋式瑆传旨申饬,并着回原衙门行走。清制,传旨申饬的事,京官由太监宣旨,外官由督抚代宣。太监得着此差,却是秀好的美差。被申饬的人,须预先纳贿,宣旨时光,才得免詈。不然,太监叫他跪聆宣令,随即破口辱詈,状至不堪。现在蒋式瑆是个穷翰林,奉了传旨申饬的谕,哪里有钱行贿?这日,奉派的王太监,又是李总管心腹人。李总管嘱咐道:“这蒋式瑆是庆王爷最恨不过的人,今儿传旨,别到他家去,到都察院衙门去,当了众人的面,狠狠羞辱他一场。”王太监应诺,随到都察院,派人去传蒋御史。

众人与王太监应酬,王太监仰着脸,不大理人。一时蒋御史到,王太监摆出钦差架子,喝道:“有旨申饬蒋式瑆,蒋式瑆跪下听宣!”蒋式瑆跪下,王太监顿足大骂道:“混账忘八蛋,不知抬举,干出这种乱子来。你们姓蒋的原都不是好人,出到蒋式瑆这忘八更要坏。坏透的忘八,滚下去!”蒋式瑆叩头起身,面无人色。王太监骂够了,扬长自去。蒋式瑆向众御史道:“士可杀,不可辱!我初不料国家有此恶例!”众人见他如此,未免兔死狐悲,物伤其类,倒都替他惋惜。蒋式瑆遵着圣旨,自回原衙门去了。

此时俄日战争消息,愈益紧急,无论宫廷衙署,谈的无非是辽阳战事。一日,忽报日本东乡司令官,率领战舰数艘,水雷艇数艘,护着木质废舰五艘,是天津丸、武信丸、报国丸、武扬丸、仁川丸,满载了砖石,齐向旅顺进发,要塞断旅顺港口,把数十艘巍巍俄舰,闭置在港里呢。不意被守炮台俄将知道,连发巨炮,把废船悉数击沉。又报俄日两军,在鸭绿江地方大战,俄兵打了个大败仗,九连城、凤凰城都被日军占据了。不多几时,又得着日军在奉天大孤山上陆占据金州的惊信。太后异常忧懑,每日率了宫眷,在佛前祈祷。德菱依旧逐日把西报中战电,译呈太后。

这日,恰见报上载有新闻一则,是康有为已由巴达维亚行抵新加坡的事。德菱只道这一段新闻,太后必然注意的,一并译出。不意太后见了,勃然大怒。德菱很是惶惧,太后道:“你不要怕,我又不是恼你!你方才译出的康有为,实是扰乱中国的罪魁祸首。皇帝没有遇见康逆时光,列祖列宗的遗训,遵守得非常谨慎。自从引进了康逆,遂发念要变法了,并且还要汲引耶稣教于中国。你想罢,耶稣教是没祖宗的。他眼珠子里,既没了祖宗,哪里再会有娘?彼时康逆曾调唆皇帝,叫把军队围困颐和园,把我幽在里头,他们好把各种新政放胆做去。亏得荣禄、袁世凯都很忠心,早早报信于我,才得破他的计划。我那时气的什么儿是的,忙赶到禁城,询问皇帝。皇帝自知错了,求我再行垂帘。没奈何,劳碌到如今。我再懂不出那外国政府,为甚定要保护中国的国事犯,不许咱们惩治自己臣庶呢?”德菱见太后烦恼,只得把别事来劝解。

此时日军愈战愈近,大石桥,营口,牛庄,析木城,海城等地方,都被日军占据。太后惕于外祸,竭力举办了几桩新政。一桩是颁行商律的公司律,一桩是裁撤粤海、淮安两关监督,所遗政事,即着总督兼管。云南、湖北两巡抚,也被裁去。又命铁良往江苏等省查勘财政武备事宜。准直督袁公之奏,试办直隶公债票。准江监端方、御史周树模之奏,裁去漕运总督,改为江淮巡抚。设立得没有几个月,又裁撤了改为江北提督。又特设八省膏捐总局,派柯逢时管理八省土膏统捐事宜。派商约大臣吕海寰与葡使白朗谷续定中葡商约二十款。又因光绪十六年,中英订立的藏印条约八款,十九年,通商、游牧、交涉三款,议订了九条,并续款三条,为了藏人争执,久未照行。上年,英将荣赫鹏带兵入藏。本年六月里,杀到拉萨,达赖喇嘛逃了库伦去,英人与番众立约十款。朝廷为西藏是中国属地,力阻画押,特派唐绍仪从印度入藏查办。查办完毕,就与英国所派全权大臣,将条约酌量改订。

这年冬底,俄国旅顺守将因援绝粮尽,降了日本。奉天省城,也被日兵所占。波罗的海舰队,又在日本海里,被日本海军歼灭了个尽。俄国到此地步,也只好派员议和了。不意俄日两国在美国朴茨茅斯城议和之后,竟然勾起中国一个立宪大问题来。为了这个立宪大问题,扰的上下沸腾,江翻海倒,竟把大清朝列祖列宗沐雨栉风力征经营的锦绣江山,就此丧掉。有分教:假立宪引起真共和,革命军产出新中国。欲知端的,且待下回书中,再行讲演。

第一二一回　安重根暗杀伊藤公　李完用手定合邦约

话说日俄两国弃去新仇，重寻旧好，在美国朴茨茅斯地方，缔结媾和条约。那条约的第二条，写明俄国政府，承认日本国之在朝鲜有政治上军事上及经济上卓绝之利益，日本政府在朝鲜认为必要时执指导保护及监理之措，俄国不阻碍干涉之。这一条条约，分明是俄国承认朝鲜为日本属邦。世界各国，英国是日本同盟国，美国素来不喜多事；其余各国，见日本强盛，也都不肯结间冤家。与日本争夺朝鲜的，就只中俄两国。中国自甲午战败之后，自保不暇。俄国既然杀败，日本竟可安心乐意，享受朝鲜半岛，再不必担惊受怕了。

这一回开战之初，日本逼迫朝鲜订立了日韩国防同盟条约，朝鲜就宣言将从前所结的《俄韩条约》，悉行摧弃。韩俄的关系，就此断绝。日皇一面派侯爵伊藤博文为皇室专使，到韩京慰问韩皇。韩皇也派宗室李址熔到东京，为报聘大使。日人接待李址熔，很是有礼。此时朝鲜政治势力，已渐渐都归到日本人手里了。日本陆军少佐野津镇雄为朝鲜军部顾问，前驻韩公使加藤增雄为朝鲜宫内顾问兼农工商顾问，大藏省参事官目贺种太郎为朝鲜财政顾问，文学博士币原坦为朝鲜学政参与官，内务省参事丸山重俊为朝鲜警务顾问。各部政治，都由顾问官发纵指示，大臣伴食而已。

日人又派陆军大将长谷川好道为驻韩军司令官，兼管其警察权之一部，命各地领事受理韩民词讼，又将韩国通信机关全部收归日本管理，又订章韩国沿岸航行自由契约。韩人宋秉畯、李容九，又在韩京汉城，组织一进会，标举赞助日本为第一政纲。这宋秉唆曾以国事犯罪，遁迹于日本。及至日俄交战，因充作日军向导才回来的。此时宋李两人发起了一进会，风起水涌，不数月工夫，全国早都回应，会众倒有数十万。这都是日俄两国和约未订时的情形。

等到朴茨茅斯和约宣布之后，日本就派伊藤博文为遣韩大使，进谒韩皇，譬陈利害。隔不上几天，日使林权助与朝鲜外务大臣，就缔结成日韩新协约，明定韩国为日本保护国，把外交权先行收去。韩民得着此信，汹汹抗争，一进会会员偏偏的首先赞助。日本遂颁统监府及理事厅制，任命伊藤为韩国统监，通告各国公使，以本年年内撤归。韩国派驻外国各使，亦于年内一律召还。

光绪三十二年正月，伊藤统监至汉城，入统监府视事。老英雄究竟利害，一到府中，就颁教严宫中府中之别，禁杂流出入宫禁，政界稍形肃清。一到次年，仿照日本官制，设立新内阁，对于统监而负责任，以李完用为总理大臣。

却说光绪三十三年七月里，朝鲜半岛中，又兴起一个绝大风潮来。这一年，荷兰海牙地方，突然出现三位韩皇代表：一位叫李相窝，一位叫李玮钟，一位叫李俊。三位代表，在海牙地方，要求参列万国和平会议。隔不多日，又有用了美国人之名，发电报于各国大报馆，称说韩皇现在见幽于日本之警察，竟与囚徒相似，日夜以眼泪洗面。这一个电报发现之后，日人愤怒异常。韩人见了，无不惶骇失色。

韩皇钦派特使到统监邸，辩明密使的事情，与自己不相关涉。韩廷各大臣，更唬得面无人色，连日谒见统监，各自辩不与闻密使之事，并刺探统监如何处置此事。统监伊藤博文始终缄默，不发一言半语。各大臣又特开御前会议，询问韩皇有无派遣密使之事。韩皇不答。迁延旬日，不得解决。韩内阁于是决议乞韩皇让位以谢日本，韩皇大怒不听。日本特遣外务大臣林董为特使到汉城。次日，韩皇召见统监伊藤，誓日指天，申明并未派遣密使，说词很为哀切。伊藤不措一词，默要而已。韩皇见势不佳，只得道："朕躬立行让位如何？"伊藤毅然道："此非外臣所宜言，外臣不敢知也。"伊藤退朝之后，韩大臣入宫会议。直议至夜分，韩皇才下诏禅位于皇太子。

次日为韩历光武十二年七月十八日，韩太子即皇帝位，改元隆熙，尊皇帝为太皇帝，立太皇帝幼子英亲王为皇太子。八月一日新皇下诏解散韩国军队。当太皇帝让位时光，韩臣惴惴，赞成恐后，独有宫内大臣朴泳孝不肯画诺。

这朴泳孝二十年前，曾以倡议改革得罪太皇帝，逃到日本去，朝鲜人目为日本党的。伊藤雅重其人，等到身任统监，立把他荐授显职，泳孝辞不肯就。让位前数日，这朴泳孝忽然诣阙乞召见，遂自请为宫内大臣。难作时光，宫内大臣朴泳孝严守宫门，不肯放一人入来，护持玺绶不舍。太皇帝至此，才知道他是忠臣。太皇帝让位之后，韩京蠢蠢有暴动，日人说是泳孝所煽惑，把他收入牢狱。

八月十一日，统监伊藤博文归至日本，日人环拥呼万岁，宛如欢迎凯旋将军一班的仪节。伊藤觐见日皇，奏请日本皇太子遨游韩国，以交欢韩国皇室，镇抚韩国人民。旋又请增设副统监，保举曾弥荒助充当此职。到了十月里，曾弥封了副统监之职，伊藤统监就清闲了许多。十一月二十日，韩皇遂命皇太子到日本留学，特授伊藤太子太傅，旋晋为太师，叫他调护太子。从此之后，伊藤太师日与韩太子同出同进，宛如保姆一般。

这位伊藤统监，治理韩国的功绩，不过在驯扰韩皇，操纵韩吏，所以从表面上看来，倒也不觉着什么。那最大的事业，就是设立东洋拓殖会社，创立韩国中央银行。全韩生计机关，尽握在日本人手里。到了宣统元年，伊藤辞去统监之职，即升副统监曾弥代为统监。日皇降旨，特命伊藤为韩太子辅育长。

到那年十月，那伊藤以私人资格游历中国满洲。二十四日，抵哈尔宾驿。韩人安重根，乘间狙击，连发三枪，绝世英雄伊藤博文，就此气绝身亡。这安重根，是耶稣教徒，曾经游学美国，秉性忠纯，志行高洁。就逮之后，日人鞫问他，直认不讳。问他为甚不逃？安重根笑道："吾为光复军一将官，义不可逃！"问他何欲？安重根道："吾已经歼掉吾仇，吾事已毕，一死外无他求也！"时贤梁任公特撰《秋风断藤曲》以吊之，其辞曰：

秋茄吹落关山月，驿路青燐照红雪。大国痛归先轸元，遗民泣溅威公血。遗民哀哀箕子孙，筚路褴褛开三韩。避世已忘秦甲子，右文还见汉衣冠。鲲鳍激波海若走，四方美人东马首。汉阳诸姬无二三，胸中云梦吞八九。其时海上三神山，剑仙畸客时往还。陈抟初醒千年梦，陶侃难偷一日闲。中有一仙擅猞变，术如赤松学曼倩。移得瑶池灵草来，种将东海桑田遍。楼台弹指已庄严，年少如卿固不廉。脱颖锥宁安旧囊，发硎刀拟试新铦。呜呼箕子帝左右，听庳不恤充如褎。天外愁云尽楚歌，帐中乐事犹醇酒。逼阳自幸僻在戎，虞公更怯晋吾宗。谓将牺玉待二境，岂有雀角穿重墉。频年一郑斗晋楚，两姑这间难为妇。宁闻鹬蚌利渔人，空余鱼肉荐刀俎。大鸡铩冠小鸡雄，追啄虫蚁如转蓬。事去已夷陈九县，名高还拥翼诸宗。北门沉沉扃严钥，卧榻宁容鼾声作。赵贳方留太子丹，许疆旋戍公孙获。皤皤国老定远侯，东方千骑来上头。腰悬相印作都统，手搏雕虎接飞猱。狙公赋茅恩高厚，督我如父煦如母。谁言兖树靡西柯，坐见齐封作东亩。我泽如春彼黍难，新亭风景使人疑。人民城郭犹今日，文武衣冠异昔时。笑啼不敢奈何帝，问客何能寡人祭。秦廷未返申子车，汉官先拥上皇彗。十万城中旭日旗，最怜沉醉太平时，蔡人呼舞迎裴度，宛马侵驰狎贰师。不识时务谁家子，乃学范文祈速死。岁里穷追豫让桥，千金深袭夫人七。黄沙卷地风怒号，黑龙江外雪如刀。流血五步大事毕，狂笑一声山月高。前路马声声特特，天边望气皆成墨。阁门已失武元衡，博浪始惊仓海客。万人攒首看荆卿，从容对薄如平生。男儿死耳安足道，国耻未雪名何成？独漉漉水水深浊，似水年年恨相续。咄哉勿谓秦无人，行矣应知蜂有毒。盖世功名老国殇，冥冥风雨送归樯。九重撤乐宾襄老，士女空闾哭武乡。千秋恩怨谁能讼，两贤各有泰山重。尘路思承晏子鞭，芳邻拟穴要篱家。一曲悲歌动鬼神，殷殷霜叶照黄昏。侧身西望泪如雨，空见危楼袖手人。

这安重根惟恐韩国危亡，不惜牺牲一身，以救国家之急，真可称为绝世英雄。不意更有一位英雄，惟恐韩国不亡，逞他悬河利口，竭力鼓吹，催送韩国国命。这一位英雄是谁？就是一进会首领宋秉畯宋老先生。

这宋秉畯，原是李完用内阁的阁员，身任农商务部大臣。因为去年七月里，秉畯与完用，为了一件什么事，意见不合，两个儿龃龉起来。秉畯翩然辞职，遂到日本去作奸漫游。一进会会长李容九遂于此时进京，给种种秘密运动。安重根手刺伊藤后九日，李容九就率领会员三十万连署，行一桩惊天动地的事情：到韩国政府及统监府两处，进呈日韩和邦请愿书，统监曾弥荒助拒不收受。此时韩国各郡，合邦论已经风起水涌。宋秉畯逍遥日本，不知在干点子什么，李容九与众会员，则分头赶往各郡演说，称道合邦之利。声言合邦得成，我韩民自今遂为一等国民了。韩民信从的，日多一日。一进会的声势，就日盛一日。

看官，日本并韩之谋，远发自丰臣秀吉；近发自西乡隆盛。君臣上下，四十年来，哪一时，哪一刻，不把此事萦回在心曲里？即自统监政治既建之后，也为了名实不相应之故，种种却顾，不得骋志而行。日人心里很是厌苦，很欲抉掉这一层藩篱。几位维新元老如山县有朋、伊藤博文、井上馨等，为了此事，与时相桂太郎及其阁僚，不知密议了几多回，终被国际道德横相阻隔，没法子周旋。从前日本人向韩国人讲的话，向中国人讲的话，向俄人讲的话，向世界万国人讲的话，总是扶持朝鲜独立咧，保全他的领土咧，尊重他的主权……所以合并的事情，日人虽怀此志，简直羞出诸口。

现在天幸发起的恰是韩人，可以避去此层困难，宛似一姓代兴，法尧禅舜，必有先朝耆旧，手撰九锡文，劝晋表，为太平之点缀。照理日人自应欢天喜地，不知怎么彼时，日本的舆论，倒反寂然。全国报纸，不过节录一进会之请愿书，有时叙述他们游说各地的情形，为简单之记事而已，从不一置论其可否。全国各报，都是如此。就是各处集会演说，亦从不曾提及过合并事的。好像这一件事情，于日人毫不相关似的。一到五月中，统监曾弥荒助忽然上书告病。日皇乃命陆军大臣寺内正毅为统监，前递信大臣山县伊三郎为副统监。七月十五日，新统监寺内入汉城。日惟从事交际，优游若无事，韩廷大臣亦惟循例酬酢。而绝大的合邦问题，已于尊俎之间，暗暗解决了。

八月十六日，韩国首相李完用借慰唁东京洪水之名，特谒统监府，与寺内统监会晤，合并协约的内容，遂于此时议决。这位李完用相国，当闵妃遭难时光，亲奉韩皇人俄使馆，跟日本为难，是著名的亲俄党。等到日本置设统监府后，倒大为伊藤统监所赏识，身为韩相，前后四年。寺内统监到任后，举国咸知大变即在目前，完用的亲友，都劝他避位，不犯着身当兹冲。完用夷然道："我结怨于民已久，现在要避去卖国恶名，如何能够？托庇日本，还可以苟全性命。"寺内正毅在李完用签订之后，立刻电告日本政府。十月八日，日本政府开临时内阁会议。二十二日，开临时枢密院会议，决议于二十五日公布日韩合邦条约。韩政府忽以十月之二十八日，为韩皇即位满四年之期，请开纪念祝贺，然后发表，日人允准。到了这日，韩廷大宴群臣，热闹繁华，宛然升平景象。日本统监寺内也按照外臣仪注，随班拜舞。纪念祝典举行之次日，即发布日韩两国并合之条约。其文曰：

日本国皇帝陛下及韩国皇帝陛下，欲顾两国间之特殊亲密的关系，增进相互之幸福，永久确保东洋之平和。为达此目的，确信不如举韩国并合于日本，爰两国间决议缔结并合条约。为此，日本国皇帝陛下，命统监子爵寺内正毅；韩国皇帝陛下，命总理大臣李完用，为全权委员，会同协定后，协定左之诸条：

第一条　韩国皇帝陛下，将关于韩国全部一切之统治权，完全永久让与日本国皇帝陛下。

第二条　日本国皇帝陛下，受诺前条所揭之让与，且承诺将韩国全然并合于日本帝国。

第三条　日本国皇帝陛下，约令韩国皇帝陛下，太皇帝陛下，皇太子殿下，并其后妃及其后裔，各各应于其地位，而事有相当之尊称威严及名誉，且供给以充分保持之岁费。

第四条　日本国皇帝陛下，约对于前条以外之韩国皇族及其后裔，使各各享有相当之名誉及待遇，且供给以维持之必要之资金。

第五条　日本国皇帝陛下,对于有勋功之韩人,认为宜特表彰者,授以荣爵,且给以恩金。

第六条　日本国政府因前记并合之结果,全然担荷韩国之施政,凡韩人遵守该地所施行之法规者,其身体及财产,充分保护之,且图增进其福利。

第七条　日本国政府对于韩人之诚意忠实,以尊重新制度而有相当之资格者,在事情所得许之限界内,可登庸之,设为在韩国内之帝国官吏。

第八条　本条约经日本国皇帝陛下,及韩国皇帝陛下之裁可,自公布之日施行之。

明治四十三年八月廿二日　统监子爵　寺内正毅

隆熙四年八月廿二日　内阁总理大臣　李完用

从此三千年古国,世界上就不复有他的影踪了。时贤梁任公先生,有朝鲜哀词二十四首:

时运有代谢,人天无限悲。
哀哀箕子祀,恻恻黍离诗。
授楚天方醉,存邢事尽疑。
苍茫看浩劫,绝域泪空垂。

自昔四夷守,惟闻我人扬。
玄菟开汉郡,圭冕廓明疆。
高庙初膺录,东藩首掎裳。
山川不改旧,怀古倍凄惶。
卅五年前事,抢攘启祸门。
衅钟秦客贱,拥蓑汉公尊。
比户无安堵,西邻有责言。
谁令一星火,熠耀竟燎原。

(朝鲜之祸,起于前王李熙之父大院君罡应熙,即后此之太皇帝,今次日本封为李太王者也。系出支孽,罡应熙结托女谒遂入继大统,乃自专政,大戮耶稣教徒万余人,兼及外国传教师。且税敛烦苛,民不聊生,法美皆尝兴师问罪,以吾为之解纷,得无事。)

王迹何年熄,人臣有外交。
楼兰方贰汉,郑伯不朝周。
歃血迎蕃使,攻心误庙谋。
岂闻典属国,空自责包茅。

（光绪元年，朝鲜与日本结条约，其第一条有朝鲜为自主之邦，与日本平等等语。非徒大悖国法法理，即与我国经义中“人臣无外交”之训亦不相容。当时政府不察，贸然听之，实为后此中日战役之祸胎。及战事将起，我交涉文牍尚云朝鲜为中国属国，天下所共知；朝鲜为自主之邦，亦天下所共知。持义矛盾，腾笑全球）。

上相能忧国，持筹亦苦辛。
护羌驰校尉，讯丑献陪臣。
势逼成争郑，谋疏失悬陈。
六州谁铸错，愁绝问苍旻。

（光绪八年，李文忠以兵袭朝鲜，俘大院君以归，命吴武壮率师驻汉城。其时日本内忧正剧。必不敢与我启衅，我之兵力实足以收朝鲜为郡县，则祸机可永绝。计不出此，而光绪十一年与日本结《天津条约》。反有此出兵互相知照之语，朝鲜遂成中日公保之邦，自兹益多事矣。）

个蒌滔上国，亦怒命元戎。
嘶马关山黑，翻鲸海水红。
伐谋怯蜂虿，养士付沙虫。
痛绝殽函路，秦师不复东。

（甲午败后，我遂撤汉城戍兵，认朝鲜为独立平等国。）

奇福无端至，天贻受命符。
夜郎能自大，帝号若为娱。
誓庙丝纶诰，交邻玉帛图。
千秋万岁寿，朝野正欢虞。

（乙未和议成，朝鲜以独立宣告万国，自称皇帝，乃誓太庙，作大诰，以李成桂篡位之岁为开国纪元。）

古有殷忧启，时危亦可乘。
岂无忧曲突，其奈锻甘陵。
瓜蔓抄何酷，蝗蝻录竟成。
非贤谁与立，流涕说亡征。

（朝鲜二十年来，屡兴党狱，前后以国事获罪捕逃于外者百余人，锢于狱者六百余人,虽流品不齐。要之多爱国之士。)

蚼龙腾陆起,燕雀处堂安。
恩泽倾丁傅,萧墙阋范栾。
烂羊名器贱,使鹤国防单。
刻骨诛求尽,民生亦苦艰。

(朝鲜二十年来,外戚擅政,世族相轧,女子小人杂进宫禁,政以贿成,民穷财尽。)

梃击何公案,娥眉泣马嵬。
召戎有贵胄,靖难乏长才。
南内理荆棘,行人庇葛藟。
旄丘琐尾子,早晚好归来。

(光绪二十一年,日本公使三浦梧楼与朝鲜宫中失势者相结,露刃入宫,戕其妃闵氏,朝皇走避俄使馆,数月乃出。)

振海风将至,轩然乍起澜。
有鸱吓腐鼠,得虎卫穷山。
羸负成负注,笑啼兼二难。
息肩何日是,长夜正漫漫。

(自中日战役后,至日俄战役十年间,朝鲜为日俄竞争之鹄,国中亦分日党、俄党。)

旅雁悲胡越,连鸡斗赵秦。
诸侯兵在壁,四海水扬尘。
地险崇赵尽,天骄受命新。
捧盘载书定,良会最酸辛。

(日俄战起,日军首自仁川上陆,旋破俄海军于黄海,围攻旅顺,即与朝鲜缔日韩议定书,朝鲜主权之一部移于日本矣)。

干戈渐苏息,俎尊转频繁。
得主通东道,劳师管北门。
指囷邻谊事,守府主权尊。

微管吾安托，深深再造恩。

（菩孜玛士约既定，俄人认日本在朝鲜有宗主权，日人遂置统监于汉城，筦其内政，且以一师团戍焉。又使第一银行贷巨金与朝鲜，与政府助之清理财政。日人自谓此战专以保朝鲜独立为主，千古之宗战也。）

覆水谁能挽，王风已不雄。
军容烧越甲，疆理易齐封。
持节皇华落，讥关夜士空。
多艰何足道，东泾太匆匆。

（日本既置统监，以次解散朝鲜军队，撤退来往使节，将皇室土地收诸国库，筦其警察权、裁判权。）

闻说葵丘会，声容盛海涯。
由来兴废绝，应不汝疵瑕。
好事无皇戍，陈情负子家。
噬脐更安及，前事剩堪嗟。

（朝皇派秘使求援于荷京之万国平和会，列强目笑存之。）

已怜同缚虎，况复漏多鱼。
否德传于子，多凶疚在余。
列戟移兴庆，腾书慑石渠。
宫娥垂泪对，此别意何如。

（海牙密使事发，日人迫韩皇退位，禅于其子，号之曰太皇帝。）

廿载逋亡客，归来马角生。
急应求烛武，今始识真卿。
具位徒观变，勤王不好名。
空闻宋谢朏，挟玺卧前楹。

（韩太皇让位之前一月，始赦还国事犯朴泳孝，任以害内大臣。变起盈廷，诺诺伺纨监颜色。独泳孝佩宫内大臣印绶，随扈前皇，不肯交出，卒辞职。泳孝为人心术如何不敢知，兹举殊见气骨也。）

三韩众十兆，吾见两男儿。
殉卫肝应纳，椎秦气不衰。
山河枯泪眼，风雨闷灵旗。
精卫千年恨，沉沉更语谁。

（韩亡之前一年，韩义民安重根狙击前统监伊藤博文于哈尔滨，毙之，旋被逮，从容就死。韩亡后三日，忠清南道金山郡守洪奭源仰药而死。）

末劫兴人妖，行尸愧鬼雄。
党争牛李剧，容悦赵胡工。
卖国原无价，书名更策功。
覆巢安得卵，嗟尔可怜虫。

（合并之举，日人虽处心积虑已久，而发之者实为朝鲜之一进会。一进会者，假政党之名，欲以猎官者也。主之者为宋秉畯、李容九，会员十余万人，与现内阁李完用一派不相能献媚日本，欲取代之。李完用派赤工谀固宠，一进会不得逞，乃倡合并论，宁同归于尽。今兹事成，一进会首领及在内阁员皆欣欣然拜爵新朝矣。所谓“国家将亡，必有妖孽”，此辈是也。）

地老天荒日，图穷匕见时。
猿虫消并尽，牛马应何辞。
涛咽仁川水，云埋太极旗。
只应旧时月，曾照汉官仪。

乘传降王去，伤离应黯然。
行津花自发，故国月长圆。
幸免牵机药，遑论少府钱。
飞鸟啄大屋，留取后人怜。

（日本既并朝鲜，将朝皇降爵为王，安置东京，给以岁费，而籍其皇室财产。）

昔有死社稷，今闻药祸殃。
赐酺百户酒，建极万年觞。
公合名安乐，人疑别肺肠。
由来国自伐，不信有天亡。

（合并协约以阳历九月二十四日议定画诺，韩人以二十八日为今皇即位四年纪念日，请行祝典后乃发表，日人许之。是日，举国悬旗称庆，翌日则国旗与皇冕同时澌灭矣。而韩民方谓自今进为一等国民，欣欣相告。)

弱肉宜强食，谁尤只自嗟。
几人争逐鹿，是处避欠蛇。
殷鉴何当远，周行亦匪赊。
哀哀告我后，覆辙视前车。

稿饿还忧国，奇愁欲问天。
仓流观物化，孤愤托诗篇。
梦断潮空咽，神伤月悄然。
劳歌杂涕泪，今夕是何年？

欲知日韩合并之后，于中国有何影响，且听下回分解。

第一二二回　掷炸弹惊走五大臣　议立宪气倒老中堂

话说日本在朝鲜设置统监之日，正中国派遣尚其亨、李盛铎、载泽、戴鸿慈、端方前往各国考察政治之年。此时文明潮流，弥漫全球。中国政府各大臣知道，专制独裁，断不能容留今世，于是一面停止乡会试及各省岁科考试，一面考试出洋学生。张之洞督办粤汉铁路，铁良、徐世昌会办练兵事宜。又奏请派遣载泽、戴鸿慈、徐世昌、端方分赴东西洋各国，考求一切政治。

四位大臣没有动身，又派续绍英为出洋考察政治大臣。五位大臣才待出洋，在北京正阳门车站上，受了个大大的惊吓。这日，五位大臣衣冠齐楚，受着亲友的欢送，堪堪行到马站，忽地轰然一声巨响，满车站烟硝气宛似妖云恶雾。五位大臣里早倒地了两个，是载泽、绍英，亏得受的都是微伤，将息两天就都好了，那刺客倒被炸得当场毙命。

事后调查，才知刺客是革命党人，姓吴，名樾，字孟侠，皖北相城人氏，在两江旅保小学充当教员。跟五大臣并无私仇，就为了民族主义，积极排满，密谋暗杀，连这一回已经是三次。两次谋刺铁良、那桐，没有成功。此回目的正达，身已先殉，这都是后话。

当下车站上只听得有人怪喊："了不得，炸弹！炸弹！"那余外的三位大臣，九魂十八魄不知吓掉了多少！说不得，只好重改行期。后来徐世昌、绍英两个不愿出洋，清政府只得改派了尚其亨、李盛铎。五大臣放洋到欧州，周游列国，吸受了好些文明新鲜空气。回国之后，便联衔上了一个很恳切的奏请宣布立宪折，其辞道：

> 窃臣等伏读谕旨，特派亲贵大臣分赴东西各国考求政治。本年八月二十日，敛奉上谕，前有旨派载泽等分赴各国，考察政治。该大臣等各至一国，着各该驻使大臣会同博采，悉心考证，以资详密。钦此。伏维我皇太后、皇上励精图治，奋发为雄。薄海臣民，固已庆鸿业之有基，冀幸福于无既；而海国士夫，亦以我将立宪，自今伊始，必将日强，争相走告。臣等耳闻目见，无不觉忭庆逾恒。
>
> 窃维宪法者，所以安宇内，御外侮，固邦基，而保人民者也。滥觞于英伦，踵行于法美，近百年间，环球诸君主国，无不次第举行。窃迹前事，大抵弱小之国，立宪恒先。瑞典处北海，逼强俄，则先立。葡萄牙见迫于西则次之。比利时、荷兰，壤地偏小，介居两大国则次之。日本僻在东瀛，通市之初，外患内讧，国脉如缕，则次之。而俄罗斯跨欧亚之地，处贫嵎之势，兵力素强，得以安常习故，不与风向为转移。乃近以辽沈战事，水陆交困，国中有识之士，聚众请求，今亦立布宪法矣。最强之国，所以立宪最后者，其受外来之震撼轻，故其动本国之感情缓。而强大如俄，犹激动于东方战败，计无复

之，不得不出于立宪，以冀挽回国势。观于今日，国无强弱，无大小，先后一揆，全出宪法一途。天下大计，居可知矣。且夫立宪政体，利于君，利于民，而独不便于庶官者也。考各国宪法，皆有君位尊严无对，君统万世不易，君权神圣不可侵犯诸条。而凡安乐尊荣之典，君得独享其成；艰巨疑难之事，君不必独肩其责。民间之利，则租税得平均也，讼狱得控诉也，下情得上达也，身命财产得保护也，地方政事得参预补救也。此之数者皆公共之利权，而受治于法律范围之下。至臣工则自首揆以至乡官，或特简，或公推，无不有一定之责成。听上下之监督，其贪墨疲冗败常溺职者，上得而罢斥之，下得而攻退之。东西诸国大军大政，更易内阁，解散国会，习为常事。而指视所集，从未及于国君，此宪法利君利民不便庶官之说也。而诸国臣工方以致君泽民，视为义务，未闻有以一己之私，阻挠至计者。我国东邻强日，北界强俄，欧美诸邦，环伺逼处，岌岌然不可终日。言外交，则民气不可为后援；言内政，则官常不足资治理；言练兵，则少敌忾同仇之志；言理财，则有剜肉补疮之虞。循是以往，再阅五年，日本之元气已复，俄国之宪政已成，法国之铁道已通，英国之藏情已熟，美国之属岛已治，德国之海力已充。棼然交集，有触即发！安危机关，岂待蓍蔡？臣等反复衡量，百忧交集！窃以为环球大势如彼，宪法可行如此，保邦致治，非此末由！惟是大律大法，必须预示指归。而后趋向有准，开风气之先，肃纲纪之始。有万不可缓，宜先举行者三事：一曰宣示宗旨。日本初行新政，祭天誓诰，内外肃然。宜略仿可意，将朝廷立宪大纲，列为条款，誊黄刊贴，使全国臣民奉公治事，一以宪法意义为宗，不得稍有违悖。二曰布地方自治之制。今州县辖境，大逾千里，小亦数百里，以异省之人，任牧民之职，庶务丛集，更调频仍，欲臻上理，戛乎其难。各国郡邑辖境，以户口计，其大者亦仅当小县之半。乡官恒数十人，必由郡邑会议公举，如周官乡大夫之制。庶官任其责，议会董其成有休戚相关之情，无扞格不入之苦，是以事无不举，民安其业。宜取各国地方自治制度，择其尤便者，酌订专书，著为令典，克日颁发各省都抚，分别照行，限期蒇事。三曰定集会、言请、出版之律。集会、言请、出版三者，诸国所许民间之自由，而民间亦以得自由为幸福。然集会受警察之稽察，报章听官吏之检视，实有种种防维之法。非若我国空悬禁令，转得法外之自由。与其漫无限制，益生厉阶，何如胜以章程，咸纳轨物？宜采取英德日本诸君主国现行条例，编为集会律，言论律，出版律，迅即颁行，以一趋向而定民志。以上三者，实宪政之津髓，而富强之纲纽。

臣等待罪海外，见闻较切，受恩深重，缄默难安，用敢不避斧诛，合词吁恳。伏愿我皇太后、皇上宸衷独断，特降纶音，期以五年改行立宪政体。一面饬下考察政治大臣，与英德日本诸君主国宪政名家，详询博访，斟酌至当，合拟稿本，进呈御览，并请特简通达时事公忠体国之亲贤大臣，开馆编辑大清帝国宪法，颁行天下；一面将臣等所陈三端，预为施行，以树基础。从此南针有定，歧路不迷。我圣清国祚垂于无穷，皇太后皇上鸿名施于万世！群黎益行忠爱，外人立息觊觎。宗社幸甚！天下幸甚！臣等不胜屏营战栗之至！谨奏。

两宫览奏之后，立刻召见考政大臣垂询一切。这时候，李盛铎已赴驻比钦差新任。只有镇国公载泽，尚书戴鸿慈，布政司使尚其亨，总督端方四个人在京。当下泽公爷召见了两次，端大臣召见了三次，戴、尚两大臣，各召见了一次。四位大臣，皆痛陈中国不立宪之害，及立宪后之利。两宫不禁动容，面降纶音，说只要办妥，深宫初无成见。

这个消息，传布开来，顽固诸臣都唬了一大跳，于是想出种种法子来阻挠。有的设为疑似之词，有的故作异同之论。这个说立宪有妨君主大权，那个又说立宪利汉不利满。偏是两宫圣明，不为浮言所惑，谕令考政大臣，详晰指陈，冀备采择。泽公爷于是又上一折，敷陈大计，其辞是：

“窃奴才前次回京，曾具一折，吁恳改行立宪政体，以定人心而维国势。仰旨两次召见，垂询本末，并谕以朝廷原无成见，至诚择善，大知用中，奴才不胜欣感！旬日以来，夙夜筹虑，以为宪法之行，利于国，利于民，而最不利于官。若非公忠谋国之臣，化私心，破成见，则必有多为之说，以荧惑圣听者。盖宪法既立，在外各督抚，在内诸大臣，其权必不如往日之重，其利必不如往日之优。于是设为疑似之词，故作异同之论，以阻挠于无形。彼其心非有所爱于朝廷也，保一己私权而已，护一己之私利而已！顾其立言则必曰防损主权，不知君主立宪，大意在于尊崇国体，巩固君权，并无损之可言。

以日本宪法考之，证以伊藤侯爵之所指陈，穗积博士之所讲说，君主统治大权，凡十七条：一曰裁可法律、公布法律、执行法律由君主；一曰召集议会、开会、闭会、停会及解散议会由君主；一曰以紧急勒令代法律由君主；一曰发布命令由君主；一曰任官、免官由君主；一曰统帅海陆军由君主；一曰编制海陆军常备兵额由君主；一曰宣战、讲和、缔约由君主；一曰宣告戒严由君主；一曰授与爵位、勋章及其他荣典由君主；一曰大赦特赦、减刑及复权由君主；一曰战时及国家事变非常施行由君主；一曰贵族院组织由君主；一曰议会展期由君主；一曰议会临时召集由君主；一曰财政上必要紧急处分由君主；一曰宪法改正发议由君主。以此言之，凡国之内政、外交、军备、财政、赏罚黜陟、生杀予夺，以及操纵议会，君主皆有权以统治之。论其君权之完全严密，而无有丝毫下移，盖有过于中国者矣。

以今日之时势言之，立宪之利，有最重要者三端：一曰皇位永固。立宪之国，君主神圣不可侵犯，故于行政不负责任，由大臣代负之。即偶有行政失宜，或议会与之反对，或议院弹劾，不过政府各大臣辞职，别立一新政府而已。故相位旦夕可迁，君位万世不改。大利一；一曰外患渐轻。今日外人之侮我，虽由我国势之弱，亦由我政体之殊。故谓为专制，谓为半开化，而不以同等之国相待。一旦改行宪政,则鄙我者转而敬我,将变其侵略之政策,为平和之邦交。大利二;一曰内乱可弥。海滨洋界,会党纵横,甚者倡为革命之说。顾其所以煽惑人心者,则曰政体专务压制,官皆民贼,吏尽贪人,民为鱼肉,无以聊生,故从之者众。今改行宪政,则世界所称公平之正理,文明之极轨。彼虽欲民言而无词可籍,欲倡乱而人不肯从。无事缉捕搜拿,自然冰消瓦解。大利三。立宪之利如此,及时行之,何嫌何疑?而或有谓程度不足者,不知今日宣布立宪,不过明示宗旨,为立宪之预备。至于实行之期,原可宽立年限。日本于明治十四年宣布宪政,二十二年始开国会,已然之效,可仿而行也。且中国必待有完全之程度,而后颁布立宪明诏。窃恐于预备期内,其知识未完者,固待陶熔;其知识已启者,先生觖望,激成异端邪说,紊乱法纪。盖人民之进于高尚,共涨率不能同时一致。惟先宣布立宪明文,树之风声,庶心思可以定一,耳目无或他岐。既有以维临望治之人,心即所以养成受治之人格。是今日宜宣布立宪明诏,不可以程度不到为之阻挠也。

又或有为满汉之说者,以为宪政既行,于满人利益有损耳。奴才至愚,以为今日之情形,与国初入关时有异,当时官缺分立满汉,各省置设驻防者,以中国时有反侧,故驾驭亦用微权。今寰宇涵濡圣泽近三百年,从前粤捻回之乱,定戡之功,将帅兵卒皆汉人居多,更无界限之可言。近年以来,皇太后、皇上迭布纶音,谕满汉联姻,裁海关,裁织造,副都统并用汉人。普天之下,歌颂同声。在圣德如地如天,安有私覆私载?方今列强逼迫,合中国全体之力,向不足以御之,岂有四海一家,自分畛域之理?至于计较满汉之差缺,竞争权力之多寡,则所见甚卑,不知大体者也!夫择贤而任,择能而使,古今中外,此理大同。使满人果贤,何患推选之不至,登进之无门?如其不肖,则亦宜在摒弃之列。且官无倖进,正可激励人才,使之向上,获益更多!此举为盛衰兴废所关。苦守一隅之见,为拘挛之语,不为国家建万年久长之祚,而为满人谋一身一家之私,则亦不权轻重不审大小之甚矣!在忠于谋国者,决不出此!奴才亦属宗支,休戚之事,与国共之。使茫无所见,万不敢于重大之事,鲁莽陈言!

诚以遍观各国,激刺在心,若不竭尽其愚,实属辜负天恩,无以对皇太后、皇上!伏乞圣明独断,决于几先,不为众论所移,不为浮言所动。实宗社无疆之休,天下生民之幸!事关大计,可否一由宸衷,乞无露奴才此奏!奴才不胜忧懑迫切!谨奏。

两宫览奏,大为感动。恰好端方端大臣也具奏陈请。端大臣可不比泽公爷,先后共上了三个折子。第一个折,是历陈各国宪法;第二个折,是痛言必须立宪;第三个折,是恳请详定官制。而枢臣中,如瞿鸿机,奏请参酌新旧二政,定制颁行。荣庆奏请保存旧制,参以新意。徐世昌请采用地方自治制,以为立宪预备。两宫见枢臣与考政大臣,意见渐归一致,于是决计举行立宪。降旨命廷臣会议,并派醇亲王载沣、军机大臣政务处大臣大学士既直隶总督袁世凯等，公同阅看考政大臣回京奏陈各折件，请旨办理。

七月初八这一日，各大臣开第一次宪政会议。因为泽公爷与戴、端两大臣的折文过长，传阅才毕，天已傍晚，不及开议而散。次日是七月初九，军机大臣退值之后，即与诸王大臣齐至外务部公所会议。庆亲王奕劻，论行辈是最老，论年纪是最高，论爵秩是最尊，当下首先发言道："瞧泽公及戴、端两大臣的折子，历陈各国宪政之善，设宪法一立，全国之人，皆受治于法，没有什么差别，既同享权利，即各尽义务。并且说立宪国的君主。虽然权力略有限制，那威荣倒有增无减。这么看来，立宪这一桩事情，是的确有利无弊的了。近来全国新党的议论，中外各报的指陈，海外留学各生的盼望，都在这一桩事情上。我国自古以来，朝廷大政，咸以人民的趋向为趋向。现在举国趋向都在这一桩上，足见目下最该措施的事情，就只这一桩是要紧。倘必舍此他图，即是拂逆民意，即是舍安趋危，避福就祸。照我的意思，似该决定立宪，赶快宣布。下可以顺民心，上可以副圣意。"这言未毕，只见汉大臣中，一声咳嗽，站起一位鬓眉皓白的老人来。那人向奕劻道："老王爷受恩深重，怎么也说出这种话来？老王爷可不比那些年轻没阅历的人，奇怪极了！"奕劻道："此乃奉旨会议的事，老中堂既有高见，不妨说出来，我们大家领教领教！"那人气极了，一时回答不出。众人都道："孙中堂政躬要紧，休要气坏了！"欲知此人是谁，且听下回分解。

第一二三回　颁明诏圣君筹宪政　定官制贤相话沧桑

话说这位气坏的汉大臣，就是孙家鼎孙老中堂。当下孙家鼎道："你们别道我外教，立宪这一件事情，我也略略研究过一番。那立宪国的法，与君主国全异。所以异的地方，不在形迹上，是在宗旨上。宗旨一变，一切用人行政之道，无不尽变。譬如重心一移动，全体的质点，就都要改变方向了。此种大变动，行在国力强盛时光，尚不免有骚动之忧，现在国势衰弱到如此地步，照我看来，变得太急太骤，怕就渐骚然不靖之象，似该先革掉丛弊太甚诸事，等到政体清明，渐渐的变更，也不算晚。"徐世昌立起道："孙中堂，逐渐变更的法子，已经行了多年，一点子没有成效，就为国民的观念不变，他的精神也无从而变。只有大大的变革，才能够发起全国精神呢。"孙家鼎道："照老哥这么说，必是国民的程度，渐已能及，才能够这么办。只是现在时光，国民能实在知道立宪利益的，不过千百人中之一；至于能够知道立宪之所以然，又知道为之之道的，恐怕不过万中一人罢了。上头虽然颁布宪法，百姓都懑然不知。就这么办去，不但无益，倒适为厉阶，仍宜谨慎点子的好。"徐世昌还未回答，汉大臣中，早又站起一个人来。众人瞧时，乃是管学大臣张百熙张尚书。只见张尚书道："孙中堂的话，说得何尝不是！但是国民程度，全在上头的人劝导。现在上头的人，没法子提高他的程度，倒说等候国民程度高了，才立宪法，这是永不能必的事。照我个人意见，以为与其等候他程度高了立宪，不如先预备立宪，再慢慢的施诱导，使国民得渐几于立宪国民程度好的多呢！"满大臣中又站起一人，乃是荣尚书荣庆，发出反对的议论道："我非不深知立宪政体之美，但是吾国政体宽大，渐流弛紊。为今之制，极该整饬纪纲，综核名实，立居中驭外之规，定上下相维之制。行过数年之后，官吏尽知奉法，人民咸称便利，然后徐议立宪也未晚。如果不察中外国势之异，徒徇立宪的好名儿，势必至执政者无权。那一班神奸巨蠹，倒得栖息其间，日引月长，为祸非小。此事关及国家安危，还请诸位从长计较。"瞿鸿机接口道："惟其如是，所以都说预备立宪，不是说立即立宪，荣尚书可以放心。"尚书铁良道："我听得各国的立宪，都由国民要求了才成功。要求得利害的，甚至于暴动。日本虽然未至于暴动，那要求却也很利害的。国民能够要求，是已深知立宪之善，知为国家分担义务。现在未经国民要求，倒要先给他权柄，那班国民不懂事，反以分担义务为苦，便怎么呢？"众人听了，都不作声。

直隶总督袁世凯袁公再也耐不住了，当下立起道："天下事势，何常之有？从前欧洲人民，积受压力，又有爱国思想，所以出于暴动以求权利。我国则不然，朝廷既崇尚宽大，又没有外力相迫，人民处于不识不知之天，绝不知有当兵纳税的义务。所以各国的立宪，因民之有知识而使民有权；我国因差民以有权之故而知有当尽之义务。事理之顺逆不同，预备之法，亦不能同。总以使民知识渐开，不迷所向，为吾辈莫大之责任。这是吾辈所当共勉的。"铁良道："照此说来，预备立宪之后，该设立内阁，厘定官制，明定权限,整理种种机关。且须以全力开国民的知识,溥及普通教育,派人分至各地演说,使各处绅士商民知识略相平第才好呢!”袁公道:“岂特如是而已?数千年相沿的政体,一旦欲大变其面目,那各种问题,势必相连而及。譬如一座老屋,当没有议及修改时光,任它飘摇,倒也似乎尚可支援;等到议及修改,一经动工拆卸,那朽腐的梁柱,摧坏的粉壁,纷纷发现,以致多费工作。改政之道,也是如此。现在就以所知的事讲起来,如京城各省的措置,蒙古、西藏的统辖,钱币的划一,赋税的改政,漕运的停止,这种事情,都是极委曲,极繁重,都该于立宪以前,逐渐办妥,办起来真是日不暇给呢!”铁良道:“我还有一个疑团,现在地方官所严惩的,共有四等人,是劣绅、劣衿、土豪、讼棍。凡百州县几尽被若辈盘踞,再没有人起而与争。现在如果预备立宪,势必首先讲求自治。那么这一班人且公然握地方的命脉,那不就糟了么?”袁公道:“这又何足为患?只消多选循良之吏,发到各省去做地方官,专以扶植善类为事。使公直的得各伸其志;奸匿的无由施其技。如是始可为地方自治的基础。”瞿鸿机道:“这么说仍当以讲求吏治为第一要义,旧法新法,原无二致的。”醇亲王载沣道:“众位的高论,都是很有道理的。我看立宪这一桩事,既然如此繁重,人民程度能及与否,又在难必之数,那就不能不多留时日,为预备地步了。时光已经不早,讲了这大半天,也该散了。明儿召见,咱们就把预备立宪的主见,回奏两宫,众位看是如何?”于是诸王大臣,又商议了一会子,意见大相同略。次日,入朝面奏。到了七月十三日,朝廷就颁下预备可立的上谕,其辞道:

> 朕钦奉慈禧端佑康颐昭预庄诚寿恭钦献崇熙皇太后懿旨,我朝自开国以来,列圣相承,谟烈昭垂,无不因时损益,着为审典。现在各国交通,政治法度,皆有彼此相因之势,而我国政令,日久相仍,日处阽危,忧患迫切。非广求知识,更订法制,上无以承祖宗缔造之心,下无以慰臣庶治平之望。是以前简派大臣分赴各国,考察政治。现载泽等回国陈奏,皆以国势不振,实由于上下相睽,内外隔阂,官不知所以保民,民不知所以护国。而各国之所以富强者,实由于实行宪法,取决公论,君民一体,呼吸相通,博采众长,明定权限,以及筹备财用,经划政务无不公之于黎庶。又兼各国相师,变通尽利,政通民和,有由来矣。时处今日,惟有及时详晰甄核,仿行宪政,大权统于朝廷,庶政公诸舆论,以立国家万年有道之基。但目前规制未备,民智未开,若操切从事,徒饰空文,何以对国民而昭大信?故廓清积弊,明定责成,必从官制入手。亟应先将官制分别议定,次第更张,并将各项法律详慎厘订。而又广兴教育,清理财政,整顿武备,普设巡警,使绅民明悉国政,以预备立宪基础。着内外臣工切实振兴,力求成效。俟数年后规模粗具,查看情形,参用各国成法,妥议立宪实行期限,再行宣布天下。视进步之迟速,定期限之远近。着各省将军督抚晓谕士庶人等,发愤为学,各明忠君爱国之义,合群进化之理,勿以私见害公益,勿以小忿败大谋。尊崇秩序,保守和平,以预备立宪国民之资格,有厚望焉。将此通谕知之。钦此!

这一道明诏颁布之后，全国人民有欢忭的，有恐惧的，也有发言讥刺的。欢忭的是庆幸从此后得为立宪国国民了；恐惧的是怕人民程度不及，将来反多事故；发言讥刺的，是逆料政府决不会有好事情干出来，立宪并无颁限，一纸空文，无非是骗人勾当。人民虽是这个样子，朝廷上却把此事瞧得异常郑重。颁发诏书的次日，即派镇国公载泽，大学士世续、那桐、荣庆，贝子载振，尚书奎竣、铁良、张百熙；戴鸿慈、葛宝华、徐世昌、陆润庠、寿耆，直隶总督袁世凯，公同编纂京朝官制。并着外省总督端方、张之洞、升允、铁良、周馥、岑春煊各派司道大员到京，随同参议。又派庆亲王奕劻，大学士瞿鸿机、孙家鼐，总司核定。

各位编制大臣奉到旨意，即于十六日，在颐和园里头，开第一次会议，议出了办法。于是就在恭王府朗润园里头，设立编制馆，以府尹孙宝琦、京卿杨士琦为提调，金邦平、张一麐、曹汝霖、汪荣宝为起草课委员，陆宗舆、邓邦述、熙彦为评议课委员，吴廷燮、郭曾炘、黄端祖为考定课委员，周树模、钱能训为审定课委员。此外京曹须议的，吏部衙门，有长顺、刘元弼；户部衙门，有李经野、程利川、林景贤、傅兰泰；财政处，有陈遹声；礼部衙门，有瑞绪、刘果、聂献琛；兵部衙门，有王维翰、庆蕃；练兵处，有哈汉章、良弼、王士珍、朱彭寿；刑部衙门，有曾鉴、胡彤恩；工部衙门，有郭庆华、潘慎修。各疆臣所派，两江是荆光典，俞明震；两湖是陈夔麟、曾广熔；两广是于式枚，四川是刘学廉、徐樾，陕甘是熙麟。

编制各大臣于未曾动手编制之前，先会衔奏陈厘定官制宗旨，大略五条：第一，此次厘定官制，遵旨为立宪预备，应参仿君主立宪国官制厘定，先就行政司法各官，以次编改。此外凡与司法行政无甚关系各署，一律照旧。第二，此次立定官制，总使官无尸位，事有专司，以期各有责成，尽心职守。第三，现在议院遽难成立，先就行政、司法厘定，当采用君主立宪国制度，以合大权统于朝廷之谕旨。第四，钦差官、阁部院大臣、京卿以上各官，作为特简官，阁部院所属三四品人员，作为请简官；阁部院五至七品人员，作为奏补官；八九品人员，作为委用官。第五，厘定官制之后，原衙门人员，不无更动或至闲散，拟在京另设集贤资政各院，妥筹位置，分别量移，优予俸禄。

旨意下来，着即按照陆续筹集，详加编定。起草课各委员奉到此旨，顿时就忙起来，终日伏案埋头，精心编撰。不多几日，京朝官制草案，早都撰拟脱稿。由评议课委员评议过，再由考定课委员加以考核。审定课委员悉心审定，才敢呈由编制大臣，经各编制大臣一律署诺，然后送往总司核定处删改具奏。

总核官制大臣庆亲王奕劻，瞿中堂鸿机，孙中堂家鼐，三个儿接到草案，不敢怠慢，打足精神，逐案逐案的瞧阅。见所拟官制，大抵依据端方等原奏，斟酌而成。为首是内阁，设总理大臣一人，左右副大臣二人。各部尚书，均为内阁政务大臣、参知政事。下设提调一，副提调一，置五局，是制诰局，庸勋局，编制局，统计局，印铸局。那武官考试处，就附设在庸勋局里头。各部督设尚书、左右侍郎各一人。只外务部仍设管部大臣一人，下设承政厅、参议厅及参事、郎中主事、七品小京官、录事等员。视各部事务之繁简，以定额缺之多寡，是为各部通则。凡陆海军部、吏部以外各部，都是这么办法。各部的名称次第，首为外务部；次为民政部，即以巡警部改设，并将步军统领衙门所掌事务,及户礼工三部所掌有关民政各事并入;次为财政部,以户部财政处改设;次为陆军部,以兵部练兵处及太仆寺裁并改设;次为海军部,暂归陆军部办理;次为法部,以刑部改设,并以户部现审处所掌事务并入;次为学部,仍从旧制;次为农工商部,以商部工部归并设立;次为交通部;次为理藩部,以理藩院改设;次为吏部。此外并改政务处为资政院,升礼部为典礼院,改大理寺为大理院,都察院仍如旧制。又设集贤院、审计院、行政裁判院,及军咨府等,共计十一部七院一府。

三位总核大臣瞧过之后,互相筹议。孙家鼐道:"内阁本是闲曹,经这么一改,冷署变成繁缺了。"瞿鸿机道:"世变沧桑,何常之有?我朝入关之始,官制虽缘明朝旧制,以六部管行政,丙阁司票拟,且升大学士为正一品,但是彼时总枢机参密,勿的大半是天潢亲贵,丰沛故人。政柄操在武夫手里,虽有阁臣,不过黼黻承平罢了。海宁陈之遴,溧阳陈名夏,且为了弄权植党,死的死,窜的窜。号为硕甫名臣的杜文端、冯文毅诸公,都不过仰亲贵鼻息,伴食中书过一辈子是了,天下安危,与他一毫都不相涉。等到圣祖以冲龄嗣位,那时候满汉之间,稍稍相习。辅政四贵臣,又皆因专横恣肆,不克令终。三藩之变,天下几危,内发晁错之谋,外奏郭李之绩的,又都出于汉臣。为了这么,汉大臣渐获信作。圣祖又留意文学,高江村、李昆山辈,皆以儒臣翰苑,与闻机密。世宗嗣服,承累洽重熙之后,挟雷霆万钧之威,旋乾转坤,与天下更始,悉化轸域之见。满汉才杰,并蒙委任。把内阁政柄,移入军机处。鄂文端、张文和两公,并直枢府。那时候,一人独运于上,非惟汉大臣无所短长,就是满洲亲贵,也孜孜救过不暇。植党弄权,更非敢所设想了。高宗御极,强张两相,并受顾命,翊赞枢廷。鄂以儒臣登宰辅,矢志公忠。当时承平日久,满洲世族,渐流矜夸,鄂相深为恨嫉,所以引用的多是汉族寒素之士,一时物望咸归。那不得志的满人,夸毗无实的汉人,便都趋向桐城门下,朝士遂分为鄂张两党。鄂相早卒,鄂党遂归失败。张相为人,小廉曲谨,内结主知,而时以微词马下,测人主喜怒,以后于文襄和致斋,都承他的衣钵。嘉庆道光两朝,台阁风气,以不办一事为持重,不听一言为老成,雍容揖攘,百事就此丛脞了。本朝初制亲藩,不得与闻政事,雍正时光怡贤亲王辅政,出自特典,又作别论。嘉庆亲政,成哲亲王领军机大臣,那是为仁宗方在谅闇,仿古时冢宰听政之制。且当大奸初夷,籍以镇定人心,所以甫及百日就出去的。自从文宗弃天下,穆宗方在冲幼,恭亲王遂以议政王人领枢廷,政局为之一变。直到于今,沿而未革。"孙家鼐道:"不必说了,这不过都是用人行政,微有出入,官制究未曾大改。现在这么,是把从前制度,根本推翻了。"奕劻道:"推翻也罢,不是推翻也罢,那都是没要紧的事。我看这草案拟的还不很妥当,大家商量商量,怎么改它一下子!"瞿孙两人齐说王爷所见极是。奕劻道:"依我主见,好好的礼部,何必改称典礼院?那行政裁判院、集贤院,添设得更没有道理。就是财政部、交通部,名儿题得也不雅致,你们视是如何?"瞿相道:"这部名果然太不雅。"于是公同筹议了一会子,改财政部为度支部,交通部为邮传部,典礼院仍为礼部,删去行政裁判、集贤两院。次日会衔上奏,其辞道:

窃臣等伏读七月十三日上谕,时处今日,惟有及时详晰甄核,仿行宪政,廓清积弊,明定责成必从官制入手,亟应先将官制,分别议定,次第更张等因。钦此。又伏读十四日上谕,咋已有旨宣示为急为立宪之预备,饬令先行厘定官制。事关重要,必当酌古准今,折衷至当,纤悉无遗。着派载泽等公同编纂,悉加厘定,深仰吾皇太后、皇上变宜民之至意,率士臣庶感颂同声,实中国转弱为强之关键。兹事体大,臣等仰禀圣谟,总司核定,断不敢草率从事,亦不敢敷衍塞责。月余以来,准厘定官制大臣载泽等陆续送到草案,臣等悉心详核,反复商确,间有未协,次第更定,京内务官,现已竣事。

窃维此次改定官制,既为预备立宪之基,自以所定官制与宪政相近为要义。为立宪国官制,立法、行政、司法三权并峙,各有专属,相辅而行。其意、美法良,则谕旨所谓廓清积弊,明定责成,两言尽之矣。盖今日积弊之难清,实由于责成之不定,推究厥故,三端:一则权限之不分。以行政官而兼有立法权则必有藉行政之名义,创为不平之法律,而末协舆情。以行政官而兼有司法权,则必有徇平时之爱憎,变更一定之法律,以意为出入。以司法官而有兼有立法权,则必有谋听断之便利,制为严峻之法律,以肆行武健,而法律浸失其本意。举人民之权利生命,遂妨害于无形。此许限不分责成之不能定者一也;一则职任之不明。政以分职而理,谋以专任而成。今则一堂而有六官,是数人共一职也,其半为冗员可知。一人而历官各部,是一人更数职也,其必有专长可见。数人分一任,则筑室道谋,弊在玩时。一人兼数差,则日不暇给,弊在废事。是故贤者累于牵制,不肖者安于推诿。是职任不明责成之不能定者二也;一则名实之不副。名为吏部,但司签掣以事,并有铨衡之权。名为户部,但司出纳之事,并无统计之权。名为礼部,但司典仪之事,并无礼教之权。名为兵部,但司录营兵籍武职升转之事,并无统御之权。是名实不副,责成之不能定者三也。故臣等厘定官制,谨遵谕旨,上稽本朝法度之精,旁参列邦规制之善为主义。而尤以清积弊,定责成,渐图宪政成立为指归。

首分权以定限。立法、行政、司法三者,除立法当属议院,今日尚难实行,拟暂设资政院以为预备外,行政之事,则专属之。内阁、各部大臣,内阁有总理大臣,各部尚书亦为内阁政务大臣,故分之为各部,合之皆为政府,而情无隔阂。入则参阁议,出则各治部务,而事可贯通。如是则中央集权之势成,政策统一之效著。司法之权,则专属之法部,以大理院任审判,而法部监督之,均与行政官相对峙,而不为所节制。此三权分立之梗概也。此外有资政院以持公论,有都察院以任纠弹,有审计院以查滥费,亦皆独立,不为内阁所节制,而转能监督阁臣,此分权定限之大要也。

次分职以专任。分职之法,凡用有各衙门,与行政无关系者,自可切于事情。首外务部,次吏部,次民政部,次度支部,次礼部,次学部,次陆军部,次法部,次农工商部,次邮传部,次理藩部。专任之法,内阁各大臣同负责任。除外务部载在公约,其余均不得兼充繁重差缺。各部尚书只设一人,侍郎只设二人，皆归一律。至新设之丞参，事权不明，尚多窒碍，故特设承政厅，使左右丞任一部总汇之事。设参议厅，使左右参议任一部谋议之事。其郎中、员外郎、主事以下，视事务之繁简，定额缺之多寡。要使责有专归，官无滥设，此分职专任之大要也。次正名以核实，巡警为民政之一端，氦正名为民政部。度支部以财政处、税务处并入。兵部徒拥虚名，拟正名为陆军部，以练兵处太仆寺并入，而海军部暂隶焉。既设陆军部，则练兵处之军令司，宜正名为军咨府，以握全国军政之要枢。刑部为司法之行政衙门，徒名曰刑，义有未尽，拟正名为法部。商部本兼农工，拟正名为农工商部，理藩院拟正名为理藩部。太常、光禄、鸿胪三寺，同为执礼之官，拟并入礼部。工部所掌，半已分隶他部，拟改为邮传部，而以轮路邮电佐入。此正名核实之大要也。若是则责成既已明定，积弊庶可廓清。宪政规模，实肇于此。如以议院甫有萌芽，骤难成立，所以监行政者，尚未完全。或改今日军机大臣为办理政务大臣，各部尚书均为参预政务大臣，大学士仍留办内阁事务，虽名称略异，而规制则同。行政机关，屹然已定。宪政官制，确有始基矣。抑臣等更有请者，制法固求其尽善，徒法不能以自行，必能有办事之精神，而后有改良之功效。要在大小臣工，顾名思义，视国如家，无自私自利之心，有任劳任怨之实，各修职事，共济艰难。庶仰副两宫孜孜图治之怀，下慰薄海喁喁向风之望。是则臣等与有责成，尤不胜惶悚执幸者也。是否有当，伏候圣明裁择，乾断施行。谨将官制清单二十四件，缮呈御览，恭候训示。谨奏。

欲知官制草案奏上之后，是否批准，且听下回分解。

第一二四回　张尚书反对新官制　南昌令身戕天主堂

话说庆亲王奕劻等，把核定新拟京朝官制呈上之后，不到几天，就奉到两道上谕。第一道是宣示官制，比较原案，已经大有变动。那最要紧的内阁，竟然作为罢谕。次第先后，也都大大移动。朝臣见了，无不诧为怪事。只见那道上谕的文是：

朕钦奉慈禧端佑康颐昭豫庄诚寿恭钦献崇熙皇太后懿旨，前经降旨宣示立宪之预备，饬令先行厘定官制，特派载泽等公同编纂，悉心妥订；并派庆亲王奕劻等总司核定，候旨遵行。兹据该王大臣等将编纂原案详核定拟，一并缮单具奏。披览之余，权衡裁择，因特明白宣谕。仰惟列圣成宪昭垂，法良意美，设官分职，莫不因时制宜。今昔情形既有不同，自应变通，尽利其要旨，惟在专责成清积弊，求实事，去浮文，期于厘百工而熙庶绩。军机处为行政总汇，雍正年间，本由内阁分设，取其近接内廷，每日入值承旨办事，较为密速，相承至今，尚无流弊，自毋庸遍改，内阁军机处一切现制，着照旧行。其各部尚书，均着充参预政务大臣，辅班值日。听候召对。外务部、吏部均着照旧。巡警为民政之一端，着改为民政部。户部着改为度支部，以财政处并入。礼部着以太常、光禄、鸿胪三寺并入。学部仍旧。兵部着改为陆军部，以练兵处、太仆寺并入，应行设立之海军部，及军咨府，未设以前，均暂归陆军部办理。刑部着改为法部，责任司法。大理寺着改为大理院，专掌审判。工部着并入商部。改为农工商部。轮船、铁路、电线、邮政，应设专司，着名为邮传部。理藩院着改为理藩部。除外务部堂官员缺照旧外，各部堂官，均设尚书一员，侍郎二员，不分满汉。都察院在指陈阙失，伸理冤滞，着改为都御史一员，副都御史二员。六科给事中，着改为给事中，与御史各员缺均暂如旧。其应行增设者，资政院为博采群言，审计院为核查经费，均着以次设立。其余宗人府、内阁、翰林院、钦天监、銮仪卫、内务府、太医院、各旗营侍卫处步军统领衙门、顺天府仓场衙门均毋庸更改。原拟各部院等衙门职掌事宜，及员司各缺，仍着各该堂官自行核议，悉心妥筹，会同军机大臣奏明办理。此次斟酌损益，原为立宪始基，实行预备。如有未尽合宜之处，仍着体察情形，随时修改，循序渐进，以臻至善。总之，时局艰危，事机迫切，非定上下共守之法，不足以起衰颓；非通君民一体之情，不足以申疾苦。所有新简及原派大臣，责无旁贷，惟当顾名思义，协力同心，尽去偏私，直任劳怨。务使志无不通，政无不举。庶几他日颁行宪法，成效可期。倘仍视为具文，因循不振，则是上负朝廷，下负国民，不能为尔等宽也，将此通论知之！钦此。

那第二道上谕，是叫编纂官制大臣编订各直省官制，而于州县官一项，尤为特别注意。上谕的文是：

> 朕钦奉慈禧端佑康颐昭豫庄诚寿恭钦献崇熙皇太后懿旨，此次厘定官制，据该王大臣等将部院各衙门详核定拟，业经分别降旨施行。其各直省官制，着即陆续编订，仍妥核具奏。方今重困，皆因庶政未修，州县本亲民之官，乃往往隔阂。诸事废弛，闾阎利病，漠不关心。甚至官亲幕友，肆为侵欺。门丁书差，取于鱼肉。吏治安得不坏？民氛何由而伸？言念及此，深堪痛恨！兹当改定官制，州县各官，关系尤要。现在国民资格尚有未及，地方自治，一时难以递行。究应如何酌核办理？先行预备，或增设佐治员缺，并审定办事权限，严防流弊，务通下情。着会商务省督抚，一并妥为筹议。必求斟酌尽善，候旨遵行。朝廷设官分职，皆以为民。总期兴养立教，乐业安居。庶几播民和而维邦本，用副怀保群黎，孜孜图治之至意！钦此。

内阁官制，忽地推翻，大小臣工，无不诧为怪事。那关心最切的，就要算着几位编纂大臣。当下张百熙往见泽公爷，谈及此事，异常愤懑。张百熙道："新官制的精神，全在内阁。内阁不设立，旁的官，恁你改他一百改，也没中用。公爷想吧，现在的军机，虽然名为政府，其实不过如将帅的营务处，督抚的文案，只有奉行之责，毫无决断之资。所以不肖的人当了，弄权殖货倒有余；贤人当了，扶危定倾倒不足。论他的成绩，还不如前明六部长官，倒能得自行其志。现在偏偏的这么，考察吧，编纂吧，改革吧，都不过干热闹儿的事，倒哄得人白快活了一会子。"载泽道："这件事，好生奇怪！前儿召见，上头没一字提及改动，还奖了我好多话。怎么临了儿就变了？谁使的的鬼计，倒要细细调查他一调查。"

原来自明诏编纂官制，京师政界，顿时大起恐惶。那班闲曹冷署，自知必在淘汰之列，倒也不过如此。独那冲繁要缺，几位肠肥脑满的干员，热衷富贵，深恐一朝大权旁落，自己脚根就要站不住，于是使出灵敏手腕，竭力的运动。不知怎么，竟被他走着了高道士一条门路，由高道士转求四格格。四格格是皇太后宠爱的人，十句话倒有五七句听信。于是就在深宫里，造膝密陈，旁边又有李总管竭力帮忙。皇太后对于新政，原本不很喜欢，只因迫于时势，又碍不过各大臣的奏请，做一个立宪面子罢了。所以才有这参酌新旧的官制发表。载泽等又如何会知道呢？

当下调查了几天，哪里有个影踪？！只好暂时丢开手，且编纂外省官制。会议了几回，定出两个办法。因为外官不比京曹，事事与督抚有密切关系，于是先把大纲，电商务督抚。大致说是：

> 亲民之职，古今中外，皆所最重。我朝承明制，管官官多，管民官少，州县以上，府道司院，层层钤制。而以州县一人，萃地方百务于其身，又无分曹为佐，遂至假手幕宾，寄权胥役，坏吏治酿祸乱，皆由于此。今拟仿汉唐县分

数级之制，分地方为三等，甲等叫府，乙等曰州，丙等曰县。现设知府，解所属州县，专治附郭县事，仍称知府，从四品。其原设首县，即行裁撤。直隶州知州，直隶厅抚民同知，均不管属县，与散州知州统称知州，正五品。直隶厅抚民通判及知县，统称知县，从五品。每府州县各设六品至九品官，分掌财赋、巡警、教育、监狱、农工商及庶务，同集一署办公。别设地方审判厅置审判官，受理诉讼；并画府州县各分数区，每区设谳局一所，置审判官，受理细故诉讼。不服者，方准上控于地方审判厅。每府州县各设议事会，由民选举议员，公议本府州县应办之事，并设董事会，由人民选举会员，辅助地方官办理议事会所议决之事。俟府州县议事会及董事会成立后，再推广设城乡镇各议事会、董事会及城镇乡长等自治机关。以上均受地方之官监督，仍留各巡道，监督各府州县。宜体察情形，并按地方广陕，属县多寡，酌量增减，并分置曹佐，由各省督抚酌量推行。至省城院司各官，现拟有两层办法。仿国朝各边将军衙署，分设户、礼、兵、刑、工各司，粮饷各处办法。合院司所掌于一省，名之曰行省衙门，督抚总理本衙门政务，略如各部尚书。藩臬二司，略如各部丞。其下参酌京部官制，合并藩臬以外司道局所，分设各司酌设官，略如参议者领之。以下分设各曹，置五品至九品官分掌之。每日督抚率同属官，定时入署，事关急速者，即可决议施行；疑难者，亦可悉心商榷，一稿同画，不必彼此移送申详。各府州县公牍，直达于省，由省径行府州县。每省各设高等审判厅，置审判官受理上控案件。行政司法，各有专职。文牍简一，机关灵通，于立宪国官制，最为相近。是为第一层办法；其次则以督抚经管外务，军政，兼监督一切行政、司法。以布政使专管民政，兼管农工商。以按察使专管司法上之行政，监督高等审判厅。另设财政司，专管财政，兼管交通事务。秩视运司，均酌设属官，佐理一切。此外学监粮关河司，仍旧制。以上司道，均按主管事务，禀承督抚办理，并监督各该局以专责成而清权限。此为第二层办法。

此电去后，不到一个月，各督抚复电陆续到来，主张第一层办法的是滇督岑春煊，晋抚恩寿，奉天将军赵尔巽，湘抚岑春煊，疆抚联魁，赣抚吴重熹，黑龙江将军程德全，吉林将军达桂。主张第二层办法的是秦抚曹鸿勋，川督锡良，苏抚陈夔龙，调任黔抚庞鸿书。依违第一、第二者之间的，是卸任黔抚林绍年，粤督周馥，署黔抚兴禄，鲁抚杨士骧，皖抚恩铭，浙抚张曾敭，汴抚张人骏，署闽督崇善，新授闽督丁振驿。全行反对的是陕督升允，鄂督张之洞。编纂大臣见鄂督张之洞也全行反对，又不禁诧异起来了。当下载泽道：“你们瞧瞧，张之洞也来反对咱们了，真是奇怪不过的事。别人反对我都不怪，香涛素负开通盛名，平日极力主张新政。现在编纂官制，是为预备立宪的基础，国家转弱为强，都在这一件事情上，关系何等重大，他倒偏又反对来了！”葛宝华道：“南皮尚书脾气，素来是恃才傲物，或者为此番编纂的事，没有派及他，特地的负气，也说不定。”陆润庠道：“香涛脾气本来古怪，况且他跟政府原有意见的，自然不赞成新制了。”

载泽问道:"香涛与政府有何意见?"陆润庠道:"就为闰四月里南昌那桩教案。"

原来,江西南昌法国天主堂有一个教士,名叫王安之的,为了一桩什么教案,跟南昌县知县江召棠办交涉,会议了好多回,不得要领。本年正月二十九日,又邀江知县到天主堂议事。王安之自恃是法国人,法强华弱,未免事事恫吓。偏这江知县,又是个强项令,一步都不肯让,意见大为不合。不知如何,两方面争论起来,江知县的咽喉,竟然受了大创,抬回县署,血流不止,医治罔效,就此创重身亡。南昌人民大动公愤,众口一辞,都说王教士手戕江知县,一齐动手,把一座庄严天主堂,毁成一片瓦砾。那位教士王安之,只一顿精拳头,早打了个稀烂。法领事得知此事,立刻电告驻京法使。法使立与外部交涉。外部奏闻朝廷,天颜震怒,下旨先把江西巡抚胡廷干撤了任,特派梁敦彦偕同法使署人员,驰往江西查办。一面电询鄂督张之洞对于此案意见,并着他就近派员查办。彼时张尚书密电政府道:

查江令因伤致命情节,据道府县亲见,该令手书数纸,均谓王安之逼令自刎一刀,复有两人执手用刀剪连戳咽喉两下等情。现又向江令家属索出江令手书一纸,文云意是"逼我自刎,我怕痛不致死,他有三人,两拉手腕,一在颈上割有两下"。皆大字。又小字云"痛二次,方知加割两次,欲我死无对证"等语。前后语意均同。据中国仵作医生查验,皆供据"洗冤录",确系被人杀死,并非自刎。据美医证书云:"整齐之横伤在咽喉,靠喉结之处。又一伤,伤口参差不齐,将喉结前面从中一直分开。"又云:"整齐之横伤,是用利器所割,其余之伤,非用利器。"又云:"第一伤用力轻,第二伤用力重"等语。此系用刀自刎以后,又被人用剪戳伤之确据。何则?剪利于刺,不利于割,故伤口参差不齐。自刎故力轻,人戳故力重也。一法官医福庚具画押凭单云:"伤口系在颈之中间,嗓核之上,开作扁形,约横宽三寸,系用利器所割无疑。"又云:"有第二伤口,系直式,与第一伤口作之纵横,亦系用利器所割,此口亦可容指"等语。此系刀伤之后,又受剪伤之确据也。又云:"至于两伤是否同时,虽非同时,亦相距不多时耳。"此为直伤,显系在教堂所受之确据也。两洋医皆谓系两伤,一横伤,一直伤,惟美医则谓直伤较重。既系横、直两伤,后伤又重,是江令实死于加功,不由于自刎,确有可凭矣。即前有自刎一伤,亦由王安之威逼所致。惟当时江令仆从茶房,均被教堂拦阻,不准许入内,究竟如何加功,如何威逼,外人皆不得知。此时欲寻证人,非将教堂司事刘宗尧,帮工艾老三,仆人胡恩赐三人提案研讯不可。且江令受伤在刘宗尧房内,其手书内既云他有三人,两拉手腕,又屡提刘先生,是刘宗尧尤为案内要证。昨嘱赣抚电达浔道商之郎主教,速送三人到南昌讯问,并力认保护,断不刑讯。郎主教意不敢交,殊属不解。窃思伤凭医官,案凭见证,洋医既断为两伤,后伤较重,然则后伤是何人所为,前伤因何事起兴,不凭证人,何以定案?查法官医验伤凭单,系法参赞临行时始行交出,故当日刘、艾、胡三人到省,未能细问。今既据有法官医凭单,自应传案质证。大约江西教民则皆曰自刎，平民则皆曰被杀，然询访在江西之英美各教士，多有归咎于王安之者，足见公道在人。法人欲保教堂名誉，故以全力争此一节。乃关交涉，故难澈究，然而国体所关，民心所系，彼从不认加功，我亦决不能断为自刎，即至万不得已之时，存疑较胜武断。至于威逼情节，更断断不能抹杀。或谓江令伤本可不死，因焚毁教堂后，有某人逼之自死，尤属莠民诬罔之言。查江令才具素优，官声最好，其新昌教案，保全一县性命，弥祸定乱，其功不小。此次被害，亦由于为民力争，虽重伤惨痛之际，其手书皆谆谆以救民保民为念。故江令死后，江西士民同声悲痛，愤不可遏。新昌、上高两县百姓来省痛哭吊祭者，何止数万人？在法人恃强偏执，办理自不免棘手，惟无论如何议结，总不能归咎江令。虽不能责抵偿于外人，尚可存公论于中国，俾日后可为江令奏请优结恤典，以励爱民捐躯之良吏。庶足以存国体而服民心，且免教焰日张，日后更难保护。密电上陈，请代奏。

在张尚书以为这一件事，衅非我启，总不至十分吃亏。不意交涉终结，又花了一大注抚恤费赔偿银。那中法新定南昌教案善后合同，法教士一面，偏又半个错字都不耽。其文是：

为立合同事，近因南昌滋事，杀毙法人，焚毁教堂学堂一案，大法国大清国政府，均愿将此案公平议结，以期两国交谊益敦和好，已经商定各派委员会同办理。大法国钦差特派三等参赞官世袭子爵花翎头品顶戴端贵，大清国外务部奏派直隶津海关道花翎三品顶戴梁敦彦，前往南昌详细查明南昌县知县江召棠身故缘由。本年正月二十九日，南昌县知县江召棠到天主堂，与法教士王安之商议旧案，彼此意见不合，以至江令愤急自刎。乃因该令自刎之举，传有毁谤法教士之讹，以致出有二月初三日暴动之事，中国国家已将有罪之人惩办。兹将外务部与驻京法国钦差议定各条，开列于左，免致嗣后彼此或生异词。

第一条　应给被害教习五人家属抚恤银四万两，另作一万两，作为后来新教习等川资经费之用，其款应以库平色兑交驻沪法国总领事收领。

第二条　新昌等旧案及南昌新案所有被毁教堂、学堂、养济院等处，及教内之人房屋并一切物件，总共赔偿银二十万两整，交由教堂提款，偿补各教案内之人之损失，作为一律了结。

第三条　第二条所载库平库色银二十万两，分为十次交付，每三个月为一期，二万两交由法国主教，在九江收领。

第四条　所有被毁教堂各红契，应由地方官从速补给，营业执照，并在南昌县城内借予教堂房屋一所，以待教士盖有房屋，即行迁移。

第五条　江西巡抚应行从速出示晓谕，其告示底稿，已经外务部与法国驻京钦差会订。

以上五条，分缮华文、法文各四份，其一存外务部，一存驻京法使公署，一存江西巡抚衙门，一存九江天主堂。

大法钦差驻扎中国全权大臣佩带荣光四等宝星巴押

大清钦命外务部左侍郎联　押

大学士外务部会办大臣那　押

协办大学士外务部尚书大臣瞿　押

外务部右侍郎唐　押

西历一千九百零六年六月二十号

大清光绪三十二年闰四月二十九日　印

张尚书见了这个合同，对于政府诸公，很不满意，驰书戚友，每以丧权辱国为言。所以这会子陆润庠引及此。当下载泽笑道："那是不相干的。还是葛老的话讲得有理，明明为编纂差使不曾派及他，有心跟我们生意见罢了。反对由他反对，编纂还是编纂，我们尽干我们的事，脱了稿奏上去，且看上头旨意罢。"

葛、陆两人听了，也就无话。欲知后事如何，且听下回分解。

第一二五回　改藏约星使得优差　剃发匪女子明大义

话说中国自预备立宪之后，各项新政积极进行，大有一日千里之势。乃东西列强，偏于此时缔结协约，草蛇灰线，马迹蛛丝，偏又与吾国息息相通。如英日两国，缔结攻守同盟条约；那日法协约中，竟有“尊重在中国经营商业之机会均等主义”，又有“接近于两缔约国有主权、保护权、占领权之领域之大清帝国诸地方”；日俄协约中，有“两缔约国各允认中国之自主及其领土之完全与夫各国在中国商工事业之机会均等主义”；英俄协约中，有“两国对于西藏均明认中国之主权并互尊其领土之完全”。种种关涉我的条文，一时难以悉举。因此外交界上，顿时添起无数烦恼，生出无数枝节。那几桩外交事件中，要算《藏印条约》最为棘手。其余如改订修濬黄浦河道条款等，都不十分困难。就是《中日新约》，为了日俄重订和约，凡俄国在奉天南部权利，尽让于日本。日本派遣小村寿太郎到北京，开议满洲条约，奕劻、瞿鸿玑、袁世凯三位全权大臣，磋商了三五回，倒也易于就范。至于德人归我胶州海关，日本归我营口，更是容易办理。独有这《藏印条约》，自光绪三十年，派遣唐绍仪为议约全权大臣，磋商到今，首尾三年，依旧毫无眉目。

原来西藏矿藏丰富，地势险峻，素称为世界金库。却说西藏政俗，与内地大不相同。驻藏大臣衙门在前藏，署内办事处共有四个：一是大书房，一是满人房，一是汉人房，一是廓尔喀房。粮台共有五座：是前藏，后藏，拉利，靖西，绰木多（即昌图）。这五座粮台缺，要算靖西这一缺为最优。四座大寺：是来因寺，锡拉寺，白凤寺，甘定寺，每寺僧徒，皆有七千余人。藏中七月麦熟，地瘠民贫，然万山皆是宝矿，僧徒坐食，不务生计，即如锡拉寺，距离使署，不过十里，寺后金沙成块，寺僧为了风水攸关，筑墙封住，不准开采。可怜藏人白有着金矿，啼饥号寒，却穷到个赤精！西藏的税关，真是稽而不征，大有三代风气。一座亚东关，是光绪甲午年三月二十六日设立的，距哲孟雄的大吉岭，八十五英里。距靖西粮台，十四中里。这一座关，不过稽查印藏进出口货，并不征抽货税。藏中亲民之官，尽属番官，例须官家子弟方能入选，所以百姓永远不得为官。至于喇嘛，汉人也能入选，不过要削发为僧罢了。西藏的兵制，旧时驻守的汉兵，多半娶番女为室，或吸鸦片，都已老惫不堪负枪。本地番兵，有三千名，以郎卡子人为最强悍，惟兵之子孙只能当兵，弊与印度相同。西藏的风俗，凡平民，一家有了兄弟，往往即有两兄弟削发为喇嘛，据称一做了喇嘛，就可以不忧衣食，民人见了，必然加意尊敬，称他为孤叔。这孤叔是西藏的尊称，犹之内地的称老爷。不过既然做了喇嘛，就不得娶妻生子，但是喇嘛只忌酒色，不戒荤腥，又与内地僧徒略异。

藏人婚礼，迎娶新妇，用马不用轿，又盛行一妻多夫之制，女权极重。男子对于女子，有顺受而无抗违。譬如兄弟三人共娶一妻，那所生子女，须都归给长兄。子女长大，视亲生之父，与侄之视叔无异，犹之姨娘所生子女，只认适母为母亲，称生母依旧只称得姨娘。一妻多夫风俗，与一夫多妻之风俗，恰好是个反比例。那兄弟共一妻的，如大兄进房，房门前必系白巾一条作标记，次弟见了，即不入内。次弟进房，也是如此。那丧礼也与内地不同，人死之后，有水葬、火葬、天葬之别。

藏人极喜烧香，所以贩售香烛的生涯极盛。藏人深恶洋货，用洋货的甚少。从前出疆到印度等处的藏人，往往不准回藏，是怕他做奸细呢，近来风气也渐渐开通了。藏番最尊重中原人，自从英兵入藏后，也有轻视中朝之意了。藏钱银色最低，每元重一钱三分、一钱五分不等，钱质甚轻，西藏市肆，都剪开来分用的。藏斗名叫尅，因为斗字的番音，系妇人之讳，藏俗重女，故称斗为尅，有十八斤一尅，有三十二斤一尅。

西藏边境，有一个廓尔喀国，也是中朝属邦。廓人性极强悍，钢刀最精。廓王新从英国游学归来，颇有自强思想，拥有劲兵十余万，为西藏之外蔽。前年廓王曾咨请驻藏大臣，挑选博通中学之儒生三五人，到廓教授廓人，以开通边域风气。驻藏大臣置之不理。藏印的道路，由印京加尔各答下午五点钟火车，至九点钟，渡恒河，再上火车，翌晨六点钟，至西里古里。由是上山路，换小火车，计从西里古里至大吉岭，五十一英里，盘旋而上，凡退车层累而升者二十余处。一路均有道里表，计至大吉岭埠，已高出地面七千四百零七尺。从这里往西藏，八十五英里，就是亚东关，路程极迟不过七天。如果不上大吉岭，径由西里古里往布坦入藏亦可，路程不相上下。不过由该处启程，只有马匹乘骑，行李须用牛输送，不如大吉岭地方，有人力车与马较为稳便呢。从亚关至靖西粮台十四里。从靖西粮台到江孜，六百零五里。从江孜到前藏，六百里。总计自大吉岭至前藏，共一千三百零四里。从前藏印分界，原在藏属哲孟雄国之卑谷里镇，该处在西里古里之南，相距只十九英里。八九十年前，被英人划入印界。接着英人与哲孟雄开衅，索大吉岭开埠，每年租价一万二千卢比，大吉岭于是始辟地兴种茶树。光绪十六年，英兵慑服哲孟雄人，钦差大臣升泰奉命划界，而哲孟雄尽入于英。于是藏地遂改由分水流一带山顶为界。哲孟雄划入英国之后，大吉岭租金已经不给，只月给卢比五百于哲王，并把该王留在甘度地方做安乐公了。时贤康有为，挈女同璧女士，遨游哲国，曾晤哲王，曾作长歌寄慨。其词道：

我游哲孟雄，其王迎道周。
珊顶而袴褶，脚鞾腰带钩。
从官并冠袍，雉尾拥刀矛。
森森汉官仪，惊喜入我眸。
延我入其宫，莽莽依荒丘。
极望少人家，徒见峰峦稠。
冈颠飐大旗，金顶抗崇楼。
列室耀金章，梵文画幡旒。
正殿设中坐，拜伏多群酋。
南子出握手，霞帔珮琳璆。
凤冠珠垒垒，中华妆尚留。

设儿饮我酒，从官跪献酬。
赠我二吴经，酒筲与茶瓯。
百器皆华物，侧恻我心愀。
世谱存藏僧，受封实藩侯。
环疆二千里，虎节镇山州。
南与布丹国，拱卫要荒悠。
惜我不能卫，强英遂录收。
今为保护国，忽忽十四秋。
给俸仅月千，贫困等拘囚。
英主顷加冕，迫令朝贺愁。
遣子聊自代，欲遁不自由。
见我上国客，悱恻情尚遒。
解带以赠王，聊用慰绸缪。
颇闻布丹人，望救心百忧。
岂知瑶池饮，王母醉云讴。
煌煌典属业，日日蹙边陲。

这几年来，大吉岭商埠日益繁盛，藏人前往谋生的，不下二千人。英人经营入藏之路，日益完备，沿途均有兵站，预备旅行的人住宿。比于内地出关的巴塘、里塘，道路崎岖，驿递须经百日，而又盗贼炽昌，相去真是霄坏呢。癸卯甲辰之间，印度政府派英将荣赫鹏带领工兵二千，英兵三千，印兵八千，廓尔喀兵三千，联军入藏，直抵拉萨。达赖喇嘛唬得逃了库伦去。荣赫鹏追胁藏番，订约十条，认西藏为被保护国。此时我国驻藏大臣是有泰直。这位有泰大臣，真是个宝，平日内政外交，一切都不管，只知道任用仆役当统领，谋书吏并渔色番女等事情。似这么迅雷不及掩耳的非常大变，叫他如何料理得下？朝廷闻之大惊，立电有泰，叫他与英人严重交涉，力阻画押。继见有泰不中用，特派唐绍仪由印入藏查办，即命他为全权大臣，将条约酌量改订。

唐绍仪到了西藏，与英员开议，反复辩论，再四磋商，无奈英员辞意坚决，再也不甘退让。交涉首尾三年，依然毫无眉目。不意强人还遇强人手，俄罗斯人见英人如此举动，心下很是不甘，急起直追，也派侦探大队遍游藏中，勘矿的勘矿，测量的测量，更派马队数千，深入拉萨，伺隙而动，图掣英人之肘。朝廷更命张荫棠由印入藏查办事件，扰了个江翻海倒，英人始肯平和解决。于是唐绍仪与英使萨道义订立藏印正约，虽然失些利权，总算还不至十分吃亏。当下唐绍仪就把办理藏约事情，拜折奏闻朝廷。朝廷很为嘉许，下旨派唐绍仪为税务会办大臣，以酬其劳。

这日，又降一道恩旨，是赏给岑春煊太子少保衔，李经义、丁槐等，都给与奖叙。这与外交是不相干的。原来广西地方，游土各匪，四起勾合，南泗、镇色、柳庆、思浔、太平、恩顺等属，无地不匪，岑春煊自光绪三十九年五月到广东，即带兵赴广西浔柳督师，遴选文武，分头剿办，八月身还广东。这时光，镇太、泗色、思南各路，已经渐告平靖，先后擒斩匪首黄五肥等数十人。三十年五月,柳州兵变,柳庆土匪又同时蜂起。春煊派遣龙济光、王芝祥、陆荣廷等分路攻剿,擒斩万余人,始告肃清。奏报到京,恰与藏约告成差不多时光,所以恩命同日降下。

从来说上行下效,捷于影响,内外大小臣工,见朝廷办理新政,十分认真,谁敢偷懒延宕!此时京畿各营,一律都振刷精神,改练洋操。这洋操可不比别的事,第一,各兵士须改穿陆军部新定制服,以壮观瞻。穿了新制服,脑后拖辫,很是不雅,因此,各统领都叫兵士把发辫藏在军帽里。发多辫大的,便叫他削去一半,改良做小辫。

彼时京营有一个目兵,奉了主帅之谕,将脑后长发,削去一半,以便藏辫帽中。这目兵就回家,跟他老婆商议。他老婆道:"这件事情,很容易办。"一边说,一边早取剪刀在手,趁他不防,左手提起辫子,右手只尽力一绞,早齐根儿绞掉了。目兵大怒道:"你这个样子,坑了我了,如何好见主帅?吃一顿军棍不算,怕还要革出营呢。"他老婆笑道:"不要紧,恁主帅如此利害,再不会为了剪辫革掉你粮的。"目兵道:"你是妇人家,镇日坐在炕上,外面的事情,哪里知道?前儿我跟两个营里朋友,在大栅栏厚德福酒馆喝酒,瞧见隔座这一席上,有一个四十余岁的老先生,跟着三五个少年,坐在一块儿大谈阔论。那班少年谈及外洋各报纸,笑咱们的发辫是豚尾,遇见了总提在手里玩笑,所以咱们都把发辫剪去。老先生这时光已有八分醉意,一时性起,大呼堂倌拿小刀来。我瞧在旁边,错疑他要自尽,倒唬了一跳。哪里知道他取到小刀,向脑后只一抹,把一条花白的发辫,齐根儿割掉,合座的人,全都拍掌呼万岁。"他老婆听到这里,接口道:"该该!这是很文明的事。"那目兵道:"还说文明呢,就吃这文明,害了他一辈子。"他老婆道:"何至于此?"那目兵道:"次日我在顺治门外上斜街,又遇见了这位老先生,见他垂头丧气,很是不高兴。打听旁人,才知他为了剪辫,把一个很优的优馆失掉了。原来这位先生,在某部郎家里设帐,昨夜酒后回宅,学生见他脑后蓬然,不禁失笑。老先生大怒,喝住了学生。不意部郎家人,早把先生剪辫这件事,当作新闻般讲开来。某部郎大不为然,即于次晨,具了衣冠赴塾,正色向先生道:'我功名是从旧学得来的,不知新学为何物?老夫子既然喜讲新学,是与我意见不合,小儿也不敢再行请教了。'这位先生只得检点行李,垂头丧气而去。现在我这个样子,不是要我跟这位老先生一般么?"他老婆笑道:"不要紧,我写一张字儿给你,呈给主帅瞧了,包在我身上,总不会革你这一名粮。"这目兵素来佩服他老婆的能耐,只得答应了。次日到营,陈明缘故,呈上字纸,却是两首新诗。第一首是:

堂堂丈夫,表表人物,心存国耻,何惜发贼?况此豚尾,藏垢纳污,研究卫生,须急剪除。

置身军界,更宜早图,振刷精神,讲求经武。妾虽女流,颇识时务,目睹时局,不可固执。

夫为国民,岂同碌碌?拔去凶邪,方称职守。切肤之患,安肯与久?若留孽种,贻羞外族。故假斧斤,为君一斩,堂哉皇哉!此举非忽。至理所在,其谁曰不?

第二首是:

落手惊将短鬓搔,三千发匪黯然销。愿为天下除烦恼,都付并州快剪刀。

主帅见了,一笑置之,果然并不见斥。欲知后事如何,且听下回分解。

第一二六回　争路约制府运机谋　办卫生警员闹笑柄

话说这一年是光绪三十二年丙午，国务最为繁重，宣示预备立宪，改革官制，改订藏约，前回书中，都已叙明。更有一个绝大的铁路风潮，各处的绅商，为了此事，开会演说，不知费掉几多唇舌？各省的疆吏，为了此事，函电交驰，不知费掉几多心思！弄到结果，天可怜见，心思唇舌，总算没有白费，依然达到收回自办的目的，只不过又花了一大注冤钱。当下两湖总督张之洞，因收回粤汉铁路自办的事，办理完结，拜折奏陈，其辞道：

窃臣于上年二月间，访闻承办粤汉铁路之美国合兴公司，并未知会中国，私将公司底股三分之二，售与比国公司，董事亦大半易置比人。查比与法通，法又与俄合。京汉铁路，已由比法两国合办，若粤汉铁路再入其手，则中国南北干路地权，全归比法等国掌握之中。与俄人所起东三省铁路，钩连一气，既扼我之吭背，复贯我之心腹。而借款本息太巨，年期过久，限满后断无赎回之望，其为中国大患。殆有不忍言者。臣探询既确，焦灼万分，立即电致湘省官绅，并致铁路总公司大臣盛宣怀，痛言利害，竭力争持，以合兴无端违背合同，亟应据理责言，废弃前约。自臣创此议后，湘鄂粤三省绅民渐次传播，始知有粤汉路约不善之说。议论推敲，群思补救。无如合兴公司既异常狡执，美国富商复遣合兴之党柏士，来华运动，自称系华丰公司，愿借给中国巨资，助我与合兴废约，而另立合同，将此路归其承办。其实华丰无异合兴，然而术诡言甘，于是被其煽惑者，忽倡以美接美之说。众议纷纭，大为所动。臣以合兴公司违约失信，覆辙在前，若仍听以美接美，是直以移花接木之计，愚弄中国，一切权利仍落他人之手。中国丝毫不能收回，与所以筹议废约之故，自相矛盾。遂电沪力阻其议，柏士因亲至京师，介其公使，向外务部要求。外务部函令来鄂就臣商办，其驻汉美领事，复多方为之游说。臣面告以此约必废，无可商议！柏士到沪后，复三次来函，揽办路款，均经臣严词驳拒，坚不允行。由是袒美者咸嗒然失望，而怨谤纷来，阻挠百出，筹议废约之事，益形棘手矣。

迨上年十一月初三日，臣承准军机大臣，字寄光绪三十年十月十一日，奉上谕御史黄昌年请挽回路政一折，"粤汉铁路，关系紧要，现在合兴公司正议废约，应即另筹接办，着张之洞悉心核议，妥筹办理，以挽利权。原折着抄给阅看，将此谕令知之，钦此"。臣自奉明旨，责有专归，乃益抱定宗旨，不敢为异说所摇。然为难之处，不一其端。臣初意以为盛宣怀为与合兴公司订约原议之人，系铃解铃，贯资一手，故开诚布公，往复电商，深冀其相助为理。不意筹商累月，盛宣怀屡因宿疾缠绵，困卧不能办事。正当吃紧之际，臣去电兼旬，杳不得复，偶有病间答复，而精神未能贯注，终不得此事要领。此时盛宣怀病势甚剧，屡濒危殆，无怪其然。而湘中官绅之派赴上海者，一则主张订借美款，几为柏士所愚；一则径自聘用律师，直令赴美，与合兴涉讼。均经臣飞电力阻追回。其事乃已，群议纷歧，轻举妄动，几误大局。此其为难者一也。臣以事机危迫，稍纵即逝，不得已始径电出使美国大臣梁诚密商办法。该大臣复称中国废约之说，喧腾报纸，美公司已预为之地，由彼富商摩根，将此国股票，重债收回一千二百分，以争事权仍在美国之手。即与合同不背，不能再言废约。美政府极力袒护，屡饬其驻京使臣柔克义，向外部干涉，声言美政府断不允废此约。合兴总办惠惕尔，因出使大臣梁诚，持正力争，辩诘甚紧，遂拟撇开梁诚，自行来沪，设法把持此事。经臣闻知，切电上海总公司，转告惠惕尔彼即来华，无论改何办法，臣断不承认，嘱其飞电阻回。此其为难者二也。臣往复与驻美使臣梁诚电商，直言废约，或致有碍国家交涉。改为赎约，则仅商务往来，事出和平，彼政府自无从干涉。该大臣因就此意与合兴公司反复磋商，彼延前美国兵部大臣路提，前美国按察司英格澜为主谋。梁诚乃延聘前美国外部大臣福士达，铁路专门律师良信等，与之抗议。路提以美国国体，东方商务，种种关碍为词，语意坚决。福士达等再三辩诘，始认原定合同之疏漏，合兴办事之含混，允听中国政府修改合同，收回权柄，由美国政府担保，永不转替，而赎约则坚不允许。经出使大臣梁诚，痛切开导，力陈三省之舆情，中朝之意旨，微臣之定见，大局之利害，路提等甫允开议售让办法。而合兴索价浮冒，初开七百万金圆，继又索公司酬劳二十五万金圆，借票余利四十余万金圆，利息在外。经与驳减，彼即以股东未曾议定，经月迁延，不允遽决。比主复遣其亲信至纽约，极力阻止，事几中变。此其为难者三也。迨复议定赎路全价六百七十五万金圆，另给利息，甫将革约彼此签字，而比政府竟电美外部强行干涉，比主复面晤摩根，唆使悔议，并介美总统之友美国上议绅比治迟转告美总统，力翻此案。美总统适接其驻华使臣柔克义电，误会我政府无意废约，且疑臣与出使美国大臣梁诚，非均政府授权经理之人，遂欲挑剔废约两字，借端以废草约，危机顿迫，几几功败垂成。臣于七月十三日电奏内，已详晰陈明。此其为难者四也。幸荷圣明昭鉴，俯准施行。外务部亦悉力主持，一再照会美使，声明臣与梁诚，实有办理此事之权。美总统尚知慎重邦交，转而允许，其事乃定。而湘鄂粤三省绅民，骤欲筹此六七百万金圆，约华银千余万两，断断无此力量。假使款不应手，非但立误事机，抑且贻羞中外。此其为难者五也。臣自奉旨筹议粤汉路事，即屡次分电湘粤官绅，公议切实筹款之法。嗣准两广督臣岑春煊十二月十一日来电云，此事必须备有赎路的款，方能争论。而粤绅涣散，倡议者无钱，有钱者不管。绅力断不足恃，官力则艰窘已极，更无担任如此大宗之力。且果使废约，立须巨款应付，即有别项筹款之策，亦缓不济急。愚以为宜由鄂湘粤合借洋款若干万,分年匀摊,认还此款,借成约废,即以赎路。不废,立时付还,虚糜利息,亦尚有限等语。而湘绅商电亦无立筹巨款之策。臣体察湘鄂粤三省情形,既属相同,不得已始定借款之议。一面电商湖南抚臣,转询湘省各绅。湖南抚臣复电云,与诸绅熟商,均应遵办。遍加询访,惟英领事所开利息较轻,借款交付实磅,不须折扣,惟于粤省别有要索利益之事。臣婉辞推谢,致借款之议,久悬不定。迨本年八月初二日,猝然接到出使美国大臣梁诚电,合兴股东已将草约批准,第一期款美金二百九万八百零六圆,应于西历九月七号即八月初九日在纽约交兑,计期已近,务请合三省全力迅即筹足。于西九月七号以前电汇到美,免致变局等语。臣电致梁诚,恳其展期十日,以便赶筹。复电云,第一期款商缓十日,福上达谓前遵尊电,将赎款备齐,悔约索价各节,警告摩根,正约六号签押与否,视此期交款为从违,若再生变,万无挽回,务祈如期电汇等语。盖合兴之意,料知中国贫窘,断不能于旬日间猝筹数百万巨款,故其总股东于草约定后,已将三个月,多方推宕,延不批准,此事成否未定,以致筹不能筹,借不敢借,直至届期前七日,始电告中国,批准立索交款,若款不能集,则此约全翻,转将讥我无款自误。此谋至狡至毒,蔑以加矣!其时英领事先期赴庐山避暑,臣逆料急而相求,要求必甚,且议订合同,亦须兼旬以外,而应付合兴之款,若愆期一日,全局俱翻。当此之时,既不能乞援于外洋,复不能求助于他省,以关系中国南疆全局之大,举特旨饬办之要政。议论两年,全球皆知,若徒以无款之故,竟致不能收回,自弃草约,不惟利权永弃,而且令各国讥笑中国办事者,皆空言无实之人,以后一切邦交,种种窒碍。此七日之中,臣忧煎万状,绕室傍徨,此事结局如何,竟不敢预料。此其为难者六也。幸湖北官钱局,信义素著,尚为各国银行所信,臣召集司道恳切筹商,均以大局利害所关,同心担任。立即一面饬官钱局设法担保,先同汇丰银行,息借银三百万两,官钱局凑集银二十三万两,竟如期电汇已到美国,实非臣意料所及。当即将赎路正合同,电由军机大臣代奏,请旨画押钦奉俞允。一面电招英领事回汉,商订借约。英领事见臣处第一期付款,已能暂行自借应付,而赎路事关系大局,亦愿助成盛举,于是前所要求者,不再提及,合同条款,悉照光绪二十六年八月,湖北因保护长江,筹备饷需,向汇丰银行息借五十万两成案办理,业经将合同咨明外务部在案。此项借款,于铁路权利,固丝毫未尝有所假借也。借款既定,应付合兴第二期款,遂于中历九月十二日,全数交清。合兴即于是日,分电沪粤两处公司洋人,将在沪存储之图表册籍,在粤已修之铁路,及机车房栈一切备用材料,悉数点交中国委员接收。经臣派员分别接收清楚。查此次合兴所订售路合同,载明中国政府,可将合兴公司在中国所有产业,已成铁路材料,测电图表,开矿特权,以及在中国所有权利,无论明指暗包,一概全行收管等语。玩开矿特权,及明指暗包之言,可知从前所失权利之大,实无穷尽,今幸得全数赎回,从此永断葛藤,消弥巨患,此皆仰赖朝廷之威德，及枢部诸臣同心匡助，三省绅民协力图维，出使大臣梁诚才识兼优，忠实为国，规划辩论，妙协机宜，故此事克底于成。现已议定修路之款，由三省官绅合力筹集，决不再借洋款，惟款由本省绅民集股，只能各筹各款，各修各路，大纲必归划一，而办法不能尽同，与他处铁路之借款兴办者，迥不相侔。绅民办事，全赖地方官相助为理，似须责成本省督抚，督饬司道及地方官既绅士商民，因地制宜，设法筹办。庶情形不致隔膜，工程亦免延搁。谨奏。

皇太后览奏之后，笑向德宗道："闹了这许多时光，总算办妥了，张之洞倒也有点子能耐。现在苏杭甬铁路草约，已经撤废；日本人在奉天造的新奉铁路，也经袁世凯赎转；粤绅办的新宁铁路，也已动工。这会子这一条干路，又争回了自办。从此后铁路上再没有洋人势力了，不知要免去多少是非口舌呢。"德宗照例应了两个"是"字。皇太后又随后翻起两个折子，一瞧时，都是奏复奉旨交议御史赵启霖统筹禁烟事宜的。设立总局一折，分别议准的事：一个是度支部奏复奉旨交议御史赵启霖禁烟期于实行一折，统筹禁烟事宜及土药税仍旧办理的事。太后瞧过，并不发言，提起朱笔，批了两句"照所请，钦此"的话，随向德宗道："这么办好么？"德宗照例答了句"甚好"。原来两宫振精刷神，办理新政，已于八月中，降旨严禁鸦片，定限十年以内，将洋药土药之害，一律革除净尽，所以才有这么的折奏。当下民政、度支两部，奉到朱批，各自分头办去。

且说这民政部管理着内务，事务最为纷繁，又因部署新立，各项人员都系生手，既无旧例可援，仅有新章堪守，办理各政，就不免时闹笑柄。即如卫生巡警的成绩，已足令人喷饭。

一日，北京西城粉子胡同某姓宅里，死了一个妇人。这妇人死的缘故，为是难产。卫生巡警见有死人，照例原该干涉，为的是怕有时疫等症有碍众共卫生之事。当下卫生巡警见粉子胡同有了死人，忙来询问缘故。该宅主人照实回明。巡警饬他收殓，这都是官样文章的事。不意这巡警出去之后，忽又回来询问，这死的是妇人还是姑娘？该宅主人啐道："是你们家的姑娘！"是一桩笑柄。还有崇文门外高家营丁姓，死了一个人，报知南营参将衙门，领有收殓执照。忽有巡警到来，问他为甚不报本区警局？丁姓回言，已经报知参署，领有执照。巡警又道："这一回就这么，以后如果再死人，须到本区来报告。"丁姓怒骂道："以后即死掉你一家人。"这又是一桩笑柄。又一日，警厅忽发奇想，取缔担粪夫子，饬五城内粪厂，悉移向五城之外，并且抽收粪捐。粪夫为了城外道远，已不乐从，又听得抽捐之信，于是相率罢工。五城内大小住宅，粪无所出，积秽不堪，警厅没法奈何。某相府为了此事，特地遣丁片请厅官除粪，厮闹不休，经多人解劝始免。这一年，东三省盛传鼠疫，各省都设法预防。京师系首善之区，防备得格外认真。顺天府即在民政部里领得防治鼠疫费三万两，设立局所，选派医员，约耗三千余两；购办药水，置备器具，约耗千余两。不意比户查稽，病死的人，很是不多，拟把所存余款，用到各州县。据检疫员报告，仅三河境内一二家有疫，其余各处，均无传染。局长检点药物，十存八九，蹙额道："这么大的地方，怎么竟没有病人，奇怪不奇怪？"新政初行，种种笑话，诸如此类，不一而足。暂且按下。

却说中国疆域之大，人才之众，频遭外侮，厄苛屡政，官吏酣歌恒舞，人民梦死醉生。偏有一个绝大怪物，震雷一声，天地开张，睡狮奋吼，百兽震恐，从这夜气沉沉当儿放出一线光明，把睡熟的人全都惊醒。你道是什么？就是革命党，就是革命党主张的民族主义。这一个主义，从个人起点，渐渐浸透到社会，渐渐蔓延到全国，到这会子声势之大，气慨之雄，简直是不可比拟！各省优秀分子，云合雾集，在日本东京地方，组织一个革命同盟会，凡兴中会、华兴会、三合会等各革命团体，联合同盟，一致进行。

这日，革命同盟会开成立大会，五湖四海英雄，三江八闽豪杰，无不齐集。先由会长孙文报告各革命团体合并手续，次由副会长黄兴演说合并缘由。这孙文，号逸仙，广东香山人氏。初入兴中会，潜谋革命。乙未十月，谋在广州地方起事，作事不密，被官军侦知，急遁海外。会员陆皓东等都送掉性命，死在官军手里。孙文逃至英京伦敦，被驻英公使袭照瑗捕住，经英政府出场干涉，才得释放。黄兴，字克强，湖南长沙人氏。庚子年与陈天华、宋教仁等创设华兴会，定期十月中，在长沙举事。不意九月十五日，机关已经破露，于是不得不逃到日本来。

当下孙、黄两豪杰报告才毕，就见会员中一个少年英雄，跳上演坛来。众会员瞧见这个少年英雄，顿时掌声如雷，都说："伯先又有伟论发挥了。"原来这少年姓赵，名声，字伯先，江苏丹徒人氏。南洋陆师学堂第一次毕业生，曾做江南陆军三十三标统带。一日，带了兵士，遨游山水，猝诣故明孝陵，问众军士道："你们知道这一座皇陵中，是哪一朝皇帝？"那军人中有曾受过教育的，略能道出一二。赵声就起立演说，详述明末清初历史，满人如何淫暴，杀掠如何惨酷，慷慨激昂，声泪俱下，军人全都感动，无不泣下沾襟。这一件事情，被制台知道了，要把赵声大大治罪。怎奈查无实据，只得把他撤差完结。部下军士感他平日恩义，都有依依不舍之态，临行话别，无不红晕于眼。赵声撤掉差使，举动很是自由，遨游南北，物色英杰，为革命实行之预备。在北京时光，与吴樾异常投机，离京之后，吴樾遗书赵声，有"某为其易，君为其难"之句。赵声赠诗吴樾，吴复书称："每一诵之，则心为之一酸，泪为之一出。"其诗是：

淮南自古多英杰，山水而今尚有灵。
相见尘襟一萧洒，晚风吹雨太行青。
双擎白眼看天下，偶遇知音一放歌。
杯酒发挥豪气露，笑声如带哭声多。
一腔热血千行泪，慷慨淋漓为我言。
大好头颅拼一掷，太空追扰国民魂。
临时握手莫咨嗟，小别千年一刹那。
再见却知何处是，茫茫血海怒翻花。

又有《登越王台》一首，其辞是：

七雄兼并真无谓，刘项纷争只自残。
独向天南开版籍，能将文化服夷蛮。
公真矍铄威名古，我尚飘零姓氏惭。
今日登楼凭北望，中原云雾正漫漫。

又有《乙酉初度寄友》一首，其辞是：

百年已过四分一，事业茫茫未可知。
差幸头颅犹我戴，聊持肝胆与君期。
欲存天职宁辞苦，梦想人权亦太痴。
再以十年事天下，得归当卧大江湄。

当下赵声朗声演说，无非是勉励同志，消除意气，积极进行的话，听者掌声如雷。赵声说罢，接着又跳上一个少年来，只听众人都道："狮眼儿林大将军上台了。"果见那少年虎头狮眼，气宇不凡。原来此公姓林名文，字广尘，一名时塽，福建福州闽县人氏。他的祖爷爷，就是当代赫赫有名的云南抚台林鸿年林大中丞。林文虽是世家子弟，却丝毫没有纨袴习气，生得聪明颖悟，气度偏又恢廓，性情偏又恬淡，生平以武侯、渊明自况，尝制一水晶小章，文曰："进为诸葛退渊明"。接物待人，却偏又豪迈爽侠，丰仪清雅，躯干修伟，两目精光射人，人皆称他为"林大将军"；又因他书法遒劲，党中人戏称他："林将军狮子眼扁担子"，他因自号为"狮眼儿"。自幼失恃，赖姊氏鞠育长成，年二十一，奉姊命东渡留学。初入成城学校，后进日本大学法科，悉心穷研国际公法及国法学，至于私法，即摈不屑学，道："此种刀笔吏事情，不是吾辈所当急的。"治阳明学、禅学，很有心得。他的老姊，嫁与沈葆桢为媳，万里奇书，常嘱他励志勉学。林文到东之后，见国事日非，深愤政府无状，遂决计舍身救国，投入革命党。党魁孙文很是器重他，林文在党里头，跟党员汪兆铭号精卫的，胡衍鸿号汉民的，倪炳章号映典的，黄兴号克强的，赵声号伯先的，最为要好。尝向诸友道："我若不幸，未及报国而死，负吾良姊了。"奔走国事余暇，喜为诗歌，其诗有散见于香港《中国日报》者，如：

落叶闻归雁，江声起暮鸦。
秋风千万户，不见汉人家。
仆本伤心者，登临夕照斜。
何堪更回首，坠作自由花。

故国河山远，秋风鼓角残。
登临悲岁促，涕泪向人难。
路尽大应近，江空月自寒。
不辞随落叶，分散去漫漫。

极目中原事，干戈久未安。
豺狼充道路，刀俎尽衣冠。
大地秦关险，秋风易水寒。
雪花歌一曲，听罢泪漫漫。

秦始河山百二重，而今无地觅尧封。
郑洪义举斜阳冷，葛岳奇才碧水空。
人事何曾哀乐尽，野花依旧寂寥红。
鱼龙残夜谁能啸，只此伤心万古同。

男儿埋没与君何，我亦伤心哭逝波。
李杜文章嗟莫及，蔺廉肝胆喜相磨。
西方有梦归犹急，北斗无声泪更多。
太息江东豪杰尽，糟糠无复铸夷齐。

年逾弱冠，不言婚娶，或问他为甚久不言娶，林文正色道："瓜分之祸，旦夕立至，尊严祖国，行见丘墟，亲爱同胞，将即于奴，岂志士授室时耶？"当日林文跳上演坛，向众人道："革命的事情，尚实行不尚空谈。自吾党组织到今，日日以革命鼓吹，日日以革命号召，究竟真实干过了几回？在明白的人呢，果然知道我们持重，不肯轻举妄动；不明白的人，只道我们挂着虚牌子哄人，就难免要说我们坏话。这件事跟革命进行的前途，很有关碍。现在难得各党合并，革命的势力，顿时雄壮了许多，不如趁这当儿，切切实实干一回儿，一可以争回已失的名誉，二可以唤醒内地同胞的立宪痴梦。诸君以为如何？"

话声才绝，早见众中又跳起一个少年来。众人都喊道："遁初起立，又有惊人议论发表了。"原来起立的那位少年，姓宋，名教仁，字遁初，一号桃源渔父，湖南桃源人氏。天资俊伟，志愿不凡。十二岁丧父，家境很是清贫。刻苦好学，年未弱冠，文名已经大著。癸卯年，在武昌文普通学堂肄业，即抱改革大志。这时光，只有二十二岁呢。甲辰年八月里，回到湖南，与黄克强、刘揆一等，组织华兴会，推举黄克强为总理，共分五路，教仁自己主持常德一路。又与同志胡经武在湖北地方，设立机关，名叫科学补习所，以与湘中遥应，大集同志，定议十月十日起义。不意才到九月十五日，机关已经破露，教仁从常德走长沙，知道武昌学校已将己名除掉，于是逃到上海，乘邮船到日本，入东京宏文学校，又入早稻田大学。乙巳年，创办《二十世纪之支那》杂志，鼓吹革命。孙文从欧洲到日本，会合各省革命同志，组织同盟会，宋教仁也很出力呢。欲知宋教仁何时起立，有何惊人议论，且听下回分解。

第一二七回　振贝子私娶杨翠喜　赵启霖疏劾庆亲王

话说宋教仁步上演坛，各会员异常注目，只见他从容不迫的道：“今儿这个伟举，党会同盟，万人一致，今后于革命进行上，不必说自然增起无上便利。但是这么一个大团体，没有个机关报，终是个缺点。兄弟的意思，拟把《二十世纪之支那》，归给同盟会，作为机关报，未知众位以为如何？”众人齐声赞成。当下众豪杰又商议了一会子，议决克期举事，分头进行，有赴安南的，有赴香港的，有赴长江一带的。

宋教仁见同志都在南方运动，北方尚未着手，于是投袂奋起，同了党员白逾桓、吴崐并日人末永节起程赴东三省，以便设立辽东支部，运动马贼，占据奉天，以与南方回应。不意才到半途，就得着江西萍乡会党失败的消息。原来赴长江一带的革命党，到了湖南浏阳县，就竖旗起事。萍乡矿工，事前早受了运动，这会子便如铜山东倾，洛钟西应，都起来相应。无奈军火缺乏，人手稀少，恁你气壮如山，只不过如电光石火，现了一现，依旧被官军扑灭了。白白使长江一带的党人，被官军拿捕了去，丧命的丧命，监禁的监禁。如江督端方派探在扬州地方，拿获党人杨恢、李发根、廖子良，并搜出炸弹八枚，制造炸药药料多件。又获到孙毓筠、权道涵、段沄三个。审讯完结，杨恢送掉了性命，权道涵、段沄永远监禁，孙毓筠等三人，各受了监禁五年判决。江西官场，获到陈祥友等二十五名，都送了性命。湖北有曹玉英等七人，湖南有禹之谟等九人，都先后遭难。

这个恶消息，传入宋教仁耳中，教仁并不在意，向同行的人道：“管他，咱们尽干咱们的。”行到辽东，筹定计划，便在碱厂地方，秘密招兵，忽地机关破露，白逾桓被官军捉了去。宋教仁没奈何，只得且自回东，图谋再会。

且说江西官场剿平了萍乡会党，立即飞章入告。皇太后深为诧异，向军机大臣道：“古怪极了！朝廷已经降旨预备立宪，这一起乱党还要革命？做什么？”奕劻道：“从前国中只有新旧两党，现在新党里又分出立宪派、革命派两派了。那起没王法的乱党，全是革命派人。”皇太后道：“立宪派都是何等样人？有没有欢喜革命的？”奕劻道：“立宪派大半是读书明理之士，不过见解太偏点子。喜欢革命？怕还不至于呢！”皇太后道：“原来读书于国家，有这么的关系，我就知道对付革命的法子了。”奕劻应了一声“是”，也不敢细问。

不意退值之后，朝廷忽降下一道旨意，大旨说是孔子至圣，德配天地，万世师表，允宜升为大祀，以昭隆重。中外臣工见了此旨，无不疑心，以为正值预备立宪，新政进行，忙得不得开交时光，忽有这闹中取静、忙里偷闲的间着，朝廷举措，真是出人意外。他又哪里知道上头为此，也有不得已的苦衷呢！

时光迅速，转瞬又是新春。交了新春，朝廷更现出一番特别的新气象。整理庶政，改盛京将军为东三省总督，兼管三省将军事务。奉天、吉林、黑龙江，各设巡抚，以徐世昌为东三省总督，并授为钦差大臣，唐绍仪为奉天巡抚，朱家宝署吉林巡抚，段芝贵黑龙江巡抚。这一道旨意不打紧，不意又引起一桩极有趣味的公案来。

据说庆亲王奕劻的儿子贝子衔镇国将军载振，奉旨到东三省查办事件。公毕回京，路过天津，道员段芝贵夤缘迎合，购了一个绝色美人杨翠喜，献给载振。这杨翠喜是天津著名歌妓，原是直隶北通州人氏。十二岁时光，她老子娘带了她到天津，恰遇着义和拳之乱，于是避难到庐台。兵乱世界，无可谋生，她老子娘穷得要饿死，就把她卖给了土棍陈某。等到联军攻破天津，义和拳四散，商民渐渐走集，陈某挈翠喜至津，住在城中白家胡同，与邻人杨茂尊，一时话得投机，就将翠喜转售于杨某。

彼时津沽间声伎，颇称一时之盛。有一个叫陈国璧的，买了两个女孩子，一个叫翠凤，一个叫翠红，在上天仙戏园演戏，赚的包银很不少。杨茂尊异常眼热，就叫翠喜跟着陈家两个女孩子学戏，专演花旦。究竟心灵智巧，不多几时，《拾玉镯》《珍珠衫》《卖胭脂》等几出著名戏，早唱得声容毕肖。十四岁，在侯家后协盛茶园登台，未几受大观之聘，声价顿时一振。津门豪客，多替她揄扬，说是女伶魁首。十八岁，到天侧园演唱，月得包银八百元，声名愈益高了，为的是她唱得一口好梆子，生的偏又千娇百媚。

段芝贵在贝子爷跟前送了这么一个大人情，又从天津商会王作霖处，筹措十万金，为庆亲王寿礼，仗着这点子人情勋绩，就得不次超升，升署为黑龙江巡抚。偏有个好事的什么河南道监察御史赵启霖，据实纠参，折内话头很是利害，有"疆臣夤绿视贵，物议沸腾"等语。两宫览折异常震怒，下旨御史赵启霖奏参载振各节，有无其事，均应彻查。着派醇亲王载沣、大学士孙家鼐确切查明，务期水落石出，据实复奏。一面降旨，段芝贵着撤去布政使衔，毋庸署理黑龙江巡抚。这段芝贵也算他倒运，已经到手的巡抚，平白地被人参掉。过不多几天，两钦差复奏上来，把这件事洗刷得干干净净，于是参人的赵御史，可就糟了！

这日，奉到上谕：

> 前据御史赵启霖奏参新设疆臣"夤缘视贵"一折，当经派令醇亲王载沣、大学士孙家鼐，确查具奏。兹据奏称："派员前往天津，详细访查。现据查明，杨翠喜实为王益孙即王锡英买作使女，现在家内服役。王作霖既王贤宾，充商务局总办，与段芝贵并无往来，实无措款十万金之事。调查账簿，亦无此款。均各取具亲供甘结"等语。该御史于亲贵重臣名节所关，并不详加访查，辄以毫无根据之词，率行入奏，任意污蔑，实属咎有应得。赵启霖着即行革职，以示惩儆，朝廷赏罚黜陟，一秉大公。现当时事多艰，方冀博采群言，以通壅蔽。凡有言责诸臣，于用人行政之得失，国计民生之利病，皆当恳切直陈。但不得摭拾浮词，淆乱观听，致启结党倾轧之渐。嗣后如有挟私参劾，肆意诬罔者，一经查出，定予从重惩办！钦此。

赵启霖落职之后，全台顿时大哗。振贝子内不自安，也具疏辞职，略称：

臣系出天潢，夙叨门荫，诵诗不达，乃专对而使四方，恩宠有加，遂破格而跻九列。倏因时事艰难之会，本无资劳才望可言，卒因更事之无多，遂至人言之交集。虽水落石出，圣明无不烛之私而地厚天高。踏踢有难安之隐，所虑因循恋栈，贻衰亲后顾之忧，岂惟庸懦无能，负两圣知人之哲，不可为子，不可为人。再四思维，惟有仰恳天恩，开去一切差缺，愿从此闭门思过，得长享光天化日之优容。倘他时晚盖前愆，或尚有坠露轻尘之报称。

文词斐然，说得很是婉曲微妙。

德宗降旨道：

朕钦奉皇太后懿旨，载振奏历陈下悃，恳请开去各项差缺一折。载振自在内廷当差以来，素称谨慎，朝廷以其才识稳练，特简商部尚书，并补御前大臣。兹据奏陈，请开差缺，情辞恳挚，出于至诚。并据亲王奕劻面奏，再三吁恳，具见谦恭抑畏之忱，不得不勉如所请。载振着开去御前大臣，领侍卫内大臣，农工商部尚书等缺及一切差使，以示曲体。现在时事多艰，载振年富力强，正当力图报效，仍应随时留心政治，以资躯策，有厚望焉。钦此。

参人的，被参的，不论谁是谁非，尽都革职开缺，朝廷办理此案，已经至公无私。不意御史台那班都老爷，偏是不识窍，御史赵炳麟、都御史陆宝忠，先后陈奏，宽容台谏好似有意跟朝廷闹意见似的。

这日，上头又明降谕旨道：

朕钦奉皇太后懿旨，昨据陆宝忠奏，言官参劾失当，心实无他一折；本日御史赵炳麟奏请宽容台折一谏。御史赵启霖，诬蔑亲贵重臣，既经查明失实，自当予以惩儆。台谏以言为职，有关心政治，直言敢谏者，朝廷亦深嘉许。惟赏罚之权，操之自上，岂能因臣下一语，即予加恩，至所虑阻塞言路？前降御旨，业已明白宣示，凡有言责诸臣，务各殚诚献替，尽言无隐，以副朝廷孜孜求治之至意。钦此。

照谕旨看来，载振这一桩公案是冤枉的。其实年轻人喜欢女色，也是人情之常，何况他系出天潢，身居要职，终日在这富贵繁华队里，又怎么能够志虑澄清呢！当下载振开去了差缺，无精打采，回到邸中，想找兄弟载搏谈谈。太监回称："二爷又往黄三家去了。"载振道："谁是黄三？我不认识。"那太监回头瞧了一瞧，似乎防人听见似的，然后低声回道："奴才起初也不很仔细，后来因二爷连着三五日不回家，怕老爷问着，可怎么回复呢？私问跟二爷的小太监，才知有一个洋行买办黄三，是浙江人，跟二爷很是要好，引诱二爷逛窑子。现在索性把个窑姐儿娶了来，寄在黄三家里。二爷天天便都在那里。"载振道："怪道呢，好多天不见他，原来瞒了我在那里乐呀。黄三家在哪里，谅你总知道。”那太监道：“听说在苏州胡同，奴才却没有去过。”载振道：“好好这孩子这么干，被老子知道，又要找一顿骂了。”

原来载振的兄弟载搏，也是个风流人物，举止豪华，却比乃兄胜起数倍。偏有个商界交际能手黄三，不知用什么手段，结上了二爷，万般凑趣，万般讨好。一日，载搏在黄三家喝酒，停杯慨叹道：“自从万人迷嫁后，这北京城里，再没有好姐儿了。”黄三道：“依我看来，万人迷也平常得很。”载搏道：“你的眼界，未免太高了！直到如今，俗谚还称‘六部三司官，大荣小那端老四；九城五名妓，双凤二姐万人迷。’荣铨、那桐、端方倒也不必去说他，那大金凤，小金凤，都是窑姐儿中很有声名的。大姐二姐都姓魏，应酬工夫，是再没有说的了。南城百顺班的万人迷，最为了得。听说这万迷原是某副都统的丫头，为了私通仆人，被主人撵出。那时万人迷向那仆人道：‘坐食定然饿死，你我当各谋生计。听说百顺班的掌班，人很良善，我就要依他去了。’她就卖身到百顺，得价四百金。把百金给了那仆人，以三百金装饰了房间。数日间万人迷之名就大噪。有一个内务部郎中姓海的，为了万人迷，倾家荡产，弄得精穷，到了除夕，被债主逼不过，没奈何，逃到百顺班躲债。万人迷询知其故，就出金替他料理债务，并购田产，姓海的感她恩义，就把她娶了家去。这件事京城里哪一个不知道？你倒又说他平常了。”黄三道：“二爷求的是美人，并不是要她的钱。万人迷从前我也见过，模样儿很是平平。”载搏道：“模样儿俊的眼前有么？”黄三道：“怎么没有？二爷要见，我就可以同你去。”载搏道：“别又是鬼话！”黄三道：“谁敢谎二爷？包在我身上，给二爷一个妙人儿。”载搏道：“叫什么名字，说出来先给我听听。”黄三道：“不必问得，横竖见了自会知道。”说到这里，随喊了一声：“来”，一个当使的掀帘进来，黄三也不待载搏开口，吩咐道：“给二爷套车，把我的车也预备了。”当差应着出去，一时二人坐上车，展轮启行，不多一回就到了。

黄三打前引道，踏进门就笑着道：“我可替你们引进一位贵人来了！”随见二名侍婢，簇拥着一个二十来岁南边打扮的美人儿，自内姗姗而出。载搏见了，眼前顿时觉着一亮。黄三指着美人，向载搏道：“二爷，她叫苏宝宝，二爷瞧是如何？”载搏喜得只是笑。苏宝宝笑盈盈的道：“请房里头坐罢！”于是三人都进了房。黄二向苏宝宝道：“这是庆亲王爷的三王子，当代贵人，你只称他二爷就是了。”随回头道：“倘然我保荐的还不错，就恳求二爷，赏我一席酒！”

原来这苏宝宝，又名情天楼，江苏上海浦东人氏，姊妹三人，宝宝是排行第二。幼时黄毛蓬首，骏稚蠢笨，很是不济。乃姊名叫嫒嫒，在上海鼎丰里县牌作妓，恣睢放浪，跳荡不羁，极喜妍戏子马夫，因此市井恶习，沾染极深。每赴客召，昂头大步，目无余人。嫖客与窑中姊妹，都称她做“老英雄”。宝宝依姊为活，瞧见姊氏风头如此之健，心中异常艳羡，于是举止动作，无不模拟姊氏，私语婢媪：“他日倘能与阿姊共张艳帜，使人家都说弱妹也不弱，就遂了我的愿了。”

到了十四五岁，出跳得竟与姊氏一般美丽，并且生有媚骨，极善修饰。当她一曲清歌柔声作态时光，人家都说为嫒嫒所不及。嫒嫒有一个恩相好任少爷，是任道台的公子，生得十分漂亮。宝宝情窦初开，未免心存爱慕，眉稍眼角，就不觉时时流露。任公子原是偷香老手，两个儿都有了心，不知如何，竟被他得着了机会，各遂了心愿。谁料这件秘密事，竟被乃姊侦知了，顿时大发雷霆，把宝宝痛殴了一顿，并与任公子绝交。宝宝受了挫折之后，发愤为雄，向她妈道："孩儿已经长大，情愿自立门户，阿姊会干的事，孩儿也会干。依人赖家，究竟不是终局的事。"她妈见她这么有志气，也深嘉许，就替她卜日悬牌，出应觞致。才只一个多月，"苏宝宝"三个字，就轰遍沪江花界了。

话虽如此，但是她的宗旨，却是向不犹人的，专喜美貌精壮男子，臃肿蹒跚的达官臣商，凭你挥金如土，从不肯轻交一语。她尝向人道："咱们做生意，须有擒贼先擒王的气概，如果时运未到，还不如自择面首，乐意逞心一会子。"做窑姐儿抱定了这么的宗旨，生意如何会发达？加之行为放荡，喜妍伶人，先昵春桂、某伶，次及新剧场某伶，尤悦花旦周蕙芳。一日，不知为了什么缘故，被周伶毒打了一顿，不能再做生意，住在鸿兴里私宅养伤。宝宝寂处无聊，就妍识了一个匠人的儿子机器炮。这机器炮偏是悭吝，一钱如命，不到三日就绝交。宝宝愈益侘寂，经她妈百方譬喻，再出来操淫业，改名叫"情天楼"，生意依旧不振，债台百级，屏挡无术。

这个当儿，恰好老妓梁溪李寓从北京回来。李寓索契宝宝，遂怂恿宝宝的妈，说此儿终必贵显，不如叫她北京去。在南边一辈子，白埋没了她这副才貌。于是措金一千二百，替她偿还了夙愿，携之北上。天赐良缘，今儿认识了载搏，彼此心投意合，即夕定情。次日，载搏就令黄三于原价一千二百金外，另加千金，即叫李寓携之登车，载往苏州胡同黄三宅内暂住。欲知后事如何，且听下回分解。

第一二八回　瞿鸿玑多言遭严谴　谭鑫培奉旨吸乌烟

话说载搏娶了苏宝宝过门，不庸说得，自然是燕尔新婚，缠绵恩爱。偏是报馆多事，消息也真灵，才只三五天，北京各报馆，竟一家家都把此事揭载出来，满城风雨，哄动一时。奕劻大怒，立刻把载搏喊来严责，并叫撵出去，不准再入我的门儿。载搏力辩是外边谣言，儿子再没干过这种事，老爷尽可查访。左右也替他尽力掩饰，弈劻道："此刻我不管，倘有什么参案发现，我再与你计较！"载搏大惧，于是把苏宝宝匿在西河沿客栈里，报纸上又揭载了。改匿到城北某宅去，又揭载了。这办报的人真是鬼，恁你如何秘密，他立刻就会知道。载搏走投无路，恐蹈乃兄振大爷覆辙，连累老爷，只得忍痛割爱，暂避风潮，商之好友刘十。这刘十是乐亭著名富户，与载搏为嫖友，十分密切。当下代为划策，允将苏宝宝暂寄刘宅居住。刘就命他的侄儿某迎苏宝宝于城北某宅，乘京奉快车赴乐亭，载搏亲送她登车。宝宝盈盈含泪，载搏也泣下沾襟，异常哀感。看是这么恩爱，年轻公子，究竟有何常性？见红爱红，见绿爱绿，不多几时，载搏又娶了个名妓洪宝宝。乃兄载振也为搏南妓谢珊珊，被御史张元奇所参。时人有诗叹道：

翠钿宝镜订三生，贝阙珠宫大有情。
色不误人人自误，真成难弟与难兄。
竹林清韵久沉廖，又过衡门赋广骚。
转绿回黄成底事，误人毕竟是钱刀。
红巾旧事说洪杨，惨戮中原亦可伤。
一样误人家国事，血腥新化口脂香。
娇痴儿女豪华客，佳话千秋大可传。
吹皱一池春水绿，误人多少好因缘。

庆亲王父子，数被参劾，而蒂固根深，终难动他分毫。后来御史江春霖，又因直隶总督陈夔龙，为奕劻之干女婿，安徽巡抚朱家宝之子朱纶为载振之干儿，上疏参劾。朝旨以牵涉琐事，罗织多人，肆意诬蔑，有妨大局，着全国原衙门行走、御史陈田、赵炳麟、胡思敬等奏请收回成命。究竟有何效力？时人又有诗道：

公然满汉一家人，干女干儿色色新。
也当朱陈通嫁聚，本来云贵是乡亲。
莺声呖呖呼爷日，豚子依依念母辰。
一种风情谁识得，问君何苦问前恩。

一堂两世作干爷，喜气重重出一家。
照例自然称格格，请安应不唤爸爸。
歧王宅里开新样，江令归来有旧衔。
儿自弄璋翁弄瓦，寄生草对寄生花。

又有人把“儿自弄璋翁弄瓦”，对了一句“兄曾偎翠弟偎红”，成为绝对，传诵一时呢。此系后话。

却说军机大臣中，两宫眷注最隆的，共只两人：一个是庆亲王奕劻，一个是大学士瞿鸿玑，恩宠优渥，常常独承召对。瞿相国是湖南人，偏偏这参劾庆王的御史赵启霖，也是湖南人，这回的事情，奕劻心中，就不免疑及瞿相所授意，跟瞿相就有了个心，瞿相却仍懵然不觉。也是合当有事，这日，奕劻因身子不大好，请了个病假，瞿鸿玑一人入对。议政既毕，皇太后忽蹙然道：“奕劻又病了么？他有什么病？不过为钱财忙碌罢了！七十岁的人，有数百万银子家资，也可以罢手了，还这么营营不已，做什么呢？”瞿鸿玑应了几个“是”，退值回家。

家人闲谈，无意间就把太后的话，告诉了他夫人。恰好中书汪康年，人前来闲谈，瞿夫人就把庆王眷遇已衰，上头这么这么的话告诉了汪夫人。汪夫人回家，告知汪康年。汪康年又告知曾广铨。这曾广铨也是湖南人，是中兴名臣曾国藩之后，现官某部部丞，充着伦敦《太晤士报》访事。本年二月里，邮传部尚书张百熙因病出缺，调四川总督岑春煊为邮传部尚书。岑春煊一到部，即劾罢侍郎朱宝奎。曾广铨运动瞿鸿玑，谋为邮传部侍郎。瞿鸿玑已经应允，奕劻力持不可。又求为府尹，也被奕劻所阻。原来朱宝奎是奕劻的心腹，连岑春煊都为了此事，被调了两广去，曾广铨因此很恨奕劻。

当下得了此信，立刻做了一段新闻，邮寄伦敦报馆。事有凑巧，这时光，恰有某国新使入觐皇太后。太后召各国公使夫人入宫赐宴，酒至半酣，英使夫人忽问太后说：“贵国才报庆亲王将要退出军机，确么？”太后愕然道：“哪里有此事？这句话你又从何处得听来呢？”英使夫人道：“因瞧《太晤士报》，才知道的。”太后急问报上怎么说？英使夫人道：“不过说太后嫌他衰老，并太会贪财。”太后笑道：“这是报馆的讹传。我何尝说过这种话？”宴罢之后，太后暗忖此言怎么外国报馆都会知道？后来想起数日前曾与瞿鸿玑说过，必是瞿鸿玑泄漏出去的，不然，外国报馆怎么会知道呢！想到这里，不禁大怒，遂立召奕劻幼女四格格入宫，向之道：“你老子衰年好货，深负我恩！我念他年老，未忍加谴。现在竟被瞿鸿玑告诉外国人，载在报纸为各国所腾笑，国体何在？你家去向你老子说，叫他嗣后须格外小心！”四格格遵旨告诫奕劻。奕劻听了，把瞿鸿玑更恨得牙痒痒地，必要设法撵他出军机。

这个意思，被载振知道了，私语他的幕僚，慕僚传说出来，却又引起一个非常人物。此老姓洪，名述祖，字荫芝，江苏阳湖人氏，是洪北江先生的曾孙。少即弛跅不羁，好为大言，自诩有纵横才略，习英文极精。中法之役，述祖在台湾刘铭传幕中治军书，处分兵事，襄助外交，深为刘铭传倚任。中法和约告成，台防解严，铭传就派他到法将那里，商议赎回兵轮事情。因为战事当儿，闽中派遣援台输送饷械的两艘兵轮，为法军所虏，所以派他去议赎。他得此差，就乘势发财，多所侵蚀。

刘铭传闻知大怒，急用令箭召回，把他绑赴军前正法，经同寅诸人跪求，才得改为监禁。脱狱之后，即在上海为担文律师翻译，既而复捐知县，到湖北候补。岑春煊任湖北江汉关道，委洪述祖为汉口清丈局坐办，又为了勾通洋人，盗印地契，酿出重大交涉。鄂督张之洞恨极，拟把他立行正法，经赵凤昌发电求救，说述祖是洪北江后裔，张之洞听了，遂把他驱逐出境，从宽免究。述祖两次逃生，遂到京里来想法子，恰值李经方奉命出使英国，洪述祖百计夤缘，得派充了个随员。李经方临走，到瞿鸿玑那里辞行，鸿玑询及参随人员姓名，经方就把名单呈上，瞿鸿玑瞧到洪述祖名字，皱眉道："荒谬绝伦如此公，如何好同他外洋去？万一生事，不但腾笑外人，还要贻老哥一辈子的累！"李经方没法，回来就辞掉洪述祖。述祖询问中道弃捐之故，经方初时不答，后来吃他问不过，只得道："不是我不肯用你，瞿中堂不答应，我也没法儿呢。"述祖于是衔瞿刺骨，日伺其短。现在得着了这个机会，快活得什么相似，连夜就去见侍讲学士恽毓鼎。

这位恽学士也与瞿鸿玑不怎么的，立刻草奏，参劾瞿鸿玑四款大罪：一是授意言官，二是结纳外援，三是交通报馆，四是引用私人。参折既上，皇太后异常震怒，命军机拟旨斥革，立即驱逐出京。奕劻极力赞同，铁良独持不可，道："瞿鸿玑身任枢密，官至参知，今以一小臣之言，遽加严谴大臣，岂不人人自危！请派员密查，果有证据，革掉他也未晚。"皇太后见说得有理，也就答应了。遂派孙家鼐、铁良秘密查办。

铁良密语孙家鼐道："瞿某一人不足惜，吾公当为国体计算！"孙钦使答应了，等到查复奏上，化大为小，改轻了许多。原奏第一款，本是指赵启霖参劾庆王的事，却改为上年赵曾奏请以明儒王船山入祀文庙，为瞿所授意。第二款外援，原是指英国，却改为与外省各督抚私书往来，指为结纳。第三款报馆，原是指《太晤士》，却改为汪康年的《中外日报》。第四款引用私人，本是指曾广铨，却改为余肇康。皇太后也不欲穷究其事，下旨命瞿鸿玑开缺回籍，了这一段公案。

却说中国此时，虽说预备立宪，其实各项政务，别说一般国民不得预闻，就是君临全国的德宗皇帝，佐理庶政的军机大臣，哪里有丝毫权柄？一切杀伐决断，都由皇太后一个儿专主。这位女中"尧舜"，精神饱满，才气过人，不要说别的，单就食量而讲，已经可骇的很。一日，德宗进来请安，太后正在食汤圆，问你吃过了没有？德宗不敢说已食，跪对道"尚未。"太后即赐他吃了几个，问饱了没有？不敢说已饱，又对到"尚未"，乃更赐食。如是数次，腹胀不能尽食，乃把汤圆私藏在衣袖里。等到回宫，满袖汤圆，已经淋漓尽致了。要换小衫，偏偏私服都被太后搜了去，此时无衫可换，只好忍耐着。后经太监设法把外间的小衫取进，才得更换。

贝子溥伦有一回见太后，也遇太后进食，所受之窘，一如德宗。回到家里，满腹气塞，大病到四十余日。更有一事，足证太后精神之好。城内某牙医家，一日，忽来一人，说有人患了牙疾，需要延治。说罢未久，外面店堂里即有见一个穿青绸袍子的人，独自坐着，面色惨黑，痛苦之状，目不忍见，口齿上血液溢霖，津津不已。牙医替他如法镶配，胸中以为是个宫中太监，并不问他是谁，治毕而出。次日，导引之人又来，说昨儿镶的牙齿极好，已经没有痛苦了，叫我谢你老人家一个荷包，四两银子。牙医受了，再三称谢。又次日，忽然有一人仓皇来访，说："你前儿曾经入宫镶过牙么？导引的是我哥哥，今已因此获祸，被老佛爷扑杀了，尸骨掷露，无钱买棺，奈何？"说罢大哭，才知牙痛的就是当今天子，乃系被太后所打脱，太后恼此监私引医生替天子除痛，所以特地扑杀他。

德宗在朝，不得与臣工交话，近支王公，也无敢私自晋谒。帝乃久喑思语，密置一小箱在南书房中，私与胞弟醇亲王通信。小箱的钥匙，德宗与醇王各佩一个，外人不得启开，书信中大抵言外边琐屑之事，无非供笔谈解闷而已。不意也为太后所知，怒而禁止，从此连笔谈的自由也剥夺了。

你想太后饶这么事烦，还不肯轻易放过一步半步，精神之好，不问可知。政余之暇，偏还要搓麻雀，偏还要听戏。时常召集诸王福晋、格格入宫斗雀。庆王府两位格格，承恩尤多。每遇雀牌临发时，必有宫婢侍在太后背后，悄悄作势，暗示侍赌的人，遇到太后手中有中发白诸对时，侍赌的人必赶速打出以足成之。太后成了牌，必出席庆贺，输了钱也必叩头求太后赏收，等到累负博进，无可得赏，就可以跪求司道美缺，得十倍之利了。

太后喜欢听戏，南府班子，又大半不堪入耳，所以每次演剧，总是外召的多。宫例，每选内侍，择俊敏的先进太后，次及皇帝，次及杂务，拣最下的才叫他学戏，名叫南府。自外供府的，名叫外学。供奉诸监年米食一百四十余石，给月俸数金而已。逢着朔望，须入宫当差。遇到忌日，则以次推下。每演一次，统赏约共三千余金。南府诸优，艺皆驽劣，惟侍奉诸监，倒有佳的。即如李莲英之小生，诸外学都称他师傅的。宫中旧例，正月初一初二初三三日，召外面伶人入宫进演。现在为太后喜欢听戏，就不拘旧例，随时进召了。

进召的都是京师著名角儿，如小叫天王瑶卿、杨小楼等。这几位供奉中，却要算叫天儿，尤为名震一时，风靡万众。京城有谚语，叫做"有额皆书垿，无腔不是谭"，上句指都中煤铺米庄饭馆等处等额，皆有王垿二字，下句说都中王公走卒，皆喜学谭鑫培声调。原来小叫天，一名叫天儿，姓谭，名鑫培，湖北人氏，以善用汉调变易京调得名。他的演剧，规模声容，卓越一时。髫年入梨园，起初以武生著名，后唱须生，私淑程长庚，更参以余三胜，于是登峰造极，执戏界之牛耳。谭鑫培的声调，能以韵胜，苍凉恳挚，奇正相生，令人如读汉魏六朝文字，出乎自然。古峭棱厉，可为千古绝唱，洵非余子所能几及。戏单一贴，九城震动，都人尊之为"谭贝勒"，每遇万寿节，钦召入宫演戏，赏赐无算。太后甚赏谭所唱《连营寨》，另制白衣白甲白徽，为关张持服。谭鑫培为昭烈帝誓师，及训话关兴、张苞，声泪俱下，太后异常击节，恩旨谭鑫培着赏食三品俸。时人有诗叹道：

> 梨园子弟貌如仙，一曲琵琶万锦缠。
> 新领度支三品俸，江南羞杀李龟年。

这日，是端阳佳节，皇太后高兴，召集懿亲大臣，赐宴颐和园，命人召谭鑫培等一班名角入宫演剧。一时杨小楼等别个戏子都到,只有谭鑫培未到。太后性急,叫人去催,依然抗旨。太后怒道:“叫天儿不过是个戏子罢了! 架子这么的大,连我的旨意都敢违抗起来,那还了得! 着内务府赶速出牌去传,问他脖子上长有几个脑袋儿? 问明了赶速回我的话!”太监才待去传旨,只见一位亲王大臣跪倒求恩,口称:“老祖宗息怒,谅谭鑫培断不敢如此放肆,其中才有别情,恳恩即由臣亲自去传他!”说毕,碰头不已。太后瞧时,这求恩的就是新授民政部尚书肃亲王善耆。

原来善耆也是嗜戏成癖,曾从谭鑫培学戏,尝与花旦杨小朵合演《翠屏山》,善耆扮石秀,小朵扮潘巧云,演到巧云峻词斥逐石秀之时,石秀抗辩不屈,巧云厉声呵道:“你今天就是王爷,也得给我滚出!”听戏的人皆相顾失色,杨伶谈笑自若,扮石秀的善耆,更是乐不可支。谭鑫培尝语人道:“我死后得我传者,惟肃王爷一人而已。”所以现在见太后要办谭伶,就替他跪下哀求。皇太后道:“不庸这么费事,戏子原是隶属内务府内,叫内务府按法惩治就结了。”善耆再四哀求,太后方才允准。

善耆立刻驱车到谭鑫培家里,谭鑫培出来迎接。善耆道:“你真大胆,老佛爷恼得什么相似,亏我求了下来,快同我一起走!”谭鑫培道:“王爷,你是极圣明的,什么事瞒的过你! 谅我一个戏子,哪里敢抗旨? 只因我犯有一个毛病,不敢进宫是真的。”善耆道:“奇了! 好好的又有什么病呢? 就是有病也不妨据实陈明,佛爷是极慈悲,极肯体恤下情的。”谭鑫培道:“现在明诏禁烟,王爷们都在戒烟,我是有瘾的人,不吸足乌烟,再不能够唱戏。我要应召,势必至携带烟具入宫,那是我犯禁的事,如何使得! 有这么一层为难,戏子所以未敢遵旨。王爷,你听我讲的错了没有?”肃王道:“你的话也是实情,我替你据实奏明,请旨定夺是了!”当下善耆回奏太后,太后笑道:“我当是什么? 原来不过为了吸烟的事,那又碍什么,叫他尽管入宫抽吸就是了,只要他戏唱的好,我还派两个太监替他装烟呢!”善耆告知谭伶,谭伶大喜过望。从此后烟禁虽严,谭鑫培奉旨吸烟,再没有人敢来查禁了。欲知后事如何,且听下回分解。

第一二九回　徐锡麟暗杀恩巡抚　陆征祥抗议海牙城

话说潭鑫培携烟带具入宫，吸足了鸦片，登台演剧，精神百倍。听戏的众宫眷，众王公，无不暗暗称妙，皇太后更是叹赏不已，吩咐内监放赏。正这纷华靡丽当儿，忽见一个太监匆匆送入一封安徽布政司使电奏的警报来。太后阅未终篇，早惊得面如土色，赶忙停止戏剧，召集军机会议。

原来是安徽巡抚恩铭，在操场阅操，突被道员徐锡麟，用手枪击毙。徐锡麟同他的羽党陈伯平等，均被官兵当场拿获。审过一堂，徐锡麟供称："浙江绍兴人，与同志创设光复会，图谋革命，此番举事，实欲推翻清国，重造新邦，跟恩铭并无私怨"等语。藩臬两司，会衔电奏，请示办法。当下军机大臣奕劻、载沣、孙家鼐、鹿传霖、铁良，闻知此事，都各骇然。皇太后道："司道大员里都混有革命党，以后事情，如何好办？"孙家鼐道："可见新学人才靠不住，以后朝廷对于这一辈人，留意一点子是了。"皇太后道："以后事情，到了以后再说。眼前如何办理？"奕劻道："依奴才看来，徐锡麟既是绍兴人，那绍兴原籍，想来总还有余党，斩草不除根，逢春将复发，赶快给一个电浙抚，叫他派员会同绍兴府知府贵福，狠狠搜一搜，免得留有后患。该逆徐锡麟，却叫皖吏尽法惩治，不必拘泥新刑法。"皇太后道："此种凶徒，原讲不得文明体制，但是眼前正值修订法律当儿，未便明降谕旨。不然，又要惹言官们饶舌了。"奕劻道："这个奴才知道。"随拟了两道密旨，拍发去讫。

不多几天，皖浙两省，均有复到京。皖省报的是徐锡麟已开膛摘心，尽法惩治，余党也已正法监禁，分别治罪。浙省报的是，革命女首秋瑾，系徐羽党，经知府贵福，拿获正法，该女首临刑，索笔赋诗，吟有"秋雨秋风愁煞人"之句等语。奕劻喜道："从今后，汉人可也不敢再言革命，满人可以高枕无忧了！"太后闻知，也很喜欢。不意就为这皖浙两案，株连惨酷，几乎把位列头等的堂堂中国，抑居到三等国去。

原来这一年，牙兰国都城海荷，开第二次保和大会，赴会者四十五国，是中国、日本国、德国、美国、奥国、法国、英国、俄国、意国、西班牙国、牙兰国、土耳其国、阿根廷国、比利时国、巴西国、智利国、丹麦国、希腊国、墨西哥国、挪威国、葡萄牙国、罗马尼亚国、瑞典国、瑞士国、布加利亚国、波斯国、塞尔维亚国、暹罗国、玻利非亚国、哥伦比亚国、古巴国、涂米尼刚国、厄瓜多拉国、危地马拉国、海地国、卢克森堡国、门的内哥国、巴拿马国、巴拉圭国、萨白多尔国、秘鲁国、乌拉圭国、委内瑞拉国、尼加拉瓜国，还有一国未详。

这四十五国各派代表到海牙与议，光绪三十三年五月初四日即在海牙地方举行开会典礼，四十五国代表，没一个不到，济济跄跄，异常兴盛。次日，第二次开会，议的是设委员会四个，每一个委员会，得由各国代表一二员，列席与议，逆计毕会时光，已在九月中旬。第三次开会，由各代表议决，以七年为期，当于一千九百十四年举行，各国如有提议事件，须先于二年前发表议题，集员探讨，以便会议时易使于解决。中国所派代表，是前任驻荷使臣陆征祥为正代表，现任驻荷使臣钱恂，特聘美国前外部大臣福士达为副代表，陆军部奏派丁士源为武代表，合了陆征祥所调的陈君箓，共是四位。

这日会众公举俄代表纳立道夫为正会长，荷兰、塞尔维亚、希腊、波斯、智利代表各一人为副会长。荷兰外部大臣为名誉会长。因为会议都用法国文字，所以于总书记外，公举副书记四人，是法随员两个，比随员两个，续增二人，一个是德随员，一个是中国陈君箓。当下中国代表陆征祥宣言："凡遇提议事件，虽经议准，揆诸情势，如果碍难遵从，得有权不置可否；应议事件，有要旨为众所未见的，得有权陈议，或请更正。那未能即决的问题，有自行节制之权。惟为多数赞成的，自当表同情也。"各国代表听了，都没有异议。

这日，会场中呈出三个异彩，一个是韩国派遣亲王等三人为代表，至会上书，力陈日本侵削主权，吁求公断，并诘问此次通请各国，为甚独遗韩国？欲谒正会长俄代表。俄代表不肯见，称说须得荷政府的介绍，才能够相见。韩代表又言一千九百零五年的《日韩条约》，未经韩皇及内阁签押，不能作准。旋又拟往纽约，求美总统帮忙。胡闹了一会子，没人理他，也就罢了。一是俄国翘奇省人民，公举代表，至会上书，备陈俄国的虐政，称说自从一千七百三十年，归俄保护，俄遂占有其地一千八百年，全收翘民公私产业，限制翘民置产，不得过一百迈当，翘民惟为译员，不得与闻政治，高年硕望的，辄无辜发配到西伯利亚去，冻死的无算。俄人用兵力压制显背前约，恳请责以遵照约章，复我独立自主。措辞虽然哀切，那待亡之国与亡国之民，均已丧失国家资格，会中自然没暇管他闲账了。一是古巴政府派无政府党领袖意大利人菲哈和为代表，这菲哈和曾经做过驻古意使参赞，后来为了出版事情，监禁过罗马半年，现在为古巴国代表，奉命赴会。会中大哗，以无政府主义为政府所不容，议不接待，于是菲哈和乘兴而来，不能不败兴而去。

从此日日开会，日日会议，互相提出，互相辩驳，舌剑唇枪，直是好看煞人。议决各重大事件，如设立国际平和裁判所问题，经数强国代表提议，凡有三十兆人民以上之国，得举裁判员一人。不足三十兆人民之国，得联合数国举合一人，旋又从美代表之议，裁判员定额十五员，用英俄德法奥意美日本公举，中国与西班牙，各举一人。议员每国四人，常川莅会，余如限制军备问题，宣战问题，设立高等捕获品检查所问题，设立占领裁判所问题，交战国海陆军队事项，中立国之权利义务，红十字会及病院船事项，海上私有财产事项等各种问题，有立时议决的，也有存而不论的，情状不一。

中国代表陆征祥，见与本国没甚关系之事，一恁他们争论，并不插言致辩。要是关及了中国利害，挺身抗议，辩论不屈。即如各代表提议的平和裁判所，各国均派四人，常川驻会，以便与闻会事。预会的有到四十五国，员额却只定得十七人，以十二年为一任期，或一国独任一期，或数国共任一期，英美德法俄奥意日本八国，都列在头等，都各独任一期，其余皆是共任，十年四年二年一年不等。众代表都说中国法律最敝，有开膛摘心之惨，抑居三等，任期仅许四年。陆征祥挺身抗议，说中国向列头等，可将前此摊费股数为证，否则万难遵从，该仍照旧办理。理直气壮，会众也倒颇韪其言。陆征祥旋电政府，请及早预备应派人员，庶不致以胜任无人，借才异国；修正法律，亦宜限期实行，以免各国借口。

北京政府接到此电，立刻牒告各国驻使，转请各国政府公认，按照头等国办理。旋准法代表复称，中国既照头等国摊费，自应照头等国接待，所派公断员，亦应以十二年为期。政府立即电复陆征祥，嘱向会中声明。会众偏又节外生枝，说中国兵舰朽坏，难保平和。复由陆代表电请政府，速加整顿。会众又讥中国武代表丁士源越分妄为，诸多不合，请陆代表严为诰诫饬遵军纪。一一谨尊台命，才得没事。

一波才平，一波又起，英美代表又提议增订公断条款，末一条，有“凡关于领事裁判权的事项，概须举出，得请裁判”等语。陆代表据理力争说：“此事载诸四十五国公约，永以公道平等为宗旨，倘不删除，我必全款反对。”会长俄代表没奈何，只得将陆代表所陈，付众公决。决议完结，赞成的是德、美、俄、奥、意等三十六国，反对的是英法二国，不置可否的，葡班瑞典瑞士日本等国。幸得多数赞成，遂将该款删除，造成铁案。当陆代表直摘其隐时，英代表力为解释，说该款系专指土耳其、摩洛哥而言，中国万勿误会。陆代表不为所动，美代表见中英两代表相持不下，旋允收回。英代表还不肯答应。陆代表仍坚持，不肯稍让，称该条款大背本会宗旨，会长俄代表才提出个请众公决的解和法儿。自五月初四开会，至九月十三闭会，中国代表抗议，要算这一次最利害呢。

闭会之后，即由驻荷钦使钱恂电请政府，派陆征祥，及美员福士达，为保和会国际平和裁判所公断员，随即上疏，奏报保和会各国议旨，并吁请考订法律，预备下次预会情形。其辞道：

> 窃臣奉命兼充保和会议员，该会于五月初五日开始，臣即会同专使臣陆征祥赴会预议。顷于九月十三日，会务告竣。所有会务订约情形，由臣陆征祥专折奏报。臣维和会关乎全球国际，谨就数月来在会闻见所得，与夫愚虑所及者，为我皇太后皇上缕晰陈之。
>
> 查此会西文名为第二次和会，盖别于光绪二十五年第一次和会而言。初会议创自俄，故俄为会主。今届议创自美，而俄不甘让，仍为会主。各国虽不免退后有言，而交谊攸关，亦勉为承认。初次赴会者二十六国，今增至四十五国，可谓盛矣。臣亲接各国所派议员，大率以国际法律学为首选，而海陆军学辅之。聆其所陈说辩论，立意本非等寻常，发言尤不肯轻让，无非各自顾本国情势，以趋利而避害。然国派不同，国力又异，故恒有提议经日，或甲是而乙非，或乙赞而丙否，词锋横厉，满座动容，徒以各有主权，不受牵制，卒至所议中辍，空悬虚愿者有之。此和衷商议之难言，而意见齐一之尤非易事也。初次和会，本以限制军备为名，今届英国亦首以为言，迨议及此端，率皆相顾失笑，盖各国方竞强之不已，又谁肯自戢其雄心？且所议种种问题，皆关于海陆战事，推其意不过定以法律，姑示准绳，使知战时残酷行为为近世文明所不取，故弱者不可侵犯，弱者责令赔偿，以冀稍有范围，俾事后据以评断。然且恃强者胜，不强则理虽直而其势恒处于穷。至不幸而果遇兵戎，仓卒之间，必谓事事遵守条约，即各议员设身自处，恐亦徒有此理想而

已。说者谓初次和会毕，而有英特之役，有日俄之役；今届和会方始，而有日韩之事，有法摩之事。虽谓天下未尝一日无兵争可也。此减少军备之难期，而消弭战祸之不可信也。英美素持和平主义者也，今修改国际裁判约，英有关于治外法权不得请判之条，美有支配裁判员任期区别国等之议。至于万国捕获审判所一约，附列派员任期表，又指明英德法美意奥日俄为八大国，其余皆目为小国可知矣。夫国无大小，强弱焉耳。强弱之别，视其国之政教法律海陆军务大端之完缺如何，在会中列表比较，固无可遁饰。故无论何国，一预公会，即不啻自表其国之列于何等。而彼数大国者，又不免恃其权力之大，借法律以制人而自便。有时欲有所发议，则互相鼓说以动人，有时欲有排议，则隐为牵制以立异。故南美之数小国如巴西、如阿根廷之议员，素以法学著称者，常对众宣读意见书，洋洋数千言，与各大国辩论。至谓此会名为保和，实类挑战，虽言之过激，然据公法以立言，卒亦无以难之。以此见强弱等差之难泯，而外交竞争之日益加剧也。

臣外顾全局，内顾本国，倘非从以上所谓政教法律海陆各大端提挈纲领，力求实际，则下次和会，彼列强又不知现何种对我之法。夫分言之则曰政教，曰海陆括言之则法律实无所不包，所谓纲领是也。法律不仅在文字，在乎人民之学术，尤在乎朝廷之精神。臣闻各国政府距今会一年前，自俄政府通文颁出后，已早选员在各本国研究各种法律，以专备临时应付。故凡在会发议决议，具有灼见真知，而操纵无不如志。今会中拟于西历一千九百十四年，当为光绪四十年，举行第三次和会，而先于一千九百十二年，即我光绪三十八年，发表议题，集员探讨，以便会议时易于解决，各国均已允从。臣深幸有此数年天然期限，为我国参订法律，研究国际之难得机会。拟请由部臣，一面将此次会议已成交之条约，及未成文之议论，速行刊布，广征内外臣工新学后进之意见。何者有利可行，何者有害宜避，使达于部，而部臣综核而研究，以之期洞悉窾要。一面预备深通中国旧学之法律家，会同深通列国情势之外交家，辅以兼通中外文字之新学家，组成一研究会，专事内订国律，以间执彼口；外采彼律，以期协公理。修律之实行，在是；预会之预备，亦在是；人才之培植，亦在是。务于光绪三十七年以前，俾国法、国际法均确有眉目，然后于光绪三十八年第三次和会，议题发表时，与各国抗衡印证。如是则光绪四十年之会，乃不至虚预。倘届时我国法律果臻完备，人才果足应用，如日本今日在会之事事侪于强大，岂非我国家莫大之幸福！惟此数年之岁月易逝，而参订研究之关系极大，应如何预备开始，使内外合力考订之处，伏候圣明饬下外务都、内阁会议、政务处暨考察宪政大臣、各出使大臣等，详晰妥议，奏复施行！臣身列和会，见外情之迫切，为先事之绸缪，戆直陈词，不胜悚息屏营之至！谨奏。

欲知此疏上奏之后，朝廷是否感动，且听下回再讲。

第一三〇回　镇南关小动干戈　二辰丸大启交涉

话说钱钦使奏折到京，太后瞧了，心中也很感动，立召军机各大臣，商议了一回，如何能够损上益下，如何能够转弱为强。无奈各大臣唯唯诺诺，没一个慷慨陈辞的，恁“女尧舜”如何利害，一个儿终是孤立无助，空议了几回，只好暂且搁过。

一日，广西传来警电，报称：“革命党起事，党魁孙文黄兴等率同悍党，由越南进攻镇南关，我军猝不及备，右辅山炮台三座，致被革党夺去，现在调集将士痛加剿办”等语。太后道：“革命党屡扑屡起，真是朝廷心腹之害！起初不过几个没天地的青年，摇笔弄舌，在报纸上胡言乱语。到上海发现万福华刺王子春的案子，我就知道该逆党的势力不小。后来京师重地，发现吴樾炸击五大臣事情。官场里头，发现徐锡麟枪击恩抚事情，更是不可轻视。赶忙预备立宪，筹办新政，指望挽救一二，谁料效力全无。萍乡的革命，堪堪荡平，这会子镇南关又起事了。满朝大臣，没一个可靠的人。他们只知道享荣华富贵过太平日子，把国家大事，朝廷要政，都推卸在我一个儿身上。可怜我使碎了心，依然无济于事。”说到伤心处，不禁滴下泪来。随命内监传军机大臣议事。

一时军机大臣奕劻、鹿传霖、载沣等都到。太后就把广西抚臣的电奏，给众人瞧阅。鹿、载两军机因奕劻是军机领袖，未便先对。只见奕劻道：“革命党虽然凶悍，右辅山炮台三座，同时失守，该省军备疏暇，不问可知。该巡抚似难辞咎，照奴才意思，似宜责成该抚，赶快克复！”太后道：“那是当然的事，不必再说。我想革命党这么猖獗，断不能责备桂抚一人，就能了事。大家想想还有什么好法子，可以消弭这场大祸？我看革命党的声势，很是不能轻视呢！”载沣道：“诚如圣谕。革命党声势真不小，奴才探得各处党会，异流同趋，现在都已归合为一了，不比从前，先是几个青年学子，一味孩子气，没甚势力。”太后惊问：“你说的会党，是不是匪党呢？”载沣道：“怎么不是！广东的三点会、三合会，山东的大刀会、小刀会，东三省的红胡子，湖南四川的哥老会，长江一带的青红两帮，都归结了一起。”太后大惊道：“这还了得！青红帮的利害，我是知道的！”

原来这青红两帮，都是著名匪徒团结成功的绝大大团体。青帮中大半是兵勇、差役、流氓一类人；红帮中大半是强盗、盐枭、光蛋一类人。彼中人称为青红不分家，所以每欲入红帮的，必须先入青帮，就是作奸犯科，红帮也比青帮利害。

当乾隆年间，苗蛮作乱，高宗帝屡次遣将出师，屡次被挫，无法扑灭。于是张挂黄榜，招贤平蛮。忽有一个僧人名叫罗祖的，揭榜应招。到了边地上，并不选将挑兵，只建了一座高台，礼忏拜佛，挟着不生不灭大慈大悲的意旨，居然劝退苗蛮。高宗闻之大喜，意欲将罗祖召进京师，加赐法号。罗祖不愿受封，仍旧留居边地修养。

彼时有姓翁的、姓钱的、姓潘的三个人敬慕罗祖大名，结伴前往求道。见了罗祖，道达诚意，罗祖不应，三人掬诚固求。罗祖被缠不过，折苇为航，渡江逃避。三人赶忙乘船追赶，直到如今，那地方就唤做了芦苇江。当下翁、钱、潘三人直追到杭州武陵门外哑巴桥左近，忽见一山挡路，那座山却有一个山洞，罗祖直奔山洞，竟然蛇行而入。三人心想跟随入洞，怎奈洞口奇狭，不能容身。回到洞顶，俯察四周，怕的就是这个洞是穿山洞，罗祖从这里进去，从那边出来。瞧了一遍，见并无第二个山洞，知道罗祖仍在洞中，三人都放了心，于是长跪洞外，掬诚恳求。

经历三日三夜，粒米不食，滴水不饮，忽见洞中出来一个童子，向三人道："你们都为求道而来，现在奉罗祖法谕，我们须跪至红雪齐腰，芦穿膝盖，方能与罗祖有师徒之分。"三人听罢大骇，暗忖世界上断没有天飞红雪庐穿膝盖之事，明知道是罗祖决绝的表示，于是膝行而前，哀恳童子，入告祖师，俯鉴我们热忱，推恩准予收录。童子点头而入，又经历了数昼夜，消息沉沉，依然杳无希望。时正腊月上旬，严寒侵入肌骨，这三个人并不曾多带得衣服，跪在阴森萧瑟的山洞口，偏偏的六出花飞，天降大雪，不觉都冻僵得了。

等到将近五更，积雪已逾一尺，亏得一到天明，晴光大放，雪止风和，三人得着了暖气，悠悠醒转，忽见身旁的积雪，红白相间，颜色非常鲜艳，不禁大喜过望道："感谢皇天，红雪齐腰的法谕，已经验了！罗祖就要收我们了。"且住，雪色红艳，难道果是三人至诚格天么？原来三人为了寒极无衣，不得已，摘取田间稻草，裹在身上挡寒，稻中之谷，恰巧坠在发际，雪后树头飞鸟没处觅食，遥见三人发际遗有谷粒，争下喙食，皮破血流，白雪顿时变成红色。三人一来为冻得僵了，二来为一心注在罗祖身上，所以毫未觉着。当下大喜过望，忽觉两腿麻木，站起身来瞧时，见地面上突出的芦根，已经钻入膝盖，膝盖上也流出血来，染得地下的雪愈益红了。三人都不禁感极而泣，相语道："芦穿膝盖的话又应了！"道言未绝，山洞中走出一人，正是罗祖。罗祖道："孺子真可教，来随我入洞学道。"说也奇怪，跟着罗祖，这山下竟然并不狭小。三人到了洞中，日从罗祖学习修养，一住数月。

一日，罗祖忽语三人道："今日，皇家又在悬挂黄榜，征求天下奇人侠士了，为的却是运粮事情。就为出路不太平，运粮船只，屡遭寇劫，运粮官员，屡典王章，所以钦悬黄榜，招致贤能，你们三人，可赶快下山，揭榜应招。倘然路途遇险，我自前来相助。前程远大，万勿迟疑！"三人拜聆之下，颇觉依恋不舍，罗祖拂袖驱逐，始各下山进京。直到现在，那山脚下还有座潘安庙，内塑罗祖神像，青帮弟兄过路的，必尽入庙礼拜，此系后话。

当下翁、钱、潘三人行到京师，才知已隔人世三十余年！问旁人时，果然悬有黄榜，于是如法揭榜，钦准三人各招徒弟一千三百二十六人，合带运粮船一千九百九十只零半，于是三人就立起一个总帮来，名叫江淮四帮。又把总帮分为三房，是翁大房，钱二房，潘三房，支分派别，各有师承，不相混杂。说也奇怪，当时这翁、钱、潘三人出任运粮之后，果然盗风尽息，粮户不惊。朝廷异常嘉要，立召三人入京，赐以官爵，许之立谱，广招徒弟，报效皇家。从此，三人就公立一堂，题名叫做"潘安堂"，各自招收徒弟，徒弟收徒子，徒子收徒孙，声势日大。于是又公议立一个总名，就是："青帮"两字。青帮中人称罗祖为直祖，称翁、钱、潘三人为三位主爷，主爷大约就是祖师的意义。

当下翁、钱、潘三人设立了潘安堂之后，就开堂放布，招收徒弟，并立有十大帮规，二十四个字辈，范围徒众。那十大帮规是：一、不欺师灭祖；二、不搅乱帮规；三、不藐视前人；四、不江湖乱道；五、不扒灰放笼；六、不引水带线；七、不奸盗邪淫；八、须有福同享；九、须有难同当；十、须仁义礼智信。二十四个字辈是："圆明心理大通悟觉普门开放万象依归罗祖真传佛法玄妙"，一字一代，宛然是人家家谱上的字辈。更有一桩惊人处，就是帮中人偶有违犯帮规的，不讲情面，立斩不贷。潘安堂设立之后，翁、钱二人，也各次第立堂。姓翁的立的就叫翁佑堂，姓钱的立的就叫钱保堂。又组织六部：一是引见部，二是传道部，三是掌布部，四是用印部，五是司礼部，六是监察部。部设一师，分任办事。帮中又特编秘密口号，为帮中人相遇问答之用。这秘密口号，名叫"春点"。春点中，如入帮叫"进门槛"，帮外叫"空子"叫"洋盘"。称师傅为"老头子"，徒弟为"徒肯"，又叫"一生"。同门兄弟叫"同参弟兄"，名折梢为"斤头"，出首为"引水"，充作线人为"带线"等类，种种名号，不一而足。

凡遇有入帮的，那最初手续，就是由引见师带领"空子"求见"老头子"，接见之后，先将姓名籍贯住址职业履历等，询问明白。然后由传道师把帮中规例，详细讲给他听，并询问是否真心入帮"空子"回说是真心，再由引见师与他约定开堂日期。因为每开一回堂，费用不资，所以必须俟有十余人或数十人，才开一次呢。

到了开堂那天，仍由引见师带领众人入堂，各出拜师金为"老头子"寿，然后焚起全堂香烛，中供翁、钱、潘三位主爷牌位，由引见师带领行三跪九叩礼。礼毕，设誓谨守营规。誓毕，再至"老头子"前行礼，各徒弟然后再行互见礼。老头子开言道："众多徒弟，今日既入本帮，以后须严守规戒，至于同参弟兄，亦须以义相投，不得自相妒忌，外面如有'斤头'等类，须得先行通知于我，待我酌量而行，不准冒昧从事！"告诫既毕，乃令掌布师分发票布，布上书明姓氏年岁履历字辈等项，复令掌印师用了印，分授各徒，作为永久入帮之凭证。那收徒典礼中，更有第一回收的徒，名叫开山门徒弟；末一回收的徒，名叫关山门徒弟。这两等徒弟师傅都另眼看待，师傅有事，可以代师行使职权，这便是青帮大略情形。

太后没有进宫时候，太后的老子，用一个跟班，是进过门槛的。一夜，酒后狂言，泄漏了帮规，并露出了一个春点折子，犯了帮规第四条江湖乱道之罪，次日就失踪了。后来查知是被帮中人惨毙的，所以这会子太后听到青红帮，就大惊失色。

当下鹿传霖奏道："依愚臣看来，会匪帮匪，大半是无知识的人，不很可惧，怕的就是各省绅商士庶，并学校的学生，附和革命，那才是国家大害呢！即如今回镇南关之事，如果没有上流人在里头发纵指示，这班党徒，如何就会有那么利害？"奕劻道："近来民气果然太嚣张了！明仗着朝廷宽厚，不十分计较他，遇到内外政事辄敢藉口立宪，相率干预，一唱百和，肆意簧鼓，甚至纠集煽惑，构酿巨患。鹿传霖的话，倒也不可不防。"太后道："那都是立宪的不好。想来海外各立宪国，都是这个样子的了？"说到这里，便举目瞧了载沣一眼，唬得载沣连忙回奏道："欧洲各君主立宪国，率皆大权统于朝廷，庶政公诸舆论，至于施行庶政，裁决舆论，仍自朝廷主张。那民间集会结社，与一切言论著作，莫不有法律为之范围，各国也从没有以破坏纲纪干犯名义为立宪的。"太后道："照你说来，现在的乱民，谬说蜂起，淆乱黑白，下凌上替，纲纪荡然，就在欧洲，也断难姑容的了？"载沣应了一个"是"。奕劻道："奴才还有一件事要回老祖宗，现在学风很是败坏，士习很是浇漓，各处学生，动思踰越范围，干预外事，有侮辱官师的，有抗违教令的，有悖弃圣教、擅改课程的。也有变易衣冠武断乡曲的。甚至本省大吏，拒而不纳，国家要政，任意要求，动辄捏写学堂全体空名，电达枢部，不考事理，肆口诋谌。此种举动，也与革命不无密切相关。"太后道："这么罢，赶快发一道电旨给桂抚，责成他将右辅山炮台克复，孙文、黄兴等几个著名匪徒，休放走了。一面拟旨严禁学生干预政治，并各地开会演说等事。拟了稿呈我瞧过再发！"军机大臣遵旨办理去讫，太后又与奕劻商议了几桩大事。

当下颁旨广东省复设水陆两提督缺，又因江浙两省党会充斥，枭匪滋扰，命提督姜桂题统兵驰赴浙江，办理剿抚枭匪事宜。派江苏布政使瑞澄办苏松太杭嘉湖缉捕清乡事宜。提足精神，办事各政。隔不上几时，广西革命党果然雾解冰消，右辅山炮台，全都克复了。

不意才过新年，广东地方，又酿起一件绝大的交涉案子，却是日本轮船名叫二辰丸的，满载了军火，计有枪支九十四箱，子弹四十箱，私运进广东洋面，意图接济民党，重兴革命。偏偏机事不密，被官府侦着了，立派军舰出口，把二辰丸缉获扣住。日本人因粤海军人员擅自卸去二辰丸上的日本国旗，借这大题目，跟中国大大不答应。中国虽然理直气壮，朝野一心，究竟积弱之邦如何好与强国对抗？强国的后盾是兵力，弱国光不过是辩论，恁你妙舌生莲，瞧见了巍巍铁舰，森森钢炮，不由你不忍气吞声，忍错完结。这一件二辰丸案子，交涉终局，依旧是"赔款服礼"四个字。

二辰丸交涉才终，云南省河口、南溪等处革命党又起事了，为首的依旧是黄兴。从越南海防地方进兵，直捣河口。一面分兵攻蛮耗、开化、蒙自等处，夺占炮台，声势十分利害。究竟乌合之众，不敌节制之师，官军一出马，三五仗就把革军打散，所失地方，尽都收复。奏报到京，皇太后私念革命党屡仆屡起，都因满汉沾恩太不均匀之故，于是降旨加恩咸丰同治以来功臣子孙。一面颁布咨议局章程，着各省督抚迅速举办，实力奉行，自奉到章程之日起，限一年内一律办齐。一到八月里，更把宪法大纲，及议院法、选举法要领，并议院未开以前逐年应行筹备事宜，刊刻誊黄颁给京内外各衙门，悬挂堂上，责成依限举办。似此切实整顿，总可消弭巨患。欲知果否太平，且听下回分解。

第一三一回　变出非常亲王监国　入承大统两帝兼祧

话说这一年是光绪三十四年，戊申，北京城里，举行一桩非常大典礼，富贵繁华，花的钱真是如泥如水。原来上年英兵入藏，达赖喇嘛避至库伦，等到唐绍仪入藏，跟英人改订过藏印条约，达赖还至西宁，便就上表中朝，恳请入朝。这会子经两宫批准，许他来北京觐见。一面命地方官盛备供帐，优为接待。光是这供帐一项，已经花掉了百余万国帑。达赖将次到京，就命亲王大臣驰往迎劳。到京之后赐居在雍和宫，加封他为"诚顺赞化西天大善自在佛"，恩遇异常优渥。京师居民争欲瞻仰达赖慈容，纷至沓来，几乎万人空巷。

看官，大多人聚集之处，最易兴起谣言；而遇到非常举动，谣言尤易发生。最奇怪不过，是谣言发生之后，偏偏应有奇验，好似起谣的人倒有先见之明似的。这个道理，照心理学家讲来，就叫暗示之作用。

当下达赖到京之后，京里头就兴起一个谣言，先由茶坊酒肆，继至巷议街谈，万口同声，都说两大势不并立，每遇达赖或是班禅进京，不是喇嘛圆寂，就是至尊驾崩。历举康、雍、乾三朝故事为证。如康熙朝班禅入朝，在京出痘身亡；雍正朝，达赖来京，恰遇世宗宴驾；嘉庆朝班禅入觐，又值上皇驾崩等事。口讲指画，猖言无忌。并说今回达赖在京，佛驾与圣驾，不知谁是福大？真也奇怪，此种谣言传有半月光景，宫中忽然传出圣躬不豫的消息。自有了这个消息后，谣言更是利害。有人说七月二十一日，眼见一个大星从西北飞来，掠过屋檐，其声如雷，尾长数十丈，光烁烁照庭宇，至东南而陨。于是都市喧传坠的就是紫微星，预兆很是不祥。

此时宫中传出太后懿旨，征召京外名医，入宫给皇帝诊治，形状很是忙乱。偏是应征各医士，从宫中请脉出来，偏又说皇上六脉平和，毫无痛状。又说请脉时光，皇上把双手仰置御案，默无一言。案间另有一纸，书写的都是病状。如果叩问他病情，就要发怒；倘然指为虚损，怒的尤为利害。

十月初十这一日，是太后万寿令节，德宗率同百僚往贺太后万寿。清晨，侍班官先集于薰风门外，眼见德宗自南海步行而来，跨进德昌门，扶着太监肩头，把两足起落作势，好似舒活筋骨，为拜跪地步似的。忽见一个太监，出传懿旨，皇帝卧病在床，万寿节着免率百官行礼。众文武立即遵旨辍班，瞧德宗时，早已掩面大恸了，扶了太监回宫去了。原来太后此时也正病泻呢，太后身体很坚实，初时也不以为意，泻得日子久了，精神异常委顿。

这日，不知是谁，在太后耳边，说上几句德宗的坏话，说万岁爷得着老佛爷病的消息，脸上很有喜色。太后怒道："他望我死！我偏不肯先他死！"此话传出后，都中更兴起一个太后如遭不幸皇帝不独生的谣言来。

十月十六日，尚书溥良自东陵复命，直隶提学使傅增湘陛辞。太后为着德宗有病，未便入宫召见，遂驾临瀛台，陪德宗就在瀛台召溥良傅增湘入见，只话得三两语，就挥令退去。溥、傅二人退朝出外，即告诉人家道："太后精神很疲倦，皇上颜色也很黯澹。"都人因此知道帝后的病，都很不轻。过了两天，是十八日，忽传太后传旨着庆亲王奕劻往普陀峪吉地察视寿宫去了。这普陀峪是太后自己预备的陵地。不意十九这一日，各禁门忽然增置兵卫，稽查出入，伺察非常，十分严密。有许多阉人从东华门出来净发，昌言圣驾已崩。都人愈益恐惧，说皇上如果大行，太后定然保不住。不意静候一日，宫中寂无举动。

二十日，庆亲王奕劻忽地匆匆返京。一到京城，不及回邸，就入宫叩见太后。太后立命草诏，立醇亲王长子溥仪为大阿哥，承继穆宗皇帝，并着醇亲王载沣监国，摄行政事。奕劻奏请于诏书中加入"兼祧大行皇帝"一语，太后听了，默不作声，脸上颇有怒容。奕劻跪地力请，碰头不已，太后才点头应允，于是始传出醇王监国之谕。

二十一日，皇后始至瀛台寝宫省德宗，一进门就哭倒在地。原来见德宗直挺挺睡在龙床上，不知何时气绝矣！大哭而出，奔告太后。太后病已垂危，听了此信，长叹而已。随把吉祥轿载了帝尸，畀出西苑门，入西华门，抬向乾清宫去。这吉祥轿，形似御辇而长，专备载大行的，差不多就是古时的辒辌车。

当下皇后被发，众太监执香哭随，跟着吉祥轿，悲悲戚戚，才抵乾清宫，忽有一个太监形色仓皇的奔进来，口称："老佛爷不好了！"皇后得着此信，顾不得帝尸，率同诸阉，踉跄奔回西苑瞧太后去了。一时总管李莲英到来，瞧见帝尸委在殿中，语小太监道："老佛爷就要出事了，不如先殓了罢！"于是草草殓了，纳在梓宫里。彼时礼臣持了殓祭仪注入东华门，守门的不放他进来。等到回到部里，具好文书，再到乾清门时，殓事已经完毕多时了。按照旧例，皇帝即位数年，即营寿兆，德宗帝御宇三十四年，竟没一个人敢议及的。这会子鼎湖既升，才有旨命贝子溥伦卜地。西陵附近旧有绝龙峪，太后曾经指给醇贤亲王为寝园，后来不知如何作为罢论。现在仓卒之间，吉壤一时难择，因陋就简，就把绝龙峪改名"九龙峪"。有人说"九龙"之名很是不祥，因为自世祖至德宗，恰恰是九世，疑于终数，于是改名金龙峪，上尊号叫崇陵。这是后话。

当下德宗大行之后，大阿哥溥仪入承大统，为嗣皇帝，醇亲王载沣为监国摄政王，摄行大政，尊皇太后为太皇太后。兼祧母后为皇太后。这位皇太后，也是叶赫那拉氏，是慈禧太后的内侄女。慈禧太后因为自己是西宫出身，美中终觉不足，所以必要把侄女配给德宗为后。德宗迫于太后慈命，不敢不允，但是夫妻之间，恩情终觉平常。

德宗的宠妃珍妃，庚子年出狩时，又被太后坠井处死。回銮之后，困处瀛台，心常郁郁，夫妻间更不免时占脱幅。一日两口子不知为了何故争论起来，德宗一时大怒，亲把皇后的发簪掷碎。此簪是乾隆朝遗物，乃是无价之珍，皇后遭此大辱，气愤不过，走到太后跟前诉苦。太后也无多语，但叫她移居在自己别室里。从此皇后与皇帝分宫各处，几同离异，镇日无事，不过以翰墨自遣而已。皇后的父亲，是承恩公桂祥。桂祥父子，未尝学问。皇后久侍慈禧太后，喜学草书，尊为皇太后之后，曾以草法书擗窠匾联，自署斋名为"延春阁"。时人有诗道：

岂有诸兄笔砚供，翻从草圣学鸾龙。
延春阁上澄心纸，钗股分明染墨浓。

大内御花园之东，有一个土阜，为了舆地家说过不宜建筑，一竟废弃着。慈禧后逝世后，太后命兴修水殿。四围濬池，引玉泉山水环绕之。殿上窗棂承尘金铺，无不嵌以玻璃。太后自题匾额叫“灵沼轩”，俗呼为“水晶宫”。时人有诗道：

御花园近石廊西，灵沼轩头榜字题。
引得玉泉三百斛，光明世界现琉璃。

这都是后话。

当下太后入宫，到太皇太后病榻之前，见太皇太后不过是一时晕去。少刻醒来，两眼瞧着众人，意思之间，是要见新皇帝。太后命人抱进嗣皇帝，就榻前叩见太皇太后。太皇太后见了新皇帝，脸上颇现欣慰之色。这夜，太皇太后也就大行了。时人有诗道：

玉座珠帘五十春，临朝三度抱冲人。
扶床一见雏孙拜，定省仪鸾仅隔晨。

当下国家迭出大丧，人心异常忧惧，即由监国摄政王做主，择定十一月辛卯日，举行嗣皇帝即位典礼，即在明年为宣统元年。

到了这日，满汉文武百官，齐集殿陛，各按着班次，遵照仪注，叩见新皇帝。正这济济跄跄当儿，忽然御殿中发出一股悲哀声音，把众文武都唬了一大跳。留神听时，这悲哀声音，正从宝座上新皇帝金口中发出来的。举目偷窥，只见新皇帝号陶大哭，涕泪满面，把头上戴的小小皇冠，都掀向肩上去了。原来新皇帝才只四岁，还没有断乳，平时不离保傅之手，现在骤然间叫他高居宝座，践柞为皇，那班花白胡髭的亲贵大臣，又都向他趋跄飏拜，怎么不唬的大哭？老子摄政王虽然扶抱着，却因不敢正当宝座，偏在一边，抱的很不舒服。哭了之后，又没人哄骗，所以哭的愈益悲哀。这原是极平常事情，不意散朝之后，都人又起了一个谣言，说新皇帝登极哭泣，大是不祥之兆。都人好谣，暂且不表。

却说新皇帝登极而后，第一件新政，就是恭上大行皇帝尊谥，皇太后徽号。大行皇帝的尊谥是：“同天崇运大中至正经文纬武仁孝睿暗端俭宽勤景皇帝”，庙号叫“德宗”，陵叫“崇陵”；皇太后徽号是叫“隆裕皇太后”。一面颁行监国摄政王礼节，定谕旨由军机大臣署名之制；设立变通旗制处，派溥伦、载泽等专司其事；另编禁卫军，由摄政王亲自统辖；命载涛、毓朗、铁良充专司训练禁卫军大臣，专事训练；因庆亲王奕劻功高德茂，加恩以亲王世袭罔替。

当帝、后大行，举国皇皇当儿，安徽省又起了一桩革命大案。驻在安庆的马炮营队官名叫熊成基的，乘着秋操起事。亏得城中得信早，严为戒备，革军不能入城。又被兵舰上开炮夹攻,熊成基只得率众向西北桐城、枞阳一带退了去。官兵乘胜追袭,革军逐渐溃散。这一回革命,又成了昙花一现。熊成基后来在哈尔滨地方被捕,死于吉林。

当下隆裕皇太后受了徽号之后,力自谦抑,虽然太皇太后遗诏中有"军国大事,摄政王当秉承后意办理"之语,太后却除了调护新皇帝之外,他事一概不管。即有时摄政王举办之事,太后心不谓然,也不过密召入宫申斥几句罢了。不意太后虽然如此谦让,太后宫中的太监小德张,却已纳贿揽权,气焰薰灼,大有步武皮硝李之势也。可知小人实是难养呢。

大内有佛殿数座,久已旷废,慈禧太后当国时也没有提议修理,小德张乃怂恿隆裕太后拨款兴修,报销至二百多万。内务府大臣奎乐章,知道报销的太不实在,上章自请处分。太后为此事经手的是小德张,默然不问。小德张又请款修理英华殿,预备太后礼佛。这英华殿在寿安宫之北,还是前明所建,殿中有菩提树七株,采撷菩提子为念珠,宫中自皇太后以下,都来拈香。时人有诗道:

英华殿群旧时基,七树菩提贯若桑。
岁岁园官来进奉,黄绦百八缀牟尼。

后来隆裕太后服阕,照例须换青轿改坐黄轿,制轿费至七十多万,也是小德张经手的。此外如大行太皇太后奉安时之纸扎人马、殿陛銮驾等物,报销到一百多万银子。中元竟恭造的大法船一只,长有十八丈有奇,宽至二丈,船上楼殿亭榭,陈设悉备,侍从篙工数十人,高与人等,都是穿真衣的。其余殿陛阴森,神佛巍坐,旁立鬼判,状极狰狞。中坚十丈高桅,悬一黄缎巨帆,上写着"普渡中元"四个大字,更有无数红灯,围绕船外,在东华门沙滩地方焚化,这一项报销也有数十万,都是小德张一个儿经手。

总管李莲英,自太皇太后大行后,隔不上几时,也就病死了。宫中发见了一大注藏金,据说就是李总管遗下的。小德张要据为己有,太监李义春不肯答应,两个儿先是争论,继至扭殴,结下了大仇。群阉都代李义春危险,果然隔不上一月,就有景运门值班大臣,查见太监李义春潜入中和殿,窃取隔扇上铜什件之事,奏交大理院审办。经刑科四庭讯明,查太监混入西华门内,至中和殿行窃铜什件等物,律无治罪专条,拟依偷窃大内乘舆服物者,绞立决例,减一等,拟流三千里,交顺天府尹定地,发往配所,收入习艺所,工作十年,限满释放。奉旨依议。即此一端,就可以知小德张的势焰了。

民国成立后,清室移居颐和园,大内所存珍宝,由妃嫔阉监辈瓜分。小德张分得慈禧后珠履一双,此履四围均以极大珍珠镶镂,系武进盛宫保所进献,从前购办时,并宫门费耗去七十万银子。小德张持出来求售,索价五十万元,有某英人还价二十万元,小德张以所差太多,还不肯脱手。不过此时树倒猢狲散,小德张也颇谨饬改过了。这都是后话。

当下小德张仗着太后声势,招权纳贿,畅所欲为,朝中大臣也颇有与他联络通声气的,小德张乘间在太后跟前,也颇持朝臣短长,太后面子上总是不置可否。有时暗暗嘉纳,却就要召摄政王进宫问话了。一日,小德张入侍太后,闲谈中间,又说及了朝臣,小德张道："现在军机大臣里，只有外务部尚书袁世凯很是靠不住。前儿崔半仙在他家里算命，推到袁世凯年庚，说是贵不可言，大有九五之望。袁世凯非但不斥骂崔瞎子，倒反赏了他二十两银子。即此一端，他的不臣之心就可见了。王爷大人忠厚，这件事太后倒不能不斟酌一二。"太后道："没有的话。袁世凯是老祖宗识拔的人，老祖宗何等圣明！要果真是叛逆，哪里逃的过老祖宗两个眼珠子？再者王爷虽然年轻，欠阅历，却还有庆亲王等一班老臣呢！"小德张道："他果能如是最好。只是老佛爷从前，也吃那厮蒙蒙蔽了。戊戌年颐和园告变的事，倘不是那厮主张，先万岁爷也绝不会吃这许多年的苦。庚子拳匪之乱，也绝不会起了。明是那厮蓄意挑拨，老佛爷母子有了恶感，好备自己于中取利。现当主少国疑当儿，袁世凯在朝，恐非宫廷之福。太后想罢，一个人至亲骨肉莫如弟兄，外人不知的事，自己弟兄总无有不知的。现在奴才抄着袁世凯兄弟给他的一封信，太后一瞧就知道了。"说毕呈上。太后接来瞧时，只见上面写的是：

四兄大人尊鉴：

兄弟不同德，自古有之，历历可考者，大舜，周公，柳下惠，司马牛是也。圣贤尚有兄弟之变，况平人乎？诵《棠棣》之诗，即必陨泪，弟宁无兄弟之感哉！《诗》云：'兄弟阋于墙，外御其侮，况有良朋，蒸也无戎。'此乃常人、常事、常情。若夫关于君父大义，兄弟亦相济，难也。盖德同即相济，德异即相背。大舜，圣人也；周公，亦圣人也。舜之容象，周公之诛管蔡，舜与象，骨肉私亲无必诛之理。管蔡乃国家公罪，周公以大义灭亲，不妨也。吾家数代忠良，累世清廉，至兄而大失德。二十年来，兄所为之事，均背先母之约，朝中弹劾兄者，四百余折，痛言兄之过恶。兄抚心自问，上何以对国家？下何以对先祖？母亲在世日，谆谆告戒吾兄，而兄置若罔闻，将置慈训于何地乎？兄能忠君孝亲，则吾兄也；不能忠君孝亲，非吾兄也。弟避兄归里，于兹二十年。前十年尚或通信，后十年片纸皆绝。今关乎国家之政，先祖之祀，不能不以大义相责！兄显达后，一人烹鼎，数人啜汁。然弟独处僻壤，始终未敢问津。兄总督也，弟匹夫也，兄固不加爱于弟，弟亦不敢妄邀吾兄之爱。弟挑灯织履，次晨市之助爨，虽然清苦，犹荣于显达。为人指责曰：某人之爱弟也！某人之爪牙也！弟实不取焉！弟视大义如山岳，等富贵于浮云！惟谨守父母之遗训，甘学孟节，老于林下。己亥春，弟曾亲上供护理河南巡抚景月汀中丞，祈转禀荣相曰：'朝中无人能制兄者，恐将来尾大难掉，莫若解其兵权，调京供职。'正所以保存功臣之后，其言昭昭，如在目前！今日而后，愿苍天有功，先祖有灵，兄能痛改前非，忠贞报国，则先祖幸甚！阖族幸甚！临笺泪挥，书不尽言。

欲知隆裕太后有何举动，且听下回分解。

第一三二回　患足疾项城归隐　依宪法皇帝亲戎

话说隆裕太后瞧毕之后，毫不在意，把小德张抄的信搁过一边，半语不发。忽一个太监入奏摄政王进来请安，现在宫门候旨。太后道："宣他来。"太监应着出去。一时宣入，行过礼，摄政王回道："崇陵工程，自应恭照惠陵规制，已派载洵等驰赴西陵金龙峪地方相度形势，察看规模。景皇帝梓宫奉移山陵，先拟暂安在西陵梁格庄行宫。暂安日期，已由钦天监选定，是宣统元年三月十二日。照理皇上自该亲往恭送，但是皇上尚在冲龄，衔哀远出，似非所宜，这件事还请太后旨意。"太后道："暂安梁格庄，究不比永远奉安！那时我去了就是。皇帝太小，不必同行。崇陵动土吉期可曾选定？"摄政王先应了一个"是"，然后回道："动土吉期，已着钦天监于二月十五日以前选择了。"太后道："景皇帝神牌升祔典礼，是不是俟山陵永安奉安后，再事举行？"摄政王道："臣已计算过，梓宫暂安梁格庄，距永远奉安之期，为时尚远。倘必俟永安山陵后，才行升祔，岁月稽迟，实不足以昭诚敬，现在拟一个通融办法，先将神牌祔升于奉先殿里，俟将来永远奉安礼成之后，再行升祔太庙，景皇帝神库牌，已命奉先殿神库择吉恭制了。"太后道："这么办很好。你此回把陵差委了载洵，载洵年纪太轻，须要嘱咐他诸事小心，工程须慎重验看，经费须核实报销，知道么？"摄政王应了两个"是"。太后道："我问你一句话，袁世凯近来做事如何？有人说他心怀叵测，你也有所闻见么？"摄政王道："袁世凯胆大妄为，心术很不正大。"太后道："心术不正的人，须早早防他一步！"摄政王应了两个"是"。见太后没甚吩咐了，才退出宫来。并不回邸，径赴军机处，见各大军机均已退值，仅有几个章京，还在那里伺候。摄政王随命贴身太监，把慈禧太后留中的各奏折取来阅看。

一时取到，翻阅了几个，没甚要领，忽见一个是军机大臣外务部尚书袁世凯奏请联美的密折，不禁聚精会神，一行一行瞧去。只见上面说的是："今专使抵美之日，星轺莅止，东邻气象，顿然改观，北美合众国之邦交，益加亲密。美国大总统复招我专使，告以拟派遣大使使驻中华，确认我为完全自由之国，尊重我完全自主之权。美国先提倡此议，各国当无不遵守之，此实假我以图强之机也。凡稍识时务者，莫不庆外交之发达，喜前途之有望，在我断无拒绝之理。且美国当庚子之乱，对于各国，宣布保我主权，而不得利我土地。及日俄战争，又通告各国尊重我主权，限定战斗区域。前月，日美互换照会，仍多方援助，美之为我谋者，亦可谓力顾大局矣。兹复拟派遵大使，宣示各国，认我为大国，尊我有完全自主之权。我若拒而不受，或受而不答，是自以为非大国也，是自认为无完全自主之权也。五洲士庶，其谓我何？如遣派大使，有宜先考究者四端：一曰权限。各国近世之通例，大使权限与公使无异，所颁敕书，均请旨遵行，商承外务部办理。即特派专办一事之全权大使，亦须请旨批准，从无专擅之例；一曰礼节。大使呈递国书，应经一等官用列车迎之，中国已以黄绊轿待公使矣，大使虽得招宴国君，然许赴与否,仍由国君自定。国君须派员答拜大使,此等礼节,无伤国体;一曰使才。中国历任使节,多非专门,近来陆续遴选人才,渐趋一轨,大使责任较重,选择尤不可不精,必须心地纯正,优于中外学问。又阅历较富,职望较崇,明白中外大势,谙熟本国之政治习尚者,方为合格;一曰经费。各出使经费,近年尚有贮蓄,将来实行加税,收入增多,如先遣驻美大使,每年不过增费四五万金,将来陆续派遣日英法德俄五国,常年经费,仅须用三十万金内外,现存经费,大约可敷。至大使馆建造费,当另筹之"等语。

原来庚子拳乱赔款,北美合众国持"亲善"主义,决议减收退还。驻美钦使伍廷芳报告美外部询问该款退还后如何使用,如何接收,应否分期递减?于是袁世凯奏请特简唐绍仪为专使,致谢美国。唐绍仪到了美国,公事貌毕之后,往谒新选大总统塔夫脱。塔氏道:"此回专使来美致谢,具见盛情,且另有一番美意,我美全国人民为之感动,所可喜者,中美邦交,当由此益加亲密。且现任大总统对待中国的政策,与余同一宗旨,所望中国力求治理,数十年后,成为全球最强之国,美国自当尽力协助。倘有谋不利于中国的,余当设法阻止,以助中国之发达。余以明年三月接任,政策注重外交,中国所派的公使,较各国尤为重要。余意拟彼此改派大使,未审贵国意见如何?"唐绍仪立即电告外务部。袁世凯于是密建联美之策,乘间独对,痛陈外交情状。慈禧太后甚韪其议。这件事军机各大臣,除庆亲王外都不曾知道,摄政王本也略有所风闻,所以奉到太后面谕,立刻就调阅密折,果见此种国家大事,竟不与枢密商酌,其大胆妄为、目无同列可见!当下摄政王手执朱笔,正欲拟旨,忽太监递上一个奏折来,揭开瞧时,却是袁世凯因现患足疾,请假十日的事。摄政王笑道:"巧极了!"遂用朱笔书了一道旨意,道:

> 军机大臣外务部尚书袁世凯,夙蒙先朝擢用。朕登极之后,复与殊赏,正以其才可用,使效驰驱,不意袁世凯现患足疾,步履维艰,难胜职任。袁世凯着即开缺,回籍养疴,以示朝廷体恤之意。钦此。

这一道旨意发出之后,便降旨命那相在军机大臣上学习行走,命梁敦彦署理外务部尚书。似此疾雷劲雨,恁你一世之雄,也难先期防备!袁世凯究竟高人一等,接到此旨,毫无恚怒状态,入朝谢了恩,立刻携眷南行,回到河南故里,辟别墅于彰德府北门外洹上村,莳花种竹,垒石浚池,题额叫"养寿园"。尝同二三知己,酌酒赋诗,逍遥其间。世凯自题别号叫"容庵",其诗是:

曾来此地作劳人,满目林泉气象新,
墙外太行横碧障,门前洹水喜为邻。
风烟万里苍茫绕,波浪千层激荡频,
寄语长安诸旧侣,素衣早浣帝京尘。

背郭园成别有天,盘飧尊酒共群贤,

移山绕岸遮苔径，汲水盈池放钓船。
满院莳花媚风日，十年树木拂云烟，
劝君莫负春光好，带醉楼头抱月眠。

连天雨雪玉兰开，琼树瑶林掩翠苔，
数点飞鸿迷处所，一行猎马疾归来。
袁安踪迹流风缈，裴度心期忍事灰，
二月春寒花信晚，且随野鹤去寻梅。

人生难得到仙洲，咫尺桃源任我求，
白首论交想鲍叔，赤松未遇愧留侯。
远天风雨三春老，大地江河几派流，
日暮浮云莫君问，愿闻强饭侣初不。

昨夜听春雨，披蓑踏翠苔。
人来花已谢，借问为谁开？

楼小能客膝，檐高老树齐。
开轩平北斗，番觉太行低。

世凯又尝同乃兄世廉，弄小舟，听莺观鱼。世廉披蓑垂纶，世凯持篙立船尾，故为淡泊自甘不求闻达的态度，其实沉机观变，没一刻忘情政海呢。暂时按下。

却说军机处自退出了袁公，便少了个揽权喜事之人，气象顿时变为沉寂。因为领袖大臣奕劻，上了年纪，不喜多事。世续素性好静不好动。张之洞少了袁公个好伴党，便不能够奋发有为。鹿传霖素来是看风使帆惯了的，大众既多沉静，自己也未便多言。那桐是新进晚辈，更不敢越分妄为。所以这年年底，政府中竟无新奇事迹可纪。

次年就是宣统元年己酉岁，才开得新年，就有御史谢远涵奏参邮传部尚书陈璧"虚縻国币徇私纳贿"等款，内有"陈璧于订借洋款，秘密分润，开设粮行，公行贿赂"等语。监国摄政王立派大学士孙家鼐、那桐秉公查办。孙、那两相，不敢怠慢，便就不动声色，按款密查。不多几日，早已查明复奏，大旨说是："陈璧于订借洋款，秘密分润，开设粮行，公行贿赂各节，虽属啧有烦言，究未指有确据。惟开支用款，颇多糜费，前后所调各员，不免冒滥"等一派都是出脱的话。监国大怒，立降上谕道：

方今时事艰难，该尚书责任綦重，自应整躬率属，于用人理财力求实际。现据查明各节，实属有负委任，邮传部尚书陈璧着交部严加议处。邮传部员外郎金恭寿，候补小京官王守爵，卑鄙猥琐，迹近营私，均着均行革职。民政部员外郎丁惟忠以曾经被参，奉旨撤差人员，未至数年，复邱今职，较前尤招物议，着即行革职，永不叙用。余着照所议办理，该部知道。钦此。

过不到两日，吏部议复上来，请将陈璧即行革职。监国准奏，旋命徐世昌补授邮传部尚书。

此时监国摄政王励精图治，每日朝晨五时即进养心殿，批阅章奏，无论是否紧要，总要从头至尾，瞧完卷才歇。八时，召见枢臣，并京外臣工，还苦日不暇给。谕令内监奏事处，每日将本日所进章奏，送至公所，以便随时详细批阅。又因前在军机任内，素知各省与军机处往来电报，皆关机密要政，特谕每日调取军机处全份电报，详细浏览。倘在未臻妥善之处，次日，军机入值时，必再三垂询，指示办法。

这日，召见军机，商议了好些要政，先与军机大臣谈论用人的事，监国道："现在时事艰难，需才佐治，在朝廷原不惜重禄劝士，破格用人。奈京外各衙门，近来于缕办要政，奏调人员，请加经费，都未能综核名实。有以微员而膺不次之擢，也有以一人而兼多处之差，究竟所荐的未必皆奇特之士，所用的实不免奔竞之人。近年新设衙门，新建省分，往往多坐此弊，冒滥虚么，真是恶习！你们想想可有甚好法子，可以除掉此弊？"奕劻道："此种恶习，一时断难革除尽净！挽救之法，只有着各部院堂官，各省督抚，嗣后需用人员，不论是奏调，是咨调，均先由吏部切实考核，官阶履历，件件相符，再准发往。那兼差支薪的事，也责由该管长官，切实裁汰。各衙门官员薪费，并着核实厘定，不准漫无限止。如果实心办去，未始不可挽救一二。"监国点头嘉许，随命拟旨实行。张之洞奏道："修订法律，大臣奏呈的刑案草案，当经宪政编查馆分咨内外各衙门讨论参考。现在学部及直隶、两广、安徽各督抚，先后奏请将中国旧律与新律详慎互校，再行妥订。也经奉旨令修律大臣会同法部详慎斟酌，修改删并，奏明办理。但是上年所颁立宪筹备事宜，新刑律限于本年核定，来年颁布，事关宪政，似不容稍事缓图，恳旨催促修律大臣会同法部迅遵前旨，克日修妥进呈。"监国道："此事我已再四思维，中国素重纲常，故于干犯名义之条，立法特为严重。现在寰海大通，国际每多交涉，原不宜墨守故常，但只可采彼所长，益我所短。若将数千年圣帝明王兢兢保守的伦常大义，悉数弃掉，那就与修律本旨离的太远了！"张之洞应了两个"是"。随拟上谕稿进呈，监国览过，也就钤章发出，众军机大臣都各签了名。

看官，颁布上谕，须由摄政王钤章，军机大臣签名，这是监国以来的新例。监国又命拟旨宣示朝廷一定实行预备立宪，军大臣退值之后，监国传谕召见筹办海军王大臣。一时召人，却是善耆、载泽、铁良、萨镇冰四个，各接仪注见过礼，先询问了几句筹备情形，由萨镇冰一个儿回奏，监国颇为嘉许。随面谕道："重兴海军，重在宽筹的款，经费既定，其余各事，均可依次设置。其中以常年经费，尤为要著。汝于海军上阅历素深，且于南北洋一切情形，尤为熟习，究竟各省水师与现议海军，如何通并，也应预定，俾将来成立起海军始基来，得免疏虞。务当与肃亲王等悉心筹画，据实奏闻，别负朝廷的倚任！"

筹办海军大臣退后，即召见各部尚书，面谕农工商部尚书道："各省现设的农务局及农官等，必与农民时相接洽，才能研究地质土宜，以及种植培养灌溉各法，逐渐改良，于农业前途,始得实收效果。那么农务人员,务以朴实为主,绝不容有官场习气,要有了官场习气,小民畏避他都不暇,如何还能够求农事进步呢?嗣后各省农官,如有犯以上情弊的,即当严加惩处!”又谕外务部尚书道:“近来办理外交人员,每以易丛民怨为虑,但果能不损主权,何来訾议?倘一味将就了事,就是百姓不说什么,遗祸也很不小!”召对完毕,天已近午,监国方才命驾回邸。

贤王当国,万象维新,朝野臣民,无不额手称庆。偏偏有一个不识时务的强项总督,谬言惊世,飞电痛陈立宪利弊,并以一官相拼。此臣是谁?原来却是陕甘总督升允。监国大怒,立命军机拟旨道:

> 前以预备立宪,系奉先朝明谕,朕御极后复行,申谕内外大小臣工,共体此意,翊赞新猷,毋得摭拾浮言,淆乱聪明。乃陕甘总督升允,前奏请来京面陈事宜,当经电谕尽可由折电奏陈,原以新政繁巨,不厌详求,内外大臣如有所见,不妨随时条陈,以资采择。兹据该督奏陈立宪利弊,并即恳请开缺,迹近负气,殊属非是。本应予以严惩,姑念该员外任封圻,尚无大过,着照所请即行开缺。钦此。

时宣统元年五月初六日也。到了五月廿八日,又特定皇帝自为海陆军大元帅之制,特降朱谕道:

> 前经宪政编查馆奏定宪法大纲,内载“统率陆海军之权,操之自上”等语,已奉先朝旨颁行,朕今钦遵遗训,兹特明白宣示,即依宪法大纲内所载,朕为大清帝国统率陆海军大元帅,并敬符我太祖太宗肇其鸿业亲总六师之制,以振我军人尚武图强之心。并着先行专设军咨处,赞佐朕躬,通筹全国陆海各军事宜,即着贝勒毓朗管理军咨处事务。惟朕现在冲龄典学之时,尚未亲裁大政,所有朕躬亲任大清帝国统率陆海军大元帅之一切权任事宜,于未亲政以前,暂由监国摄政王代理,以合宪法。至一切应如何定拟筹办事宜,即着军咨处随时妥酌奏请施行。将此通谕臣民知之。钦此。

欲知后事如何,且听下回分解。

第一三三回　汪兆铭行刺被捕　孙洪伊请愿未成

话说这一年新旧政务，忙乱异常。孝钦后，德宗帝梓宫两次奉安，神牌两次升祔。此外新政中如筹备海陆军，派遣载洵、萨镇冰巡视沿江沿海各省武备，旋至欧洲各国考察海军；颁行资政院章程，各省咨议局开议，降谕诰诫议员及各督抚，江苏创办南洋劝业会，特派张人骏为会长；颁行清理财政处各项章程，定出丁忧人员，无论满汉，一律离任守制的新章；申谕禁烟办法；钦准地方自治；又命载振往日本，戴鸿慈往俄国，答谢派遣专使来送梓宫的盛意。

在外交上，新订的条款，就是与日本交涉的五大案。日本在东三省地方，因安奉铁路改筑的事情，自由行动，交涉几至决裂，经外务部费尽心机，才并吉长借款契约等五大案，一齐议结。又有两起查办案子：一起是查办督办津浦铁路大臣吕海寰，为失察局员李德顺营私舞弊，开去差使；一起是查办直隶总督端方，为恭送孝钦后梓宫当儿，令人在隆裕皇太后行宫外摄影，恣意任性，不知大体，下部议革职。那大员里头，却又凋谢了张之洞、孙家鼐两位，都各赠官赐谥，备极荣哀。

一年易过，又是新春。这一年是宣统二年岁次庚戌，不意正月里就出了两件大乱子，监国异常忧闷。一件是广东新军与巡警交斗，革命党乘机起事事情。先是军二标与警兵口解起衅，继因统带官不准放假，一标营兵首先斗闹，统带官刘雨沛唬得躲避了开去。营兵见统带逃走，胆子更大，哄闹得更为利害。革命党倪映典就乘机煽惑各员，希图起事，当众昌言，不如下一个根本解决的爽快办法，推翻满清，一劳永逸。防军得了信，立时挟枪驰至，开枪轰击。战斗多时，新军大受夷伤，被格毙二十八名，捕获正法十一名。先后捕去党人四十余名，官军方面，也伤掉一标一营队官胡思深，二营队官宋殿魁，二标二营队官李铮来，并军士多名。这一次革命，又遭失败。一件是川兵入藏，达赖喇嘛遁入了印度去。当下监国与众军机大臣商议了一会子，命拟旨把广东新军各官分别斥革惩办；一面降旨革去西藏达赖喇嘛名号。其辞道：

西藏达赖喇嘛阿旺罗布藏吐布丹甲错济寨汪曲却勒朗结，夙荷先朝恩遇，至优极渥！该达赖具有天良，应如何虔修经典，恪守前规，以期传衍黄教。乃自执掌商上事务以来，骄奢淫佚，暴戾恣睢，为前此所未有！甚且跋扈妄为，擅违朝命，虐用藏众，轻起衅端。光绪三十六年六月间，乘乱潜逃，经驻藏大臣以该达赖声名狼藉，据实纠参，奉旨暂行革去名号，迨达赖行抵库伦，折回西宁，朝廷念其远道驰驱，冀其自新悛改，饬由地方官随时存问照料。前年来京展觐，赐加封号，锡赉骈蕃，并于起程回藏时，派员护送。该达赖虽沿途逗留，需索骚扰，无不量予优容，曲示体恤，宽既往而策将来，用意至为深厚！此次川兵入藏，专为弹压地方，保护开埠，藏人本无庸疑虑。讵该达赖回藏后布散流言，借端抗阻，诬诋大臣，停止供给，叠经剀切开导，置若罔闻。前据联豫等电奏，川兵甫抵拉萨，该达赖未经报明，即于正月初三日夜内潜出，不知何往，当经谕令该大臣设法追回，妥为安置，迄今尚无下落。掌理教务，何可迭次擅离？且查该达赖反复狡诈，自外生成，实属上负国恩，下辜众望，不足为各呼图克图之领袖！阿旺罗布藏吐布丹甲错济寨汪曲却勒朗结，着即革去达赖喇嘛名号，以示惩处！嗣后无论逃往何处，及是否回藏，均视与齐民无异。并着驻藏大臣迅即访寻灵异幼子人，缮写名笺，照案入于金瓶掣定，作为前代达赖喇嘛之真正呼毕勒罕，奏请施恩，俾克传经延世，以重教务。朝廷彰善瘅恶，一秉大公，凡尔藏中僧俗皆吾赤子，自此次降谕之后，其合遵守法度，共保治安，毋负朕绥靖边疆维持黄教之至意！钦此。

这两件事情，方才办妥，山西湖南两省的警报又至。山西是交城、文水两县人民为了禁烟的事暴动；湖南是长沙饥民为了米贵的事暴动，焚毁巡抚衙门及教堂、学堂。山西为的是黑饭；湖南为的是白饭，都不过是口腹细故。监国览过电奏，分别降旨办讫，两处官吏都受了很大的处分。

在监国办理庶政，总算忧勤惕厉，对得过国家，对得过人民。不意，国民中偏还有人跟他大大不答应，定要把他置诸于死地。此人姓汪，名兆铭，字精卫，是革命党中著名人物。谋建共和，志存暗杀，携带炸弹来京，想把摄政王炸为墨粉，借这一炸之威，警醒国人立宪迷梦。机事不密，被官吏拿捕了去。这汪精卫真也利害，到了法庭，侃侃直供，一字不讳。究竟预备立宪时代，似这么政治重犯，只判了个永远监禁之罪。

人民救国，志愿偏是不同；方法也偏是不同。有用暗杀革命等激烈手段的，也有用伏阙上书等稳健手段的。不能说用激烈手段是救国，用稳健手段便不是救国，此话从何说起？原来直隶各省咨议局议员孙洪伊等，上年冬季，已经联名上书，请愿速开国会。彼时监国谕以俟将来九年预备业已完全，国民教育普及，然后毅然降旨，定期召集议院。孙洪伊因请愿未成，未肯就此罢手，驰书各省，再事进行。到了此刻，联合了各省旗籍各代表，为第二次的请愿。其辞道：

窃上年冬间，某等伏阙上书，吁请速开国会。蒙温旨慰请敦勉，跪读之下，感激涕零！某等同具天良，苟时势尚可支持，救国尚有他策，亦安忍渎于陈君父之前，致重贻宵旰之累？惟是细绎朝旨，于宪政期于必立，国会期在必开。其所以审慎图维者，实因筹备之未完全，国民程度之未划一，且谓资政院可为国会之基础，故仍期以九年。然某等之所以谓国会不可不即开者，亦正因筹备之不完全，国民程度之不齐一，资政院之性质，尚未明了耳。今谨将其理由，为我皇上缕陈之。

一曰欲宪政筹备之完全，不可不即开国会也。夫有国会然后可以举行宪政，无国会则所谓筹备皆空言。此言骤闻之，似近于激，然证以近两年来之政治，实不为诬。内而各部，外而各省，其筹备宪政，大率真诚之意少，敷衍之意多。观其报告，灿若春华；按其实际，渺如风影。两年之情形如此，推之九年可知！所以然者，因无国会以立于其旁，则人民与官僚声气隔阂，其始也；则行政官不能借重全国人之研究，以决定其施政方针，其继也；则因无国会以编订法律法规，一切政治无所遵守，其终也。因无国会以为法律上之纠问，则行政官所负之责任，究属有名而无实，有始而无终。夫朝廷之所以三令五申，皆促筹备宪政者，岂非出于治国安民之至诚？若如今日官僚之奉行不力，则国家因筹备宪政，而较之前日财力更困，元气更伤！是吾国日日言筹备，而宪政之利未收，害已先著也。且考各国宪政之成立，惟英国由于自然之发达；其余各国，大率模仿英国，并无所谓筹备之时期，而不闻各国以此致败者。良由立宪制度，首重机关完备。去其一而取其一，则运用不灵，反以取祸。惟模仿其全体，则有百利而无一害。人之几经参酌而后得者，而吾国可以顷刻吸收之。稍涉游移，即危国本！夫吾国今日为宪政萌芽时代，即今国会组织，未尽适宜，亦应属有之情实。而国会一日不成立，即筹备一日不完全，此必然之势。然则吾国惟其欲筹备宪政，亦当速开国会也。

一曰欲国民程度之划一，不可不即开国会也。夫国会者，所以演进国民之程度。若不开国会，即人民程度，永无增进之日。今以欧美人民之程度，衡吾国民，诚见其不及。若以吾民之程度，参与吾之国会，何遽见其低？夫一国各有特别之历史政治风化，即各有其肆应之能力。既不能强彼以就此，更何容抑己以扬人？且国会制度者，非尽人而参与国政之谓也。世界无行普通，选举之国家，必有限制之资格。吾国资政院、咨议局之选举，即系此种限制制度也。于千万人民中，择其少数有程度者，畀以选举权；又于千百人民中，择其少数有程度者，畀以被选权。国家既限制之于前，而犹谓其程度不足，是矛盾其法令也。况国会将来被选之议员，其大半必系曾有官职有资望者，并非纯系齐民。不过因其为人民所选出，而混称之，曰人民而已。例如现在各省咨议局之议员，以在籍之职员为最多。其在本籍为士绅为人民；在他省即为官吏。前既受朝廷之录用，后更邀乡议之推崇，其程度岂反逊于泛泛之官吏乎？其次则以其有新智者为多，此种人才，朝廷近来亦常破格录用，各部院各新政衙署，无不纷纷调用，委以重权，岂一旦置之国会中，即虑其程度之不足耶？故以议员概视为人民，因人民程度不及，而并谓议员程度不足者，吾侪小人，不乐闻也！至各全体议员中，虽不无少数之滥竽，然宪政者多数取决之政治也。少数人程度不足，于事何伤？即如全国官吏又岂能人人称职乎？夫专制国之人才，专投身于官吏；立宪国之人才，则分布于朝野。欧美各国，无不如此。若以专制国衡鉴人才之法，施之于立宪国，则所失多矣！且求智识程度之划一者，为多数国民言之，其收效在于二十年后之教育；求智识程度之较高者，为少数国民言之，其发端在于现在之政治。谓中国亟宜择民间之优秀者，许其参政。其多数之国民，一面普及之以教育，一面陶熔之以政治，庶几并行而不悖。若待人民程度之划一，而始开国会，是无其时！然则吾国今日，惟其欲培养国民之程度，亦当速开国会也。

一曰资政院不能代国会之用也。夫资政院，为上下两院之基础，近于各国一院之制。然细察其性质，又与国会迥殊。君主不负责任为立宪齐拥戴元首之良法，而资政院与大臣有争执时，则恭候圣裁。道仍以君主当责任之冲，而大臣逸出于责任以外，行政官不兼议员，亦立宪国之良法。而资政院议员，则有各部院司员，是仍为行政立法混合之机关。况总裁副总裁，较之议员品秩特崇，尤与行政部院之常属无殊。夫国家颁一法令，立一机关，先视其组织之若何，权限之若何，而后效力，因之而生差异。今资政院之组织与权限皆不相融洽，既不利于人民，复不利于官吏！窃恐开院后，将酿成朝野两派之冲突，行政官吏无所适从，冰霜所兆，识者忧之！故朝廷既欲实行立宪，必自罢资政院而开国会始。按以上所陈各节，实与去年冬间所颁之谕旨，精神隐合，想在圣明洞鉴之中！抑某等更有请者，方今国中舆论混淆，多有不悉朝廷殷殷图治之苦衷，而怀觖望。或争路争矿，或拒借外款，或攻击官僚，亦恒有走于狂热昧于事实之弊。甚或主持舆论者，亦以偏激挑拨之惯技，邀誉于社会。而社会靡然从风，而涵濡于浇漓之舆论中，而不能自拔。众喙争鸣，公理湮晦，不独朝廷荧其听视，即士大夫亦几几不敢与闻国事。危象至此，亦由于无国会以统一舆论、训练舆论之故也。盖专制国无人民参与政治之机关，故舆论散布于社会。立宪国有之，故舆论汇归于国会。舆论散布于社会，故无统一无训练，其是非淆乱宜也。舆论汇归于国会，则主持舆论者，事事受法律之节制，有一定之轨线。是以定国家之大计，供政府之采纳。至如国会以外之人民，因有国会耸立于国中，有百千议员参与国政，有确定之责任内阁，彼自不能横倡浮议，鼓动风波。观各国当未立宪之时，舆论披猖。既立宪之后，民安，职守，即可知此会中之妙用。夫天下有道，庶人不议者，因盛世无可议之由。若国会既开，庶人亦可不议，因有议员代表庶人议政也。吾国近来当道见国中民气稍激，深恐开国会之后，人民据有机关，更难遏抑。此种谬见，恰与世界治理相反。夫英法两国，前日人民要求立宪之时，革命大起，岁无宁日。日本人民当明治初年，亦屡次几成革命。今日英法日本之人民，其皆各守法令，各尽职务。何也？国体已定，民心已安，乱机无由生耳。倘吾国能步趋各国之成规，急以国会范围民心，则国家安荣，翘起可待！万一再因循不决，则民情日郁，恐日后虽欲定立宪二字，收拾民心，已无及矣！某等观近今来各省兵变民变之事，至十数起。天下骚然，遇事发难，虽一时暂归于扑灭，终有铤而走险之时！朝廷若无雷霆之举动，以昭苏薄海之生机，恐人心一去不复回，国运已倾而莫挽！大势滔滔，何堪设想？近来人民窃窃私议，课吾国历代倾覆之危机，与世界各国灭亡之原因，吾国今日，皆已备具，恐国事从此已矣！某等骤聆之，痛恨此种不祥之言。而一转念间，神魂又未免为所搅乱，觉前途一切之惨豫，时悬悬于梦寐中。故今日不得不妄陈圣听，伏愿我皇上念祖宗付托之重，体先帝求治之怀，祛屏浮言，从速颁布国会之诏，以国家之安危，与四万万共之！则某等冒犯忌讳，身膏斧钺，亦所甘心！国家幸甚！宗祖幸甚！

监国览过之后，也颇动容，因事情重大，随批交会议政务处会议。

五月十八这一日，各大臣齐集会议政务处，先由军机大臣那桐开言道："今儿是议请愿国会的事情，须将折子请诸公一阅。众人都应了一遍"是"。候了许久，却并不见有折子取出，一时庆王奕劻驾到，众人迎着。奕劻一进门，就道："我来迟了一步，你们会议得怎么样了？"那桐道："本该请诸公阅折子，因王爷没有到，未曾交出。"奕劻即命将折子交阅。传阅未半，奕劻道："我家里有事，要先走一步。此事该如何办理，且俟众位议过了，再复奏吧！"众人都应了一遍"是"。奕劻才待动身，忽见一人越众而出道："王爷且慢，章京还有话告禀！"奕劻住了脚瞧时，见这发言的乃是新派在军机大臣上学习行走的吴侍郎吴郁生，随道："侍郎有何见教？"吴郁生道："立宪之举，原是朝廷旷荡洪恩，国会该早开，该迟开，上头自有权衡，岂容臣民妄渎？所以章京已把谕旨稿底拟就，呈请王爷示下。"说着，就靴统里摸出张字儿来，奕劻也不用手来接，笑道："大见很不错，请交给肃王爷等斟酌就是。恕我家里有事，不及领教了！"说毕，头也不回，向外去了。吴郁生一个没意思，两颊上顿时觉得热辣辣的，只得把稿底交给肃亲王善耆。众人见吴郁生这么没眼色，不禁都暗暗好笑。当下善耆接来瞧时，见上写着：

据都察院奏代递咨议局议员孙洪伊等，并直省旗籍各代表等，呈请速开国会一折，披览均悉。速开议院一事，上年十二月间，据直隶各省谘议局议员等联名呈请，已经明白宣谕，俟九年预备完全，国民程度普及，必毅然降旨，定期召集。朝廷慎重图维之意，无非愿我臣民勿骛虚名而隳实效。本年复经宪政编查馆奏派妥员分起前赴各省，按照筹备清单，认真考核，并饬各省将筹备事宜应需之示，详加预算。本日复面询各衙门行政大臣，询谋佥同，皆奏称按期次第筹备一切尚未完全等语。朕仰承先朝付托之重，俯念臣民呼吁之殷，夙夜孜孜，深愿宪政早一日成立，即早纾一日忧劳，亦何所靳于议院耶？惟思国家至重，宪政至繁，缓急先后之间，为治乱安危所系。论议院之地位，在宪法中只为参预立法之一机关耳。其与议院相辅相成之事，何一不关重要，非尽汉院所能参预？而谓议院一开，即足竟全功而臻郅治，古今中外，亦无此理。况以我国幅员之广，近今财政之艰，屡值地方偏灾兼虞，匪徒滋事，皆于宪政前途，不无阻碍。而朝廷按期责效，并未尝稍任松懈。宵旰急切图治之心，当为薄海臣民所共谅！本年九月即届资政院开院之期，业已降旨选定议员，先期集会。如能上下一心，共图治理，不惟立议院之基础，兼以养议院之精神！朕赞述前谟，定以仍俟九年筹备完全，再行降旨定期召集议院。尔等忠爱之心，朕所深悉，惟兹事体大，宜有秩序，宣谕甚明，毋得再行渎请！兹特通行谕令知之。钦此。

欲知善耆瞧过之后，有何话道，且听下回分解。

第一三四回　摄政王爷借外债　革命党人争救国

话道善耆瞧过之后，不发一语，便把稿底交给各大臣传阅。各大臣异口同声，都称好极。善耆却开言道："蔚若，你过来，我跟你商量！"吴郁生见善耆呼他表字，忙应了一声，抢步过来，静候吩咐。善耆指着"询谋佥同"一句道："此句好宜删去！今儿的事，并未曾询谋，似乎不能共分此谤，尊意以为然否？"吴郁生连声"是是"，接着道："章京卤莽，一时想不到，亏得王爷提醒了我！"随要笔来把"询谋佥同"四个字抹去了，改为"亦皆奏称按期次第筹备，一切尚未完全"等语。又呈给善耆，善耆不说什么。众大臣又谈了一会子天，方才散去。

却说善耆自会议政务处坐车回家，回到家里，见门口歇着好些轿马，门上奴才上来回道："有客拜王爷，候了许久了。"善耆道："谁？有名帖没有？"门上道："有有。"说着呈上，却是四张新式洋纸小名片，接来一瞧，原来就是这几位请愿国会的各省代表。皱眉道："我就为这件事，在会议政务处，已经累的很乏，他们偏倒又找上我来了！也罢，且见见再讲。"随问在哪儿？门上道："在东偏厅。"善耆听了，衣裳也不换，径向东偏厅来。一个太监先进去关照王爷到，四位代表听了，连忙肃容起立，恪恭伺候。此时善耆已经跨进门槛，四代表赶忙抢步行礼，善耆还礼相见。见毕之后，各自归坐。四代表正要逞他莲花妙舌，忽见善耆除下大帽，向案上一掷，提起嗓子，高唱起"先帝爷白帝城来"，四代表相顾诧愕。善耆笑道："诸位不要这么，咱们都是好朋友，你们也不说是代表，我也不说是王爷，横竖咱们乐一晌儿就得了。"说毕又唱起来，四代表没法可想，只得坐了一回，告辞自去。

到了二十一日，召见奏复，众大臣同声奏称筹备尚未完全，监国命军机拟稿，吴郁生早有夙稿，立刻呈上，监国瞧阅一过，随取朱笔，在"为治乱安危所系"底下，添上十个字，是"壮往则有侮，虑深则获全"。这一道旨意一颁布，各省人民大大的失望。有续派代表进京，作第三次请愿的；有电请代表留京坚请的。各监督及资政院也奏请钦颁宪法，组织内阁，速开国会。监国知道人心倾向立宪，热度已达极点，于是降旨命缩改于宣统五年实行开设议院，并将官制先行厘订，预即组织内阁，编订宪法。旋派溥伦、载泽充纂拟宪大臣，一面命各省代表即日散归。偏偏东三省代表还不肯退，日至各军机王大臣家，痛哭请愿，忍饥忍饿，百折不回。奕劻等几位老军机，竟被他们扰得没奈何，只得请旨命民政部步军统领衙门将东三省要求速开国会代表，送回原籍，并令各督抚开导弹压，如有违抗，查拿严办。这都是后话。

这一年朝廷新政，除缩改立宪预备年限外，不过是颁行现行刑律；颁行币制则例，以库平银七钱二分为圆是主币，圆角分厘，各以十进，永为定例。又令内外文武满汉诸臣，奏事件，一律称臣；裁去奉天巡抚缺、各省交涉使；改四川盐茶道为盐运使，并设奉天盐运使；改筹办海军处为海军部，以载洵为海军大臣，谭学卫为副大臣；裁撤陆军部尚书侍郎等缺，改组陆军大臣、副大臣各一员，以荫昌为陆军大臣、寿勋为副大臣；裁撤近畿督练公所，命近畿陆军，均归陆军部直接管辖等几桩大政。此外如英皇加冕，派遣载振为专使，前往伦敦祝贺；谕饬各督抚慎选牧令；谕饬各部院堂官各省督抚，严治贪官污吏；并饬贵戚及内外大臣，敦品励行，整躬率属等。或有为而言，或有感而发，都不过是寻常政务。

最奇怪不过，是开缺江西提学使、浙路总理，汤寿潜原是商办公司公举的总理，却因他发电军机处，痛诋邮传部侍郎盛宣怀，降旨革职，并不准干预路事。商铺用人，却要朝廷横来管账！还有一件，是资政院奏劾军机大臣，命毋庸议，将团体会议的事，与御史单衔上奏之事，等量齐观。至于山东莱阳、海阳县人民为了抵抗苛税暴动；四川定乡兵变，窜陷云南中甸；云南大姚县人民暴动，县城失守等几桩乱事，官军一到，立刻剿平，更可置诸不论不议之列。话虽如此，这一年总算平安过去。

一过腊月，可就是宣统三年了。新年元旦，监国摄政王照例到隆裕太后宫中叩贺新禧。贺毕出宫，御殿躬受满汉文武诸臣朝贺，趋跄飏拜，诚敬嵩皇，一派升平景象。看官，大清朝自从世祖章皇帝入关到今，历朝皇帝，坐在这载殿上，躬受群臣元旦朝贺，已经二百六十八次。这日，循例朝贺，也别无新奇事迹可记。

上半个月，各衙都还封印，停办公事，所以奏章稀少，监国很是清闲。一到下半月，可就不能自在了，第一桩棘手事情，就是办理英兵占据片马的事。此事的起源，是为中英滇缅界务，久未解决。上年秋间，英国突然派兵进驻片马，云贵总督及去南绅民，屡请力争。监国遂谕外务部，命驻英使臣刘玉麟，赶快与英政府交涉。又申谕各省停止刑讯。二三两个月，朝廷奋发有为，办理了几桩可惊政治。四川省的德格、春科、高日三个土司，均令改土归流，特设边北道、登发府等官；并改巴塘、打箭炉为巴安、康定二府，特设一个康安道；裁撤驻藏帮办大臣，改设左右参赞。这还是小事。

二月尽头，邮传部尚书盛宣怀，奏借日本正金银行款日钱一千万元，订立合同。三月中旬，度支部尚书载泽，又奏借英法美德四国银行款一千万镑，增加人民负担。按照资政院院章，虽该交院会议，但事关国家财政，朝廷自有权衡，天王圣明，政府万能，渺小议员，也何敢妄行请议！所以彼时虽有一二没眼色的大臣，密请交院议奏，监国一笑置之，毫不在意。

不意三月初十这一天，广东忽然来一电报，奏称广州将军孚琦，因至城外瞧飞艇，被革命党温生财刺毙。举朝震骇，知这革命党在广东地方，势力很是不小。连夜召集军机会议了一会子，立电粤督张鸣岐，叫他严为防备。

原来革命党自丙午年在日本东京组织同盟会之后，声势骤增，各省各埠以及南洋各岛，海外各邦，凡是华人足迹所至之地，无不立有同盟会支部。黄兴两次大举，一回是钦州，一回是河口，都因预备未周，遭了失败。宣统二年正月广州之役又败，党人谭人凤、李肇甫、居正、张懋龙、宋教仁等大会于日本东京同盟会本部，商议整顿事宜。宋教仁对于革命大举方略，主张革命地点，该居中不该偏僻；革命时期，该缩短不该延长；战争地域，该狭小不该扩大。深究国中形势，洞悉用兵精微。一话说得众党员同声赞可，欢呼如雷。于是谭人凤身赴香港，要会见黄兴、赵声，告诉他宋教仁的计划。

原来赵声自那年江南撤差之后，遨游南北，物色人才，无非为实行革命之预备。偏遇粤省大吏慕名来聘，赵声将计就计，遂又做了粤省新军标统。就任未久，即有钦廉之乱，大吏飞调赵声带兵前往迎敌。赵声遵令到了那里，见通只十余个革命党员。其余声势汹涌的，大半是土人，为了抗捐的事，戕官毁署，骤看去似乎十分利害。赵声知道事情是不成的，不欲伤害党人，趋前抚慰道："诸君事未可为，土人之气易馁，怕不很可靠呢！"党人闻言感动，顿时散去。土党失所依恃，也各分道窜去。自谓建此大功，必得上官信任，不意奏凯回来，就得友人报信，说有人告发你私通革党，上头很起疑，怕就要来查办了。赵声一得此信，连夜乘轮到香港，跳出了虎穴龙潭。大吏见他弃职潜逃，私通革党之事更确，于是悬红五万金，密派侦探严缉到底何尝缉着？

当下谭人凤到了香港，会见黄兴、赵声，说出宋教仁的计划。黄兴跌足道："可惜来迟了一步，此间已经准备再举攻省城，如何好临时变呢？"谭人凤道："本来想是从长计较，既经决定了，那就不必说了，现在办得怎么样了？"黄兴道："各地同志，我已发信去知照，一俟到齐，即定期大举。"谭人凤道："那么居、宋两君，也该赶快去知照他。现在居正已回武昌，宋教仁也到了上海《民立报》去。"黄兴才待回答，倘见一人大笑而入道："好了，石屏到了，又多一个帮手了。"谭人凤回头，见进来的正是老同志林文林广尘，同志相见，握手询问，喜溢眉宇。谭人凤道："广尘德望，为三林第一，福建同志，无不听他的指挥。此番大事，闽省同志，只要叫他写信去。"林文笑道："不势石屏费心，我早已发了好多封信了。"

彼此询问了一回别后情形，赵声道："故人相见，不可不痛饮一醉，白坐着很沉闷。"于是四人同步出外，才走得三五步，就听背后有人道："那不是石屏么？几时到的？"四人住步回头，见这招呼的是个独臂少年，原来此人姓喻，名培伦，字云纪，四川资州人氏。系出世家，聪颖绝代，十余龄即通群经大略，学为声律对偶之文，辄有惊人奇句，老师宿儒，无不啧啧称道。他偏厌恶科举，欲把帖括弃掉。年十七，来日本留学，入中学普通科，三年毕业优等，复入千叶专门医药学校，得补着官费。此时留学界嵚奇大落之士，云合雾集，争先签名入同盟会，喻培伦隶暗杀部。所以肄业医药，专习研究炸弹。彼时革命党中，著名制造炸弹专家，要算着黄复嘉。复嘉的炸弹，从梁慕光学来。慕光也是一时人杰，惠州失败后，逃来横滨。他的炸弹学，自德意志人那里学来的。喻培伦因制造不慎，药品爆发，负创昏绝数日，在医院中卧了一月开来，方才痊愈，但是一条臂膊，就此残废了。旋因东京市厘幅矮，日警窥伺綦密，练习很是不便。同了复嘉潜居荒山中，精心研究，有时以摄影邮示同志，虽纤簿片楮，闪烁飞腾，现出星电喷射之象，令人目眩神惑，神乎技矣。上年汪兆铭、黄复嘉北上京师，拟刺监国摄政王，喻培伦竟力制造，满拟继续进行，缺了药料，于是偕某女士到日本购药。等到摒挡就绪，行抵天津，兆铭、复嘉都已被捉将官里了。缇骑四出，严缉同党。喻培伦与某女士才登日轮，追捕的已经踵至。船长告诉他这两个是安分留学生，才得没事。到了东京，偏偏东京各新闻，都有汪、黄同党逸东的记载，驻日公使疑而大索。查着喻培伦废课綦久，很有嫌疑。遂一面扣费除名，一面请日警缉捕。培伦知道东京站脚不住，于是就走了香港来。

当下谭人凤与喻培伦彼此招呼，叙谈别后情形。赵声道："咱们馆子里去谈罢！"

于是一行五人，进了一家大餐馆，西崽引着，走过第三号餐室，听得里面一阵笑声，却是熟人声音。赵声道："谁在这里？我进去瞧一瞧！"说着，推门而入，随见他回出来招手道："石屏，进来进来，我跟你介绍两个朋友。"

谭人凤等跟着进去，见里面共是三个人，两个都有四十上下年纪，一个却只二十多岁，那动静举止，瞧去都似工界人物。就听赵声介绍道："这位就是谭石屏先生。"三人听了，就抱拳致敬，表示诚恳。赵声又向谭人凤道："此位是黄鹤鸣君，那位是韦云卿君。"又指少年道："这一位是杜凤书君。都是同志中的实行家。"谭人凤抢步上前，执住黄、韦二人的手，发出极恳挚的语言道："吾党有三君，真是中国前途莫大之幸福！"三人一闻此语，直感得满眶热泪，几乎奔突而出。

原来这黄鹤鸣，名叫养皋，广东南海大涡村人氏。父兄早故，家中只存个老母。自幼失于教育，性情放纵不羁，在羊城联泰机器厂学习机器工艺，毕业后终日赋闲，在城中作拷家过活。辛丑年，星洲机器厂聘他作车匠，他在星洲地方，又学得神打之术，聚徒教授，所入甚丰。除养亲之外，只知纵情花酒，国家种族，世界大势等事情，他脑里头简直影踪都没有。后来交着了益友杜凤书，经凤书苦口开导，告诉他中外强弱之理由，满汉民族之消长，革命为救国第一善法等种种大义。他听了如黄粱陡醒，顿悟前非，于是尽将神打器具毁去，涤瑕荡垢，竟如蚀后的日月，光明灿烂，前后判若两人了。签名入革之后，更得同志启迪，知识愈增，诚也愈挚。每逢党中筹办要事，他必竟力捐输，不稍吝惜。这年，他在星洲接着黄兴的信，跃然起舞道："吾责可尽，吾志可偿了！"是夕与杜钰兴字凤书的，密室谈心，竟谈了一夜。即于次日束装先返，抵港之后，与同志相得甚欢，办事精慎勤劬，不知劳瘁。党人无不叹服。

那韦云卿是广西永淳县人，年已三十八岁，生平寡言笑，喜怒不形于色，貌仅中人。非久与相处，不知他怀报国之志也。天性尚武，好驰马试剑，投军广西提督苏元春帐下，初列先锋队，继擢哨弁，殊为苏所器重。苏提台因罪戍新疆，云卿携妻子返里，得闻民族主义之说，顷刻感悟，勃然起道："今儿才知前此是误入歧途，妄杀同种，真乃罪无可逭，不可不赶快立功自赎。"于是束装抵河内，觅知己介绍，投身革命党。钦州之役，党军破防城，攻灵山，云卿出力最多。镇南关、河口等役，云卿均冲锋陷阵，勇武绝伦。党军解散之后，留寓在河内。偏值法人搜索党人，异常紧急，云卿避地海防，竟被拘入狱。递解到新加坡，又被保皇党构陷入狱，被禁七十日。出狱后，即抵暹罗，寓在阅书报社内。上年夏季里，偕旅暹同志为云南之后，中途遇阻，折回暹京曼谷，仍寓在阅书报社。此番接着港中来信，知道即日大举，遂与同志买舟来港。

那少年姓杜，名钰兴，字凤书，广东南海甘焦乡人氏，年才二十二岁，天性阔达，毫无町畦，幼颇嗜学，厄于经济，只得至香港深水埔船澳学习机器工艺。十九岁，南渡石叻，藉工艺自活。时于稠人聚谈中，得悉中国外交失败情状，愤气填胸，辄不禁握拳透爪，衔血喷沫，欲舍身排外。既而渐读新书，与各种民族主义报纸，恍悟中国所以致弱之由。而民族主义真理，也贯彻明了。于是锐志推倒清政府，光复故物。一面签名革党，一面驰书岳家，直白宗旨，求将聘妻善处，函中即有"霍去病匈奴未灭何以家为"之语。杜钰兴寓在兴洲维艺寄庐，瞧见同业多半吸食鸦片，知识又很幼稚，于是极力开导，苦口婆心，不厌不倦，首倡不设烟具以祛积弊，广储书报以增见闻。众人感其热诚，无不乐从。钰兴在荷瓦士机器厂工作时，见该厂规则，有工人凡欲辞工，必先于两星期前报告，否则难取佣值，很是束缚自由，立与黄养皋磋商，要求厂主革除，几经挫折，疲神耗费，卒达目的。星洲亚细亚火油公司新发明一种汗火水罐汽机，荷瓦士厂包办他的工程，厂主就全委给与杜钰兴，所入虽丰，心志何尝少变！此番接到香港来信，因黄养皋深谙羊城地势，派他先回国，布置一切。未几接着养皋信，言时机已熟，克期大举。钰兴喜得眉飞色舞道："这是我平生之愿，汉族男儿所当为的事情！"立即向厂主辞工，束装回香港来。欲知后事如何，且听下回分解。

第一三五回　广尘留东招靖庵　意洞回闽纠同志

话说黄兴、赵声、林文、谭人凤、喻培伦、黄养皋、韦云卿、杜钰兴八位豪杰，在大餐馆中，披肝露胆，畅谈一切，真乃人生极痛快之事。从此之后，各地同志，每日多有到来。

次日到的，又有两位非常之士。一位福建闽县人，姓林，名觉民，字意洞，自号天外生，年仅二十五岁。生有至性，事亲尽孝，姿秉极慧，读书一览成诵，美丰仪，意致潇洒，襟度旷达，终日未尝有戚容。均与童稚嬉戏，又善诙谐，苟遇知己，雅谑间作，常致一座倾倒。十五岁入闽高等学堂，感于时事，倡言革命救国。年十九成婚，伉丽甚笃。逾年举一子，明慧韵秀，酷肖乃父。觉民尝向人道："吾妻性癖、好尚与我绝同，天真烂漫，真是奇女子！"特著《原爱论》，阐发男女爱情之真理，刊载于某杂志，读者击节称赏。二十岁，以优等卒业。次年赴东留学，入庆应大学文科，专攻哲学，好读俄文豪托尔斯泰书，兼娴英德两国语文，治周秦诸子学尤精。时光绪三十三年也。值国事日急，友朋聚首，相向涕零。觉民独慷慨言道："国危如此，男儿死耳，奈何效新亭对泣？吾辈自命壮士，当仗剑而起，解决根本问题！累卵之危，庶何挽救？嗟乎！血性男子，宁忍坐视第二次亡国之惨状？"众人听了，都很起敬。觉民在闽，与陈与桑齐名，人家都称他做林陈，在日本与林文、林尹民同就一庐，情若兄弟，并知名当世，号为"三林"。人家称林文为大林，觉民为中林，尹民为小林，那是论年序齿，并不关乎品学。

此番林文接得黄兴、赵声来书，知道将图大举，于是众议以广尘赴港主粤事，意洞回闽谋响应，留方声洞于东京，代林文为会长。方声洞大大不肯答应，向众人道："诸君不许我同死么？我纵不才，习医数载，自信颇不落人后。此回起义，军医必不可缺。那么追随诸君之后，也有微长可取。且我的志愿，也要在枪林弹雨中，为国授命。现在有了死所，奈何不使我去？况事败诸君尽死，我能够独生么？留我何益？"这发话的人，也是党中著名人物，姓方，名声洞，字子明，年才二十六岁，福建侯官人氏。自幼警敏，事父极孝。生得姿貌魁秀，双眸炯炯，饶有胆略，果毅多力，在党中以才勇称。性坚定，尚奇节，重然诺，见义必为，临机辄断，音声清朗，当众辩难，倾动一座。友朋有过，必严辞面责。遇人危难疾病，必殷殷护视。立身简素，鄙远浮华，自奉极薄，行必徒步，居无求安，饰罕纨绮，餐常粗粝。诸友多豪放，见他这么行为，都当面非笑他。声洞道："君等瞧我果然是守钱虏么？特念劳能习苦，俭可养廉，吾辈志吞满虏，来日艰难，正未有艾。这会子不自勖励，他日何能与士卒忍饥劳涉险阻呢？"众始叹服。十七岁东渡，入成城学校肄业。彼时成城为中国陆军学生之普通学养成所，声洞进成城，喜不自胜，自信他年必能为国家树立。恰值强俄驻师满洲，边境骚然，神州鼎沸。东京留学生愤懑已极，遂有义勇队之组织，旋改名军国民教育会。入会决死的，多至五百余人。声洞争先签名，勤自磨练，愿碎身作战场雄鬼。后经解散，声洞悲愤欲绝，热血如沸，逢人便痛论国事，说不是一刀两断，颠覆满政府，以建共和，吾人终无安枕之日！识者韪之。寻遇母丧，星夜驰归，伏地号哭，哀动路人。遂滞闽，而雄心不死。度革命事业，惟军界发难，最易收效，于是寤寐不忘学武，欲入福州武备学堂，以事不果。乃出家藏新旧各种书籍，创立“阅书报社”。十九岁再度东入成城学校，不意沧桑变速，成城已改为普通中学了，大为失望，乃变计入千叶医学校，坚苦力学，成绩绝佳。二十三岁暑假时归国结婚，夫人极贤淑，假满乃挚眷返东，同居千叶，并习医。翌年举一子。声洞虽勤于学，未尝一日忘国事。此番得着港信，见众人推己代为会长，违了素志，所以慷慨陈辞，绝对不肯承认。当下众人道：“不是这么说，方君学德为人所瞻仰，雅望夙著，此举若败，感动的人必多，留君在此，所以为种子呢。现在不留一大才的为种子，万一不幸，全军覆没。他日卷土重来，各省豪杰，云集义旗之下，岂可使我福建无一席地呢？今日留君，为君堪当重任。”遂挥涕而别。

林文因林尹民还在闽度岁未到，于是留柬招之。大林小林，同舟抵港。黄兴异常欢喜，口称：“无论何事，运筹帷幄，不可无意洞。”遂罢福州响应之议。林文道：“闽中同志极多，可派意洞回去召募。”赵声大赞此说。林觉民义不容辞，立刻挟资乘船赴闽。到了福州，不及回家，先去投拜好友冯超骧。这冯超骧，字郁庄，初名敬，年二十九岁，先世原是福建郡人氏，徙居侯官，世以武功著称。超骧状貌魁武，躯干雄伟，腰带盈围，目光如电，力能御奔马，意略纵横，神采俊迈，真是将门将种。福州旗民素来横暴，有经过旗地的，辄遭侮辱，人虽切齿，终以势力不敌，不敢与较。超骧时年虽幼，听到此事，忿火填胸，挥拳而起，誓为报复。一日，见有强悍旗民数人出城，超骧部勒群儿，趁其不备，一鼓上前，擒住了曳至大泽中，攒殴几毙。由是奇节侠名，声闻遐迩。超骧读书绝慧，善属文，长篇巨制，操笔立就，书法奇崛如其人。十余岁入邑庠，父老深器重之。会值庚子之乱，国势岌岌，超骧慨然道：“昂藏七尺驱，生此国破家亡之日。要当赴战场，执锐杀敌。倘能立马昆仑，扬国威武，固是幸事！不幸玉碎，也是男儿分内之事！何能伊唔作书痴寒酸态，坐待外人奴我？”自是绝意科举，弱冠赴金陵，入南洋水师学堂习海军。彼时风气初开，学生都以高谈革命为识时务，实则于学理时势，茫然不知。惟为新潮流所戟刺，一似不谈革命，即不算文明似的。超骧大愤，痛责数众人道：“革命乃是诛残伐罪救民水火的大事，公等果有此志，很该蓄之于心，待时而动，奈何视同儿戏，把此事只当作口头禅呢？”这时光，赵声在陆师学堂肄业，闻到冯超骧之名，亟来拜访，一见语合，二人逐结为至友。超骧寻以病旋闽，未及卒业，家况极贫，夫妇同栖破屋中，拥败絮，食糠豆，甚且终日不举火，乃竟不以为忧！尝向人道：“丈夫耻才不如人，贫何足念？宋武帝、明太祖岂不是赤手徒步的英雄么？”后偕陈更新字铸三的，趋闽口长门，入要塞炮术学堂，每试辄裒然高列。与铸三互相切磋，砥行砺学，夙夜精勤，声誉益著。去岁同卒业，入都经部试，铸三列第一，超骧列第四，皆得协军校，超骧于是就职于闽口炮台。

当下林觉民径投冯宅，超骧出见，执手询问，亲热异常。才待坐下密谈，家人出报：“老太爷不好了！”超骧顾不得有客，性急慌忙地奔了进去，好半天不见动静。觉民正在不解，见超骧自内奔出，满头急的都是汗珠儿，向自己道：“意洞，你此番是不是同子明一起来的？”觉民道：“子明没有回来。”超骧急道：“他偏没有来，要怎么样？我们老人家，病势很利害！子明医道是极高明的，偏又不在眼前！意洞，你瞧我这件事怎么办？”林觉民失惊道：“真不巧了！”超骧道：“可真是不巧呢，家君体气素弱，此番病势又凶险。”觉民知道他是误会，随道：“郁庄，我有要事，停会子跟你再谈。现在先跟你打听一个人，你知道铸三在家里没有？”超骧道：“陈铸三广西去了，还是正月动身的呢。”觉民道：“刘元栋呢？”超骧道：“闻元栋正在组织民团呢。我因老人家病了，多日没有出外。”觉民道：“我且到外面去走走再来。”说着，举步出外，心下忖道：“偏有这么巧事，郁庄老子病重，眼见得郁庄是不能出门的了。铸三偏又不在家，咳！似铸三这么才干，此回的事，如何罢得他？”

原来这陈更新，字铸三，也是侯官人氏。性极颖慧，读书敏悟如素习，丰姿英秀，齿白如贝，修眉入画，目有精光。身轻矫尤负殊力，善击剑，精马术，发枪百不失一。意气纵横，雄略过人，尝自比吴桓王。有人向他道：“君仪表如此，成固追踪伯符，败亦不失与史坚如称为双绝！”更新大笑。十一岁，入省垣某高等小学肄业，与愈心、少若共笔砚，雅相契重，久之遂成刎颈交。愈心诸人，都是闽中杰出之士，聪明早已卓绝侪辈，不意更新年齿虽然最稚，学课倒又驾而上之，试必第一，因此人都举之为神童。稍长，读明季清初历史，涕泗交集，顿萌光复之志。及读卢梭《民约论》并各处新学说，遂悟平等自由之主义。此时不惟深仇异类，且鄙厌一切贵族，然以仪节自持，未尝放纵，但密与至友愈心、少若，歃血指心，泣而相誓罢了。十六岁以全班第一卒业，随即渡东，入九段体育会，昼习马术步操，夜习数学及英日两国语文。日夜精勤，不数月操日语已很娴熟。既而以学资不继，不得已旋闽。在城南某小学堂，当了一年教员。深知非计，再趋长门，入炮术学堂。更新自幼定婚，女既及笄，岳家敦促殊亟。十九岁，乃请假迎娶，琴瑟甚笃。逾年得举一子。二十一岁，以最优等第一卒业，入都赴试，得协军校。旋闽之后，应某体育会聘，教授数月，心终郁郁。于是弃而他愿，到广西访友去了。所以现在林觉民怀想不置。

当下觉民出了冯宅，信步行去，才穿过两条街，忽听有人招呼，举头瞧时，正是同志刘元栋。原来这刘元栋，是闽中革命实行家，《马关条约》订后，闽中大起谣言，说政府已把福建换还辽东。元栋语同党道：“可以起事了！”有人告诉他时机未至，他就自誓道：“试一遭再看，如果不成，刀锯斧镬我一个儿领受是了！”为官吏所觉，偕了党人，仓卒逃遁。没有带得钱，途中断了粮，饿得要死，他就典衣市饼，分饷同人。同人见他忍着饥寒，很是不忍，竟力阻止他。元栋笑道：“诸君可以有为，权起轻重得失来，还是冻死我合算！我辈都是图大事的人，何必拘此！”后来同志悯其质美未学，资助他入福州普通学校。未几，因事出学，投身社会，专谋公益事。到了今年，因外祸益亟，他更奔走呼号，专心组织民团之事。当下觉民喜道：“我正要到你家里，恰好遇见了。”元栋道：“此间不是讲话之所，到肩宇家去谈罢，肩宇家离此不远呢。”觉民道：“肩宇已投入新军炮营，如何又在家里呢？”元栋道：“肩宇定期在营，与兵卒亲爱如手足，操练之外，兼服挑水等役，也毫不叫苦。不意上月下旬，从梯架跌下，竟跌的大伤，现在在家里医治呢。”觉民道：“我们快瞧瞧他去！”元栋指道：“就在那里。”二人急步迅行，一瞬眼就到了。推门入内，觉民高喊："肩宇，肩宇。"就见一条大汉，络着右手出来，一见觉民，乐的他急忙抢步，弯左手将觉民抱住道："我的爷，你怎么此刻才到？"觉民见他这个样子，笑道："你是鲁男子呢，如何也疯狂到如此地步？"

原来此公姓刘，名六湖，字肩宇，意气豪迈，自幼以明祖汉高自诩。入闽县高等小学，渐知时局，立志铁血解决时局。于是投考陆军武备学堂、保定陆军学堂，皆不得入。贫困无聊，只得一面课蒙自给，一面兼入官立法政学堂。恰遇讲武堂第三期招生，于是弃法政，入讲武。讲武开不多时，就为经费支绌停办，没奈何，只得重学法政。听得保定招考禁卫军，忙忙赶去，又以外省人见摈。这时候，闽省新军炮营，也恰恰募兵，六湖急忙赶回，总算得偿了志愿。当他北上时光，有人戒他京沪花柳的事情，他笑道："我是鲁男子，怕什么？"所以觉民这回戏呼他做"鲁男子"呢。当下元栋、六湖齐问觉民来意。觉民就把东京同志都到了香港，不日大举的话，从头至尾，说了一遍。二刘喜得只是跳跃，都道："今回定可出同胞于水火，咱们的志愿得偿了！"觉民道："偏有不巧的事，郁庄老子病了，父子情关天性，我也不能过于强他。"元栋道："郁庄老子素明大义，我知道他决不阻止郁庄的。"觉民道："话虽如此，但是人谁无父？人家老子病着，我们终难强劝人家的。"二刘听了，也无别法。六湖道："意洞此来，总还有几天耽搁，事不宜迟，我要与元栋先走一步了，元栋同意么？"元栋道："谁不同意？只是你手伤还没有大愈呢。"六湖道："我听到此事，快活极了，哪里还觉着手伤？"觉民十分钦佩，随将盘川给了二刘。临别道："我且回郁庄家瞧瞧情形，如果他不能走，我一二日也要走了。"

当下觉民又去瞧了两个同志，回到冯宅，天已黄昏时候。见超骧依然愁眉锁眼，觉民道："尊翁病势怎么样？"超骧道："不大好呢！"两人挑灯密谈，超骧忽然有感，忍痛道："我意已决，革命是公事，父病是私事，我爱父之心，何尝不百倍常人？但是这会子，极该舍私从公，宁受负父大罪，我不能失此千载一时机，做一辈子亡国奴呢！"觉民道："移孝作忠，古人行的极多。老伯明达，我知道他决不阻止我兄。"超骧道："容我入与父别，明日即与兄同行。"说着，入内去了。觉民一个儿坐着，独自筹划，闽中同志，留东的几人，在港的几人，此番同行的几人；到了那边，作何布置，是否够于分派……正在计算，忽见一人满面流涕，淹泣而出。觉民惊视，正是冯超骧。只见他道："我父圣明，我真不肖！我禀告赴港的事，父亲向我道：'努力为国，勿以吾为念！你在家也替不得我痛苦，你妻又贤孝，有人服侍我，你放心去是了。'意洞，我想父病不能侍奉，我还可以为子么？出与妻别，吾妻又道：'君请放心去，万一不幸，三月而后，苟无音耗，我当投环相从于地下！'我回她："这事断断不可，家中上有老病之父，下有幼弟，我死罪已不可道，卿当为我侍父育弟！'意洞，你想有妻如此，不能俯育，我还可以为夫么？"觉民听了，也很凄恻，只得把话来宽慰。

次日，超骧与家人，涕泪而别。行抵码头，二刘等早已俱在。握手相见，一时下落轮船才待启碇，忽一个邻人来报郁庄老子去世，是八点钟气绝的，他夫人寄言，叫他不必回家。超骧听了，大叫一声，跌倒在地。众人瞧时，也早晕了过去。欲知冯超骧性命如何，且听下回分解。

第一三六回　温生才孤行误事　黄克强冒险蹈危

话说冯超骧得着父亲去世凶耗，哭晕在地，经林觉民等救苏，呕血不止道："父死我必不生。此去即幸而得捷，事成之后，吾当自刎以谢吾父！"此时舟已启行，机声轧轧，众同志都来劝解。林觉民道："此举倘遭大败，死的人既多，必能感动同胞。今日同胞，非不知革命为救国惟一手段，特畏首畏尾，不能割断家庭情爱罢了！现在我即以我论，家中也有着龙钟老父，庶母幼弟，少妇稚儿，乃竟勇往直前，一瞑不视，究竟我心肺也在摧割，肝肠也在寸断！就使木石，也当为我坠泪，何况人呢！推想诸君家族情况，莫不略同，所以说吾辈死义而后，同胞还不醒，我是决不信的！使吾同胞一旦尽奋而起，克复神州，重兴祖国，那么吾辈虽死之日，犹生之年，还有什么遗憾？"超骧见他说得有理，也就停止悲泣，举动如恒了。

在路无语。这日，船抵香港，见诸同事多系旧友，相见甚欢。次日，又到两位志士，一位是福建侯官人，姓陈，名可钧，字希吾，一字少若，年二十四岁，生得白皙风流，目如秋水，性格和平，气度闲雅。同辈恨官吏刺骨，尝切齿相谓："他日必使此辈无孑遗。"他独排众议道："此辈虽穷凶极恶，究竟也是同胞呢。特家庭失教于前，利禄迷之于后，遂致披猖不可收拾。该择其尤恶的诛掉，余当令其自新，返其本性，洗心革面而趋于善！"众人因他赋性仁厚，常戏呼他为"佛"。但是他外柔内刚，志意甚壮，尝拊几叹道："丈夫生世，不可与草木同腐，要当为国家雪大耻，横尸战场呢！"生平言不妄发，每当稠人广坐，众论激昂，他独唯唯，不置可否。退谓所亲道："我察此辈，不过逢场作戏，阳为愤慨之状，欺人罢了，不是出于自然的。他日一握政权，阻挠吾党行事的，就是此辈。跟他们倡和，必误大局！"少入侯官高等小学，与愈心、铸三同学，后随从父官秦。光绪三十年，东渡入宏文学院普通科，未旬日即有留学生取缔规则事，匆匆束装旋里。翌年事平，复东渡入原校。卒业后，赴试第一高等学校，初已获取，及检体格，忽黜落。乃入正则英语学校，研究泰西文学。嗣后每年皆赴试第一高等，前后计四次，及第过三次，都以体弱被黜。有人劝他改试他校，他答道："志向已定，未可遽易。朝志此而夕志彼，随机浮沉，吾是不屑的！"原来他矢志欲入帝国大学工科，须经第一高等的阶段，所以屡蹶屡起。去年谋赴德留学，已有端绪，重又不果。可钧于愈心为族叔，少又同学，所以交谊最厚，愈心于国事每有忧喜，必来告知可钧。汪兆铭入都行刺未成，可钧大愤，即在室内密贮炸弹手枪，预备继续进行。举措谨慎，同党的人都没有知道。此番接到港中来信，即去知照族侄陈愈心。

这陈愈心，名与燊，闽县人氏，却与可钧同庚，一般都是二十四岁，是海军提督萨镇冰的外甥。生得大口隆准，目光炯炯，相貌很是奇伟。幼失怙恃，伶仃孤苦，却偏又聪明伶俐，读书过目成诵，下笔千言立就。负气节，重然诺，目空一世，惟推崇林广尘、陈更新及可钧三个，肯听从约束。很极慕汪精卫，欲继其志。十五六岁时，闽人曾以某国事,开各界全体大会,研商办法。莅会的大半是巨绅硕儒,极一时之盛。与燊由万众丛中挺身而出,称代表学界意见,特来献策。一座皆惊,嗤之以鼻。与燊毫不在意,摄衣升坛,痛论时局,辞气慷慨,涕泪交下。听讲的人,虽冥顽老朽,莫不激扬,由是渐渐知名。二十一岁,渡东,入早稻田大学法科。他母舅萨提督很重其人,按月资给二十五金。他在东京,戒酒远色,终日闭户读书,研究法理。每有所得,辄欣然忘食,甚至举动谈笑,悉含有法律气味,因此人都戏呼之为法律家。去岁得着汪兆铭在北京被擒之信,大为感动,于是磨盾草檄,日夜进行,凡乡人同志中所有组织规模,及一切法令,都由他一手定出。与燊更有一长,就是演说。每当众论纷纭会场扰攘之时,只要他奋然而起,大声疾呼,说出极简明的几句话,问题立刻解决。所以与燊与铸三、少若,都是并世齐名的。

当下可钧会晤了与燊,表明来意。与燊道:“此信我也接到。我想今回的事,咱们须破釜沉舟地做去,先把各人所有器物,悉数变卖,充作路费;毁书焚稿,绝掉退顾之心。老叔赞成么?”可钧道:“很好。”爷儿两个正在讲话,忽一人突入道:“你们这么要好,真不愧是一家人!”与燊回头,见是方声洞,随道:“子明,你回去不回去?”声洞道:“怎么不回去!”与燊道:“我们想明儿走。”声洞道:“迟一天可以不可以?”与燊道:“你要后儿走么?”声洞道:“我还要到各机关去辞职呢,明儿断乎不及。”兴荣道:“我们候你一日是了。”原来方声洞此时身兼四职,除党中会长之外,又为同乡会议事部长,又为学校总代表,又为某某会代表。当下声洞先到使署学校告了假,又向某某会、同乡会辞职,然后致书同盟会东京本部,辞去会长一职,略称:警电纷至,中国亡在旦夕!所希望者,吾党此举耳!不幸而败,精锐全歼,吾党必不能久振,而中国且随以亡矣!则是此举非关于吾党盛衰,直系中国存亡也!

到了这日,可钧、与燊、声洞还同了几个同志,齐伙儿出发。临行,声洞笑顾与燊道:“从前开会追悼吴樾、徐锡麟诸烈士时,君祭文中有句道:‘壮志未酬,公等衔哀于泉下;国仇必报,吾辈继起于方来’。所谓来者,成为现在矣,岂不快哉!”舟抵香港,同志相见,见福建人独多,声洞喜道:“此可恢复吾闽明季时代的名誉了。”可钧道:“咱们闽人,久蒙怯懦两字的坏名声,自有革命风潮以来,没一个死义的,我等深滋愧恧。现在发愤起誓,以数十闽人膏血染遍神州,以谢各省同胞,且为吾全闽先导。”林文大喜道:“子明的话,正合我意。吾辈书生,将略原非所长,当左挟炸弹,右执短枪为前躯,使会党持刀执剑为后劲。事即不成,我弟兄同时并死一地,亦可无憾!若幸而成功,广州既得,分军为二:一以克强,一以伯先,为总司令长,我当偕君等率乡人隶克强麾下为前锋,席卷天下,直捣逆巢,枭逆酋之首,诛尽贪官污吏。远为祖宗复仇,近为万民雪愤!待民国既建,神州恢复之后,彼时不患无英雄学者,为国宣力。我等当弃官远遁,结茅西湖之畔,领略风光,诗酒谈笑于明月清风之夜,宁不快哉!但我辈行军,慎勿戮及无辜,自残同种。即彼满人,舍觉罗氏外,亦仅当诛其抗我者。虽彼入关之时,害及妇孺,吾辈身受文明教育,决不可效之也!”众人听了,欢声雷震,无不感奋,精神百倍。陈与燊道:“吾闽同志,还有两位虎将没有到。”众人争问是谁,与燊道:“一位是侯官陈铸三陈大将军。”众人齐道:“着着!此回大举,果然不能够少他。”与燊道:“还有一员虎将,就是闽县林靖庵林大元帅。”众人道:“靖庵技击冠绝吾党,武艺将略,又为留学界第一，他不到，此举便觉减许多精彩。”与桑道：“铸三那里，待我发一电报去邀他。靖庵家庭，可不比别人，很不便通信。”随向林文道：“广尘，你可有法子？”林文道：“我也知道他家庭很多窒碍，所以特在东京留柬知照。他如果到东，见了我的信，定会赶来的。”说着时，又有两个同志报到，却是从安庆来的。一个姓宋，名玉琳，字建侯，是安徽怀远人；一个姓石，名庆宽，字经武，是安徽寿州人。

这宋玉琳也是安徽一个神童，十五岁应童子试，以第一名入泮。十九岁娶妻，伉俪极笃。未九十日而妻死。明年父又死。侘傺无聊，遂纵情鸦片。感诤友之呵斥，矍然憬悟，痛自刻苦。戊申年，在某标充当书记，与炮营正目范传甲为刎颈交。这范传甲是寿州人，为人坚苦沉鸷，居皖十年，谋大举如一日，不甚有人知道他。传甲容貌蔼然，接物待人，异常和气，因此皖军一混成协数千人，没一个不认识传甲的。传甲与徐锡麟交情极深，自徐败后，传甲痛饮沉醉，登龙山之巅，北向长号，誓尽其志，以报死友。及与宋玉琳相识，大喜道：“亡友徐锡麟后一人也。”遂深相结纳。这年马炮营之变，都是他两人的计划。传甲以熊成基能得众，推之为长，事败，传甲谋刺余某某，未成被逮。有狱卒某很敬重传甲的为人，释掉他的缚道：“你去！有罪，我自担当。”传甲慨然道：“现在不幸事败，吾党死者累累，传甲义不容独活。既蒙相爱，请与君约，二句钟为限，我摒挡家事讫，当来就死。”狱卒应允，传甲竟如约归狱。临刑缚赴校场，扬扬如平时。彼时宋玉琳未被株连，杂在人从中嗷然失声而哭。传甲怒之以目道：“我死是不得已，你做什么？”玉琳遂逡巡遁去，旁人只道他们是弟兄呢。庚戌秋，玉琳复来安庆，谋有所举，不遂，恐被侦探见疑，报名应试优拔，寓在安庆同安旅舍。此回接到香港来信，他就偕了石经武星夜赶来，跨进办事部，恰好与桑说要发电去催铸三呢。于是众同志相见过了，议了一回，便就各自分头办事去讫。

从此之后，日日都有同志到来，如广东开平人姓李名群，字雁南的；广东惠州人姓罗名钟霍，号节军的；广东清远人姓李名文楷，字芬的；广东开平人姓劳名肇明的；广东嘉应州人姓林名常拔，号修明的；广东南海人姓周名华，号铁梅的；广东东安人姓李名晚的；广东嘉应州人姓饶名黼庭，号竞夫的；四川大足人姓姚名国樑，号少峰的；吴川县人姓庞名雄，字甦汉的；南海县人姓梁名纬的；四川广安州人姓陈名汝环的；还有张国魂、陈国华、李汉英、王子才、陈云仙等，陆续到来，记不胜记。

这日，忽报陈更新到。众人大喜，陈与桑更是喜出望外，跳起身来出接。还未举步，早见一个丰姿秀美精彩奕然的陈更新飞舞而入。与桑急行上前，握住更新手道：“铸三，想杀我也！”原来更新接到电报，立刻动身，在轮船中无意间遇见了几个老同志，密切谈心，忽然有感，更新发叹道：“我结缡三年，妻甚贤淑，并能与余同艰苦，家况虽然萧条，沽酒同酌，形影相依，自谓此乐不让古贤。此行脱遭不幸，如果膝下无儿呢，吾妻定以死殉。偏偏的襁褓有儿，家中又贫得寸地都无，人情浇薄，戚好哪里靠得住？我死不足惜，孤儿寡妇托谁呢？”语毕，容色惨然，泪落如豆，襟袖尽湿。同志也代为酸心，相对饮泣。既而更新跃起道：“大丈夫视死如归！如何倒做出寻常儿女态来？只要同胞知道吾辈今日一片心就是了！”因而破涕为笑。

当下更新与与桑相见之后，便与众同志相见，询问大举之一期定了没有。与桑道："人还没有齐。"更新道："等谁？"与桑道："人多呢，靖庵、遁初都没有到。"过不多两日，林尹民、宋教仁都到了。尹民来自东京，教仁来自上海，两人不约而同。尹民一进门，就责备林文道："为甚不打电报招我？只作'速来'二字，吾家必不见疑。现在万一弗及，事情成功，人皆当先，我独落后，不能展吾生平怀抱，岂非恨事！如果失败，良友尽死，剩我一个儿活着，有什么趣味？"

原来林尹民，字靖庵，自号无我，福建闽县人。党人称之为新中国陆军大元帅。尹民年只二十五岁，自小倜傥有大志，英姿飒爽，风骨伟岸，目瞬如电。生有神力，未冠，能举石三百斤。学少林技五年，尽得此中奥秘。为人沉鸷寡言，怒而长啸，声震屋瓦。素善饮，醉后捶胸哭母，极其悲痛。己酉冬，罹热病几殆。愈后，亲友切谏之，遂绝酒不复饮。有巡役某，自负多力，悍厉不法，作横乡里。尹民黑夜袖刀狙伏檐际，三更向尽，役夜巡过其前，尹民瞥然疾下，数其罪，拔刃拟之。役见刃光如雪，悚然屈拜于地，口呼"大王饶命"。尹民大笑，释而戒之道："趣改过自新。不然，大王定不饶你！"由是凶锋大敛矣。从父宦浙江，挈尹民至任所，令入学堂。彼时林文在浙，与尹民同校，独相友善。林文长二岁，尹民事之如兄。林文为人宁静和谨，驯若木鸡；尹民赳赳桓桓，猛同乳虎。人家见他们性尚不同，亲爱有逾骨肉，都暗暗的奇诧。尹民最是敏慧，虽然终日嬉戏，功课常冠全班，屡试皆第一，从父很是器重。等到林文到了日本，尹民块然无侣，悒悒不欢，从父向他道："趣为文言志，文章佳，我也叫你日本去。"尹民喜甚，退而为文，援笔立成，甚可观。从父深为嗟异，立命他东渡。入成城学校，武艺冠全校，当者辟易。二十三岁卒业，新例自费生禁入陆军，不得已改入第一高等医科。每于课暇，研究中外新旧各种兵书，冥心独索，辄有所得，于是遂通军略。去岁新军事败，倪炳章号映典的死于此役，林文极为悼恸，六月，由港返东，血泪犹存睫。尹民大为感动，力求入党，乡人同志，无不鼓掌相庆。众人见尹民字体雄迈古劲，大类岳武穆、戚南塘，称举不止。尹民笑道："是戋戋者宁足道？功业能肖二公才无愧呢！"中宵月明，辄起舞运剑如飞。尝向人道："凡事只当问其当为不当为，不可计其能为不能为。如以不能为而不为，就是薄志弱行的人呢！吾侪当引以为诫！"父欲替他完娶，尹民百计婉却，私谓所亲道："今日不是我辈授命时光么！纵有美眷，犹当忍泪勿顾，况犹未娶，自觅苦恼做什么？脱有不幸，怎么处置人家？"去腊奉父命旋闽度岁，今春到东，见乡人同志差不多已全体赴粤，阅过林文留柬，知道事在旦夕，喜溢眉宇，惟恐不及，急忙束装回国。舟次，读《岳鄂王集》，顾谓友人道："武穆在天，见我辈如此办事，定然含笑许可的。"到了香港，与同志相见，握手妄言，相视而笑。

当下黄兴、赵声、林文等见众同志业已到齐，于是特地组织实行部，内中又分五部。命宋教仁继陈炯明而任编制部部长。进攻省城的事，举赵声为战时总司令。一面把各省同志及敢死之士，编制为敢死队，陆续赴省。此时广州城里，也已组织了三五处机关。一处是小东营朝议第内；一处是新城谢恩里；一处是莲塘街吴公馆。新城谢恩里粮台，是饶黼庭、廖勉二人主持。莲塘街吴公馆机关，是姚国梁主持。密运军火，定期四月初一日起事。各党人摩拳擦掌，等待厮杀。同志相见，目逆而笑。多谓官吏醉生梦死，霹雳一声，当失魂魄，广州指顾可得。独陈可钧面现愁容，向林文、林觉民、冯超骧道："彼张鸣岐、李准诸人，虽才能不足，而权谋有余。自古道：'蜂虿有毒，未可轻视'，吾党人数既多，良莠不一，倘师期泄露，吾辈原不惜死，如国事何？"林文等听了，很称他临事而惧，思虑周到。

这里同盟会诸杰，遣兵派将，密密布置，色色周备，但等时期一到，立即起手举事。不意那边偏有一个单独进行的温生才，趁广州将军孚琦观飞艇当儿，排众直前，把孚将军一阵手枪，打了三五个透明窟穴，血流如注，归向妈妈家去了。官场大为震骇，急筹防备之策，派遣侦探，严密查缉。同盟会可就受他大累了。

三月十七日，官军在省港轮船，搜获洋枪十支，药弹三百余颗。二十日，缉私兵轮缉获私盐船，船中藏炸药弹子无烟枪等百余箱，此外在地中起获的很多，省中谣言殊甚。粤督张鸣岐，调钦廉兵及各兵轮到省防备，又令旗兵运大炮上城，督练公所加发枪弹，颁给巡警。各路巡防营，纷纷到省听遣。一面令新军验缴军械，调离城外，防备得十分严紧。三月二十五日晚，冯超骧、林文、林觉民、陈可钧等由港入省。

廿八日，回香港，特开紧急会议。有人主张官军防备严密，不如且自罢后，等防备松懈了再起事。喻培伦起驳道："此种巽懦行为，我极不赞成。照我意思，非惟不可退，且进攻不可稍延寸晷。官吏既然知道了我们，势必闭城大索，须臾之间，尽都受缚，咱们还是束手待缚么。"黄兴道："云纪的话，很是明快。解散不成功，不解散也是不成功。再者此回花掉经费如许之多，倘不见诸实行，人怀疑忌，此后运动更难！不如提前举办，徼倖一试。"众人都道："既来广东，不能空回。"于是议定提前起事，议出战略，布置共分五路：一股扑攻制台衙门，及水师行台；一股劫飞来庙军械库；一股出南门堵住入援的官军；一股由清风桥进逼旗界；一股在观首山左右，窥督练公所。议毕，分队出发。忽见一人道："这么痛快的事，如何独遗下了我？我也要去。"众人瞧时，这发言的正是陈与桑。众人忙都劝阻，都说，君体素弱，不宜赴行阵，林文与陈更新，劝阻尤力，与桑不听道："事若不成，诸兄尽死，我义难独生！如果幸而成功，广州一得，基础既立，痛快极矣！如此盛事，奈何使我作壁上观呢？"众人没法，只得同他一齐到省。

不意才到小东营朝议第机关部，就接着警报，说谢恩里三十八号机关破获，总粮台饶黼庭被擒，并起出收支册等紧要文件。一时又报同党八人被获。黄兴跺脚道："事机这么紧急，只好立刻就动手了。"于是知会党众，四点钟聚齐，分头奋往攻扑。当下党众各在臂上缠了白布毛巾，作为暗记，身藏炸弹，手执无烟枪弹，由林文口吹喇叭，奋步当先。黄兴、陈与桑、陈更新、刘六湖、刘元栋、林尹民、方声洞、陈可钧、冯超骧、林觉民等为第一队，韦云卿、劳肇明、周华、黄养皋、杜钰兴等为第二队，齐向制台衙门进发。霎时，炸弹声震如雷，枪弹雨集。

林文冲锋突阵，意气弥厉。不意官场早有防备，才一转瞬，李准的先锋队已到。林文奋身招呼，高呼："同胞，我等皆是汉人，当同心协力，共除异族，恢复汉疆，不当自相残杀！"话声未绝，一弹飞来，正中脑部，盖骨破碎，脑浆狂涌而仆。陈更新奋勇争先，枪无虚发，手殪管带金振邦，及哨弁目兵等数十人，防兵悉遁。乃与同志入署，遍搜张鸣岐不得，情知中计，即在楼上放了一把火，杀出外面。水师已围数重，回顾同志，仅余陈与桑等三人了。这一惊非同小可！欲知陈更新性命如何，且听下回分解。

第一三七回　广州英豪遭厄运　黄花雄鬼泣秋风

话说陈更新自内杀出，回顾同志，只剩三人。原来林尹民轰攻督署，瞋目大呼，所向披靡，力杀有二十余人。及见林文中弹阵亡，益不堪其愤，暗哑跳荡，目几突出，睛光如炬，掷弹发枪而前，摧陷官军如拉朽。身被数十创，遍体为赤，气益奋，战益疾，怒吼如雷，声动天地，官军无不惊仆。卒以飞弹中脑，遂至殉国身亡。

冯超骧从外杀入，不见张鸣岐影踪，重又杀出，见水师兵已围了个满，于是纵弹横扫，官军弃械四窜，尸骸相枕。超骧身被多创，鲜血倾溢，犹左弹右枪，力战不已。胸中十数弹，尚屹立握枪而战，面又中一弹，始蓦然仆倒。

刘元栋奋力酣战，血渍面目，几不可辨识。呼他名字，就见他仰首瞧视。见了同党，还以拇指相示，好似说死系吾志，诸君勉图大事似的，一时也中弹而死。

喻培伦因抛掷炸弹过近，碎身而死。林觉民怒目奋击，所向风靡。忽然飞弹洞腰，跌倒在地，纵声一呼，忍痛跃起，复杀多人，又被数创，鲜血暴注，始被擒获了去。

宋玉琳、石经武也被擒住。杜钰兴也力战身亡。陈可钧奋弹冲荡，也被官军活捉了去。余人阵亡的阵亡，被获的被获。所以陈更新杀出，回顾同志，只剩得陈与燊、方声洞和自己三人了。

更新艺术素精，眼明手捷，乘暇冲击，力杀多人。遍体满溅鲜血，而己身不被大创。但见官军丛中，一个红人儿往来激荡，来去如风，没一个人敢等闲近他。直至四月初三日，已经三昼夜失眠绝食，目红如血，官军知道他是革军首领，围了三重。更新弹尽药穷，奋身疾战，神疲力尽，始被擒住。官吏见是美少年，向他道："你年纪很小，为甚倡乱？自找杀身之祸。"更新叱道："我起义以惊醒同胞迷梦，什么叫猖乱？杀身成仁，古圣明训，似你们这种鼠辈，何知大义？既被拿住，快快杀我！"解到狱中，见陈与燊、方声洞等都已在狱。

原来陈与燊跟随更新、声洞杀出，飞弹中了左目，血下如雨，襟裳尽赤，犹忍痛勿顾。死战不已，力尽见囚。方声洞见水师兵围住陈更新厮杀，知道聚在一处，定然全遭覆没，遂攘臂大呼，冲围而出。恰好遇着黄兴，黄兴道："子明，咱们快去助攻督练公所罢！"只见水师兵蜂拥赶来，人数很不少。声洞且战且走。行至双门底，又与黄兴相失，身被数创，战斗益力，敌人来的愈多，四面环攻。声洞怒眦欲裂，亏得身子矫捷，挥弹突击，杀掉哨弁兵勇等三十余人。背负刃伤，胸中弹丸，血流遍体而气不稍衰。弹尽丸穷，卒以力战殉国。

这一役，人人奋勇，无不以一当百，而要算方声洞、林尹民、陈更新三人，尤为绝伦超群。尹民力可撼山，气慨盖世，可惜脑部中弹，犹未能尽力杀敌。独声洞、更新所杀最多，官弁兵士，伤在两人手内的，足有百人内外。此外在莲塘街口堵截官兵的一股，由姚国梁为首，也因众寡不敌，被官兵击毙的击毙，拿获的拿获。其余攻扑督练公所、水师行台并劫飞来庙军械库的三股，也全遭失败。

官军奏凯而回，先后拿获宋玉琳、韦云卿、饶黼庭、姚国姚国梁、李海书、陈可钧、陈汝环、梁纬、罗坤、庞雄、陈与桑、林觉民等，即在水提衙门委员问供。众英豪侃侃而谈，没一个稍露弱态。等到提问着林觉民，觉民见委员多半是粤人，恐他们不能全解国语，乃操英语问各位懂否？接着张鸣岐、李准出与问答，尹民慷慨发言，畅论世界大势，各国时事。李准乃命开去缭扣，与之坐位，给以笔墨。尹民信笔一挥，立尽两纸，洋洋数千言，书至激烈处，解衣磅礴，以手捶胸，一若不忍复写似的。写毕一纸，李准即持奉张鸣岐阅视。再写第二张，将次写毕，忽然欲唾，恐污地重又忍住。李准亲持痰盂近前，才唾。给以烟茶，均起立鞠躬为礼。写毕，又在堂上演说，说到时局悲观，捶胸顿足，力劝各官献身为国，革除暴政，建立共和，能使将来国家安强，人民奠枕，那么我们虽死犹生了！官吏听了，也有感叹的。问到陈可钧，有讥他白面书生，何苦为逆，自残其生的！可钧怒喝道："你说此举为壮士辱么？事纵不成，也可警醒同胞！你们官场利欲熏心，血液已冷，何足语此？"问供已毕，众英豪从容就义。事后善堂董事收敛英骸，共计七十二具，葬在大东门外黄花岗地方。此系后话。

却说乱事初起时光，张制台传出令箭，斩一革党首级，赏银币百元。于是无辫商民无辜受戮的，不知凡几！诛戮没辫子最出力的，就要算着李准部下的防勇。住家商铺因乱遭抢的，更是不能计算。防勇分赃，每人有到数百余元。偏偏革党举动文明，绝无扰累，因此革党这一回失败，倒买得全国人民的怜悯，增高人心的信用。

闰六月十九日，水提李准在双门底地方遇刺受伤，粤人无不暗暗称快，就是老大的证据。更有一桩不幸中之幸事，就是黄兴仓促举事，香港同志，未及知照，不曾一网打尽。赵声、胡汉民、宋教仁于三十日晨抵省，知道事已失败，即由原船回港。赵声愤恨成疾，不思寝食，后忽患腹痛，日本医生诊他是肺炎，喝了药水也不见效，转延英医，说他是肠痈症，须施刀圭，可望速愈。赵声因急于远行，不允刀割。延至四月中旬，炎病益剧，几至发狂，众人遂把他送入雅利氏医院割治，体弱痈成，可怜开割也难救治。延至二十日，一瞑不视，长眠去了。此时黄兴也从万死一生中逃出，已在医院养伤。同志精锐，挫折殆尽，叫寻常人当了此境，早已灰心失望。同盟会党人，都是天生英豪，经一回失败，即多一回阅历，增一回知识，勤也不怠，积极进行。勇往直前之气，比了从前，还要高起数倍。

当下由宋教仁建议，革命须当切实准备，共有上中下三策。上策是中央革命，该联络北方军队，以东三省为后援，一举而占北京，然后号令全国。如葡、土已事。此为最善的善法；中策该在长江流域举事，那各省也须同时大举，一边破坏，一边建设，设立政府之后，随即举兵北伐。此为次策；下策不过在边隅地方动手，设立秘密机关于外国领地，进据边隅，以为根据，然后徐图进取，那根据地或是东三省，或是云南，或是两广。此为下策。众人筹议一回，都说上策运动稍难，下策已经行之而败，且足引起外人干涉，酿成分裂之祸，决计采用中策，实行中策之准备。于是解散香港机关，即在上海地方，立一个总机关，即为同盟会中部总机关，于本年闰六月成立，内设立五个总务干事，就是宋教仁、谭人凤、杨甫生、陈英士、潘祖彝五人担任。在长江流域，遍立分会，准备大举。谭人凤因事赴都，就叫他乘便组织北京分会。叫居正到湖北，联合共进会与文学社，立为湖北分会。派曾杰、焦大峰设立湖南分会，派范鸿仙、郑赞丞设立安徽分会。这几个分会，皆直属于上海总机关，主持长江流域连络军队事情。东京本部吴永删、张懋隆将回四川，路过上海，宋教仁就叫他在川中设立分会，运动军队，与长江下游相联络。陕西地方，派井勿幕联络军队，设立分会。

机关略备，宋教仁随即筹备战略。以湖北地处中国中部，宜首倡义，但是武昌为四战之地，粮饷不济，定出一俟湖北举事，即令湘蜀同时回应，以解上游之困，而为鄂中后援。又以京汉铁路交通南北，敌军易于输运，定出武昌既举之后，即派兵驻守武胜关，使敌兵不得南下。一面令秦晋同时举事，出兵断京汉铁路，以分敌势。又惧湖北一动，下流阻塞，将使运输不利，定出长江下游，同时于南京举事，并封锁长江海口，使敌军海军舰队势成孤立，以乘机劫取。计划既定，立即密函通告各机关，叫他们依计行事。谁知同盟会准备革命，事事积极进行；清政府准备亡国，也事事积极进行。这就叫相反而成，不谋而合。

原来朝廷自颁预备立宪而后，一切举措，极喜与国民好恶背驰。如本年三月，组织皇族内阁，各直省咨议局议员等抱忠君爱国之隐，为披肝沥胆之词，特恳都察院代奏，请明降谕旨，于皇族外另简大臣，组织责任内阁，以符君主立宪公例。谁知降下这么一道圣旨：“黜陟百司，系君上大权，乃该议员等一再陈请，议论渐近嚣张，日久恐滋流弊，朝廷用人，审时度势，一秉大公，尔臣民等均当懔遵钦定宪法大纲，不得率行干请以符君主立宪本旨。”各议员见了此旨，连声叫苦，没法奈何。

未几，政府宣示铁路政策，干路均归国有，支路准商民量力酌行。从前批准铁路各案，一律取消，如有抵抗，即照违制论罪。皇族内阁这一个铁路国有政策，本着后四国借款合同。这个合同订自本年四月里，借英、美、德、法四国及日本银行款子。借的时候，说是改定币制，振兴实业的，据合同所载，失权滋多，后患方始。奈政府偏喜挟借款以自重，委大权于外人！

这一个政策才一发表，川粤湘鄂四省士民，已如晴空忽遭霹雳，惊得手足无措，失色奔走，大声呼号，希望朝廷矜悯愚忱，稍施补救于万一。偏遇皇族内阁的几位王大臣，没暇来理睬，悍然行他箝制舆论压服民气的利害手段，定出收回办法：鄂湘路照本给还；粤路仅准发还六成，其余四成，只给无利股票；川路实用之款，给以国家保利股票，余款或准附股，或另兴办实业，也由上谕规定。至川省路股为乔树楠、施典章等所经手亏倒的，政府又既不承认。同时北京资政院奏请开临时会议，议决借款、预算两事。又不批准。

当川粤湘鄂争路风潮激烈之时，朝廷以端方极负时望，降旨派充督办粤汉川汉铁路大臣。并命将川汉租股一律停止，为釜底抽薪之计。湖南巡抚杨文鼎代咨议局奏称湘路力能自办，不甘借债。署四川总督王人文代咨议局奏称铁路改为国有，请饬暂缓接收。均奉严旨申饬。四省士民究竟安分的多，知道力争商办，必蒙反抗朝旨的恶名，迟回审顾，不敢遽示决裂。所以本年六月而后，各省争路风潮，倒又暂现静息之象。

不意政府积极进行，又有使川路总理李稷勋效忠于政府的新计划，于是川事又紧急起来了。这李稷勋，是川汉铁路的驻宜总理，自从铁路国有政策颁布之后，李稷勋就具呈邮传部，称说该路既收归国有，应俟将从前支出各款，妥定归结办法。期始由官局订接收，恐非仓卒所能完竣。嗣后关于工程材料及工程司去留各项事宜，应如何办理，统候裁夺。

政府见他这么知情识趣，很是嘉许。李稷勋旋又京谒，见进邮传部大臣盛宣怀，面商宜归工程照常办理，每月工项，仍由川款开支。邮传部因以宜归路工，责成李稷勋悉心主持，即由邮部咨行川督，转饬川路总公司，遵照办理。这一角公文行到川中，川中人士顿时又激起一个绝大风潮来。川人以李稷勋并无总公司之知会，股东会之议决，四川总督之命令，擅自达部；邮传部也不问股东愿否，辄定宜归工程仍由川款开支，因具呈四川总督，恳请代奏严劾邮传部。一面刊发传单，通告全川，商人罢市，学生罢课。一切厘税杂捐，概行不纳，扣抵股息。时系宣统三年七月初一日也。

罢市罢课风潮，愈酿愈烈，自成都倡首，渐及各属。先是川绅组织保路同志会，护督王人文推为主持，并通饬各州县一律保护，保路同志会遂赖以成立。此番罢市罢课之举，也由保路同志会决议实行的。彼时全川景象，宛似新年元旦。不过元旦发现的是股活泼气，此刻发现的是股愁惨气。否泰不同，苦乐自异！加之商民于罢市罢课之外，更家家供着德宗景皇帝神牌，齐声举哀，一片惨气象。不异巫峡猿啼，华亭鹤唳！将军玉昆、总督赵尔丰等，瞧见这个样子，简直瞧不入眼，于是联衔电京，请将川路暂归商办，将借款修路一事，俟资政院开议时，提交议决。奉到电旨，有“妥慎办理开诚劝导”之语，以为大事化小，小事化无，才在指顾间了。不意事到临头，朝旨忽又中变。原来督办铁路大臣端方，钦承简命之后，即于六月初九日抵武昌，建行台于平湖门外，勘路召匠，定期九月初一日兴工。这会子忽闻朝旨，电令赵尔丰“妥慎办理，开诚劝导”，很有转圜之意，于自己饭碗，不无有碍。遂拟稿电奏，特劾王人文、赵尔丰庸懦无能。朝旨命端方督兵入川，又钦派粤鄂蜀湘四督抚为铁路会办大臣。赵尔丰默窥朝廷意旨，知道无意转圜，究竟职官难得，民命可轻，于是渐易他为民请命的初意，变成取媚政府的巧谋。

可怜四川人民，哪里知道？自七月初一到今，无日不在奔走呼吁之中，罢市罢课，停税停捐，同时更有人散布自保商榷书。七月十五这一日，铁路公司特开股东会。赵尔丰忽然开列名单，派一员差官来传股东会会长，及保路同志会各部长，共十九人，到制台衙门议事，口称北京有好消息，立待磋商。众人不知是计，当下就有五个人应允前往，是咨议局局长蒲殿俊、罗纶，股东会会长颜楷、张澜，同志会会长邓孝可。谁料这五个人才跨出股东会门口，无数兵士警察，擎枪拥护，如获大盗。众人见了，无不骇愤，于是相率随行，跟入制台衙门去瞧一个究竟。欲知蒲殿俊等此去是凶是吉，且俟下回书中，再行演讲。

第一三八回　争路权川人哭帝　变国体武昌起义

却说蒲殿俊、罗纶、颜楷、张澜、邓孝可五人，被兵拥护到总督衙门，抬头瞧时，不觉猛吃一惊，只见卫队兵弁，雁翅般排开，从丹墀起直到二门，站得刀斩斧截，都穿着新式制服，掮着新式快枪。堂上满站着文武差官，文差官是翎顶补服；武差官是制服辉煌，勋章耀眼。但见四川总督赵尔丰，堂皇高坐，尊严得天神一般，威风凛凛，杀气腾腾。五人行到丹墀住步，那差官抢步上堂，高声喝报："谋逆犯人蒲殿俊、罗纶、颜楷、张澜、邓孝可传到。"

赵尔丰叫带上来，五人上堂。赵尔丰大声呵斥道："你们既做了本省绅商，极该奉公守法，乃胆敢聚众谋逆，倡言自保，明恃朝廷预备立宪，政令宽大，没人来查办，本部堂还要不管时，将来势成燎原，可就补救不及了。本部堂既做此官，可就不能专讨你们的好。你们不知王法久了，今儿就给你们点子王法尝尝，也可敬戒敬戒别的顽民！"说到这里，就沉下脸，喝令绑去斩首。

蒲殿俊辩道："制军说我等谋逆，有何凭据？"赵尔丰掷下一纸道："你们自去瞧来。倡言自保，那不是谋逆老大证据么？你们十九人都列有姓名，难道是本部堂诬了你们不成？"五人瞧时，都叫得苦，原来抛下的正是自保商榷书，当刊发散布时，再想不到赵尔丰要拿来罗织的，当下顿口无言。

此时堂上堂下环观的，足有三五百人，听得蒲殿俊等五人，要立刻斩首，一齐跪下，叩头求恩，异口同声，声震屋瓦。将军玉昆闻知此事，怕赵尔丰激变，飞轿到辕，力为劝说，蒲、罗等始获贷死，由将军带去拘管。

这时光，成都士民数千人，络绎奔赴督署，焚香环跪，头上部顶着德宗景皇帝神牌，痛哭哀求，惨声动天地，口口声声请释放蒲、罗等五人。赵尔丰大怒，命卫军统领田征葵下令开枪。可怜赤手空拳的小百姓，怎当得无情军火？枪声起处，死者如墙仆地，只得纷纷退出。彼时大雨如注，川民都在泥泞中，冒雨号哭，偏这铁石心肠的赵制台一不做，二不休，缇骑四出，捕到的罪犯，骈肩接踵，真是不计其数。一面电奏朝廷，称说逆党勾结为乱，有人散布自保商榷书，意图独立。

七月二十日，有旨四川逆党勾结为乱，饬赵尔丰分别剿抚，并饬端方赶速带队入川。不多几时，鄂督瑞澄又电奏成都城外有乱党数万人，四面攻扑，势甚危急。各府州县亦复有乱党煽惑鼓动。朝廷大惊，乃于二十三日，降旨起用岑春煊，着他会同赵尔丰办理剿抚事宜。一面抽调邻省兵队，纷纷赴援，如临大敌。此时督办铁路大臣端方，已率领第三十一、第三十二两标兵士，自武昌出发，驻师宜昌，等候消息。岑春煊到了武昌，与瑞澄识论不合，称病乞归。恰好赵尔丰奏报剿办得手，于是朝旨许春煊回上海。这一个七月，总算平安过去。

一到八月初九日，两湖总督瑞澄，忽接到外务部密电，及江汉关转呈的英美两国照会，都说革党黄兴联络党人，潜伏长江，私运军火，约期十五、十六日，在武昌省城竖旗起事，并有串通三十标步兵同时策应之举。湖北政界，顿时又惶恐起来。

原来湖北政界，自本年四月初旬，就接到政府密令，内称浙闽皖江鄂等省，均有党人潜伏，并由牛庄私运军火，直入长江，饬即加意防范。总督瑞澄立刻会集军警各界，筹商防备事宜。事有凑巧，恰好这时候省垣龙神宫，发作一桩查获枪械的案子。文武官吏，更唬得手足无措，寝食不安。

其实龙神宫枪械，乃系年久废弃之物，革党有了，也不很适用。怎奈官场震于革党之名，惩于广州之役，相惊伯有，一发现旧军械，早已浑身战栗，哪里还有心思去研究？当下议出戒严办法，陆军第八镇统制张彪，分布军队，按段梭巡。巡警道黄祖徽，也饬武汉各区区长区官巡官，昼夜更番，与军队联络一气，认真查缉，凡遇空屋庙宇旅馆，尤该特别注意。

四月初八日，张彪通传陆军人员，自管带以上，齐集镇司令处会议，严防军人通匪，办法异常秘密，并颁布戒严令八条：一、各标营自管带以下各官员，非有特别事故不准随便外出。二、各队目兵武器服装，须准备整齐，且不得擅离棚所，听命调遣。三、各标军需官，各将枪支子弹，检查清楚，一俟命下，即行发给施行。四、各标营行军等项，即须捆载准备。五、各标统带以上各员，每日到镇部一次，听候本统制询商要机。六、营门往来信件须由司令官交由值日官协助同检查，除家信外一律拆看，方准送交受信人。七、营门来宾，除非父兄探问者，一概不准入营。八、无论何时，一有令下，即刻举动施行。同时，二十一混成协统黎元洪，十五协统王得胜，十六协统邓成拔，这三位协统会商以各营操场中，每于夜深时，常有兵士三五成群，朋座偶语，瞧见有人经过，即停声结舌，此中情景，不无可疑。除派宪兵侦探外，特各饬所部，嗣后无论何时，均宜在棚内谈叙，掌号息灯之后，即不许彼此往来。倘有外来宾客，入棚密谈的，准各该队什伍长监听，以防莠言煽惑。且饬各营设告密箱一具，以便军人告密。

瑞澄又以宜昌为通商大埠，华洋杂处，川陕昆连，电饬荆宜道荆州府转饬驻宜水陆巡防，严密防范。又以汉口为各国租界，革党易于藏匿，特多派侦探前往伺察，防范周密，自四月到今，从未曾有一刻的暇息。不意你防备得愈严，革命的风潮倒愈紧。

这日，接到外务部密电，及江汉关转呈英美两国的照会。瑞澄大惊失色，立刻传集文武大小官吏，商议加严防范之法。议毕出辕，统制张彪立刻电饬马队八标标统喻化龙，派他星夜带队到制台衙门内大堂驻防。

到了中秋这一日，防备得更是严密。瑞澄于午后三时，由电话传集铁参议、张统制、黎统领、巡警道等，在署内会议厅，筹议会防事宜后，复开秘密谈判，一点钟始散。到晚六点钟，即饬关东、西南两辕门，马队八标、一标右队兵士，移在辕门内驻扎。并派特别警察队兵二十名驻扎于督院西墙外防守。巡警道王月庄饬省垣城外上下区既汉镇的警务公所，各派巡警，分赴武汉各码头，严谕轮划一律到夜八点钟停渡。并饬省垣各区转饬各城门警于晚七点钟时候，即行关闭城门。关城之后，虽有手持凭照称赴某处公干的，亦须问明暗号才开。

统制张彪特饬四十一标一营兵士于晚七点钟分巡宾阳门外一带；混成协统黎元洪

也亲率本协步兵分巡武胜门城外，及塘角沿江一带；督练公所军事参议官铁忠，以武胜门外沿江一带，虽经派有炮船巡防。然恐力太薄弱，特饬湖隼雷艇，开往大堤口驻防，并饬湖隼雷艇，开往大堤口对岸汉阳兵工厂前下碇驻防。督署一二三四正及五福堂既会议厅，办公房，概用特别警察队营兵，各荷枪弹巡防，至二门、头门，均有陆军步队一营，彻夜驻扎。

署内办公人等，无论员司夫役，均由某庶务员颁给火印腰牌，无此不得任意出入。皋司马吉樟，恐有劫牢反狱事情，除饬各级审厅看守，责所成所官率同法警防范外，至模范监狱，乃全省罪犯守法之所，非别监可比，立命右路巡防队拨弁兵一队，在该狱前后守卫。武昌府候审所也有陆军分发少数目兵驻扎。对江的汉阳兵工厂，乃系全省枪弹总汇之所，地位异常重要，一面由瑞督特派湖隼雷艇停泊在该厂横堤外江，不住的梭巡密查；一面凡该厂总办王寿昌移请混成协就近拨马队营兵前往驻扎。

一到晚上八时，即将各药弹枪炮的存储室，一律封锁。至次晨八时，开工才开，钥匙归总办亲自佩带。员司不得在厂接见亲友，如有紧要事件，由总办跟丁代达。汉阳铁厂，本与兵工厂相通，自从谣言发布之后，铁路提调章道台下令把与工厂相通的西总门关闭，无论何人，不准出入，并加派警兵荷枪梭巡。总交代一句，武汉两地，差不多已布设下天罗地网。只可怜商店居民，遇此佳节，帐也不敢归，月也不敢赏，就耽惊受怕。直待到了十七日，瞧见没事，才放了几分心。

不意十八日晚上九点钟，荆襄巡防队统领陈得龙，电禀督院，称在汉口英国租界，拿获革党二名，立时派队护解到督院。询其行踪，自认革党不讳。一名刘汝夔，一名邱和尚，都是留日学生。是晚十一点钟，统制张彪在司令处查防，突有炮队退任正目姓邓的，驰报有革党密居小朝街八十二号、八十五号、九十二号。张彪立刻回明总督瑞澄，带同巡防兵督院卫兵数十名，到九十二号内，拿获党人八名；八十二号、八十五号内拿获二十七名，内有女党员龙韵兰一名，及弹药多箱，军械数十件。一并解交督院，听候发落。

这一大伙党人中，有一个姓彭名楚藩的，是陆军宪兵队的什长，被护兵当场认出，立交参议官铁忠审明，绑赴东辕门外斩决。翌晨文武大员在督院会审，又斩决三名。当搜捕小朝街之时，一面遣兵至雄楚楼北桥，高等小学堂间壁洋房内，只见灯烛辉煌，正在印刷告示，缮写册籍。军警冒了他们的口号，将门赚开，蓦然入内，拿获五人，有数人上屋走脱。

黄土陂千家街地方，某小杂货店内，忽有炸弹爆烈，轰然一声，震动数里。军队闻声赶至，见有一人，面目焦黑双睛拼出，倒地呻吟，系自行试弹轰坏的。询明为杨宏胜，又搜出炸弹十余个，双筒手枪数杆，马刀十余柄。汉口俄租界宝善里内，有寓居鄂人四个，内中带有三个没辮子的。十八日，先有二人外出，忽闻炸烈声，火光冲屋而出，当有俄巡捕至寓查问，在内二人也乘间逸去。旋经捕头查勘，知为革党。立即电知洋务公所吴令恺元到寓搜查，当起获炸弹手枪旗帜印信札文底册钞票汇票函件甚多。正查点当儿，有二人自外归来，立被俄巡捕拘送捕房。问明姓名，一个叫秦礼明，一个叫龚霞初。吴恺元面禀关道齐耀珊，电禀督院。瑞督立刻照会俄领事，并饬吴恺元会同夏口厅王国铎,将人赃一并解送巡警道。又在附近拿获二十名,一同押赴督辕。

这夜,制台衙门内发现炸药一箱,立时严查,见教练队兵士二人形迹可疑,讯明希图炸署不讳,即在署前将二人正法。八月十八这一夜,发端已不止一处,被捕已不止一人,那么革命党的经营,不是一朝一夕,不问可知了。

看官,武昌地方原有新军一万六千人,合组为步队、马队、炮队三种,悉归张彪统辖。兵士与统帅,感情极坏,差不多没一个不怨望长官的。自从端方入川,抽调了两标去,兵力顿弱。戒严而后,对待兵士之法,更益严厉。加之瑞澄、张彪,骄惰成性,以为逆谋已破,可无大患,欣欣有得色。并疑新军都是革命党,欲严行查缉,如有形迹可疑之兵士,即以军法从事。瑞澄尝笑问张彪道:"尔军队中有多少革命党?"张彪道:"大约有十中之三。"瑞澄道:"那么只消着十中之七去拿十中之三来,事便可了。"这一句玩话,在瑞澄以为不要紧,不意传入了新军耳中,顿时骚乱起来。新军都说:"咱们既被了嫌疑,朝晚是个死。变亦死,不变亦死"。一传十,十传百,秘密传布,军心浮动,变在顷刻。可叹醉生梦死的瑞澄,还大逞淫威,恣行杀戮。

十九日晨,在督辕斩决革党数人,一面下令严密搜捕。电奏到京,朝旨嘉奖。一到下午九点钟,工程第八营左队营中,突有炸弹声、喧躁声同时猝起,以"同心协力"四字为暗号,各兵士掣下肩章,左右两臂都系上白布。有三个军官出来阻挡,是督队宫阮发荣,右队队官黄坤荣,排长张文涛,被众兵士立时枪击毙命,后队队官罗子青降顺。此外步队二十九、三十两标,杀毙管带二人,排长二人,队官一人。驻守在楚望台的旗兵,也被杀了三十余人。各兵中互相击毙的,不计其数。

九时半,趋火药库,劫取子弹。此时十五协兵士,已均带足子弹,齐集在大操场等候,即与工兵联合动手。该协统领王得胜飞电张彪,张彪慌得没做道理处,连喊:"糟了!糟了!"私由后营逃回公馆。该协各官也均逃散,这叫做"闭门推出窗前月,吩咐梅花自主张"。

却说工兵等趋到火药库,杀毙守库兵士,大开库门,把库中子弹火药,悉数运到蛇山下关马厂咨议局旁。随则大呼趋督署。督署本有马队防护,互击约五十分钟,马队见工兵势盛,亦与联合,营官有逃去的,有降顺的。

自十时半,炮队八标,即在蛇山高处高观山上,架起大炮三尊,正对着督署。到四点钟时候,装开花钢弹,轰毁督署头门,及督练公所一间,藩署号房二间,并王府口乾记衣庄、不夜茶楼等邻近二十余家。隆隆之声,直至十一时始停。这时光,蛇山军队驻扎已满,旗帜一新,改为众星抱日形。咨议局前,也竖有新旗。测绘学校学生,陆军小学学生,皆荷枪从革命。

总督瑞澄,藩司连甲,统制张彪,这一班威风凛凛的文武大员,早已逃得影踪都没有,民军遂占领了武昌。且住,武昌兵警很不少,防备很严密,省城中岗位密如蛛网,就说新军全变,那警兵与宪兵不会早早报警的么?原来革党起事之先,射人射马,擒贼擒王,先把岗位毁掉,警兵杀掉,然后分头进行。以三十二、二十九两标四正队内,分二十九标一正队至四十一标会合,取子弹合攻督署。其余三正队,扑灭本标旗人后,直至督署会合。以八镇工程两正队占领楚望台、中和门,随时分占保安门与望山门。俟炮队进城后会合。随即绕城,直攻督署。以三十一与四十一两标之八支队会合。就四十一标子弹,至集合点,与本部会员,进取镇司令处,直攻督署。以混成炮工辎进武胜门,炮队占凤凰山,余扑藩署后,以半至武昌府汉阳门,绕占平湘、文昌,至督署会合。由藩署分支者,随占领官钱局及储钱局,以此作财政处粮台。以八标炮队三营,督队进中和门。二营向火药库取火弹,一营在半路接应,子弹到手,以一半运送进城,余一二营,分扎白河洲保安门外一带,以防军舰。以三十二标三支队,掩护炮标二营,进取子药库后,随时进城,会合本部。话虽如此,革军果然得手,武昌果然光复。

但是从十八日下午九时到十九日上午十二时,还没有得着首领。蛇无头不行。湖北军界,聚集会议,都有只说二十一混成协统领黎元洪字宋卿的,曾经留学外洋,从事中东战役,军事上的知识极富,经验极宏,并且为人谨厚,赋性和平,极堪主持至计。众谋佥同,于是齐伙儿趋向黎元洪寓所来,要求其担任中华民国鄂军大都督。欲知黎元洪是否应允,且听下回分解。

第一三九回　瓦解土崩人心去　宣誓告庙命难知

话说民军各将领，决议拥戴二十一混成协统领黎元洪为鄂军大都督，于是齐伙儿趋至黎营，询问卫队，回说黎统领没有在营。众人不信，合围搜索，搜到里头，果见有一人穿着便衣，避匿在室后，正是黄陂黎元洪黎宋卿先生。那搜着的喊道："得了，统领在这儿了。"众人都齐走入，顿时挤了一屋子。黎元洪道："诸君意欲何为？"众人都道："民军起义，光复故土，现在武昌已经得手，我们议定请统领出来做都督，同襄盛举，共制新邦。"黎元洪见众人手里都执着武器，万一不从，立即身首异处，遂慨然道："元洪也是汉族一分子，既承众位推举，我就出来尽一回儿义务！"众人听了。喜的狂呼："民军万岁"，"都督万岁"，"中国万岁"起来。一将恭进白巾，黎元洪接来扎在臂上，随传令卫队都扎上了白巾，把营中龙旗除掉，升起众星抱日的新军旗来。众将校拥护黎都督出营上马，巡视各处。革命军都列队举枪致敬。但听得一派军乐悠扬，接着便是健儿齐声高唱兴汉军歌，道：

地发杀机，中原大陆蛟龙起。好男儿，濯手整乾坤，拔剑斫断胡天云，复我皇汉，完我自由，家国两尊荣，乐利蒸蒸。世界大和平，中外禔福，乐无垠。好男儿，撑起双肩，肩此任。

黎都督见这一副新气象，心里一乐，精神也就振将起来。彼时革命军已在蛇山上，增设大炮十五架，藩库、官钱局、储蓄银行、度支公所、财政处等处所，也都派兵看守。黎都督特派马兵飞马传令革命各军不准在城内放炮，免伤平民。黎都督到了咨议局，即命人把议员汤化龙、夏寿康、张国溶等，及臬台马吉樟、江夏县李会麟，请来会议要务。一时都到。黎都督要求咨议局协助革命军，并为筹饷兼办文牍。咨议局议员都是稳健派，未曾冒险答应，只答应了暂借该局房屋为革命军总司令部。当下咨议局提出三件事情，要求黎都督：一，不得酿成国际交涉；二，不得骚扰商民；三，须划定战斗线，免使生灵涂炭。黎都督都答应了。随挽文华书院的美国教习，转商于美领事。美领事商之英领事，领事团都很赞成。遂由美国领事为证，允不以江面及武昌附近为战场。

彼时瑞澄逃在楚豫炮舰上，开炮向武昌城攻击，美兵舰就出来干涉。

看官，武昌的形势，原与汉阳、汉口鼎峙而成。光复武昌，势成孤立，何况汉阳兵工厂，藏储枪炮子弹很富，可资应用，所以民军光复武昌之后，立遣精兵渡江，径至兵工厂，声称系张彪派来保护兵工厂的。厂中信以为真，竭诚招待，民军分守要地，仍令照常工作。直到瑞澄派人到厂领取枪弹，民军抗不遵发，厂中人员始悟为革命党，纷纷窜走，总办王寿昌逃往上海去了。民军仍旧开厂，广招工人，昼夜赶制，并优给工资。铁厂与兵工厂毗连，也被民军占领了。恰值总办李一琴自京回厂，民军就迫令照常办事。

汉阳知府遁匿无踪，不劳一炮，不血一刃，占领了汉阳。不意汉口土匪，得着武汉民军起义消息，就在汉口华界纵火劫掠，干那趁乱发财勾当。汉口绅商急忙到武昌求救，黎都督立遣数百人过江，商同保安会，一面救火，一面拿人，汉口重又平安。

此时民军已在武昌组织军政府，军政府的主治官是都督。都督府中分为四部：是司令部，军务部，参谋部，政事部，每部各有部长。部长之下，又分为各课各局，置有课长局长，条理井然。汉口既定，夏口厅王国铎不知去向，军政府乃推《大江报》主笔詹大悲为军政分府，驻守汉口。

汉口沿江为各国租界，租界上各领事见民军举动文明，力任保护外人生命财产，凡武昌外人率领了妇孺住汉口等地者，军政府派人护持，绝无危险发生，于是外人顿加钦佩。领事团乃宣告汉口租界严守中立，行文官、革两军主将，无论何方面，如将炮火损害租界，当赔偿银一亿七千万两。一面英法日本各国，均将驻在中国各港的军舰，陆续调赴汉口，约有二十余艘，公推日舰司令官川岛为联合军总司令官，组织各国军舰陆战队，专任保护外人生命财产。同时武昌军政府出示安民，并派人沿街晓谕居民，不迁徙，饬城门照常启闭，商铺照常贸易，禁止高抬物价，发行军用钞票。将武昌、汉阳、汉口三处的交通机关，如电报、邮政、轮船、铁路等，官办的收没，商办的租借。内政、外交、军政、财政、交通、司法，仓促间灿然大备，俨然一个敌国。

警报到京，举朝失色，立刻降旨，令军谘府陆军部迅派陆军两镇，陆续开拔赴鄂。陆军大臣荫昌，着督兵迅速前往。所有湖北各军及赴援军队，均归节制调遣。此时荫昌的参谋易乃谦等，自八月二十一日起，由京汉铁路运往汉口之兵，不下二万余人。河南、湖南援军各两营，江西、江苏援军各一营，合之张彪残兵及防营等，为数总有三万五千人。那陆续征调赴援的，还不在其内。

陆军之外，更有海军。八月二十一日，降旨令海军部，加派兵轮，饬萨镇冰督率前进。并饬程允和率长江水师，即日赴援。于是海军部电饬萨镇冰乘楚有炮舰，并率建威、建安、楚豫、楚泰各炮舰，湖隼、湖鹰、湖鹗、及辰宿诸雷艇，开驶战地。陆军用到陆军大臣，海军用到海军提督，为了一隅之变，即倾全国之师，政府诸公，也不敢以寻常变乱瞧民军了。又下旨革瑞澄、张彪职，仍令瑞澄署理总督，带罪图功。并停止秋操，又命各省缓裁绿营巡防队。皇恩虽然浩荡，无奈瑞制台已经唬破了胆，早附了隆和轮船，逃向上海去了。

闲言少叙。却说北军南下，皆由京汉火车运送。车辆不敷，就把京奉、京张之车移来补凑。自从八月二十一日起，分队进发，统带官马继增率第二十二标为前队。二十四日，抵汉口江岸，萨镇冰带领舰队到汉，除楚有兵舰作为旗舰外，要算建安、建威两舰为中坚。从此各军陆续南来，吴占元率第三协全军驰抵溵口，陆军大臣荫昌，驻军在信阳州，以为后援。于是两方面的战端愈逼愈近，就不能够免了。

这一日是八月二十六日，下午十二点钟，民军奉令出发，约有步兵一标之数，布列在车站附近。张彪军约有两营，占据在刘家庙。民军先放一排枪，官军死伤了数十人，随即退。民军并不追击。彼此收队回营。次日，上午九点钟，两军在刘家庙地方，重又开战。官军一方面，张彪所统残军，与河南军会合，约有一镇之众。民军也出炮队步队一镇，与之对垒。第七标、第九标都在里头，军事参谋官胡汉民亲自督战。

这胡汉民也是同盟会中有数人物，军事学识很是精深。官军列阵向前，民军蛇行以进，愈接愈近。河南兵来势甚锐，民军稍退。河南兵方欲再进，民军阵中发声轰然，突开一炮，接着连珠炮续续开放，千雷万霆，震得天地都翕翕欲动，轰坏火车头一辆，河南兵大受夷伤，哗然溃走。直到下午二点钟，民军始收队。这一仗，剧战四小时之久，官军死伤三千余人。民军也死伤三四百人。

当官军初次退走，避入火车，开机飞奔，适有铁厂工人站在旁边，见官军行得已远，倡议拆掉铁路，阻挡官军来路，一齐动手，立时毁掉铁路十余丈。忽见官军飞驰而回，不知路已拆毁，大军顿时翻倒。民军乘势力击，又有奇兵一支来助，官军方始大败。

午后四点钟，两军续战，官军驻在平地，民军屯在山上，彼此轰击。刘家庙江心中兵舰楚同、楚有、楚泰、楚谦、建安、建威等，同时开炮助战，民军还击。炮火相攻，炮声如雷，子弹如雹，约有二小时，两军始停。官军伤亡极多，民军有一炮击中江元炮舰，舰受重伤，遂失战斗力，官军退走三十余里。次日再战，各舰就遁避九江去了。

二十八日黎明，两军复为第三次之开战。民军出步队一营，炮队一营，马队一营，并精兵五千，敢死队一千，相战只一点钟，官军早又退散。民军夺获营垒一座，得所遗火药六车，快枪千余支，子弹数十箱，白米二千余包，银洋十四箱，新式皮靴军装号衣皮带及一切军用器物，不可胜数。二十九日下午三点半钟，两军出队又战，民军猛力进逼，官军猛力后退，从头道桥二道桥直逼至三道桥，官兵四散无踪。民军获着机关炮一尊及军械无算。遂乘火车进至刘家庙驻扎，时已钟鸣六下矣。

三十日，民军复与官军在三道桥一带交战，节节进攻，越过三道桥，直入滠口。滠口地方官军大集，约有一万五千多人，民军共只二千多人，相战颇剧。战到结果，官军投降民军的约有三千多人。这是第五次的战情。

官、民两军虽只开得五回仗，胜败的影响，却受的极大。黄州府、武昌县、沔阳州、宜昌府、沙市、新堤，无不纷纷响应。这还是在本省的。八月三十日，湖南长沙民军起义，推焦昱为都督，陈作新为副都督。一交九月，形势更是不好了，江西、陕西、贵州、四川等省各冲要府县，无不竖旗独立。大清帝国，成了个瓦解土崩之势。中华民国军政府蓬蓬勃勃，势力逐日膨胀，几乎一日千里。鄂军政府撰述檄文，声罪致讨，传布四海。其文是：

中华开国四千六百零九年八月日，中华民国军政府檄曰：

夫《春秋》大九世之仇，《小雅》重宗邦之义，况以神明华胄匍匐犬羊之下？盗憎主人，横逆交逼，此诚不可一朝居也。维我皇汉遗裔，奕叶久昌，祖德宗功，光被四表。降及有明，遭家不造，蕞尔东胡，曾不介意，遂因缘祸乱，盗我神器，奴我种人者，二百六十有七年！凶德相仍，累世暴殄。庙堂皆豕鹿之奔，四有野豺狼之叹。群兽嘻嘻，羌无远虑，慢藏诲盗，遂开门揖让，裂弃土疆，以苟延旦夕之命。久假不归，重以破弃，是非特逆胡之死罪，亦汉族之奇羞也！幕府奉兹大义，顾瞻山河，秣马厉兵，日思放逐，徒以大势未集，忍辱至今。亦复屡遣偏师，兼选义士，飙驰搏击，呼我汉风，此诚我侠士雄夫所为郁郁久居者也。天夺其魄，牝鸡司晨，块然胡雏，冒昧居摄，遂使群小俱进，黩乱朝野，斗聚金璧，以官为市。强敌见而生心，小民望而蹙额。犬羊之性，好食言而肥。则复有伪收铁道之举，丧权误国，劫夺在民。愤毒之气，郁为云雷由鄂湘粤而川，扶摇大风，卷地俱起。土崩之势已成，横流之决，可翘足而俟！此真逆胡授命之秋，汉族复兴之会也！幕府总摄几宜，恭行天罚。惧义师所指，或未达悉；致疑畏之徒，过事惶惑，僻远诸彦，莫知奋起。辄先以独立之义，布告我国人曰：在昔虏运方盛，则实以野人生活，弯弓而斗，睒目添舌，习为豺狼，是以索伦凶声，播越远近。入关之初，即择其强梁，遍据要津。而令吾民输粟转金，豢其丑类，以制我诸夏。传世九叶，则放诞淫侈。逾二百载，夤缘苟偷，以袭取高位。枯骨盈廷，人为行尸，故太平之战，功在汉贼。甲午之役，九庙俱震。近益岌岌，祖宗之地，北削于俄，南夺于日，庙堂阒寂，卿相嘻嘻。近贵以善贾能为，大臣以卖国相长。本根已斩，枝叶瞀乱，虎皮蒙马，聊有外形。举而蹴之，若拉枯朽，是虏之必败者一。昔三桂启关，汉家始覆，福酋定鼎，益因缘汉贼，为之佐命。稍浴汉风，遂事羁縻。维时中邦，大势已去，义士窜伏，迂儒小生，勿能自固。遂被逼协，反颜事仇，渐化腥膻，遂忘大义合薰于蕕。以逆为正，孑孑贪夫，时效小忠。虏遂宴然高踞，骄吸民脂，浸淫二百年。汉族义师，屡蹶不起。爰及洪王，几复汉土，亦以曾胡左李，以本族之彦，倒行逆施，遂使虏危而复安。久留不去，此实孝孙之已醉，非胡逆之可长也。方今大义日明，人心思汉，觥觥硕士，烈烈雄夫，莫不敬天爱祖，高其节义。虽有搢绅，已污伪命。以彼官邪，皆舆金辇，因货就利，鄙薄骄虚，毋任艰巨，虏实不竞。汉臣复匮，盲人瞎马，相与徘徊，是虏之必败者二。邦国迁移，动在英豪，成于众志，故杰士奋臂，风云异气。人心解体，变乱则起，十稔以还，吾族巨子，断脰决腹者，已踵相接。徒以民习其常，毋能大起。虏遂劫持其间，因以苟容。迁延至今，乃以立宪改官，诈伪无信；借债收路，重陷吾民。星星之火，乘风燎原。川湘鄂粤之间，编户齐民奔走呼号，山欲响震。一夫备臂，万姓影从。颓波横流，败舟航之。是虏之必败者三。昔我皇祖黄帝，肇造中夏，奄有九有。唐虞继世，三王奋迹，则文化彬彬，独步宇内；煌煌史册，逾四千年。博大宽仁，民德久著。衡之西欧，则逊其条理已耳。先觉之民，神圣之胄，智慧优渥，宜高踞土疆，折冲宇宙。乃锐降其种，低首下心，以为人役，背先不孝，丧国无勇，失身不义，潜德幽光，望古遥集。瞻我生身，吊景惭魂。返性则明，知耻则勇，孝子不匮，永锡尔类。则汉族之当兴者一。大道之行，天下为公，国有至尊，是曰人权。平等自由，乐天归命，以生为体，以法为界，以和为德，以众为量。一人横行，谥曰独夫，凉彼武王，遂有典刑。满虏僭窃，更益骄恣，分道驻防，坐食齐民，厚禄高官，皆分子姓。协肩谄笑，武断朝堂，国土国权，断送唯意。束我言论，遏我大群，扰我闾阎，诬我善良，锄我秀士，夺我民业，囚我代表，杀我议员。天地晦盲，民声销沉。牧野洋洋，檀车煌煌，复我自由，还我家邦。则汉族之当兴者二。海水飞腾，雄强参会，弱国孱种，夷为犬豕。民有群德，朝有英彦，威能达旁，乃竞争而存耳。维我中华，厄于逆虏，根本参差，国力遂靡。

虏更无状，鱼馁肉败，腥闻四布。遂引群敌，乘间抵隙，边境要区，割削尽去，附背扼吭，及其祖庙。卧榻之侧，鼾声四起，耳目蔀覆，手足縶维。遂使我汉土，堂奥尽失，民气痿痹，将破碎颠连，转餍封豕。不去庆父，鲁难未已。廓而清之，骏雄良材，握手俱见。万几肃穆，群敌销声。则汉族之当兴者三。维我四方猛士，天下豪雄，既审斯义，宜各率子弟，乘时跃起，云集回应。无小无大，尽去其害，执讯获丑，以奏肤功。维我伯叔兄弟，诸姑姊妹，既审斯义，宜失其决心，合其大群，坚忍其德，绵绵其力，进战退守，与猛士俱。维尔失节士夫，被逼军人，尔有生身，尔亦汉族，既审斯义，宜有反悔，宜速迁善，宜常怀本根，思其远祖，宜倒尔戈矛，毋逆义师，毋作奸细。维尔胡人，尔在汉土，尔为囚徒，既审斯义，宜知天命，宜返尔部落，或变尔形性，愿化齐民，尔则无罪，尔乃获赦宥。幕府则与四方俊杰，为兹要约曰：自州县以下，其各击杀虏吏，易以选民，保境为治。又每州县，兴师一旅，会其同仇，以专征伐，击城虏吏，肃清省会，共和为政。幕府则大选将士，亲率六师，黎庭扫穴，以复我中夏，建立民国。幕府则又为军中之约曰：凡在汉胡，苟被逼胁，但已事降服，皆大赦勿有所问；其在俘囚，若变形革面，愿归农牧，亦大赦勿有所问；其有挟众称戈，稍抗颜行，杀无赦！为间谍，杀无赦！故违军法，杀无赦！以此布告天下，如律令！

民军声势这么利害，清政府几位国务大臣早都慌了手脚，你瞧我，我瞧你，一筹莫展。监国也愁眉双锁，连开了好多回御前会议，议出一个刚柔并用的救急妙法。在刚的一面，起用袁世凯为湖广总督，岑春煊为四川总督，均督办剿抚事宜；又以端方署四川总督，撤去王人文川滇边务大臣，以赵尔丰代之。在柔的一面，以违法行私，贻误大局，革邮传大臣盛宣怀职；命赵尔丰释放因路被捕士绅，并将王人文、赵尔丰交内阁议处，道员田徽葵等革职充发烟瘴地。一面又命资政院开院，朝廷下诏罪已。允资政院之请，取消内阁暂行章程，不以亲贵充国务大臣。并允将宪法交资政院协赞，谕开党禁，抚各省士民历年伏阙上书痛哭请求的款项。一朝浩荡皇恩，全都允许。

不意帝德愈宽，民顽愈烈，浙江、江苏、山西、广西、云南、安徽、广东、福建等省，相继独立，各举都督，组织军政府。偏偏政府大臣倚为左右手的军人，第二十镇统制张绍会，第三镇统制卢永祥，第六镇统制吴禄贞等，又联衔奏请改革政治。政府知道人心尽去，苟且敷衍，决不能够挽救危局，只得忍痛令资政院讨论宪法草案。资政院各议员趁这千载一时机会，仰首舒眉，精心讨论。不多几天，早拟出十九信条，奏请宣誓太庙，布告生民。其文是：

一、大清帝国之皇统，万世不易；
二、皇帝神圣不可侵犯；
三、皇帝之权，以宪法规定者为限；
四、皇帝继承之顺序，于宪法规定之；

五、宪法由资政院起草议决，皇帝颁布之；

六、宪法改正提案之权，属于国会；

七、上院议员，由国民于法定特别资格中公选之；

八、总理大臣由国会公选，皇帝任命之。其他国务大臣，由国务总理大臣推举，皇帝任命之。皇族不得为总理及其他国务大臣并各省行政官；

九、总理大臣受国会之弹劾时，非解散国会，即为总理大臣辞职。但一次内阁，不得为两次国会之解散；

十、皇帝直接统率海陆军。但对内使用时，须依国会议决之待别条件；

十一、不得以命令代法律。但除紧急命令外，以执行法律及法律所委任者为限；

十二、国际条约，非经国会之议决，不得缔结。但宣战讲和，不在国会开会期内，得由国会追认之；

十三、官制官规，以法律定之；

十四、本年度之预算，未经国会议决，不得适用前年度预算。又预算案内规定之岁出预算所无者，不得为非常财政之处分；

十五、皇室经费之制定及增减，依国会之议决；

十六、皇帝大典，不得与宪法相抵触；

十七、国务院裁判机关，由两院组织之；

十八、国会之议决事项，皇帝宣布之；

十九、第八、第九、第十、第十二、第十三、第十四、第十五、第十六各条，国会未开以前，资政院适用之。

朝廷立即批准，降旨道："资政院议决宪法十九条，朕详细披阅全文，实属重要。应择日宣誓太庙，颁布信条，昭示天下。将来议定宪法，即以此为标准。"时势紧急，一日万变。监国急于收拾人心，择定十月初六日，祭告宗庙，举行宣誓大典。到了这日，监国率领亲贵文武各大臣到太庙中，焚香点烛，叩头设誓道：

维宣统三年十月六日，监国摄政王载沣，摄行祀事，谨告于诸先帝之灵曰：

惟我太祖高皇帝以来，列祖列宗，贻谋宏远，迄今垂三百年矣。溥仪继承大统，用人行政，诸所未宜。以致上下睽违，民情难达。旬日之间，寰区纷扰，深恐颠覆我累世相传之统绪。兹经资政院会议，广采列邦最良宪法，依亲贵不与政事之规制，先裁决重大信条十九条，其余紧急事项，一律记入宪法，迅速编纂，且速开国会，以确定立宪政体。敢誓于我列祖列宗之前。

欲知宣誓告庙而后，果然能否挽回危局，且听下回分解。

第一四〇回　降懿旨清帝卸政　定优待权归民国

话说监国宣誓告庙，颁布十九信条，总算沥胆披肝，与民更始。无奈人心已去，天命难知，各省宣告独立，接踵而起。偏偏袁世凯、岑春煊又都不肯就职，上表力辞。监国只得重降谕旨，授袁世凯为钦差大臣，节制各军。以冯国璋总统第一军，段祺瑞统第二军，随召荫昌回京。奕劻、载泽、邹嘉来等，知道此番乱事不易收拾，都觍便在监国前，自请罢斥。监国允准之后，即命袁世凯为内阁总理大臣。袁世凯偏还称宿疾未瘳，请缓赴任。

这时光民军气焰，已经如火燎原，蔓延全国。清政府急得要死，连电催促，袁世凯才提出四条意见书：一、要国会成立之期，缩短一年；二、要确定责任内阁；三、处置此次附从革命之人，务取宽大；四，解除结社集会的禁令。还请预筹兵费若干。监国尽都允许，袁世凯才由彰德南下。行抵滠口，即拍电北京政府，请停止进兵，为永久和平计划，与民军开始谈判，如果谈判不成，当亲赴武昌，直接交涉。监国屡以急电召袁，叫他迅速来京，组织内阁，以冀挽回大局。袁世凯于是率兵两大队，威仪堂堂，登车就道。

到了北京，进谒隆裕皇太后及摄政王，仍以"菲才不克胜任"为辞，温旨不许，始入觐谢恩。动手组织新内阁，以梁敦彦为外务大臣，赵秉钧为民政大臣，严修为度支大臣，唐景祟为学务大臣，王士珍为陆军大臣，萨镇冰为海军大臣，沈家本为司法大臣，张謇为农工商大臣，杨士琦为邮传大臣，达寿为理藩大臣，并以胡维德等为副大臣。袁世凯就任之后，即通电各省道："贵州既经宣布独立，将来对于中央政府，是否遵奉命令？"此时除直隶、河南、东三省外，都各宣言独立，不受北京政府节制。不过武汉与南京，是以兵戎相见的，山东是由巡抚孙宝琦奏请独立的。其余都用平和手段，组织军政府，推举都督。现在袁世凯的电报打到，各省都一笑置之，并不答复。袁世凯也束手无策，举朝大惊。于是监国自请退位归藩，隆裕太后准如所请。特降懿旨道：

> 据监国摄政王面奏，摄政以来，于兹三载。用人行政，多悖舆情。立宪徒托空言，弊窦依然层积。人心瓦解，国势土崩。以一人措置失当之故，致全国生灵，咸罹惨祸，追悔无及！若复拥获大权，不思退避，则既失国民之信用，虽摄行国政，将来必难收效，政治无望改良。泣请辞退监国摄政王之位，不再干预政治等情。予深处宫闱，未亲大政。惟自武汉事起，各省回应，兵连祸结，友邦商业，亦受影响。急宜察内外之情形，定安国之至计。监国摄政王宽厚谨慎，虽有求治之意，然应变无术，以至受人蒙蔽，贻害民生，自当准如所请，免去摄政王之位。所以，监国摄政王印玺，即行销毁。仍以醇亲王爵号，退归邸第，不再预政。每年赏给俸银五万两，由皇室经费内开支。此后用人行政，均责成内阁总理大臣，负担责任，诏谕用皇帝御玺。臣工觐

见，予率导皇帝行之。皇帝尚在冲龄，保护圣躬，应有专责，着授世续、徐世昌为太保，尽心护卫。现在四方多难，国势阽危。诸王公等，谊关休戚，务宜体念时艰，确守家法，束身自爱，无越范围。诸大臣膺此重任，尤当力矢公忠，破除痼弊，共谋国利民福。凡我国民，须知朝廷不私君权，抚育黎庶，尚其严守秩序，各安生业，以免纷争割裂之危，而期和平大同之治！钦此。

监国退归藩府，民军势益飞扬。原来独立各省，初时还不相联属，这会子由上海军政府提倡，采用共和政体。共和政治之组织，主张由独立省份，各派代表，到上海开大会。一时十六省派出代表四十九人，有到武昌的，有到上海的，议定中国采统一制，立责任内阁，设政府于武昌。恰值清军总司令冯国璋攻克了汉阳，民军总司令徐绍桢攻克了南京。形势变迁，于是就把临时政府移到了南京来。

袁世凯闻报大惊，建议与民军正式议和，乃奏派唐绍仪为全权大臣，杨士琦、严修为参赞大臣，南下议和。唐全权接奉朝旨，即率同杨、严两参赞，及随员三十三人，从北京出发，乘火车到汉口，渡江晤黎元洪，交会意见。议了两天，民军政府主张以上海为议和地点，于是唐全权又乘轮船到上海来。

此时民军方面，公举伍廷芳博士为议和全权委员，英日俄德法美领事同为证人，在上海英租界市政厅中，两全权会议了五次。伍全权主张清帝退位，重组共和政府，汉满共享太平。唐全权因兹事体大，请示北京政府。不多几日，接到回电，说中国应作何种政体，已由内阁会议，拟用平和解决方法，召集国民会议议决施行。两全权会议了五次，磋商得才有头绪，忽然北京政界，多数反对。唐绍仪遂电达袁世凯，辞退全权大臣一职，于是议和的事，乃由袁世凯与伍廷芳用电报直接讨论，往返数十通，依然不得要领。

彼时革命党首领孙文，突自美国归来，民军气焰，腾高十丈。各省代表举出孙文为大总统，已在南京就任。民军方面，主张清帝不退位，即不复议和。议和谈判，几致决裂。那革命党中的暗杀团，又陆续来京，总理以下诸要人，多为刺客所狙击。情形这么危险，于是袁世凯一再奏请辞职，退居闲地。

宫廷大为惊惶，皇太后特派专使，到袁世凯邸第，传达温谕，并封他一等侯爵位。袁世凯膺兹荣命，上表固辞。偏偏京津两地，又有人组织共和促进会。政府倚赖的北军各将领，又联名奏请宣布共和政体。人心瓦解，国势土崩。仰瞻庙堂，不过见黯淡愁云，惨蔽天日而已。

于是隆裕太后特旨召集皇族，会议退让皇位之事。众王公都不置否，独恭亲王溥伟反对最力。散会之后，仍请独见。太后怒道："国家没有事的时候，被他们闹得如此之糟！今日糟得这宗地步，他们又来闹了，我是不愿意见他们的。"随命召见内阁，内阁诸臣进见，照例问了几句话。海军大臣谭学衡独奏道："德宗景皇帝首创宪政，功德在民，其志未终，隐恨而没。现在太后赞成共和，上足继德宗遗志，直是流芳万世的事。"太后慨然道："我也知道天下是公产，并非满洲私物。但满洲既已遗传二百余载，我只求德宗陵寝可以修造，皇室地位不至坠落，倒也无恨！至于皇帝虽小，将来大事自有我担责任。”遂命颁发谕旨道：

朕钦奉隆裕太后懿旨，前因民军起事，各省回应，九夏沸腾，生灵涂炭，特命袁世凯遣员与民军代表讨论大局，议开国会，公决政体。两月以来，尚无确当办法，南北睽隔，彼此相持。商辍于途，士露于野，徒以国体一日不决，故民生一日不安。今全国人民心理，多倾向共和，南中各省既倡议于前，北方诸将亦主张于后，人心所向，天命可知！予亦何忍因一姓之尊荣，拂兆人之好恶？是用外观大势，内审舆情，特率皇帝将统治权公诸全国。定为共和立宪政体，近慰海内厌乱望治之心，远协古圣天下为公之义。袁世凯前经资政院选举为总理大臣，当兹新旧代谢之际，宜有南北统一之方，即由袁世凯以全权组织临时共和政府，与民军协商统一办法。总期人民安堵，海宇又安，仍合汉满蒙回藏五族，完全领土，为一大中华民国。予与皇帝得以退处宽闲，优游岁月，长受国民之优礼，亲见郅治之告成，岂不懿欤？！钦此。

退位谕旨颁布之后，袁世凯立即销假入朝，会议一切大事。当日又降一旨道：

朕钦奉隆裕皇太后懿旨，前据岑春煊、袁树勋、陆征祥等，既统兵大员之段祺瑞等，电请速定共和国体，以免生灵涂炭等语。现在时局艰危，四民失业，朝廷亦何忍因一姓之尊荣，贻万民以祸害？惟是宗庙陵寝，关系重要，以及皇室之优礼，皇族之保全，八旗之生计，蒙古回藏之待遇，均应预为妥计。着授袁世凯以全权，研究一切办法，先行迅速与民军商酌条件，奏明请旨。钦此。

袁世凯署名。

袁世凯钦奉了谕旨，不敢怠慢，与民军伍代表往复电商，再三研究，议出优待皇室八条，待遇皇族四条，待遇满蒙回藏七条，上奏朝廷，请旨定夺。奉到上谕道：

朕钦奉隆裕太后懿旨，前以大局阽危，兆民困苦，特饬内阁与民军商酌优待皇室各条件，以期和平解决。兹据复奏，民军所开优礼条件，于宗室陵寝，永远奉祀，先皇陵制如旧妥修各节，均已一律担承。皇帝但卸政权，不废尊号，并议定优待皇室八条，待遇皇族四条，待遇满蒙回藏七条，览奏尚为周致。特行宣示皇族既满蒙回藏人等，此后务当化除畛域，共保治安，重睹世界之升平，胥享共和之幸福。予实有厚望焉！钦此（甲）。

关于大清皇帝辞位之后优待之条件，今因大清皇帝宣布赞成共和国体，中华民国于大清皇帝辞位之后，优待条件如下：

第一款，大清皇帝辞位之后，尊号仍存不废，中华民国以待各外国君主之礼相待；

第二款，大清皇帝辞位之后，岁用四百万元，此款由中华民国拨用；

第三款，大清皇帝辞位之后，暂居宫禁，日后移居颐和园，侍卫人等照常留用；

第四款，大清皇帝辞位之后，其宗庙陵寝，永远奉祀，由中华民国酌设卫兵，妥慎保护；

第五款，德宗崇陵，未完工程，如制妥修，其奉安典礼，仍如旧制，所有实用经费，均由中华民国支出；

第六款，以前宫内所用各项执事人员，可照常留用，惟以后不得再招阉人；

第七款，大清皇帝辞位之后，其原有之私产，由中华民国特别保护；

第八款，原有之禁卫军，归中华民国陆军部编制额数，俸饷各仍其旧（乙）。

关于清皇族待遇之条件：

一、清王公世爵概仍其旧；

二、清皇族对于中华民国国家之公权及私权，与国民同等；

三、清皇族一体保护；

四、清皇族免当兵之义务（丙）。

关于满蒙回藏各民族赞同共和，中华民国所有待遇如下：

一、与汉人平等；

二、保护其原有之私产；

三、王公世爵，概仍其旧；

四、王公中有生计过苦者，设法代筹生计；

五、先筹八旗生计，于未筹定之前，八旗兵弁俸饷，照常支放；

六、从前营业居住等限制，一律销除，各州县听其自由入籍；

七、满蒙回藏原有之宗教，听其自由信仰。

以上条件，列于正式公文，由两方代表，照会各国驻京公使，转达各该政府。

又恐京内外臣民，有未谅朝廷苦衷的，重又降旨申明道：

朕钦奉隆裕皇太后懿旨，古之君天下者，重在保全民命，不忍以养人者害人。现将新定国体，无非欲先弥大乱，期保乂安。若拂逆多数之民心，启无穷之战祸，则大局决裂，残杀相寻，势必演成种族之惨痛。将至九庙震惊，兆民荼毒，后祸何忍复言？两害相形，惟取其轻者。正朝廷审时观变，恫瘝宋吾民之苦衷。凡尔京外臣民，务当善体此意，为全局熟权利害，勿得挟虚矫之意气，逞偏激之空言，致国与民两受其害。着民政部步军统领姜桂题、冯国璋等，严密防范，恳切开导，俾皆晓然于朝廷应天顺人、大公无私之意。至国家设官分职，以为民极，内列阁府部院，外建督抚司道，所以康保群黎，非为一人一家而设。尔京外大小各官，慨念时艰，慎供职守。应即责成各长官，敦切诫劝，毋旷官守，用副夙昔爱抚庶民之至意！钦此。宣统三年十二月二十五日。

盖用御宝，内阁总理袁世凯署名，国务大臣署名。

从此清朝遂亡。自顺治入关，至宣统逊位，计凡二百六十八年。这位隆裕太后自从共和宣布后，寂居宫禁，少与外人相接。次年冬间，忽然患一膨胀病，医药罔效而殁。临终时叫侍者抱皇帝至，指之而言道："太小，你们不要难为他。"民国政府遵照优待条件，襄办大丧，上尊谥道孝定景皇后。《清史演义》终。